Knaur.

D1859241

Im Knaur Verlag sind folgende Bücher von Evelyn Sanders erschienen:

Radau im Reihenhaus
Mit Fünfen ist man kinderreich
Jeans und große Klappe
Das hätt ich vorher wissen müssen
Werden sie denn nie erwachsen?
Muss ich denn schon wieder verreisen?
Schuld war nur die Badewanne
Menschenskinder, nicht schon wieder!
Geht das denn schon wieder los?
Bitte Einzelzimmer mit Bad
Das mach ich doch mit links!
Hühnerbus und Stoppelhopser
Pellkartoffeln und Popcorn
Eigentlich wollt ich Blumen kaufen. Geschichten
Alle Jahre wieder … der gleiche Stress! Weihnachtsgeschichten
Advent fängt im September an. Geschichten vom Herbst bis zum Winter

Über die Autorin:

Evelyn Sanders' erster Roman entstand, als sie zum Geburtstag ihres ältesten Sohnes ein Fotoalbum zusammenstellte und die Bilder »mit ein paar Zeilen« kommentierte … Die geborene Berlinerin, gelernte Journalistin, fünffach gestählte Mutter und vielfach gekrönte Bestsellerautorin lebt in der Nähe von Heilbronn.

Evelyn Sanders

Hotel Mama – vorübergehend geschlossen

Roman

Knaur Taschenbuch Verlag

Besuchen Sie uns im Internet:
www.knaur.de

Vollständige Taschenbuchausgabe August 2008
Knaur Taschenbuch
Ein Unternehmen der Droemerschen Verlagsanstalt
Th. Knaur Nachf. GmbH & Co. KG, München

Umschlaggestaltung: ZERO Werbeagentur, München
Umschlagillustration: Andrea Dölling
Satz: Uhl+Massopust, Aalen
Druck und Bindung: CPI – Clausen & Bosse, Leck
Printed in Germany
ISBN 978-3-426-63895-8

2 4 5 3 1

1.

Was riecht denn hier so komisch?« Tinchen stellte das Bügeleisen zur Seite und hob schnuppernd die Nase in die Luft. »Das stinkt, als ob jemand seine alten Socken verbrennen würde!«

»Ich hab meine noch an!« Zum Beweis hielt Florian beide Füße in die Höhe. Sie steckten in blauweißen Ringelsocken mit jeweils einem Loch an der Spitze. »Vielleicht sollte ich sie gleich mitverbrennen, oder stopft man so was heute noch?«

»*Ich* bestimmt nicht«, kam es prompt zurück, »das kann bloß noch Mutti. Allerdings bezweifle ich, dass Größe 44 noch als Kindersocken durchgeht. Und die stopft sie nur, um Ulla eins auszuwischen, die kann das nämlich auch nicht mehr.«

»Das *sind* Kinderstrümpfe«, protestierte Florian. »Die hab ich mir neulich von Tobias ausgeliehen.«

»Tobias ist achtundzwanzig Jahre alt!«

»Aber er ist *mein* Kind!«

»Meins auch! Und trotzdem ist er inzwischen erwachsen!«

»Das ist er erst dann, wenn er aufhört, Nutella zu essen!« Florian stand auf, ging zum Fenster und öffnete beide Flügel.

»Willst du uns umbringen?«, schrie Tinchen. »Wir haben acht Grad minus! Mach das sofort wieder zu!«

»Hier drin stinkt's aber!«

»Das habe ich auch schon gemerkt. Wahrscheinlich düngt Herr Knopp wieder seine siebzehnkommafünf Quadratmeter Rasen.«

»Im Dezember?«

Tinchen musste zugeben, dass selbst ihr Nachbar, ein ebenso begeisterter wie erfolgloser Gärtner, noch keine Wunderwaffe gegen Frost und Neuschnee gefunden hatte, um auch im Winter seinem Hobby nachgehen zu können. »Vielleicht verbrennt er Laub?«

Herr Knopp verbrannte auch kein Laub, wie Florian unschwer feststellen konnte, er schippte vielmehr nebenan Schnee. Man hörte lediglich das gleichmäßige Scharren des Schneeschiebers. Plötzlich beugte er sich weit aus dem Fenster. »Hast du was auf dem Herd, das anbrennen könnte? Ich glaube, der merkwürdige Geruch kommt von unten aus der Küche!«

»Seitdem du neulich mit Tim Vogelfutter gekocht hast, ist nichts mehr angebrannt«, entgegnete Tinchen maliziös, denn dieses Unternehmen, basierend auf einer Anleitung im ZEITSPIEGEL, Rubrik Öko-Tipps, hatte Florian einen neuen Kochtopf gekostet. Und weil Tinchen sich als Ersatz für den zwar schon zerbeulten, jedoch immer noch einsatzfähigen Aluminiumtopf einen aus Edelstahl mit Glasdeckel ausgesucht hatte, hatten hundert Mark nicht mal gereicht, und Florian hatte noch etwas drauflegen müssen. Später hatte er ausgerechnet, dass er für das Geld 378 fertige Meisenknödel hätte kaufen können!

»Vielleicht solltest du doch mal nachsehen!« Seinen Beobachtungsposten hatte er noch nicht aufgegeben, vielmehr stellte er leicht beunruhigt fest: »Inzwischen qualmt es schon aus dem Küchenfenster!«

»Die Kinder!«, schrie Tinchen, ließ das Bügeleisen fallen und stürzte aus dem Zimmer. Florian hinterher. Wenigstens hatte er noch die Geistesgegenwart, vorher den Stecker aus der Buchse zu ziehen.

Schon auf der Treppe zum Erdgeschoss sah Tinchen, wie sich Rauchwölkchen unter der geschlossenen Küchentür hervorkräuselten, und dann hörte sie die helle Kinderstimme ihres Enkels: »Mach doch mal die Tür auf, Tanja, damit der Qualm abzieht.«

»Wo is'n die Tür? Ich kann ganix sehen!«, jammerte seine Schwester.

»Wo stehst du denn jetzt?«

»Weiß iss niss!«

»Taste mal herum, vielleicht weißt du es dann!«

Prompt klirrte es, und dann hatte Tinchen auch schon die Tür aufgerissen. »Was ist denn hier los?«

Im ersten Moment konnte sie vor lauter Rauch kaum etwas erkennen. Sie stieß das Fenster auf, und erst nachdem sie sich mit einem kurzen Rundblick überzeugt hatte, dass nirgendwo Flammen zu sehen waren, schob sie die beiden hustenden Kinder zur Küche hinaus, genau in Florians Arme. »Was habt ihr denn jetzt schon wieder angestellt?«, fragte der denn auch erwartungsgemäß.

»Überhaupt gar nichts«, versicherte Tim im Brustton der Überzeugung, »ich wollte doch bloß meine Handschuhe trocknen!«

»Auf der Heizung?«

»Nee, da dauert es so lange, ich habe sie ...«

»... nur mal schnell in den Toaster gesteckt!«, ergänzte Tinchen, die inzwischen nicht nur die Quelle des Rauches, sondern auch des penetranten Gestanks gefunden hatte. »Bist du denn noch zu retten?« Mit spitzen Fingern entfernte sie die qualmenden Überreste aus dem Toaster, warf sie ins Spülbecken und ließ Wasser drüberlaufen. »Wenn die Handschuhe Feuer gefangen hätten, dann hätte das ganze Haus abbrennen können! Hast du dir denn das nicht vorher überlegt, Tim?«

»Da waren sie doch nass, und was nass ist, kann ja gar nicht brennen«, erklärte Tim sofort. »Wie nämlich der Opa neulich die Blätter im Garten verbrennen wollte, da kam bloß furchtbar eine Menge Rauch, und dann hat er geschimpft und gesagt, die sind viel zu nass.«

»Und du hättest jetzt furchtbar eine Menge Dresche verdient«, murmelte Tinchen, »und wenn du dein Vater wärst, dann hättest du sie auch gekriegt.«

»Unverdient!«, protestierte Florian. »Tims Begründung, was nass ist, kann nicht brennen, beruht auf seiner zugegebenermaßen noch geringen Erfahrung und klingt für ihn völlig logisch.«

»Ich will dir mal was sagen, du logischer Großvater: Ein halbwegs intelligenter Fünfdreivierteljähriger, der im Herbst in die Schule kommt, sollte wissen, dass man keine Kleidungsstücke in einen Toaster stopft. Das nächste Mal versucht er es mit seinen Schuhen.«

»Quatsch!«, sagte der potenzielle Brandstifter. »Die gehen da ja gar nicht rein, die stelle ich immer vor den alten Heizofen, der im Keller steht, bloß der Opa soll da mal eine neue Schnur ranmachen, die andere ist schon so ausgefusselt.«

Und dann knallte es doch. Eine reine Reflexbewegung war es gewesen, und hinterher tat sie Tinchen sofort wieder leid, doch die Vorstellung, was alles hätte geschehen können, wenn Tim dieses uralte Elektro-Öfchen eingeschaltet hätte, hatte ihre Hand ausrutschen lassen. »Entschuldige, Tim, ich wollte dich nicht schlagen, es ist einfach passiert.«

Ihr Enkel, der sie erst entgeistert angesehen hatte, bevor er tief Luft holte und losbrüllen wollte, hielt abrupt inne. Dann nickte er verständnisvoll. »Kenne ich! Wie ich mit dem Marvin vorhin auf der Straße Eishockey gespielt habe, da isses auch einfach passiert.«

»Was ist passiert?«, fragte Tinchen ahnungsvoll.

»Na, dass der Flummy ganz verkehrt geflogen ist.«

»Und wohin?«

Vorsichtshalber machte Tim ein paar Schritte rückwärts, schließlich konnte man ja nicht wissen, ob die Omi nicht doch … »An dein Auto. Es ist aber bloß die ganz kleine Scheibe an der Seite kaputtgegangen.«

Erst abends, als die Kinder endlich im Bett lagen und Florian in die Redaktion gefahren war, kam Tinchen zur Ruhe. Die Tagesschau hatte sie natürlich wieder verpasst, doch das störte sie nicht besonders. Es ging ihr ja auch gar nicht um die Nachrichten, sondern um die Uhrzeit. Früher, als ihre eigenen Kinder im Alter von Tim und Tanja gewesen waren, hatte es noch das Sandmännchen gegeben. Kurz nach sieben Uhr war es mit seiner Laterne auf dem Bildschirm erschienen, und wenn es fünf Minuten später allen Kindern eine gute Nacht gewünscht hatte, waren Tobias und Julia ohne Protest ins Bett gegangen. Wenigstens bis zum Schulalter, musste Tinchen sich eingestehen, denn dort hatten sie sehr schnell mitgekriegt, dass es nach dem Sandmännchen noch so tolle Sendungen gab wie die mit dem Oberinspektor Wanninger oder Percy Stuart, der immer ganz allein mit den Gangstern fertig wurde. Harmlos waren diese Filmehen gewesen im Gegensatz zu dem, was heutzutage im Vorabendprogramm lief. Tim kannte sie alle, die Bildschirmhelden der Neunziger: Den Fahnder, der dann plötzlich Pfarrer wurde (»Der hat von den Verbrechern sicher die Nase voll gehabt«, hatte Tim vermutet. »Was is'n das eigentlich, das Milljöh?«), den Doktor Brockmann natürlich (»Aber der ist ziemlich langweilig.«), den netten Polizisten vom Großstadtrevier und die alten Frauen vom Campingplatz, die immer so komisch sprachen.

Nein, Tinchen war absolut nicht damit einverstanden, dass sich ein Fünfjähriger und eine Dreijährige derartige Sendungen ansahen, und bei ihr gab es das auch nicht, da las sie den beiden lieber etwas vor, doch Ulla war der Meinung, heutzutage käme man am Fernsehen einfach nicht vorbei. Schon im Kindergarten würden die Kinder einzelne Sendungen diskutieren, und wer da nicht mitreden könne, würde regelrecht ausgegrenzt.

»So ein Blödsinn!«, hatte Tinchen gesagt. »Das meiste kapieren die doch noch gar nicht!«

»Du hast ja keine Ahnung, was die schon alles kapieren!«,

hatte ihre Schwiegertochter erwidert, und Tinchen hatte die passende Antwort wieder einmal heruntergeschluckt. Nicht umsonst hatte sie sich am Hochzeitstag ihres Sohnes geschworen, sich niemals in seine Ehe und die Erziehung seiner Kinder einzumischen, und bis jetzt hatte sie sich daran gehalten. Meistens jedenfalls. Denn oft, wenn sie drauf und dran gewesen war, Ulla doch mal gründlich ihre Meinung zu geigen, dann hatte sie sich an ihre eigene Mutter erinnert, die immer regen Anteil an ihrem Ehe- und Familienleben genommen hatte. Was hieß übrigens *hatte?* Sie tat es ja immer noch! Und nicht zu knapp.

Ach ja, die Mutti! Erst jetzt fiel Tinchen auf, dass Frau Antonie (meist kurz Toni genannt) heute gar nicht ›nur mal eben‹ vorbeigekommen war und sogar auf den täglichen Kontrollanruf verzichtet hatte. Ob da irgendwas nicht stimmte? Unsinn, beruhigte sie sich selbst, Mutti weiß ja, dass ich mal wieder Babysitter spielen muss, und wenn etwas passiert wäre, dann hätte Frau Klaasen-Knittelbeek längst Bescheid gesagt; die rief ja schon an, wenn Toni mal später von der Fußpflege kam als vorher angekündigt.

Tinchen setzte sich in ihren Lieblingssessel und griff nach der Programmzeitung. »Immer das Gleiche«, murmelte sie, »nur Mist!« Allenfalls der Krimi im Ersten hätte sie interessiert, doch der lief schon seit einer halben Stunde. »Muss ja auch nicht immer Fernsehen sein!« Hatte sie das nicht oft genug ihren Kindern vorgebetet, als die noch Halbwüchsige waren? »Lest lieber ein gutes Buch, davon habt ihr mehr, und nebenbei lernt ihr Orthographie. Julia hat im letzten Aufsatz Reminiszenz mit Eszett geschrieben!«

»So schreibt sich's auch!«, hatte die protestiert.

»Ja, aber nicht mit ß, sondern mit zwei Buchstaben wie in Szene.«

»Meine Güte, du bist vielleicht pingelig!«

Kaum zu glauben, dass das alles schon so lange zurücklag,

sinnierte Tinchen, in ein paar Monaten würden die Kinder ihrer Kinder eingeschult, und alles ging von vorne los. Ein Glück, dass ich das alles nur noch am Rande mitkriege, morgens im Bett liegen bleiben kann und zu keinem Elternabend mehr muss. Ich weiß gar nicht, weshalb ich mich so davor gefürchtet habe, Großmutter zu werden? Enkel haben gegenüber den eigenen Kindern einen unbestreitbaren Vorteil: Man kann sie jederzeit wieder zurückgeben. Allerdings sollte das möglichst in genauso intaktem Zustand sein, wie man sie bekommen hat. Mit Schrecken erinnerte sich Tinchen an jenes Wochenende im Sommer, als Tim heimlich zum Abenteuerspielplatz entwischt, dort aus dem Baumhaus gefallen war und gerade in der Unfallstation eingegipst wurde, als Ulla und Tobias ihre Sprösslinge abholen wollten. Tanja hatte ihrer Mutter die Ohren vollgeheult, weil sie Bauchschmerzen hatte, und woher die kamen, hatte sich herausgestellt, nachdem sie das Auto vollgekotzt hatte. Opa Florian hatte nämlich zum Trost, weil sie keinen so schönen Gipsarm kriegen konnte, seine Enkelin abwechselnd mit Gewürzgurken und Popcorn gefüttert!

Diesmal waren wenigstens die Kinder heil geblieben. Zu beklagen waren lediglich der Verlust eines Toasters sowie der Wollhandschuhe. Nicht zu vergessen allerdings das Seitenfenster vom Kadett. Dieser verdammte Hartgummiball hatte doch tatsächlich einen Sprung über die ganze Scheibe hinterlassen. Das würde zwar die Haftpflicht zahlen, die Frage war lediglich, ob sich eine Reparatur überhaupt noch lohnte. Hatte nicht erst unlängst dieser Mensch von der Werkstatt bezweifelt, ein benötigtes Ersatzteil noch auftreiben zu können? »Versuchen Sie's doch mal im Deutschen Museum!«, hatte er mit einem vielsagenden Blick auf ihr Auto vorgeschlagen.

»Ignorant, dämlicher!«, schimpfte Tinchen leise vor sich hin. »Der Wagen ist doch erst vierzehn Jahre alt und hat immer seine Pflicht getan!« Nach kurzem Überlegen holte sie den *Medicus* aus dem Bücherschrank, den sie schon dreimal angefangen hatte und bei dem sie nie über das zweite Kapitel hinausgekommen war. Es war ein Buch, das man in Ruhe lesen musste, möglichst hintereinanderweg in einem Zug und nicht bloß heute mal drei Seiten und nächste Woche wieder. Fangen wir also zum vierten Mal an, ermunterte sie sich, kuschelte sich in den Sessel, schlug die erste Seite auf – und war nach wenigen Minuten eingeschlafen. Im Traum sah sie den kleinen Rob Cole vor sich und stellte verwundert fest, dass seine Mutter genauso aussah wie Frau Klaasen-Knittelbeek.

Anfangs war Tinchen froh gewesen, als Frau Antonie sich entschlossen hatte, eine Mitbewohnerin in ihr Haus aufzunehmen. Nach dem Tod ihres Mannes war Frau Antonie ziemlich schwermütig geworden, und hätten die Damen vom Canasta-Club sie nicht fast gewaltsam auf den Donaudampfer gezerrt, dann würde sie ihrem verstorbenen Ernst vielleicht sogar schon nachgefolgt sein. Natürlich hatte sie ein Doppelgrab gekauft und sogar schon ihren eigenen Namen auf den Grabstein meißeln lassen, lediglich das Datum ihres späteren Ablebens war offen geblieben, obwohl sie allen verkündet hatte, ihren Ernst wohl kaum länger als ein paar Monate überleben zu können – das war jetzt drei Jahre her.

Eine Woche lang Luxus rund um die Uhr hatte der Prospekt versprochen, den Frau Reutter Tinchen gezeigt und gleichzeitig gefragt hatte, ob man nicht einfach für Frau Antonie mitbuchen sollte. So eine Schiffsreise auf der Donau sei nicht anstrengend, statt Sehenswürdigkeiten aufzusuchen, würden sie ja an einem vorbeiziehen, und es würde Frau Pabst nur guttun, wenn sie mal auf andere Gedanken käme. Immerhin sei ihr Gatte seit fast einem Jahr unter der Erde, doch das Leben gehe schließlich weiter, und solange Frau Pabst gesund sei, solle sie es auch genießen. Ihre sechsundsiebzig Jahre sähe ihr ohnehin niemand an.

Tinchen hatte dem Plan zugestimmt, Florian um einen Kredit gebeten, um die Reisekosten erst einmal vorstrecken zu können, und dann hatten sie gemeinsam angefangen, Frau Antonie die Schiffsreise schmackhaft zu machen. Nach langem Bedenken hatte sie endlich zugestimmt. »Das Trauerjahr ist zwar noch nicht ganz vorüber, doch ich glaube beinahe, heutzutage sieht man das nicht mehr so eng. Ich bin doch froh, mal wieder unter Leute zu kommen. Was meinst du, Ernestine, ob ich schon farbige Kleider tragen kann?«

»Heißt das, du hast dich hier selbst begraben, weil du längst überholten Konventionen nachhängst?« Ganz entgeistert hatte Florian seine Schwiegermutter angesehen. »Läufst du nur deshalb immer noch als Schleiereule herum? – Aua!« Mit schmerzverzerrtem Gesicht hatte er sein Schienbein gerieben, das wieder einmal Tinchens Schuhspitze zu spüren bekommen hatte. »Kannst du nicht mal das andere Bein nehmen?«

»Und kannst du nicht erst mal denken, bevor du redest?«, hatte sie zurückgezischt. »Oder findest du die Bezeichnung Schleiereule besonders taktvoll?«

»Das nicht«, hatte er zugeben müssen, »aber treffend.«

Anscheinend hatte Frau Antonie von diesem Dialog nichts mitbekommen, denn wenn sie sich auch nach langem Sträuben zu einer Brille hatte überreden lassen, die nun ständig an einer Goldkette auf ihrem nicht gerade unterentwickelten Busen baumelte, so weigerte sie sich immer noch beharrlich, auch ein Hörgerät zu benutzen. »Ich höre noch sehr gut!«, hatte sie gerufen, und Tinchen war die Einzige, die das insgeheim auch gar nicht bezweifelte. Hatte sie doch schon des Öfteren festgestellt, dass ihre Mutter offenbar nur das hörte, was sie auch hören wollte. Wurde sie von ihrer Familie zu einem Essen im Restaurant eingeladen, dann verstand sie Datum und Uhrzeit ganz genau, bat man sie jedoch, sich ein Taxi zu nehmen, dann überhörte sie das geflissentlich; vielmehr rief sie eine halbe Stunde vorher an und wollte wissen, wann man sie denn abholen werde. Sie hasste es, ein Restaurant allein zu betreten, und die Vorstellung, eventuell am Arm eines Taxifahrers …? Undenkbar, sie war doch nicht gehbehindert!

Die ›Schleiereule‹ hatte sie klugerweise nicht zur Kenntnis genommen, und Florian war gleich darauf in das nächste Fettnäpfchen getreten, indem er erklärt hatte, Trauerkleider machten ihre Träger grundsätzlich zehn Jahre älter (worauf Frau Antonie nun wirklich gar keinen Wert legte), und das sei wohl auch der Grund, weshalb jüngere Leute nicht mal mehr bei Beerdigungen welche anziehen würden.

»Sie wissen heutzutage ohnehin nicht, was sich gehört«, hatte Frau Antonie gesagt. »Da hat sich doch die Ulrike unlängst erlaubt, mich ihrer Freundin vorzustellen! *Mich,* die ich fünfzig Jahre älter bin! Und was tut dieses merkwürdige Geschöpf? Mustert mich von oben bis unten, als sei ich ein Wesen von einem anderen Stern, und nuschelt bloß ›Hei‹. Was sagt ihr denn dazu?«

»Schleiereulen sind eben vom Aussterben bedroht«, hatte Florian gemurmelt, doch diesmal wirklich nur ganz, ganz leise.

»Wer ist Ulrike?«, hatte Tinchen gefragt und nicht daran gedacht, dass es sich um ihre Schwiegertochter Ulla handelte, deren eigentlicher Name allmählich in Vergessenheit geriet, weil niemand sie so rief. Ausgenommen natürlich Frau Antonie, die seit jeher der Auffassung war, jedes Kind erhalte seinen Namen aus einem bestimmten Grund, und den habe man zu respektieren. »Letztendlich haben sich die Eltern bei der Namensgebung etwas gedacht!«

»Mit Ausnahme von euch!«, hatte Tinchen gegiftet. »Wer heißt denn heutzutage noch Ernestine?«

»Dein Vater hatte sich einen Jungen gewünscht.«

»Den hat er ja auch gekriegt, leider erst zehn Jahre nach mir. Wahrscheinlich muss Karsten nur deshalb nicht als Ernst II herumlaufen.«

Frau Antonie hatte also mit Frau Reutter, Frau Helmers und Frau von Rothenburg, allesamt gutsituierte Witwen zwischen siebzig und open end, die Donaudampfschiffsreise unternommen, hatte in Wien noch drei Kleider gekauft, weil die sechs mitgenommenen dann doch nicht ausgereicht hatten, hatte sich von einem pensionierten Finanzdirektor, der bedauerlicherweise in Budapest aussteigen musste, den Hof machen lassen – in allen Ehren natürlich! – und hatte schließlich im Lesezimmer Frau Klaasen-Knittelbeek kennengelernt. Diese Dame war ihr schon mehrmals aufgefallen, weil sie sich vor dem Abendessen jedes Mal vom Oberkellner bezüglich des Dinners und dann vom Sommelier beraten ließ, welcher Wein denn wohl am besten zu dem Menü passen würde.

Die beiden Damen waren ins Gespräch gekommen und hatten sich über Reiseziele unterhalten, denn Frau Klaasen-Knittelbeek kannte ganz Europa und war sogar schon am Nordkap gewesen, zeigte sich aber doch beeindruckt, als Frau Antonie scheinbar beiläufig ihren Aufenthalt in Kenia erwähnte und von der Safari schwärmte. Dabei hatte sie die überhaupt nicht mitgemacht, weil sie ihr zu anstrengend erschienen war. Aber Tinchen und Florian hatten ja viel erzählt, und die beiden Enkelkinder hatten genug fotografiert, so dass sich ihre Großmutter zumindest theoretisch recht gut auskannte. Und in Afrika war sie ja nun wirklich gewesen! Acht Jahre war es schon her, dass ihr der Ernst zu Weihnachten die Reise geschenkt hatte. Gar nicht mitgewollt hatte sie, hatte Angst vorm Fliegen gehabt und vor den Schwarzen, und dann war es doch ein so schöner Urlaub geworden; übrigens der letzte gemeinsame mit der Familie, denn gleich nach Tobias' Abitur hatte es diesen Riesenkrach gegeben, weil der Junge nicht studieren wollte, obwohl sein Vater ihm trotz des miserablen Abgangszeugnisses schon einen Studienplatz verschafft hatte. Wenn man es zum stellvertretenden Chefredakteur des ZEITSPIEGEL gebracht hat, kennt man natürlich auch genügend Leute, die einem weiterhelfen können. Journalistik sollte der Junge studieren, vielleicht auch noch Literatur oder Theaterwissenschaften, kompetente Kultur-Redakteure wurden immer gesucht, vom Fernsehen gar nicht zu reden, seinen Doktor sollte er machen, so ein Titel war überall nützlich, und für einen passenden Job bei einer renommierten Zeitung hätte Florian schon gesorgt.

Und was hatte dieser undankbare Knabe getan? Ins Gesicht gelacht hatte er seinem Vater und ihm rundheraus erklärt, er dächte nicht daran, das Heer arbeitsloser Akademiker noch zu vergrößern, und von den Print-Medien halte er schon überhaupt nichts. »Bald liest doch sowieso niemand mehr Zeitung. Warum auch? Im Fernsehen kriegt er alles mundgerecht vorgekaut und mit bunten Bildchen garniert, er braucht nicht mehr zu denken, und der Natur ist auch geholfen. Oder weißt du etwa nicht, wie viele Bäume gefällt werden müssen, damit eine einzige Ausgabe vom ZEITSPIEGEL gedruckt werden kann?«

Florian hatte zugegeben, das nicht zu wissen, worauf ihn sein Sohn nur verachtungsvoll angesehen und gemurmelt hatte: »Wenigstens kannste damit immer noch das Katzenklo auslegen!«

Das hatte Florian am meisten getroffen! Das TAGEBLATT, bei dem er vor fast dreißig Jahren seine journalistische Laufbahn begonnen hatte, war eine regionale Tageszeitung gewesen, die im redaktionellen Teil Geburtstagsgrüße veröffentlicht hatte und sogar Kuchenrezepte. Der Redaktionsstab war überschaubar gewesen, die Atmosphäre beinahe familiär, Berichte von auswärtigen Mitarbeitern wurden am Telefon durchgegeben, was besonders bei dialektgefärbten Telefonaten des Öfteren zu heiterkeitserregenden Hör- (und Druck!-) Fehlern geführt hatte. Es hatte noch Setzmaschinen gegeben und Fahnenabzüge, und oft hatte das Geklapper des alten Fernschreibers allen Anwesenden den letzten Nerv geraubt.

Manchmal vermisste Florian die Jahre, als Zeitungen noch ›mit der Hand‹ gemacht wurden und nicht am Computer. Heutzutage wurde gefaxt, die Setzmaschinen standen im Museum für vaterländische Altertümer, jeder Mitarbeiter hockte eingeigelt vor seinem Bildschirm, und – das Ende allen kreativen Journalismus – Rauchen war neuerdings verboten! Jedenfalls offiziell. Dafür gab es aber auch kein TAGEBLATT mehr, denn das hatte vor ein paar Jahren ein großer Konzern aufgekauft, einige Redakteure behalten und die anderen entlassen. Und nachdem auf die gleiche Weise noch zwei andere Zeitungen plattgemacht worden waren, wurde wenige Wochen später der ZEITSPIEGEL aus der Taufe gehoben. Florian hatte lange überlegt, ob er nicht das Handtuch werfen und sein Glück bei der Konkurrenz versuchen sollte, doch Tinchen hatte ihm klargemacht, dass das wohl wenig Sinn haben würde. »Sei froh, wenn sie dich überhaupt behalten, wo doch überall junge dynamische Leute nicht über fünfundzwanzig mit wenigstens zehn Jahren Berufserfahrung gesucht werden.«

»Na schön, fünfundzwanzig bin ich nicht mehr, auch wenn ich mich immer noch so fühle. Manchmal wenigstens«, hatte er eingeschränkt, »doch die Erfahrung …«

Weiter war er nicht gekommen, denn Tinchen hatte ihren Florian erst in die Arme genommen und ihm dann eine kalte Dusche verpasst. »Weißt du, Flori, ein Mann ist zwar stets so jung, wie er sich fühlt, aber keineswegs so bedeutend.«

Worauf Florian drei Mal trocken schluckte, seinem Tinchen einen Kuss auf die Nasenspitze drückte und grinsend meinte: »Du hast ja recht, Tine, ich kenne auch einige Männer, die als Adler gestartet und als Suppenhuhn gelandet sind. Die paar Jahre bis zur Rente werde ich wohl auch noch unter der Fuchtel vom Doppeldoktor durchstehen.« Womit der neuernannte Chefredakteur gemeint war, ein Herr Dr. Dr. Vandevelde, dem das Talent nachgesagt wurde, mit wenig Arbeitsaufwand viel zu erreichen. Er verstand es meisterhaft, Arbeit zu delegieren. So wurde gemunkelt, seine oft messerscharf geschliffenen Leitartikel lasse er von einem begabten Studenten schreiben, sein Insider-Wissen stamme vom Golfplatz, wo er häufig anzutreffen war, und sein zweiter Doktortitel sei gar nicht echt, sondern nur honoris causa, verliehen von einer südamerikanischen Universität, die für kleine Zuwendungen recht dankbar sein sollte. Für größere fiele angeblich das h.c. weg.

Es hatte lange gedauert, bis sich Florian mit der ›Verweigerung‹ seines Sohnes abgefunden hatte. Genau genommen hatte er sie erst dann akzeptiert, als Tobias seinen Zivildienst beendet und auf die Frage seines Vaters, womit er denn künftig seine Brötchen zu verdienen gedächte, erwidert hatte: »Handwerk hat bekanntlich goldenen Boden, was in meinem Fall sogar wörtlich zu nehmen ist. Ich werde nämlich Goldschmied!«

»Dazu hättest du kein Abitur gebraucht!«

»Eben! Hättest du mich damals, als ich kleben geblieben war, runtergenommen, dann hätte ich jetzt schon meine Gesellenprüfung in der Tasche. Aber nein, lieber Nachhilfestunden bis zum Gehtnichtmehr, ein Gnaden-Abi mit Vierkommanull und danach auf die Uni, weil sich der ganze Auftrieb sonst ja nicht ausgezahlt hätte. Nein danke, ohne mich! Im Zeitalter der Gleichberechtigung ist doch völlig egal, wer die Familienehre rettet. Julia hat ein helles Köpfchen, baut bestimmt ein Einser-Abitur, studiert mal chinesische Philosophie oder Astrophysik oder etwas anderes furchtbar Wissenschaftliches, und wenn sie den Nobelpreis kriegt, schmiede ich ihr den Goldrahmen, mit dem sie die Urkunde an die Wand nageln kann.«

Nachdem sich Florian mit den Berufsplänen seines Sohnes intensiv auseinandergesetzt hatte, fand er sie gar nicht mehr so abwegig. Immerhin gab es ja schon einen Goldschmied in der Familie, nämlich Tinchens Bruder Karsten. Er hatte aus dem ehemaligen Uhrmacherladen seines Vaters ein gut gehendes Juweliergeschäft gemacht, vor zwei Jahren sogar eine Filiale eröffnet und beschäftigte inzwischen neun Mitarbeiter; außerdem hatte er seinem Neffen schon vor vielen Jahren künstlerisches Talent bescheinigt. Damals hatte Tobias aus der Werkstatt seines Onkels zwei kleine Smaragde stibitzt, was naturgemäß zu erheblicher Aufregung und haltlosen Verdächtigungen geführt hatte. Zum Glück hatte Karsten auf Einschaltung der Polizei verzichtet, denn wenige Tage nach dem vermeintlichen Diebstahl waren die Steine wieder aufgetaucht, und zwar auf Tinchens Geburtstagsgeschenk. Zwischen unzähligen weißen Mini-Wachsperlen, aus denen Tobias auf Moosgummi eine Eule zusammengeklebt hatte, glühten zwei grüne Augen, die von allen Besuchern bewundert und als Glassteine angesehen wurden. Bis Onkel Karsten gekommen war!

Tinchen fand den Berufswunsch ihres Sohnes völlig in Ordnung. »Ich weiß ja nicht, was bei Karsten unterm Strich übrig bleibt, aber neulich hat er gesagt, dass er im letzten Jahr so viel Steuern bezahlt hat, wie er sich früher immer als Reinverdienst gewünscht hat. Und trotzdem hat er sich den neuen Porsche bestellt.«

Hatte das nicht etwas vorwurfsvoll geklungen? »Karsten ist nicht verheiratet, hat meines Wissens auch keine Kinder, die ihm die Haare vom Kopf fressen, und außerdem sind Kopfarbeiter gegenüber selbständigen Handwerkern sowieso im Nachteil! Sie haben nämlich kaum Abzugsposten«, grummelte Florian, den es immer noch wurmte, dass sein Schwager die neue und sündhaft teure Wohnzimmerlampe als Schaufensterbeleuchtung deklariert und von der Steuer abgesetzt hatte.

»Dann verstehe ich nicht, weshalb du auf Tobias so sauer bist«, hakte Tinchen nach. »Und dann denk doch mal an später! Karsten ist vierzig geworden, aber noch immer nicht verheiratet. Und nach dem Reinfall mit Marion wird er bestimmt wieder für eine Weile abstinent leben. Wenn er so weitermacht, wer soll denn dann mal sein Nachfolger werden?«

»Karsten ist *erst* vierzig«, stellte Florian richtig, »also im besten Mannesalter und durchaus dazu fähig, auch ohne Trauschein einen potenziellen Erben zu zeugen, obwohl ich nach Lage der Dinge behaupten möchte, dass ihm nichts ferner liegt als das!«

Noch zu gut konnte sich Florian an jenen Abend erinnern, als sein Schwager völlig entsetzt und aufgelöst zu ihm gekommen war und detaillierte Auskünfte über die Anzeichen einer beginnenden Schwangerschaft verlangt hatte.

»Dafür ist eigentlich Tinchen zuständig«, hatte Florian gesagt, war jedoch sofort von Karsten abgeblockt worden.

»Nein, ich meine, wann hast du mitgekriegt, dass da was im Gange war?«

»Als Tine es mir gesagt hat.«

»Äußerst hilfreich!«, hatte Karsten gebrummt, sich an der Hausbar einen dreistöckigen Kognak eingegossen und in einem Zug hinuntergekippt. »Und was ist, wenn die werdende Mutter nichts sagen will? Gibt es nicht so was Ähnliches wie glänzende Augen, verklärten Blick oder weiß der Geier, was sonst noch? Ich denke, man sieht es den Frauen an, wenn sie schwanger sind?«

»So ungefähr ab dem fünften Monat«, hatte Florian bestätigt.

»Idiot!« Aber dann war Karsten doch mit der Sprache herausgerückt. »Marions Interesse für Pré-Natal-Moden hatte ich darauf zurückgeführt, dass eine ihrer Freundinnen mal wieder muttert, und den Teddybären, den sie unlängst angeschleppt hat, hatte ich als Geschenk für das kleine Monster angesehen, doch misstrauisch bin ich erst geworden, als sie das Rauchen aufgehört hat. Seit drei Wochen hat sie keine Zigarette mehr angerührt!«

Florian hatte eingeräumt, dass diese plötzliche Nikotin-Abstinenz zu gewissen Rückschlüssen führen, jedoch auch ganz harmlose Gründe haben könne, und was Karsten denn davon hielte, seine Dauerfreundin einfach mal zu fragen.

»Und was soll ich machen, wenn sie wirklich schwanger ist?«

»Heiraten!«

»Bist du verrückt? Nur über meine Leiche!«

»Ich glaube nicht, dass hierzulande eine posthume Trauung möglich ist!«

Es hatte nur wenige Tage gedauert, bis er Gewissheit gehabt hatte. Doch, Marion war schwanger, aber Karsten war nicht der Vater gewesen, was ihn einerseits außerordentlich beruhigt, andererseits jedoch in seiner Eitelkeit gekränkt hatte. Dabei störte ihn die Erkenntnis, quasi betrogen worden zu sein, viel weniger als die blamable Tatsache, nichts davon gemerkt zu haben.

Das Thema Marion war jedenfalls beendet gewesen, und ein neues gab es damals noch nicht. Tinchens Prognosen, wonach Tobias dermaleinst Besitzer zweier Juweliergeschäfte sein würde, konnten also nicht als völlig utopisch bezeichnet werden.

Die Grundvoraussetzung dazu war gegeben, denn Tobias hatte nicht nur seine Lehre bei Karsten sowie vier Semester Kunsthochschule erfolgreich abgeschlossen, sondern er bereitete sich auch schon auf die Meisterprüfung vor.

Was – zumindest in Tinchens Augen – nicht so ganz in diese karriereverdächtige Laufbahn gepasst hatte, war Tobias' frühe Heirat gewesen. Natürlich konnte sie verstehen, dass er sich in Ulrike verliebt hatte, blond und langbeinig zieht ja immer, nur hätte man bei einer Arzthelferin eigentlich annehmen können, dass sie mit den gängigen Verhütungsmethoden vertraut ist.

Anscheinend war sie es nicht gewesen, denn ein halbes Jahr nach der Hochzeit hatte Frau Antonie vor der schwierigen Aufgabe gestanden, den Canasta-Damen ihren Urenkel Tim als Sechsmonatskind zu präsentieren.

Zum Glück hatte es Frau Klaasen-Knittelbeek damals noch nicht gegeben, denn sie hätte zweifellos innerhalb kurzer Zeit die von Frau Antonie so mühsam vertuschten kleinen Ungereimtheiten ans Licht gebracht. Inzwischen wusste sie zwar alles, fühlte sich jedoch schon der Familie zugehörig und hielt den Mund.

Frau Klaasen-Knittelbeek, die auf den ihrer Ansicht nach nichtssagenden Namen Herta getauft worden war und deshalb den Zweitnamen Dorothee bevorzugte, entstammte einer alten Hamburger Reedersfamilie. Als sie kurz nach dem Krieg den zwar weniger respektablen, jedoch damals finanziell noch weitaus besser gestellten Schrotthändler Alfons Knittelbeek heiratete, bestand sie darauf, ihren Mädchennamen mit einzubringen. »Natürlich war das mit erheblichen Schwierigkeiten verbunden gewesen«, hatte sie Frau Antonie einmal erzählt, »damals konnte man nicht so ohne weiteres einen Doppelnamen führen, und Papa musste wohl seine ganzen Beziehungen spielen lassen. Aber Mama war tot, ich das einzige Kind, und irgendwie sollte der Name ja weiterleben, obwohl Papa mit der Heirat überhaupt nicht einverstanden gewesen war.«

Nachdem Herr Knittelbeek es zu einer Jugendstilvilla in Hamburg-Eppendorf und einem recht ansehnlichen Bankkonto gebracht hatte, verstarb er unseligerweise während eines Herrenessens, an dem auch Damen teilgenommen hatten, von denen die feine Hamburger Gesellschaft später behauptete, es seien gar keine gewesen. Dorothee Klaasen-Knittelbeek wollte in Ruhe abwarten, bis sich die Wogen etwas geglättet hatten; allerdings nicht im herbstlich-kühlen Hamburger Klima, sondern an der italienischen Riviera. Mitte der fünfziger Jahre war sie das Traumziel der meisten Deutschen gewesen, die sich damals schon einen Urlaub leisten konnten, denn Mallorca war noch ein verschlafenes Eiland, und von den karibischen Inseln wusste man allenfalls, wo sie im Atlas zu finden waren.

In San Remo lernte Dorothee den Herrn Dr. Werding kennen, seines Zeichens Rechtsanwalt und momentan auf der Flucht vor seinen Gläubigern, doch das erfuhr sie erst später. Der Herr Anwalt merkte sehr schnell, dass seine neue Bekanntschaft zwar fließend französisch sprach, mit der Hummergabel umgehen konnte und sich elegant kleidete, also aus einem guten Stall kam, auf der anderen Seite jedoch naiv und leicht beeinflussbar war. Ohne Schwierigkeiten gelang es ihm, Dorothee ein (»natürlich nur kurzfristiges«) Darlehen zu entlocken, mit dem er seine drängendsten Schulden bezahlen und sich wieder in Deutschland blicken lassen konnte. Dort nahm er sich, ausgestattet mit entsprechenden Vollmachten, des Knittelbeekschen Schrotthandels an. Dorothee war's zufrieden. Sie hatte ein kleines Häuschen gemietet, ein älteres Ehepaar eingestellt – ohne Personal ging es nun mal nicht! –, lernte Italienisch und fand auch bald Anschluss, wozu sich am besten die Spielbank eignete. Pünktlich zum Monatsanfang schickte Herr Dr. Werding einen großzügig bemessenen Scheck, und einmal pro Woche gab er telefonisch eine Art Lagebericht durch. Demnach entwickelte sich das Unternehmen zufriedenstellend, und was denn die verehrte gnädige Frau von einem Verkauf der Villa halte? Das Haus sei für eine Person doch viel zu groß, der zu erwartende Erlös betrage annähernd das Doppelte von dem, was der Herr Gemahl seinerzeit entrichtet hatte, und ›man‹ wohne jetzt mehr außerhalb. Der Verkehr, der Lärm und überhaupt …

Dorothee hatte nichts dagegen. Mit der Villa verband sie nichts, genau genommen hatte sie dieses stuckverzierte Monstrum, das merkwürdigerweise von den Bomben verschont geblieben war, nie leiden können – es war einfach zu protzig. Alfons hatte es allerdings gefallen, außerdem hatte er es für eine gute Geldanlage gehalten, was sich ja nun bewahrheitete, denn wenig später erhielt Dorothee einen Kontoauszug, der eine beträchtliche Summe aufwies. Der Verkauf des Hauses war innerhalb kürzester Zeit abgewickelt und das Mobiliar ihrem Wunsch entsprechend eingelagert worden.

Nur einem bereits in Ehren ergrauten Bankangestellten war es zu verdanken, dass Dorothee nicht zum Sozialfall wurde. Ihn hatten die Bewegungen auf dem Klaasen-Knittelbeekschen Konto schon seit einiger Zeit misstrauisch werden lassen, denn immer wieder wurden große Summen in die Schweiz und nach Südamerika transferiert, ohne dass es einen ersichtlichen Grund dafür gab. Er bat um einen Termin beim Herrn Direktor, der ihm auch am nächsten Tag bewilligt wurde, und dann ging alles sehr schnell. Unter Missachtung des Bankgeheimnisses gewährte der Herr Direktor seinem Klubkameraden Hermann Klaasen Einsicht in die gesamten Unterlagen betr. die Konten seiner Tochter Herta Dorothee. Schon vierundzwanzig Stunden später saß Rechtsanwalt Werding – den akademischen Titel hatte er sich eigenmächtig zugelegt – in Untersuchungshaft, während das Bankhaus Winterfeld & Co. bemüht war, wenigstens einen Teil der veruntreuten Gelder wieder zu beschaffen. Der Herr Anwalt hatte nicht nur die Villa sowie den größten Teil der Möbel veräußert, sondern darüber hinaus schon eine namhafte Anzahlung für den geplanten Verkauf der Schrotthandlung erhalten. Zumindest dieses Geld und der Erlös aus dem endgültigen Verkauf blieben Dorothee. Zusammen mit dem, was sie noch hatte, genügte es für ein einigermaßen sorgloses Dasein, zumal ihr nach dem Ableben ihres Vaters noch ein beträchtliches Erbteil in Aussicht stand. Zwei Tage nach ihrem 48. Geburtstag lebte er dann auch wirklich ab und enthob sie der Notwendigkeit, den Heiratsantrag des verwitweten Speditionskaufmannes Eduard Meisenhölder annehmen zu müssen. Frau Klaasen-Knittelbeek hatte nämlich kurz vor der Pleite gestanden!

Dank der ererbten Aktien, Pfandbriefe, Anleihen und nicht

zuletzt wegen der Eigentumswohnung in Krefeld, von der niemand in der Familie etwas gewusst hatte (»Was, um alles in der Welt, hat Hermann mit einer Wohnung da unten gewollt?«, hatte Onkel Wilhelm nach der Testamentseröffnung gerätselt.), war Dorothee versorgt und konnte wieder ihrer Leidenschaft frönen: dem Reisen. Denn Krefeld war nun wirklich nicht der Nabel der Welt! Sicher, die Wohnung war komfortabel, die große Dachterrasse ein unerwarteter Luxus, und beides kostete sie kein Geld, aber jedes Mal, wenn sie sich mit ihrem kleinen Fiat in das Düsseldorfer Verkehrsgewühl stürzen musste, weil man nur dort die richtigen Schuhgeschäfte fand und die Modeboutiquen, die den Ansprüchen einer gutbetuchten, leider schon reiferen Frau genügten, beneidete sie die Bewohner der Landeshauptstadt. Sie konnten jederzeit einen Schaufensterbummel machen, ins Theater gehen oder auch nur für ein Stündchen in einem der eleganten Cafés sitzen, ohne vorher endlos lange nach einer Parkmöglichkeit suchen zu müssen. Sie stiegen einfach in die Straßenbahn und waren wenig später zu Hause.

Natürlich hatte sie schon einen Umzug nach Düsseldorf erwogen, doch Wohnungen in den von ihr bevorzugten Stadtteilen waren erstens fast unbezahlbar und zweitens erst gar nicht zu kriegen. Deshalb hatte sie auf dem Schiff auch gleich nach einer Möglichkeit gesucht, die Bekanntschaft wenigstens einer dieser vier Canasta-Damen zu machen. Offenbar lebten sie alle in Düsseldorf, waren nicht mehr die Jüngsten, und wer jahrzehntelang in derselben Stadt wohnt, kennt auch eine Menge Leute.

Auf einem Flussdampfer kann man sich kaum aus dem Weg gehen, dazu ist er einfach zu klein. So war es Frau Klaasen-Knittelbeek auch nicht schwergefallen, Frau Antonie ein bisschen im Auge zu behalten, und nachdem sie ihr potenzielles Opfer mit einer Hand voll Ansichtskarten aus der Schiffsboutique hatte kommen sehen, ahnte sie, wo sie sie während der nächsten halben Stunde finden würde. Bewaffnet mit ebenfalls zwei Karten, von denen sie nicht einmal wusste, wem sie die schicken könnte, trabte sie ins Lesezimmer. Dort gab es neben einigen Regalen mit zum Teil schon reichlich zerlesenen Büchern, überwiegend Hinterlassenschaften früherer Passagiere, auch zwei Schreibtische. An einem saß Frau Antonie, den anderen steuerte Frau Klaasen-Knittelbeek an. Eine Zeitlang hörte man nur das leise Kratzen von Frau Antonies Füllfederhalter – sie benutzte niemals einen Kugelschreiber –, dann endlich hatte Frau Klaasen-Knittelbeek einen Anknüpfungspunkt gefunden. »Entschuldigen Sie bitte, aber wissen Sie vielleicht, welche Briefmarken für Karten nach Deutschland benötigt werden?«

»Achtzig Pfennig«, sagte Frau Antome, denn sie hatte sich in der Boutique danach erkundigt.

»Das ist mir bekannt«, gab Frau Klaasen-Knittelbeek mit einem liebenswürdigen Lächeln zurück, »ich hatte auch in erster Linie an die Währung gedacht. Befinden wir uns noch in Österreich oder schon in Ungarn?«

Daran hatte nun wiederum Frau Antonie nicht gedacht. »Das Beste wird sein, wir stecken die Karten erst wieder in Deutschland in einen Briefkasten.«

»Da haben Sie recht«, sagte Frau Klaasen-Knittelbeek. Dann schwieg sie, weil ihr nichts mehr einfiel. Der Zufall kam ihr in Gestalt einer Mutter mit zwei Kindern zu Hilfe, die sich nicht einigen konnten, ob sie nun lieber Schwarzer Peter oder Memory spielen wollten. Als der verbale Streit in Handgreiflichkeiten ausartete, verließ Frau Antonie den Raum, nicht ohne mit einem beziehungsreichen Blick zu den kleinen Radaubrüdern festzustellen: »Kinder gleichen den Lotterielosen. Viele bleiben ungezogen.«

Frau Klaasen-Knittelbeek trabte hinterher. »Da bin ich ganz Ihrer Meinung! Was halten Sie davon, wenn wir uns in den kleinen Salon zurückziehen?«

Frau Antonie hielt viel davon.

»Es wird mir ein ewiges Rätsel bleiben, weshalb der Five o'Clock Tea überall schon um vier Uhr serviert wird«, sagte Frau Klaasen-Knittelbeek und orderte welchen. »Sogar in London ist das üblich.« Frau Antonie nickte zustimmend, obwohl sie noch niemals in England gewesen war.

Bei Earl Grey und Heidelbeer-Muffins war man sich schließlich näher gekommen. Frau Antonie erzählte von Ernst Pabst und seinem Schlaganfall, von dem er sich nicht mehr erholt hatte, von ihrem Sohn Karsten und den beiden Juweliergeschäften in Düsseldorf, und Frau Klaasen-Knittelbeek brachte ihren Alfons ins Gespräch, ohne jedoch näher auf dessen so wenig elegante Art des Geldverdienens einzugehen. Auch datierte sie das Todesdatum ihres Gatten um zwei Jahrzehnte nach vorne, weil ihr das seriöser erschien als die Tatsache, seit 43 Jahren verwitwet zu sein.

Die Damen Reutter, Helmers und von Rothenburg hatten die neue Freundschaft, die auch nach der Reise weiter gepflegt wurde, zunächst mit Wohlwollen betrachtet, zeigte sie doch, dass Frau Antonie wieder am gesellschaftlichen Leben teilnahm. So schluckten sie auch noch ihre Absage für den ersten Canasta-Abend nach der Reise sowie ihre Weigerung, die Busfahrt nach Brüssel mitzumachen, da sie bereits anderweitig verabredet sei, doch als sie auch dem Nachmittagskaffee fernblieb, bei dem man gemeinsam die Urlaubsfotos betrachten wollte, wurde Frau Helmers misstrauisch. »Ist sie denn nur noch mit dieser Knottelmann zusammen?«

»Knittelmann«, korrigierte Frau Reutter und erzählte, dass sie ebendiese in Begleitung von Frau Antonie an der Theaterkasse getroffen hatte. »Antonie würde niemals freiwillig in ein Musical gehen!«, schnaufte sie und fächelte sich mit dem Taschentuch Luft zu. »Sie hat immer gesagt, dass ihr diese moderne Form der Operette nicht liegt.«

Frau von Rothenburg bemerkte, für sie selber käme nur die Oper in Frage, doch das sei letztendlich Geschmacksache, und ob es nicht opportun erscheine, die Dame Klaasen-Knittelbeek einmal genauer unter die Lupe zu nehmen. »Mein Neffe arbeitet doch bei der Kriminalpolizei.« Dass er dort Pförtner war, verschwieg sie allerdings. Doch auch Pförtner kennen Leute, die an der richtigen Stelle sitzen, und so dauerte es nur wenige Tage, bis Frau von Rothenburg ihren Freundinnen mitteilen musste, dass gegen Frau Klaasen-Knittelbeek bedauerlicherweise rein gar nichts vorläge. Nicht mal ein paar Punkte in Flensburg.

Nach dem Theaterabend, der aus Frau Antonie eine begeisterte Anhängerin von Musicals machte, hatte Frau Klaasen-Knittelbeek noch zu einem kleinen Imbiss in eine Weinstube geladen, doch als sie gegen Mitternacht ein Taxi bestellen wollte, weil »ich wohl ein Glas zu viel getrunken habe, um noch selber fahren zu dürfen«, bot ihr Frau Antonie spontan das Gästezimmer an. »Das dürfen Sie mir auf keinen Fall abschlagen, liebe Dorothee«, hatte sie gesagt, »ich wäre im Gegenteil froh, einmal nicht allein frühstücken zu müssen.«

Die liebe Dorothee akzeptierte diesen Vorschlag nur zu gern, hatte sie doch schon die ganze Zeit auf eine Gelegenheit gewartet, Frau Antonies ›kleines Häuschen‹ in Oberkassel zu besichtigen. »Erwarten Sie nicht zu viel, meine Liebe«, sagte die, während sie dem Taxifahrer die Adresse nannte, »es ist nur ein Reihenhaus, etwas Größeres hätten wir uns damals gar nicht leisten können, und später, als das Geschäft richtig gut lief, wollten wir nicht mehr weg. Warum auch? Die Kinder waren bereits aus dem Gröbsten heraus und verließen bald darauf das Elternhaus, und für Ernst und mich steckte das Haus voller Erinnerungen, die wir nicht mehr missen wollten.« Frau Antonie schluchzte leise und schnaubte dann nachdrücklich in ihr Taschentuch. »Seit einiger Zeit trage ich mich allerdings mit dem Gedanken, das Haus zu verkaufen. Es ist einfach zu groß für mich allein, und es werden gerade so hübsche Wohnungen gebaut mit allem Komfort und einem herrlichen Blick auf den Rhein. Meine Kinder raten mir ebenfalls zu.«

»Wahrscheinlich will eins von ihnen selber einziehen«, sagte Dorothee ein wenig neidisch. Wer in Oberkassel ein Haus besaß, und sei es nur ein kleines, der würde ein halbes Vermögen dafür bekommen und sich jede gewünschte Wohnung leisten können.

»Das ganz bestimmt nicht!«, kam es etwas empört zurück. »Mein Sohn hat sich in Meerbusch so eine moderne doppelstöckige Dachterrassen-Wohnung gekauft, und Ernestine und ihr Mann besitzen schon lange ein Einfamilienhaus. Übrigens nur fünf Minuten von mir entfernt.«

Dorothee schwieg beeindruckt. Meerbusch lag zwar auch etwas außerhalb, gehörte jedoch zu den sehr guten Adressen, und was Antonie beschrieben hatte, übersetzte Dorothee in den ihr geläufigen Terminus: Penthouse-Wohnung im Maisonette-Stil. Nun ja, Juweliere gehörten niemals zu den unteren Einkommensgruppen, doch wie konnte sich der Redakteur einer simplen Tageszeitung ein Haus in Oberkassel leisten? »Verdient man denn bei der Presse so viel?«, fragte sie neckisch. »Ich meine, wenn man nicht gerade der Verleger ist.«

Frau Antonie lächelte, als sie an Florians Tante Klärchen dachte, jene altjüngferliche Studienrätin in Tübingen, der im fünften Lebensjahrzehnt ein glücklicher Zufall den amerikanischen Korsettfabrikanten Donald McPherson über den Weg und gleich in ihre Arme geschickt hatte. Sie heiratete ihn, nannte sich fortan Claire, übersiedelte in die Staaten, brachte ihr Erspartes in die Firma ein, wurde Teilhaberin und kümmerte sich in erster Linie um die Finanzen. Als ihr Mann starb, verkaufte Klärchen den Betrieb und zog nach Florida. Da sie ihn um fast dreißig Jahre überlebte, hatte sie Zeit genug gehabt, das nicht unbeträchtliche Vermögen bis auf einen bescheidenen Rest aufzubrauchen, und diese zweihunderttausendundetwas Dollar hatte Florian auch noch mit seinem Bruder Fabian teilen müssen. Allerdings war der Wechselkurs seinerzeit wesentlich günstiger gewesen als heute, und so hatte das Geld als Grundstock für das hübsche Haus gereicht.

»Mein Schwiegersohn hatte eine Tante beerben können«, sagte Frau Antonie, nicht gewillt, Einzelheiten über Tante Klärchen zu erzählen, und Dorothee gab sich zufrieden. Die schienen ja alle ganz gut betucht zu sein.

Ein bisschen enttäuscht war sie dann aber doch, als das Taxi in eine stille Nebenstraße bog und schließlich vor einem weinumrankten Reihenhaus hielt. Diese Gegend sah nun wieder ein bisschen sehr nach Siedlungshäusern aus, von denen einige dringend einen neuen Anstrich gebraucht hätten, und in die Vorgärten gehörte eine Kolonne Landschaftsgärtner, um diesen Dschungel mal ein bisschen zu roden.

»Wo hab ich denn bloß wieder den Schlüssel?«, jammerte Frau Antonie, nachdem sie das Taxi bezahlt und die Außenbeleuchtung des Hauses eingeschaltet hatte. »Eben habe ich sie noch klappern gehört.«

»Suchen Sie ganz in Ruhe, meine Liebe, wir haben ja genug Zeit.«

Endlich hatte Antonie den Schlüsselbund und auf Anhieb auch den richtigen Schlüssel gefunden. »Treten Sie ein, Dorothee, und fühlen Sie sich ganz wie zu Hause.«

Dorothee trat ein und knallte als Erstes gegen den schmiedeeisernen Schirmständer, den Karsten irgendwann seinen Eltern geschenkt hatte und seitdem nach jedem blauen Fleck, den er sich an diesem Hindernis holte, aufs Neue verfluchte. »Haben Sie sich wehgetan?«, fragte Frau Antonie besorgt. »Warten Sie lieber, bis ich den Lichtschalter gefunden habe.«

Sekunden später flammten zwei Wandlampen auf und beleuchteten den Flur sowie die Treppe nach oben. Dorothee war angenehm überrascht. Lindgrüne Tapete, hellgrauer Teppichboden, eingebaute Garderobe, dekoratives Grünzeug überall … richtig geschmackvoll und gar nicht das, was sie insgeheim befürchtet hatte, also eine Art Gelsenkirchner Barock, garniert mit Nippes und selbstgestickten Deckchen. Auch das Gästezimmer gefiel ihr und erst recht das gegenüberliegende weinrot gekachelte Bad mit Duschkabine und sogar Bidet.

»Natürlich haben wir im Laufe der Jahrzehnte viel Geld hier hineingesteckt und viele Einbauten vornehmen lassen«, erläuterte Frau Antonie, »das letzte Mal vor zwei Jahren, als das Bad renoviert worden ist. Deshalb glaube ich auch, dass sich das Haus ohne Schwierigkeiten verkaufen ließe.«

»Wollen Sie das denn wirklich tun?«

»Haben Sie einen besseren Vorschlag?«

Dorothee hatte einen. »Warum suchen Sie sich nicht einen passenden Untermieter beziehungsweise eine Untermieterin? Ja, ich weiß, dass Sie darauf nicht angewiesen sind«, wehrte sie sofort ab, als Frau Antonie protestieren wollte, »doch dann wären Sie nicht mehr so allein, und es wäre auch jemand da, falls Ihnen mal etwas passieren sollte.«

»In diesem Fall könnte ich jederzeit meine Kinder erreichen«, erinnerte Frau Antonie.

»Na, die erreichen Sie mal, wenn Sie mit gebrochenem Fuß auf der Kellertreppe liegen!«

Insgeheim musste sich Frau Antonie eingestehen, dass sie eine solche oder ähnliche Situation schon des Öfteren in Gedanken durchgespielt hatte und immer zu dem Schluss gekommen war, dass es möglicherweise Stunden dauern könnte, bevor jemand sie finden würde. Falls es dann nicht schon sowieso zu spät wäre. »Ich telefoniere jeden Tag mit meiner Tochter.«

»Wie schön, dass Sie ein so gutes Verhältnis zu ihr haben«, sagte Dorothee freundlich und beendete das Thema. Die Saat war gelegt, ob sie aufgehen würde, blieb abzuwarten.

Am nächsten Morgen schon lernte sie Tinchen kennen. Während Frau Antonie neben dem Herd den Topf mit den Eiern überwachte – von diesen elektrischen Eierkochern hielt sie überhaupt nichts, bekanntlich waren Eier verschieden groß, brauchten also auch unterschiedliche Kochzeiten, die konnte so ein Gerät doch gar nicht wissen! – und Dorothee den Tisch deckte, öffnete sich plötzlich die Haustür. »Hallo, Mutsch, hoffentlich hast du noch nicht gefrühstückt!«, klang es durch den Flur. »Ich war eben beim Bäcker. Die Croissants sind noch ganz warm!« Dann flog die Zimmertür auf, und eine schlanke Frau mit einer Tüte im Arm stand im Raum. Ende vierzig, schätzte Dorothee, die kastanienbraunen Haare natürlich getönt, aber fachmännisch gemacht, das konnte sie nun wirklich beurteilen, gut sitzender Hosenanzug, Markenartikel, bestimmt nicht billig, Wildlederslipper, dezentes Make-up. Das also war die Tochter Ernestine!

Umgekehrt fiel die Musterung nicht ganz so positiv aus: Was macht denn dieser Kleiderständer hier?, fragte sich Tinchen im Stillen, bevor sie zu dem Schluss kam, dass es sich bei der hageren Frau mit den kühl blickenden grauen Augen eigentlich nur um diese neue Bekannte von Toni handeln konnte, diese Klaus-Knesebeck oder wie immer sie auch heißen mochte. Hatte ihr denn noch niemand gesagt, dass blaugetönte Haare absolut out waren und man entweder zu seinen grauen stand oder sie färben ließ? Sie stellte sich ihre Mutter mit Blauschimmel auf dem Kopf vor und musste sich das Lachen verbeißen. Einfach unmöglich!

»Guten Morgen«, sagte Tinchen, legte die Brötchentüte ab und reichte Dorothee die Hand. »Ich bin Tina Bender, die Tochter von Frau Pabst. Und Sie sind sicher …?«

»Frau Klaasen-Knittelbeek, ganz richtig«, sagte Frau Klaasen-Knittelbeek, während sie den schmalen Armreif neben Tinchens Uhr taxierte. Platin mit Brillis, sehr apart und sehr teuer, aber mit einem Juwelier als Bruder kann man sich so etwas ja leisten. »Ich freue mich, dass ich Sie auch endlich kennenlerne. Ihre Frau Mutter hat schon so viel von Ihnen erzählt.«

Die Frau Mutter betrat das Zimmer, in einer Hand die Kaffeekanne, in der anderen zwei Eierbecher der Serie *Hahn und Henne.* Die übrigen Geschirrteile waren im Laufe der Zeit den Weg alles Irdischen gegangen, woran Tinchen nicht ganz unbeteiligt gewesen war, nur die Eierbecher hatten überlebt, vermutlich deshalb, weil Frau Antonie schon vor Jahren, als die meisten Leute das Wort Cholesterin noch nicht mal kannten, das tägliche Frühstücksei als gesundheitsschädlich bezeichnet und erst gar nicht auf den Tisch gebracht hatte.

»Guten Morgen, Ernestine, so früh schon? Ich habe dich gar nicht kommen gehört. Ist denn etwas passiert?«

»Nein, Mutti, es ist nichts passiert, ich habe nur meinen Wagen zur Inspektion gebracht und auf dem Rückweg ein paar Brötchen geholt, weil ich dachte, wir könnten zusammen frühstücken. Dass du Besuch hast, habe ich natürlich nicht geahnt.«

Bevor sich Frau Antonie auf die landläufigen Höflichkeitsregeln besinnen konnte, ergriff Dorothee das Wort: »Wir haben uns schon bekannt gemacht, liebe Antonie, und was Sie mir über Ihre Tochter erzählt haben, ist wirklich nicht übertrieben gewesen.« Mit einem strahlenden Lächeln wandte sie sich an Tinchen. »Ich hoffe, Sie lassen sich durch mich nicht vertreiben und frühstücken trotzdem mit uns. Mir ist es leider nie beschieden, junge Menschen um mich zu haben, umso mehr genieße ich es, wenn sich die Gelegenheit dazu bietet.«

Der junge Mensch, im letzten Herbst vierundfünfzig geworden, schluckte das, was er gerne gesagt hätte, doch lieber hinunter. Die Canasta-Damen hatten ja mitunter schon etwas seltsame Anwandlungen, besonders Frau Helmers, die nicht nur Usambaraveilchen züchtete, sondern im vergangenen Jahr in der Volkshochschule einen Klöppelkurs belegt hatte und seitdem sämtliche Freundinnen und deren Verwandte mit Produkten ihres neuen Hobbys beglückte, doch diese Frau Ka-Strich-Ka schien einen noch größeren Sparren zu haben!

Tinchen beschloss abzuwarten, ob sie Frau Klaasen-Knittelbeek überhaupt sympathisch finden sollte.

Nach zwei Tassen Kaffee, coffeinfrei natürlich, und zwei Mohnhörnchen mit Diätmarmelade, andere gab es nicht, denn Frau Antonie hatte den Kampf gegen ihr Übergewicht noch immer nicht aufgegeben, war Tinchen zu dem Schluss gekommen, dass sie die liebe Dorothee nicht leiden konnte. Sie hätte nicht einmal sagen können, worauf sich ihre Abneigung gründete, denn Frau Klaasen-Knittelbeek erzählte recht unterhaltsam kleine Episoden von der gemeinsamen Donaureise, stellte keine indiskreten Fragen, hörte im Gegenteil interessiert zu, was Frau Antonie von Tim und Tanja zu berichten hatte, und trotzdem erschien sie Tinchen irgendwie suspekt.

»Die ist nicht echt!«, beschwerte sie sich später bei Florian.

»Na, weißt du, wenn ich mir so *deine* Haarfarbe ansehe und die Jacketkronen ...«

»Ich rede doch nicht von Äußerlichkeiten«, fiel ihm Tinchen ins Wort, »obwohl mich die Frau Ka-Strich-Ka auf dem Kopf ein bisschen an Roquefortkäse erinnert hat wegen der blauen Farbe, aber sie hat doch glatt von mir behauptet, ich sei ein junger Mensch, und das ist nun wirklich kein Kompliment mehr, das zeugt entweder von grünem Star oder von Altersdemenz.«

»Damit könntest du durchaus recht haben. Je älter ich nämlich werde, desto fragwürdiger erscheint mir die These, Alter mache weise. Und Tonis Witwenkonvent hat im Durchschnitt noch zwei Jahrzehnte mehr drauf als ich.«

Das Thema Klaasen-Knittelbeek war so lange kein Thema mehr, bis Frau Antonie ihren Schwiegersohn in der Redaktion anrief und wissen wollte, ob er einen zuverlässigen Möbelspediteur kenne. Als ehemaligem Lokalredakteur seien ihm doch wohl die meisten Firmen geläufig.

»Toni, das ist über zwanzig Jahre her, und in der Zwischenzeit dürfte sich auch in der Speditionsbranche einiges geändert haben, aber wenn du möchtest, blättere ich im Archiv gern ein paar alte Zeitungen durch.« Den Vorwurf, ihre Belange doch endlich einmal ernst zu nehmen, wartete Florian gar nicht erst ab. »Wozu brauchst du eigentlich einen Spediteur? Wenn du endlich diesen Schleiflack-Alptraum aus der Mansarde loswerden willst, musst du es bloß sagen, das kriegen Karsten und ich auch selber hin.«

Nein, Frau Antonie wollte keineswegs den Wäscheschrank ausrangieren, war er doch eines der ersten Möbelstücke gewesen, die ihre Mutter nach dem Krieg wieder angeschafft hatte. »Es handelt sich um einen Umzug«, stellte sie richtig, »nichts Großes, die meisten Möbel bleiben da, aber jeder hat doch ein paar Dinge, an denen er besonders hängt und die er einfach nicht missen möchte.«

Beinahe hätte Florian den Hörer fallen lassen. »Mach keinen Unsinn, Toni! Spätestens nach vier Wochen würdest du deinen Schritt bereuen!«

»Das glaube ich nicht. Ich habe mir die Sache reiflich überlegt und bin der Meinung, dass damit allen Beteiligten am besten gedient ist.«

»Überstürze nichts, lass uns morgen noch einmal darüber reden«, drängte Florian, »wir finden bestimmt wieder eine zuverlässige Putzfrau für dich, und bis wir die haben, kriegst du eben unsere Frau Klötzer. Ein paar dreckige Fenster und ein bisschen Staub auf dem Nachttisch sind doch kein Grund, ins Altersheim zu gehen!«

Jetzt war es Frau Antonie, die am Verstand ihres Schwiegersohnes zweifelte. »Ich weiß nicht, wovon du redest, Florian, ich habe weder die Absicht, ein Seniorenheim aufzusuchen, noch Frau Klaasen-Knittelbeek als Putzfrau einzustellen; vielmehr werden wir einen gemeinsamen Haushalt führen.«

Worauf das Gespräch abrupt endete, denn nun war Florian der Hörer tatsächlich aus der Hand gerutscht.

Mittlerweile gab es die Pabst-Klaasen-Knittelbeeksche Symbiose schon seit über zwei Jahren, und allen Unkenrufen zum Trotz funktionierte sie. Zwar konnte Tinchen noch immer keine sonderliche Sympathie für Frau Antonies Mitbewohnerin aufbringen und weigerte sich beharrlich, sie mit Dorothee anzureden, doch sie musste zugeben, dass ihrer Mutter die Zweisamkeit gut bekam. Waren es anfangs nur Autofahrten in die nähere Umgebung mit anschließendem Spaziergang gewesen, so wurden es bald Tages- und schließlich Wochenendtouren mit stundenlangen Wanderungen, vorzugsweise dort, wo eine steife Brise wehte. Nicht umsonst war die kleine Dorothee Klaasen mit Nordseewind aufgewachsen, und Frau Antonie erinnerte sich auch wieder, dass sie früher häufig im Riesengebirge gewesen war, wo es ebenfalls nicht gerade windstill ist.

Eine gemeinsame Kur in Bad Hofgastein, die Frau Antonie von der Kasse verordnet bekam und Frau Klaasen-Knittelbeek selbst bezahlte, stärkte beider Gesundheit so nachhaltig, dass sie anschließend eine zweiwöchige Mittelmeer-Kreuzfahrt machten und von jedem Hafen eine begeisterte Ansichtskarte schickten. Auch der Canasta-Club bekam welche und beschloss daraufhin, Frau Klaasen-Knittelbeek nun doch als vollwertiges Mitglied aufzunehmen und ihr vor allen Dingen endlich die Spielregeln beizubringen; Dorothee konnte nämlich nur Rommé und selbstverständlich Bridge.

Im Gegensatz zu Frau Antonie, die nie selber Auto gefahren und alles, was nicht in den Bereich Haushalt und Kindererziehung gefallen war, ihrem Ernst überlassen hatte, war Dorothee Klaasen schon in jungen Jahren zur Selbständigkeit erzogen worden, sie konnte ein Kursbuch genauso lesen wie eine französische Speisekarte und ließ sich weder von einem Hotelportier noch von einem Schalterbeamten der Deutschen Bundesbahn einschüchtern. Nur eins hatte sie nicht gelernt: Kochen.

Und das wiederum beherrschte Antonie aus dem Effeff, hatte es jedoch kaum noch getan, denn »für eine Person allein lohnt sich das doch gar nicht«. Für zwei allerdings schon, zumal Frau Klaasen-Knittelbeek endlich das gelang, was Tinchen jahrelang vergeblich versucht hatte: Frau Antonie zum Ankauf eines Gefrierschranks zu überreden. Seitdem wurde wieder richtig gebraten und gebrutzelt, portionsweise eingefroren, und wenn kein Platz mehr war, durfte Tinchen mit ihrer Kühltasche kommen und alles das mitnehmen, was zuunterst lag. Hatte Florian drei Tage lang Nudeln in verschiedenen Variationen essen müssen, weil seine Frau aus Bequemlichkeit auf das praktische *In-sechs-Minuten-fix-und-fertig-gekocht* zurückgegriffen hatte, dann kam garantiert der Stoßseufzer: »Räumt Toni nicht mal wieder ihren Gefrierschrank aus?«

Kaum zu übersehen war allerdings, dass ihre Kochkunst unterschiedliche Wirkung zeitigte. Während sich Dorothees hagerer Körper zu schlank bis wohlproportioniert rundete, musste Frau Antonie wieder auf Konfektionsgröße 46 umsteigen, obwohl sie ihre gesamte Trauerkleidung doch schon in 44 hatte kaufen können. Nun ja, die hatte sie ohnehin vor Monaten in die Mansarde gebracht, wo die ganzen ausrangierten Sachen hingen, aber nun musste sie sich auch von den Wiener Modellen trennen, und das war schmerzlich. Bis vor kurzem hatte sie den Reißverschluss von dem Blaugeblümten noch bis auf die letzten anderthalb Zentimeter zuziehen können, doch dann hatte sie das nicht mal mehr mit aller Gewalt geschafft. Ab sofort also keinen selbst gebackenen Kuchen mehr am Nachmittag, und wenn, dann nur einen ganz trockenen ohne Sahne, und die Chips abends beim Fernsehen und erst recht die Champagnertrüffel würde sie wohl ebenfalls streichen müssen. Pavla hatte ja auch gesagt, dass Obst viel gesünder sei, und die musste das wissen, denn nicht umsonst war sie mal Hilfspflegerin im Krankenhaus gewesen.

Pavla war die elfte Nachfolgerin von Frau Freitag selig,

Tonis langjähriger Putzfrau, die damals nur acht Mark pro Stunde gekostet und ihr sogar noch unentgeltlich die Karten gelegt hatte. Eines Tages hatte sie Durchfall bekommen und war eine Woche später gestorben. Seinerzeit hatte Oma Marlowitz noch gelebt und sofort gewusst, dass das nur die Cholera sein konnte. Im Krieg hatte sie die nämlich oft genug gesehen. Seitdem war die gesamte Familie Bender dagegen geimpft, obwohl sich die vermeintliche Seuche als Darmgrippe herausgestellt hatte und Frau Freitag an einer Blutvergiftung gestorben war. Oma Marlowitz hatte trotzdem auf einer Schutzimpfung bestanden sowie auf einer Desinfizierung des Hauses einschließlich Keller und Garage.

Aus Gründen der Pietät stellte Frau Antonie erst drei Wochen später eine neue Putzfrau ein, die kam dann schon teurer, und Kartenlegen konnte sie auch nicht. Als der neu eröffnete Supermarkt Kassiererinnen suchte, bewarb sie sich, wurde genommen und kündigte bei Toni fristlos. Ihr folgte ein junges Mädchen, das Anita hieß, offenbar unter Blasenschwäche litt und einen Teil seiner Arbeitszeit auf der Toilette verbrachte, wo es Schokoladenriegel kaute und Comics las.

Danach versuchte es Frau Antonie mit einer Italienerin, die ihr beibrachte, wie man Spaghetti richtig al dente kocht, jedoch nicht einsehen wollte, dass man Parkett nicht mit einer Wurzelbürste reinigt. Zu Hause in Avellino habe sie auch Holzböden, und die würden jede Woche mit Seifenlauge geschrubbt. Nachdem Karsten anhand des Atlasses festgestellt hatte, dass Avellino südlich von Neapel und folglich schon in jenem Teil Italiens liegt, der mehr wegen der Mafia und weniger wegen seiner Wohnkultur bekannt geworden ist, musste Giovanna einer Özlem weichen. Auch dieses Arbeitsverhältnis war nicht von langer Dauer gewesen und war in erster Linie wegen Verständigungsproblemen gelöst worden. Frau Antonie wusste nicht, was Spinnweben oder Schonwaschgang auf Türkisch heißt, und Özlem kam mit Frau Antonies mimischen Arbeitsanweisungen nicht so ganz klar. Nachdem sie den Kaschmirblazer, statt ihn auszubürsten, in der Badewanne mit Kernseife bearbeitet und im Trockner auf Teenagergröße geschrumpft hatte, sah sich Frau Antonie wieder nach einer deutschsprachigen Hilfe um, auch wenn die erheblich teurer war.

Frau Schlicks war eine Hausfrau so recht nach ihrem Geschmack. Jedenfalls anfänglich. Sie kam zwei Mal wöchentlich, sah von allein, *was* getan werden musste, und bestimmte, *wann* es getan werden musste. »Heute werden Fenster geputzt!«, ordnete sie an, selbst wenn in der Ferne Donnergrollen zu hören war und Frau Antonie sich eigentlich vorgenommen hatte, den Keller aufzuräumen. Frau Schlicks beschloss eine Generalreinigung der Küche just an dem Tag, als Toni zehn Kilo Bohnen einwecken wollte, und Frau Schlicks bügelte grundsätzlich nur dienstags, weil da im Radio immer die Fortsetzung einer Hörspielserie kam. Am liebsten jedoch putzte sie den Herd – innen und außen. Dieses Ritual bildete immer den Abschluss ihrer Fünfstundenschicht, und hinterher glänzte das zwanzig Jahre alte Stück wie ladenneu. Allerdings hatte Frau Schlicks die irritierende Angewohnheit, jedes Mal, wenn sie kam, schnurstracks in die Küche zu laufen, die Backofentür aufzureißen und dann mit anklagender Miene festzustellen: »Sie haben ja schon wieder was drin gemacht!«

Als Frau Antonie eines Nachmittags mit einem abgedeckten Kuchenblech unterm Arm bei Tinchen vor der Tür gestanden und sie gebeten hatte, den Apfelstreusel in ihrem Ofen zu backen, weil sie selbst es nicht mehr schaffen würde, den Herd noch sauber zu machen, bevor sie abends wegmüsste zum Theater-Abonnement, und um acht in der Früh käme doch Frau Schlicks … war Tinchen der Kragen geplatzt. »Morgen schmeißt du sie raus! Und wenn du es nicht machst, tu ich es!«

»Ach ja«, hatte Frau Antonie geantwortet, »am besten kommst du so gegen halb eins vorbei, dann ist sie fast fertig.

Und den Kuchen nicht zu lange drinlassen, sonst wird er trocken. Am besten vierzig Minuten bei zweihundert Grad.«

Frau Schlicks ging, Heidrun kam. Und blieb nur sechs Wochen, dann hatte Frau Antonie sie in flagranti erwischt. Also hatte es doch nicht an Alzheimer gelegen, dass die verschwundenen Geldscheine nicht wieder aufgetaucht waren. Dabei hatte sie schon unter der Matratze nachgesehen, im Nähkasten und sogar zwischen den Schuhcremedosen, weil man ja immer mal wieder liest, dass alte Frauen ihr Geld verstecken und es hinterher gar nicht mehr wissen.

Danach hatte es noch eine Jovanka gegeben, die aus Jugoslawien stammte und nur so lange bleiben wollte, bis sie einen deutschen Mann zum Heiraten finden würde, was zu Frau Antonies Bedauern relativ schnell geschah. Dann kam eine griechische Helena, ein nettes, fleißiges Mädchen, das der Vater eines Tages wortlos abholte ... Nein, Frau Antonie hatte entschieden kein Glück mehr mit ihren Perlen. Ab und zu bat Tinchen ihre Frau Klötzer um Mithilfe, dann zogen sie gemeinsam zu Frau Antonie, holten die Gardinen runter, putzten Fenster und die Küchenschränke von innen, das hielt wieder ein Weilchen vor, doch eine Dauerlösung waren diese gelegentlichen Samariterdienste natürlich nicht.

So war es nach Frau Klaasen-Knittelbeeks Einzug ihre erste offizielle Aufgabe gewesen, eine Putzfrau zu finden, die nach Möglichkeit eine Lebensstellung suchte. Dorothee entwarf einen Text, in dem viel von Vertrauensverhältnis die Rede war, von kinderlosem Haushalt, angenehmem Arbeitsklima und guter Bezahlung. Florian wiederum spendierte den Damen in der Anzeigenabteilung des ZEITSPIEGEL ein Dutzend Windbeutel sowie eine Packung Beste Bohne, damit sie das Inserat günstig plazierten, aber die Rechnung vergaßen, und schon drei Tage später nahm Frau Klaasen-Knittelbeek unter zeitweiligem Beistand von Frau Antonie das Defilee der siebzehn Kandidatinnen ab. Sie kamen im Halbstundentakt, die letzte abends kurz vor neun, doch der ganze Aufmarsch wäre eigentlich überflüssig gewesen. Dorothee hatte sich gleich für die erste Bewerberin entschieden, für Pavla aus Kutná Hora, eine gestandene Frau Mitte vierzig mit roten Apfelbäckchen und lustigen braunen Augen. Frau Antonie versuchte es sofort mit ein paar polnischen Floskeln, die ihr noch in Erinnerung geblieben waren, doch Pavla lachte nur. »Bin ich nicht Pole, bin ich geboren in Pardubice und bin ich geheiratet in Kutná Hora.«

»Also Pardubitz, wie wir damals gesagt haben«, stellte Frau Klaasen-Knittelbeek richtig, »dort war ich 1944 Mädelführerin in einem KLV-Lager.«

»Darauf würde ich nun nicht gerade stolz sein«, bemerkte Frau Antonie leise, und dann, zu Pavla gewandt: »Sind Sie schon lange hier in Deutschland?«

Seit einem halben Jahr, sagte Pavla, die Tante hätte sie zum Kommen aufgefordert und ihr eine Stellung besorgt in einer Fabrik, aber das sei zu langweilig gewesen, immer dasselbe machen »mit Maschine Löcher in Eisen«, sie arbeite lieber im Haushalt, hätte auch schon eine Putzstelle, »aber ist zu wenig, ich habe noch Zeit«.

Ob denn ihr Mann auch hier sei, wollte Dorothee wissen.

»Ist nicht mehr mein Mann, habe ich geschieden wegen eine andere, ist so alt wie Schulmädchen.«

Womit die Sache klar und Pavla eingestellt war. Künftig würde sie zwei Mal wöchentlich kommen, bei Bedarf auch öfter. Dass sie hervorragend kochen konnte, stellte sich heraus, als Frau Antonie gleichzeitig ihr Gulasch auf dem Herd, den Telefonhörer in der Hand und das entnervende Piepsen der Waschmaschine im Ohr hatte, mit dem das Gerät das Ende des Programms signalisierte. Antonie versprach Frau Reutter einen baldigen Rückruf, zog den Topf von der heißen Platte und lief in den Keller. Bis sie die vielen Tischdecken, Handtücher und Servietten auf der Leine hatte (In den Sommermonaten benutzte sie den Trockner grundsätzlich nicht, einmal aus Gründen der Sparsamkeit und zweitens wegen der frischen Luft für die Wäsche!) und in die Küche zurückkam, hatte Pavla das Fleisch angebraten, Zwiebeln und Paprika geschnitten und inspizierte gerade das Gewürzregal, in dem die nach ihrer Ansicht wichtigsten Ingredienzen für Gulasch fehlten, nämlich Chili-Schoten. Sodann wurde die Zubereitungsart von Tafelspitz diskutiert, der bei Frau Antonie weniger klangvoll ›Rindfleisch mit Meerrettichsoße‹ hieß, und als sich Pavla schließlich erbot, einmal echte Böhmische Buchteln zu machen, hatte sie Frau Antonies Herz endgültig erobert. Künftig gab es mindestens einmal wöchentlich tschechische Spezialitäten zu essen, und an wenigstens zwei Tagen saßen sie zu dritt am Mittagstisch, den Pavla jedes Mal liebevoll mit Frau Antonies bestem Porzellan und den Kristallgläsern deckte, auch wenn nur Mineralwasser hineinkam. An den übrigen Tagen, wenn Pavla nicht da war, benutzten sie das Alltagsgeschirr und Wassergläser von Ikea. Und sonntags wurde meistens auswärts gegessen, darauf legte Frau Klaasen-Knittelbeek Wert, denn der lieben Antonie stand schließlich auch ein freier Tag zu!

Die Grippewelle offenbarte es! Sie hatte auch Dorothee erwischt, die sich nach dem zweiten Hustenanfall sofort wieder ins Bett legte, ihren Krefelder Hausarzt um eine Visite bat und bis zu seinem Erscheinen abwechselnd heißen Tee und kalte Apfelsaftschorle trank, Letztere wegen des bedrohlich hohen Fiebers von 39,1. Frau Antonie trabte unermüdlich treppauf und treppab, brachte Heizkissen, Bettjäckchen, das große Gesundheitsbuch und sicherheitshalber auch noch die Bibel, holte die Brille, das Fernsehprogramm, die Tempotücher, den Kugelschreiber für das Kreuzworträtsel … und als plötzlich Pavla vor der Tür stand und nur schnell ihre vergessene Strickjacke holen wollte, wäre sie ihr beinahe um den

Hals gefallen. »Pavla, Sie schickt der Himmel! Haben Sie ein bisschen Zeit?«

»Nein, aber kann Mann von Frau Schmidt warten.«

»????«

»Hat telefoniert, dass ich soll sagen, was steht in Brief aus Praha. Kommt von Firma, was macht Papier für Toilette.«

Frau Antonie atmete auf. »Ach so, Sie sollen einen tschechischen Brief übersetzen?« Natürlich war Pavla kein junges Mädchen mehr, aber stand nicht beinahe täglich etwas in der Zeitung von ausländischen Frauen, die verschleppt wurden und dann in irgendwelchen Absteigen landeten? »Und dieser Herr Schmidt importiert Toilettenpapier?«

»Weiß nicht, was ist importieren, aber Mann von Frau Schmidt malt.«

»Auf Toilettenpapier?«

»Nein, auf Wand von Häuser.« Energisch drängte sie ins Haus. »Was ist los? Warum Sie noch nicht richtig angezogen?«

Erst jetzt fiel Frau Antonie auf, dass sie noch immer im Morgenrock herumlief, und das um zehn Uhr vormittags! Aber sie war einfach nicht zum Duschen gekommen und folglich auch nicht zum Anziehen. Dorothee war eben doch recht anspruchsvoll. »Frau Klaasen-Knittelbeek ist krank, wahrscheinlich Grippe, und nun muss ich mich natürlich um sie kümmern.«

»Werde *ich* kümmern!« Pavla stellte ihre Handtasche ab, wusch sich in der Küche die Hände und stieg die Treppe empor. »Guten Tag, Frau Klaas«, hörte Toni noch, bevor sie ein Weilchen gar nichts und dann nur noch einen Entsetzensschrei vernahm. »Kommt überhaupt nicht in Frage, damit bringen Sie mich um!«, kreischte Dorothee. »Außerdem wird jede Minute mein Arzt hier sein, der verschreibt mir schon die richtigen Medikamente!«

»Nix Tabletten!«, brüllte Pavla zurück. »Macht noch mehr

krank! Habe ich gearbeitet in Hospital für alte Leute und gesehen, wie sterben. Mutter von meine Mutter ist geworden hundert Jahre alt und kann leben noch heute, wenn nicht gestorben bei Unfall in Autobus. War noch nicht tot, ist gekommen in Hospital, und dann war tot.«

»Was hat denn das alles mit mir zu tun?«, jammerte Dorothee. »Ich habe doch nur eine Grippe.«

»Und für Grippe man braucht kein Arzt.« Pavla trabte zurück in die Küche, braute in Ermangelung von Fliedertee, mit dem Frau Antonie leider nicht dienen konnte, ein Gemisch aus diversen Kräutern zusammen und flößte es trotz erheblichen Protests der Patientin ein. Danach wurde sie erst in ein feuchtes Bettlaken und dann in eine Wolldecke gewickelt, obendrauf kam das Deckbett, und in zwei Meter Entfernung bezog Frau Antonie Posten, damit sich Dorothee nicht aus ihrem Schwitzkasten befreite. Genau zwanzig Minuten müsse sie so liegen bleiben, hatte Pavla angeordnet, sie selbst würde in der Zwischenzeit ein anderes Bett beziehen und ein frisches Nachthemd bereitlegen.

Selbst Frau Antonie, die von alten Hausmitteln durchaus etwas hielt und bei Magenbeschwerden grundsätzlich erst mal Fencheltee trank, war überrascht. Nach Pavlas Rosskur und einem erholsamen Schläfchen von drei Stunden fühlte sich Frau Klaasen-Knittelbeek angeblich wie neugeboren, war einem Tässchen Hühnerbrühe mit Eierstich nicht abgeneigt und gestattete sogar einen Anruf in der Praxis: Ein Hausbesuch sei nun nicht mehr erforderlich.

»Ich glaube, wir sollten uns nach einem Arzt der homöopathischen Richtung umsehen, liebe Antonie«, schlug sie zwei Tage später vor, als sie – wieder fieberfrei – mit dem Frühstückstablett auf den Knien in ihrem Bett saß, »würden Sie mir wohl bitte das Branchen-Telefonbuch herüberreichen?«

»Die Nummer von Pavla habe ich im Kopf!«, krächzte

Frau Antonie zähneklappernd. »Und wenn Sie nichts dagegen haben, rufe ich sie gleich an. Jetzt habe *ich* nämlich die Grippe!«

Tinchen erwachte, weil ihre Mutter aus dem Bett gefallen war! Oder war es Frau Klaasen-Knittelbeek gewesen? Außerdem hatte noch irgendwas gescheppert. Etwa die Nachttischlampe? Und wer, um alles in der Welt, brüllte da draußen herum? »Aua, verflucht noch mal! Hier hat ja schon wieder jemand diese verdammte Kamingabel rumliegen lassen! Wenn ich den zu fassen kriege, nagle ich ihn damit an die Wand!« Die Tür flog auf, und ein wütender Florian hüpfte auf einem Bein ins Zimmer. »Kannst du nicht mal einen abendlichen Kontrollgang einführen und alle Fallstricke aus dem Weg räumen, Tine? Da nimmt man nun Rücksicht, macht kein Licht und versucht, leise zu sein, aber zum Dank dafür fliegt man über Kohlenschaufeln und Rollschuhe. Außerdem steht neben der Haustür ein Blumentopf mit gefrorenem Wasser, das heißt, er *stand* dort, jetzt ist er nämlich kaputt!«

Florian hinkte zum Sofa und ließ sich hineinfallen. Erst dann wunderte er sich. »Wieso schläfst du noch nicht! Es ist halb zwei Uhr nachts!«

»Bin ich tot, Flori?«, kam es zaghaft aus der Sesselecke, wo Tinchen, eingerollt wie ein Farnwedel, ins Licht blinzelte.

»Du nicht, aber ich – jedenfalls beinahe! Einen halben Meter weiter nach links, und ich wäre mit dem Kopf an den Kamin geknallt!« Er zog den Socken aus und betrachtete seinen Fuß. »Na ja, zu sehen ist nichts, aber es hat trotzdem höllisch wehgetan!« Mitleidheischend sah er Tinchen an. »Kann man da nicht einen kalten Umschlag drumwickeln oder 'ne Salbe raufschmieren?«

»Ich bin wirklich nicht tot?«

»Falls ja, dann bist du eine ziemlich lebendige Leiche!«, knurrte er unwillig. »Wie kommst du überhaupt auf diesen blödsinnigen Gedanken? Hast du wieder was von Stephen King gelesen?«

»Nein! Im Gegenteil! Ich wollte mal wieder den *Medicus* anfangen, aber dann bin ich wohl eingeschlafen und habe so viel geträumt. Alles durcheinander. Zuerst von Vatis Tod und von Tonis Dampferfahrt und dann plötzlich von Tobias und Ulla, und immer war ich selber dabei, obwohl ich ja gar nicht dabei gewesen bin. Jedenfalls nicht immer«, ergänzte sie, als sie Florians verständnisloses Gesicht sah. »Ich meine, da waren lange Gespräche, die ich nie persönlich mitgekriegt habe, also zwischen Mutsch und Frau Ka-Ka oder zwischen dir und Karsten ... Natürlich hast du mir davon erzählt und Mutti ja auch und Tobias, aber plötzlich war alles so *echt,* beinahe wie gerade erst gewesen ... Ich hab sie alle *reden gehört!* Ach, Flori, das war furchtbar!« Schluchzend warf sie sich in seine Arme. »Und weil doch immer gesagt wird, wenn man gleich stirbt, läuft das ganze Leben vor einem ab, habe ich geglaubt, nun bin ich tot!«

»Hm«, meinte Florian und fuhr Tinchen beruhigend über den Kopf, »wann bist du denn eingeschlafen?«

»Weiß ich nicht genau, so gegen neun.«

»Na siehste! Jetzt ist es gleich zwei, also hast du fast fünf Stunden gebraucht, um nur die letzten drei Jahre zu durchleben. Die anderen dreiundfünfzig schaffst du heute sowieso nicht mehr!« Er schob sie zur Tür hinaus. »Komm, gehen wir lieber schlafen. Spätestens um sieben, wenn die kleinen Fratzen vor dem Bett stehen, ist die Nacht zu Ende. Wann holt Ulla sie eigentlich wieder ab?«

»Wenn sie achtzehn sind, hat sie gesagt!«

2.

Hast du das Schmuckblatt für die Weihnachtsgrüße schon fertig?«, erkundigte sich Tinchen, während sie pro forma mit dem Staubtuch herumwedelte und dabei über Florians Schulter linste. »In genau zwei Wochen ist nämlich Heiligabend, und bis dahin sollten sie eigentlich im Kasten sein!«

»Die liest doch sowieso keiner!«

»Das nicht, aber jeder registriert, ob er welche gekriegt beziehungsweise von wem er *keine* gekriegt hat! Weißt du noch, wie empört Gisela letztes Jahr gewesen ist?«

»Über Idioten diskutiert man nicht, die ignoriert man bloß!«, sagte Florian. »Ich schicke doch meiner Schwägerin keine Weihnachtskarte, wenn sie am zweiten Feiertag sowieso auf der Matte steht! Und das nur, weil sie ihren Gänsebraten haben will und selber keinen fertig bringt!«

»Einmal im Jahr wirst du sie wohl ertragen können!«

»Das ist genau einmal zu viel!«, wütete er und vertiefte sich wieder in das Benutzerhandbuch für den Computer, der seit zwei Tagen die Hälfte seines Schreibtisches bedeckte, vom Fachmann installiert worden und somit betriebsbereit war, doch bei seinem Besitzer noch keine rechte Begeisterung ausgelöst hatte. In der Redaktion standen diese Dinger natürlich in Mengen herum, und Florian benutzte sie auch gelegentlich, wenn sein Diktiergerät mal wieder streikte, aber mit der Technik als solcher hatte er sich nie abgegeben. Das war ihm sogar strikt untersagt worden, seitdem er Vandeveldes Leitartikel versehentlich durch mehrmaligen, nicht mehr rekonstruierbaren Tastendruck in den Tiefen des Rechners hatte verschwinden lassen, wo er trotz sofortigem Einsatz einiger selbsternannter Experten nie wieder gefunden wurde. Dieses Desaster hatte sich nachts um halb zwölf ereignet, also eine halbe Stunde vor Redaktionsschluss. Zu diesem Zeitpunkt sind auch Dienstleistungsbetriebe relativ selten zu erreichen, und deshalb hatten die Leser auf die geistigen Höhenflüge des Chefredakteurs verzichten und mit einer gekürzten Rede des Herrn Bundeskanzlers vorliebnehmen müssen.

Wenn Florian nunmehr in der Redaktion etwas schreiben wollte, dann durfte er das selbstverständlich auf einem PC tun, allerdings unter der Voraussetzung, dass sich eine versierte Person in Rufweite befand, um bei eventuellen Pannen eingreifen zu können, bevor sie wieder in eine Katastrophe ausarteten. Seit neuestem wurde der Redaktionsbote dazu abgestellt, der hatte in der 9. Klasse an einer Computer-AG teilgenommen.

Arbeitete Florian zu Hause, dann tippte er seine Artikel weiterhin auf der alten Erika, einem Relikt aus jener Zeit, als die ehemalige DDR noch sowjetische Besatzungszone geheißen hatte. Im Laufe der Jahrzehnte war die Schreibmaschine zwar ein bisschen klapprig geworden und hatte zwei Zähne verloren, doch das ä und das Y brauchte man sowieso nicht oft, die konnte man bei Bedarf handschriftlich einfügen. Florian hatte wirklich keinen Grund gesehen, sich einen PC anzuschaffen, es war vielmehr seine jugendliche Verwandtschaft gewesen, die ihn ständig gehänselt hatte, allesamt Abkömmlinge von seinem Bruder Fabian und dieser grässlichen Gisela. Dabei war die erste Generation ja noch ganz gut geraten, aber deren Kinder ...? Kotzbrocken allesamt! Jedenfalls fast alle!

»Wie ist das denn nun mit den Weihnachtsgrüßen? Kriegst du die heute noch fertig?«

Florian fuhr zusammen. Er hatte sein Tinchen total vergessen, dabei war sie es doch gewesen, die den letzten Anstoß zum Kauf dieses blöden Computers gegeben hatte. »Sieh mal, Flori«, hatte sie erst vorige Woche wieder gesagt und ihm einen Briefbogen mit verschneiten Tannen am Rand gezeigt, »den habe ich von Lilo gekriegt, hat sie selber entworfen, dabei hat sie nie zeichnen gekonnt! Muss sie auch nicht, schreibt sie, das macht jetzt alles der Computer. Wann schaffst du endlich einen an? Den kannst du doch sogar von der Steuer absetzen!«

Nicht zuletzt dieses Argument hatte den Ausschlag gegeben! Und nun saß er vor dem Bildschirm und wusste nicht mal, wie er die graue Fläche beleben, geschweige denn mit Tannenbäumen verzieren sollte. Halblaut las er vor: »Wenn Sie ein Bitmap des aktiven Fensters erstellen und in die Zwischenablage kopieren wollen ... Wer will denn das?!«, jammerte er entnervt und warf das Buch in Richtung Papierkorb. »Beim Kauf von so einem Monstrum kriegt man zwar ein Kilo Literatur mitgeliefert, aber deren Studium setzt mindestens einen Uni-Abschluss in Englisch und Physik voraus. Die deutschen Texte muss jemand geschrieben haben, der sonst die Steuergesetze formuliert – für normale Menschen also absolut unverständlich. Und ich bin ein normaler Mensch!«

»Natürlich bist du das, Flori«, bestätigte Tinchen sofort, »du bist eben nur anderweitig begabt. Was hat dieser Computer eigentlich gekostet?«

»Alles in allem sechstausendundetwas, genau weiß ich das nicht mehr. War sowieso rausgeschmissenes Geld!«, knurrte er erbittert.

»Ganz schön teuer! Hättest du nicht einen nehmen können mit einem etwas niedrigeren Intelligenz-Quotienten?«

Verblüfft drehte Florian sich um.

»Sicher wäre er billiger gewesen«, behauptete Tinchen mit todernster Miene, »und vielleicht auch leichter zu bedienen. Weil diese Geräte doch entsetzlich dämlich sind – übrigens kein Wunder, sie sind ja männlichen Geschlechts! – und lediglich das tun, was man ihnen sagt, sollte sich logischerweise auch nur jemand davorsetzen, der intelligent genug ist, die erforderlichen Anweisungen zu geben. Da es bei dir damit offenbar noch hapert, dachte ich, dass du ...!«

»Raus!«

Bevor sie die Tür hinter sich zuzog, meinte sie tröstend: »Wenn du das mit den Weihnachtsgrüßen nicht mehr schaffst, kannst du doch schon mal welche für Ostern anfangen, die brauche ich dann ja auch.«

Vergnügt vor sich hin trällernd ging sie hinüber in ihr Zimmer. Das hatte gesessen! Richtig geknickt hatte Florian ausgesehen! Macht nichts, Rache ist süß, und dass sie ihm irgendwann die Geschichte mit dem neuen Herd heimzahlen würde, war ja klar gewesen, es hatte sich nur erst die passende Gelegenheit finden müssen!

Im Frühjahr war es gewesen, als sich der alte Elektroherd plötzlich in ein feuerspeiendes Ungeheuer verwandelt, Funken geschlagen und kurz darauf endgültig seinen Geist aufgegeben hatte. Ein neuer war fällig gewesen, jetzt natürlich einer mit Ceranfeld, Heißluft, eingebautem Grill, Infratherm und ähnlichen Spielereien, von denen sie längst noch nicht alle ausprobiert hatte.

Das gute Stück war am Vormittag geliefert worden, und nachdem sie es zunächst von allen Seiten bewundert und dann, wie angeordnet, mit lauwarmem Wasser gereinigt hatte, wollte sie es natürlich auch testen. Mit einem Kuchen! Am besten Marmorkuchen, bei dem konnte sie nichts verkehrt machen, der gelang immer. Zusammengerührt war der Teig schnell, hinein in die Form und ab in den Ofen. Ungemein praktisch, dieser herausziehbare Wagen, dazu das helle Licht und die riesige Glasscheibe, durch die man den Backvorgang bequem verfolgen konnte – ganz begeistert war sie gewesen.

Eine gute Stunde hatte der Kuchen sonst immer gebraucht, mit Umluft geht's aber schneller, hieß es, also hatte sie die

Uhr auf 55 Minuten gestellt. Merkwürdig nur, dass sich überhaupt nichts tat! Nach zwanzig Minuten sah der Teig noch genauso roh aus, wie sie ihn in die Form gefüllt hatte, und als sie vorsichtig die Ofentür aufmachte, schlug ihr kalte Luft entgegen. Zwar wehte sie vorschriftsmäßig, nur eben kalt. Na ja, Anfangsschwierigkeiten, hatte Tinchen gedacht, bei manchen Geräten ist oft ein Probelauf erforderlich, neue Autos müssen ja auch erst eingefahren werden ... Doch als nach 55 Minuten der Wecker klingelte und der Ofen noch immer keine Anstalten machte, das zu tun, was er sollte, nämlich heizen, wurde sie unruhig. Kurzer Check: Licht? Brennt. Umluft? Eingeschaltet. Zeit? War programmiert, inzwischen jedoch abgelaufen. Fazit: Der Herd ist defekt! Also telefonische Reklamation beim Promarkt. Moment bitte, zehn Takte *Kleine Nachtmusik*, dann »Was kann ich für Sie tun?«, höfliches Bedauern, Weiterverbinden zum Kundendienst, noch mal drei Minuten Mozart, sodann längeres wortreiches Bedauern sowie das Versprechen, sofort für Abhilfe zu sorgen. Die kam dann auch, allerdings erst am Spätnachmittag und ausgerechnet im selben Moment wie ein missgelaunter Florian, der an einer Pressekonferenz im Landtag hatte teilnehmen müssen, wo es nicht mal was zu trinken gegeben hatte.

Der Kundendienstmensch hatte sich erst ausführlich von Tinchen erzählen lassen, was denn an dem nagelneuen, supergünstigen, weil preisreduzierten Luxusmodell nicht funktionieren würde, dann schaltete er das Licht ein, drehte die Temperatur auf 200 Grad, betätigte den Schalter für die Umluft, und schon Sekunden später war der erste Hauch von Wärme zu spüren. »Wat woll'n Se denn, jeht doch allet!« Beifallheischend sah er Tinchen an.

»Aber vorhin ...«, begann sie, als ihr siedend heiß einfiel, dass sie zwar alles das in Betrieb genommen hatte, was es an ihrem alten Herd gar nicht gegeben hatte, doch dafür hatte sie den Temperaturregler vergessen. Anstatt nun ihren Interes siert danebenstehenden Ehemann unter einem Vorwand aus der Küche zu locken, danach dem Techniker ihre Dummheit zu beichten und ihn mit einem Trinkgeld nach Hause zu schicken, waren ihr Tränen der Wut in die Augen gestiegen, und sie hatte verlegen gestammelt: »I-ich hab d-doch bl-bloß d-das Warmma-machen v-v-verges-sen!«

Worauf beide Männer in brüllendes Gelächter ausgebrochen waren, das sogar Herr Knopp von nebenan gehört und sich prompt aus dem Fenster heraus nach dem Grund der übermäßigen Heiterkeit erkundigt hatte. Bevor Florian ihn daran hindern konnte, hatte der Kundendienstmann den Sachverhalt geschildert, und wenige Tage später war nicht nur die nähere, sondern auch die weitere Umgebung über Tinchens Blamage informiert gewesen. Sogar Frau Antonie hatte davon erfahren, und zwar an der Käsetheke im Supermarkt.

Kein Wunder also, dass Tinchen geschworen hatte, sich zumindest an Flori für sein mangelndes Mitgefühl zu rächen, und dieser Wunsch hatte im Laufe der Monate keineswegs nachgelassen. Einen kleinen Triumph hatte sie ja eben gehabt, doch der genügte ihr noch nicht. Solange Florians Kampf mit dem Computer innerhalb der eigenen vier Wände blieb, war die Sache reizlos. Sie musste unter seinen Kollegen die Runde machen, und um das anzuleiern, eignete sich niemand besser als Hausfreund Gerlach.

Ihn hatte Florian mit in die Ehe gebracht, was jedoch nicht hieß, dass Tinchen ihn nicht auch schon gekannt hatte. Peter Gerlach war seinerzeit beim TAGEBLATT Gerichtsreporter gewesen, hatte jeden Zuhälter gekannt und jeden invaliden Bettler, der eine halbe Stunde nach Ladenschluss keiner mehr war, hatte in jeder sogenannten Bar freien Eintritt gehabt und niemals eine Rechnung bekommen, ausgenommen nach einem Besitzerwechsel, wenn der alte im Kittchen saß und der neue noch nicht wusste, wen er da vor sich hatte. Gerlach hatte seinerzeit sogar den geklauten Wagen von Dr. Laritz, seines

Zeichens Kulturapostel des TAGEBLATT, wiederbeschaffen können. Und das innerhalb von 48 Stunden. Er hatte einfach seine Verbindungen spielen lassen, bei den richtigen Leuten ein paar falsche Behauptungen fallen lassen, und prompt hatte der silbergraue Opel Admiral am Morgen auf dem Parkplatz vorm Pressehaus gestanden. Seitdem hatte Gerlach immer die zwei kostenlosen Presse-Karten für Oper und Schauspielhaus bekommen, während Dr. Laritz seine selber bezahlt hatte. Er *musste* gehen, Gerlach hätte *gedurft*, nur hatte der es meistens vorgezogen, seine Karten entweder für teures Geld zu verscherbeln oder an besonders Auserwählte zu verschenken. Zu Letzteren hatte Tinchen gehört, damals als Redaktionssekretärin unter anderem auch zuständig für die Wiederbelebungsmaßnahmen bei übernächtigten Reportern. Da Gerlach zu jenen gezählt hatte, die besonders häufig schwarzen Kaffee, Aspirin und Rollmöpse aus der Dose brauchten, war Tinchen öfter mal in den Genuss einer Premierenkarte gekommen und hatte sich sogar ein zweites ›Kleines Schwarzes‹ gekauft, weil man bei solchen Gelegenheiten zwar immer dieselben Leute trifft, doch leider nie in denselben Kleidern.

Eines Tages, als Frau Antonie sich schon auf den Premierenabend von *Elektra* gefreut und das lange Grünseidene zum Lüften auf den Balkon gehängt hatte, hatte Gerlach Tinchen eröffnet, dass er sie diesmal begleiten werde – vorausgesetzt natürlich, sie habe nichts dagegen. Tinchen hatte entschieden etwas dagegen, hauptsächlich deshalb, weil sie für Opern generell wenig und für dramatische überhaupt nichts übrig hatte. Folglich sollten ihre Eltern die Karten bekommen, eine Lösung, die bei den Betroffenen recht unterschiedliche, zum Teil sogar lautstarke Reaktionen ausgelöst hatten. Schließlich war Tinchen zu der Erkenntnis gelangt, dass ihre Abneigung gegen klassische Musikwerke wohl auf väterliches Erbgut zurückzuführen war.

Vater Ernst war froh, Mutter Antonie dagegen enttäuscht

gewesen, doch sie hatte eingesehen, dass ihre Tochter die Einladung von dem Herrn Gerlach nicht ausschlagen konnte, sondern sie im Gegenteil annehmen *musste*. Das Kind war siebenundzwanzig und noch immer nicht verheiratet. Natürlich spielte das heutzutage keine so große Rolle wie zu ihrer eigenen Jugendzeit, als man mit zwanzig wenigstens verlobt sein sollte, doch Ernestine schien nicht einmal daran zu denken! Und dieser kleine Lokalreporter, der sie manchmal abends nach Hause brachte, war auch nicht das, was man sich als Schwiegersohn wünschte.

Als dann Peter Gerlach im Smoking – geliehen natürlich, doch das wusste Toni ja nicht – und mit einer Rose in der Hand vor der Tür stand, war sie begeistert. Gut sah er aus, begrüßte sie mit Handkuss, lehnte den angebotenen Drink mit dem Hinweis ab, noch fahren zu müssen, und versprach, Tinchen pünktlich nach Hause zu bringen. Deren Bemerkung, bekanntlich sei er doch erst ab 1,3 Promille überhaupt fahrtüchtig, hatte Frau Antonie nicht mehr mitbekommen, weil Gerlach Tinchen ganz schnell in den Mantel geholfen und damit ihre Stimme gedämpft hatte.

Im Übrigen war der Abend ein Fiasko geworden. Tinchen hatte nur mühsam ein Dauer-Gähnen unterdrücken können und schließlich angefangen, den Text im Programmheft rückwärts zu lesen, während Gerlach schon nach zwanzig Minuten mit dem Schlaf gekämpft hatte. Seine endgültige Niederlage verhinderten die nicht eben leise Musik und natürlich Elektra, deren phantastische Stimme ein dauerhaftes Einschlafen nicht zuließ. Während der Pause schlug Tinchen vor, auf das blutige Ende der Oper zu verzichten und lieber zum Hühner-Hugo zu gehen, sie habe nämlich außer einer Mohnschnecke und zwei Bananen noch nichts gegessen. Gerlach war nur zu gerne einverstanden, lehnte den Hähnchen-Imbiss allerdings ab, denn er kenne da ein entzückendes kleines Lokal …

Eine Stunde später machte er Tinchen einen Heiratsantrag,

und zwei Stunden später hatte er sich – zumindest für diesen Abend – damit abgefunden, dass er den Korb wohl erst einmal akzeptieren musste. Zwei weitere Versuche im Laufe der nächsten Monate scheiterten ebenfalls, doch bevor er einen vierten starten konnte, kündigte Tinchen ihren Job und verdingte sich bei einem Touristikunternehmen als Reiseleiterin. Gerlach sah darin einen Wink des Schicksals und beschloss, Junggeselle zu bleiben und nur noch à la carte zu l(i)eben. Gewurmt hatte es ihn aber doch, als sein Freund Florian seinen Jahresurlaub dazu benutzte, Tinchen nach Italien hinterherzufahren und drei Wochen lang so zu umbalzen, dass sie ihn nach ihrer Rückkehr doch tatsächlich geheiratet hatte. Und er, Gerlach, hatte sich sogar breitschlagen lassen und den Trauzeugen gemimt, vermutlich in der stillen Hoffnung, dass die Ehe sowieso schiefgehen und er selber noch mal eine Chance kriegen würde. Es hatte nie eine gegeben, aber hatte Tinchen ihm nicht erst kürzlich versichert, dass er wirklich ein wahrer Freund sei? »Immer zur Stelle, wenn du uns brauchst!«, hatte sie gesagt und ihm einen dicken Kuss gegeben. Ein Freund ist sowieso wertvoller als ein Ehepartner, hatte er sich immer wieder mal eingeredet, schließlich gibt es viel mehr Scheidungen als kaputte Freundschaften.

Nachdem das TAGEBLATT sein ruhmloses Ende gefunden hatte, hatte Gerlach lange gezögert, ob er beim neugegründeten ZEITSPIEGEL den ihm angebotenen Posten als Lokalredakteur annehmen oder nicht doch weiterhin freier Mitarbeiter bleiben sollte. Gegen das regelmäßige Einkommen hatte er ja nichts einzuwenden gehabt, gegen die regelmäßige Arbeitszeit allerdings sehr viel. Als Herr Dr. Dr. Vandevelde jedoch beiläufig erwähnt hatte, dass man den Gerichtsreportagen künftig nur noch wenig Raum geben würde und auch dies nur in besonders spektakulären Fällen, hatte sich Gerlach für den sichereren Arbeitsplatz entschieden. Das Amtsgericht betrat er jetzt nur noch, um an der Kasse seine überfälligen Knöllchen zu bezahlen, und seitdem man ihm die erste Rechnung vorgelegt hatte, besuchte er statt der Bars lieber Feinschmeckerlokale, da bekam er neuerdings Prozente.

Der Anruf erreichte ihn im Bad, wo er die drei über dem Spiegel hängenden Krawatten nach der am wenigsten bekleckerten inspizierte; zu der Vernissage könnte er natürlich ganz leger gehen, da war alles erlaubt, doch vorher musste er wenigstens auf einen Sprung in das feudale Seniorenheim, wo der Herr Bürgermeister persönlich den Weihnachtsmann spielen würde – eine Rolle, die nach Gerlachs Ansicht hervorragend zu ihm passte –, und das ging nicht ohne Schlips. Die Bewohner dieser elitären Behausung zogen sich sogar regelmäßig zum Abendessen um.

»Passt eine grüne Krawatte mit hellblauen Streublümchen zu einem dunkelbraunen Anzug?«, wollte er wissen, nachdem Tinchen sich gemeldet hatte.

»Nur, wenn du ein fliederfarbenes Hemd dazu anziehst«, empfahl sie lachend. »Was hast du denn vor?«

Er sagte es ihr. »Hinterher muss ich noch in die neu eröffnete Galerie oben an der Graf-Adolf-Straße, die machen da ihre erste Ausstellung. Hast du nicht Lust, mitzukommen? Von Malerei verstehe ich zwar nichts, aber bei solchen Gelegenheiten erfährt man immer den letzten Klatsch aus Kunst und Politik.«

»Und den kannst du dir natürlich nicht entgehen lassen!«, sagte Tinchen sofort. »Klatsch ist nämlich, was man gern über Leute hört, die man nicht mag! Aber das tu dir mal schön alleine an, in die Ausstellung kriegen mich keine zehn Pferde. Ich bin vor kurzem in dem Laden gewesen, weil ich schon lange ein Bild für unsere Diele suche. Eine halbe Stunde bin ich da rumgetigert, habe mir mindestens zwanzig von diesen modernen Gemälden angesehen und bin dann zu dem Schluss gekommen, dass die Wand hübscher aussieht, wenn man sie lässt, wie sie ist.«

»Kunstbanausin! War ja auch nur ein Angebot!« Er warf einen Blick auf seine Uhr. »Kannst du mir mal eben sagen, wie spät es genau ist?«

»Genau nicht, aber es muss so um fünf herum sein.«

»Tatsächlich?«, sagte er erschrocken. »Dann geht sie ja doch richtig. Das Dumme bei Digitaluhren ist, dass 16.50 Uhr lange nicht so spät aussieht wie zehn vor fünf. Jetzt muss ich aber sehen, dass ich in die Hufe komme. Also dann, Tina, tschüss, Gruß an deinen Nachwuchs, wenn du ihn mal siehst, und schönen Dank für den Anruf.« Er wollte gerade den Hörer auflegen, als ihm etwas einfiel. »Bist du noch dran?«, brüllte er mit dreifacher Lautstärke. »Weshalb hast du eigentlich angerufen?«

»War nicht so wichtig.«

»Natürlich war es wichtig! Ohne Grund rufst du nie an! Also raus mit der Sprache! Brauchst du einen guten Scheidungsanwalt, Karten für das Pavarotti-Gastspiel oder doch bloß einen Mitesser, damit beim nächsten Familientreffen nicht wieder dreizehn Personen am Tisch sitzen?«

»Letzteres könnte durchaus möglich werden«, räumte Tinchen ein, »aber das erfährst du früh genug. Nein, ich will Flori eins auswischen, kleine Rache für die Geschichte mit dem Herd, und dazu brauche ich deine Hilfe. Am Telefon kann ich dir das nicht verklickern, das dauert zu lange, deshalb wollte ich dich irgendwo in der Stadt treffen. Ich lade dich auch zum Essen ein!«, versprach sie, wohl wissend, dass Gerlach gerade mal wieder seine gesundheitsbewusste Phase hatte, auf das Kantinenessen verzichtete und sich, wie er behauptete, überwiegend von Obst und Grünfutter ernährte. »Wieso zeigt die Waage beim Arzt immer ein paar Pfunde mehr an als meine eigene?«, hatte er sich bei Florian beklagt, in einer Hand den Tennisschläger, in der anderen einen Bund Mohrrüben. »Eigentlich sollte ich jetzt bei der Grundsteinlegung zu diesem Multimedia-Bau sein, aber da gibt's nach den ganzen Reden ein kaltes Büfett, und das grenzt an Masochismus. Ich habe Meier Zwo geschickt, der kann's vertragen.«

»Seit wann hast du Kaninchen?«, hatte sich Florian mit einem beziehungsreichen Blick auf die Möhren erkundigt.

»Idiot! Das ist mein Abendessen! Kommst du mit, ein paar Bälle übers Netz dreschen?«

Er hatte abgelehnt, allerdings die Dummheit begangen, Tinchen von Gerlachs asketischen Ambitionen zu erzählen.

»Dir würde es auch guttun, wenn von deinem Bauch etwas weniger und von deiner Taille etwas mehr zu sehen sein würde«, hatte sie gemurmelt, jedoch einsehen müssen, dass sämtliche Versuche in dieser Richtung vergebliche Liebesmüh gewesen waren. »Ich bin absolut Diät-untauglich«, hatte Florian behauptet. »Als du mich vor unserem Sommerurlaub wieder mal auf halbe Kost gesetzt hast, habe ich nicht ein einziges Pfund abgenommen!«

»Ich weiß«, hatte Tinchen geseufzt, »deshalb hatte ich ja diesmal auch keinen Schwimmring für dich mitgenommen!« Insgeheim beglückwünschte sie sich aber doch, weil Florian allen Frotzeleien zum Trotz noch immer recht passabel und keinesfalls wie kurz vor sechzig aussah. Frau Klaasen-Knittelbeek hatte ihn bei ihrem ersten Zusammentreffen sogar erst auf Anfang fünfzig geschätzt, aber das hatte natürlich nicht gegolten; damals hatte sie bloß ihre Lesebrille aufgehabt und die andere nicht finden können.

Erwartungsgemäß lehnte Gerlach die Einladung zum Mittagessen ab, war jedoch bereit, sich mit Tinchen im Café zu treffen, sofern sie nicht einen Tisch mit Blick aufs Kuchenbüfett wählen würde.

»Wir können ja zu Tchibo gehen, da gibt's keins!«

Sehr zufrieden mit sich legte sie den Hörer auf. Dann griff sie – weitaus weniger zufrieden – zu der Liste, die sie schon seit Tagen vom Tisch auf den Hocker und wieder zurück gelegt hatte, unter Zeitschriften versteckt, im Nachttisch vergraben und dann doch wieder ausgebuddelt und gestern schließlich sichtbar an den Gummibaum gelehnt hatte, damit sie diese unerlässliche Klärung einer wichtigen Frage nicht länger vor sich herschieben würde. Nämlich die Frage: Wer würde sich wann die Ehre eines Besuchs geben, oder, korrekt ausgedrückt: Wer würde ihnen *wann* und vor allem wie lange auf den Wecker fallen?

In früheren Jahren war das keine Frage gewesen. Heiligabend hatte bei den Eltern stattzufinden mit Karpfen in Lebkuchensoße und Zitronensoufflé, danach Bescherung unter der Edeltanne, untermalt von den ›glockenhellen Stimmen‹ (Originalton Frau Antonie) der Wiener Sängerknaben in Stereo, und gegen zweiundzwanzig Uhr gemeinsames Nüsseknacken mit Reminiszenzen à la »Weißt du noch, Ernst, wie wir im Herbst sechsundvierzig jeden Abend bei dem Baum hinten am Depot nachgesehen haben, ob nicht ein paar Haselnüsse über den Zaun gefallen sind, die wir dann bis Weihnachten aufheben wollten? Ich glaube, neun Stück haben wir sammeln können, bevor der Baum abgeerntet wurde.« Solange Tobias und Julia klein gewesen waren, wurden sie bei beginnender Müdigkeit in die großelterlichen Betten gepackt; später hatten sie ihr Mitspracherecht benutzt und auf einer früheren Heimkehr bestanden, was einer Umgehung des Nuss-Rituals gleichkam. Zu Hause hatten sie vor dem Kamin Kartoffelsalat mit Würstchen gegessen, Glühwein getrunken und auf Karsten gewartet, der nur auf eine passende Gelegenheit lauerte, um sich ebenfalls zu verdrücken. Meistens war es sehr spät, besser gesagt, sehr früh geworden, bevor alle in ihren Betten verschwunden waren, und Frau Antonie hatte wohl nie so ganz verstanden, weshalb ihre Nachkommen am nächsten Mittag erstens reichlich unausgeschlafen und zweitens mit bemerkenswert wenig Appetit im traditionellen Gänsebraten herumstocherten.

Oft genug hatte Tinchen diesen immer gleichen Ablauf der Festtage verwünscht, allerdings nie laut dagegen protestiert, sondern sich nur vorgenommen, im nächsten Jahr ganz bestimmt zu streiken und sich mit einer noch unbekannten Krankheit drei Tage lang ins Bett zu legen; und dann hatte sie sich doch wieder zusammen mit ihren Lieben Punkt halb acht um den elterlichen Esstisch versammelt und die Gräten aus dem Karpfen gepult.

Das alles hatte sich erst geändert, nachdem Tobias geheiratet und Julia das Studium begonnen hatte. Für ein schreiendes Baby hatte Frau Antonie ›einfach nicht mehr die Nerven‹ gehabt, Karstens Marion hatte sie noch nie leiden können, und Julias Hippiefreund hatte wegen seines 30 Zentimeter langen Zopfes von vornherein Hausverbot bekommen.

Es wurde zwar immer noch gemeinsam Weihnachten gefeiert, aber nun nicht mehr in der Lohengrinstraße bei Toni und Ernst, sondern zwei Ecken weiter im Nibelungenweg Nr. 5. Und seitdem trauerte Tinchen der gedämpft-feierlichen Atmosphäre im Elternhaus nach, dem festlich gedeckten Tisch und sogar Frau Antonies Pfefferkuchen-Karpfen, der ihr zwar nie so richtig geschmeckt hatte, den sie aber wenigstens nicht selber hatte zubereiten müssen. Seit etlichen Jahren fielen nämlich alle bei ihr ein, und statt am frühen Nachmittag die Geschenke einpacken und sich dann in aller Ruhe umziehen zu können, stand sie um sechs Uhr noch in der Küche, rührte die letzte Fondue-Soße an und jagte Florian durch die Nachbarschaft, weil die Brennpaste nicht reichen würde oder, wie letztes Jahr, im ganzen Haus kein Korkenzieher zu finden war, obwohl sie mindestens drei Stück besaßen. Karpfen oder überhaupt ein Drei-Gänge-Menü gab's bei ihr nicht, viel zu viel Aufwand und ohnehin nichts für die Kinder. Zwar hatte sich Frau Antonie ein paar Jahre lang angeboten, Tinchen bei den Vorbereitungen zu helfen, doch das hatte sich auf eine ›anständige Mahlzeit‹ bezogen und nicht auf diese ›neumodischen Fondues, bei denen man sich hungrig isst‹. Was Frau Antonie allerdings nicht daran hinderte, sich an jedem Heiligen Abend Punkt achtzehn Uhr von ihrem Schwiegersohn abholen zu lassen, denn »Weihnachten ist doch nur dort richtig schön, wo auch Kinder sind«. Dass sie noch vor der Bescherung diese ›kleinen Ungeheuer‹ am liebsten für den Rest des Tages in die Toilette gesperrt hätte, schien sie regelmäßig zu vergessen.

»Was iss denn Fon-dü?«, hatte Tanja kürzlich gefragt, als Tinchen das selten benutzte Geschirr aus der hintersten Ecke des Küchenschranks geholt und vorsichtshalber erst einmal in die Spülmaschine gestellt hatte.

»Irgend so ein Käseadel«, hatte Tim geantwortet, denn sein bester Freund im Kindergarten hieß auch mit *von* vorne dran, und die Mami hatte ihm erklärt, dass dieses *Von* ganz früher mal eine Rolle gespielt hatte, weil diese Menschen von Fürsten und Grafen abstammten, also von Adel waren und blaues Blut hätten. Damals hätten sie auch meistens in Schlössern oder Burgen gewohnt, seien reich gewesen und hätten viele Dienstboten gehabt, aber heute gebe es das kaum noch.

So richtig hatte Tim das nicht verstanden. Natürlich wusste er, was ein Graf ist und ein Fürst, die kamen immer in den Märchenbüchern vor und fuhren in goldenen Kutschen herum, aber das mit dem blauen Blut konnte nicht stimmen. Als der Phil neulich beim Pfeileschnitzen mit dem Messer abgerutscht war, hatte er so geblutet, dass sein ganzer Ärmel rot gewesen war. Dabei hätte der doch eigentlich blau sein müssen! Und reich war Phils Mutter auch nicht, die hatte ja nicht mal ein Auto. Aber nett war sie, gar nicht so eingebildet wie die Grafenfrauen in den Märchen.

Tinchen setzte sich an ihren kleinen Schreibtisch, holte aus dem obersten Schubfach ihre dritte Reservebrille, übrigens die einzige, die sie immer auf Anhieb finden konnte, und vertiefte sich in die sogenannte Gästeliste. Die stammte noch vom vergangenen Weihnachtsfest und brauchte nur nach dem gegenwärtigen Stand der Dinge korrigiert zu werden, was allerdings nicht bedeutete, dass dies dann die letzte Fassung sein würde. Einen endgültigen Überblick über die Anzahl der abzufütternden Verwandtschaft würde sie erst am Heiligen Morgen haben, und selbst dann war nicht auszuschließen, dass jemand kurzfristig absagte oder einfach nicht kam, während ein anderer zwei weitere Gäste mitbrachte. Rüdiger zum Beispiel war immer für eine Überraschung gut.

Von den drei angeheirateten Neffen war ihr Rüdiger am liebsten. Schon damals, als sie zusammen mit Florian den vorübergehend verwaisten Haushalt seines Bruders geschmissen und dessen vier halbwüchsige Nachkommen betreut hatte, war ihr dieser schlaksige Siebzehnjährige ans Herz gewachsen, der lieber Posaune spielte, als Vokabeln zu lernen, und zum Entsetzen seiner promovierten Mutter auch prompt durchs Abitur gefallen war. Worauf Gisela ihn in ein Internat verbannt hatte, wo man ihm seine musikalischen Flausen hoffentlich austreiben und dem widerborstigen Knaben doch noch zu einem angemessenen Schulabschluss verhelfen würde. Rüdiger hatte sich erstaunlich gefügig gezeigt und nur zur Bedingung gemacht, anhand der zahlreichen Prospekte seine künftige ›Haftanstalt‹ selber aussuchen zu dürfen. Während seine Mutter mehr Wert legte auf die angepriesenen *psychologisch geschulten Fachkräfte* und *die nach modernsten Erkenntnissen entwickelten Lehrmethoden,* war Rüdiger in erster Linie an jenen Anstalten interessiert gewesen, die auch Förderung der musischen Begabungen versprachen. Im tiefsten Odenwald fand sich eine, die sowohl Gisela als auch ihren Sohn zufriedenstellte, Letzteren hauptsächlich deshalb, weil statt des in allen anderen Prospekten gezeigten Konzertflügels zwei junge Leute mit Gitarre und Saxophon abgebildet waren, was Gisela glatt übersehen haben musste.

Ein Jahr später hatte Rüdiger ein Dreier-Abitur in der Tasche sowie ein Stipendium für eine amerikanische Musikhochschule, das Gisela denn doch mit ihrem aus der Art geschlagenen Sohn etwas aussöhnte. Wäre es nach ihr gegangen, dann hätte ihr Jüngster Jura studieren sollen, aber warum eigentlich nicht Musik? Schließlich war er begabt, und wenn auch sein Talent wahrscheinlich nicht für eine Solo-Karriere reichen würde, so standen die Mitglieder großer Sinfonieorchester doch allgemein in hohem sozialen Ansehen.

Allerdings hatte Rüdiger nicht die geringste Lust, sein restliches Leben der klassischen Musik zu weihen und folglich teilweise im Frack zu verbringen, zumal Posaunen in Sinfonie- oder Kammerkonzerten relativ wenig gebraucht wurden – ausgenommen bei Wagner. So schnupperte er sich lediglich durch das Stipendium, belegte Harmonielehre und Instrumentenkunde und zupfte ein bisschen Gitarre, doch Posaune spielte er überwiegend in der hauseigenen Band, die ihn begeistert aufgenommen hatte. Regelmäßige Engagements bei College-Bällen, Kirchen-Basaren und ähnlichen Veranstaltungen sicherten ihm das nötige Kleingeld, um einen Wagen kaufen, seine wechselnden Girls ausführen und nützliche Verbindungen pflegen zu können. Als das Jahr herum war und Gisela schon Überlegungen anstellte, ob Rüdiger seine Studien in Köln oder besser an der Musikakademie in Essen fortsetzen sollte, kam statt des zu erwartenden Heimkehrers lediglich ein zwei Seiten langer Brief, in dem Rüdiger seinen Entschluss mitteilte, in den Staaten bleiben zu wollen. Wenigstens vorläufig. Ihm stünde nicht der Sinn nach Bach und Haydn, vielmehr habe er seine Liebe zum Jazz entdeckt und werde deshalb zusammen mit ein paar Freunden nach New Orleans gehen. Keine Angst, Geld habe er vorerst genug, und im Übrigen sei Tellerwaschen bekanntlich der bewährteste Start zu einer Millionärs-Karriere.

Während Gisela bereits die Einschaltung des deutschen Botschafters oder zumindest eine Suchmeldung beim FBI in Erwägung zog, reagierte ihr Mann wesentlich gelassener. »Soll er sich doch ruhig noch ein bisschen den Wind um die Nase wehen lassen, bis er genau weiß, was er will. Und das wird er durchsetzen, ob dir das nun passt oder nicht!«, sagte Fabian mit einem triumphierenden Blick zu seiner Frau. »Den besten Beweis hat er uns doch gerade geliefert! Von wegen Sinfoniker! Hast du wirklich geglaubt, der Junge würde sich in ein Orchester sperren lassen?«

Es dauerte genau zweieinhalb Jahre, bis Rüdiger zurückkam, und dann hatte er bereits eine achtmonatige Ehe mit nachfolgender Scheidung hinter sich und eine Dreiländertournee mit der von ihm gegründeten Jazzband geplant. Es gab einen Plattenvertrag, Fernsehauftritte und mehr Publicity, als Gisela jemals zu träumen gewagt hatte. Aber sie hatte es ja immer gewusst: Aus Rüdiger würde mal etwas ganz Besonderes werden! Sie hatte nur gewisse Schwierigkeiten, den Beruf ihres Jüngsten genau zu definieren. »Er ist Musiker«, klang viel zu allgemein und traf sowohl auf einen Konzertvirtuosen als auch auf einen Kaffeehaus-Geiger zu, und ›Komponist‹ wäre zwar zutreffend gewesen, klang andererseits wieder zu sehr nach brotloser Kunst, so ähnlich wie ›Dichter‹, die ja heute meistens Lyriker heißen und ihren Lebensunterhalt als ›Botho von Steinbrink‹ oder so ähnlich mit dem Schreiben von Groschenromanen verdienen müssen, weil alle Welt zwar Gedichte liebt, doch kaum jemand sie auch kauft. Da Gisela noch keine Möglichkeit gefunden hatte, den Beruf ihres erfolgreichen Sohnes mit einem einzigen prägnanten Satz zu umreißen, trug sie ständig die Kopien zweier Kritiken mit sich herum – eine davon sogar mit Foto –, in denen die Rezensenten überregionaler Tageszeitungen jeweils drei Spalten Lobendes von sich gegeben hatten. Tinchen hatte auch eine Kopie bekommen und sie hinten auf den Bilderrahmen geklebt. Rüdigers Künstlerfoto mit persönlicher Widmung (»Für meine Tina, die beste aller Vizemütter«) stand nämlich an exponierter Stelle im Bücherregal, von Besuchern jedes Mal mit der erwarteten Hochachtung bestaunt.

Achtunddreißig war Rüdiger im Herbst geworden, doch noch immer war er der schlaksige, 1,93 m große Junge geblieben, der Nonsens-Sprüche sammelte wie andere Leute Briefmarken, um sie bei jeder passenden oder meistens unpassenden Gelegenheit wieder von sich zu geben.

Auf ihn freute sich Tinchen wirklich. »Darf ich kommen«, hatte er am Telefon gefragt, »und noch eine Überraschung mitbringen?«

»Wie sieht sie denn aus?«, hatte sie wissen wollen.

»Groß und dunkel.«

»Deine präzisen Angaben habe ich schon immer geschätzt«, hatte Tinchen lachend erwidert, »aber kannst du mir wenigstens sagen, ob die Überraschung mitessen wird?«

»Sie wird.«

»Am Tisch oder darunter?«

»???«

»Groß und dunkel kann auch ein Dobermann sein!« Damit hatte sie den Hörer aufgelegt und vergessen zu fragen, von wo Rüdiger angerufen hatte, wann genau er kommen wollte und ob seine Eltern überhaupt etwas davon wussten. Ohnehin hatte Tinchen den Verdacht, dass sich Rüdiger bei ihr häufiger meldete als bei Gisela und Fabian.

»Die ersten beiden Tischgäste stehen also fest«, murmelte sie vor sich hin, während sie neben Rüdigers Namen eine 2 notierte, »Gisela hat sich schon vor Wochen angemeldet, ich muss sie bloß noch anrufen und fragen, ob Fabian mitkommt oder wieder kneift.« Im letzten Jahr hatte er sich nämlich mit einem Freund zusammen in eine Skihütte irgendwo in den Schweizer Bergen verdrückt.

Ihren Schwager mochte Tinchen eigentlich recht gern, obwohl er im Gegensatz zu seinem Bruder ein eher stiller und introvertierter Mensch war, aber wenigstens Humor besaß – ein Charakterzug, der seiner Frau völlig abging.

»Das ist auch so eine von den Beziehungen gewesen, die

bei Wein und Gesang angefangen und bei Milch und Gebrüll geendet haben«, hatte Florian mal geäußert. »Die beiden haben sich beim Sortieren von alten Knochen kennengelernt, und weil die bestimmt nicht vollzählig gewesen sind, werden sie ihre anatomischen Studien wohl am lebenden Objekt fortgesetzt haben. Clemens war jedenfalls eine Frühgeburt.«

Natürlich hatte Tinchen gewusst, dass Fabian Archäologie studiert und ausgerechnet an dem Tag seinen Doktortitel bekommen hatte, als sein jüngerer Bruder durchs Abi gesegelt war. Und weil es sich so gehörte, hatte Herr Dr. Fabian Bender seine Kollegin Gisela natürlich sofort geheiratet. Die hatte ihrerseits jedoch keine Lust verspürt, Beruf und Karriere ihrem ›kleinen Missgeschick‹ zuliebe aufzugeben. Sie sorgte dafür, dass es möglichst bald einen Spielgefährten bekam, überantwortete die beiden Knaben geschultem Personal und widmete sich dem gesellschaftlichen Aufstieg ihres Gatten und damit auch ihrem eigenen. Als aus dem Doktor Bender ein Herr Professor geworden war, wurde Sohn Rüdiger geboren, womit Gisela ihre familiären Pflichten als erfüllt ansah und nunmehr ihre eigene Karriere ins Auge fasste. Schließlich war sie erst achtundzwanzig.

Melanies Ankunft zwei Jahre später war von ihr nicht geplant und erst recht nicht begrüßt worden, sie war auf ein offenbar defektes Fieberthermometer sowie auf die bekanntlich recht unzuverlässige Methode nach Knaus-Ogino zurückzuführen gewesen. Fabian dagegen war vor lauter Freude über seine kleine Tochter zwei Tage lang nicht mehr nüchtern geworden (dieses Phänomen war in den Annalen der Familie Bender als absolute Sensation vermerkt und durch zwei aussagekräftige Fotos untermauert), und bis zum jetzigen Tag genoss Melanie bei ihrem Vater absolute Narrenfreiheit. Als sie ihr Soziologie-Studium nach dem dritten Semester hingeworfen und bei einem Schäfer in die Lehre gegangen war, weil sie nach Neuseeland auswandern und Schafzüchterin werden wollte, hatte er beide Augen zugedrückt und der herumwütenden Gisela klargemacht, dass jeder Mensch das Recht auf freie Entfaltung habe. Schließlich habe er selber ja auch mal Kunstreiter werden wollen.

Nachdem sich Melanie fünf Monate lang entfaltet und dabei festgestellt hatte, dass das Leben in überwiegend freier Natur zwar gesund, aber nicht eben komfortabel war, hatte sie beschlossen, Dolmetscherin zu werden, und zwar für asiatische Sprachen. Papa Fabian hielt das für eine sehr zukunftsorientierte Entscheidung und genehmigte eine mehrmonatige Reise nach Hongkong beziehungsweise Tokio, damit Melanie quasi vor Ort ausloten konnte, welche der beiden Sprachen ihr mehr liegen würde. Allerdings musste sie entdecken, dass die Geschäftsleute in Hongkong fast alle englisch sprachen und die japanischen es gerade lernten, sofern sie es nicht auch schon konnten. Doch englische Dolmetscher gab es nun wirklich schon genug. Und was hielte der Papsi denn überhaupt von einem künstlerischen Beruf?

Davon hielt Papsi eigentlich gar nichts, letztendlich hatte er schon einen Abkömmling mit derartigen Ambitionen, doch dessen erfolgreiche Laufbahn war zu jenem Zeitpunkt ja noch nicht absehbar gewesen. Was Melanie denn so vorschwebe?

Schauspielerin natürlich, oder ob sich der Papsi nicht mehr an die Theater-AG des Gymnasiums erinnern könnte, bei der sie immerhin drei Jahre lang Mitglied und einmal sogar Hauptdarstellerin war.

»Ja, als zweite Besetzung«, hatte Fabian geschmunzelt, dann aber doch eingewilligt, dass sich seine Tochter in München und sicherheitshalber auch noch in Berlin zur Aufnahmeprüfung anmeldete. Nachdem sie zum zweiten Mal durchgefallen war, musste sie zugeben, dass ihre Zukunft wohl doch nicht *auf* der Bühne zu suchen sei, aber vielleicht *dahinter*. Conny habe ihr nämlich ein außergewöhnliches Stilgefühl bescheinigt, angeblich die Grundvoraussetzung für den Beruf des Requisiteurs. Gegen ein entsprechendes Entgelt, so ungefähr sechs- bis siebenhundert Mark im Monat, würde er sie ausbilden, und wohnen könne sie bei ihm, sogar kostenlos. Worauf Fabian beschloss, den beruflichen Werdegang seiner Tochter nunmehr selbst in die Hand zu nehmen. Zu diesem Zweck setzte er sich mit einem alten Studienfreund in Verbindung, der in Barcelona lebte und wissenschaftliche Bücher übersetzte. Seine spanische Ehefrau war an der dortigen Universität als Dozentin für Psychologie tätig. Speziell von ihr erhoffte sich Fabian einen beruhigenden Einfluss auf seine sprunghafte Tochter.

Den übte dann allerdings Ramón aus, der achtundzwanzigjährige Sohn ihrer Gastgeber und Student der Pharmazie. Melanie verliebte sich Hals über Kopf sowohl in den gut aussehenden Mann als auch in sein Studienfach und beschloss, Apothekerin zu werden. Eine sofortige Aufnahme des Studiums scheiterte allerdings an der Sprachbarriere. Als die mit Hilfe eines väterlichen Schecks und dem dadurch ermöglichten Privatlehrer überwunden war, hatte sich Melanie schon von Ramón ab- und Joaquin zugewandt. Der sah aus wie ein Zigeuner, war vermutlich auch einer, spielte Gitarre, sang melancholische Lieder dazu, tanzte abends in zwei Bars Touristen-Flamenco, und wenn er gegen Mitternacht damit fertig war, träumte er davon, nach Brasilien auszuwandern und Lehrer in einer Sambaschule zu werden. Melanie träumte mit.

Das war der Zeitpunkt, zu dem Señor Schumann seinem Gast ein Ticket nach Frankfurt kaufte und ihn persönlich zum Flugplatz brachte, nicht ohne vorher Freund Fabian Ankunftszeit und Flugnummer mitgeteilt zu haben. Allerdings wartete der vergebens. Seine Tochter hatte das Ticket zurückgegeben, war in Manolos Fiat gestiegen und mit ihm zusammen nach Córdoba gefahren, wo der Sohn eines honorigen Polizeibeamten Stierkämpfer werden wollte. Schon am nächsten Tag hatten ihn die dortigen Kollegen seines Vaters ausfindig gemacht, und Melanie hatte einsehen müssen, dass Manolo ein Waschlappen war, denn er hatte sich widerspruchslos dem väterlichen Rückruf gebeugt und sie einfach stehen lassen.

Nicht gewillt, reumütig und quasi als Versagerin nach Hause zurückzukehren, trampte sie nach Paris, bezog bei einer schon recht betagten Witwe ein möbliertes Zimmer und schrieb sich an der Sorbonne für französische Literatur und – ausgerechnet! – Anglistik ein.

Soweit Tinchen sich erinnerte, war Melanie jetzt sechsunddreißig Jahre alt und im fünfzehnten oder sechzehnten Semester. Den Heiligen Abend werde sie natürlich zusammen mit Jean-Pierre bei seinen Eltern im Elsass verbringen, doch am ersten Feiertag käme sie gerne. Das zumindest war der Stand vom 2. November gewesen, und seitdem hatte Tinchen von ihrer Nichte nichts mehr gehört. Sie malte ein Fragezeichen hinter ihren Namen.

Der Nächste auf ihrer Liste war Clemens, Fabians Ältester und wohl auch der Einzige, der alle in ihn gesetzten Erwartungen erfüllt hatte. Arzt war er geworden, genauer gesagt Neurologe, durfte sich inzwischen Professor nennen, lehrte und arbeitete in Tübingen und wohnte in der zwar etwas baufälligen, aber standesgemäßen Villa seiner verstorbenen Großeltern. Das hatte seine Vor-, jedoch auch nicht unerhebliche Nachteile. Sein Großvater, ein über die deutschen Grenzen hinaus bekannter Archäologe, hatte über fünfzig Jahre lang in Tübingen gelebt, seine beiden Söhne waren dort aufgewachsen, und speziell Fabians Kinder hatten später auch häufig einen Teil ihrer Schulferien bei den Großeltern verbracht. Der Bendersche Familienclan war also stadtbekannt, und es konnte Clemens gelegentlich passieren, dass ein schon etwas älterer Mitbürger nach kurzem Zögern auf ihn zukam und ihm kräftig die Hand schüttelte. »Na, wenn das nicht der kleine Bender ist, der immer meine Kaninchen mit dem Katapult beschossen hat …?«

Der kleine Bender, nunmehr dreiundvierzig Jahre alt und

selbst Vater zweier munterer Rangen, hatte diese Beweise von Anhänglichkeit anfangs noch schmunzelnd ertragen, doch seitdem ihm auf dem Markt eine dralle Blumenfrau mit Dutt und Kittelschürze um den Hals gefallen war – »Ich werd verrückt, der Clemmi mit den linken Händen! Weißt du noch, wie du mir damals mein Transistorradio auseinandergenommen und nicht wieder zusammengekriegt hast?« –, überließ er das Einkaufen doch lieber seiner Frau.

Bevor sie ihre Liste weiterhin mit Fragezeichen bepflasterte und hinterher genauso schlau beziehungsweise so unwissend sein würde wie vorher, griff Tinchen nach einem Blick auf die Uhr zum Telefon. Halb sechs, also müsste, rein theoretisch natürlich, Clemens zu Hause sein.

Er war es nicht, vielmehr war Katrin am Apparat. »Hallo, Tina«, rief sie lachend, »es muss doch so etwas wie Telepathie geben! In spätestens zehn Minuten hätte ich *dich* nämlich angerufen!«

Es folgten ein paar Minuten belangloses Geplauder, wobei Tinchen erfuhr, dass es in Tübingen zwar lausig kalt sei, jedoch leider kein Schnee läge, dass Matthias unter Liebeskummer leide (der Knabe war gerade elf geworden) und Michael sich den kleinen Finger gebrochen habe. »Kannst du mir mal erklären, wie man das schafft, wenn man lediglich eine ganz normale Badezimmertür öffnen will?«

»Nein, aber frag ihn doch mal, ob er versucht hat, an der Klinke zu schaukeln und gleichzeitig mit der Fußspitze den Klodeckel zu öffnen.«

»Geht denn das überhaupt?«

»Eben nicht«, sagte Tinchen trocken, »deshalb hat sich ja Tobias seinerzeit auch gleich die ganze Hand gebrochen.«

Am anderen Ende der Leitung gluckste es leise. »Kleine Jungs sind wie Zwiebeln. Du entfernst Schale für Schale, und was übrig bleibt, ist zum Heulen.«

»Ich habe gerade wieder so ein Prachtexemplar im Haus«, bestätigte Tinchen. »Ulla hat gestern ihre beiden Rabauken bei mir abgeladen, weil sie in Ruhe Weihnachtseinkäufe machen will, und nun hat sie offenbar vergessen, sie wieder abzuholen. Kleine Frage nebenbei: Besitzt du einen Toaster?«

»Ja natürlich, warum?«

»Versteck ihn!« In wenigen Sätzen erzählte sie von Tims Versuch, seine Handschuhe zu trocknen. »Man kann's den Gören nicht mal verübeln, wenn sie sich die Technik zunutze machen, sie werden ja von klein auf an die ganzen Apparate gewöhnt. Das fängt beim elektrischen Flaschenwärmer an und hört beim batteriebetriebenen Töpfchen mit Musikeffekt noch lange nicht auf. Als ich so alt gewesen bin wie Tim heute, da hielt ich Vatis neuen Plattenspieler, der zehn Schellackplatten aufnahm und sogar selbsttätig wechselte, für das Nonplusultra technischer Errungenschaften.«

»Das wird es wohl damals auch gewes... Michael! Leg sofort den Bart wieder hin! Der ist doch noch gar nicht richtig trocken! Ich hab dir schon zehn Mal gesagt, du sollst nicht ... Raus! Entschuldige, Tina, aber dieser blöde Bengel kann's einfach nicht abwarten. Er spielt im Schülertheater den dritten Charakterzwerg und behauptet, ohne Kostüm könne er bei den Proben seine Rolle nicht richtig nachempfinden. Dabei hat er genau fünf Sätze zu sagen!«

»Wo, bitte, kommen Charakterzwerge vor?«, wollte Tinchen wissen, die sich noch allzu gut an die Kindergarten- und Schulzeit ihrer eigenen Nachkommen erinnern konnte und an die unzähligen Aufführungen, die sie über sich hatte ergehen lassen müssen.

»Solltest du etwa das Märchen von Schneewittchen und den sieben Zwergen nicht kennen?«, fragte Katrin lachend.

»Natürlich, aber da sind die Zwerge doch bloß ganz normale Zwerge, und dass sie Charakter haben, hatte ich schon immer bezweifelt. Statt Schneewittchen ins Haus zu sperren und als billiges Dienstmädchen zu missbrauchen, hätten sie rechtliche Schritte gegen die Stiefmutter unternehmen müssen!«

»Dazu hätten sie nicht genug Beweise gehabt!«, kam es prompt zurück. »Aber du hast doch bestimmt nicht angerufen, um über die Logik von Märchen zu debattieren. Liegt irgendwas Besonderes an?«

»Ja, Weihnachten.«

»Das ist doch nichts Besonderes, sondern nur eine Vervielfältigung des ganz normalen Wahnsinns, wie er üblicherweise in einer Familie mit Kindern herrscht. Er potenziert sich lediglich vor Geburts- oder Hochzeitstagen, Ostern, Pfingsten, Urlaubsbeginn, Besuchsankündigungen und ähnlichen Ereignissen. Weihnachten gehört natürlich auch dazu, aber letztendlich ist es doch egal, ob ich nun drei Ostertorten backe – irgendwas muss man mit den ausgeblasenen Eidottern ja machen! – oder sechs Bleche voll Plätzchen in den Ofen schieben muss. Die Küche sieht hinterher sowieso wie ein Schweinestall aus!«

Tinchen lachte laut los. Nicht umsonst mochte sie von der ganzen angeheirateten Verwandtschaft Katrin am liebsten. Genauso hätte sie sich ihre Schwiegertochter Ulla gewünscht – so unkompliziert, so patent, so humorvoll, so schlagfertig und auch noch meistens gutgelaunt. Dass sie darüber hinaus eine hervorragende Hausfrau und Köchin war und ihre beiden Jungs prima im Griff hatte, konnte noch als zusätzliche Pluspunkte gewertet werden. Zugegeben, sie war ein rundes Dutzend Jahre älter als Ulla und hatte folglich mehr Lebenserfahrung, aber Humor und Selbstironie sind nun mal Eigenschaften, die man nicht erlernen kann.

»Bist du noch dran?«, vergewisserte sich Tinchen, nachdem sie sich wieder beruhigt hatte. »Ich wollte dich nämlich fragen, ob ihr am zweiten Feiertag raufkommen wollt. Es gibt Gänsebraten und jede Menge Familie.«

Pause. Dann: »Das willst du dir wirklich antun?« Und gleich danach: »Sind meine Schwiegereltern auch dabei?«

»Gisela hat sich schon vor sechs Wochen angemeldet, ob Fabian mitkommt, muss ich erst noch rauskriegen.«

»Umgekehrt wär's weitaus besser, aber man kann ja nicht alles haben! Wer kommt denn sonst noch?«

»Na ja, meine Sippo wird wohl geschlossen einreiten, dann hat Rüdiger zugesagt, übrigens mit Begleitung, wer immer das auch sein mag, Melanie hat ihr Erscheinen zumindest in Aussicht gestellt – ihr Jetziger heißt übrigens Jean-Pierre, oder ist das noch derselbe wie im Sommer? Namen kann ich mir ja nie merken! –, nur Urban kommt nicht. Kann ich ihm auch nicht verdenken, in Brunei sind die Temperaturen zurzeit entschieden angenehmer als hier bei uns.«

»Der Junge macht sich ziemlich rar, findest du nicht?«

»Kannst du's ihm verdenken? Er hat einen interessanten Job, verdient einen Haufen Geld, von dem er das meiste auf die hohe Kante legen kann, weil er weder für seine Luxusbehausung noch für das Personal einen Pfennig zahlen muss …«

»… und ich kriege nicht mal für teures Geld eine einfache Putzfrau!«, stöhnte Katrin. »Warum kann Clemens nicht auch für den reichsten Mann der Welt arbeiten? Der Sultan braucht doch nicht bloß Ingenieure, sondern bestimmt auch Ärzte. Schon wegen seiner europäischen Mitarbeiter.«

»Dann hätte dein Mann nicht Neurologe, sondern Psychiater werden sollen! Die kriegen da unten doch alle irgendwann den Wüstenkoller oder fangen das Saufen an, meistens ergibt sich das eine aus dem anderen.«

»Und welches Stadium, glaubst du, hat Urban schon erreicht?«

»Weiß ich nicht, aber als er das letzte Mal mit mir telefoniert hat, hatte er gerade seinen Vertrag noch mal um ein Jahr verlängert. Danach will er endgültig aufhören, schon der Kinder wegen. Björn hasst das Internat, und Kristina soll diese

Bewahranstalt vorsichtshalber erspart bleiben, doch wenn sie aufs Gymnasium kommt, dann gibt es nur ein Entweder-oder.«

»Wie schön, dass wir diese Probleme nicht haben!«, sagte Katrin, fügte jedoch kleinlaut hinzu: »Eine Putzfrau hätte ich trotzdem gerne. Von mir aus könnte sie sich gemäß dem Trend zu verbaler Berufsaufwertung auch Ata-Girl nennen oder Parkettkosmetikerin – klingt ja moderner und vor allem teurer –, doch ich brauche wirklich jemanden, der mir wenigstens die Leiter hält, wenn ich Fenster putze!«

»Im Winter putzt man keine Fenster, da lässt man sie zufrieren!«, empfahl Tinchen, um dann wieder auf den eigentlichen Grund ihres Anrufes zurückzukommen. »Wie ist das nun, Katrin, kommt ihr am zweiten Feiertag? Da er diesmal auf einen Samstag fällt, würdet ihr natürlich über Nacht bleiben und könntet dann am Sonntag ganz gemütlich zurückfahren.«

»Hast du diesen humanen Vorschlag auch den anderen gemacht?«

»Ich kann mich beherrschen! Du weißt doch, dass es bei Familientreffen immer zweierlei Menschen gibt. Die einen hocken wie angewachsen vor ihren Kaffeetassen und reden unentwegt von ihren Wehwehchen, und die anderen helfen beim Geschirrspülen. Du gehörst zu Letzteren! – Also abgemacht: Ihr steht spätestens um ein Uhr auf der Matte, um halb zwei wird gegessen! Tschüss, und Gruß an die Sippe!«

»Gleichfalls, und danke für die Einladung. Hoffentlich bereust du sie nicht!«

Tinchen legte den Hörer auf und schrieb hinter Clemens' Namen eine 4. Dann zählte sie zusammen. »Professors sind zwei, ich glaube nicht, dass sich Fabian wieder ausklinkt, Professors junior vier, macht sechs, dann Melanie mit Anhang, dito Rüdiger, sind nochmals vier, und die plus sechs sind zehn. Das wären die Besucher. Und nu' die andere Seite: Tobias und

Ulla nebst Kids, Karsten mit Begleitung, Julia mit oder ohne, muss ich erst noch abklären, dann natürlich Mutti samt Frau Ka-Ka ... das sind mit uns beiden ein rundes Dutzend. Selbst wenn die Kinder an den Katzentisch kommen, bleiben immer noch mindestens siebzehn Erwachsene übrig. Flooo-riii-an, wir brauchen diesmal sogar drei Gänse und natürlich wieder Muttis Ausziehtisch!«

Nichts rührte sich. »Jetzt hat er wohl doch einen Schreck bekommen«, murmelte Tinchen vor sich hin, und dann, wieder lauter: »Floooooriiiii!«

Florian reagierte nicht, was auch kein Wunder war, denn er befand sich bereits auf dem Weg in die Redaktion. Zeitungsmenschen, und vor allem solche, die eine leitende Position bekleiden, müssen nun mal dann an ihren Schreibtischen sitzen, wenn der weitaus größere Teil der arbeitenden Bevölkerung bereits zu Hause vor dem Fernseher hockt. Oder Zeitung liest. Natürlich hatte Florian sich verabschieden wollen und zu diesem Zweck vorsichtig durch die Tür gelinst, doch Tinchen hatte sich intensiv mit dem Telefonhörer beschäftigt und gar nichts gemerkt. Umso besser, dann würde er wieder einen Zettel an die Pinnwand in der Küche hängen. *Liebes Tinchen,* würde er schreiben, *geh ruhig schon schlafen, es wird heute nämlich morgen werden, weil Kleinschmidt Vater geworden ist und Meier I seinen Führerschein zurückgekriegt hat. Beides muss begossen werden. Keine Angst, ich nehme mir ein Taxi. Schlaf gut und träum nicht wieder von meiner Vergangenheit. Du musst schließlich nicht alles wissen! Kuss, Florian.*

Diesen Zettel fand Tinchen erst zwei Stunden später, nachdem sie die ganze Nachbarschaft rebellisch gemacht und dann die Polizei angerufen hatte, um ihre beiden Enkelkinder als vermisst zu melden. Sie hatten tagsüber draußen im Schnee gespielt, waren völlig durchgeweicht heimgekommen und von ihr trockengelegt, danach mit Kakao und Zwieback abgefüttert worden und schließlich in Julias ehemaliger und jetzt zum

Spielzimmer umfunktionierten Mansarde verschwunden. Und dann waren sie nicht mehr da gewesen! Vom Keller bis zur Abstellkammer hatte sie das ganze Haus abgesucht, war sogar durch den Garten bis zum Geräteschuppen gerannt, obwohl der immer abgeschlossen war und auch gar keine Fußspuren hinführten, hatte erst gerufen, dann laut geschrien, bis nebenan ein Fenster aufgegangen war und Frau Knopp gebrüllt hatte, Tinchen solle sich ja nicht bewegen, sie würde erst nach dem Krankenwagen telefonieren und dann eine Decke bringen. Über den Irrtum aufgeklärt, hatte sie sofort ein Verbrechen vermutet, drei Häuser weiter bei Frau Stenzel geklingelt, weil deren Mann Polizist war, allerdings gerade auf einem Fortbildungskurs, doch Frau Stenzel hatte gesagt, sie werde den jungen Cibulski von gegenüber alarmieren, und der könne ja dann einen Suchtrupp zusammenstellen, schließlich sei er vor noch gar nicht langer Zeit Pfadfinderhäuptling oder so was Ähnliches gewesen.

Nachdem sie der nette Polizist am Telefon ein bisschen beruhigt und zugesichert hatte, dass man die beiden Ausreißer bestimmt bald wieder einfangen werde, hatte sich Tinchen mit einem doppelten Kognak Mut angetrunken und dann Ulla angerufen in der stillen Hoffnung, sie werde noch gar nicht zu Hause sein. Erst war der Hörer heruntergefallen, dann hatte eine wohl bekannte Kinderstimme gepiepst: »Mein Papa iss niss da!«

»Tanja! Seit wann bist du zu Hause? Ist Tim auch da?«

»Nein, der iss mit Papa noch mal wegdegeht. Wer bist du denn?«

»Ich bin die Omi, und jetzt ruf mal ganz schnell die Mami!«

»Weiße Omi? Die Spinat-Omi?«

»Nein, die andere. Holst du bitte die Mami ans Telefon?«

»Die iss niss da.«

»Bist du etwa ganz allein im Haus?«

»Nee, ’türlich niss«, quiekte Tanja vergnügt.

Manchmal könnte man diese Mistviecher auf den Mond schießen, dachte Tinchen erbittert, bevor sie einen weiteren Anlauf nahm. »Wenn du nicht allein bist, dann muss die Mami doch auch zu Hause sein, also hol sie endlich ans Telefon!«

»Kann iss niss!«

Innerlich kochte sie bereits, trotzdem zwang sie sich zur Ruhe. »Warum kannst du die Mami nicht holen?«

»Die iss auf’m Klo.«

Na also, das war wenigstens eine Auskunft, mit der sich etwas anfangen ließ. »Ist gut, Tanja, sag der Mami, dass ich nachher noch mal anrufen werde.« Dann fiel ihr etwas ein. »Warum habt ihr mir eigentlich nicht auf Wiedersehen gesagt, als die Mami euch abgeholt hat?«

»Hat sie ja ganiss! Und der Opa hat zu Papa gesagt, du telenierst.«

»Ist gut, mein Kleines, gute Nacht, und jetzt leg schön den Hörer auf, ja?«

Spinat-Omi! Das fehlte gerade noch! Obwohl etliche Jahre jünger als Tinchen, hatte die ›gegnerische‹ Großmutter in manchen Dingen noch recht antiquierte Ansichten, und zu denen gehörte unter anderem die längst widerlegte Behauptung, dass Spinat viel Eisen enthalte und folglich überaus gesund sei. Tim und Tanja waren allerdings gegenteiliger Ansicht gewesen – davon hatte sie nicht mal der Werbespot mit dem bekannten Blupp abbringen können – und sich geweigert, »diese olle grüne Pampe« zu essen.

»Spinat ist nicht grün, Spinat ist sehr gesund!«, hatte Ullas Mutter erwidert, nicht gewillt, von ihrer in frühester Kindheit geprägten Meinung abzuweichen. »Und deshalb werdet ihr jetzt auch alles aufessen!«

Das hätte sie besser nicht sagen sollen! Tanja hatte zu heulen angefangen, und Tim hatte seinen Teller mit solchem Schwung von sich weggeschoben, dass ein Teil des gesunden

Grünzeugs auf dem Tisch und der Rest, samt Teller natürlich, auf den weißen Fußbodenkacheln gelandet war. Tim hatte eins hinter die Ohren gekriegt, während Tanja die rhetorische Frage gestellt bekommen hatte: »Weißt du, was aus kleinen Mädchen wird, die ihren Spinat nicht essen wollen?«

»Ja«, hatte Tobias gesagt, der nur den letzten Satz mitbekommen hatte und seiner plärrenden Tochter den Teller wegnahm, »die bleiben dünn, werden später Mannequins und verdienen viel Geld!«

Seitdem hieß Frau Körngen zu Tinchens heimlicher Genugtuung bei den Kindern nur noch ›Spinat-Oma‹ und erfreute sich keiner allzu großen Beliebtheit. Als Babysitter wurde sie von ihnen nur in Ausnahmefällen akzeptiert, während Tinchen manchmal Doppelschichten fuhr. Natürlich verstand sie es, wenn ihre Schwiegertochter ihren Lebensinhalt nicht nur in Kindern und Kochtopf sah, sondern auch verschiedene Seminare an der Volkshochschule belegt hatte. Den Nähkurs zum Beispiel konnte sie wirklich gebrauchen, vielleicht würde sie doch eines Tages in der Lage sein, selber eine Kinderhose zu kürzen; und dieser Iss-mit-den-Augen-Kursus hatte ja auch schon Erfolge gezeitigt. Zwar schmeckte Ullas Nudelsalat noch immer ziemlich langweilig, doch er wurde jetzt wenigstens mit phantasievoll angeordneten Erbsen obendrauf und in Schneckenform zusammengelegten Maiskörnern serviert. Trotzdem würde es Tinchen manchmal begrüßen, wenn sich Ulla weniger um die künstlerische Gestaltung von Salatgurken kümmern würde und dafür mehr um die künstlerischen Ambitionen ihrer Tochter. Dann würde sich dieses begabte Kind vermutlich auf Buntstifte oder Fingerfarben beschränkt und nicht versucht haben, ihre Toilettenschüssel mit zyklamefarbenem Nagellack zu verschönern.

Erst viel später, nachdem Tinchen die Polizei informiert und auch noch rechtzeitig, übrigens zu Bernd Cibulskis heimlichem Bedauern, die geplante Suchaktion nach den vermeintlichen Ausreißern abgeblasen hatte, konnte sie sich die ganze Sache zusammenreimen. Tobias hatte seine Kinder abgeholt, nachdem Florian bereits den Zettel für sie geschrieben hatte und gerade das Haus verlassen wollte. Vermutlich hatte er erzählt, dass sie, Tinchen, seit Stunden in der Weltgeschichte herumtelefoniere – er muss ja immer maßlos übertreiben! – und bestimmt nicht gestört werden möchte. Daraufhin waren alle gemeinsam abgezogen, und niemand hatte sich überlegt, was sie für Todesängste ausstehen würde! Na ja, Männer! Was konnte man von denen schon erwarten! Bis vierzehn entwickeln sie sich, und dann wachsen sie bloß noch!

3.

Zitternd stand Tinchen unter der Dusche. »Flori, das Wasser wird bloß lauwarm!«

»Dann dreh den anderen Hahn auf, das ist der mit dem roten Punkt oben drauf!«, kam es undeutlich aus jener Ecke zurück, in der Florian sich gerade das Kopfkissen übers Gesicht gezogen hatte und krampfhaft versuchte, nicht aufzuwachen. Heiligabend! Oder, noch schlimmer, Heiligmorgen, denn bis zum Abend würden hoffentlich die hektischen und jedes Mal zu einer mittleren Familienkrise führenden Vorbereitungen weitgehend abgeschlossen sein, so dass der gemütliche Teil des Tages beginnen konnte. Doch bis dahin waren es fast zehn Stunden, und wenigstens eine davon gedachte Florian noch im Bett zu verbringen. Tinchen würde ihn schon früh genug vereinnahmen! Mit Sicherheit würde er zuallererst den Baum eintopfen müssen. Im letzten Jahr hatte er doch tatsächlich noch kurz vor Ladenschluss in die Stadt fahren und einen neuen Christbaumständer besorgen müssen, weil bei dem alten die Schrauben verrostet gewesen waren! Erst im dritten Kaufhaus hatte er so ein Ding bekommen, natürlich viel zu teuer, aber die billigen waren schon alle ausverkauft gewesen. Dann würde er die Kerzen anbringen müssen, was in der Praxis bedeutete, erst mal die meterlangen Strippen zu entwirren, und das war eine Heidenarbeit! Früher war das immer relativ schnell gegangen, aber seitdem vor ein paar Jahren diese Mini-Kerzen modern geworden waren, von denen mindestens zweihundert Stück brennen mussten, damit man überhaupt die Geschenke unterm Baum erkennen konnte, sahen die Zuleitungen hinterher wie Nato-Draht aus und waren auch ähnlich störrisch.

Ganz bestimmt würde auch wieder etwas fehlen, Malventee für Frau Antonie zum Beispiel oder Papier zum Einwickeln von dem vermissten Geschenk, das Tinchen vor Wochen schon gekauft, versteckt, seit Tagen gesucht und gestern doch noch gefunden hatte … Florian konnte sich nicht an ein einziges Weihnachtsfest erinnern, an dem er nicht noch von seiner Frau zwecks Beschaffung eines unerlässlichen Artikels durch die Gegend gehetzt worden war. Einmal war es sogar Klopapier gewesen, weil sie Besuch erwartet hatten und Tinchen sich geweigert hatte, auch in der Gästetoilette eine Küchenrolle aus grauem Recyclingpapier aufs Fensterbrett zu stellen. Das könne man notfalls im Badezimmer machen, da käme ja niemand rein. Dann war aber doch die Spinat-Omi reingekommen, die damals allerdings noch nicht so geheißen hatte, denn es war ihr erster Besuch im Hause Bender gewesen. Tinchen hatte sich schrecklich geschämt und von da an Toilettenpapierrollen nur noch im Dutzend gekauft.

»Was hältst du davon, wenn du endlich aufstehen und dich mal um die Wasserversorgung kümmern würdest! Da stimmt nämlich was nicht!« Das große Handtuch umgewickelt, ein kleineres um die nassen Haare, stand Tinchen vor dem Bett und versuchte, ihrem unwillig grunzenden Ehemann die Decke zu entreißen.

Nun kann man nicht mit zwei Händen ziehen und gleichzeitig ein rutschendes Badetuch festhalten, jedenfalls stand Tinchen plötzlich nackend da, bibberte, weil ihr ohnehin schon kalt gewesen war, und verlangte ins Bett gelassen und aufgewärmt zu werden. Was Florian dann auch bereitwillig tat.

»Könnten wir nicht einfach bis Silvester hier liegen bleiben, uns dann ein paar Stunden lang besaufen, den Neujahrstag verschlafen und erst wieder aufwachen, wenn das neue Jahr schon mindestens 36 Stunden alt ist?«, murmelte Florian, sein Tinchen an sich ziehend. »Stell dir das bloß mal vor! Kein meterhoher Weihnachtsbaum, der mindestens alle zwei Stunden einmal beinahe umfällt, keine Kinder, die sich abwechselnd übergeben müssen, kein Gänsebraten und vor allem keine Besucherscharen, die später in ihre aufgeräumten Wohnungen zurückkehren und sich den Mund zerreißen, weil sie bei uns nicht auf Anhieb die Fernsehzeitung gefunden haben.«

»Wir haben ja auch gar keine«, kicherte Tinchen, »das wissen die bloß nicht. Ich schneide mir doch immer das aktuelle Programm aus dem ZEITSPIEGEL heraus.«

»Na also«, frohlockte Florian, »dann ist die Zeitung ja doch noch zu etwas anderem nütze als zum Einwickeln der Kamin-Briketts.« Er tastete auf dem Nachttisch nach der Zigarettenpackung.

»Im Schlafzimmer wird nicht geraucht!«

»Heute ist Weihnachten, da darf man mal.« Florian zündete die Zigarette an und schob sie Tinchen zwischen die Lippen. »Es ist sowieso die letzte.«

Sofort schoss sie hoch. »Wieso letzte? Heißt das, wir haben keine Zigaretten mehr, oder willst du im neuen Jahr mal wieder das Rauchen aufgeben?«

»Die letzte in der Packung«, korrigierte er, »und was das neue Jahr anbelangt, so werde ich es diesmal umweltfreundlich beginnen und mich auf die Wiederverwertung der alten Vorsätze beschränken. Nikotin-Abstinenz ist nicht dabei gewesen.« Er nahm ihr die Zigarette aus der Hand, zog ein paar Mal daran, drückte den Stummel im Aschenbecher aus und rollte sich wieder in Schlafposition.

»Das hast du dir aber auch bloß gedacht!« Mit einem Ruck riss sie das Deckbett an sich und stürmte damit ins Bad. Bevor sie die Tür hinter sich zuschlagen konnte, hatte Florian bereits einen Zipfel erwischt. »Gib sofort meine Decke her!« Energisch zerrte er an dem einen Ende, Tinchen, ein Bein gegen die halb geschlossene Tür gestemmt, am anderen. Prompt geschah, was geschehen musste: Florian ließ los, Tinchen verlor den Halt, knallte mit dem Kopf an den Badewannenrand und sah Sterne. »In der Schule habe ich beim Tauziehen immer verloren«, murmelte sie noch, dann sah sie eine Zeitlang gar nichts mehr.

Als sie mühsam die Augen öffnete, fand sie sich im Bett wieder, einen kalten Waschlappen auf der Stirn und einen zerknirschten Florian neben sich stehend, der mit einem kleinen Fläschchen unter ihrer Nase herumfuhr. Angewidert schob sie seine Hand zur Seite. »Nimm bloß das Zeug weg, bevor mir schlecht wird! Was ist das überhaupt?«

»Duftöl! Etwas anderes habe ich so schnell nicht gefunden.« Er sah aufs Etikett und grinste. »*Fit for Fun* steht drauf.«

»Genau so fühle ich mich auch!«, giftete sie. »Hinter meiner Stirn arbeiten zwei Presslufthämmer, also habe ich mindestens eine doppelseitige Gehirnerschütterung, mein Hintern tut weh, weil ich irgendwo draufgefallen bin – ich weiß aber nicht, was es war –, und die Beule am Hinterkopf wird von Minute zu Minute größer. Ich kann förmlich spüren, wie sie wächst!« Vorsichtig tastete sie zwischen den Haaren herum, bis sie die Stelle fand und befühlte. »Aua! Die Beule hat schon Hühnereigröße und tut hundsgemein weh!«

»Soll ich den Notarzt anrufen? Mit Gehirnerschütterung ist schließlich nicht zu spaßen!«

»Bloß nicht! Am Ende kommt ein Orthopäde, und der hat sowieso keine Ahnung! Gib mir lieber ein Aspirin und ein zweites Kissen. Ich bleibe einfach ein paar Stunden liegen, schlafe eine Runde, und danach komme ich schon von allein wieder auf die Beine.« Sprach's und kuschelte sich tiefer in das Deckbett. »Vorher sollte ich aber noch eine Kleinigkeit essen, meinst du nicht auch?«

Das meinte Florian eigentlich nicht. Er löste vorsichtshalber gleich zwei Tabletten auf und reichte Tinchen das Glas. »Jetzt trink erst mal das hier, und wenn die Wirkung eintritt, sehen wir weiter.«

»Och, so viel Weitblick habe ich schon jetzt, um zu wissen, dass ich nachher mächtigen Appetit haben werde, und zwar auf frischgepressten Orangensaft, ein weich gekochtes Ei, Toast, Butter und Tonis selbst gemachte Aprikosenmarmelade. Und natürlich auf Kaffee, mindestens zwei Tassen. Die Zeitung kannst du dann auch gleich mitbringen, ja?«

»Soll ich vielleicht auch noch den Fernseher einschalten?«, knurrte er erbost.

Sie nickte. »Gute Idee. Die bringen nämlich in jedem Jahr einen Streifzug durch die Geschäfte, filmen das letzte Kampfgetümmel und fragen die Kunden, was sie zu Weihnachten verschenken. Was kriege ich eigentlich von dir, Flori?«

»Gar nichts! Sklaven verteilen keine Geschenke, sie bekommen welche!« Er stapfte ins Bad. Dann hörte Tinchen die Dusche rauschen und im selben Augenblick Florians Entsetzensschrei: »Das Wasser ist ja eiskalt!«

»Tatsächlich? Dann musst du einfach den anderen Hahn aufdrehen, den mit dem roten Punkt in der Mitte!«

Eine halbe Stunde später Krisensitzung in der Küche. Teilnehmer: das in einen Bademantel gehüllte und vor einem Becher Kaffee hockende Tinchen, ein ebenfalls noch unvollständig bekleideter Florian sowie Herr Alois Knopp, nicht nur Nachbar und Gartenliebhaber, sondern darüber hinaus Zentralheizungs- und Lüftungsbauer, allerdings im Ruhestand, und das schon seit elf Jahren. Den angebotenen Kaffee hatte er abgelehnt, er stand mehr auf Bier, Weizenbier, wenn's möglich wäre, am liebsten dunkles, aber helles ginge auch. Florian hatte keins von beiden, nur Pils, deshalb veredelte er das Getränk mit einem Doppelwacholder in der Hoffnung, Herr Knopp werde an derartige Kombinationen gewöhnt und auch nach ihrem Genuss noch in der Lage sein, sich um das aufgetretene Problem kümmern zu können. Das Problem hieß

Heizung. Genauer gesagt, die nicht funktionierende Heizung. Schon von weitem hatte das rote Lämpchen signalisiert, dass etwas nicht in Ordnung war, doch obwohl Florian anhand der Bedienungsanleitung mögliche Fehlerquellen gewissenhaft überprüft hatte, hatte er nichts finden können. »Da unten herrscht absolute Betriebsruhe«, hatte er Tinchen mitgeteilt, »und das nicht erst seit kurzem. Im Wohnzimmer haben wir nur noch dreizehn Grad.«

»Plus oder minus?«, hatte sie gefragt und dann wissen wollen, ob er auch die beiden Heizöltanks kontrolliert habe.

»Für wie blöd hältst du mich eigentlich?«, hatte er sich empört. »Danach habe ich natürlich zuerst geguckt. Die Dinger sind noch viertelvoll.« Dann hatte er Kaffee gekocht, Tinchen einen Becher voll ans Bett gebracht, und gemeinsam hatten sie nach einem Ausweg gesucht. Zuerst in der Zeitung. Da gab es eine lange Liste von Notärzten einschließlich Zahn- und Tiermediziner, Rufnummern von Schlüsseldiensten, Last-Minute-Reisen, Bahnhofsmission und Hilfe bei Wasserrohrbrüchen, Weihnachtsmänner hatten noch Termine frei, Haustierpensionen noch Plätze, nur mit defekten Heizungen schien niemand zu rechnen. Kopfnickend legte Tinchen die Zeitung zur Seite. »Du musst das mal von der logischen Seite sehen, Flori: Wenn du ohne Schlüssel vor der Tür stehst, gibt's nur die Axt oder den Schlüsseldienst, und wenn die Skier durch den Keller schwimmen, weil irgendwo im Haus ein Wasserrohr geplatzt ist und der Pegel ständig steigt, dann kann man auch nicht bis nach den Feiertagen warten, aber drei Tage ohne Heizung kann man überleben. Oder kannst du dich nicht mehr an den ersten Nachkriegswinter erinnern?«

»Kaum«, erwiderte Florian, »ich weiß nur, dass wir damals in jedem Zimmer einen Kachelofen hatten, in den man alles Brennbare hineinstopfen konnte. Und es auch tat. Versuch das mal mit einer Ölheizung!« Dann hatte er das Branchen-Telefonbuch geholt und begonnen, die Sparte *Heizungstech-*

nik durchzutelefonieren. Mit A gab es in dieser Rubrik vier Eintragungen, mit S zwei und mit C gar keine. Als sich bei V wie Droppel wieder nur ein Anrufbeantworter einschaltete und dem allmählich resignierenden Florian mitteilte, dass die Betriebsferien bis zum 4. 1. dauern und Herr Droppel nebst Mitarbeiter der verehrten Kundschaft ein frohes Fest sowie ein glückliches und erfolgreiches neues Jahr wünschen, warf er den Hörer auf die Gabel. »Hat deine Mutter nicht auf dem Dachboden noch einen Heizlüfter stehen? Wenn wir den alten Ofen aus dem Keller dazunehmen und das futuristische Ding aus Karstens Werkstatt, dann …«

»… fliegen uns die Sicherungen um die Ohren, und wir sitzen nicht bloß im Kalten, sondern auch noch im Dunkeln!«, ergänzte Tinchen. »Entweder eine funktionierende Heizung, oder Weihnachten wird abgeblasen.«

Florian war sofort einverstanden. »Au ja! Gib doch noch mal die Zeitung rüber mit den Last-Minute-Reisen! Madeira wäre nicht schlecht oder vielleicht Malta. Da wollte ich schon immer mal hin.«

Doch bevor er sich mit den einschlägigen Angeboten beschäftigen konnte, war Tinchen Herr Knopp eingefallen, der ihr ja früher schon mal hilfreich zur Seite gestanden hatte. Allerdings waren damals noch Haus und Heizung neu gewesen, Herr Knopp übrigens auch, denn kurz vorher hatte Frau Knopp noch Möllmann geheißen; außerdem hatte es sich seinerzeit lediglich um eine Kleinigkeit gehandelt. Julia hatte so lange am Hauptschalter herumgespielt, bis das hübsche orangefarbene Licht ausgegangen war. Damals war sie fünf und überzeugt gewesen, wieder mal etwas kaputtgemacht zu haben, weshalb sie sich vorsichtshalber eine Zeitlang aus dem Verkehr gezogen hatte. Jetzt war sie sechsundzwanzig und Herr Knopp Rentner. »Was meinst du, Flori, ob der noch weiß, wie das geht?«

»Ruf ihn doch mal an!«, hatte er vorgeschlagen, und nun

saß Herr Knopp am Küchentisch und philosophierte über das Phänomen Feiertagsdefekte. »Da hält so eine Heizung jahre-, ach was, jahrzehntelang, nie ist was dran, und dann, eines Tages, isses so weit. Sie streikt. Aber sie streikt nicht an einem simplen Montag oder Mittwoch, nein, am Sonntagmorgen geht sie aus, oder Silvester …«

»… oder Heiligabend, wie heute bei uns!«, unterbrach ihn Florian, bevor Herr Knopp noch alle gesetzlichen Feiertage aufzählen würde, von den kirchlichen ganz zu schweigen. »Wollen wir jetzt mal in den Keller gehen?«

Nach einem bedauernden Blick zur Wacholderschnapsflasche erhob sich Herr Knopp. »Hoffentlich isses nichts Großes, ich hab ja man gar nicht mehr so richtiges Werkzeug. Vielleicht isse bloß voller Ruß.«

Das allerdings hielt Florian für gänzlich ausgeschlossen. Nicht umsonst erschien einmal jährlich ein Mann vom Wartungsdienst mit einer Art Hebammentasche sowie einem Staubsauger, und wenn er nach einer halben Stunde lautstarken Wirkens wieder abzog, hinterließ er außer einer soliden Staubschicht stets eine Rechnung, die sich in dreistelliger Höhe bewegte. So viel Ruß, wie dieser Mensch als Schmutzzulage notierte, konnte es in einem ganzen Kohlekraftwerk nicht geben!

Herr Knopp begutachtete die Anlage, öffnete den Schlund des stählernen Ungetüms, aus dem es eigentlich orangorot fauchen müsste, was es leider nicht tat, überprüfte Schalter und Hebel, kontrollierte den Wasserzulauf und teilte dem erwartungsvoll zuschauenden Florian mit, dass er nichts finden könnte. »So auf den ersten Blick ist da nichts, und fürs Innere müsste ich erst das Wasser ablassen, und dann weiß ich auch noch nicht, ob ich was finde.«

Florian sah sich schon in Friesenfrack und Gummistiefeln durch einen überfluteten Keller stapfen, eine Aussicht, die ihm wenig reizvoll erschien. Wenn schon Überschwemmung, dann wenigstens von jemandem verursacht, den man hinterher regresspflichtig machen konnte. Herr Knopp dagegen war Rentner und lediglich hilfsbereit. »Irgendwie werden wir die drei Tage schon überstehen«, sagte Florian, »und außerdem hat diese unerwartete Kälteperiode auch ihr Gutes. Unsere potenziellen Gäste werden wir telefonisch vorwarnen, und ich bin überzeugt, sie werden alle absagen.«

»Am besten ziehen Sie vorübergehend ins Hotel!«, empfahl Herr Knopp und klopfte im Vorbeigehen an den Heizöltank. »Klingt schon ziemlich hohl.« Da ertönte aus seinem Innern ein Geräusch, eine Art Rauschen, das mit einem dumpfen Platschen endete, und Florian sah mit Entsetzen, wie sich die Nadel des Ölstandmessers langsam nach links bewegte und bei null stehenblieb.

»Na also«, freute sich Herr Knopp, »da haben wir ja die Ursache! Der Tank ist leer!«

»Aber das kann doch gar nicht sein! Vorhin stand der Zeiger noch auf viertelvoll.«

»Das bedeutet gar nichts, die Dinger verklemmen sich manchmal. *Ich* messe immer mit einem Zollstock nach.«

»Das nützt mir jetzt auch nichts mehr«, bemerkte Florian ganz richtig, »aber können Sie mir vielleicht auch noch sagen, wo ich am Heiligen Abend um halb elf Uhr vormittags Heizöl herkriege?«

Das konnte Herr Knopp nicht, und deshalb verabschiedete er sich auch sehr schnell, bevor er möglicherweise Gefahr laufen würde, aus lauter Nächstenliebe seinen eigenen, gutgefüllten Heizöltank anzapfen zu müssen.

Mit zunehmender Dringlichkeit eines Problems sinkt die Zahl der dafür Zuständigen! Das merkte Florian, als er wieder in der Küche stand und Tinchen darüber informierte, dass nicht die Heizung kaputt, sondern der Öltank leer war. »Wo kriege ich heute noch welches her?«

»Das ist *dein* Problem, nicht meins. *Mein* Zuständigkeitsbereich endet bekanntlich an der Kellertür.« Nicht umsonst hatte sie kurz nach dem Einzug darauf bestanden, dass die Verantwortung für Instandhaltung und Funktionieren des Hauses geteilt würde. »Du kümmerst dich um alles, was außerhalb des Wohnbereichs liegt, also Dachboden, Keller, Garten und Garage; der Rest ist mein Revier.« Damit war Florian sofort einverstanden gewesen, denn die paar Quadratmeter umbauten Raum waren nun wirklich nicht der Rede wert, und in den Garten sollten sowieso nur Rasen und an den Rand ein paar Sträucher kommen. Die Terrasse ernannte er kurzerhand zum Wohnbereich und ersparte sich so das Bewässern der beiden Blumenkübel; er hätte es ohnehin meistens vergessen.

Allerdings hatte er seinerzeit nicht einkalkuliert, dass mit dem Heranwachsen seiner Nachkommen auch deren Spielzeug größer werden würde. Hatten sich Roller und Dreirad noch bequem in der Garage unterbringen lassen, so wurde es bei den Fahrrädern schon schwieriger. Rollschuhe, Skateboards, Federballschläger und ähnlich handliche Gegenstände kamen sowieso in den Keller. Als das dafür vorgesehene Regal voll war, wurde ein zweites aufgestellt für Luftmatratzen, Wasserbälle, Bocciakugeln und was sich sonst noch im Laufe der Zeit ansammelte. Die Tischtennisplatte musste schon an die Wand gelehnt werden, ebenso die Skier und Tobias' Surfbrett, dazu kamen vier Paar Gummistiefel nebst Regenjacken, gekauft vor dem Nordseeurlaub und seitdem nicht mehr benutzt, doch das war noch längst nicht alles. In jedem Keller gibt es Dinge, die dort mal abgestellt worden waren, weil man sich nicht von ihnen trennen konnte. Oder wollte. Und Florian trennte sich von gar nichts! Deshalb gammelte hinter der Kellertür noch immer der angerostete Dachgepäckträger vor sich hin, der zu Florians altem Opel gehört hatte und jetzt auf kein Auto mehr passte. Oder der Hundekorb! Dabei war Bommel seit fünfzehn Jahren tot! Der Käfig von Herrn Schmidt stand auch noch da, obwohl der so titulierte Hase doch Karsten gehört hatte und lediglich im Hause Bender verstorben war. ›Zu Tode gekommen‹ wäre richtiger, denn das dumme Vieh hatte sich, anstatt im Garten Gras zu fressen und seinem Gastgeber das dringend notwendige Mähen zu ersparen, durch den Zaun genagt und war von einem Daimler plattgefahren worden. Wenigstens standesgemäß, hatte Florian seinen betrübten Schwager getröstet, denn der prominente Namensgeber des Karnickels war ja auch in einem Dienstwagen mit Stern auf der Kühlerhaube chauffiert worden.

Im Laufe der Jahre hatte Florian also einsehen müssen, dass er entschieden den Kürzeren gezogen hatte. Flächenmäßig betrug sein Revier zwar nur ein Viertel von Tinchens Bereich, doch die konnte mit Staubsauger und diesem handlichen Wischmopp hantieren, während er schon gelegentlich mit Drahtbürste und Hornspänen den Boden geschrubbt hatte, um Ölspuren zu beseitigen oder diesen riesigen roten Fleck, der noch immer aussah, als sei dort jemand abgeschlachtet worden. Dabei war ihm lediglich eine Flasche Johannisbeersaft heruntergefallen. Damals hatte er angefangen, die Sonderangebote der Obsthändler zu hassen. Frau Antonie pflegte jedes Mal zuzuschlagen und dann Tinchens Mithilfe beim Einwecken zu erbitten. »Du kannst dir später auch mitnehmen, so viel du willst.« Dabei wollte Tinchen gar nicht, denn sie hatte noch genug Eingemachtes vom vergangenen Jahr und dem Jahr davor, und Schulfest mit Tombola war ja auch nicht dauernd.

»Willst du nicht mal anfangen zu telefonieren?«

Florian zuckte zusammen. Unschlüssig blätterte er im Telefonbuch, das Tinchen auf den Tisch geknallt hatte. »Könntest du nicht …?«

»Nein!«, sagte sie kategorisch und goss sich eine weitere Tasse Kaffee ein. »Ich habe dich erst vor zwei Wochen gefragt, ob wir nicht mal Öl bestellen müssen, und da hast du gesagt, unseres reicht noch bis Ostern. Jetzt sieh selber zu, wo du welches herkriegst! Und überhaupt bin ich krank, ich habe schließlich einen Mordversuch hinter und mindestens drei Tage Kopfschmerzen vor mir. Glaubst du wirklich, ich lasse mich zusätzlich von missgelaunten Sekretärinnen, die heute noch arbeiten müssen, anmotzen?«

Bei Florian blieb nur *ein* Wort hängen. »Sagtest du Mordversuch?«

»Wie nennst du das denn, wenn man ein Seil loslässt, an dessen anderem Ende jemand so kräftig zieht, dass er hinstürzen muss? Hast du noch nie was von Fliehkraft gehört?«

»*Zug*kraft«, verbesserte er automatisch. »Außerdem war es kein Seil, sondern ein Deckbett, von dem ich lediglich einen Zipfel festhielt, und der ist mir aus der Hand gerutscht.«

»Das kann hinterher jeder behaupten! Gib's zu, du wolltest mich meucheln, damit du mir nichts zu Weihnachten schenken musst! Stimmt's?«

»Bingo! Eigentlich wollte ich es in der Dusche tun, aber du warst so schnell wieder draußen.«

»Ich hasse kaltes Wasser auf'm Kopf. Jedenfalls morgens!« Sie fummelte eine zerdrückte Packung aus der Bademanteltasche, zündete zwei Zigaretten an und schob Florian eine zwischen die Lippen. »Jetzt lass uns mal ernsthaft nachdenken, wo wir Öl herkriegen. Bei unserem Lieferanten brauchen wir es gar nicht zu versuchen, der hat seinen Laden bis nach Neujahr dichtgemacht. Einen anderen kenne ich aber nicht, also bleibt bloß das Branchenbuch. Du musst es einfach so lange versuchen, bis du jemanden erwischt, der kommt. Ich habe schon ein paar Mal so was Ähnliches gelesen wie *Lieferung auch an Sonntagen.*«

»Wo?«

»In der Zeitung!«

»Und das sagst du erst jetzt? Wo ist sie?«

»Ich habe nicht gesagt, dass ich es *heute* gelesen habe«, dämpfte sie seinen Optimismus. »Die heutige Ausgabe ist noch draußen.«

Während Florian in den Vorgarten stürzte, wo eine dämlich grinsende blecherne Kuh den früheren Briefkasten abgelöst hatte, übrigens auch ein Geburtstagsgeschenk seines Schwagers Karsten, hängte sich Tinchen ans Telefon, um genau diesen anzurufen. »Ich weiß ja, dass du im Moment keine Zeit hast«, unterbrach sie seinen Protest, »aber es ist wirklich wichtig. Weißt du vielleicht ...«

»Nein! Und wenn ich was wüsste, dann hätte ich jetzt keine Zeit dafür. Der Laden brummt, weil mindestens zehn Prozent aller Ehemänner eingefallen ist, dass wir heute Weihnachten und sie noch kein passendes Geschenk für ihre Angetraute haben. Also kriegt sie was Hochkarätiges, während die Freundin zumindest mit einem kleinen Weißgoldringlein über die bevorstehenden einsamen Feiertage hinweggetröstet werden muss. Ich habe extra für heute eine Studentin von der Kunstakademie angeheuert.«

»Wozu denn das?«

»Zum Einpacken. Sie macht das sehr stilvoll.«

»Und das muss man extra studieren? – Sag mal, weißt du jemanden, der heute noch Heizöl ausfährt? Wir sitzen nämlich auf dem Trocknen, und das im wahrsten Sinne des Wortes.«

»Keine Ahnung, Tine, ich hab Erdgas, das fließt von allein. Doch wenn alle Stricke reißen, dann schick Florian mit ein paar leeren Kanistern zur nächsten Tankstelle. Diesel ist zwar ein bisschen teurer, aber in der Not ...«

»Idiot!« Tinchen knallte den Hörer auf die Gabel und angelte eine weitere Zigarette aus der Packung.

»Ich weiß ja, dass ich einer bin, aber musst du mir das nun dauernd unter die Nase reiben?« Florian schloss die Tür und legte den ZEITSPIEGEL auf den Tisch.

»Du warst ja gar nicht gemeint!« Sie schlug die Zeitung auf und vertiefte sich in den Anzeigenteil. »Fang trotzdem schon mal mit der Rubrik *Heizöl* im Branchenbuch an, aber diesmal von hinten. Mit A beginnt jeder, bis z hat sich bestimmt noch niemand vorgekämpft.«

Florian wählte die goldene Mitte und begann bei M. Schon bei N wurde er fündig. Ein Herr Naujoks erklärte sich bereit, das Heizöl zu liefern, allerdings könne er noch nicht genau sagen, wann, weil der Tankwagen bei seinem Bruder stehe, und der sei unterwegs.

»Kann er dann nicht gleich hier vorbeifahren?«

»Brauchen Sie'n auch 'toffeln?«, nuschelte Herr Naujoks zurück. »Prima Pfälzer 'toffeln, halten noch bis in'n Sommer.«

Florian deckte die Sprechmuschel ab. »Brauchen wir Kartoffeln?«

Tinchen sah ihn durchdringend an, dann sagte sie sehr langsam und deutlich, als spräche sie zu einem geistig Minderbemittelten: »Nein, Florian, wir brauchen keine Kartoffeln, wir brauchen Heizöl!«

Er nickte, nahm die Hand von der Muschel und begann von neuem: »Wir benötigen Öl, Herr Naujoks, keine Kartoffeln. Sie verkaufen doch Heizöl, nicht wahr? – Ach so, auch Kartoffeln. Na gut, warum nicht, man muss ja im Sommer ebenfalls was zu tun haben. Und wann könnten Sie … Weil Ihr Bruder Landwirt ist, verkaufen Sie Kartoffeln? Sehr ökonomisch, aber eine eigene Ölquelle haben Sie nicht, nein? Vielleicht könnten Sie mir aber trotzdem sagen, wann …«

»Jetzt reicht's aber!« Entnervt riss Tinchen ihrem Florian den Hörer aus der Hand. »Guten Morgen, Herr … wie war doch gleich der Name? Ach ja, Naujoks. Also, lieber Herr Naujoks, Sie sind meine letzte Rettung! Mein Ölanzeiger hat sich verklemmt, und ich habe erst heute Morgen gemerkt, dass der Tank leer ist, und das am Heiligen Abend. Was soll ich denn jetzt bloß machen?« Sie unterlegte ihre Stimme mit einem weinerlichen Ton. »Ich bin Witwe, alleinstehend, und heute will endlich mal wieder meine Tochter kommen und die beiden Enkelchen mitbringen, das jüngste kenne ich noch gar nicht … Wenn die in meine eiskalte Wohnung kommen, machen sie bestimmt gleich wieder kehrt. Sie haben doch Öl, nicht wahr? Für mich würde ich gar nicht bitten, ich bin eine alte Frau, aber die Enkelchen brauchen doch ein warmes Zimmer … Sie kommen ganz bestimmt? Und wann? Gegen zwei Uhr? Der liebe Gott wird es Ihnen vergelten, und ich auch, Sie sollen das ja nicht umsonst machen. Wie viel Liter? Höchstens fünfhundert, mehr kann ich mir auf einmal gar nicht leisten. Vielen, vielen Dank, Herr Naujoks.« Sie buchstabierte noch die Adresse durch, dann legte sie sanft den Hörer auf. »Siehste, so macht man das! In zwei Stunden haben wir wieder eine warme Bude.«

»Du hättest ihn wenigstens den Tank vollmachen lassen, da gehen immerhin 5000 Liter rein«, sagte Florian vorwurfsvoll.

»Das hätte nicht zu meiner Rolle als arme Rentnerin gepasst. Wenn er genug Öl mitbringt, kann er's ja reinkippen, Hauptsache, er kommt erst mal.«

»Ich wusste gar nicht, dass du so kaltblütig lügen kannst.«

»Der Zweck heiligt die Mittel«, meinte sie gleichmütig. »Ich weiß nicht mehr, wer das behauptet hat, aber es stimmt. Jedenfalls manchmal. Hätte ich dir vorhin nicht den Hörer weggenommen, dann könnten wir jetzt versuchen, mit Pfälzer Kartoffeln zu heizen.«

Herr Naujoks kam zwar erst um halb drei, doch das fiel Tinchen gar nicht auf. Sie hatte sich entschlossen, ihre Gehirnerschütterung auf einen späteren Zeitpunkt zu verschieben und stattdessen den alten ausgebeulten Jogginganzug angezogen, der Florian gehörte und ihr viel zu groß war. Dann hatte sie mit grauem Lidschatten ihren Augen einen leidvollen Blick verpasst, auf Lippenstift, Bürste und Haarspray verzichtet und zum Schluss ein Paar ausgelatschte Turnschuhe angezogen, in denen sie müde die Treppe hinunterschlurfte, so dass Florian bei ihrem Anblick erschrocken ausrief: »Mach sofort, dass du ins Bett kommst, du siehst ja grauenvoll aus!«

»Ich bin eine arme, alte, frierende Frau«, erinnerte sie ihn, »und jetzt sieh zu, dass du endlich den Weihnachtsbaum in den Ständer kriegst!«

Als der Tankwagen vor das Haus fuhr, hatte Tinchen bereits die Zimmer auf Vordermann gebracht, den Tisch für das Abendessen gedeckt, zwei telefonische Hilfsangebote ihrer Mutter abgewimmelt, mit Tim – ebenfalls telefonisch – die Frage erörtert, ob der Weihnachtsmann möglicherweise Hilfskräfte habe, die ihm beim Austragen der Geschenke zur Hand gehen würden (sie hatten sich auf rollschuhfahrende Engel geeinigt), mit Florian zusammen die Lichterketten entwirrt, drei Oberhemden gebügelt und sich gerade beim Abgießen der Salatkartoffeln zwei Finger verbrüht.

»Weißt du was«, hatte sie gefragt, während sie mit einem halben Dutzend Lichtersträngen über den ausgebreiteten Armen auf der Leiter stand, »ich habe einfach keinen Bock auf dieses dämliche Fondue! Jedes Jahr das gleiche Theater! Toni beklagt den Verfall der Sitten, weil wir ihr zumuten, mit anderen aus einem Topf zu essen, die Kinder verbrennen sich regelmäßig die Zunge, außerdem dauert es viel zu lange, bis man satt ist, und von den Soßen kippe ich hinterher immer die Hälfte weg. Warum soll ich mir dann die ganze Arbeit machen?«

»Du hast ja völlig recht, Tine – jetzt lass mal die erste Kette vorsichtig runter! –, aber irgendwas musst du ihnen doch vorsetzen! Der Mensch lebt nicht von Plätzchen allein, nicht mal zu Weihnachten!«

»Was hältst du von Kartoffelsalat mit Würstchen? Wie in alten Zeiten.«

»Wirklich?« Florian bekam einen sehnsüchtigen Blick. »So richtig mit Mayonnaise und garniert mit Eiern und Tomaten? Und dazu schöne knackige Wienerle?«

»Nee, Bockwürste von Aldi. Aus der Dose. Andere habe ich nicht.«

»Das geht nicht, das wäre ein kulinarischer Fauxpas!«, protestierte er. »Lieber fahre ich schnell zum Metzger und hole richtige.« Er sah auf die Uhr. »Halb zwei. Hat der noch auf?«

»Das wirst du schon sehen, wenn du dort bist. Soll ich übrigens bis zu deiner Rückkehr hier so stehen bleiben?« Mit dem Kinn deutete sie auf ihre noch immer gespreizten Arme.

»Nein, du kannst heruntersteigen und die Ketten auf die Sessellehne leg… Halt! Langsam! Du nimmst den Baum …«

Zu spät. Im Zeitlupentempo kippte die Tanne nach vorne, und hätte Florian nicht im letzten Augenblick die Spitze zu fassen bekommen und den endgültigen Fall verhindern können, dann wäre Tinchen unter dem Edelgewächs begraben worden. Allerdings hatte er bei diesem Rettungsmanöver die Spitze abgebrochen und hielt sie nun mit vorwurfsvoller Miene hoch. »Deine Schuld!«

»Die war sowieso zu lang, sie hat ja schon die Zimmerdecke gekämmt.«

»Nu isse aber viel zu kurz!« Florian wies auf den bestenfalls fünf Zentimeter hohen Stummel, der sogar von den oberen kleinen Zweigen noch überragt wurde. »Ob man das kleben kann?«

»Quatsch! Aber mir wird schon etwas einfallen, womit sich die Sache kaschieren lässt. Kümmere du dich lieber um die Würstchen!«

Es traf sich gut, dass Florian noch nicht wieder da war, als Herr Naujoks mit seinem uralten Tankwägelchen vorfuhr. *Alfred Naujoks jun. – Heizöle und anderes* stand drauf. Seinen Vater hatte er auch mitgebracht, und beide zusammen schätzte Tinchen auf ungefähr 140 Jahre. Später bekam sie mit, dass der Vater gar nicht der Vater, sondern der Bruder war und Konrad hieß. Das Auto war aber jünger und stammte vermutlich aus den späten Fünfzigern.

Während der eine Bruder – es musste der mit den Kartoffeln sein, weil er erst mal im Wagen sitzen blieb – eine Zigarre ansteckte, wollte der andere wissen, ob sie hier richtig wären und wo der Einfüllstutzen für das Öl ist »wegen dem Schlauch, der ist nämlich nicht sehr lang«.

Entgegen Tinchens Befürchtung, das Haus würde mit dem angeblichen Status der armen, alleinstehenden Witwe nicht zu vereinbaren sein und der ganze Schwindel vielleicht auffliegen, interessierte sich Herr Naujoks überhaupt nicht dafür. Er wollte auch nicht wissen, wo denn der Mann sei, mit dem er zuerst telefoniert hatte. Wäre Florian nicht gerade auf kulinarischer Pirsch gewesen, hätte Tinchen ihn entweder zu vorübergehendem Stubenarrest verdonnert oder notfalls als Untermieter ausgegeben. Es gab genug Witwen, die Zimmer vermieteten.

Mit Hilfe eines Zollstocks ermittelte Herr Naujoks rasch, dass die Zuleitung wohl reichen würde, und scheuchte seinen Bruder aus dem Wagen. »Kannst anfangen!« Worauf Konrad, immer mit brennender Zigarre im Mund, den Schlauch abzuwickeln begann. Alfred ließ sich in den Heizungskeller führen, sah sich um, nickte zufrieden und meinte: »Wenn Sie woll'n, könn' Sie jetzt gehn, wir schaffen das allein.« Was Tinchen ganz richtig mit *Du störst bloß, hau ab!* übersetzte und es auch tat. Kurz darauf begann es laut zu rattern, ein wohlklingendes Geräusch in ihren Ohren, signalisierte es doch baldige Wärme. Es irritierte sie lediglich, dass dieser Konrad noch immer seine Zigarre im Mund hatte und jetzt sogar mit dem Gesicht ganz nah an den Tank heranrückte. Was machte er da bloß? Verstohlen lugte sie aus dem Fenster, konnte aber nichts erkennen. Ob sie einfach mal rausgehen sollte? Aber was, wenn der Wagen ausgerechnet in diesem Moment in die Luft flog ...? Würde das Haus auch was abkriegen oder würden bloß die Fensterscheiben zersplittern? Und wie lange dauerte es wohl, bis man sie unter den Trümmern ausbuddeln würde?

Endlich hörte das Rattern auf, Konrad schob die Zigarre

vom rechten Mundwinkel in den linken und begann den Schlauch aufzurollen. Die Gefahr schien wohl gebannt! Erleichtert lief Tinchen die Kellertreppe hinunter, auf der ihr Herr Naujoks schon entgegenkam. »Sie müssen den Ölstandmesser auswechseln, der taugt nichts mehr, ist unzuverlässig.«

»Klar, werde ich gleich nächste Woche machen lassen«, versicherte sie, dabei verheißungsvoll mit dem Geldbeutel winkend. »Jetzt sagen Sie mir aber erst mal, wie viel Geld Sie bekommen, ich möchte es nämlich gleich bezahlen.«

Verlegen kratzte sich Alfred hinter dem Ohr. »Geht nicht, muss ich erst ausrechnen mit Mehrwertsteuer und so. So'n neumodischen Zähler, der alles anzeigt und denn auch gleich ausdruckt, haben wir nicht. Wir liefern ja man auch immer bloß so kleine Mengen an unsere alten Kunden. Die hab'n schon bei mei'm Vater gekauft, wo der noch mit Holz und Kohlen gehandelt hat.«

Tinchen war gerührt. Ein richtiger Familienbetrieb! Und der mindestens fünfundsechzigjährige Alfred war anscheinend der junior. Schnell zog sie einen Zwanzigmarkschein aus ihrem Portemonnaie. »Hier, ein ganz kleines Dankeschön dafür, dass Sie gekommen sind, obwohl wir gar keine Stammkunden sind. Aber was nicht ist, kann ja noch werden, nicht wahr?«

»Das war ja nu nick nötig, aber ich dank mal schön und wünsch denn auch noch ein frohes Fest. – Ach ja, die Heizung dürfen Se nicht gleich einschalten, erst nach 'ner Stunde oder so, wegen dem Restöl, aber das wissen Sie ja sicher.« Er verabschiedete sich und ließ Tinchen unwissend zurück. Sie hatte lediglich verstanden, dass sie nicht sofort auf den orangenen Knopf drücken durfte, und die Aussicht, noch mindestens zwei weitere Stunden frieren zu müssen, denn früher würde das Haus nicht mal lauwarm werden, fand sie ausgesprochen deprimierend. »Dann muss ich mich eben innerlich erwärmen«, entschied sie, schaltete den Wasserkocher ein und füllte vier

Esslöffel Darjeeling in die Teekanne. Zuletzt holte sie noch die Rumflasche aus dem Wohnzimmer, und als das Wasser kochte, goss sie den Tee auf.

Es dauerte noch fast eine Stunde, bis Florian zurückkam, stolz eine große Tüte schwenkend. »Ich hab's geschafft! Im dritten Geschäft. Natürlich war der Laden schon zu, aber die Wohnung lag obendrüber, und da hab ich einfach geklingelt. Hat ja auch geklappt. Heute haben doch alle ihren sozialen Touch. Wienerle gab's allerdings nicht mehr, nur noch Cocktailwürstchen. Die schmecken aber genauso, und man merkt wenigstens nicht, wie viele man in sich reinstopft. War der Hoizölmensch schon da? – Tine!«

Später hätte er nicht sagen können, wie lange er gebraucht hatte, um seine nahezu volltrunkene Ehefrau wieder nüchtern zu bekommen, doch es war ihm schließlich gelungen. Nicht zuletzt dank seiner Erfahrungen aus längst vergangenen Bundeswehrzeiten. Die bewährte Methode basierte auf einer ausgiebigen kalten Kopfdusche – der schwierigste Teil des ganzen Unternehmens, bei dem auch Florian klatschnass geworden war –, einem nachfolgenden Cocktail aus lauwarmem Mineralwasser mit einer gehörigen Portion Salz angereichert, gefolgt von einer Zehnminutenpause über der Kloschüssel, danach Bettruhe. Nach angemessener Zeit vorsichtiges Wecken der Patientin – es empfiehlt sich, hinter der halbgeöffneten Tür zu warten, bis alle erreichbaren Wurfgeschosse ihr Ziel verfehlt haben –, beruhigendes Zureden sowie Aspirin und schwarzer Kaffee.

»Is Weihnachten nu vorbei?«, wollte Tinchen wissen, noch im Halbschlaf und keinesfalls gewillt, aufzustehen und welchen wie auch immer gearteten Pflichten nachzukommen.

»Noch nicht«, sagte Florian mit aufreizender Munterkeit, »aber du brauchst nichts weiter zu tun, als dich in aller Ruhe anzuziehen und fein zu machen. Alles andere habe ich schon erledigt. Vielleicht könntest du vorher nur noch schnell den Kartoffelsalat machen und die Pilzsuppe nachwürzen. Es waren bloß drei Tüten da, deshalb musste ich sie verlängern, aber nun schmeckt sie ziemlich labberig. Als Dessert gibt's Emmentaler Würfel mit Weintrauben obendrauf. Das war vielleicht 'ne Arbeit, bis ich die Köpfe von den Streichhölzern ...«

Mit einem Ruck saß Tinchen aufrecht im Bett. »Heißt das, du hast die Weintrauben für irgendwelche dämliche Käsewürfel verbraucht? Die hatte ich für den Obstsalat gekauft, und den soll es übermorgen geben! Weißt du überhaupt, was blaue Trauben um diese Jahreszeit kosten?«

Florian gab zu, das nicht zu wissen, erklärte sich aber trotzdem bereit, gleich morgen im Hauptbahnhof neue zu holen.

»Das fehlte noch!«, knurrte sie wütend. »Da wird bestimmt jede einzelne Beere in Silberpapier gewickelt und stückweise verkauft.«

Er sann nach einem Ausweg. »Wenn's nur wegen des Farbeffekts ist, dann mach doch ein Glas von Tonis Zwetschgen auf! Glaubst du, den Unterschied merkt jemand?«

»Wahrscheinlich nicht«, räumte sie ein, »aber lila Pflaumen gehören nun wirklich nicht in einen Obstsalat.« Seufzend kroch sie aus dem Bett. »Wie spät ist es eigentlich?«

»Achtzehn Uhr siebenunddreißig. Du hast also noch anderthalb Stunden Zeit, bevor die ersten Gäste kommen.«

»Denkste! Toni steht spätestens kurz nach sieben auf der Matte, und ich gehe jede Wette ein, dass Tim und Tanja bereits jetzt gestiefelt und gespornt auf den Nerven ihrer Eltern herumtrampeln. Die warten nicht bis acht. – Gibst du mir mal den Bademantel rüber?«

Fünf Minuten später hatte sich Tinchen einen Überblick verschafft und teils dankbar, teils entsetzt registriert, dass Florian ganze Arbeit geleistet hatte. Die Blautanne stand kerzengerade in ihrem Ständer und war behängt mit allem, was er in der großen Weihnachtskiste gefunden und was Tinchen schon seit langem ausrangiert und bloß vergessen hatte wegzuwerfen. Dazu gehörten sowohl die herzigen Figuren der Himmelsbäckerei als auch die Glaskugeln mit den Nikoläusen innendrin, die Julia mal in einer Schul-Tombola gewonnen hatte, von den meterlangen Wattebauschketten und den Plastik-Innereien diverser Überraschungseier gar nicht zu reden. »Na ja, wenigstens den Kindern wird dieses Sammelsurium von Kitsch und Krempel gefallen«, hoffte sie.

»Wir müssen bloß noch was da oben machen.« Florian zog einen Stuhl heran, stieg hinauf und setzte probeweise einen Rauschgoldengel auf die abgebrochene Spitze. Einen Augenblick lang stand er aufrecht, dann kippte er langsam zur Seite. »Schon wieder ein gefallener Engel«, murmelte er und versuchte es zum zweiten Mal.

»Lass mal, ich hab schon was anderes!« Mindestens eine halbe Stunde lang hatte Tinchen am Nachmittag daran herumgebastelt, beflügelt von mehreren Tassen Tee mit Rum. Das Mischungsverhältnis hatte sich zunehmend zugunsten des Alkohols verschoben, dann war die Christbaumspitze fertig gewesen: Eine mit Silberputzmittel auf Hochglanz gewienerte und mit selbstklebenden Goldsternchen verzierte Würstchendose von Aldi. »Am längsten hat es gedauert, das Etikett runterzukriegen.« Sie kletterte auf den Stuhl, entfernte den schiefen Engel und stülpte die Büchse über die Stummelspitze. »Sitzt sie gerade? Ja? Dann hilf mir wieder runter!«

Gemeinsam betrachteten sie ihr Werk. »Etwas gewöhnungsbedürftig«, gab sie zu, »doch wenn Andy Warhol diese Kreation geschaffen hätte, stände sie schon längst im Museum of Modern Art. Du musst doch zugeben, Flori, dass sie viel ausdrucksstärker ist als diese fotografierte Suppendose, mit der er damals berühmt geworden ist.«

Florian bestätigte das bereitwillig, aber etwas anderes interessierte ihn viel mehr. »Was hast du eigentlich mit den Würstchen gemacht?«

»???«

»Na, die in der Dose waren?«

Einen Augenblick lang musste sie überlegen, dann fiel es ihr ein: »Ich glaube, die habe ich alle gegessen.«

Er nickte verstehend. »Wenigstens einer, der in diesem Haus satt geworden ist! Und für die anderen machst du nachher Kartoffelsalat, ja? Gepellt und geschnippelt sind sie schon.«

Während Tinchen in die Küche rannte und in Windeseile alles in einzelne Gerichte verwandelte, was Florian in bereits zerkleinerter Form auf Tellern und Schüsselchen verteilt hatte, baute der die vielen Päckchen und Pakete auf, die in den letzten Tagen angeliefert worden waren. Alle waren mit Schildchen versehen, auf denen sowohl der Name des Empfängers als auch der des Spenders standen. »Na ja«, brummelte er, Frau Antonies Liebesgaben unter den Baum stapelnd, »die Hälfte hätte auch genügt. Da ist bestimmt wieder eine Menge Zeug drunter, bei dem man sich mit dem Gedanken trösten muss, dass es gut gemeint war.« Er dachte an den Reisewecker vom vergangenen Jahr, in Weinrot damals, während der vom Geburtstag ein schwarzes Etui gehabt hatte, und der metallene Papierkorb neben seinem Schreibtisch hatte ihm auch nie gefallen; er rostete vor sich hin und war lediglich aus Gründen der Pietät noch nicht rausgeflogen.

Tinchen erschien mit einem Löffel in der Hand. »Meine Güte, das ergibt ja nachher einen halben Container voll Geschenkpapier und eine Ladung Sondermüll. Wer hat sich denn da mit dieser Unmenge Goldfolie ausgetobt?«

»Dein Bruder!«

»Natürlich, wer sonst? Der kann das Zeug ja auch steuerlich absetzen. Aber seine Verpackungen muss er diesmal wieder mitnehmen und selbst entsorgen, ich lass mich nicht mehr von den Müllmännern anmotzen, weil …«

»Tine, halt den Löffel gerade!«

»Was? Ach ja, probier mal, kann man das so lassen?«

Florian probierte und schnalzte mit der Zunge. »Prima. Was ist das?«

»Deine Pilzsuppe. Die hattest du so verwässert, dass ich sie nur mit viel Phantasie, noch mehr Calvados und zwei Packungen Jägersoße genießbar machen konnte. Jetzt schmeckt sie zwar nicht mehr nach Pfifferlingen, dafür heißt sie nun *Soupe à la maison Bendèr*, und ich kann nur hoffen, dass nicht wieder jemand das Rezept haben will.«

Wäre Frau Antonie tatsächlich kurz nach sieben Uhr gekommen, dann hätte sie ihre Tochter noch im Bademantel mit einer grünen Algenmaske im Gesicht und ihren Schwiegersohn in Unterhosen beim Schuheputzen angetroffen, doch als sie zwei Minuten vor acht Uhr klingelte, wurde sie von einem in dunkelblauen Zwirn gekleideten Florian empfangen und an das in cremefarbene Seide gehüllte Tinchen weitergereicht. »Frohe Weihnachten, Mutsch«, sagte sie, ihre Mutter liebevoll umarmend, und nicht mal Frau Antonie wäre auf den Gedanken gekommen, dass im Hause Bender der heutige Tag noch ein bisschen chaotischer als normal abgelaufen war.

Kurz nach Mitternacht klingelte es an der Haustür. »Wer kann denn das jetzt noch sein?«

»Es gibt wohl kaum eine sinnlosere Frage als diese!«, knurrte Tinchen, die neue Kamelhaardecke enger um sich ziehend, »von hier drinnen wirst du sie nämlich kaum beantworten können.«

»Will ich das überhaupt?« Florian hielt die fast leere Weinflasche gegen die Lampe und goss den Rest in sein Glas. »Wahrscheinlich ist das irgendein besoffener Witzbold, der sich auf diese Art den Heimweg verkürzt. Haben wir doch alle mal gemacht.«

»Ja, vor fünfzig Jahren!« Sie gähnte. »Trink endlich aus und lass uns schlafen gehen, der Tag war lang genug. Und der morgige wird bestimmt noch länger!«

»Du meinst heute! Wir haben doch schon morgen.«

»Nein, ich meine morgen, heute haben wir frei. Da kommt niemand. Hoffentlich!«, fügte sie hinzu, denn der vergangene Abend hatte sie nicht nur zwei Kristallgläser und ein Brandloch im Teppichboden gekostet, sondern in erster Linie Nerven und Selbstbeherrschung. Frau Antonie war pikiert gewesen, weil sie eine selbst gemachte Cumberlandsoße mitgebracht hatte und erfahren musste, dass die gar nicht gebraucht wurde, weil es statt Fondue Kartoffelsalat mit Würstchen gab. »Nein, Kind«, hatte sie gesagt, »das hat nun wirklich keinen Stil! So was nimmt man zum Picknick mit oder isst es an einer Imbissbude, aber nicht am Heiligen Abend an einer festlich gedeckten Tafel! Hätte ich das gewusst, wäre ich erst zur Bescherung gekommen!« Dann hatte sie den Tisch gemustert, auf den Tinchen diesmal kein Porzellan, sondern ihr rustikales Keramikgeschirr gestellt hatte. Missbilligend hatte sie eine der Steakgabeln hochgenommen. »Wo ist denn dein Silber?«

»Bis zur Testamentseröffnung noch bei dir!«, hatte Florian geantwortet, worauf Frau Antonie die Lippen zusammengekniffen und sich auf ihren Stammplatz, nämlich in die linke Sofaecke, zurückgezogen hatte. Von dort aus hatte sie immer alles im Blick.

Kurz darauf waren Ulla, Tobias und die Kinder gekommen und mit der üblichen Verspätung auch Karsten. »Frohe Weihnachten alle zusammen und was man sonst noch so sagt«, hatte er in die Runde gewinkt, bevor er Tinchen einen Strauß goldfarbener Chrysanthemen in die Hand gedrückt hatte. »Ja, ich weiß, normalerweise gehören die auf den Friedhof, aber der Laden bei mir um die Ecke hatte bloß noch das hier und Nelken, doch ich glaube mich zu erinnern, dass du die schon überhaupt nicht leiden kannst! Gab's da nicht mal einen frühen Verehrer, den du gleich nach dem ersten Treffen abserviert hast, weil er mit rosa Nelken angetrabt war?«

»Das weißt du noch?«, hatte Tinchen gelacht.

»Und ob! Hinterher hast du geheult wie'n Dutzend Sirenen, weil der Jüngling dich nicht mehr die Mathe-Hausaufgaben abschreiben ließ und du plötzlich auf einer Fünf gestanden bist.«

Dann hatte Tinchen zu Tisch gebeten, und Frau Antonie hatte sich auf ein Stück Borkenschokolade gesetzt, das Tim auf dem Stuhl abgelegt hatte. Noch während der provisorischen Reinigung im Bad hatte Tinchen es klirren gehört. Da war das erste Glas kaputtgegangen, weil Tanja ihren Apfelsaft selber hatte eingießen wollen. Das zweite war später auf Tobias' Konto gegangen.

»Seitdem ich ihn nicht mehr an den Geschirrspüler heranlasse, habe ich mein Geschirr wesentlich länger«, hatte Ulla gesagt und die Scherben zusammengefegt – allerdings nicht alle, wie sich nach Verabschiedung der Gäste herausstellte, als Tinchen in eine trat. Barfuß! Jetzt klebte ein dickes Pflaster unter ihrem großen Zeh, extra noch mit einer Lage Mull unterlegt.

Nach dem Essen war es ziemlich laut geworden. Und das nicht nur wegen der Kelly Family, deren CD mit Weihnachtsliedern Tim mitgebracht und darauf bestanden hatte, sie statt Frau Antonies Sängerknaben abzuspielen. »Die sind so langweilig!« Eine Behauptung, der die meisten Anwesenden stillschweigend zugestimmt hatten. Allerdings nur zehn Minuten lang. Dann hatte Florian heimlich den Stecker herausgezogen und seinem Enkel erklärt, dass der CD-Player anscheinend ein bisschen kaputtgegangen sei und man aufs Radio ausweichen müsse. »Is nich so schlimm«, hatte Tim gesagt, »da singt die Kelly Family auch immer.« Wovon sich wenig später alle überzeugen konnten.

Darüber, was nun mehr Krach gemacht hatte – das ferngesteuerte Polizeiauto mit Sirene oder die schreiende Babypuppe, deren Geräuschpegel stufenlos verstellt werden konnte und von Tanja auch wurde, um Tims tatütata jaulenden Streifenwagen nach Möglichkeit noch zu übertönen – waren die Meinungen auseinandergegangen. »Es ist doch symptomatisch, dass die lautesten Spielsachen immer von den Leuten verschenkt werden, die selber keine Kinder haben!« Tobias hatte seinem Onkel einen bitterbösen Blick zugeworfen.

»Nun lass mir doch den Spaß«, hatte Karsten geantwortet. »Schließlich ist doch nur einmal im Jahr Weihnachten.«

»Das schon, aber der Friede auf Erden kommt erst dann«, hatte Florian gemurrt, »wenn die Batterien alle sind.« Er war schließlich aber doch versöhnt gewesen, nachdem er seine Geschenke ausgepackt hatte: von Tinchen den Kaschmirpullover, mit dem er lange geliebäugelt und den er dann doch nicht gekauft hatte, weil er ihm zu teuer gewesen war, den Maltwhisky von Karsten, wobei ihm die konkav geformte Flasche beinahe noch besser gefiel als ihr Inhalt, und von seiner Schwiegermutter die Brieftasche, sogar eine richtig geschmackvolle und bestimmt nicht billige. Über ein Geschenk hatte sich Florian allerdings nicht so richtig freuen können: Von den Junioren bekam er ein Computer-Lehrbuch für Anfänger mit vielen bunten Bildern, ergänzt durch einen Gutschein über drei Unterrichtsstunden bei einem Nachhilfelehrer. Bis heute war es ihm sowieso ein Rätsel, auf welche Weise seine Kollegen – und nicht nur die, offenbar hatte sich das im ganzen Verlag herumgesprochen – von seinem vergeblichen Kampf mit dem neuen PC erfahren hatten. Tagelang waren ihm von allen Seiten Ratschläge erteilt worden, auf seinem Schreibtisch hatten immer wieder Muster mit detaillierten Angaben zur Erstellung von Tabellen oder Schmuckblättern gelegen, und wenn er inzwischen auch die wichtigsten Grundbegriffe der Textverarbeitung beherrschte, so kam es immer wieder vor, dass sich plötzlich die Schriftgröße veränderte oder am Rand lauter schwarze Punkte erschienen, die einfach nicht mehr verschwinden wollten. Hatte er es lange genug vergeblich versucht, dann holte er doch wieder seine klapprige Reiseschreibmaschine heraus. Natürlich nur, wenn

Tinchen nicht da war. War sie es doch, so klemmte er sich das Ding unter den Arm und tippte den Artikel im Keller zu Ende. Bis jetzt hatte er seine gelegentliche Kapitulation vor der Technik geheimhalten können, aber mit Sicherheit würde der Tag kommen, an dem Tinchen ausgerechnet dann einen Hammer suchte, wenn er unten auf der Sprudelkiste saß und seinen Kommentar in die alte Erika hackte. Vielleicht war Tobias' Idee mit dem Nachhilfeunterricht doch nicht so diskriminierend!

Gegen elf Uhr waren die Kinder müde und quengelig geworden und hatten den allgemeinen Aufbruch eingeläutet. Tinchen hatte zwar protestiert, ziemlich halbherzig, wie sie sich selber eingestand, aber es hatte glücklicherweise nichts genutzt, und nachdem Karsten zugesichert hatte, erst seine Mutter nach Hause zu bringen, bevor er zu seiner neuen Freundin weiterfuhr (»Ihr werdet sie ja übermorgen kennenlernen!«), hatten Tinchen und Florian ihre Gäste bis zur Straße gebracht und auch noch hinterhergewinkt. Dann hatte Tinchen die Pumps von den Füßen geschleudert und war ins Schlafzimmer gegangen, um endlich den Festtagsfummel loszuwerden. Das Kleid hatte sie auf einen Bügel an den Schrank gehängt. »Ich kann mir nicht helfen, aber für beinahe vierhundert Mark müsste es viel bequemer sein! Und so gut wie neulich im Geschäft gefällt es mir auch nicht mehr.«

»Aber mir«, hatte Florian gesagt und ihr einen Kuss auf den Nacken gedrückt, »außerdem kommt es doch gar nicht darauf an, was eine Frau anzieht, sondern wie sie es auszieht!«

»Werd nicht frivol!«, hatte sie gewarnt. »Und überhaupt kann es ja gar nicht erotisch aussehen, wenn man sich erst nach diversen uneleganten Rumpfbeugen aus diesem Schlauch herausgewunden hat.« Dann war sie in ihren Bademantel geschlüpft. »Wie ist es, Flori, trinken wir noch gemütlich ein Glas Wein zusammen?«

Als sie den Korkenzieher aus der Küche holen wollte, war sie in die Glasscherbe getreten, musste verarztet und anschließend in die Decke gewickelt und aufs Sofa gebettet werden. Erst dann hatte sie sich in aller Ruhe in den Prospekt vertiefen können, den sie bei der Bescherung zusammen mit den beiden Flugtickets aus dem Kuvert gezogen hatte. »Ich weiß ja nicht, was der ganze Spaß gekostet hat, Flori, will's auch gar nicht wissen, aber wenn ich mir die Fotos so ansehe, vermute ich, dass du uns mindestens in einem Drei-Sterne-Hotel einquartiert hast.«

»Vier«, hatte er verbessert, »nur heißt das in der Karibik nicht so. Die stapeln nämlich hoch. Da kriegt ein Hotel drei Sterne, sobald es im Zimmer fließend Wasser gibt.«

»Dabei ist das doch gar nicht so wichtig, wenn man das Meer vor der Tür hat.«

»Na, ich weiß nicht, Tine. Möchtest du dir unbedingt am Strand die Zähne mit Meerwasser putzen?«

Warum reitest du immer auf den Schwachpunkten herum? Bring lieber mal den Atlas. Ich hab zwar in der Schule gelernt, dass Jamaika zusammen mit Kuba und noch irgendwas die Großen Antillen bildet, aber wo genau die nun liegen, habe ich vergessen.«

Also hatte Florian den Atlas geholt, und gemeinsam hatten sie in der blauen Wasserwüste nach dem grünen Eiland gesucht, auf dem sie im Januar drei Urlaubswochen verbringen würden. »Nur wir zwei allein, Tinchen, keine Kinder, keine Enkel ...«

»... kein Schneematsch, keine zugefrorenen Autoscheiben, keine Gänsehaut und kein fünfjähriger Bengel, der einem die Kühltruhe mit Schneebällen vollstopft, damit er im Sommer auch welche zum Spielen hat!«

Als sie in ebendiesen Träumen versunken waren, klingelte es. Erst verhalten, dann stürmisch. »Der hat's aber eilig«, vermutete Florian, bevor er sich aus dem Sessel stemmte und zum Fenster lief. »Da draußen steht ein Taxi!«, informierte er seine Frau.

»Wahrscheinlich sucht der Fahrer jemanden. Mach doch mal das Fenster auf und frag, ob du ihm helfen kannst.«

Kaum hatte Florian seinen Kopf herausgesteckt, da wurde die Beifahrertür geöffnet, und ein ellenlanger, dünner Jüngling schob sich aus dem Wagen. »Hallo, Onkel Florian, ich bin's bloß!«

»Kennst du jemanden, der Onkel zu mir sagt?« Erstaunt drehte sich der so Angesprochene zu Tinchen um, »außer Clemens' zwei Krabben natürlich, aber die können seit dem Sommer doch nicht mindestens vierzig Zentimeter gewachsen sein?!«

Das allerdings hielt Tinchen auch für unwahrscheinlich. Sie wickelte sich aus der Decke und eilte ans Fenster. »Fröhliche Weihnachten, Tante Tina«, klang es sofort von unten hoch.

»Ebenfalls. Und wenn du jetzt mal zwei Schritte zur Seite gehen und dich neben die Laterne stellen würdest, dann kriege ich vielleicht sogar raus, wer du eigentlich bist!« Sie ahnte zwar schon, wer dieser späte Gast sein könnte, doch sicher war sie sich erst, als der Lichtschein auf einen weißblonden Lockenkopf fiel. »Björn?!«

»Die Kandidatin hat hundert Punkte!«, kam es prompt zurück. »Lasst ihr mich rein?«

Während Florian vorsichtshalber seine Brieftasche holte und dann zur Haustür lief, entlohnte der Junge den Fahrer und hob zwei Reisetaschen aus dem Kofferraum. »Vielen Dank und frohe Weihnacht! Auf Wiedersehen.« Das Taxi fuhr los, und zurück blieb ein viel zu sehr in die Höhe geschossener fünfzehnjähriger Junge, der erleichtert aufatmete, als die Haustür aufging und ihn sein Großonkel mit den Worten in die Arme schloss: »Den Weihnachtsmann hatte ich mir aber ganz anders vorgestellt!«

»Ich auch«, schniefte Björn und wischte sich verstohlen eine Träne aus den Augen, »du hast ja überhaupt keinen Bart!«

4.

»Sonntagsbrötchen gibt es ja inzwischen, aber warum noch keine Weihnachtsbrötchen?« Zweifelnd betrachtete Tinchen die angekokelte Weißbrotscheibe auf ihrem Teller und danach ihren Ehemann, der mit Argusaugen den Toaster überwachte. »Du darfst das nicht erst dann umdrehen, wenn's qualmt!«

Nachdem Tim den alten Toaster als Wäschetrockner benutzt hatte, war das Gerät von Tinchen in die Mülltonne gesteckt und Florian beauftragt worden, einen neuen zu kaufen. »Im Kaufhaus sind sie viel billiger als hier, und die Auswahl ist auch größer.« Das hatte logisch geklungen. Als er sich jedoch am nächsten Tag zur Haushaltsabteilung durchgefragt hatte und von einem kompetent aussehenden Mann zum Regal mit den Toastern geführt worden war, hatte er irritiert vor den aufgereihten Modellen gestanden. Manche waren bunt wie Kinderspielzeug, andere sahen sehr futuristisch aus, und besonders eins hatte Florians Interesse geweckt: Es war rundherum verchromt und viel höher als die anderen, denn die Brotscheiben wurden nicht auf herkömmliche Weise in das Gehäuse geschoben, sondern mit der Spitze nach unten in einer Klammer befestigt. »Ist das schon weltraumgeprüft?«

Der Verkäufer lächelte müde. »Das ist ein Designer-Modell und dient in erster Linie als Dekor. Darf ich es Ihnen einmal vorführen?«

Er durfte nicht, denn Florian hatte das Preisschild gesehen. »Wir haben als Dekoration meistens Blumen auf dem Tisch, und bei diesem Ding würde immer das Wasser durchlaufen, also kommt es erst gar nicht in Frage. Haben Sie nicht einen Toaster, der aussieht wie ein Toaster und nichts anderes macht als toasten?«

Natürlich hatte er so etwas, und Florian besichtigte denn auch scheinbar interessiert quadratische Modelle, solche mit abgerundeten Ecken und ganz schmale, doch er konnte sich einfach nicht entscheiden.

»Und hier hätte ich noch etwas für Individualisten!« Der Verkäufer deutete auf ein Gerät, bei dem man auf beiden Seiten eine Klappe öffnete, die Brotscheiben hineinlegte und die Klappe wieder schloss. »Der Vorteil dieses Modells besteht darin, dass jeweils nur *eine* Seite getoastet wird und auch nur so lange, wie Sie es wünschen. Durch ein erneutes Öffnen der Klappe wird die Brotscheibe automatisch gewendet und der Vorgang des Toastens auf der anderen Seite wiederholt.« Er demonstrierte das Ganze sehr anschaulich mit einem auf passende Größe zurechtgeschnittenen Stück Pappe.

»Dauert das nicht ziemlich lange?«, wollte Florian wissen.

»Keineswegs so lange, wie Sie brauchen, um die erste Scheibe Toast zu essen«, versicherte der Verkäufer, »außerdem sollte man sich beim Frühstück immer genügend Zeit lassen. Und berücksichtigen Sie bitte, dass jede einzelne Brotscheibe ganz individuell gebräunt werden kann. Wenn Ihre Gattin blassblonden Toast bevorzugt, Sie dagegen einen dunklen, so wird es künftig keinen Streit mehr geben.«

Hat es bisher auch nicht, sinnierte Florian, jedenfalls nicht aus *diesem* Grund, doch da er sich schon immer für einen Individualisten gehalten hatte und der Toaster auch nur geringfügig teurer war als das teuerste Standardmodell, kaufte er ihn. Er hatte sogar Glück gehabt, denn Tinchen war nicht zu Hause gewesen, so dass er seine Neuerwerbung gleich allein ausprobieren konnte. Die ganze Küche hatte zwar gestunken, nachdem er das Gerät fünf Minuten lang eingeschaltet hatte, doch darauf war in der Gebrauchsanweisung ausdrücklich hingewiesen worden. Er hatte ja auch gleich Tür und Fenster aufgerissen, und Tinchen hatte später gar nichts gemerkt. Sie hatte nur gestaunt. »Wo hast du denn das Ding her? Vom Flohmarkt?«

Entrüstet hatte er den Verdacht von sich gewiesen. »Das ist das neueste Modell. Mit dem kannst du jede Toastscheibe individuell ...«

»Eben! Es schaltet sich nämlich nicht von allein ab, und wenn du nicht ständig daneben sitzenbleibst und aufpasst, hast du ganz schnell Briketts. Von der verqualmten Bude rede ich erst gar nicht!« Kopfschüttelnd sah sie Florian an. »Den Verkäufer, der dir das untergejubelt hat, sollte man mit einem Preis für praktizierte Verkaufsstrategie auszeichnen!« Sie nahm das beanstandete Objekt in die Hand und betrachtete es von allen Seiten. »Weißt du, wo ich so was zum ersten Mal gesehen habe? Nein, kannst du ja nicht wissen! Bei meiner Großmutter! Schon vor fünfzig Jahren! Und bereits damals ist es eine Antiquität gewesen!«

Wie ein geprügelter Hund hatte Florian dagesessen, und als Tinchen endlich fertig war mit ihrer Standpauke, hatte er sie kleinlaut angesehen. »Ich hab's doch nur gut gemeint.«

Sofort war sie versöhnt gewesen. »Weiß ich ja, Flori, und irgendwie freue ich mich auch über den Toaster, weil er so richtig schön nostalgisch ist, bloß leider ist er auch genauso unpraktisch.«

Und dann war ihm *die* Idee gekommen. »Was hast du gerade gesagt?«

»Dass ich ihn unpraktisch finde.«

»Nein, das andere! Hattest du nicht von Nostalgie gesprochen?«

»Ja, und?«

Er hatte ihr den Toaster aus der Hand genommen und ganz genau untersucht. »Wenn wir ein paar Kratzer reinmachen, mit Sandpapier ein bisschen den Glanz wegschmirgeln, natürlich nicht überall, und im Gehäuse noch Brotkrümel verteilen, dann müsste das Gerät doch glatt als sorgsam gehütetes Erbstück deiner Großmutter durchgehen.«

»Wozu denn? Und wer sollte dir das abnehmen?«

»Meine Schwägerin Gisela zum Beispiel!«

»Quatsch, die ist Archäologin, die fällt darauf nicht rein.«

So schnell hatte sich Florian nicht geschlagen gegeben. »Mit fossilen Überbleibseln kennt sie sich aus, aber nicht mit antiken Haushaltsgeräten. Wollen wir wetten, dass sie dir den Toaster abkaufen will, wenn ich sie lange genug vollgesülzt habe? Wir müssen uns bloß noch überlegen, wo du ihn gefunden haben könntest.« Er hatte auch gleich eine Idee. »Am besten bei Toni. Es wäre doch naheliegend, dass sie noch Sachen von ihrer Mutter besitzt und gar nichts mehr davon weiß. In diesem Schleiflackschrank auf dem Dachboden zum Beispiel. Der ist so groß, dass man da schon mal was übersehen kann.«

Tinchen hatte seinen Optimismus gedämpft. »Erstens steht der Schrank nicht auf dem Boden, sondern in der Mansarde, und zweitens hat Toni ihre ganze« – hier nahm ihre Stimme den leidenden Tonfall ihrer Mutter an – »zurzeit leider nicht der gängigen Mode entsprechende Garderobe« darin hängen. Und dann, in nüchternem Ton: »Also alles das, was ihr nicht mehr passt.«

»Das weiß doch Gisela nicht!«

Er hatte sie schon fast überzeugt gehabt, doch dann war Tinchens Blick auf das Kabel gefallen, und sie war in schallendes Gelächter ausgebrochen. »Meine Oma benutzte immer ihre Bügeleisenschnur. Die war mit Stoff umwickelt und hatte auf der einen Seite einen speziellen Stecker, den man über die Kontakte vom Toaster schieben musste. Dann war da noch ein kleiner Knopf, mit dem man das Gerät ein- und ausschalten konnte. Das Bügeleisen übrigens auch, denn Temperaturregler gab's damals genauso wenig wie Plastikkabel und festverschweißte Stecker.« Immer noch lachend hatte sie ihm die dünne weiße Zuleitung vors Gesicht gehalten. »So weltfremd ist nicht mal Gisela! Normalerweise rechnet sie zwar in Jahrtausenden, aber trotzdem wirst du sie kaum davon überzeugen können, dass zwei Meter Plastikstrippe dem ersten Drittel des 20. Jahrhunderts zuzuordnen sind.«

Und damit war die Antiquität wieder zu dem geworden, was sie von Anfang an war: Ein sehr unpraktischer Haushaltsgegenstand, der bestenfalls als nostalgisch gelten konnte, doch seitdem sich Tinchen schon zwei Mal die Finger verbrannt hatte, weil sich die verklemmte Brotscheibe nicht von allein umdrehen wollte, billigte sie dem Gerät nicht einmal mehr diesen Status zu. Sie hatte vielmehr beschlossen, gleich im Januar, wenn es überall die *Haushaltswoche* genannten preiswerten Angebote gab, einen neuen zu kaufen und es bis dahin Florian zu überlassen, jedes Mal die verkohlten Brotreste aus dem Individualistentoaster herauszukratzen.

Im Augenblick schabte *sie* allerdings die schwarze Kruste von ihrer Brotscheibe, bestrich den dünnen Rest mit Butter, ließ Honig drübertröpfeln und biss dann herzhaft hinein.

»Allein beim Zusehen tun mir schon die Zähne weh!«

»Dann geh endlich zum Zahnarzt!«, sagte sie ungerührt, denn sie hatte es schon lange aufgegeben, ihren Mann von den Vorteilen regelmäßiger Kontrollbesuche zu überzeugen.

»Ich habe ja nicht gesagt, *dass* mir etwas wehtut, sondern dass mir wahrscheinlich etwas wehtun *würde*, wenn ich ... Ach, lassen wir das«, unterbrach er sich selber, »willst du noch Toast?«

»Danke nein.« Sie schob die schwarzen Krümel auf ihrem Teller zu einem Häufchen zusammen. »Meinst du nicht auch, dass es eine preiswertere Methode zur Herstellung von Holzkohle gibt?«

»Doch, aber Handarbeit war schon immer teurer ...«

Es klopfte leise, dann öffnete sich die Tür einen Spaltbreit, und ein verstrubbelter Kopf lugte hindurch. »Guten Morgen, darf ich reinkommen?«

»Natürlich darfst du«, sagte Tinchen herzlich. Sie deutete auf den Stuhl neben sich. »Wir haben zwar schon gefrühstückt, aber wir leisten dir noch gerne Gesellschaft. Heute ist nämlich Gammeltag, dafür wird's morgen ziemlich hektisch werden. Trinkst du schon Kaffee oder noch Kakao?«

»Am liebsten Tomatensaft.«

»Doch nicht morgens um zehn?!«

»Immer!«, bestätigte Björn grinsend. »Aber wenn du keinen hast, trinke ich auch was anderes. Notfalls sogar Pfefferminztee. Man gewöhnt sich ja an alles.«

Während Tinchen den halben Kühlschrank ausräumte und von Diätmargarine – sie konnte ja nicht wissen, ob auch männliche Teenager dem in diesem Alter bei Mädchen ausbrechenden Schlankheitswahn unterliegen – bis zu Räucheraal alles auf dem Tisch aufbaute, was ihr für den Magen eines normal veranlagten Fünfzehnjährigen angebracht erschien, verfolgte Florian schweigend die rasche Vergrößerung des bis dahin recht spartanischen Angebots. Drei Scheibchen Salami hatte Tinchen ihm zugebilligt und eine Scheibe bereits leicht gewellten Gouda, mehr nicht, und jetzt standen plötzlich vier verschiedene Sorten Käse auf dem Tisch, Schinken, Cocktailwürstchen, vermutlich von gestern übrig geblieben, und dieser herrliche Räucherfisch. »Soll ich dir noch schnell ein paar Eier braten?« Fragend sah sie Björn an. »Gerührt oder gespiegelt?«

»Lieber gekocht.«

»Drei oder vier?«

»Eins genügt wirklich, Tante Tina.«

»Ich meine doch Minuten, nicht Stück!«

Das war zu viel für Florian! Mit Nachdruck schob er seinen Stuhl zurück, holte zwei Teller aus dem Schrank, zwei Becher und zwei Mal Besteck. »Allein essen macht doch keinen Spaß, nicht wahr, Björn?«

Der hatte längst den Zusammenhang erkannt und bemühte sich nun, Tinchens wütenden Blick zu übersehen. »Du hast natürlich recht, Onkel Florian, aber normalerweise frühstücke ich ziemlich spartanisch. Im Internat gibt's morgens fünf Sorten Müsli, eins gesünder als das andere. Auf dem gesündesten kaut man am längsten. Mit der Zeit gewöhnst du dir das Frühstücken ab.« Worauf Tinchen Schinken, Käse und Räucherfisch wieder zurückstellte und Cornflakes hervorholte. »Müsli habe ich nicht.«

»Rück wenigstens den Schinken noch mal raus!«, protestierte Florian.

»Aber wenn Björn doch gar keinen will ...?«

»Wer behauptet denn das?« Er blinzelte seinem Onkel zu. »Ich weiß bloß nicht mehr, wie Schinken schmeckt.«

»Männer!« Resigniert stellte sie den Schinkenteller wieder auf den Tisch. »Selbst wenn ihr erst halbe seid, steckt ihr schon unter einer Decke!«

Eine Zeitlang herrschte Schweigen, nur gelegentlich unterbrochen von einem gedämpften Fluch und dem nachfolgenden Kratzen eines Messers über eine Toastscheibe. Dann schob Björn seinen Teller zurück: »War prima, danke, Tante Tina! Das reicht jetzt für mindestens sechsunddreißig Stunden.«

»Muss es aber nicht«, sagte Florian sofort, »heute Mittag gibt es nämlich wieder was zu essen.« Nachdenklich sah er sein Gegenüber an. »Erzählst du uns jetzt mal genauer, welchem Umstand wir deinen überraschenden Besuch zu verdanken haben? Gestern bist du ja beinahe schon im Stehen eingeschlafen, und das Einzige, was du noch halbwegs zusammenhängend herausgebracht hast, war etwas von einem defekten Flugzeug, umkehren und übernachten auf einer Parkbank. Oder so ähnlich. Während Tinchen dich ins Gästezimmer gebracht hat, habe ich versucht, deine Eltern zu erreichen, aber es ist niemand ans Telefon gegangen. Und von den Segnungen oder manchmal auch Nachteilen eines Anrufbeantworters scheint man in diesem merkwürdigen Land noch nichts gehört zu haben.«

Björn grinste. »Doch, hat man, vor allen Dingen von den Nachteilen. Seitdem Vati zwei Mal mitten in der Nacht rausgeklingelt wurde, weil irgendwo irgendwas furchtbar Wichtiges kaputtgegangen war, vergisst er vorsichtshalber, die Konserve einzuschalten. Ist aber nicht schlimm, irgendwie werden die schon erfahren haben, dass die Maschine nicht gestartet ist. Obwohl ... genau genommen stimmt das gar nicht«, verbesserte er sich, »denn gestartet ist sie ja, wenn auch mit einer Stunde Verspätung, aber dann war plötzlich Rauch in der Kabine, und da ...«

»Kannst du nicht mal ganz von vorne anfangen?« Tinchen setzte sich ebenfalls an den Tisch und schenkte eine weitere Runde Kaffee aus. Sogar Björn wollte welchen, entschärfte ihn allerdings mit viel Milch und noch mehr Zucker. »Wieso stehst du Heiligabend in Düsseldorf auf dem Flugplatz, wenn du in deinem bayerischen Internat schon seit vier Tagen Ferien hast? Eigentlich solltest du doch längst in Brunei sein? Jedenfalls nehme ich an, dass du dorthin fliegen wolltest.«

»Von wollen kann gar keine Rede sein, ich hätte lieber die Einladung meines Freundes angenommen und die Feiertage bei ihm und seiner Familie verbracht. Die wohnen zwar in Essen, haben aber ein niedliches kleines Sechszimmerhäuschen in der Nähe von Garmisch und direkt nebendran einen Skilift. Wir haben uns das so geil ausgemalt, aber was macht dieser Trottel? Fällt am Sonntag 'ne Treppe runter und bricht sich das Bein. Gleich zwei Mal, damit sich's auch lohnt. Jetzt liegt er im Krankenhaus, und ich hatte plötzlich keine Bleibe mehr. Die Flüge waren natürlich alle längst ausgebucht, ich hab nicht mal mehr einen nach Manila gekriegt, jedenfalls nicht vor Weihnachten. Also habe ich mich bis gestern noch im Internat rumgedrückt, einer unserer Pauker, der auf die Kanaren geflogen ist, hat mich sogar mitgenommen nach Lohausen, aber dass dieser verdammte Flieger in Flammen aufgehen würde, konnte ich natürlich nicht ahnen.«

»Hat es tatsächlich …?«, begann Tinchen und »Das erklärt noch nicht …«, sagte Florian, brach jedoch sofort wieder ab. »Du zuerst!«

»Ach, war nicht so wichtig, ich wollte bloß wissen, ob es wirklich richtig gebrannt hat.«

»Also wenn du Flammen meinst und so, dann nein. Angeblich war ein Kabel durchgeschmort, aber die wussten wohl nicht so genau, was für eins, deshalb haben sie kehrtgemacht. War sicher auch besser so, in letzter Zeit fällt ja alle naselang was runter, und das Mittelmeer ist im Dezember doch ziemlich kalt!«

Tinchen wunderte sich. »Ich denke, Brunei liegt da, wo das Wasser warm ist?«

»Das schon, aber so weit hätten wir es wohl gar nicht erst geschafft«, sagte Björn, seinen Stuhl zurückschiebend. »Darf ich mal telefonieren? Die Ersatzmaschine ist bestimmt längst weg, aber vielleicht gibt es noch eine andere Möglichkeit. Irgendwie muss ich ja in dieses verdammte Land kommen.« Er stand auf und stürzte aus der Küche. Tinchen wollte sofort hinterher, doch Florian hielt sie zurück. »Lass ihn erst mal allein, ich glaube nämlich, er weint. Und in diesem Fall wird keine Tante gebraucht, sondern ein verständnisvoller Onkel.« Er zündete zwei Zigaretten an, reichte Tinchen eine über den Tisch und sah auf die Uhr. »Zwei Minuten gebe ich ihm, dann wird er sich wohl wieder halbwegs beruhigt haben.« Nachdenklich schüttelte er den Kopf. »Irgendwas stimmt bei der ganzen Sache nicht, und ich will Florentine heißen, wenn ich das nicht rauskriege!«

Eine Namensänderung war nicht zu befürchten, denn eine knappe Stunde und fünf Zigaretten später hatte er alles herausgebracht, was er wissen wollte. Danach hatte die bayerische Internatsleitung kurz vor Beginn der letzten Sommerferien dem sehr geehrten Herrn Urban Bender per Einschreiben mitgeteilt, dass man auf eine Rückkehr seines Sohnes Björn keinen Wert mehr lege. Er sei nicht nur renitent, sondern zeige darüber hinaus eine sich steigernde Disziplinlosigkeit, die allmählich auch auf andere Zöglinge übergreife. Des Weiteren ließen seine schulischen Leistungen befürchten, dass Björn trotz seiner unbestrittenen Intelligenz das nächste Klassenziel nicht mehr erreichen würde.

»Wir empfehlen daher, Ihren Sohn in ein weniger konservativ geführtes Institut zu schicken, und verbleiben mit den besten Wünschen blablabla«, leierte Björn herunter. »Natürlich habe ich gemotzt, wenn die mir Stubenarrest aufgebrummt haben, weil ich zu spät in den Speisesaal gekommen bin oder nicht Punkt zehn Uhr das Licht ausgemacht habe, aber bin ich deshalb schon renitent? Und was heißt disziplinlos? Ich hab mal 'ne halb verhungerte Katze reingeschmuggelt und vier Tage lang hochgepäppelt, bis die Sache aufgeflogen ist. Die sind fast ausgeflippt, denn Haustiere sind streng verboten. Dabei darfste sogar im Knast 'n Kanarienvogel halten!« Mit einem schiefen Grinsen sah er Florian an. »Na ja, und einmal haben wir zu dritt den Zerberus in der Pförtnerloge außer Gefecht gesetzt – gewaltlos natürlich, eine halbe Flasche Old Dimple hat gereicht –, haben den Hausschlüssel geklaut und sind heimlich ins Kino gegangen. Spätvorstellung. Unser Pech war nur, dass einer von den Fünftklässlern mit 'nem akuten Blinddarm ins Krankenhaus musste. Der Notarztwagen hätte mich noch beinahe überfahren!«

»Das sind doch alles bloß Dummejungenstreiche«, wunderte sich Florian, »deshalb schmeißt man doch niemanden raus.«

»Genau das hat Vati auch gesagt. Wütend ist er bloß über das miserable Zeugnis gewesen. Ein Dippel-Insch kapiert einfach nicht, wie man sich eine Vier in Mathe und eine Fünf in Physik einhandeln kann.« In seiner Stimme klang ein bisschen Schuldbewusstsein mit. »Ich geb's ja zu, dass ich in beiden Fächern eine Note besser sein könnte, aber ich hatte genug zu tun, wenigstens in Deutsch und Englisch wieder auf 'ne Drei zu kommen, sonst wäre die Ehrenrunde schon in diesem Jahr fällig gewesen. Jetzt habe ich sie noch gut.«

»So weit habe ich alles verstanden«, nahm Florian den Faden wieder auf, »aber was ist nach den Ferien passiert? Anscheinend bist du auf ein anderes Internat gekommen?«

»Natürlich, in Brunei konnte ich ja nicht bleiben. Vati hat sich von einem Kollegen, der für ein paar Tage nach Deutschland musste, Prospekte mitbringen lassen.« Björn verdrehte die Augen. »Und ich habe mir mein Gefängnis auch noch selber ausgesucht! Im Sauerland! Da, wo's am sauersten ist! Rundherum Natur, bloß schräg gegenüber ein Altersheim. Du glaubst gar nicht, wie anregend es ist, sich mit einem neunundsiebzigjährigen ehemaligen Straßenbahnschaffner über die Gefährlichkeit von zugefrorenen Weichen zu unterhalten!«

Florian nickte verständnisvoll. »Und nun willst du auch Straßenbahnschaffner werden?«

Björn lächelte schmerzlich. »Es gibt ja keine mehr.« Dann erzählte er weiter. »Gegen das Internat ist eigentlich nichts einzuwenden, die sind da sehr liberal, wenn sie auch total auf der Ökowelle schwimmen, so mit Sonnenkollektoren auf dem Dach, von denen bloß die Hälfte richtig arbeitet, und drei Teichen im Garten, die sämtlichen Kröten im Umkreis von zehn Kilometern als Sommerquartier dienen. Für die Essensreste gibt es zwei Schweine, die Milch liefern ein paar Kühe, und die Schafe sind als Rasenmäher da. Wer ein Pferd besitzt, kann es mitbringen, wer schon ein Moped hat, muss es zu Hause lassen. Fahrräder sind obligatorisch, Autos lediglich der Internatsleitung vorbehalten. Und das nächste Dorf ist drei Kilometer weit weg! Es verfügt aber über zwei Kneipen, einen Tante-Emma-Laden, der gleichzeitig Postamt ist und Sammelbesteller für ein halbes Dutzend Versandhäuser, einen Friseur, der den Stil der frühen Siebziger praktiziert, und eine Telefonzelle, die nie funktioniert. Dafür ist das Fernsprechbuch angekettet, fängt aber erst bei F an. – Du musst doch zugeben, Onkel Florian, dass ich nur glücklich sein kann, in dieser herrlichen Umgebung leben zu dürfen, und das noch mindestens vier Jahre lang!« Ein mühsam unterdrückter Schluchzer strafte Björns flapsige Schilderung Lügen.

»Darüber reden wir später!«, entschied Florian. »Jetzt will ich erst noch das Ende der Geschichte erfahren. Dich hat also jemand zum Flugplatz gebracht, die Maschine ist gestartet und dann wegen eines Defekts wieder umgekehrt. Wie ging's weiter?«

»Man hat uns wieder aussteigen lassen, in einen Warteraum verfrachtet, nach 'ner Stunde Lunchpakete verteilt und uns immer wieder versichert, dass man den Schaden in Kürze beheben könne. Plötzlich hieß es, wir würden eine andere Maschine kriegen, sie sei bereits aus Brüssel oder Paris oder sonstwoher unterwegs. Eigenartigerweise ist sie nie in Düsseldorf angekommen. Gegen acht Uhr haben sie uns erst in einem der Restaurants ziemlich aufwendig abgefüttert, dann sind sie mit der Wahrheit rausgerückt. Weiterflug erst am nächsten Tag zu einem noch nicht geklärten Zeitpunkt, Übernachtung im Flughafenhotel leider nicht möglich, da ausgebucht. Im Klartext hieß das: Seht zu, wie ihr die Nacht rumbringt, und morgen sehen wir dann weiter. Ich bin erst noch eine Weile durch den Terminal gelatscht, aber da war ja längst tote Hose, und als ich mir schon einen dieser hübschen festgeschraubten Plastikstühle als Schlafplatz aussuchen wollte, fiel mir plötzlich ein, dass ja irgendwo in Düsseldorf was Verwandtes wohnt, bloß die Adresse wusste ich nicht mehr.« Er schmunzelte. »Ein Glück übrigens, dass du einen nicht so gängigen Vornamen hast, es stehen nämlich eine ganze Menge Benders im Telefonbuch!«

»Warum hast du denn nicht gleich angerufen?«

»Wollte ich erst, aber dann habe ich mir vorgestellt, wie ihr da unterm Weihnachtsbaum sitzt, fromme Lieder singt, Glühwein trinkt und Plätzchen knabbert und wahrscheinlich wenig begeistert sein würdet, wenn euch in diese Idylle ein Fremder reinschneit. Steht der aber schon vor der Tür, dann könnt ihr ihn schlecht wieder wegschicken.«

»Jetzt komm mal her, du Fremdkörper!«, sagte Florian, zeigte auf die Sessellehne, und als sich Björn zögernd darauf niedergelassen hatte, drückte er ihn kurz an sich. »Da kennst du aber deine Tante schlecht! Wenn sie gewusst hätte, dass du mutterseelenallein auf dem Flugplatz herumhängst, wäre sie sofort ins Auto gestiegen und hätte dich geholt. Oder es zumindest versucht«, verbesserte er sich, »denn Tina gehört zu jenen seltenen Menschen, die ihr Ziel niemals auf Anhieb erreichen, sondern erst ein paar Mal daran vorbei- oder drumrumfahren. Sie würde mit Sicherheit auch den Flughafen verfehlen. Deshalb hofft sie ja, dass es noch zu ihren Lebzeiten Autos geben wird mit Navigationssystem und einer Stimme, die ihr genau sagt, wann sie wo abbiegen muss.«

»So was Ähnliches gibt's doch schon, bloß funktioniert's nicht immer!«, behauptete Björn. »Was ist, wenn Stadtväter aus 'ner Durchgangsstraße plötzlich eine Fußgängerzone machen oder auch 'ne Einbahnstraße, weil dann die Fußgänger eine größere Überlebenschance haben? Bis diese Änderungen an der richtigen Stelle angekommen sind, haben sich zig Leute verfahren. Da sollen sie's lieber gleich tun, das ist einfacher.«

»Und so einen quasselnden Wegweiser soll es tatsächlich schon geben? Glaube ich nicht!«

»Doch, Onkel Florian, großes Indianerehrenwort!« Feierlich hob Björn seine rechte Hand hoch. »Weißt du nicht mehr? Dieses Zeichen hast du mir mal selber gezeigt, damals auf

Ameland.« Er seufzte leise. »Waren das herrliche Zeiten, als ich noch eine Familie hatte ...«

Selten war Florian etwas so nahegegangen wie dieser Satz. Da saß neben ihm eines dieser Karriere-Kinder, das zwar Eltern, aber kein Elternhaus hatte, in teure Internate gesteckt wurde, von denen es in einigen Jahren nahtlos auf eine Universität wechseln und vermutlich viel zu früh eine feste Bindung mit dem ersten weiblichen Wesen eingehen würde, das ihm die entgangenen Streicheleinheiten zukommen ließ. Irgendwann Trennung oder – bei vorschneller Heirat – gar Scheidung, und schließlich die Erkenntnis, dass man zu tieferen Gefühlen offenbar gar nicht fähig ist.

Ganz genau sah Florian das alles vor sich, sogar den Psychotherapeuten, in dessen Praxis Björn mit Sicherheit mal landen würde, und so betrachtete er es quasi als seine Pflicht, dem entgegenzuwirken, zumal er sich mit Teenagern bestens auskannte. Nicht umsonst hatte er seinerzeit sechs Monate lang die vier halbwüchsigen Kinder seines Bruders betreut und sich laufend Notizen gemacht für sein Buch, das er über die Halbstarken-Generation hatte schreiben wollen. Na schön, das war zwanzig Jahre her, und das Buch war ja auch nie fertig geworden, aber die Teenies hatten sich trotzdem nicht sonderlich verändert. Sie waren noch genauso verletzlich wie früher und brauchten Geduld, Verständnis und Liebe. Ganz besonders Björn, hinter dessen scheinbarer Unbekümmertheit sich eine ganze Menge unsortierter Gefühlsmüll verbarg.

»Weißt du was, Knabe?«, begann Florian betont munter. »Hättest du nicht Lust, noch ein paar Tage bei uns zu bleiben? Von mir aus auch die ganzen Ferien; sehr lange dauern sie ja nicht mehr, so dass sich der Flug eigentlich gar nicht lohnt.«

»Meinst du das im Ernst?« Ungläubig sah ihn der Junge an. »Würde auch Tante Tina nichts dagegen haben?«

»Die zuallerletzt!«, sagte Florian im Brustton der Überzeugung und hoffte, dass es auch stimmte. »Ich muss dich allerdings warnen: So ruhig wie heute wird es morgen bestimmt nicht sein. Da fällt nämlich die ganze Verwandtschaft ein, deine Onkel, deine Tanten, deren ganzer Anhang, und wenn du Pech hast, auch noch deine Großmutter!«

»Selbst auf die würde ich mich freuen«, behauptete er mit glänzenden Augen, »falls ich denn wirklich bleiben darf.«

»Abgemacht!«, versicherte Florian und empfahl seinem – ja, was war Björn denn eigentlich? Sein Großneffe? Also gut, seinem Großneffen, erst einmal seine Sachen auszupacken und dann in die Küche zu kommen. Bis dahin würde er, Florian, es wohl geschafft haben, Tinchen von der Notwendigkeit zu überzeugen, wieder mal gleichzeitig barmherzige Samariterin und seelischer Mülleimer spielen zu müssen. Wenn er sich nicht sehr täuschte, dann war Björn noch längst nicht mit allem herausgerückt, was ihn bedrückte.

»Hmm«, überlegte Tinchen, während sie die beiden vor ihr liegenden Gänse mit kleinen Äpfeln vollstopfte, »in die Schublade wird er nicht mehr reinpassen, selbst wenn man ihn zusammenklappen könnte, also werde ich wohl vorübergehend mein Refugium räumen müssen.«

»Wäre das sehr schlimm?« Florian mopste sich eine Apfelhälfte und schob sie in den Mund. »Ihh, da ist ja noch die Schale dran.«

»Ohne hätten wir später Apfelmus im Gänsebauch. – Nein, es ist nicht schlimm, Eva ist auch aus dem Paradies vertrieben worden und hat's überlebt.«

»Die hat ja auch bloß Adam am Hals gehabt und nicht seine ganze Sippe.«

»Vermutlich hätte ihr das gar nichts ausgemacht«, kicherte Tinchen, »sie hatte keinen Haushalt, brauchte nicht zu kochen, kein Geschirr zu spülen, keine Betten zu beziehen … Wahrscheinlich wäre sie über Besuch sogar froh gewesen, denn immer bloß mit 'ner Schlange zu reden muss mit der Zeit ziemlich langweilig gewesen sein.«

»Und immer bloß Äpfel essen, auch.« Florian griff nach dem nächsten. »Nach meiner Ansicht kann das Paradies gar keins gewesen sein. Niemals Schweinebraten mit Kartoffelklößen, nie ein schönes kühles Bier ... Die haben doch bloß von Rohkost gelebt und unter freiem Himmel geschlafen. Sei mal ehrlich, Tine, würde dir das auf Dauer gefallen?«

»Natürlich nicht«, kam es sofort zurück, »genauso wenig wie Adam als Ehemann zu haben, der nichts arbeiten muss und einem den ganzen Tag auf der Pelle sitzt. By the way – wie wär's denn, wenn du dich endlich mal anziehen und dann mit Björn zusammen den Klapptisch von Toni holen würdest?«

»Machen wir gleich«, versicherte er eifrig, »du hast also nichts dagegen, wenn der Jungo seine restlichen Ferien bei uns verbringt?«

»*Ich* nicht, aber was werden seine Eltern dazu sagen? Die sehen ihn doch sowieso nur ein paar Wochen im Jahr. – Gib mir mal die Nadel rüber! Nein, nicht die! Was soll ich mit 'ner Stricknadel? Die brauche ich nur zum Prüfen, ob der Kuchen gar ist. Ich meine die halbrunde mit dem Faden drin. Ja, die ist richtig! Und nun drück mal den Vogel da hinten ein bisschen zusammen. Fester, der ist tot, der tut dir nichts mehr!«

Während Florian mit spitzen Fingern assistierte, nähte Tinchen die beiden Gänse zu. »Ein Glück, dass ich vorsichtshalber noch sechs Truthahnkeulen gekauft habe, sonst würde es möglicherweise knapp werden. Meinst du wirklich, Urban und Solveig haben nichts dagegen, wenn Björn hierbleibt?«

»Mich würde nur das Gegenteil wundern.« Er überzeugte sich, dass Tinchen jetzt ohne ihn fertig wurde, und wusch sich die Hände. Dann sah er auf die Uhr. »In Brunei ist jetzt teatime, also müsste ich sie erreichen können. Und du machst mir ganz bestimmt keinen Vorwurf, weil du dein Zimmer hergeben musst?«

»Wenn ich es mir recht überlege«, erwiderte sie mit süffisantem Grinsen, »dann ist die ganze Sache doch deine Idee, also wäre es auch naheliegend, dass du *dein* Zimmer …«

»Das geht gar nicht, da steht ja nicht mal ein Kleiderschrank drin!«, wehrte Florian erschrocken ab. »Und außerdem muss ich zwischendurch auch mal arbeiten.« Dann machte er, dass er aus der Küche kam.

Natürlich würde sie ein paar Tage lang auf ihr kleines Reich, auf ihren Zufluchtsort verzichten können, und für Björn tat sie es sogar gerne. Immerhin war er es gewesen, der Florian zum ersten Mal zum Großonkel gemacht hatte. »Wer weiß, ob überhaupt, und selbst wenn, *wann* ich mal Opa werde«, hatte der getönt und diesen gerade mal drei Wochen alten Säugling stolz im Kinderwagen spazieren gefahren, was in der Nachbarschaft erst Verwunderung und dann wilde Gerüchte ausgelöst hatte, »die Kids von heute wollen ja gar nicht mehr heiraten.« Damals war Tobias neunzehn gewesen und Julia siebzehn.

Der sechsundzwanzigjährige Urban war von seinem Nachwuchs weit weniger begeistert gewesen, oder – anders ausgedrückt – er hätte ganz gern noch ein paar Jahre lang darauf verzichtet. Immerhin hatte er erst im vorherigen Sommer sein Ingenieur-Studium abgeschlossen gehabt und zwei Wochen später Solveig geheiratet, eine Kommilitonin aus Schweden, die allerdings mit Klimatechnik nichts am Hut hatte, sondern in Heidelberg Germanistik studierte. Als sie ihren Abschluss machte, war sie im siebten Monat, und als Björn in ihrem Elternhaus in Malmö geboren wurde, richtete Urban gerade in Garbsen die gemeinsame Wohnung ein.

»Wo um alles in der Welt liegt denn das?«, hatte Florian wissen wollen, als die junge Familie auf dem Weg in ihr neues Domizil zwei Tage lang in Düsseldorf Station machte und Björn in Ermangelung eines Kinderbetts in der ausgepolsterten Kommodenschublade schlafen musste, »das klingt so nach Ententeich, Rübenfeldern und guter chemischer Landluft!«

Es stellte sich heraus, dass Garbsen sehr verkehrsgünstig

in der Nähe von Hannover lag, wo es nicht nur einen gut bezahlten Job für einen frischgebackenen Klimatechniker gab, sondern darüber hinaus preisgünstige Wohnungen. Urban brauchte beides, Solveig weder noch. Sie hasste »dieses Provinznest«, und sie hasste auch die kleine Neubauwohnung in einem Achtfamilienhaus. Sie fuhr so oft wie möglich mit Björn nach Malmö, und als sie zum zweiten Mal schwanger wurde, eröffnete sie ihrem Mann, dass sie in Schweden bleiben werde, bis er eine neue Stellung in einer Großstadt gefunden habe und außerdem eine angemessene Unterkunft.

München hatte ihr dann schon wesentlich besser gefallen, und sie hatte sogar in Kauf genommen, dass sie kein eigenes Haus haben konnte, sondern sich eins mit zwei anderen Familien teilen musste; immerhin stand dieser ein bisschen heruntergekommene Altbau in Grünwald, und das wog denn doch schon einiges auf, zumal sie sich jetzt nicht nur eine Putzfrau, sondern auch einen Zweitwagen leisten konnte.

Doch richtig zufrieden war sie erst viel später gewesen, nachdem Urban sich für den Job in Brunei entschieden und einen Vertrag für fünf Jahre abgeschlossen hatte. Jetzt hatte sie ihr Haus! Und Personal! Und einen eigenen Wagen mit Chauffeur. Und was beinahe noch mehr zählte: Sie war jemand, wurde respektiert in der kleinen europäischen Kolonie, galt als tonangebend in modischen Fragen und hatte extra für ihren Sohn einen Smoking anfertigen lassen, damit er beim diesjährigen traditionellen Weihnachtsdinner eine gute Figur machen würde.

Als Florian sie anrief, war sie mit seinem Vorschlag auch keineswegs einverstanden: »Wie kommst du auf den Gedanken, dass der Junge lieber in diesem grässlichen nebligen Deutschland bleiben möchte, wenn er hier blauen Himmel, Sonne und Meer haben kann? Und der Sohn des britischen Konsuls freut sich schon auf Björn, die beiden haben sich nämlich im vergangenen Jahr angefreundet.«

»Also wegen des Wetters brauchst du dir keine Sorgen zu machen«, sagte Florian und sah aus dem Fenster; der angekündigte Neuschnee fiel in Form von Nieselregen und verwandelte die bis dahin weiße Pracht auf den Straßen in grauen Matsch. »Blauen Himmel und Sonne gibt's hier auch, nur mit dem Meer hapert's ein bisschen. Dafür haben wir zwanzig Zentimeter Pulverschnee. Weißt du überhaupt noch, was das ist?«

Ungeduldig versicherte Solveig, dass sie das sehr wohl wisse, sie habe ja vor zwei Jahren das Weihnachtsfest in Schweden verlebt und sich beinahe eine Lungenentzündung geholt – »ich bin diese Kälte einfach nicht mehr gewöhnt« –, und im Übrigen bestehe sie darauf, dass Florian ihren Sohn in das nächste Flugzeug setze.

»Heute und morgen besteht überhaupt keine Chance«, log er unbekümmert, »und für die nächsten Tage sieht's auch nicht viel besser aus, allenfalls mit mehrmaligem Umsteigen. Wenn Björn Glück hat, kann er im Flieger aufs neue Jahr anstoßen, wenn er Pech hat, sitzt er in Hongkong, Manila oder auf einem Provinzflughafen fest. Willst du das wirklich?«

Nein, natürlich nicht, und wenn sie's richtig überlege, dann wäre das alles doch gar keine so schlechte Idee. Sie seien nämlich eingeladen worden, den Jahreswechsel im Landhaus von Urbans Chef zu verleben – »ein Franzose, très charmant und natürlich wichtig für Urbans Karriere« –, nur hatten sie mit einer Zusage bisher gezögert. »Björn hatte einmal eine heftige Auseinandersetzung mit dem Sohn von Monsieur Grinauld gehabt, so dass es nicht ratsam gewesen wäre, die Einladung auch auf ihn zu beziehen. Wenn ihr also wirklich Wert darauf legt, den Jungen zu behalten, dann bin ich auch einverstanden.«

Egoistisches Luder, dachte Florian bei sich, aufgeblasenes dummes Huhn ... Doch dann riss er sich noch einmal zusammen: »Na also, dann sind wir uns ja einig? Björn freut sich schon mächtig, dass er morgen seine ganzen Verwandten wiedersieht, wir haben nämlich family's day«

»Ach ja? Sind die Messer schon gewetzt?« Das triefte vor Sarkasmus.

»Überflüssig, du bist ja diesmal nicht dabei!«, konterte er sofort. »Und überhaupt muss ich jetzt leider Schluss machen. Meine Telefonrechnung bezahlt nämlich kein orientalischer Sultan, auch nicht mein Verleger, die muss ich selber zahlen. Gruß an Urban und Kristina und guten Rutsch ins neue Jahr.« Aufatmend legte er den Hörer hin.

»Sie scheint ja nicht mal der Form halber protestiert zu haben!«

Erschrocken drehte sich Florian um. »Bist du schon lange hier?«

»Gerade erst gekommen«, behauptete Björn, obwohl das nicht stimmte, denn er hatte das Gespräch von Anfang an mitgehört. »Ich habe dich gesucht.«

»Also«, begann Florian, während er überlegte, wie viel Wahrheit Björn wohl vertragen konnte. »Zuerst mal ganz herzliche Grüße von deiner Mutter und ein frohes Weihnachtsfest. Natürlich ist sie traurig, dass du nicht kommst, andererseits versteht sie es auch, wenn du hier bleiben und die ganze Sippe mal wieder sehen möchtest, und bis zu deinen nächsten Ferien ist es ja nicht mehr allzu lange hin.«

Ein ironisches Lächeln zeigte sich in Björns Mundwinkeln. »Hat sie denn nicht erwähnt, wo sie eingeladen war oder ist oder wird? Je bedeutender der Gastgeber, desto größer das Prestige für den Gast. Im vergangenen Jahr mussten wir das Christmasdinner beim spanischen Gesandten absitzen. Grauenvoll, sag ich dir! Bei vierunddreißig Grad im Schatten in Abendkleid und Smoking! Ich hatte noch keinen, musste also im dunklen Anzug antreten mit gestärktem Hemd, Fliege und so weiter, und da sagte doch dieser Rotzlöffel von Sohn zu mir: ›Sei froh, dass diesmal kein Mitglied der Sultansfamilie am Dinner teilnimmt, sonst würde dich mein Vater glatt rausschmeißen.‹«

»Hast du ihm eine geklebt?«

»Hätte ich gerne, aber coram publico tut man so was ja nicht. Außerdem ist der Knabe ein halbes Jahr jünger als ich, und in seinem roten Dinnerjäckchen hat er ausgesehen wie ein Affe auf'm Leierkasten. Ich bin aber tierlieb.«

Nur mit Mühe konnte sich Florian das Lachen verbeißen. »Kann es sein, dass du grundsätzlich Schwierigkeiten im Umgang mit Gleichaltrigen hast? Deine Mutter erwähnte kurz eine Auseinandersetzung zwischen dir und einem französischen Jungen ...«

»Auseinandersetzung ist gut!«, kicherte Björn. »Ich hab den Kerl erst verdroschen und dann in den Pool geschmissen, hatte allerdings keine Ahnung, dass er nicht schwimmen kann. Mit vierzehn Jahren!« Er tippte mit dem Zeigefinger an seine Stirn. »Bevor ich das mitkriegte, standen schon zwei lamentierende Hausboys am Rand, aber die konnten auch nicht schwimmen, und so musste ich doch tatsächlich selber reinspringen und dieses Ekel an Land ziehen!«

Florian betrachtete sein Gegenüber von oben bis unten. »Du siehst doch gar nicht so gewalttätig aus! Was war denn passiert?«

»Dieser Bängschamäng« – er übertrieb absichtlich die Betonung der beiden Nasallaute – »ist ein verzogenes, arrogantes Arschloch! 'tschuldige, Onkel Florian, aber eine andere Bezeichnung gibt es dafür nicht. Er führt sich auf wie King Louis, kommandiert das Personal rum wie so'n Schleifer auf'm Kasernenhof, und wer nicht spurt, den verpfeift er bei seinem Vater. Der ist eigentlich ganz in Ordnung, aber seitdem ihm seine Frau abgehauen ist, ist das Söhnchen sein Ein und Alles. Und das nutzt der aus! Ich hab ihn erwischt, wie er einer kleinen Malayin an die Wäsche wollte. Wahrscheinlich gehörte sie auch zum Personal, war Küchenmädchen oder so was

Ähnliches, jedenfalls hatte sie einerseits eine panische Angst vor dem Kerl, traute sich andererseits aber nicht zu schreien. Ich hab einen Moment gewartet, ob er sie nicht doch noch in Ruhe lässt, und dann bin ich dazwischengegangen. Und ob du's glaubst oder nicht, dieser Kretin hat nicht mal geschnallt, was ich von ihm wollte! Ich solle mich gefälligst wegscheren, diese kleine Hure habe es ja darauf angelegt und so weiter. Erst habe ich ihn bloß von der Kleinen weggezerrt, damit sie abhauen konnte, doch als er dann weiter schwadronierte, er würde ja doch kriegen, was er wolle, und ich solle endlich aufhören, den Bodyguard für dieses Gesindel zu spielen, die seien das doch alle gar nicht wert, bin ich ausgerastet. Ich habe diesen Mistkerl so vermöbelt, dass er sich mit Sicherheit ein paar Tage lang nicht aus dem Haus gewagt hat. Ich übrigens auch nicht«, fügte er mit einem kläglichen Grinsen hinzu. »Er hat sich natürlich gewehrt, aber er hatte ja nicht so 'ne Wut im Bauch wie ich!«

»Beschützer der Witwen und Waisen, Verteidiger der Schutzlosen oder so ähnlich, hm?« Zärtlich fuhr ihm Florian durch den dichten Blondschopf. »Hat denn dein heroischer Einsatz kein Nachspiel gehabt?«

»Natürlich. Erst hat Vati eins auf die Glocke gekriegt, denn Benjamins Vater ist sein direkter Vorgesetzter, und dann wurde ich hinzitiert. Gerechterweise muss ich aber sagen, dass Monsieur Grinauld keine Staatsaffäre daraus gemacht hat, obwohl sein Herzblatt natürlich den ganzen Sachverhalt verharmlost hatte. Ich glaube, le papa hat die Wahrheit geahnt und mich deshalb mit ein paar mahnenden Worten bald nach Hause geschickt.« Er feixte. »Aber ein Gutes hat die ganze Sache doch gehabt: Klein-Benjamin sitzt jetzt ebenfalls im Internat, allerdings in der Schweiz, und findet es empörend, dass er sein Bett selber machen muss.«

Lachend hängte sich Florian bei seinem Neffen ein und zog ihn zur Tür. »Ich fürchte, das wird dir hier auch passieren. Genau genommen musst du mitsamt deinem Bett erst mal umziehen. Komm, ich zeig dir, wo du die nächsten zwei Wochen wohnen wirst.«

Nachdem Tinchen ihre Gänse vorbereitet und im Keller abgestellt hatte, weil es da am kühlsten war, goss sie sich den Rest des inzwischen nur noch lauwarmen Kaffees ein, holte aus dem im Winter nie benutzten Spargelkochtopf eine angebrochene Zigarettenpackung – ihre eiserne Reserve –, fand sogar auf Anhieb einen Kugelschreiber und griff nach einem kurzen Rundblick zur Schachtel mit den Kaffeefiltern. »Ich muss in der Küche wirklich mal einen Notizblock deponieren«, murmelte sie, »oder wenigstens weiße Filtertüten kaufen statt braune.« Dann zog sie eine heraus, setzte sich an den Tisch und begann zu schreiben. Immer wieder hielt sie inne, verbesserte, strich etwas durch, nahm eine zweite Tüte, weil die erste schon vollgekritzelt war, fing wieder von vorne an … es dauerte lange, bis sie den Kugelschreiber aus der Hand legte. »So könnte es gehen!« Noch einmal überprüfte sie ihre Notizen.

Wenn Björn ihr Zimmer bekäme, dann wäre die Mansarde, in der er diese Nacht geschlafen hatte und die normalerweise als Spielzimmer für Tim und Tanja diente, frei für Matthias und Michael. Da es dort nur ein altes Sofa gab, würde einer der beiden Jungs eben eine Luftmatratze nehmen müssen. Tinchen ahnte schon jetzt, dass sie wieder viel diplomatisches Geschick werde aufwenden müssen, um Handgreiflichkeiten gleich im Keim zu ersticken. Aus ihr unbegreiflichen Gründen schliefen Kinder ausgesprochen gern auf Luftmatratzen und waren restlos glücklich, wenn sie dazu noch in einen Schlafsack kriechen und sich totschwitzen konnten.

Clemens und Katrin würden in dem ehemaligen Zimmer von Tobias nächtigen, da stand zum Glück noch die Ausziehcouch, ein selten hässliches Möbel mit einem schwarz-dunkelblau marmorierten Bezug, aber bei seiner Anschaffung hatte Tobias gerade seine Udo-Lindenberg-Phase gehabt und alles abgelehnt, was farblich nicht zu einem Mausoleum gepasst hätte. Er selber war nur in Schwarz rumgelaufen und hätte am liebsten auch noch einen Schlapphut getragen, wenn er denn einen in seiner Größe bekommen hätte.

Normalerweise brauchte Tinchen mit weiteren Logiergästen nicht zu rechnen. Tobias würde mit Weib und Kindern natürlich nach Hause fahren, Karsten – ob mit oder ohne Anhang – ebenfalls, Gisela und Fabian, so er denn tatsächlich mitkäme, übernachteten immer in dem kleinen Hotel direkt am Rhein, wo Florian schon vorsichtshalber ein Zimmer reserviert hatte, und sonst hatte sich ja niemand offiziell angemeldet. Blieben also die Nur-zum-Mittagessen-Gekommenen, die gleich nach dem Kaffeetrinken wieder wegfahren wollten, zur Abendbrotzeit immer noch da waren und schließlich zwecks Vermeidung von Strafmandat und Führerscheinentzug auch noch beherbergt werden mussten. Das würde wohl in erster Linie Melanie betreffen samt ihrem Jean-Pierre und möglicherweise auch noch Rüdiger mit seiner wie auch immer gearteten Überraschung. Tinchen hoffte nur, dass er nicht noch die restliche Band mitbrachte. Zu dumm, dass sie nicht gefragt hatte. Immerhin war das schon mal vorgekommen, allerdings im Hochsommer; da hatte der ganze Verein im Garten eine Jamsession improvisiert, und später, nach einer mit Hilfe der gesamten Nachbarschaft veranstalteten Grillparty, waren sich die Nachbarn in die Haare geraten, welcher Musiker bei wem übernachten durfte. Nach der Polizei, die sonst bei sommerlichen Gartenfesten spätestens um ein Uhr vorzufahren pflegte, hatte damals niemand gerufen! Diesmal würde es im Bedarfsfall bestimmt keine kostenlosen Quartiere geben, und Tinchen konnte nur hoffen, dass auch Jazzmusiker Familiensinn hatten und zu Hause feierten. Für ein Gratiskonzert im Freien wäre es sowieso zu kalt.

Sie steckte sich eine neue Zigarette an und verbesserte die Eintragungen auf der letzten Filtertüte. »Wenn sowohl Rüdiger als auch Melanie dableiben, wird's wirklich eng, da kann ich auf Gefühlsbindungen keine Rücksicht mehr nehmen!« Sie strich zwei Namen durch und setzte sie an eine andere Stelle. »Schlimmstenfalls kriegt Rüdiger das Klappbett und muss zu Björn ins Zimmer, während seine Überraschung zusammen mit Melanie im Arbeitszimmer schläft. Vorausgesetzt natürlich, die Überraschung ist weiblich. So langsam traue ich Rüdiger alles zu! Und diesen Jean-Pierre werde ich wohl oder übel zu den beiden Jungs in die Mansarde stecken müssen.« Sie drückte ihre Zigarette aus und stand auf. Dann setzte sie sich doch wieder hin. »Vielleicht ist es besser, wenn Jean-Pierre zusammen mit Rüdiger in ein Zimmer geht. Wer weiß, ob er deutsch spricht, aber Rüdiger kann bestimmt ein bisschen Französisch. Dann müsste allerdings Björn zu den Kids ... Wisst ihr was?«, wandte sie sich an ein imaginäres Publikum, das offenbar zwischen Kühlschrank und Küchentür stand, »eigentlich könnt ihr mir im Mondschein begegnen! Habe ich denn ein Stundenhotel? Eins weiß ich jedenfalls mit Sicherheit: Es ist das letzte Mal, dass dieser ganze Auftrieb in meinen vier Wänden stattfindet! Im nächsten Jahr mieten wir eine Kneipe!«

»Einverstanden!«, sagte Florian, der das Ende dieses Monologs vor der Tür abgewartet hatte und jetzt erst hereinkam. »Doch eine Frage noch, mein teures Weib, warum redet Ihr in der zweiten Person Plural mit mir?«

Das war zu viel für Tinchen. Sie brach in ein hysterisches Gelächter aus, knüllte die Filtertüten zusammen und warf sie in Florians Richtung. »Hier hast du die Gästeliste! Und die Zimmerbelegung! Soll ich auch noch eine Speisekarte schreiben? Und was hältst du überhaupt davon, wenn wir vorübergehend ausziehen und der Meute gleich das ganze Haus überlassen?« Schluchzend warf sie sich in seine Arme.

»Aber Tine, was ist denn plötzlich los mit dir?« Er riss ein

Blatt von der Küchenrolle und versuchte, ihre Tränen zu trocknen.

»Ga-ga-gar nichts, ist ja auch sch-sch-schon wieder vorbei«, behauptete sie und nahm ihm das Knäuel aus der Hand. »Gib her, das kratzt! Was ist das überhaupt? Sandpapier?«

»Nein, Küchenrolle aus Recyclingpapier!«

»Dann muss es früher mal ein Bananenkarton gewesen sein.« Sie warf den feuchten Papierfetzen in den Mülleimer und wollte das Gleiche mit den Filtertüten tun, doch die hatte Florian schon aufgehoben, geglättet und auf dem Tisch ausgebreitet. »Deinen gelegentlichen Hang zur Sparsamkeit finde ich wirklich lobenswert, aber meinst du nicht, du übertreibst ein bisschen? Du musst die Tüten wirklich nicht doppelt verwenden, Tine, ich habe nichts dagegen, wenn du sie auch weiterhin unbeschriftet in die Kaffeemaschine steckst.«

»Schmeiß sie weg, Flori, und vergiss die ganze Sache. Ich hab eben einen kleinen Durchhänger gehabt, aber der ist vorbei. Schließlich habe ich selber den ganzen Verein herzitiert, und nun kann ich mich auch nicht beschweren, wenn er tatsächlich kommt.«

Florian hatte sich in Tinchens Kritzeleien vertieft. »Wenn ich das richtig deute, werden wir morgen Abend mit Wallensteins Lager konkurrieren können. Uns mitgerechnet sollen doch minimum elf Personen in diesem Haus nächtigen. Willst du sie stapeln?«

»Ach, das geht schon irgendwie. Pass mal auf: Clemens und Katrin kommen …«

Aber Florian war schon im Bilde, denn mit einem süffisanten Grinsen schob er die Notizen über den Tisch. »Und wo schläft deine Tochter?«

»Au verflixt! Julia habe ich glatt vergessen!« Dann fing sie schallend an zu lachen. »Die kriegt Toni! Das letzte Mal hat sie sich doch beschwert, dass sie von ihrer Enkelin so gut wie gar nichts gehabt hat.«

»Aber was ist, wenn sie auch jemanden mitbringt?«

»Du meinst was Männliches? Na, der kommt dann natürlich zu Frau Klaasen-Knittelbeek! Als Weihnachtsgeschenk!«

»Einen gemütlichen Gammeltag habe ich mir aber ganz anders vorgestellt!« Ächzend setzte Florian die beiden Gartenstühle im Esszimmer ab, die er gerade von seiner Schwiegermutter geholt hatte. »Ein Grad plus nur, und ich schwitze wie ein Affe. Reicht's jetzt?«

Tinchen zählte durch. »Fünfzehn, sechzehn, siebzehn ... Dann kommen noch die beiden von Knopps, die kann Björn nachher holen – doch, das sind genug. Wir brauchen sie auch nur zum Essen, später verteilt sich ja alles.«

»Mir wäre lieber, es würde sich nicht verteilen, sondern dezimieren. Was meinst du, Tine, ab wann kann man Gäste rausschmeißen, ohne unhöflich zu sein?«

»Lass sie doch erst mal da sein! Vielleicht wird es ja ganz nett!« Etwas ratlos musterte sie das zusammengetragene Sammelsurium von Sitzgelegenheiten. »Der Gummibaum muss raus, aber wehe, wenn du ihn noch mal ins Gäste-Klo stellst, das letzte Mal sind ein Haufen Triebe abgebrochen! Und dann such bitte im Keller nach den beiden Brettern, die brauchen wir auch wieder, außerdem wolltest du noch Tischkarten ...«

»Welche Bretter?« Florian hatte das Wort Keller aufgeschnappt und assoziierte damit sofort Ruhe, mindestens fünf Minuten lang, bis Tinchen ihn vermissen würde, und dann konnte er immer noch behaupten, die Bretter nicht gefunden zu haben.

»Na die, die du voriges Weihnachten zurechtgesägt hast, damit wir Tonis Gartentisch mit unserem Esstisch auf eine Höhe kriegen.«

»Du meinst also jene Bretter, von denen dieser reizende Knabe einfach eins weggezogen hatte, weil er irgendwas mit schiefer Ebene und Fallgeschwindigkeit demonstrieren wollte und dazu die grüne Vase brauchte – je länger das Ssssst, desto lauter das Bums. Oder so ähnlich.« Er klappte den Gartenstuhl auseinander und setzte sich. »Wer ist das überhaupt gewesen?«

»Wer ist wer gewesen?«

»Na, dieser verhinderte Physiker. Ich weiß bloß noch, dass Karsten …« Plötzlich gab es ein unangenehm kreischendes Geräusch, dann schepperte es, und schließlich fand sich Florian in einer seine Bewegungsfreiheit doch ziemlich einschränkenden Lage wieder, umrahmt von den Einzelteilen des Stuhls. »Wie ist denn das passiert?«

Tinchen inspizierte bereits die abgebrochene Rückenlehne. »Durchgerostet!«, stellte sie fest. »Jetzt brauchen wir drei Stühle von Knopps. Oder sogar vier? Flori, möchtest du den anderen nicht auch vorher ausprobieren?«

»Dazu müsste ich zunächst einmal aufstehen, und das kann ich nicht. Willst du mir nicht endlich helfen?« Er streckte ihr beide Arme entgegen.

Sie drehte sich um und prustete los. Die Sitzfläche war ebenfalls herausgebrochen, und in dem zusammengebogenen Metallgestänge hing Florian regelrecht fest. Er war so tief hineingerutscht, dass sein Hinterteil beinahe den Boden berührte, während die Beine himmelwärts ragten. »So müssen unsere Altvorderen ausgesehen haben, wenn sie auf ihren Plumpsklos saßen«, japste sie, »ein Jammer, dass du das nicht sehen kannst!« Und dann: »Ich helfe dir gleich, Augenblick noch!« Sie rannte aus dem Zimmer, die Treppe hoch und weiter bis zu Florians Arbeitszimmer. Hastig zog sie das unterste Schreibtischfach auf. »Na also, ich wusste doch, dass sie hier drin sein muss!« Sie nahm die Kamera und lief wieder zurück.

Seine vergeblichen Befreiungsversuche hatten Florian nur noch tiefer in seine Falle rutschen lassen. Hilflos strampelnd sah er zu, wie seine Frau die Kameratasche öffnete. »Wehe, Ernestine! Wenn du *das* machst, gibt's fürchterliche Rache!«

»Weiß ich«, sagte sie, den richtigen Blickwinkel suchend, »aber eure Zeitung verleiht doch immer einen Preis für den besten Schnappschuss des Jahres. Was meinst du, soll ich mich mal daran beteiligen?«

»Das fehlte noch«, jammerte der Unglücksrabe. »Dann brauche ich mich in der Redaktion gar nicht mehr blicken zu lassen.«

Klick, machte es, und dann noch drei Mal Klick, erst danach legte Tinchen den Apparat zur Seite und half ihrem Florian aus seiner misslichen Lage. Sofort wollte er sich auf die Kamera stürzen, doch Tinchen war schneller. Sie raste in die Küche, schlug die Tür hinter sich zu und drehte den Schlüssel herum. Dann ließ sie den Film zurücklaufen, nahm ihn heraus und versteckte ihn im Spargeltopf. Währenddessen hämmerte Florian gegen die Tür. »Tine, wenn du mir die Kamera gibst, dann gehe ich mit dir diesmal ganz bestimmt zum Presseball!«

»Dafür habe ich nichts anzuziehen.«

Er zögerte nur einen Augenblick lang. »Also gut, die Hälfte vom Abendkleid bezahle ich.«

»Und wo soll ich die andere Hälfte hernehmen?«, kam es durch die verschlossene Tür zurück.

»Von deinem gebunkerten Haushaltsgeld!«

»So etwas habe ich nicht.«

»So etwas hat jede Frau«, behauptete er, »und wenn sie es nicht hat, dann kann sie nicht wirtschaften! – Kriege ich jetzt die Kamera?«

»Na gut, meinetwegen.« Sie schloss die Tür auf und ließ ihn herein. »Aber das mit dem Presseball hast du ernst gemeint, ja?«

»Natürlich!«, bekräftigte er, wohl wissend, dass dieser gesellschaftliche Höhepunkt genau an dem Tag stattfinden würde, wenn sie beide im Flugzeug nach Jamaika sitzen würden.

»Hier hast du sie!« Damit reichte sie ihm den Fotoapparat und hoffte nur, er würde ihn nicht gleich kontrollieren. Bei der ersten sich bietenden Gelegenheit würde sie einen neuen Film einziehen und gleich ein paar Bilder abknipsen, damit es nicht auffiel.

»Soll ich die Trümmer im Esszimmer wegräumen, oder ist das so was Ähnliches wie moderne Kunst und muss bleiben?« Björn kam hereingestapft und wuchtete zwei Kuchenbleche auf den Tisch. »Die hat mir Tante Toni mitgegeben. Für morgen, hat sie gesagt, und du sollst sie gleich kalt stellen.« Vorsichtig hob er eine Ecke der Abdeckfolie an. »Hm, Kuchen im Knast, sieht lecker aus. Meinst du, wir können uns da was von mopsen?«

»Wie hast du das eben genannt?« Florian zog die Folie ganz herunter, sah aber nichts anderes als einen gedeckten Apfelkuchen und griff zum Messer.

»Erkennst du denn nicht das Gittermuster obendrauf? – Danke.« Herzhaft biss er in das Kuchenstück, hielt aber sofort mit dem Kauen inne. »Ach ja, da draußen steht so 'ne himmelblaue Bonzenschleuder, und der Typ da drin behauptet, er will zu euch.«

»Sag nicht schon wieder, wer kann das sein«, warnte Tinchen. »Geh lieber gleich nachsehen.«

Florian befolgte diesen Rat und öffnete die Haustür. »Es ist Rüdiger!«, rief er über die Schulter, bevor er seinen Neffen in die Arme schloss.

»Na bravo«, seufzte sie leise, die Kuchenbleche vom Tisch räumend, »die Invasion hat schon begonnen!«

5.

Der erste Anruf kam elf Minuten nach sieben. Frau Antonie teilte ihrer Tochter mit, dass sie im Hinblick auf den zusätzlichen Gast – »mit Björn konntest du doch nun wirklich nicht rechnen!« – gestern Abend noch einen Rehrücken aufgetaut und soeben fertig gespickt habe. »Selbstverständlich werde ich ihn servierbereit mitbringen, vorausgesetzt natürlich, es wird mich jemand abholen.«

»Selbstverständlich, Mutti«, gähnte Tinchen in den Hörer, »und vielen Dank erst mal, ich melde mich nachher noch.«

Zum zweiten Mal klingelte das Telefon um sieben Uhr achtunddreißig, als Tinchen unter der Dusche stand und nichts hörte. Notgedrungen ging Florian ran. »Städtisches Wasserwerk, guten Tag, wo brennt's denn?«, nuschelte er und registrierte befriedigt, dass Frau Klaasen-Knittelbeek nach einer gestotterten Entschuldigung wieder auflegte. Danach dauerte es zwar nur drei Minuten, bevor es erneut bimmelte, aber sie hatten gereicht. Tinchen war schon in den Bademantel geschlüpft und rubbelte gerade ihre Haare trocken.

»Tine, Telefon!«, brüllte Florian, »Frau Ka-Ka ist dran.«

»Woher weißt du das?«

»Das hört man doch! Sie klingelt immer so energisch!«

Sie nahm den Hörer ab, ließ sich einen guten Morgen wünschen und erfuhr, dass Frau Klaasen-Knittelbeek in der Fernsehzeitung das Rezept für ein weihnachtliches Dessert gefunden habe, basierend auf Grieß, Rosinen und Eiern, und ob Ernestine damit einverstanden sei, wenn sie es noch schnell zubereiten und auf diese Weise auch etwas zum Festtagsessen beitragen würde.

Tinchen war einverstanden. Grieß klang in beruhigender Weise nach Sättigung, und alles, was dabei helfen würde, war willkommen. »Für so viele Personen werde ich am besten die vierfache Menge nehmen«, sagte Frau Klaasen-Knittelbeek, »damit auch jeder etwas davon erhält.«

»Jetzt haben wir ein Problem!« Tinchen hatte sich bedankt, den Hörer aufgelegt und sich auf Florians Bettkante gesetzt. »Wohin mit der zweiten Gans?«

»Am besten in den Ofen«, witzelte Florian, »wie lange braucht denn so ein Vogel, bis er gar ist?«

»Das kommt auf die Größe an, aber darum geht's ja gar nicht. Ich kriege doch keine *zwei* Gänse in *einen* Herd! Die andere sollte Toni braten, aber die hat jetzt einen Rehrücken in Arbeit, und Frau Knopp macht schon die Putenkeulen.« Nur zu gerne hatte sich ihre Nachbarin dazu bereiterklärt, und das nicht nur, weil sie eine Keule für den eigenen Mittagstisch behalten sollte, sondern weil sie jetzt bestimmt Gelegenheit haben würde, die ganze Familie Bender genauer in Augenschein zu nehmen und vielleicht sogar einzeln begrüßen zu können. Vom Fenster aus konnte man ja doch nicht so viel sehen!

»Wozu hast du denn den Mikrowellenherd?«, erinnerte Florian. »Ich denke, da kann man auch drin kochen.«

»Ja, garen, aber nicht braten! Willst du vielleicht eine gut durchgekochte, anämisch-bleiche Gänsekeule mit Wabbelhaut auf dem Teller haben?«

Das wollte er keinesfalls, die knusprige Haut war doch das Beste von dem ganzen Vieh! »Könnte Ulla nicht …?«

»Nein, Ulla kann nicht, weil sie's nicht kann!«, wehrte Tinchen sofort ab und überließ es Florian, sich einen Reim darauf zu machen. »Außerdem wohnt sie viel zu weit weg, ich brauche einen Herd ganz in der Nähe.«

Und dann fiel ihr der Schlüssel von Hildebrandts ein, die

zwei Häuser weiter wohnten, vor ein paar Tagen in den Skiurlaub gefahren waren und wegen der beiden Perserkatzen bei Tinchen wieder den Zweitschlüssel abgegeben hatten. »Sie wissen ja, Tina, täglich Futter, frisches Wasser und ein paar Streicheleinheiten, und alle drei Tage das Katzenklo. Vielen Dank, ich mach's auch wieder gut!«

»Unsinn!«, hatte Tinchen gesagt. »Im nächsten Jahr sind Sie ja wieder dran! Jetzt habe ich in meinem Blumenfenster sogar noch eine zweite Orchidee, eine Phalaenopsis-Hybride, da ist die Pflegeanleitung länger als die ganze Pflanze. Am Schluss steht sogar, man soll mit dem Gewächs reden.«

Frau Hildebrandt hatte nur gelacht. »Da wird sich Hartmut aber freuen, dann muss er sich nicht mehr jeden Abend meinen Bürofrust anhören. Den erzähle ich Ihrer … wie heißt die? Palopsis? Meinen Sie, sie hat was dagegen, wenn ich sie einfach Paula nenne?«

Anfangs war Frau Antonie regelrecht beleidigt gewesen, weil Tinchen die Blumenpflege nicht ihr, sondern Frau Hildebrandt aufgetragen hatte, einer zwar nicht gerade fremden Frau, jedoch nicht der Familie zugehörig und schon aus diesem Grund suspekt. Man vertraut seinen Hausschlüssel einfach keinen fremden Leuten an, basta! Oder wenn es denn wirklich sein muss, wählt man zumindest jemanden, den man seit Jahrzehnten kennt, und nicht eine Person, die erst vor wenigen Jahren zugezogen ist. »Wenn du es schon mir nicht zutraust, während eurer Abwesenheit deine Pflanzen regelmäßig zu gießen, dann lass es Frau Knopp tun, sie ist absolut vertrauenswürdig.«

»Und neugierig wie eine Elster!«, hatte Tinchen erwidert. »Ich habe aber keine Lust, sämtliche Schrankschlüssel abzuziehen, und bei Ellen Hildebrandt bin ich mir hundertprozentig sicher, dass sie sich weder für meine Unterwäsche interessiert noch für Florians Schreibtisch. Und dass ich dir das Gießen nicht zutraue, ist auch Unsinn, ich mute dir nur nicht zu, jeden Tag herzukommen und meine Blümchen zu bewässern. Für dich sind's neunhundert Meter, für Ellen nur neunzig.« Dass es auch Frau Antonie an der gebotenen Diskretion fehlen ließ und sie sogar bei ihren Canasta-Damen keine Gelegenheit ausließ, einen schnellen Blick in deren Schränke zu tun, war Tinchen ebenfalls nicht unbekannt. Nein, einen eigenen Hausschlüssel hatte sie ihrer Mutter nur in den ersten Jahren zugebilligt, als die Kinder noch klein gewesen waren und Frau Antonie häufig und liebend gerne Babysitterdienste übernommen hatte, später hatte sie ihn unter einem Vorwand zurückgefordert und nicht wieder ausgehändigt.

»Was meinst du, Flori, ist es ein Vertrauensbruch, wenn ich Ellens Herd benutze?« Unschlüssig drehte sie seinen Bettzipfel immer wieder um ihren Zeigefinger. »Ich weiß sonst wirklich nicht, was ich machen soll. Roh kann ich den Vogel ja nicht auf den Tisch stellen!«

»Ich bin überzeugt, dass sie nichts dagegen haben würde, und außerdem hat sich Hartmut neulich auch unseren Gartengrill ausgeliehen, weil seiner nicht gereicht hat.«

»Da ha'm wir aber auch mitgegessen«, erinnerte sie.

»Na gut, dann leg ihnen ein Stück fertige Gans in den Kühlschrank und schreib einen Zettel dazu, warum und weshalb.«

»Den haben sie doch abgestellt.«

Jetzt wurde er richtig ärgerlich. »Also nee, Tine, wenn ich nicht wüsste, dass du normalerweise eine ganz vernünftige Frau bist, dann würde ich mich jetzt ernsthaft fragen, wie ich es mit dir fast dreißig Jahre lang ausgehalten habe!« Er strampelte sein Deckbett weg, schwang die Beine über Tinchens Kopf und stand auf. »Hast du schon was von unseren Logiergästen gehört?«

Sie verneinte. »Hast *du* denn gehört, wann sie schlafen gegangen sind?«

Eigentlich war sie ganz froh gewesen, dass Rüdiger seine

Überraschung noch nicht gleich mitgebracht, sondern in einem Hotel abgeladen hatte. »Sie war hundemüde, wollte morgen erst mal ausschlafen, und überhaupt ist sie der Meinung, eine Einladung zum Essen sei okay, aber gleich kompletter Familienanschluss entschieden zu viel. Ich werde sie also rechtzeitig zum Aperitif abholen. Oder kennt man so was hier noch nicht?«, hatte er erschrocken gefragt.

»Natürlich kennt man das, du verdammter Snob«, hatte Florian geantwortet. »Wir reichen immer Pfefferminzlikör oder selbst gebrannten Kartoffelschnaps.«

Dann hatte Rüdiger vier Stück gedeckten Apfelkuchen gegessen, und als ihn Björn endlich nach oben in sein Zimmer bringen wollte, hatte es wieder geläutet, und diesmal hatte Rüdiger geöffnet. »Ich werd verrückt, Julchen? Und mit Zweitage-Köfferchen? Heißt das, du hast den Tag der Geschenkpapierorgien und der Völlerei nicht im Kreise deiner Familie verbracht, wie es sich gehört, sondern fern des heimischen Herdes und am Ende auch noch mit einem dir nicht angetrauten Mann? Wo ist dein Lover?«

»Es gibt keinen, du Idiot! Gestern haben wir gepokert, von der ganzen WG ist nämlich keiner nach Hause gefahren, und heute früh habe ich noch über meiner Diplomarbeit gebrütet und nicht auf die Uhr gesehen. Eigentlich hatte ich schon zum Kaffeetrinken da sein wollen.«

»Kaffee gibt's nicht, aber prima Apfelkuchen!« Er war zur Seite getreten und hatte nach dem Koffer gegriffen. »Nun komm erst mal rein, ich glaube, deine Mutter hat noch gar nicht mitgekriegt, dass du da bist. Sie ist nämlich mit innenarchitektonischen Problemen beschäftigt und überlegt seit einer halben Stunde, wie sie zwanzig Personen in ein Zimmer kriegt, in dem schon die Hälfte zu viel ist.«

»Das macht sie jedes Jahr«, hatte Julia gesagt und ihren Mantel in die Garderobe gehängt, »ich weiß auch nicht, weshalb sie sich das immer wieder antut.« Erst dann hatte sie

Björn entdeckt, der auf halber Höhe der Treppe stehen geblieben war. »Nanu, wer ist denn das? Wahrscheinlich auch ein Sippenmitglied, aber müsste ich es kennen?«

»Ich glaube schon.« Rüdiger hatte den verunsicherten Jungen bis zur vorletzten Stufe heruntergezogen. »Das ist Björn, der älteste Spross deines Onkels Urban, und der wiederum ist nicht nur mein Bruder, sondern auch jener Glückliche, dem die Petrodollar von selbst hinterherrollen, so dass er nach dem Motto leben kann: Man versehe mich mit Luxus, auf das Notwendige kann ich verzichten.«

»Das ist doch Quatsch!«, hatte Björn gemosert. »Vati muss in Brunei ganz schön schuften für sein Geld.«

»Wenn ich das richtig in Erinnerung habe, dann bin ich also deine Tante?«, hatte Julia lächelnd gesagt. »Als ich dich zum letzten Mal gesehen habe, hast du noch in der Nase gebohrt.«

»Das tut er immer noch!«, hatte Rüdiger behauptet und Julia durch die Küchentür geschoben. »Ich billige dir jetzt eine halbe Stunde lang Sentimentalität zu, und dann werden wir beide uns mal um die Beantwortung der Fragen *Wer sitzt wo?* und *Wer darf auf keinen Fall neben wem sitzen?* kümmern. Das Problem fängt nämlich schon damit an, dass es nur zwei Lehnstühle gibt, aber drei Thronanwärterinnen.«

Natürlich hatte der Zeitplan wieder mal nicht hingehauen, denn Tinchen hatte auf einem gemeinsamen Abendessen bestanden, hatte wieder den Räucheraal hervorgeholt und noch ein paar Köstlichkeiten, die Florians Streifzügen durch Küche und Keller bis dahin entgangen waren, Florian hatte eine Flasche seines ›besseren‹ Weins spendiert, und um zehn Uhr waren er und Tinchen ins Bett geschickt worden. »Ihr habt bestimmt schon genug Arbeit gehabt, um diesen Familientag anzuleiern und durchzuziehen«, hatte Rüdiger gesagt, »jetzt lasst uns mal ran!«

»Aber ihr wisst doch gar nicht, wo ...«

»Doch, Mutsch, ich weiß noch, wo die Tischdecken sind und

das Besteck«, hatte Julia versichert. »Du solltest mir nur noch aufschreiben, wer alles kommt.«

Das hatte Tinchen getan, und nachdem nun auch geklärt war, wo die zweite Gans gebraten werden konnte, sah sie dem kommenden Auftrieb einigermaßen gelassen entgegen.

Und er kam! Zuerst fuhren Gisela und Fabian vor, sie in dunkelblauem Schneiderkostüm mit Schluppenbluse, diesem von älteren Damen bevorzugten Kleidungsstück, bei dem die am Hals gebundene Schleife gnädig Falten und Runzeln verbirgt, während Fabian eine ausgebeulte Hose trug sowie ein zwar teures, jedoch zerknittertes Sporthemd nebst unerlässlichem Seidenschal. Gisela wünschte ein frohes Weihnachtsfest und reichte ihre Wange zum schwägerlichen Kuss, was Florian geflissentlich übersah und Tinchen mit geschlossenen Augen absolvierte. »Hattet ihr eine halbwegs gute Fahrt?«

»Nein!«, sagte Gisela sofort. »Fabian lässt sich nicht überzeugen, dass ein Tempo von 120 Stundenkilometern die ideale und sowohl motorschonende als auch benzinsparende Geschwindigkeit ist, und ich hasse es nun mal, wenn in kurzen Abständen beschleunigt beziehungsweise abgebremst wird.«

»Wenn das deine Einstellung ist, liebe Gisela, dann frage ich mich, weshalb du einen Sportwagen fährst und nicht eins von diesen neuen soliden Sparmodellen.«

»Das, lieber Florian, wirst du wohl nie verstehen! Ich kann mir kein billiges Auto leisten, weil es im Kollegenkreis sofort zu falschen Schlüssen führen würde. Und jetzt darf ich dich wohl um ein Glas Wasser bitten, ja? Meine Tablette hätte ich schon vor einer Stunde einnehmen müssen.«

Florian trabte ab, sein Bruder folgte ihm. »Wie hältst du das mit dieser Xanthippe bloß aus?« Aus der Hosentasche holte Florian zwei Schnapsgläser, aus der Jackentasche einen Flachmann, goss die Gläser voll und schob eins über den Tisch. »Da, trink erst mal, ich glaube, du kannst es vertragen.«

Und als er Fabians zweifelndes Gesicht sah: »Tinchen kann es auch nicht ausstehen, wenn ich schon vormittags eine Fahne habe, aber ich glaube, heute verzeiht sie's mir. Prosit!«

Nach dem zweiten Schnaps fiel Florian ein, dass er seiner Schwägerin ein Glas Wasser bringen sollte. Er nahm eins aus dem Schrank, drehte den Warmwasserhahn auf und ließ es volllaufen. »Was nimmt sie denn für Pillen?«

»Frag mich was Leichteres!« Fabian goss den restlichen Schnaps in sein Glas und trank es aus. »Wahrscheinlich was für die angegriffenen Nerven. Zwei Mal in der Woche rennt sie zu so einem Psychoanalytiker, aber wenn diese Brüder auch nicht mehr weiterwissen, verschreiben sie was.« Er plierte seinen Bruder an. »Sag mal, stimmt es, dass sich viele Frauen in ihren Seelenklempner verlieben?«

»Keine Ahnung, Tinchen ist noch bei keinem gewesen.«

»Gisela hat schon den dritten, und ich warte immer noch darauf, dass sie sich verliebt. Vielleicht wird sie dann wieder normal.«

»Ist sie das denn jemals gewesen?« Florian kippte einen Teil des Wassers aus und ließ kaltes nachlaufen. »Das war 'n bisschen zu heiß.« Dann wischte er das Glas am Handtuch ab und setzte sich in Marsch. An der Tür drehte er sich noch mal um. »Könnte es sein, dass du was verwechselt hast? Frauen verlieben sich doch in ihre Gynäkologen, mit den Psychiatern schlafen sie bloß.« Er grinste. »Hab ich unlängst in einem amerikanischen Film gesehen. Aber muss ja nicht mehr stimmen«, fügte er tröstend hinzu, »es war ein ziemlich alter Film.«

Während Tinchen sich von Gisela erzählen ließ, dass sie ihr Haus in der Nähe von Heidelberg erst renoviert und dann zum Teil auch neu möbliert hätten, »weil man sich solch einen Wechsel gelegentlich schuldig ist«, saß sie wie auf Kohlen. Die Klöße musste sie noch machen, den Rotkohl aufs Feuer bringen, die Bananen für den Obstsalat mussten noch geschnippelt werden, die kamen immer erst kurz vor dem Servieren rein, weil sie sonst so unansehnlich braun wurden ... »du hast ja recht, Gisela«, sagte sie auf gut Glück, denn sie hatte kaum zugehört, »wir Frauen haben schon immer mindestens drei Möglichkeiten gehabt, mit einer häuslichen Krise fertigzuwerden: Heulen, zum Scheidungsanwalt rennen oder die Möbel im Wohnzimmer umstellen.«

»Wer sagt denn, dass es eine Krise gegeben hat? Ich pflege immer alle paar Jahre ...«

»Entschuldige, Gisela, dass es so lange gedauert hat, aber ich musste erst ein sauberes Glas auftreiben. Unsere guten stehen nämlich auf dem Esstisch und die weniger guten in der Spülmaschine.« Mit einer Verbeugung überreichte Florian das geriffelte Pressglas, in dem Tinchen immer ihre Petersilien- und Schnittlauchbündel frisch hielt. Gelegentlich bekam es auch mal Tim, wenn er mit Wasserfarben hantierte, oder Florian benutzte es vor kleineren Reparaturen zum Anrühren von Tapetenkleister. Nur getrunken hatte noch nie jemand daraus.

Er ging zurück in die Küche, wo sein Bruder inzwischen die Kaffeemaschine munitioniert hatte und nun zusah, wie die braune Flüssigkeit in die Kanne tropfte. »Die Idee mit dem Schnaps ist nicht so gut gewesen! Ich trinke nämlich nie welchen, und jetzt ist mir das Zeug regelrecht in den Kopf gestiegen. Meinem Sohn würde ich aber ganz gern nüchtern gegenübertreten.« Fragend sah er Florian an. »Rüdiger ist doch hier?«

»Hier schon, aber nicht da!«

Sehr intelligent sah er nicht aus, der Herr Professor, als er sein Gegenüber mit halbgeöffnetem Mund anstarrte. »Muss ich das jetzt verstehen?«

»Nein, musst du nicht«, beruhigte ihn Florian und erklärte kurz, weshalb nicht nur eine Gans ausquartiert werden musste, sondern auch noch ein beziehungsweise zwei Bewacher derselben. »Ich glaube, die fummeln nebenbei noch an den Tischkarten herum.«

»Wo ist das?«

»Links die Straße runter bis zum übernächsten Bungalow. Hildebrandt steht dran. Hast du 'ne Katzenallergie?«

»Nicht dass ich wüsste. Warum?«

»Wegen dieser beiden wandelnden Flokatis. Perserkatzen, Scotch und Bourbon. Sie haaren wie zwei alte Besen und sind ausgesprochen kommunikationsfeindlich.«

»Ich werde nicht in engere Beziehung zu ihnen treten«, versprach Fabian, schlüpfte aus der Tür und schloss sie leise hinter sich. Wenig später flog sie wieder auf. »Jetzt bist du aber mal an der Reihe!«, fauchte Tinchen. »Seit zwanzig Minuten höre ich mir das Geblubber von Gisela an über velourslederne Hocker und estorilblaue Teppiche, dabei wird es höchste Eisenbahn für die Klöße.«

»Was für Teppiche?«, wollte Florian wissen.

»Estorilblau. Keine Ahnung, was das ist, interessiert mich auch nicht. Nimm bitte deinen Hintern vom Tisch und gib mir mal die Schüssel von da drüben rüber.«

»Estoril ist ein Badeort in Portugal. Gerlach hat da mal Urlaub gemacht, aber von blauen Häusern hat er nie was erzählt.«

»Vielleicht bezieht sich die Farbe ja mehr auf den Zustand der Einheimischen, wenn sie dem Madeira zugesprochen haben.« Sie verdrehte die Augen. »Das Zeug schmeckt einfach sagenhaft!« Dann sah sie Florian durchdringend an. »Entweder hältst du mir jetzt Gisela vom Hals, bevor sie doch noch hier aufkreuzt, oder du hilfst mir beim Kochen! Geschält sind die Kartoffeln schon, aber du könntest sie reiben!«

Worauf Florian fluchtartig die Küche verließ und vom Arbeitszimmer aus seine Schwiegermutter anrief. Vielleicht war sie schon ausgehfertig. Frau Antonie bedauerte. Er hatte sie bei der Komposition ihrer Rehrückensahnesoße gestört, und die Spätzchen waren auch noch nicht im Wasser.

»Toni, selbst wenn du den schwäbischen Dialekt nicht leiden kannst, diese Nudeln heißen trotzdem *Spätzle* und nicht *Spätzchen.* Sogar Biolek nennt sie so.«

»Wer ist Biolek?«

Er überging die Frage und erkundigte sich nach Frau Ka-Ka. Mit etwas Glück war die ja schon präsentabel und gewillt, den Smalltalk mit Gisela zu übernehmen.

»Frau Klaasen-Knittelbeek würde niemals auf den Gedanken kommen, *vor* der angegebenen Zeit zu erscheinen«, beschied ihm Frau Antonie, »ganz abgesehen davon, dass sie in der Badewanne sitzt.«

Und dann kam plötzlich Leben ins Haus. Schlingernd hielt ein Taxi vor der Tür, heraus kugelten zwei Knaben, die sich um ein längliches Geschenkpaket stritten, ihnen folgte eine schlanke Frau in einem winterweißen Hosenanzug, und zum Schluss wand sich Clemens aus dem Wagen. »Wir hätten vorhin doch auf dem Daimler bestehen sollen«, rief er seiner Frau zu. »Diese Japaner sind für einen normalgewachsenen Mitteleuropäer einfach zu niedrig.« Er bezahlte den Fahrer und ließ sich zwei Reisetaschen aushändigen. »Hast du schon geläutet?«

»Nicht nötig!« Sie deutete auf die Tür, durch die ihre beiden Kinder gerade ins Haus stürzten. »Das hier ist für Onkel Florian«, erklärte Michael und zerrte an einem Ende vom Paket, »für dich hat Mami Parfüm, das durften wir aber nicht nehmen, weil sie Angst hat, es fällt vorher runter. Lass doch mal los, Matthias!«

Der ließ natürlich nicht los, das Papier riss an zwei Stellen ein, und zum Vorschein kam ein gerahmtes Poster. Es war die bekannte Fotografie ›Lunchtime‹ aus den dreißiger Jahren, auf der ein Dutzend Arbeiter hoch über den Wolkenkratzern von New York auf einem Stahlträger sitzt und frühstückt. »Da wird sich Onkel Florian aber drüber freuen«, sagte Tinchen und umarmte Katrin, die gerade das Haus betreten hatte.

»Guck doch erst mal ganz genau hin!«, verlangte Matthias. »Fällt dir denn gar nichts auf?«

»Nein, was denn?« Aber dann sah sie es doch. Sie selber saß auf diesem Träger, trug eine Schirmmütze und plauderte mit ihrem Nachbarn. Drei Plätze weiter entdeckte sie Florian, der gerade sein Butterbrot auswickelte. »Das ist ja irre! Wie habt ihr denn das hingekriegt?«

»Nicht wir! In Tübingen gibt es so einen Postershop, die kopieren dort jedes Gesicht in das Original. Am schwersten war es, passende Fotos von euch zu kriegen. Die hat uns dann Karsten besorgt.«

»Du weißt, dass mir schon auf der obersten Sprosse einer Stehleiter schwindlig wird? Ich bin noch nie auf'm Kölner Dom gewesen, hasse Seilbahnen und könnte nicht höher als im dritten Stock wohnen!«

Katrin überantwortete ihren Nachwuchs dem Erzeuger desselben, empfahl ihm, seine Söhne erst einmal einer zumindest flüchtigen Reinigung zu unterziehen, bevor er sie ihrer Großmutter präsentierte, und folgte Tinchen in die Küche. »Jetzt gib mir eine Schürze und sag mir, was ich machen soll. Frau Professor kann warten!«

Während sie die restlichen Kartoffeln rieb, erzählte sie Tinchen, dass sie den Wagen zu Hause gelassen und mit dem ICE gefahren seien. »Kein Stau, kein Glatteis, keine nörgelnden Kinder, die alle halbe Stunde aufs Klo müssen, stattdessen bequeme Sitze und zwei Jungs, deren Bewegungsdrang sich zwischen Abteil und Bistro-Wagen austoben konnte. Wir hatten sogar Plätze mit einem Tisch in der Mitte, und Clemens hatte endlich Zeit genug, seinem Ältesten die Grundzüge vom Schach beizubringen. Dafür musste ich mit Michael Memory spielen! Sechs Partien, und nicht eine habe ich gewonnen!«

»Versuch's erst gar nicht, anscheinend haben alle Kinder unter zehn ein fotografisches Gedächtnis. Gegen Florian gewinne ich immer, gegen Tim nie! Und Tanja hat auch schon begriffen, worum es geht, meine nächsten Blamagen sind also vorprogrammiert.«

Katrin hatte die Kartoffeln gerieben, die Hände gewaschen und sah sich nach einer neuen Betätigung um. »Hast du schon den Tisch gedeckt?«

»Das haben gestern Abend noch Julia und Rüdiger gemacht, und ich muss ehrlich zugeben, dass ich es nicht so hingekriegt hätte. Komm mit, ich zeig's dir, aber sei leise, sonst hört uns Gisela.«

Die saß vor einem Glas Sherry im Wintergarten und ließ mit gelangweilter Miene den Wortschwall ihrer beiden Enkel über sich ergehen. »Das ist sehr schön, Michael«, sagte sie gerade, worauf der Junge sie fassungslos anstarrte. »Das findest du schön, wenn ich in der Garageneinfahrt ausrutsche und in den Matsch fliege? Ich glaube, so schnell habe ich mich in meinem ganzen Leben noch nie umgezogen, und trotzdem hätten wir beinahe den Zug verpasst.«

»Man geht auch früh genug aus dem Haus. Ich jedenfalls habe noch nie einen Zug versäumt.«

Da gab es Michael auf. Er zog seinen Bruder am Ärmel, und dann schlichen sie ganz leise rückwärts aus dem Wintergarten, genau in Katrins Arme. »Sag mal, Mutti, tickt die Oma eigentlich ganz richtig? Die hat doch tatsächlich gesagt, dass ...«

Schnell hielt Katrin ihrem jüngsten die Hand vor den Mund. »Ruhe! Du weißt doch, dass die Oma oft mit ihren Gedanken ganz woanders ist, aber trotzdem *tickt sie noch richtig.*« Sie dirigierte ihre Sprösslinge in Richtung Treppe. »Seht mal nach, ob ihr Onkel Florian da oben findet, und wenn nicht, dann geht rauf ins Spielzimmer. Tim und Tanja werden bestimmt auch bald kommen.« Dann ließ sie sich von Tinchen ins Esszimmer führen. »Großartig!«, meinte sie nach einem kurzen Rundblick. »Das hast du diesmal wirklich prima gelöst.«

»Nicht ich! Das ist das Jungvolk gewesen. Auf *die* Idee wäre ich nämlich niemals gekommen!«

Statt einer langen Tafel, die immer aus drei zusammengeschobenen Tischen bestanden und vom Esszimmer durch die geöffnete Schiebetür ins halbe Wohnzimmer gereicht hatte, hatten sich Julia und Rüdiger für drei einzelne Tische entschieden. Rechts und links sollten jeweils acht Personen sitzen, in der Mitte, also von zwei Seiten erreichbar, stand der Tisch für die vier Kinder. Er hatte eine lustige Plastikdecke bekommen, und neben jedem Gedeck lagen jeweils vier Servietten, jede in einer anderen Farbe. »Gute Idee, eine Serviette hat noch nie gereicht«, stimmte Katrin zu.

Auf den zwei anderen Tischen lagen natürlich weiße Damasttücher. Tinchen hatte sie damals von ihren Eltern zur Hochzeit bekommen, weil Frau Antonie der durchaus zutreffenden Ansicht gewesen war, dass sich ihre Tochter diese Grundpfeiler der gehobenen Gastlichkeit niemals selbst kaufen würde. Tinchen benutzte die ›Leichentücher‹ auch nur zu Weihnachten und allenfalls noch mal zu Ostern, und jedes Mal musste sie sie vorher in die Waschmaschine stecken, weil sie vom langen Liegen bräunliche Knickfalten bekommen hatten. Mit den passenden Servietten, gleich vierundzwanzig Stück, war es auch nicht anders.

Das ›gute‹ Porzellan, Hochzeitsgeschenk ihrer Schwiegereltern, reichte nur für zwölf Personen und war eindeutig der Stil der sechziger Jahre. Am Rand lugten zwischen Schilfbüscheln grau-rosa Flamingos hervor, vielleicht waren es ja auch Reiher, so genau wollte sich Tinchen nicht festlegen, und in der Mitte eines jeden Tellers befand sich ein bambusumwachsener See. In ihren Augen war dieses Dekor schlichtweg hässlich, Frau Antonie bezeichnete es als ›beinahe schon antik‹, und Florian hätte das ganze Geschirr schon vor Jahren am liebsten auf den Flohmarkt getragen. Das hatte er aber nicht gedurft, denn es gab natürlich noch das dazu passende Kaffeeservice, und das benutzte Tinchen vergleichsweise oft. Nämlich immer dann, wenn ihre anderen Tassen alle in der Spülmaschine standen und sie mal wieder vergessen hatte, sie einzuschalten.

Also war Florian zu seiner Schwiegermutter geschickt worden, und Frau Antonie hatte ihr ›gutes‹ Hutschenreuther-Porzellan, weiß mit Streublümchen, in einen Wäschekorb gestellt und war sogar noch bis auf die Straße mitgelaufen, um sich davon zu überzeugen, dass er den Korb auch transportsicher abstellen würde. »Nicht auf den Rücksitz, Florian, da kann er rutschen.«

Nun stand es auf dem vorderen Tisch, vor jedem Gedeck eine rote Kerze, passend zu den Blümchen, während die Vögel rosa Kerzen bekommen hatten. Kleine Tannen- und Mistelzweige waren über die Tische verstreut, und direkt über der Schiebetür, durch die man diesmal bequem gehen konnte, hing ein ganzes Bündel dieser weißen Beeren.

»Ich kann mir nicht vorstellen, dass die Frau Professor sich freiwillig küssen lassen wird«, prophezeite Katrin. »Und ich bezweifle sogar, dass zwischen ihr und Fabian noch so etwas wie ein normales Eheleben stattfindet.«

Tinchen kicherte. »Soll es nicht Queen Victoria gewesen sein, die ihren Töchtern immer den gleichen Rat gegeben hat, bevor sie sie verheiratete? ›Und was das andere betrifft, mein Kind, schließe die Augen und denke an England!‹«

Sie hatte gerade leise die Tür wieder ins Schloss gedrückt, als es recht energisch klingelte. »Das kann nur meine Sippe sein! Würdest du dich ein bisschen um Tim und Tanja kümmern? So langsam muss ich nämlich meine toten Vögel einsammeln gehen.«

Tinchen zog sich eine Jacke über, schlüpfte durch die Tür zum Garten und lief zu dem Hildebrandtschen Haus. Julia öffnete. Sie hatte ein Handtuch um den Bauch gewickelt, ein zweites über die Brust, schwang einen Kochlöffel und begrüßte ihre Mutter mit einem grämlichen: »Was willst du denn schon?«

»Die Gans holen. Oder wenigstens den Fond. Wie soll ich denn sonst eine Soße kriegen?«

»Wie *du* eine kriegst, weiß ich nicht, ich bin gerade dran und wäre dir dankbar, wenn du mich dabei nicht störst.«

»Du kannst kochen?«, staunte Tinchen. »Seit wann?« Nur zu gut erinnerte sie sich an Julias Schulzeit, als sie in der elften Klasse an einer *Arbeitsgemeinschaft Hauswirtschaft* teilgenommen hatte und Florian nach vier Wochen wissen wollte, was sie denn schon kochen könne.

»Kochen haben wir noch gar nicht gehabt«, hatte Julia geantwortet, »wir sind erst beim Auftauen.«

»Dann zeig mir wenigstens mal, wie weit du bist«, verlangte Tinchen und drängte in die Küche. Nach einem Blick in den Backofen musste sie zugeben: »Sieht gut aus, besser hätte ich das auch nicht hingekriegt. Ist das da auf der Kochplatte die Soße?«

»Nein, ich desinfiziere die Filter vom Aquarium! – Mutti, lass mich *bitte* in Ruhe, du machst mich nervös. Genügt es, wenn ich dir sage, dass zu unserer WG auch eine Köchin gehört, die in einem Nobelschuppen gelernt hat und momentan die Hotelfachschule besucht?«

»Dass *sie* kochen kann, glaube ich, aber du …?«

»Also, wenn du jetzt nicht gleich gehst, schmeiße ich den Löffel in die Ecke, kippe die Soße ins Spülbecken, setze mich ins Auto und fahre zurück!«

Erschrocken machte Tinchen kehrt und ging zur Tür. »Ist gut, mein Kleines, ich glaub dir ja. Nimm's nicht übel, ich komme mir heute vor wie an Strippen gezogen. Wann kommst du denn rüber? Die Tübinger sind da, dein Bruder mit Anhang ist gerade gekommen, und die anderen werden wohl auch nicht mehr lange auf sich warten lassen.« Auf der Treppe drehte sie sich noch mal um. »Sind Rüdiger und Fabian noch hier?«

»Nee, die sind vor zehn Minuten in die Stadt gefahren, die Überraschung abholen.« Julia grinste über das ganze Gesicht. »Das wird garantiert eine werden, und auf die Gesichter einiger Leute bin ich wirklich gespannt! – Ach ja, Mutsch, nimmst du bitte die Platzkärtchen mit?« Sie lief noch einmal zurück und holte einen Stapel rechteckiger Karten. »Wie du sie verteilen willst, weiß ich allerdings nicht; vielleicht solltest du das Katrin überlassen, die hat irgendwie das Gespür für so heikle Dinge.«

Tinchen nahm die Karten, steckte sie in die Tasche und ging an ihrem Haus vorbei zum Nachbargrundstück. Frau Knopp hatte sie bereits kommen sehen und öffnete, bevor Tinchen auch nur die Klinke der Gartentür berührt hatte. »Die Keulen sind fast durch, vielleicht noch zehn Minuten oder so, aber nu muss ja noch die Soße gemacht werden. Ich hätt schon angefangen, aber denn hat der Alois gesagt, ich soll doch lieber erst fragen.«

Tinchen nahm sich vor, Alois bei nächster Gelegenheit eine ganze Flasche Korn zu spendieren, denn sie kannte Frau Knopps Soßen. Sie bestanden in erster Linie aus Mehl und unterschieden sich eigentlich nur durch die Farbe, nämlich weißlich-grau, hellbraun oder dunkelbraun. Probiert hatte sie noch keine, obwohl Frau Knopp ihr schon mehrmals irgendwelche ›Kostehäppchen‹ rübergebracht hatte, namentlich dann, wenn sie von einem Auslandsurlaub zurückgekommen war und die dortigen Gerichte nachkochen wollte.

»Vielen Dank, Frau Knopp, doch das ist nicht nötig. Füllen Sie sich erst mal eine Portion Bratenfond ab, und den Rest geben Sie mir bitte mit. Meine Mutter hat nämlich auch Pute im Ofen, und deshalb kippen wir die Soßen einfach zusammen.«

Frau Knopp sah das ein, obwohl sie von ihrer Friseuse ein neues Rezept bekommen hatte, »garantiert wenig Fett, aber viele Kohlehydrate«.

Na klar, dachte Tinchen, Mehl hat ja auch genug davon! Mit einem Schüsselchen Soßenfond (die Knopp muss ihren eigenen Putenschlegel baden wollen!, sinnierte sie, auf das bisschen Flüssigkeit starrend) zog sie von dannen, nachdem ihre

Nachbarin zugesagt hatte, die fünf Keulen Punkt halb zwei abzuliefern.

Zu Hause hatte der Geräuschpegel um einige Dezibel zugenommen. Die Kinder hingen oben vor dem Fernseher und begleiteten die Heldentaten des unternehmungslustigen Bernhardiners mit lautem Geschrei. Einen Stock tiefer saßen Tobias und Björn vor einem flüchtig skizzierten Stammbaum, denn Björn hatte vor dem massiven Auftreten seiner Verwandtschaft resigniert. »Ich hab keine Ahnung mehr, wer zu wem gehört und wie dann wieder die Einzelnen zusammenpassen. Kann mir das nicht mal jemand verklickern?«

Im Parterre, genauer gesagt, in der Küche, rotierte Katrin, halbherzig unterstützt von Ulla, im Wintergarten saß die Frau Professor vor ihrem nunmehr dritten Glas Sherry und blätterte gelangweilt in einer vier Wochen alten Illustrierten, und unten im Keller überprüften Florian und Clemens die Temperatur der verschiedenen Weine. »Gilt das eigentlich immer noch, roter Wein zu dunklem Fleisch und heller zu hellem?«

»Das kommt auf die jeweilige Auslegung an«, sagte Florian, »normalerweise hat ein Huhn weißes Fleisch, also gehört Weißwein dazu. Was aber, wenn das Huhn sehr dunkel geworden ist, was bei Tinchen öfter passiert. Muss ich dann wirklich Rotwein trinken?«

»Am besten trinkst du Bier dazu, damit gehst du allen Überlegungen aus dem Weg.«

»Weihnachten gibt's kein Bier, das ist zu ordinär, sagt meine Schwiegermutter.«

»Macht nichts, wir essen ja auch kein Huhn«, beendete Clemens die Debatte. »Hörst du, es hat schon wieder geklingelt. Komm, lass uns raufgehen, Pfötchen schütteln.«

Tinchen hatte schon geöffnet. Vor der Tür standen Fabian und Rüdiger sowie ein wunderhübsches Geschöpf mit schwarzen Augen, schwarzen Haaren und – schwarzer Haut. Nein, ganz schwarz war sie nicht, korrigierte sich Tinchen sofort, eher dunkel-kakaobraun. Wulstige Lippen hatte sie auch nicht, sondern ein ebenmäßiges Gesicht mit hochstehenden Wangenknochen, und ihre schmale Taille kam in dem perlmuttfarbenen Minikleid ausgezeichnet zur Geltung. »Kann es sein, dass ich Sie wirklich noch nie in einer Modezeitung gesehen habe?«, war denn auch Tinchens erste Frage, nachdem sie die Ankömmlinge begrüßt hatte.

»Joyce ist kein Model!«, sagte Rüdiger sofort.

»Dann möchte ich wissen, wo die Fotografen ihre Augen haben! – Aber jetzt kommt doch erst mal rein! Rüdiger, du wirst deinen Gast bitte mit den anderen bekannt machen, ich muss leider wieder in die Küche.«

»Kann ich Ihnen vielleicht helfen?« Sie hatte eine weiche, dunkle Stimme und nur einen ganz leichten Akzent. »Ich bin keine so schlechte Köchin.«

»Vielen Dank, das ist lieb von Ihnen, aber ich habe schon zwei Küchensklaven. Lassen Sie lieber erst die unerlässliche Begrüßungstour über sich ergehen.«

Von der Kellertreppe her ertönte ein anerkennender Pfiff. »Donnerwetter!«, staunte Florian. »Wer hat uns denn diese Schönheit ins Haus gebracht?«

»Sie muss sich in der Adresse geirrt haben«, vermutete Clemens. »So etwas Exotisches lernen biedere Durchschnittsbürger wie wir doch niemals kennen.«

»Ihr seid verheiratet! Beide! Vergesst das nicht!«, erinnerte Rüdiger, bevor er seine Begleitung vorstellte. »Sie heißt Joyce Brennan und ist Sängerin; noch nicht ganz so gut wie seinerzeit Ella Fitzgerald, aber sie ist ja auch noch ein paar Jahrzehnte jünger.«

»Hat man Sie schon der Meute zum Fraß vorgeworfen?« Clemens hatte sich sofort an ihre Seite geschoben und bot ihr jetzt seinen Arm. »Kommen Sie, je eher Sie das hinter sich haben, desto besser. – Rüdiger, bitte lass mir das Vergnügen, dieses zauberhafte Geschöpf herumzuführen, du hast es schließlich öfter. Übrigens«, wandte er sich an seine Begleiterin, »ich bin Clemens, Rüdigers ältester Bruder.«

»Ich weiß. Sie wohnen in Tübingen und sind ein bekannter Arzt. Das stimmt doch?«

»Na ja, so ungefähr.«

»Und der andere Herr ist bestimmt Herr Florian Bender, Ihrer beider Onkel, nicht wahr?« Lächelnd reichte sie ihm die Hand.

»Alle Wetter«, staunte der, »hast du der Dame den ganzen Stammbaum erläutert?«

»Auswendig gelernt!«, bestätigte Rüdiger mit einem schiefen Grinsen, »wenn man nicht wie wir von Anfang an dabei ist, findet sich durch diesen Verwandtschaftsklüngel doch niemand durch.«

»Was meinst du, Florian, beginnen wir in der Küche?« Unternehmungslustig steuerte Clemens die Tür an.

»O bitte nein«, sagte Joyce sofort, »keine Hausfrau mag es, wenn man in ihr ganz persönliches Revier eindringt. Außerdem habe ich Frau Tina schon kennengelernt.«

»Also gut, gehen wir mal nach oben!«

Die drei stiegen die Treppe empor, während Fabian seinen Sohn an sich drückte. »Ganz ehrlich, Junge, diese Joyce gefällt mir ausnehmend gut, und ich könnte mir vorstellen, dass sogar deine Mutter …«

»Da solltest du sie aber besser kennen!«

Wieder läutete es. Rüdiger öffnete und bekam als Erstes eine stanniolpapierumhüllte Servierplatte und eine Sauciere in die Hände gedrückt. »Wer immer Sie sind, würden Sie das bitte in die Küche bringen?«

»Guten Tag, Frau Pabst, ich bin Rüdiger, Onkel Florians Neffe, und das neben mir ist mein Vater. Aua, das ist ja heiß!« Er trabte schleunigst ab.

»Den Herrn Professor kenne ich selbstverständlich«, sagte Frau Antonie, ihm die nun freie Hand reichend, »und wenn

Sie mir Zutritt gewähren, dann kann ich Sie auch mit meiner Mitbewohnerin, Frau Klaasen-Knittelbeek, bekannt machen«. Fabian trat zur Seite, so dass auch Frau Ka-Ka durch die Tür schlüpfen konnte. »Liebe Dorothee, das ist der berühmte Professor Bender, der Bruder meines Schwiegersohnes.«

»Sehr erfreut«, sagte Frau Klaasen-Knittelbeek und meinte es auch so, »ich habe schon viel von Ihnen gehört.«

Fabian konnte sich zwar nicht vorstellen, was sie denn von ihm gehört haben sollte, doch er ignorierte die Bemerkung und half den Damen beim Ablegen ihrer Mäntel. »Mein Sohn Karsten hat uns hergefahren. Ich habe ihn um diese Gefälligkeit bitten müssen, da in diesem Hause offenbar niemand auf den Gedanken gekommen ist, uns abzuholen. Sollte ich denn den Rehrücken einen Kilometer weit durch die Straßen tragen?«

»Sie haben einen Rehrücken gemacht, gnädige Frau? Dafür lasse ich jeden Gänsebraten stehen«, sagte Fabian. »Ich weiß schon gar nicht mehr, wann ich zum letzten Mal einen gegessen habe.«

»Das lassen Sie besser nicht meine Tochter hören, Herr Professor, sie hat's nämlich nicht so mit den Wildgerichten, kann sie auch gar nicht richtig zubereiten, aber ich darf Ihnen versichern, dass dieser Rehrücken wirklich delikat ist.«

»Davon bin ich überzeugt, gnädige Frau.« Noch einmal war Fabian versucht, sich den Herrn Professor zu verbitten, doch dann erinnerte er sich an die Worte seines Bruders, mit dem er schon darüber gesprochen hatte. »Toni stammt zwar aus dem 20. Jahrhundert, aber eher aus dem frühen, und da hatte man es noch mit der Titelei. Herr Sekretär und Herr Amtsvorsteher klang bedeutungsvoller als Herr Meier oder Herr Müller. Ich glaube, sie hat es nie so recht verwunden, dass es keinen Titel gab, mit dem man ihren Ernst hätte anreden können. Herr Uhrmachermeister? Hört sich ja nun wirklich albern an. Also lass sie! Sie genießt den Herrn Professor, und dass es dazu noch eine *Frau* Professor gibt, ist das Sahnehäubchen obendrauf. Ich möchte nicht wissen, wie oft sie Gisela und dich schon in ihrem Canasta-Club erwähnt hat, natürlich nur nebenbei, aber so was hebt das Prestige!«

»Was halten Sie davon, wenn ich Sie beide zu meiner Frau bringe?«, schlug Fabian vor. »Sie sitzt allein im Wintergarten und freut sich bestimmt, wenn sie endlich Gesellschaft bekommt.«

»Natürlich, gern«, sagte Frau Antonie sofort, ihre Haare vor dem Garderobenspiegel richtend, »dann werden Sie auch endlich die Frau Professor kennenlernen, liebe Dorothee.«

Die liebe Dorothee wies darauf hin, dass sie dieses Vergnügen bereits im vergangenen Jahr gehabt hatte, als der Herr Professor am Weihnachtsessen bedauerlicherweise nicht teilgenommen hatte, aber selbstverständlich freue sie sich, die Frau Professor wiederzusehen.

Fabian ging zum Wintergarten voraus und öffnete die Tür. »Ich bringe dir Gesellschaft, Gisela, und wie ich soeben gehört habe, kennst du die Damen bereits.« Damit zog er sich zurück, leise vor sich hin murmelnd: »Wenn das so weitergeht, dann kann ich diesen Tag unmöglich nüchtern überstehen!« Auf der Suche nach seinem Bruder und dem hoffentlich wieder aufgefüllten Flachmann in seiner Tasche kreuzte er den Weg von Joyce und ihrem Geleitzug, der sich um ein weiteres Mitglied vergrößert hatte: Tanja. »Hallo, kleines Fräulein, dich habe ich ja noch gar nicht gesehen!« Er nahm sie auf den Arm. »Bist du etwa das glatzköpfige Baby ohne Zähne, das mich bei meinem letzten Besuch vollgespuckt hat? Wie alt bist du denn jetzt?«

»Weiß iss doch niss, das iss immor wieder anders. Und nu lass miss runter!« Sie versuchte sich loszustrampeln.

»Erst, wenn du mir sagst, wer du bist!«

»Tanja Bender!«

»In Ordnung, dann habe ich ja richtig getippt.« Er setzte das Kind ab, und sofort griff es nach Joyce' Hand. »Sitzt du nachher neben mir?«

»Vielleicht«, sagte Joyce und sah Clemens fragend an. »Habe ich jetzt alle begrüßt?«

»Leider noch nicht, das dicke Ende kommt erst! Ich werde Sie jetzt noch meiner Mutter vorstellen müssen, und ich fürchte, das wird für Sie kein reines Vergnügen werden. Sie ist nämlich ...«

»... sehr konservativ und betrachtet Menschen anderer Hautfarbe als nicht vollwertig«, ergänzte Joyce den Satz. »Das hat mir Rüdiger schon gesagt.«

Nun fühlte sich Fabian doch verpflichtet, seine Frau in Schutz zu nehmen. »Rüdiger übertreibt mal wieder maßlos! Seine Mutter diskriminiert niemanden, sie arbeitet im Gegenteil häufig und gern mit ihren asiatischen Kollegen zusammen, aber sie wäre mit Sicherheit nicht begeistert, eine indische oder japanische Schwiegertochter zu bekommen.«

»Eine schwarze auch nicht?«

»Nein, auch keine schwarze. Und deshalb finde ich eure Idee überhaupt nicht gut, denn ...«

Jetzt protestierte Rüdiger. »Vater, das Thema hatten wir doch schon!«

»Na gut«, meinte Fabian schulterzuckend und deutete zur Tür vom Wintergarten, »dann wappnet euch mal schön! Da drinnen sitzen inzwischen nämlich drei Vertreterinnen der gehobenen Altersklasse!«

»Toni und Frau Ka-Ka?« Fragend sah Florian seinen Bruder an.

»Na ja, die drei Grazien sind's nicht gerade, und besonders diese Hagere mit den rosalila Haaren erinnert mich an jemanden, ich bin bloß noch nicht draufgekommen, an wen; ich weiß lediglich, dass diese Erinnerungen keine nostalgischen Gefühle in mir wachrufen. – Wer ist diese Frau ... wie nennst du die? KaKa?... eigentlich? Verarmte Verwandte mit dem Recht auf Gnadenbrot oder so was?«

»Von wegen!« Während Florian seinem Bruder eine kurze

Schilderung der Symbiose Pabst-Klaasen-Knittelbeek gab und Clemens das Gleiche bei Joyce versuchte, die ihn allerdings sehr schnell mit der lakonischen Feststellung unterbrach: »Also keine Verwandte, nur eine Bekannte, okay?«, holte Tinchen die beiden Krüge mit den vorbereiteten Cocktails aus dem Kühlschrank und begann ihren Inhalt auf die Gläser zu verteilen. Was Florian heute früh mit Rüdigers Hilfe zusammengerührt hatte, wusste sie nicht genau, er hatte ihr lediglich gesagt: »Das, was wie Magermilch aussieht, ist für die Damen, da gehört noch eine aufgespießte Cocktailkirsche zu, und das andere kriegen die Männer, dazu eine Zitronenscheibe, da ist nämlich Wodka drin.«

»Natürlich!«, schimpfte sie, nachdem sie aus beiden Krügen eine Kostprobe genommen hatte. »Diese farblose Plempe sollen bloß wieder wir Frauen trinken, dabei schmeckt das Grüne viel besser! Hier, Katrin, probier mal beides!«

Die nahm den entgegengehaltenen Esslöffel und schlürfte seinen Inhalt. »Hm, ganz gut, aber irgendwie ein bisschen labberig. Und nun den anderen!« Nachdem sie auch den probiert hatte, nickte sie zustimmend. »Genehmigt! Wer sagt denn, dass wir das Spülwasser trinken *müssen?* Haben wir nicht inzwischen Stimmrecht bekommen?«

»Das bezieht sich doch nur auf die Politik«, behauptete Tinchen, die Gläser auf zwei Tabletts verteilend. Dann sah sie sich noch einmal in der Küche um. »So, vorbereitet ist alles, anbrennen kann nichts, überkochen auch nicht, alles andere steht warm, ich glaube, jetzt darf sich das Küchenpersonal auch mal unter die Herrschaft mischen! Nimmst du bitte das andere Tablett?«

»Ja, aber binde dir vorher die Schürze ab, sonst steckt dir am Ende doch noch jemand Trinkgeld in die Tasche.«

Tinchen lachte. »So viel Humor hat keiner!«

Sie betraten den Wintergarten genau in dem Moment, als Rüdiger seiner Mutter einen Kuss auf die Wange drückte, was sie aber gar nicht wahrzunehmen schien. Über seine Schulter hinweg starrte sie auf die junge Frau, die Rüdiger jetzt ein paar Zentimeter nach vorne schob. »Mutter, das ist Joyce Brennan, eine gute Bekannte von mir, und das, Joyce, ist meine Mutter.«

»Ich freue mich sehr, Sie kennenzulernen, Frau Professor.«

»Sie hockt da wie die Königin-Mutter«, flüsterte Katrin Tinchen zu. »Hoffentlich kann sie sich wenigstens dazu überwinden, ihr die Hand zu geben.«

Das tat Gisela dann auch, allerdings so hoheitsvoll, als erwarte sie einen Handkuss. Den bekam sie nicht, doch zu ihrer Überraschung deutete Joyce einen Knicks an. »Jemand, der vier Kinder großgezogen und sie ihren Anlagen und Neigungen entsprechend gefördert hat, muss ein bemerkenswerter Mensch sein.«

Beinahe hätte Tinchen ihr Tablett fallen lassen. »Entweder hat sie eine enorme Menschenkenntnis, oder Rüdiger hat sie entsprechend geimpft«, wisperte sie, »genau das waren die Worte, mit denen sie Gisela schachmatt setzen konnte. Guck mal, sie weiß tatsächlich nicht, wie sie jetzt reagieren soll.«

Dafür reagierte Frau Antonie. Sie nahm Joyce einfach in den Arm. »Ich weiß zwar nicht, wo Ihr Zuhause ist, aber doch bestimmt nicht um die Ecke herum. Deshalb ist es sicher nicht leicht für Sie, Weihnachten in einem fremden Land und in einer Ihnen doch auch fremden Familie verbringen zu müssen, nicht wahr?«

»Vielen Dank, Sie sind sehr nett, aber so schlimm, wie Sie glauben, ist es ja gar nicht. Ich habe nicht nur *eine* Heimat, sondern mindestens zwei. Oder zweieinhalb, mein Kindermädchen kam nämlich aus Deutschland. Papa ist Jamaikaner und meine Mutter Italienerin, aber meistens leben sie in Vicenza, und dort sind wir bis gestern gewesen.«

»Ach«, entfuhr es Tinchen, »tatsächlich Jamaika? Da müssen Sie mir nachher unbedingt ...«

»Haben wir deshalb am Heiligen Abend auf deine Anwesenheit verzichten müssen, Rüdiger?«, kam es indigniert aus der Sofaecke.

»Teils, teils, Mutter«, sagte der, »unser Engagement endete am Vierundzwanzigsten um Mitternacht, und bis dahin haben wir gespielt.« Und als er Giselas mokantes Lächeln sah: »Es gibt nämlich Länder, in denen Weihnachten als Freudenfest gefeiert wird und nicht so trist-sentimental wie hierzulande.«

Nun fühlte sich Frau Klaasen-Knittelbeek ebenfalls bemüßigt, an dem etwas anstrengend werdenden Gespräch teilzunehmen. »Ich liebe Italien«, warf sie ein, »dort habe ich zwei meiner schönsten Jahre verbracht – in San Remo, wo die Riviera am lieblichsten ist. Nicht umsonst ist dieser Ort in die Musikgeschichte eingegangen.«

»Wie denn das?«, erkundigte sich Katrin ganz leise.

Tinchen zuckte mit den Schultern. »Weiß nicht, wahrscheinlich Mozart oder Wagner. Einer von ihnen wird dort wohl mal spazieren gegangen sein und in einer Taverne seinen Chianti getrunken haben. Die sind ja beide ziemlich reiselustig gewesen.«

Frau Klaasen-Knittelbeek belehrte sie eines Besseren. Mit viel Schwung, doch leider nicht ganz tonrein schmetterte sie los: »Frühling in San Remo, leise rauscht das Meer ... Paul Abraham hat doch herrliche Melodien geschrieben.«

»In diesem Fall war es Fred Raymond, liebe Dorothee, und ob ein Badeort, nur weil er als Kulisse für eine zwar hübsche, jedoch anspruchslose Operette diente, in die Musikgeschichte eingegangen ist, möchte ich denn doch bezweifeln.« Frau Antonies ironischer Unterton war nicht zu überhören.

»Ich glaube, das war unser Stichwort«, meinte Katrin, »sonst gehen sie sich doch noch an die Gurgel.« Und dann, mit lauter Stimme: »Der Butler hat heute Ausgang, deshalb servieren ausnahmsweise einmal wir die Cocktails. Darf ich bitten?«

Als jeder sein Glas in der Hand hielt, löste sich die etwas

gespannte Stimmung, zumal jetzt auch die Kinder hereinpurzelten und ebenfalls ›so was mit Obst drauf‹ forderten. Tinchen hatte bereits vorgesorgt und ein Gemisch aus Ananas- und Orangensaft zusammengerührt, mit einem winzigen Schuss Blue Curaçao eingefärbt und mit einer halben Scheibe Ananas dekoriert. »Aber ganz langsam trinken, sonst steigt es euch in den Kopf«, warnte sie.

Björn nutzte die Gelegenheit, seine Großmutter zu begrüßen, denn inmitten des ganzen Trubels würde er nicht gleich Rede und Antwort stehen müssen, Ulla informierte ihre Schwägerin Katrin darüber, dass der Knabe Michael dem Knaben Tim erklärt habe, dass man Autotüren mit Hilfe von Kaugummi ›einbruchsicher‹ machen könne und die Technik auch gleich am Schlüsselloch der Tür vom Spielzimmer demonstriert habe, und Frau Klaasen-Knittelbeek blätterte im erbetenen *Operettenführer*, den Florian erst vom obersten Regal hatte herunterholen und unauffällig entstauben müssen. »Jetzt helfen Sie mir doch mal, Antonie! Wie lautet denn gleich der Titel dieser Operette, die in San Remo spielt? Ich glaube nämlich doch, dass sie von Paul Abraham stammt.«

Und dann flog plötzlich die Tür auf, und herein schritt, beide Arme weit von sich gestreckt, weil eine Aufschnittplatte balancierend, Frau Knopp. »Hier wär'n die Keulen!«

Alle Blicke wandten sich ihr zu, was sie wohl auch bezweckt hatte. Ihre immer als Hauskleid bezeichnete pinkfarbene Kittelschürze, mit der sie vorhin noch herumgelaufen war, hatte sie gegen ein dunkelblaues Kleid mit Spitzenkragen ausgewechselt, dazu trug sie schwarze Nylons mit einem recht wilden Muster und sogar Pumps. »Wenn mir vielleicht mal jemand die Schüssel abnehmen …«

Sechs Hände streckten sich ihr entgegen, Björn blieb Sieger und verschwand Richtung Küche, Tinchen eilte hinterher, nicht ohne dem etwas konsternierten Florian zugeflüstert zu haben, dass er seiner Nachbarin etwas zu trinken anbieten und sie dann möglichst schnell hinauskomplimentieren solle. »Wie ist sie überhaupt reingekommen?«

Diese Frage klärte sich schnell. Im Flur versuchte Karsten gerade, seinen Mantel irgendwo in der sowieso schon überquellenden Garderobe unterzubringen, während eine sehr blonde Frau offenbar darauf wartete, dass ihr jemand aus dem Pelzmäntelchen half, was Karsten denn auch bereitwillig tat. »Hallo, Tine, sorry, wir sind ein bisschen spät, aber Annabelle bekam in letzter Minute noch einen Anruf aus Übersee. Das ist übrigens meine Schwester Tina, und das ist Annabelle.«

»Sie können aber Bella zu mir sagen«, gestattete Annabelle und griff nach ihrem Täschchen. »Darf ich mal Ihre Toilette benutzen?« Tinchen zeigte ihr die entsprechende Tür, dann zog sie Karsten in die Küche. »Ich bin ja nun wirklich einiges von dir gewöhnt, was deine Lebensabschnittspartnerinnen anbelangt, aber wo hast du denn *die* aufgegabelt?«

»Wieso?« Er setzte eine Unschuldsmiene auf. »Sie ist doch recht dekorativ.«

»Heißt sie wirklich Annabelle?«

»Na ja«, gab er zögernd zu, »ihr richtiger Name ist Annemarie, aber für ein Model, das die neuesten Kreationen der Versandhäuser präsentiert, klingt der nicht exklusiv genug.« Dann sah er Björn, der versuchte, den Teller mit den Putenkeulen auf der viel zu kleinen Warmhalteplatte unterzubringen. »Wer ist denn das? Jemand vom Partyservice oder doch bloß wieder Familie?«

Tinchen klärte ihn auf, wobei sie feststellte, dass die amerikanische Gepflogenheit, bei Zusammenkünften von mehr als fünf Personen Namensschilder ans Revers zu heften, äußerst sinnvoll sei.

»Und wer war diese merkwürdige Person, die eben vor der Tür stand und behauptet hatte, sie müsse unbedingt ins Haus? Hätte sie nicht Verpflegung mitgebracht, dann hätte ich sie gar nicht reingelassen.«

»Das war Frau Knopp von nebenan, und ich hoffe, dass sie inzwischen wieder draußen ist, denn wenn wir jetzt nicht mit dem Essen anfangen, ist alles kalt. Schick mir bitte Katrin und Ulla rein, und dann kümmere dich um deine Sie-können-aber-Bella-zu-mir-sagen!« Plötzlich fiel ihr ein, dass Julia und mit ihr die zweite Gans noch nicht da waren. »Björn! Such Rüdiger und schick ihn zur Gans! Quatsch, natürlich zu Julia, es ist höchste Zeit!«

Es dauerte aber doch noch fast zwanzig Minuten, bis die in dicke Lagen Zeitungspapier gewickelten Töpfe mit Knödeln, Kartoffeln, Gemüsen und Soßen aus den Betten geholt und der Inhalt in Schüsseln umgefüllt worden war, bis die Braten auf den Heizplatten standen und die Gäste ihre Plätze gefunden hatten. Die Idee mit den Betten stammte übrigens von Frau Antonie und war noch ein Relikt aus der Kriegs- beziehungsweise Nachkriegszeit, als es weder Strom noch Gas oder Kohlen in ausreichender Menge gegeben hatte und man sich irgendwie behelfen musste. »Manchmal haben wir unsere Stromzuteilung nachts zwischen zwölf und zwei bekommen, da wurde dann natürlich gekocht, aber warm gehalten haben wir das Essen in den Betten.« Tinchen hatte zwar etwas von ›nicht gerade hygienisch‹ gemurmelt, musste jedoch einsehen, dass sie gar keine andere Möglichkeit hatte. »Außer uns weiß es ja niemand, und außerdem habe ich um das Zeitungspapier immer noch ein Handtuch gewickelt.«

»So, Herr Professor Doktor med.«, sagte sie, ihrem Schwager die Platte mit der ersten Gans und das Tranchierbesteck reichend, »du bist ja wohl am ehesten prädestiniert, diesen Vogel in seine Einzelteile zu zerlegen!«

»Bist du verrückt?«, wehrte Clemens ab. »Ich bin Neurologe, habe also in erster Linie mit Köpfen zu tun, und die Gans hat keinen mehr! Was soll ich also mit diesem Mordwerkzeug?«

»Auch du musst mal im Anatomiesaal gestanden haben!«

»Das ist Jahrzehnte her!«

»Egal, so etwas vergisst man nie!«, behauptete sie.

Einen Augenblick lang schwieg Clemens, dann setzte er ein hinterhältiges Grinsen auf, kritzelte ein paar Zahlen auf eine Papierserviette und reichte sie Tinchen. »Dein Matheunterricht dürfte annähernd so lange zurückliegen wie mein Anatomiestudium. Wenn du also innerhalb von fünf Minuten diese Gleichung mit zwei Unbekannten lösen kannst, dann werde ich ...«

Tinchen kapitulierte. »Das ist zwar unfair, aber ich gebe mich geschlagen.«

»Ich auch«, sagte Clemens, »nun gib das Vieh schon her, ich hab Hunger!«

Am anderen Tisch hatte Rüdiger die Initiative ergriffen. »In den Staaten isst man bekanntlich bei jeder Gelegenheit Turkey, und solch einen Vogel habe ich schon ein paar Mal zerlegt, aber wenn ich recht informiert bin, besteht zwischen beiden Tierarten eine Art Verwandtschaft, also nehme ich doch an, dass sie zumindest den Brustkorb an der gleichen Stelle haben. Das ist nämlich die Mitte.« Mit mehr Enthusiasmus als Können säbelte er drauflos, musste jedoch zugeben, dass das Ergebnis zumindest rein optisch keineswegs zufriedenstellend war. »Kann nicht mal jemand die gestrichelten Linien hinmalen, die immer in den Kochbüchern sind?«

»Darf ich das einmal versuchen?« Nur schwer hatte sich Joyce das Lachen verbeißen können, während sie den beiden Männern bei ihrem nicht gerade ästhetischen Tun zusah. Jetzt nahm sie Rüdiger das Besteck aus der Hand, und innerhalb kurzer Zeit hatte sie die Gans fachmännisch tranchiert. »Soll ich das bei der anderen auch machen?«

»Nein!«, schrie Clemens. »Sie nehmen mir ja mein letztes bisschen Selbstbewusstsein weg!« Seufzend verglich er die von Joyce appetitlich angerichteten Bratenstücke mit seinen. »Ich gestehe neidvoll, dass Sie es wesentlich besser können, aber billigen Sie mir wenigstens zu, dass das Ergebnis meiner Sezierarbeit immer noch ansprechender aussieht als das meines Bruders.«

»Was wollt ihr denn essen?«, wandte sich Tinchen an den Katzentisch, wo die Kinder sich ausnehmend brav und ruhig verhielten. »Gans oder Putenkeule, und dazu Klöße oder lieber Kartoffeln? Spätzle haben wir auch und ...«

»Pommes mit Ketchup!«, kam es vierstimmig zurück, begleitet von Getuschel und Gekicher.

»Könnt ihr haben!«, sagte Tinchen sofort. »Das habe ich mir nämlich fast schon gedacht. Ich hole sie schnell.« Sie machte Anstalten, das Zimmer zu verlassen. Damit hatten die vier allerdings nicht gerechnet. »Weißt du, T-tante T-t-tina«, fing Matthias an zu stottern, »ich glaube, wir essen doch lieber das andere.«

»Na dann. Was möchtet ihr denn gern?«

»Schpaghetti mit Momatensoße!«, piepste Tanja.

6.

Man saß beim Kaffee beziehungsweise beim Espresso, denn »Mokka, wie man ihn früher nach einem guten Essen reichte, scheint völlig aus der Mode gekommen zu sein«, hatte Frau Antonie bemängelt und um eine Tasse Kaffee gebeten, »aber richtigen gemahlenen und nicht das Krümelzeug aus der Dose!« Frau Klaasen-Knittelbeek hatte sich der Bitte angeschlossen, und dann wollte Gisela auch welchen haben. Julia war Richtung Küche verschwunden, Björn hinterhergetrabt. Er hatte die nicht unbegründete Befürchtung, seine Großmutter würde ihn erneut zum Rapport befehlen, denn sie hatte noch längst nicht alles aus ihm herausquetschen können, was sie wissen wollte. Die Beschreibung des Galadiners beim Konsul war nämlich von Frau Klaasen-Knittelbeek unterbrochen worden, die sich bei dem Herrn Professor Clemens nach den von ihr vermuteten Zusammenhängen von Ozonloch und Alzheimer erkundigt hatte. Als Björn erneut versucht hatte, die Honoratioren der in Brunei lebenden Europäer aufzuzählen, war plötzlich Karsten aufgesprungen, weil er im Kofferraum seines Wagens etwas vergessen hatte. »Da stehen noch zwei Schüsseln mit was Undefinierbarem drin. Die hatte mir Toni in die Hand gedrückt, aber was es ist, weiß ich nicht.« Dann war er hinausgelaufen, Frau Klaasen-Knittelbeek hatte mit zusammengekniffenen Lippen ihr Besteck zusammengelegt, und Tinchen hatte fieberhaft versucht, das plötzliche Schweigen im Zimmer zu brechen. »Für Karsten besteht ein Nachtisch aus Schokoladenpudding mit Vanillesoße, damit hat er sich schon als Kind vollgestopft, alles andere fällt bei ihm in die Rubrik ›Sieht nicht aus wie Pudding, ist kein Pudding, kann also nicht schmecken, ess ich nicht!‹ Dabei bin ich davon überzeugt, dass das, was uns Frau Klaasen-Knittelbeek als Dessert spendiert hat, ausgezeichnet munden wird.«

Hoffentlich habe ich überzeugend genug geschwindelt, betete sie im Stillen, denn ihre Mutter hatte sich schon des Öfteren recht negativ über die Kochkünste ihrer Mitbewohnerin geäußert. »Ich weiß nicht«, hatte sie gesagt, »ob sie die Rezepte falsch liest oder die Zutaten nach Belieben variiert, ein Zimtparfait sollte ja wohl nach Zimt schmecken und nicht nach Bittermandel, doch dafür hatten ihre selbst gebackenen Anisplätzchen einen eigenartigen Beigeschmack von Pfefferminz. Ich lasse sie ja auch ungern in die Küche, aber manchmal überkommt es sie einfach, und dann will ich sie auch nicht kränken.«

»Ich hab's in und auf die Mikrowelle gestellt, woanders war kein Platz mehr«, hatte Karsten gesagt, bevor er sich wieder mit größtem Appetit über seine Putenkeule hergemacht hatte. Übrigens war er der Einzige gewesen, der sich lobend darüber ausgelassen hatte. Florian hatte seine Keule als nicht richtig gar und beinahe schon waffenscheinpflichtig bezeichnet, worauf Tinchen alle Schuld von sich gewiesen hatte und mit der Wahrheit herausgerückt war. Es war das Beste gewesen, was sie hatte tun können. Nachdem sich das allgemeine Gelächter gelegt hatte, waren die abstrusesten Vorschläge gekommen, wie man die Gäste ohne fremde Unterstützung doch noch hätte abfüttern können. Rüdiger war für Spanferkel am Spieß gewesen, bei der zu erwartenden Größe des Feuers hätte der zum Drehen in den Garten Abkommandierte trotz der winterlichen Außentemperaturen nicht mit gesundheitlichen Einbußen rechnen müssen, außerdem hätte man ja einen halbstündigen Wechsel vornehmen können. Clemens war der Meinung gewesen, man hätte den Kamin mit einbeziehen sollen, es gäbe jetzt Einrichtungen zum Grillen, die man auch nachträglich noch einbauen lassen könne, während Fabian auf die Gänse verzichtet und statt des einen Rehrückens lieber ein halbes Dutzend davon serviert hätte. »Nichts gegen deinen Gänsebraten, Tina, er ist bestimmt vorzüglich gewesen, aber genau genommen kriegst du ihn um diese Zeit in jedem Restaurant, doch wann und wo bekommt man einen so zarten Rehrücken, wie ihn deine Mutter mitgebracht hat? Von der Soße will ich erst gar nicht reden, die ist einfach göttlich!«

Es hätte nicht viel gefehlt, dann wäre ihm Frau Antonie um den Hals gefallen, und vielleicht hätte sie es sogar getan, wäre nicht Gisela gewesen, die ihr gegenübersaß und sie mit ihrem Blick förmlich erdolchte. Sie wusste ja selber, dass sie keine Ahnung vom Kochen hatte, doch wofür hatte man schließlich Personal?

Und wieder hatte Tinchen die Situation gerettet. »Ich habe ja seinerzeit bei eurem Marthchen erst richtig kochen gelernt, aber an den Rehrücken hat sie mich auch nicht rangelassen. Zugucken durfte ich, doch mehr auch nicht. Das kann man nicht lernen, hat sie immer gesagt, das muss man im Gefühl haben, und du hast es nicht!« Sie setzte eine zerknirschte Miene auf. »Ein wahrhaft vernichtendes Urteil, aber anscheinend trifft es zu. Ich kenne nämlich keinen Rehrückenkoch oder meinetwegen auch -köchin, deren Produkte vor Muttis Gaumen Gnade gefunden haben – außer denen von Martha. Und wenn ich mich recht erinnere, hat sie sich von ihr sogar noch ein paar Tipps geben lassen.«

»Das stimmt!«, hatte Frau Antonie sofort bestätigt. »Seitdem ist mir nie wieder die Sahne geronnen. – Sie wird wohl auch nicht mehr leben?«

»Die Sahne?«, hatte Karsten gefragt. »Na, hoffentlich nicht.«

»Martha war der gute Geist unseres Hauses«, hatte Fabian geseufzt. »Solche Perlen gibt es heute gar nicht mehr, die sind mit ihr ausgestorben.«

Dann hatte Tim sein Glas umgestoßen, der Saft war über Michaels Rotkohl geschwappt, der hatte ganz laut »Iiihhh! Das esse ich aber nicht mehr!« geschrien, Julia hatte einen frischen Teller holen wollen, was Matthias mit der Bemerkung verhindert hatte: »Der ist sowieso längst satt, sonst hätte er nicht dauernd mit den Nudeln Eisenbahn gespielt!«, und schließlich hatte Clemens seine Sprösslinge vom Tisch verwiesen.

»Wir gehen mit!«, hatte Tim gedroht. »Weil wir nämlich soldatisch sind!«

»Solidarisch«, hatte Katrin gesagt, »aber dann seid ihr logischerweise auch alle vier satt! Wenn Tante Tina nichts dagegen hat, könnt ihr verschwinden! Aber leise!«

Tante Tina hatte nichts dagegen gehabt, das Jungvolk war bemüht leise abgetrabt, hatte nur zwei Türen hinter sich zugeknallt und erst auf der Treppe angefangen zu streiten, und wenig später war Tinchen aufgefallen, dass von den übrigen Gästen auch niemand mehr aß. Die meisten saßen sogar vor leeren Gläsern, lehnten ein Nachschenken jedoch ab.

»Ich weiß ja, dass das wieder gegen die guten Sitten verstößt, aber wenn alle fertig sind, sehe ich nicht ein, weshalb wir noch länger vor den abgekauten Knochen sitzen bleiben sollen.« Sie übersah Frau Antonies tadelnden Blick, ignorierte das unmerkliche Kopfschütteln von Frau Klaasen-Knittelbeek und sah lachend zu Katrin und Florian hinüber. »Ich würde nämlich auch ganz gern eine Zigarette rauchen!«

»Hast du dir das immer noch nicht abgewöhnt?«, fragte Gisela spitz. »Dazu gehört doch nur etwas Selbstdisziplin! Abgesehen von dem Gesundheitsrisiko geht diese Qualmerei doch auch ziemlich ins Geld, nicht wahr?«

»Bestimmt nicht so viel wie zwei Mal pro Woche ein Besuch beim Psychotherapeuten!«, zischte Florian seiner Schwägerin ins Ohr, während er ihr scheinbar beim Aufstehen behilflich war. Sie presste die Lippen zusammen und blickte ihn nur wütend an.

»Wer braucht einen Seelenklempner?«, tönte Karsten. »Oder habe ich mich bloß verhört? Hoffentlich! Ist ein Psychotherapeut nicht so ein Mensch, der dem Vogel, den andere Leute haben, das Sprechen beibringt?!«

»Und wer gibt schon zu, dass er einen hat?«, ergänzte Florian. »Einen Vogel, meine ich.« Unauffällig dirigierte er seine nunmehr gesättigten und durchweg zufriedenen Gäste in die Kaminecke und in den Wintergarten, wo sie sich auf die verschiedenen Sitzgelegenheiten verteilten. Rüdiger schleppte sofort die beiden Lehnstühle hinterher, die eigentlich in Florians Arbeitszimmer gehörten, zur Feier des Tages jedoch Frau Antonie und Gisela zugestanden worden waren; Frau Klaasen-Knittelbeek hatte mit einem Korbstuhl aus dem Wintergarten vorliebnehmen müssen. Er hatte ebenfalls eine Lehne, sah allerdings weniger majestätisch aus, und daran hatten auch die beiden Seidenkissen nichts ändern können, die Julia noch im letzten Augenblick hineingelegt hatte.

Als Tinchen mit zwei leeren Platten in die Küche kam, wurde ihr das Geschirr sofort abgenommen und sie selbst hinauskomplimentiert. »Du lässt dich hier vorläufig nicht blicken!«, hatte Julia gesagt, und Joyce, bereits mit einer Schürze dekoriert, hatte sie sanft zur Tür geschoben. »Jetzt sind wir an der Reihe! Sie haben so viel Arbeit gehabt mit dem phantastischen Essen, etwas möchten wir nun auch tun.«

»Aber ...«, hatte sie zu protestieren versucht, doch »Nichts aber«, hatte Björn sie unterbrochen, einen Stapel Teller hereintragend, »geh lieber zurück, bevor es da drinnen Tote gibt!«

Nachdem sie unter den freiwilligen Helfern auch noch Rüdiger entdeckt hatte und Katrin, die allerdings auch gerade mit dem Hinweis vor die Tür gesetzt wurde, sie sei absolut überflüssig, murmelte Tinchen schulterzuckend »Na, dann eben nicht!«, hakte Katrin unter und dirigierte sie zur Haustür. Vor der Garderobe stoppte sie. »Ich glaube, in meinem Mantel steckt noch ein Päckchen Zigaretten.« Sie tastete die Taschen ab und wurde fündig. »Dass mal kein Brot im Haus ist, kommt vor, aber ohne Zigaretten bin ich eigentlich noch nie dagesessen!«, sagte sie ein wenig schuldbewusst. »Aber natürlich erst, seitdem die Kinder nicht mehr zu Hause sind.« Und als Katrin sie verständnislos ansah: »Ich meine, das mit dem Brot. Früher war natürlich immer welches da, auch wenn's bloß Knäcke gewesen ist.«

Während sie in der geöffneten Haustür standen und Rauchkringel ins Freie bliesen, fragte Katrin plötzlich: »Seit wann herrscht bei euch im Haus Rauchverbot? Hat Florian die Qualmerei etwa aufgegeben?«

»Du lieber Himmel, nein! Wie kommst du darauf?« Doch dann verstand sie. »Ach, du meinst, weil wir jetzt hier draußen stehen? Reiner Selbsterhaltungstrieb! Meine Mutter duldet mein Laster zwar schweigend, aber ihre Miene spricht Bände, und das seit vierzig Jahren. Frau Ka-Ka hüstelt jedes Mal dezent, jedoch unüberhörbar, und ob du Giselas Kommentar vorhin mitgekriegt hast, weiß ich nicht, aber sie leidet immer so sichtbar. Florian hat mal gesagt, die Bewegungen, mit denen sie den imaginären Rauch wegwedelt, erinnern ihn an die Übungen der Tai-Chi-Anhänger.« Sie bückte sich und steckte den Zigarettenstummel in den Schneerest, der neben dem Eingang vor sich hin taute. Katrin tat es ihr nach. »Na, dann komm!«, sagte sie betont munter. »Hoffentlich ist die Stimmung nicht schon wieder unter den Gefrierpunkt gesunken. Wenn Gisela anwesend ist, geht das meist ziemlich schnell. Es sei denn, sie wird früh genug abgefüllt!«

Tinchen hielt inne. »Willst du damit andeuten, dass sie …«

»… trinkt? Wusstest du das nicht?«

»Woher denn? Ich sehe sie doch bestenfalls einmal im Jahr. Und Fabian noch seltener, abgesehen davon, dass er sein Herz nicht gerade auf der Zunge trägt.«

»Inzwischen ist er gesprächiger geworden, jedenfalls seinem Sohn gegenüber. Er ruft jetzt öfter mal abends an, und kürzlich ist Clemens sogar für zwei Tage raufgefahren, aber während dieser Zeit muss sie sich wohl mächtig zusammengerissen haben. Wenn sie will, kann sie, aber sie will eben immer seltener.«

Trotz Björns düsterer Prognose hatte es im Wohnzimmer noch keine Toten gegeben, es herrschte im Gegenteil eine recht gelockerte Stimmung, was Tinchen auf den Kognak zurückführte, den Florian inzwischen herumgereicht hatte. »Trinkt ihn mit Genuss!«, hatte er gesagt. »Er ist nämlich echt! In Frankreich gekauft und erfolgreich am Zoll vorbeigeschmuggelt.«

»Der ist doch innerhalb der EU abgeschafft!«, hatte Tobias erinnert.

»Ja, jetzt! Aber noch nicht vor vier Jahren!«

Da hatte sich zum ersten Mal Annabelle zu Wort gemeldet. »Kann man ihn denn überhaupt noch trinken? Oder haben Sie gar nicht auf das Verfallsdatum geguckt?«

Sekundenlang herrschte verblüffte Stille, doch dann wurden die unterbrochenen Gespräche ganz schnell und in doppelter Lautstärke fortgesetzt. »An den Blondinenwitzen muss was Wahres sein!«, flüsterte Katrin, mühsam das Lachen unterdrückend. »Ich habe soeben mein bescheidenes Repertoire um einen weiteren vergrößert.«

Tinchen war sich nicht sicher, ob diese Sie-können-aber-Bella-zu-mir-sagen wirklich so naiv war, wie es schien, oder nur – dann allerdings sehr überzeugend – die Rolle des blonden Dummchens spielte. Schon immer hatte Karsten bei der Wahl seiner Freundinnen mehr Wert auf deren äußere Erscheinung gelegt als auf den Intellekt, es gefiel ihm ganz einfach, wenn sich die Männer nach ihnen umdrehten und ihn dabei mit einem neidischen Blick bedachten. Aber wenn man auf die fünfzig zugeht, sollte man langsam vernünftig werden, fand Tinchen, und sich jemanden suchen, der auch noch ein paar weniger sichtbare Vorzüge aufzuweisen hat.

Auf Annabelle traf das allerdings nicht zu. In der diffusen Beleuchtung vor der Garderobe hatte Tinchen sie auf höchstens Mitte zwanzig geschätzt, bei Tisch trotz des schmeichelnden Kerzenschimmers fünf Jahre dazugegeben, und jetzt im Schein der schon tief stehenden Sonne erkannte sie, dass Annabelle den Vierzigern näher stand als den Dreißigern. Die Fältchen um Augen und Mund sowie den ersten Ansatz eines Doppelkinns konnte auch das raffinierteste Make-up nicht kaschieren. Außerdem war sie, was Tinchen schon vermutet hatte, so wenig eine Blondine wie sie selber, und die schulterlangen Locken verdankte sie nicht der Natur, sondern der Chemie und einem ausgezeichneten Friseur. Diese Frau war im oberen Drittel größtenteils ein Kunstprodukt, entschied Tinchen und fragte sich im Stillen, ob Karsten sie jemals ohne Schminke gesehen hatte.

»Jetzt guck endlich mal woanders hin«, wisperte Katrin, »es fällt allmählich auf!« Sie zog Tinchen in den Wintergarten, wo Gisela dem nunmehr vergrößerten Auditorium die erst unlängst abgeschlossenen Renovierungsarbeiten ›in unserem kleinen Eigenheim‹ schilderte. »Ich weiß sowieso nicht, was du an dieser nichts sagenden Person findest. Sie gehört doch zu jenen Typen, die nie älter werden können. Wenn sie so weitermacht, wird sie in ein paar Jahren nur noch lächerlich wirken. Nichts gegen ihre Figur, darum kann man sie beneiden, aber sieh dir bloß das neckische Kleid an! Mit solch karierten Hängerchen läuft unser Babysitter herum, und das Mädel ist fünfzehn! Hat dein Bruder eigentlich keine Augen im Kopf?«

»Doch!«, sagte Tinchen trocken. »Die waren schon immer dominierender als sein Verstand!«

»Trotzdem sollte er ihn gelegentlich benutzen!« Sie drängte Tinchen unauffällig zu dem Rattansofa, von dem aus Gisela noch immer ihren Monolog hielt. »Deine Mutter und diese Frau Klaasen-Sonstwie werden bestimmt nicht die Contenance verlieren, die sind entsprechend erzogen, aber wenn wir deine Schwiegertochter nicht bald erlösen, fällt sie gleich vom Stuhl.« Sie deutete auf die Ecke, in der Ulla auf einem Hocker kauerte, bemüht, die Augen offen zu halten und den Schilderungen der Frau Professor zu folgen.

»Für unser Esszimmer haben ich endlich die passende Ergänzung zu der jahrhundertealten Truhe gefunden, nämlich einen Refektoriumstisch. Er soll aus einem fränkischen Kloster stammen.«

»Tatsächlich?« Frau Antonie bekundete höfliches Erstaunen. »Ich hätte bei derartigen Anschaffungen immer die Befürchtung, betrogen zu werden. Wer außer Kunsthistorikern und Restauratoren kennt sich denn mit Antiquitäten wirklich aus? Woher, liebe Frau Professor, können Sie mit Sicherheit wissen, dass jener Tisch tatsächlich antik ist?«

»Ganz einfach«, mischte sich Katrin ein, »der Holzwurm spricht mittelhochdeutsch!«

Nur Gisela stimmte nicht in das allgemeine Gelächter ein, vielmehr bat sie Florian um einen weiteren Kognak. »Ich glaube, ich werde eine Grippe bekommen.«

»Schon wieder?« Fabian kam in den Wintergarten geschlendert und sah seine Frau zweifelnd an, bevor er sich den übrigen Anwesenden zuwandte. »Seitdem wir eine Klimaanlage im Haus haben, brauchen wir wenigstens nicht mehr bis zum Winter zu warten, um uns zu erkälten. Wir können das jetzt auch den ganzen Sommer hindurch haben.«

Frau Klaasen-Knittelbeek fielen zum Thema Gippe gleich ein paar Geschichten ein, und während sie die erzählte, benutzten die Jüngeren die Gelegenheit zur Flucht. Unter Umgehung des Wohnzimmers endete sie in der Küche, wo dank der vielen Helfer kaum noch etwas von der vorangegangenen Schlacht zu sehen war. Zwar röhrte der Geschirrspüler und würde gleich eine zweite Ladung Teller bewältigen müssen, doch auf dem leeren Tisch in der Mitte des Raums prangte schon wieder der Obstkorb, die noch vor kurzem vollgetürmten Arbeitsflächen waren makellos sauber, und lediglich Joyce wienerte immer noch am Herd herum. »Du liebe Zeit, jetzt hören Sie doch endlich auf!« Lachend nahm ihr Tinchen das Tuch aus der Hand. »So sauber ist der nicht mal gewesen, als er nagelneu war! Da hatten wir nämlich tagelang Kälte und Dauerregen gehabt, und die beiden Fahrer werden sich wohl an jeder dritten Imbissbude innerlich aufgewärmt haben. Jedenfalls waren sie im Vorgarten vom rechten Weg abgekommen und im aufgeweichten Tulpenbeet gelandet – immer mit dem Herd in den Händen. Irgendwann haben sie ihn aber doch losgelassen, und dann sah er untenrum gar nicht mehr so schön neu aus!«

»Was ist das hier eigentlich für eine Pampe?« Rüdiger deutete auf die beiden vollen Kristallschüsseln, die nun den Kühlschrank zierten. »Aussehen tut's wie Welpenfutter. Guck mal, Joyce, hat Prinz Charles nicht auch so was gekriegt, bevor er auf Dose umgestiegen ist?«

»Prinz Charles?«, kam es mehrstimmig zurück.

»Na ja, nicht *der* natürlich! Obwohl er zumindest indirekt betroffen ist. Der kleine Mischlingshund von Joyce' Eltern hat nämlich genauso abstehende Ohren und auch eine kahle Stelle auf dem Kopf. Wir haben ihm bloß noch nicht beibringen können, seine Vorderpfoten auf dem Rücken zu verschränken.«

»Er ist auch viel hübscher als der Engländer«, bestätigte Joyce, »und das da« – sie deutete mit dem Kopf zu den Schüsseln – »hätte er bestimmt nicht gefressen. Es ist wie Leim zum Tapeten ankleben.«

Erst jetzt hatte Tinchen Gelegenheit, Frau Klaasen-Knittelbeeks verkanntes Dessert in Augenschein zu nehmen. Zugegeben, appetitanregend sah es nicht gerade aus, mehr nach drei Tage altem Großstadtstraßenschnee, und der Vergleich mit Tapetenkleister war auch nicht von der Hand zu weisen, aber man soll sich ja nicht von Äußerlichkeiten beeinflussen lassen. Sie holte einen Teelöffel und schob ihn ganz am Rand in diese undefinierbare Masse. Es gab ein schmatzendes Geräusch, als sie ihn halbgefüllt wieder herauszog.

»Hört sich an, als ob Michael seine Gummistiefel aus dem Matsch holt«, konstatierte Katrin, sich ebenfalls mit einem Löffel bewaffnend. »Und du weißt bestimmt, dass das da essbar ist?«

»Zumindest behaupten das Frau Ka-Ka und die Fernsehzeitung. Da hat sie das Rezept angeblich her.« Nach einem letzten Blick auf die weißlich graue Masse schob Tinchen den Löffel in den Mund, kaute kurz und schluckte. »Es schmeckt genauso, wie es aussieht«, sagte sie schließlich, »sehr süß und sonst nach gar nichts.«

»Das stimmt nicht«, widersprach Katrin, immer noch kauend, »es schmeckt ein bisschen nach Marzipan, ein bisschen nach Amaretto, ein bisschen nach Backpulver, doch in erster Linie nach dem guten alten ATA aus der Streudose.«

»Woher willst du das denn wissen? An die Dosen kann ich mich zwar auch noch erinnern, aber ich hatte nie das Bedürfnis, ihren Inhalt zu kosten.«

»War ja auch bloß ein Versehen! Angeblich soll ich mir als Kind das Pulver mal über ein Stück Kuchen gekippt haben, weil ich geglaubt hatte, es sei Puderzucker.«

»Das Gleiche habe ich mit Kartoffelmehl gemacht«, fiel Julia ein, »weißt du noch, Mami?«

»Und ob! Dass du zehn Minuten lang gehustet hast, war ja nicht so schlimm, aber bis ich das Zeug aus deinem Angorapullover wieder draußen hatte, hat eine Ewigkeit gedauert. Du hattest noch Zitronensprudel drübergespuckt!«

Ein Kopf erschien in der Tür. »Ach, *hier* seid ihr alle!«, wunderte sich Florian und schob sich in die Küche. »Gibt's was Besonderes? Vielleicht was zu trinken?«

»Ja, Kaffee!« Einladend schwenkte Julia die Kanne.

»Hast du den ganz allein gekocht?«

»Ja.«

»Dann kannst du ihn auch ganz allein trinken! Dein sogenannter Kaffee sieht immer aus wie Tee und schmeckt wie warmes Wasser.« Er sah sich unschlüssig um, entdeckte die beiden Schüsseln und betrachtete misstrauisch ihren Inhalt. »Is'n das?«

»Hundefutter!« – »Holzleim!« – »After table!« – »Die drei großen K!« klang es durcheinander, doch nachdem Florian die ersten beiden Bezeichnungen milde lächelnd abgehakt und die dritte als allzu wörtliche Übersetzung des deutschen Begriffs *Nach-Tisch* dechiffriert hatte, interessierte er sich für die drei K. »Das klingt so nach Kriminalroman.«

»Damit liegst du gar nicht mal falsch«, sagte Tinchen. »Die Ingredienzen dieser Masse haben wir noch nicht enträtselt, deshalb habe ich sie die ›Klaasen-Knittelbeeksche Kreation‹ genannt, also die drei großen K.«

»Und warum hast du sie vorhin nicht auf den Tisch gestellt?«

»Weil sie kein Mensch gegessen hätte!«

»Quatsch!«, widersprach Florian. »Dazu sind wir alle viel zu höflich! Wie ich dich kenne, hättest du diese ... na ja, also diesen Nachtisch noch einmal mit bewegenden Worten als Beitrag von Frau Ka-Ka angekündigt, wir hätten ›ah‹ und ›oh‹ gesagt, zwei Löffelchen voll genommen, weil das Zeug ja nun wirklich nicht so doll aussieht, hätten's auch runtergeschluckt, und falls jemand seine Gesichtszüge nicht so ganz unter Kontrolle gehabt hätte, wäre deine Mutter eingesprungen und hätte mit Sicherheit erzählt, wie glücklich sie gewesen wäre, hätte sie solch ein phantastisches Dessert Weihnachten anno 45 gehabt. Frau Ka-Ka hätte gestrahlt und uns ihre Pampe schlimmstenfalls zu Ostern noch mal serviert. Was also hat dich daran gehindert, die Schüsseln zu bringen?«

»Einzig und allein die Tatsache, dass wir alle bis obenhin satt waren. Vielleicht erinnerst du dich, dass außer Frau Ka-

Kas Delikatesse noch zwei Schüsseln Obstsalat im Keller stehen und eine große Auflaufform mit Tiramisu.«

»Wo im Keller?« Björn war schon auf dem Sprung.

»Denk nicht mal daran!«, warnte Tinchen. »Irgendwie werde ich nämlich den Verdacht nicht los, dass unser Damenkränzchen damit rechnet, nach angemessener Zeit mit Kaffee und Kuchen versorgt zu werden, und darauf bin ich überhaupt nicht eingestellt. Normalerweise hätten sich meine Mutter und Frau Ka-Ka schon längst nach Hause verkrümelt, um ein kleines Mittagsschläfchen zu halten und anschließend vor dem Fernseher Kaffee zu trinken. Gisela hätte sich in ein stilles Kämmerlein verzogen und wäre erst zum Abendessen wieder aufgetaucht, und wir anderen hätten, wie es in deutschen Familien üblich ist, einen zügigen Spaziergang von einigen hundert Metern gemacht. Sollte danach schon wieder jemand Hunger haben, so stehen ja genug Plätzchen herum. Warum, zum Kuckuck noch mal, hätte ich also Kuchen backen sollen? Habe ich auch nicht, und deshalb gibt's nachher eben die Desserts, basta!«

Lebhafter Applaus belohnte Tinchens Monolog. Allerdings fanden nun auch noch diejenigen den Weg in die Küche, die bisher irgendwo faul herumgesessen hatten; mit Ausnahme der drei schon etwas betagteren Damen natürlich, die noch immer den Wintergarten besetzt hielten und mittlerweile in drei Tonlagen schnarchten.

»Jeder Jüngling hat nun mal 'nen Hang zum Küchenpersonal!«, rezitierte Clemens, der sich als Letzter hereindrängelte und die noch freien zwanzig Quadratzentimeter der Tischplatte mit einer halben Pobacke belegte.

»Von wegen Jüngling!«, kam es aus der Ecke, wo Rüdiger mit eingezogenem Kopf unter dem Hängeschrank hockte. »Als ich dich das letzte Mal gesehen habe, hattest du noch dunkle Haare. Seit wann hast du sie jetzt grau gefärbt?«

»Seitdem du eine Tonsur trägst!«

Rüdiger schluckte. Der schon recht spärlich gewordene Haarwuchs am Hinterkopf war sein großer Kummer, dem er ebenso intensiv wie erfolglos beizukommen versuchte. Trotzdem trällerte er munter vor sich hin: »Ich kämme mein Haar dorthin, wo's früher mal war …«

»Anscheinend kannst du sogar aus einem Problem einen Schlager machen!«, brummte Clemens.

»Warum auch nicht?«, stimmte Katrin zu. »Alles, was zu dumm ist, um gesprochen zu werden, wird heutzutage gesungen.«

»Bevor ihr euch weiter Liebenswürdigkeiten an den Kopf schmeißt, schlage ich einen Standortwechsel vor«, regte Florian an, »mein linkes Bein ist schon vor fünf Minuten eingeschlafen.« Er humpelte zur Tür. »Was haltet ihr von einem kleinen Spaziergang an den Rhein?«

Ulla winkte ab. »Gar nichts! Dort unten ist es immer so windig, und außerdem rennt da bestimmt halb Oberkassel herum. Und überhaupt müssen wir allmählich nach Hause, bevor die Kinder anfangen zu quengeln.«

»Die nehmen wir natürlich mit!«, sagte Tinchen. »Ein bisschen frische Luft können sie bestimmt vertragen. Und wir auch! Also los, macht euch fertig! In fünf Minuten ist Abmarsch!«

Die Küche leerte sich. »Man merkt, dass du keine Kiddies mehr hast.« Lachend schob Katrin ihre Schwägerin in den Flur. »In fünf Minuten habe ich bestenfalls beide Jungs erst mal auf Trab gebracht, danach vergehen mindestens weitere fünf Minuten, bis Matthias seine Mütze und Michael seinen zweiten Schuh gefunden hat, und wenn sie endlich fertig angezogen sind, fällt einem von ihnen ein, dass er noch aufs Klo muss. Der andere hat inzwischen seinen Schal in den Reißverschluss vom Anorak geklemmt und kriegt ihn nicht mehr zu, oder er hängt zur Abwechslung mal wieder mit dem Gürtel irgendwo fest und schreit um Hilfe.« Ein tiefer Seufzer folgte.

»Wenn an der Lehre von der Evolution wirklich was dran ist, wieso haben Mütter dann immer noch nur zwei Hände? Ich jedenfalls habe es mir längst abgewöhnt, Minuten zu zählen, ich rechne nur noch im Halbstundentakt!«

Trotzdem schafften sie es, schon nach zwanzig Minuten marschbereit zu sein, und nach weiteren fünf konnte Tinchen die Gartentür hinter sich schließen. »Zählt mal durch, damit nachher keiner fehlt!«

»Zehn und vier Kinder!«, klang es vom Nachbargrundstück, wo Frau Knopp ihren nur halb gefüllten Mülleimer betont langsam in die Tonne leerte. Sie hatte das Stimmengewirr gehört und sich nach einem flüchtigen Blick aus dem Küchenfenster entschlossen, diese hochinteressante Familie von nebenan noch einmal gründlich in Augenschein zu nehmen. Der Auftritt heute Mittag mit den Putenkeulen war ja keineswegs so gelaufen, wie sie sich das vorgestellt hatte. Extra umgezogen hatte sie sich, nur um feststellen zu müssen, dass die Benders ganz gewöhnlich aussahen, also nicht mit dunklem Anzug und Paillettenkleid, wie man das immer im Fernsehen bei der Eduscho-Reklame vorgeführt kriegt, wenn alle fein gemacht neben dem Weihnachtsbaum sitzen und Kaffee trinken – irgendwie war das enttäuschend gewesen. Der Herr Florian hatte ihr ein Glas mit was Gelbem drin in die Hand gedrückt, das hatte aber überhaupt nicht geschmeckt, weil es gar nicht richtig süß war. Dann hatte er sie als liebe Nachbarin vorgestellt, die immer so hilfsbereit war, und danach hatte er sie wieder zur Tür hinausgeschoben und ihr guten Appetit für die Putenkeule gewünscht. Sie hatte ja nicht mal Zeit gehabt, die Negerin genau anzusehen, und zu gern hätte sie gewusst, wer die denn mitgebracht hatte. So eine honorige Familie mit so vielen Studierten, und dann so was! Was wohl die alte Frau Pabst dazu gesagt hatte? Die sah doch immer so gediegen aus, so vornehm – genau so stellte sich Frau Knopp eine englische Lady vor. Sie war ja auch die Einzige gewesen, die ein festliches Kleid angehabt hatte, etwas Raschelndes mit einem spitzen Ausschnitt, bestimmt aus Taft, und dazu die Perlenkette … doch, Frau Antonie hatte Frau Knopps Weltbild wieder etwas geradegerückt.

Toni hätte sich allerdings bedankt. Ein Taftkleid! Das hatte sie als Kind jeden Sonntag anziehen müssen und natürlich an allen Feiertagen, dunkelbraun kariert war es gewesen, und geknistert hatte es so laut, dass sie sich niemals heimlich anschleichen und hinter der Tür hatte lauschen können, wenn sich die Erwachsenen unterhielten. Sogar ihr erstes Abendkleid, damals zum Tanzstunden-Abschlussball, war aus Taft gewesen, hellrosa, und ihre zweitbeste Freundin hatte etwas von Zuckerstange gekichert. Sie war ja dann auch die längste Zeit ihre Freundin gewesen, doch seitdem hasste Frau Antonie Taftkleider und hätte freiwillig keins mehr angezogen. Außerdem machte Seide sowieso viel mehr her!

Frau Knopp zupfte Tinchen am Ärmel. »Hat Ihnen denn die Pute geschmeckt?«

»Natürlich! Sie war ganz ausgezeichnet«, beteuerte sie sofort.

»Dann haben Sie aber Glück gehabt! Unsere Keule war nämlich zäh wie Leder, Alois hat gesagt, die würde nicht mal ein Hund kauen können. Haben Sie die als Sonderangebot gekriegt?«

»Um Himmels willen, nein!«, wehrte Tinchen ab. »Die habe ich in unserem Supermarkt gekauft.« Die Sache war ihr furchtbar peinlich. Außer Karsten und Florian hatte ja niemand die Putenkeulen probiert, und da ihr Bruder so ziemlich alles aß, was er nicht selber hatte kochen müssen, und Florian schon aus Tradition immer ein bisschen herummeckerte, hatte sie seine Bemerkungen von wegen Steinzeitwaffe und mittelalterlichem Wurfgeschoss natürlich nicht ernst genommen.

»Tiiine! Wo bleibst du denn?«

»Komme gleich!«, schrie sie zurück und sicherte Frau Knopp

zu, gleich morgen, wenn die Gäste wieder abgereist seien, rüberzukommen und gemeinsam zu überlegen, in welcher Form man den Filialleiter zur Rechenschaft ziehen könnte.

»Es is ja nur komisch, dass ausgerechnet *unsere* Putenkeule so zäh gewesen ist ...«

Bevor sie ihren Lieben hinterherspurtete, erinnerte Tinchen Frau Knopp daran, dass die sich ihren Braten ja unter den Fleischstücken selbst ausgesucht hatte. »Vielleicht haben Sie wirklich nur Pech gehabt!«

»Von wegen«, murmelte Frau Knopp, ihren Mülleimer greifend und zur Haustür schlurfend, »wenn's kein Sonderangebot gewesen ist, dann war's bestimmt kurz vor dem Verfallsdatum. Die Sachen sind ja auch immer runtergesetzt!«

Die Vorhut des Familienclans war bereits in die Straße eingeschwenkt, die geradewegs zum Rhein führte. Ein unangenehm kalter Wind blies ihnen entgegen, und insgeheim beneidete Tinchen ihre Schwiegertochter, die unter dem Vorwand, ihre neuen Schuhe noch nicht richtig eingelaufen zu haben, zu Hause geblieben war. Sie-können-aber-Bella-zu-mir-sagen hatte ebenfalls keine Lust gehabt, folglich hatte Karsten seinen Mantel wieder ausziehen müssen, um ihr Gesellschaft zu leisten. Doch, er würde inzwischen den Kamin anzünden, hatte er zugesichert, es zumindest versuchen, denn bei diesem antiken Modell sei das Hantieren mit Feuer nicht ganz ungefährlich, und Ulla hatte versprochen, in größeren Mengen frischen Kaffee zu kochen und sich um die zu nachmittäglichen Snacks ernannten Desserts zu kümmern. Ob es denn recht sei, wenn sie einzelne Portionen auf Tellerchen und Schüsselchen verteilen und als eine Art kaltes Büfett im Wohnzimmer aufbauen würde?

»Leg aber genügend Löffelchen dazu«, hatte Tinchen geantwortet, »und stell auch ein paar Kekschen hin!« Manchmal ging ihr ihre Schwiegertochter doch etwas auf die Nerven!

»Brrr, ist das kalt!«, schnatterte sie, als sie ihre Sippe eingeholt hatte und sich bei Florian unterhakte. »Wir hätten besser in die entgegengesetzte Richtung gehen sollen.«

»Meinst du, da ist es wärmer?« Er legte den Arm um sie und drückte sie an sich. Mit dem Finger deutete er zu dem träge dahinfließenden Strom und den dicht am Ufer herumdümpelnden Wasservögeln. »Sei froh, dass du keine Ente bist, stell dir bloß mal vor: Immer mit'm Bauch im kalten Wasser!«

Fabian, der sich bis jetzt intensiv mit seinem Enkel unterhalten hatte, gesellte sich zu ihnen. »Am liebsten würde ich den Jungen zu uns nehmen, bis seine Eltern aus Brunei zurückkommen, aber das kann ich ihm nicht zumuten. Gisela würde ihm das Leben zur Hölle machen!«

»Dann hau doch mal mit der Faust auf den Tisch!«, empfahl sein Bruder. »Kannst du dich denn überhaupt nicht durchsetzen?«

»Darum geht es doch gar nicht. Selbstverständlich würde sich Gisela niemals weigern, ihren Enkel aufzunehmen, doch sie würde ihn jeden Augenblick spüren lassen, dass er ein störendes Element ist. Nicht mit Worten natürlich, sie wäre höflich, distanziert und – kalt.« Seine Worte bekräftigte er durch mehrmaliges Kopfnicken. »Der Junge braucht aber Liebe, Anteilnahme, Familie – alles das, was ihm auch das beste Internat nicht geben kann, wobei ich ohnehin bezweifle, dass dieser Öko-Tempel im Sauerland der Weisheit letzter Schluss ist. Wenn ich Björn richtig verstanden habe, sind die meisten Kinder in der dortigen Gegend zu Hause, verbringen nur die Wochentage im Internat und fahren freitags heim beziehungsweise werden abgeholt, denn allem Anschein nach liegt diese Anstalt irgendwo am Ende der Welt. Es ist doch nur verständlich, dass sich ein Fünfzehnjähriger fast zu Tode langweilt, wenn er zusammen mit einigen durchweg älteren Schülern und einer pädagogischen Notbesetzung die Wochenenden mit Schweinefüttern und Blaubeersammeln verbringen soll.«

»Der arme Kerl«, sagte Tinchen leise, »davon hat er ja gar nichts erzählt.« Dann blieb sie stehen und sah Florian durchdringend an. »Könnten wir denn nicht …? Ich meine, du hättest ja gar nichts damit zu tun«, beteuerte sie eilig, »das wäre allein meine Sache, und ob ich nun ein paar Jeans mehr in die Waschmaschine schmeiße und ein drittes Schnitzel in die Pfanne lege, spielt doch auch keine Rolle. Und wenn du glaubst, dass dann mein Haushaltsgold nicht ausreicht, so bin ich überzeugt, dass Urban für Björns Unterhalt aufkommen würde. Ich weiß ja nicht, was so ein Internat kostet, aber bestimmt viel mehr, und …« Der Rest ging unter, weil Florian ihr den Mund zuhielt und sie plötzlich lauter Fusseln vom Handschuh zwischen den Zähnen hatte. »Bist du jetzt mal einen Augenblick lang ruhig?« Langsam nahm er seine Hand wieder weg.

»Pfui Deibel!«, spuckte sie. »Das Zeug klebt ja ekelhaft! Muss Polyester oder so was sein.« Mit spitzen Fingern entfernte sie die letzten Fasern von den Lippen. »Wo hast du bloß diese Handschuhe her? Vom Wühltisch?«

»Nee, die hat irgendwer in der Redaktion liegen lassen.«

»Der wird gewusst haben, weshalb! – Gib mir mal ein Taschentuch!«

Florian hatte keins, aber Fabian konnte aushelfen. »Sogar aus Stoff«, staunte Tinchen. »Außer Mutti und Frau Ka-Ka kenne ich niemanden, der die noch benutzt.«

»Dann darfst du es sogar behalten!«

»Danke. Ich werde es zu den anderen Altertümern in meine Nostalgie-Schublade legen.« Sie wandte sich wieder an Florian. »Und was nun die Sache mit Björn …«

»Meinst du nicht, dass wir darüber in Ruhe reden sollten und nicht hier, wo mir bereits die Füße anfrieren und über dem Rhein eine Fata Morgana dampfende Grogglläser vorgaukelt? Hörst du denn nicht die Holzscheite im Kamin knistern, siehst du nicht den Kerzenschimmer vom Weihnachtsbaum …«

»... und die Sportschau im Fernsehen?«, ergänzte Fabian.

»Meine Güte, warum sagt ihr nicht gleich, dass ihr umkehren wollt! Will ich doch selber!« Die Hände wie einen Schalltrichter an den Mund gelegt, brüllte sie los: »He, ihr da vorne, die ganze Kompanie kehrt, marsch!«

Niemand protestierte. Sogar die Kinder hatten es inzwischen aufgegeben, aus den schwärzlich grauen Resten Schneebälle zu formen und den Sieger im Weitwurf zu ermitteln. »Nu kriegen wir aber Kakao?«, vergewisserte sich Tim, denn nach seiner Erfahrung endete ein winterlicher Spaziergang, egal ob mit oder ohne Schnee, immer mit heißem Kakao und Schlagsahne.

Den Rest des Weges verbrachte Tinchen mit der Überlegung, wo um alles in der Welt sie jetzt Kakaopulver herkriegen sollte. Ihres war nämlich alle.

»Wer das Wort geprägt hat: *Wo Rauch ist, ist auch Feuer*, kann nie einen offenen Kamin besessen haben!«, krächzte Karsten zwischen zwei Hustenanfällen. »Wann hat der das letzte Mal gebrannt? Silvester einundneunzig?«

»Vor zwei Tagen!« Florian nahm seinem Schwager den Feuerhaken aus der Hand und schob die qualmenden Holzscheite auseinander. »Allerdings mache ich vorher immer die Lüftungsklappe auf!« Er tat es, und sofort begann der Rauch abzuziehen. »Trotzdem sollten wir mal ein paar Minuten lang Türen und Fenster öffnen.«

»Lieber noch nicht, sonst lassen sich Toni und Frau Ka-Ka wieder häuslich nieder.«

Florian warf einen Blick in den leeren Wintergarten. »Wo sind die denn?«

»Im Garten. Wegen des Qualms!«, kicherte Karsten. »Und sie haben gedroht, nach Hause zu gehen, wenn sie weiterhin eingeräuchert werden.«

Schnell machte Florian den Schieber wieder zu. »Ist ja nicht die feine englische Art, aber Frau Ka-Ka geht mir heute noch mehr auf den Geist als sonst. Wieso liegen die beiden nicht schon längst zu Hause auf'm Sofa und halten ihren mittäglichen Schönheitsschlaf?«

»Weil sie auf jemanden warten, der sie fährt. Tonis Schuhe haben nämlich für einen Kilometer Fußweg zu hohe Absätze, und Frau Ka-Ka hat was am Knie.«

Ganz langsam drehte sich Florian um, und noch langsamer ging er mit drohend erhobenem Feuerhaken auf seinen Schwager zu. »Und warum hast *du* sie nicht gefahren?«

»Weil ich den Kamin anzünden sollte«, sagte Karsten, griff zur Kohlenschaufel und machte ein paar Schritte rückwärts. Statt des Feuerhakens auf den Kopf bekam er jetzt die sich öffnende Tür ins Kreuz. »Aua!«

»Seit Wilhelm Zwo sind Duelle verboten!« Tinchen nahm den beiden Kampfhähnen die etwas unorthodoxen Waffen aus der Hand. »Streitigkeiten trägt man heutzutage verbal aus, damit die Nachbarn auch was davon haben. Also ab in den Garten!« Und als die beiden keine Anstalten dazu machten, wollte sie wissen: »Worum geht's eigentlich?«

Florian sagte es ihr.

»Macht die Ofenklappe wieder auf, damit wir hier nicht ersticken, dann wascht euch den Ruß aus dem Gesicht und benehmt euch zur Abwechslung wie erwachsene Menschen! Toni steht schon längst in der Küche und kocht Kakao, woraus, weiß ich nicht, es ist gar keiner da, Frau Ka-Ka sitzt in der Mansarde und liest dem Jungvolk was vor, und die anderen sind entweder auf'm Klo oder warten darauf, dass man diese Räucherkammer wieder betreten kann.« Sie wandte sich an ihren Bruder. »Kümmre dich mal um deine Dulcinea. Anscheinend gibt es nur ein einziges Gebiet, auf dem sie halbwegs bewandert ist, und das sind Schlager aus der Petticoat-Zeit. Damit nervt sie Ulla, bloß hat die noch nie was von Rudi Schuricke oder Maria Mucke gehört.«

»Du müsstest mal ihre Sammlung sehen, Tine, lauter alte Schellackplatten aus den fünfziger Jahren, sogar noch welche von vor dem Krieg, aber die kratzen leider ganz erbärmlich«, ereiferte sich Karsten. »Wer hat denn heutzutage so was noch? Da ist es doch ganz normal, wenn man sich auch für die Interpreten der damaligen Schlager interessiert.«

»Natürlich – als Hobby!«, gab Tinchen zu. »Aber als Ulla mal das Thema wechseln wollte und von der Aida-Aufführung in Verona erzählte, um die ich sie immer noch beneide« – ein beziehungsreicher Blick streifte Florian –, »da behauptete Blondie doch allen Ernstes, von dieser Sängerin habe sie noch nie etwas gehört, und ob es die schon auf CD gäbe. Kannst du mir mal verraten, Karsten, worüber du dich mit deiner Annabelle unterhältst, wenn ihr allein seid?«

»Wer sagt denn, dass sie sich überhaupt unterhalten?«

Karsten nickte bestätigend. »Eine berechtigte Frage, Florian, die nächste bitte!« Dann grinste er Tinchen an. »Wenn du objektiv bist, musst du zugeben, dass sie attraktiv ist, nicht wahr? Und heiraten will ich sie ja nicht.« Damit verschwand er, und Florian wandte sich erneut dem Kamin zu, in dem die Holzscheite endlich brannten. »In spätestens fünf Minuten kann man hier drin wieder problemlos atmen«, versprach er. »Gibt's dann Grog und Tiramisu?«

»Nein, Kaffee und Frau Ka-Kas Selbstgemachtes.«

»Dann mache ich den Schieber wieder zu!«

Natürlich hatte er es nicht getan, und das war auch gut so, denn was sich wenig später zur Kaffeerunde zusammenfand, war ausgesprochen gut gelaunt und nunmehr auch gewillt, die in der Küche aufgebauten Desserts als Kuchenersatz zu akzeptieren. Sogar Frau Klaasen-Knittelbeeks undefinierbarer Brei hatte zumindest optisch gewonnen, denn Frau Antonie hatte die einzelnen Portionen mit allem dekoriert, was sie auf die Schnelle gefunden hatte. Leider verfügte Ernestine nicht über das reichhaltige Zubehör an Backzutaten, wie sie es in ihrer eigenen Küche aufbewahrte, aber Mandelblättchen waren wenigstens da gewesen sowie Krokantstreusel und diese kleinen Schokoladenfigürchen, die man für Kinderfeste brauchte. Sicher stammten sie noch von Tims Geburtstag, den diesmal Ernestine ausgerichtet hatte. Sie, Antonie, war später hinzugekommen und hatte natürlich, wie sich das gehört, eins ihrer ›guten‹ Kleider angezogen. Keine fünf Minuten hatte es gedauert, dann hatte Schlagsahne am Rock geklebt und am Ärmel eine rosa Masse, die wie Schaumstoff ausgesehen hatte und später von Pavla vorsichtig mit dem Messerrücken abgekratzt werden musste. (Entgegen Frau Antonies Meinung waren die Schokoladenfiguren allerdings kein Überbleibsel von Tims fünftem Geburtstag gewesen, sondern von seinem dritten, und dass der normal dunkelbraune Farbton bereits etwas ins Weißliche übergegangen war, hatte sie ohne Brille nicht bemerkt; Tinchen schon, doch sie hatte nichts gesagt, sondern die Figuren nur etwas tiefer in den Pudding gesteckt. Gesundheitliche Schäden hatte es übrigens bei niemandem gegeben!)

»Sag mal, Mutsch, woraus hast du denn den Kakao gezaubert?« Staunend sah sie zu, wie ihre Mutter die dampfende Flüssigkeit in die großen Becher goss und mit einem Berg Schlagsahne krönte. »Und wie das duftet … Lässt du mir einen Schluck übrig?«

»Weißt du, Kind«, sagte Frau Antonie lächelnd, »wenn man wie ich zur Kriegsgeneration gehört, dann verlernt man das Improvisieren niemals! Du hast ja keine Ahnung, woraus wir damals etwas Essbares zusammengerührt haben, das auch noch nach irgendetwas schmecken sollte. Ich erinnere mich noch an das Weihnachtsfest sechsundvierzig …«

»Ich weiß, Mutti, aus Mehl, Glutadingsbums und Majoran hast du einen Brotaufstrich gemacht, der angeblich beinahe wie Gänseschmalz geschmeckt haben soll. Wahrscheinlich deshalb, weil niemand mehr wusste, wie richtiges schmeckt.

Aber jetzt sag mir endlich, woraus dieser Kakao besteht? Der ist nämlich besser als jeder, den ich koche.« Mit dem Handrücken wischte sie sich den Schlagsahnebart ab.

»Aus geschmolzener Schokolade«, schmunzelte Frau Antonie, »ich habe sie von den ganzen Bunten Tellern abgeräumt, doch ich glaube kaum, dass es jemandem auffallen wird. Da liegt sowieso zu viel drauf.«

»Den Tipp muss ich mir merken!«

»Kauf lieber neuen Kakao!« Sie stellte den Topf zurück auf den Herd. »Und jetzt ruf die Kinder, sonst wird er wieder kalt!«

Die ließen sich das nicht zwei Mal sagen, stürmten mit Juhu die Küche, wollten kein Tiramisu, keinen Obstsalat, lieber die übrig gebliebenen Spätzle, kalt natürlich, dazu Himbeersaft, wenn's ginge, aber wenn nicht, dann wäre es auch nicht schlimm, und ob Tante Tina Kartoffelchips hätte. Tante Tina hatte welche, wollte sie aber nicht rausrücken, weil die nun wirklich nicht zu Kakao und Spätzle passten, worauf Tim in Protestgeschrei ausbrach und erklärte, er könne sie auch selber holen, schließlich wisse er ja, wo sie seien.

»Warum benimmst du dich so garstig, Tim?« Ganz sanft klang Frau Antonies Stimme. »Du weißt doch, unartige Kinder holt der böse Wolf. Du brauchst nur an Rotkäppchen zu denken!«

»Da hat der Wolf aber erst die Großmutter geholt!«, stellte Michael richtig.

»Touché!«, sagte Tinchen nur, und dann fing auch Frau Antonie an zu lachen.

»Ihre Jungs sind wirklich zwei Prachtexemplare«, versicherte sie wenig später Katrin, als sie beide nebeneinander auf dem Rattansofa saßen, mit Todesverachtung das Fernsehzeitungsdessert löffelten und zusehen mussten, wie sich Frau Ka-Ka schon zum zweiten Mal vom Tiramisu bediente. Sie habe bei der Herstellung ihrer Nachspeise so viel davon gekostet, erzählte sie augenzwinkernd, dass sie jetzt gern auf den Genuss verzichten würde. Außerdem habe sie zu Hause im Kühlschrank noch ein Schüsselchen mit dieser Festtagscreme deponiert.

»Mir wird wohl nichts anderes übrig bleiben, als dieses Schüsselchen versehentlich fallen zu lassen«, flüsterte Frau Antonie entnervt. »Ich wünschte wirklich, Frau Klaasen-Knittelbeek wurde ihre Talente nicht ausgerechnet in der Küche beweisen müssen! Mit einer Ausnahme vielleicht: Sie kann ganz hervorragend Torten dekorieren, aber das liegt wohl daran, dass sie eine künstlerische Ader hat. Jedenfalls zeichnet sie entzückende Aquarelle.«

Während Katrin sich eine Sahnetorte mit dem Abbild einer Blümchenwiese vorzustellen versuchte oder auch mit dem Kirchlein St. Bartholomä am Königssee, ebenfalls beliebtes Motiv vieler Hobbymaler, kam Frau Antonie auf den Beginn ihres Gesprächs zurück. »Mir ist aufgefallen, Frau Bender, dass Ihre Kinder bei aller Lebhaftigkeit gut erzogen sind, und das ist heutzutage kaum noch der Fall. Erziehung ist bei der heutigen Elterngeneration nicht mehr – wie heißt das doch gleich? – in. In meiner Nachbarschaft habe ich viele Kinder aufwachsen sehen, kannte sie vom Säuglingsalter an und konnte beobachten, wie sie sich veränderten. Erst haben sie mir noch stolz das erste Schulzeugnis gezeigt, und ein paar Jahre später haben sie auf der Straße nicht mal mehr gegrüßt. Heute als Erwachsene tun sie's wieder« – sie nickte bekräftigend –, »doch dafür vergessen es jetzt ihre eigenen Kinder. *Ich* dagegen liebe das Althergebrachte. Deshalb habe ich Ernestine auch immer ermahnt: ›Kind‹, habe ich gesagt, ›bewahre bloß deine guten Manieren. Das kommt alles einmal wieder!‹«

Katrin lachte. »Wissen Sie, dass ich jeden Abend bete: Lieber Gott, gib mir die Weisheit, meine Kinder so zu sehen, wie sie anderen Leuten erscheinen? Wenn sie wollen, können sie sich zwar benehmen, nur wollen sie leider viel zu selten.«

»Ich glaube, das liegt alles nur an der Inkonsequenz der Eltern. Bei der Kindererziehung muss man konsequent sein.«

»Und wie soll man das machen?«, schaltete sich Tinchen ein. »Kinder tun doch nie zwei Mal dasselbe!«

Frau Antonie ließ sich nicht beirren. »Die jungen Mütter von heute sollten doch eigentlich viel mehr Zeit für ihre Kinder haben als wir damals. Wir hatten noch keinen Wasch- oder Bügelautomaten und keine Spülmaschine, es gab keine Pampers, keine fertigen Baby-Menüs und keine Mikrowelle – ich habe noch Windeln mit der Hand gewaschen und das Gemüse durch ein Haarsieb passiert. Was glaubt ihr denn, wie zeitaufwendig das alles gewesen ist? Wenn ihr heute von einem schnellen Essen sprecht, dann denkt ihr an ein gegrilltes Hähnchen. Zu meiner Zeit war es eins, das man nicht mehr selber umbringen musste.«

»Mutti, jetzt übertreibst du aber!« Tinchen versuchte sich vorzustellen, wie ihre Mutter mit erhobenem Beil in der Hand hinter einem flatternden Huhn herlief. »Du hättest doch mehr Angst gehabt als das Vieh. Erzähl mir nicht, dass du jemals eigenhändig ein Huhn gekillt hast!«

»Na ja«, gab sie zu, »ich nicht, aber deine Großmutter!«

Plötzlich war vor der Tür ein Quietschen und Kratzen zu hören, das niemand so recht zu identifizieren vermochte, bis das Geräusch mit einem lauten Missklang endete. »Ich habe mich schon gefragt, wann Rüdiger loslegt«, seufzte Katrin, sich die Ohren zuhaltend, »aber man sollte doch annehmen, dass er's inzwischen ein bisschen besser kann.«

Das entnervende Gejaule setzte wieder ein, diesmal schon etwas länger und vor allem lauter. »Aufhören!«, tönte es aus dem Garten, wo die Raucher, in Daunenjacken gehüllt und von einem Fuß auf den anderen tretend, heroisch der Kälte trotzten und ihre Nach-dem-Kaffee-muss-das-einfach-sein-Zigarette rauchten. »Nehmt dem Kerl die Tröte weg und erschlagt ihn damit! Das ist ja nicht zum Aushalten!«

Wieder quiekte es los. »Ruhe!«

Von der Treppe her büllte Tanja: »Wenn Opa das Ding loslässt, 'leicht hört's dann auf?!«

Tinchen stürzte zur Tür, und wer stand mitten auf dem Flur, hielt das Instrument umklammert und pustete mit aller Kraft in das Mundstück, während Rüdiger sich vergeblich bemühte, mit Hilfe des Posaunenzugs das misstönende Quietschen in halbwegs klangreine Töne umzuwandeln? »Flori, bist du wahnsinnig geworden? Wer soll denn das ertragen?«

Er setzte das Instrument ab und grinste sie an. »Das war eine moderne Komposition, da merkt doch sowieso niemand, wenn man sich beim Spielen ein bisschen vertut.«

»Darf ich auch mal, Onkel Rüdiger?«

»Nein!«, sagte der, doch Matthias hatte schon halbherzig zugegriffen, Florian zu früh losgelassen, und prompt fiel der untere Teil der Posaune auf die Fliesen. Entgeistert starrte Matthias auf den Schalltrichter zu seinen Füßen und dann auf das übrig gebliebene Rohr in seiner Hand. Schließlich heulte er los: »Das war ich aber nicht allein! Da ist schon vorher was kaputt gewesen, sonst wäre es ja nicht einfach so rausgefallen ...«

Alarmiert durch das Klirren und Scheppern, doch in erster Linie durch Matthias' Geschrei, das zumindest bei Frau Klaasen-Knittelbeek sofort die Assoziation von Treppensturz, Notarzt und Krankenwagen ausgelöst hatte, versammelten sich alle im Flur. Oder versuchten es wenigstens. Frau Klaasen-Knittelbeek, die sich nur zögernd von dem endlich eroberten Lehnstuhl getrennt hatte, kam als Letzte und konnte trotz energischem Drängeln nichts sehen. Es gab zu viele Personen und zu wenig Platz. »Da ist doch nicht etwa jemand die Treppe heruntergefallen?«, murmelte sie, doch es klang genauso, als erhoffte sie das Gegenteil.

»Nein, alle leben noch.« Clemens, noch die brennende Zigarette in der Hand, hob den Schalltrichter auf, setzte die Posaune wieder zusammen und gab sie Rüdiger. »Hat anscheinend 'ne kleine Beule abgekriegt. Wie ist das passiert? Hast du damit etwa die Kinder verprügelt?«

»Quatsch!«, sagte Florian. »Runtergeschmissen.«

»Glaubst du, jetzt klingt sie besser?«

Ein vernichtender Blick traf Clemens, bevor sich Florian an seinen Neffen wandte. »Tut mir ja leid, aber du brauchst dir keine Sorgen zu machen, das Instrument kriegst du natürlich ersetzt. Wofür hat denn Tobias für Tim und Tanja eine Haftpflichtversicherung abgeschlossen?«

»Ich war das doch gar nicht!«, brüllte Tim sofort, denn er hatte lediglich seinen Namen verstanden und die vermeintlich kaputte Posaune auf dem Boden liegen sehen. »Die kann ich ja noch gar nicht halten, weil sie so schwer ist.«

»Und woher weißt du das?«, examinierte sein Vater.

Im selben Moment war Tim klar, dass er sich verplappert hatte. Natürlich hatte er nicht widerstehen können, als er das Instrument in Opas Zimmer liegen sah. Er hatte sich darübergebeugt und ganz vorsichtig hineingeblasen, doch es war gar kein Ton herausgekommen. Da hatte er probiert, diese große Tröte anzuheben und an den Mund zu setzen, aber den Versuch hatte er ganz schnell wieder aufgegeben. Das Ding war einfach zu schwer. »Ich hab nur mal reingeblasen, wie die Po-Po-saune auf'm Stuhl gelegen hat«, schluchzte er. »Aber da muss sie sch-schon kaputt gewesen sein, w-weil da is g-gar k-keine Musik rausgek-kommen.«

Worauf Rüdiger dem vermeintlich defekten Instrument ein paar Takte von *Jingle Bells* entlockte und die Debatte mit den Hinweisen beendete, dass diese Posaune erstens keineswegs kaputt, zweitens das älteste seiner drei Instrumente sei und nur noch zu Übungszwecken benutzt werde und drittens er selber eine entsprechende Versicherung habe, die er wegen dieser Lappalie jedoch nicht in Anspruch zu nehmen gedächte.

Die Versammlung begann sich wieder aufzulösen, doch weil sie sich nun schon mal aufgerappelt hatten und ohnehin vor der Garderobe standen, entschlossen sich Frau Antonie und Frau Klaasen-Knittelbeek zum Aufbruch, was naturgemäß eine Art Kettenreaktion auslöste, die von Tinchen wohlweislich nicht unterbrochen wurde. Ulla hatte ja schon vor zwei Stunden gehen wollen, war jedoch bei ihrem Anhang auf wenig Gegenliebe gestoßen und musste sogar jetzt noch energisch werden, während Karsten sich nunmehr bereiterklärte, seine Mutter und Frau Ka-Ka nach Hause zu fahren und bei dieser Gelegenheit auch Annabelle aus dem Verkehr zu ziehen. Das sagte er natürlich nicht, doch bei dem Gedanken, für den Rest des Tages seine nun wirklich etwas unbedarfte Begleiterin dem harten Kern des Bender-Clans ausliefern zu müssen, bekam er Angst vor der eigenen Courage und Mitleid mit Annabelle. Weshalb, um alles in der Welt, hatte er denn auch ausgerechnet *sie* einladen müssen? War er eigentlich besoffen gewesen? Man stellte doch jemanden, den man auf einer belanglosen Party kennengelernt und noch in derselben Nacht abgeschleppt hatte, nicht eine Woche später seiner gesamten Familie vor!

Während er das vor sich hin kichernde Wesen in seinen pflaumenfarbenen Kunstpelz hüllte, der nicht mal bis zum Knie reichte und kaum einen praktischen Sinn hatte, erhaschte er einen Blick seiner Mutter, und der sprach Bände! Wie ein kleiner Junge kam er sich wieder vor, wenn er vergessen hatte, vor dem Essen die Hände zu waschen und wortlos, nur mit einem einzigen Blick, vom Tisch gescheucht worden war. »Tschüss, Tine«, beeilte er sich denn auch zu sagen, als er seine drei Damen im Wagen untergebracht hatte und das in der Kälte zitternde Tinchen herzlich umarmte, »danke für die Bewirtung und überhaupt …« Er senkte die Stimme zu einem Flüstern. »Ich glaube, blond steht mir *doch* nicht!« Und als sie nachdrücklich nickte, seufzte er: »Klare Erkenntnis ist oft der erste Schritt zur Resignation!«

»So, der anstrengendste Teil der Sippe ist weg.« Erleichtert winkte Florian dem Auto hinterher. »Ich liiieeebe den Anblick von Rücklichtern!«

»I-i-ich au-auch!«, schnatterte Tinchen. »Aber bevor die Nächsten abfahren, muss ich mich erst mal aufwärmen«. Sprach's, spurtete zurück ins Haus und lief genau Clemens in die Arme, der mit einem zerfledderten Buch die Treppe herunterkam. »Sag mal, das war doch nicht etwa eine Erstausgabe, ein signiertes Exemplar oder so was?«

»Zeig mal her!« Sie nahm ihm den leicht angefeuchteten Papierklumpen aus der Hand. »Keine Ahnung, was das ist. Wo hast du es denn gefunden?«

»Teils in der Badewanne, teils im Waschbecken, und ich glaube, in der Toilette stecken auch noch ein paar Seiten.« Mit spitzen Fingern reichte er ihr zwei einzelne Blätter, die heruntergefallen und auf dem Geländer kleben geblieben waren.

»Tine! Hast du etwa schon wieder nicht genug Klopapier gekauft?« Nur einen Blick warf Florian auf die Frakturschrift, dann wusste er Bescheid. »Na ja, ein Autogramm vom Autor war bestimmt nicht drin, aber mit Sicherheit eine Widmung, denn wenn mich nicht alles täuscht, dann ist das mein Konfirmationsgeschenk von Tante Klärchen gewesen. Du brauchst gar nicht so ungläubig zu gucken, Clemens, damals schenkte man so was. Die Mädchen bekamen meistens Handtücher oder Bettwäsche für die Aussteuer und die Jungs was Dekoratives für den Bücherschrank. Klassiker in Leder mit Goldschnitt waren immer sehr beliebt.«

»Glaub ich dir ja, ich habe mich nur gewundert, dass du auf Anhieb erkannt hast, was das mal für ein Buch gewesen ist!« Er deutete auf das durchweichte Papier. »Viel ist davon ja nicht übrig geblieben.«

»Und wenn schon, ein gebildeter Mensch kennt eben seinen Gottfried Keller«, sagte Florian lässig und steckte das zusammengeknüllte Blatt mit dem Inhaltsverzeichnis des Romans

Der grüne Heinrich unauffällig in die Hosentasche. »Jetzt würde ich nur noch gern wissen, wie dieses Buch aus meinem Zimmer ins Bad und dort wiederum in die Wanne gekommen ist.«

»Den ersten Teil der Frage kann ich beantworten«, gestand Tinchen kleinlaut. »Als ich in der Mansarde das Gästebett aufgebaut habe, ist der eine Fuß abgebrochen, und da habe ich was Passendes zum Drunterschieben gesucht. Das Buch hatte genau die richtige Dicke.«

»Hast du wirklich nichts anderes …?«

»Nicht auf die Schnelle! Und überhaupt habe ich dir schon das letzte Mal gesagt, dass der Fuß wackelt«, verteidigte sie sich. »Aber wer es ins Bad gelegt hat, weiß ich nun wirklich nicht. Vielleicht wollte jemand was zu lesen mitnehmen?!«

»Das war Tanja«, behauptete der von seinem ahnungsvollen Vater zwecks Aufklärung herbeizitierte Michael. »Wie wir nämlich Raumschiff Enterprise gespielt haben, da hat die Tanja immer mit gewollt, aber weil doch in den Shuttle bloß drei Personen reinpassen, ging das nicht, außerdem ist sie beim Start nicht ruhig sitzen geblieben, deshalb ist ja auch das Bett so komisch zur Seite gekippt, und da …«

»… da hat der Tim gesagt, die Tanja soll lieber malen, das macht sie nämlich so gerne«, fuhr Matthias fort, seinen Bruder rhetorisch unterstützend, denn der war manchmal zu mitteilungsbedürftig, »und sie kann auch seine Wasserfarben kriegen, hat Tim versprochen. Wir hatten bloß kein Malpapier, und da ist ihm eingefallen, dass sein Opa im Schreibtisch ganz viel davon hat, bloß darf er nicht ran.«

»An den Bücherschrank aber auch nicht!«, knurrte der Opa.

»War er ja gar nicht! Wir haben doch das alte Buch gesehen, das da ganz plötzlich so auf dem Boden rumgelegen hat, und weil das schon ein bisschen eingerissen war und der Deckel verbeult, da hat Tim gesagt, das bräuchte bestimmt keiner mehr. Oder vielleicht doch, Onkel Florian?«, kam es zaghaft hinterher.

»Dann muss er ja richtig auswärts lesen können! Is ja echt geil!«

»Das heißt ausländisch, du Trottel!«, verbesserte Matthias. »Weißt du, Vati, wir haben nämlich versucht, was davon zu lesen, aber nicht mal ich habe das gekonnt, dabei bin ich doch schon in der fünften Klasse und kann Englisch.«

»Also wird's wohl Afrikanisch oder so was gewesen sein«, vermutete Michael, »die haben doch so ulkige Buchstaben. Kannst du wirklich Afrikanisch, Onkel Florian?«

»Kann er nicht!«, sagte Tinchen. »Aber ich!« Und sofort legte sie los: »Nataka kahawa na maziwa na sukari mkate siagi e mbili mayai, tafadhali.«

Sekundenlanges Schweigen, dann Clemens' misstrauische Frage: »War das eben Originalton?«

»Natürlich! Was hast du denn gedacht? Ich habe mir gerade auf Suaheli ein Frühstück bestellt!«

Die beiden Jungs waren begeistert. »Mööönsch, das hört sich ja geil an, Tante Tina. Sag mal noch was!«

»Kannst du auch ein paar Schimpfwörter?«, forschte Matthias. »Blöder Affe oder dumme Sau?«

»Matthias!«, donnerte sein Vater.

»'tschuldigung, Vati, ist mir bloß so rausgerutscht. Zu Hause darf ich so was nämlich nicht sagen«, wandte er sich wieder an Tinchen. »Weißt du vielleicht auch, was Hausaufgaben auf Suhadingsbums heißt?«

»Die kennt man in Kenia gar nicht«, erklärte sie rundheraus, »da haben die Kinder nämlich auch nachmittags Schule.«

Zumindest *das* stimmte! Doch was ihr vermeintlich fließendes Suaheli betraf, so beschränkten sich ihre Kenntnisse auf die üblichen Floskeln und ein paar Begriffe, die man als Tourist angeblich wissen musste. Hatte jedenfalls der Nachtportier vom Hotel behauptet und tagsüber interessierten Gästen Unterricht erteilt. Tinchen hatte sich sofort interessiert und eifrig Vokabeln gepaukt, nur um beim ersten Ausflug nach Mombasa feststellen zu müssen, dass kein Einheimischer sie verstand. Die sprachen fast alle englisch, viele sogar ein bisschen deutsch, doch was ›Namibi wanawake‹ bedeutete, hatte keiner von ihnen gewusst. Erst nachdem sie mit schon sehr schriller Stimme verzweifelt »Where are the toilets?« gerufen hatte, hatte ihr ein grinsender Kellner den Weg gezeigt. Acht Jahre war das nun her, und trotzdem hatte sie noch eine ganze Menge von dem Gelernten behalten. »Una bibi na watoto?«

»Ist das ein Schimpfwort?«

»Ja! Es heißt *du dummes Kamel*«, behauptete sie in der berechtigten Annahme, dass der von Matthias später so Beschimpfte erstens kein Suaheli konnte und zweitens auch nicht wusste, dass in Kenia Kamele nicht gerade zu den heimischen Tierarten gehören.

»Au fein!«, jubelte Matthias. »Kannst du mir das mal aufschreiben?« Was Tinchen denn auch tat. Auf Deutsch heißt das übrigens: *Hast du Frau und Kinder?*

Die Buchseitenschwemme im Bad klärte sich ebenfalls noch auf, wenn auch erst zwei Tage später. Nachdem Tanja zwei Dutzend Blätter, den Tisch und nicht zuletzt sich selber ausgiebig mit Wasserfarben bekleckert hatte, waren ihr ernsthafte Bedenken gekommen. Mit dem löblichen Vorsatz einer zumindest oberflächlichen Reinigung hatte sie es zunächst am Waschbecken versucht, jedoch den sonst immer von der Omi bereitgestellten Hocker vermisst, und ohne den kam sie nicht an den Wasserhahn heran. Also blieb wieder mal nur die Toilette übrig, die sowieso viel bequemer war. Erst hatte sie noch ein bisschen gemalt, was hier entschieden mehr Spaß machte, denn sie brauchte kein Papier, und von den sehr surrealistisch anmutenden Gemälden war in der Kloschüssel nach einem einfachen Knopfdruck nichts mehr zu sehen gewesen, nur mit den bemalten Buchseiten klappte das nicht. Die wurden nicht mehr sauber. Worauf Tanja beschloss, sie am besten ganz verschwinden zu lassen, und dazu bot sich wiederum die Toilette an.

Der Rest ist bekannt. An jenem Abend beschloss Florian übrigens, seiner Enkelin zur Konfirmation ein Exemplar von *Der grüne Heinrich* zu schenken – in Leder mit Goldschnitt. Er kannte da einen Antiquar, und irgendwo würde der wohl was Passendes auftreiben können. Schließlich hatte er noch mindestens zwölf Jahre Zeit dazu.

7.

Als Tinchen am nächsten Morgen – beziehungsweise Vormittag – in die Küche schlappte und noch im Halbschlaf zur Kaffeedose griff, um ein katerdämpfendes Getränk zu brauen, fand sie sie nicht. Auch gut, wahrscheinlich hatte sie gestern jemand an den falschen Platz geräumt, irgendwo musste ja noch eine Reservepackung Kaffee stehen, und überhaupt brauchte sie erst mal ein Glas Mineralwasser gegen den Durst sowie ein Aspirin gegen die Kopfschmerzen. Verflixt spät war's gestern noch geworden, oder auch früh, je nachdem, von welchem Tag aus man die Sache betrachtete, und die Batterie leerer Weinflaschen neben der Kellertür erübrigte jede Spekulation, ob der Holzhammer in ihrem Kopf nicht vielleicht doch auf den Mitternachtssnack zurückzuführen war. Zugegeben, die Frikadellen hatte sie nicht selber gemacht, sondern beim Metzger gekauft, und sie hatten drei Tage im Kühlschrank überstehen müssen. Hatten sie ja auch, denn Florian hatte ihren ausgezeichneten Geschmack gelobt und erfreut festgestellt, dass sie diesmal mehr Fleisch als Semmeln enthielten. »Über fünfzig Jahre seit dem Zweiten Weltkrieg, und endlich wird die Rationierung aufgehoben!«

Nach dem frugalen Mahl, das stehend in der Küche eingenommen worden war, hatten sich Florian und sein Bruder samt der schon seit Jahren im Keller vor sich hin staubenden Flasche Rothschild Mouton ins Arbeitszimmer zurückgezogen, aus dem sie nicht mehr aufgetaucht waren; jedenfalls nicht, solange sich Katrin und Tinchen über Gott und die Welt unterhalten und nebenbei im Fernsehen ein mindestens vier Jahrzehnte altes Rührstück mit einem noch sehr jugendlichen James Steward verfolgt hatten. »Die haben sich überhaupt nicht an den Roman gehalten«, hatte Katrin hinterher gesagt, »aber auch das hat nichts genützt!«

Nein, Tinchen hatte keine Ahnung, wann Florian ins Bett gekommen war. Jetzt jedenfalls lag er noch drin, schnarchte nicht gerade leise vor sich hin und würde das vermutlich noch eine ganze Weile lang tun. Wo, zum Donnerwetter, war der Kaffee? Nacheinander öffnete sie sämtliche Schränke, und je länger sie erfolglos suchte, desto lauter knallte sie die Türen wieder zu.

»Guten Morgen, Tante Tina, suchst du was Bestimmtes?«

Erschrocken drehte sie sich um. »Ach, du bist es bloß«, murmelte sie und bückte sich, um unter der Spüle zwischen Kalklöser, flüssiger Seife und speziellem, garantiert schadstofffreiem Wandkachelglanzmittel nach der verschwundenen Kaffeedose zu suchen.

»Wen hast du denn erwartet«, wollte Björn wissen, »etwa Sean Connery?«

»Bloß nicht, dem könnte ich ja nicht mal 'ne Tasse Kaffee anbieten! Hier isser nämlich auch nicht.« Sie wollte sich aufrichten und stieß mit dem Kopf gegen die Kante. »Auaaaa!«

»Wenn du mir sagst, wonach du suchst, könnte ich dir vielleicht helfen.«

»Kaffee, Aspirin, Alka Selzer, Eisbeutel!« Stöhnend sank sie auf einen Stuhl.

»In dieser Reihenfolge?«, vergewisserte sich Björn, bevor er in den Wintergarten lief und gleich darauf mit einer Kaffeekanne zurückkam. »Wie willst du ihn? Schwarz oder ohne Milch und Zucker?«

»Im Moment bin ich für Kalauer nicht empfänglich. Tiefschwarz natürlich!« Dankbar nahm sie den dampfenden Becher entgegen. »Wieso bist du denn schon auf? Ich kann mich nicht erinnern, dass Tobias an einem Sonntag jemals *vor* mir aufgestanden wäre.«

»Ich gehöre eben zur aussterbenden Spezies der Morgenmenschen. Wo finde ich Aspirin? Und glaubst du wirklich, du brauchst einen Eisbeutel? Man sieht doch gar keine Beule.«

»In der Plastikdose neben dem Mikrowellengeschirr«, beantwortete sie die erste Frage, »Gummibänder steht drauf, sind aber keine mehr drin, bloß noch Heftpflaster, Tiefkühletiketten und Aspirin, und auf den Eisbeutel muss ich sowieso verzichten, weil ich nicht weiß, wo Florian den neulich hingepackt hat. Aber ich glaube, es geht auch ohne. Vielleicht wird es besser, wenn ich eine Kleinigkeit gegessen habe. Irgendwo muss noch eine angebrochene Packung Knäckebrot sein.« Sie schob den Stuhl zurück.

»Na, wenn du sowieso schon aufstehst, dann kannst du auch die paar Schritte bis in den Wintergarten gehen, da gibt's nämlich frische Brötchen.« Einladend hielt Björn die Tür auf.

Sie traute ihren Augen nicht. Auf dem liebevoll für fünf Personen gedeckten Tisch standen nicht nur ein Korb mit verschiedenen Brötchensorten, sondern auch ein Krug mit frisch gepresstem Orangensaft, diverse Marmeladen sowie eine Aufschnittplatte. »Da drin sind die Eier«, erklärte Björn die beiden gefütterten Küchenhand-Schuhe, die neben dem Honigglas lagen, »ich habe nichts anderes zum Warmhalten gefunden. Soll ich dir frischen Kaffee eingießen?«

Stumm hielt sie ihm die Tasse hin, immer noch den Tisch musternd, dann endlich fand sie die Sprache wieder. »Wo, um alles in der Welt, hast du die Brötchen her?«

»Weihnachten ist vorbei, Tante Tina, heute ist ein ganz normaler Sonntag, und sogar wir im Sauerland haben schon was von ›Sonntagsbrötchen‹ gehört. Bloß gekriegt haben wir keine.« Er reichte ihr den Brotkorb. »Allerdings war ich mir nicht sicher, ob es in eurer elitären Gegend überhaupt noch ein Bäcker nötig hat, auch sonntags zu backen, aber versuchen wollte ich es. Da habe ich mir die beiden Kids geschnappt …«

»Welche Kids? Tim und Tanja sind doch gar nicht mehr da.«

Lächelnd schüttelte Björn den Kopf. »Du stehst aber noch mächtig neben der Kappe, Tante Tina. Matthias und Michael natürlich! Was glaubst du denn, wer heute früh kurz nach sechs angefangen hat zu nerven? Ich bin zwar ein sogenannter Frühaufsteher, aber doch nicht mitten in der Nacht!«

»Armer Kerl«, bedauerte ihn Tinchen und meinte es sogar ehrlich, »und anstatt die beiden Monster auf den Mond zu schießen oder wenigstens ins Klo zu sperren, bist du mit ihnen spazieren gegangen? Und sie sind freiwillig mitgekommen?«

»So direkt kann man das nicht sagen«, gab er zu, »aber ich bin schließlich der Stärkere. Die Aussicht, sich nicht gründlich waschen zu müssen, weil wir euch nicht stören wollten, hat einiges bewirkt, außerdem habe ich ihnen versprochen, dass sie sich ihr Frühstück beim Bäcker selber aussuchen können.«

»Und? Haben sie?«

»Ja, zwei Stück Linzer Torte, zwei überalterte Schneckennudeln, die gab's umsonst, je fünf Tüten Brausepulver und eine Packung Gummibärchen.«

»O Gott«, sagte Tinchen nur, »und wo sind sie jetzt? Wieder im Bett mit 'ner Schüssel daneben?«

»Nee, ich hab sie oben vor der Glotze geparkt, da sind sie wenigstens ruhig. Tom und Jerry satt. Zu Hause dürfen sie nicht, haben sie gesagt, also genießen sie es jetzt mal. Ist ja Weihnachten.«

»Weihnachten ist vorbei!«, erinnerte sie »Hast du selbst gesagt.« Genüsslich tröpfelte sie Honig auf eine Brötchenhälfte, und während sie hineinbiss, ließ sie den Blick noch einmal über den ganzen Tisch schweifen. »Mal abgesehen davon, dass dein Kaffee wesentlich besser als seiner schmeckt, kriegt sogar

Florian welchen hin, jedenfalls seitdem es diese praktischen Maschinen gibt, und Eier kochen kann er auch – harte!«, betonte sie nachdrücklich. »Aber er wäre nie und nimmer von allein auf den Gedanken gekommen, Orangen auszupressen. So was muss ich ihm erst sagen und dann vor die Nase stellen. Wo hast du die denn hergehabt? Beim Bäcker gibt's doch keine.«

»Ich habe die Bunten Teller geplündert!«

»Erst Toni, jetzt du ... ist denn da überhaupt noch was drauf? – Na ja, egal, Weihnachten ist vorbei, und eigentlich habe ich auch etwas ganz anderes sagen wollen. Bück dich mal, sonst komme ich nicht ran!« Sie zog seinen Kopf zu sich herunter, fuhr ihm zärtlich durch die Haare und drückte ihm einen Kuss auf die Wange. Dann ließ sie ihn los. »Ich weiß ja, dass ihr Teenies derartige Gunstbeweise verabscheut, aber mir ist im Moment nichts weniger Altmodisches eingefallen.«

»Und ich hätte mir gar kein schöneres Danke vorstellen können«, kam es spontan zurück. »Willst du noch Kaffee?«

»Bloß nicht, ich bin bis obenhin abgefüllt, und meinem Kopf geht es auch schon viel besser.« Sie sah auf die Uhr. »Gleich halb elf. Meinst du nicht, wir sollten mal Clemens und Katrin wecken? Ihr Zug geht zwar erst gegen zwei, aber bis sie angezogen sind und in aller Ruhe gefrühstückt haben ... Für wen ist übrigens das fünfte Gedeck? Du hast doch gar nicht mitgegessen?«

»Für mich, der sich bereits vor Stunden bei Wind und Wetter zwecks Nahrungsbeschaffung durch die Geographie gekämpft hat, wäre das nun wirklich ein bisschen spät gewesen, aber gegen ein zweites Frühstück nachher hätte ich nichts einzuwenden ...«

»... und danach gehen wir dann nahtlos zum Mittagessen über!«, kam es von der Tür, von wo eine nur spärlich bekleidete Julia interessiert den Tisch musterte. »Eigentlich bin ich ja auf Diät, aber wenn ich das hier so sehe ...«

»Na, von Diät habe ich gestern aber nichts bei dir gemerkt.« Einladend deutete Tinchen auf den Platz neben sich. »Außerdem hast du wirklich keine nötig.«

»Eben«, bestätigte Björn, »du bist doch sowieso schon schlank wie ein Reh. Oder wie heißt das große graue Tier mit dem Rüssel? – Autsch!«

Julia hatte nach dem erstbesten Gegenstand gegriffen, ihn Björn an den Kopf geworfen und sogar getroffen. Es war einer der beiden Handschuhe gewesen. Einschließlich vorbildlich gekochtem Dreieinhalb-Minuten-Ei. Davon konnten sie sich jetzt überzeugen, während die gelbe Soße über Björns Sweatshirt kleckerte. »Sorry! Hier, leg dich mal trocken!« Sie reichte ihm ein paar Papierservietten. »Das wollte ich nicht, aber halbwüchsige Knaben sind nun mal eine Heimsuchung. Man sollte sie bis zum Ende der Pubertät kasernieren.«

»Was ist Pubertät?«, fragte Björn grinsend. »Etwa was Unanständiges?«

»Pubertät ist, wenn die Eltern anfangen, schwierig zu werden!« Tinchen sprach aus doppelter Erfahrung. Als sie ein Teenager gewesen war, wurden Mädchen ihres Alters noch Backfische genannt, aber das war auch der einzige Unterschied gewesen. Ein paar Jahre später hatte sie selbst manches Mal die ach so harmlosen Späße ihres Bruders ausbaden müssen (und im Stillen ihrer Mutter Abbitte geleistet), doch als ihre eigenen Kinder ins Flegelalter gekommen waren, hatte sie nur noch deren geistige Zurechnungsfähigkeit bezweifelt. Ihre eigene mitunter auch, denn normal empfindende Menschen hätten diese maulenden, meckernden, räsonierenden und verschlampten Halbstarken bestimmt längst in eine Erziehungsanstalt gesteckt.

Björn allerdings schien eine Ausnahme zu sein. »Stell dir vor, Julia, als ich vorhin herunterkam, war der Tisch gedeckt, der Kaffee gekocht, und frische Brötchen waren auch schon da.«

»Na und?«, sagte Julia und nahm sich eins.

»Was heißt ›na und‹? *Ihr* habt seinerzeit doch nicht mal gewusst, wo der Brotkorb steht. Das Einzige, was euch in der Küche interessiert hat, war der Kühlschrank! – Willst du dich nicht endlich mal hinsetzen?«

»Nee, ich möchte ins Bad, bevor sich jemand anders da drinnen breitmacht.« Sie packte zwei Scheiben Salami auf ihr Brötchen, krönte sie mit einer Scheibe Emmentaler und biss hinein. »Da oben rührt sich nämlich was!«

Das war leicht untertrieben. Es musste ein Exemplar der vom Aussterben bedrohten Großwildarten sein, das da über ihren Köpfen sein Unwesen trieb. Man hörte schwere Schritte, dann ein Schnauben und Grunzen, Wasser plätscherte, ein Hirsch röhrte (sie hatten alle noch keinen röhren hören, waren sich aber einig, dass es sich genauso anhören musste!), und schließlich bewegte sich ächzend ein Elefant die Treppe herunter. Was dann im Bademantel mit zerstrubbelten Haaren und nur einem Hausschuh um die Ecke schielte, sah allerdings weniger majestätisch aus. »Ich hasse den Montag«, stöhnte Florian, sich am Türrahmen festhaltend, »da fängt alles wieder von vorne an.«

»Heute ist Sonntag!«, kam es dreistimmig zurück.

»Noch schlimmer, dann muss ich ja arbeiten gehen!« Nachdenklich betrachtete er seinen nackten Fuß. »Kann ich gar nicht, mir hat nämlich jemand einen Schuh geklaut! Und ohne Schuhe kann ich nicht arbeiten gehen. Am besten lege ich mich wieder hin.« Er drehte sich um und schlurfte zurück zur Treppe.

»Man soll den Schnaps nicht vor dem Rollmops loben! Ich glaube, Paps ist noch immer nicht nüchtern.« Nun setzte sich Julia doch an den Tisch und goss Kaffee in ihre Tasse. »Ich warte lieber, bis er sein Bett gefunden hat.«

»Zwei Stunden bewillige ich ihm noch, aber danach muss er sich einigermaßen regeneriert haben«, sagte Tinchen, »soviel ich weiß, ist der Doppeldoktor noch im Urlaub, also ist automatisch dein Vater verantwortlich für den ganzen Kram, der morgen in der Zeitung steht. Auf jeden Fall muss er sich ein paar Stunden lang in der Redaktion sehen lassen, egal wie.«

»Ob er mich da wohl mitnimmt?« Björn war Feuer und Flamme. »Ich wollte schon immer mal wissen, wie es in einer Redaktion zugeht.«

»Deschillusionischend!«

»Was?«

Julia schluckte den letzten Bissen herunter und griff nach dem nächsten Brötchen. »Ich sagte desillusionierend. Kurz vor dem Abi habe ich auch mal die Idee gehabt, Starreporterin bei der Vogue zu werden oder wenigstens bei der *Bunten*, warum, weiß ich heute nicht mehr, ich glaube, das war wegen dem Aufsatz über Böll, da habe ich nämlich zum ersten Mal eine Eins gekriegt und fühlte mich zu journalistischen Höhenflügen berufen. In den Herbstferien hat mich Vati in seiner Redaktion volontieren lassen, und danach hatte ich die Nase gründlich voll! Von wegen Arbeitsessen im Fünf-Sterne-Hotel zwecks Interview mit irgendeinem Prominenten, oder 'ne Pressekarte für die Boxenstraße beim Formel-1-Rennen, kleinen Talk mit Jochen Maas und diesem damals noch fast unbekannten Südamerikaner, der so toll ausgesehen hat ... – das wär's gewesen! Und was habe ich machen dürfen? Zehn Zeilen über die Eichhörnchen im Hofgarten, wie sie Beeren und Nüsse sammeln. Und davon ist dann noch die Hälfte weggestrichen worden, weil sie Platz fürs Foto brauchten. Mein einziger Interviewpartner ist der Pächter vom CINEMA gewesen, den ich fragen sollte, wie viele Leute sich innerhalb einer Woche *Pretty Woman* angeguckt haben. Hältst du so was vielleicht für 'ne Lebensaufgabe?«

Björn gab zu, dass diese Art von Berichterstattung keineswegs das sei, was man als ambitionierter Journalist gerne schreiben würde, zumal er solche Beiträge ohnehin immer überblättere, doch gerechterweise müsse Julia zugeben, dass der ZEITSPIEGEL nicht gerade zu den regelmäßig von der Weltpresse zitierten Blättern gehöre und deshalb auf spektakuläre Interviews verzichten müsse.

»Du hast ja recht. Mich wundert sowieso, dass immer noch so viele Leute die Zeitung kaufen. Aber vielleicht lesen sie sie ja gar nicht. Die Marktfrau vom Fischstand wickelt immer die Heringe darin ein. – Ist noch Kaffee da? Nicht? Auch egal. Nein, du brauchst keinen mehr zu holen, jedenfalls nicht für mich, ich verzieh mich jetzt ins Bad.« An der Tür drehte sie sich noch mal um. »An deiner Stelle würde ich mir über den zukünftigen Beruf noch keine Gedanken machen; vielleicht ist er ja noch gar nicht erfunden.«

Derselbe Schauplatz drei Stunden später: Am immer noch gedeckten, jetzt aber schon reichlich ramponiert aussehenden Frühstückstisch hockte ein zwar mit Jeans, Sporthemd und *zwei* Turnschuhen korrekt bekleideter, jedoch noch keineswegs munterer Florian und pikte lustlos die Dosenchampignons aus seinen Rühreiern. Speck sei nicht mehr da gewesen, hatte Tinchen gesagt, überhaupt sei der Kühlschrank das reinste Krisengebiet.

Florian gegenüber saß Frau Antonie und trank Malventee, angereichert mit Süßstoff. Wegen der Kalorien. Essen wollte sie nichts, sie hatte bereits Mittag gegessen und würde auch gleich wieder gehen, um halb vier fing der zweite Teil von Sissi an. Sie war ja auch nur gekommen, um Professors auf Wiedersehen zu sagen, denn dazu hatte sie gestern keine Gelegenheit mehr gehabt. Die Enttäuschung stand ihr ins Gesicht geschrieben, als sie erfuhr, dass die beiden bereits auf dem Weg nach Steinhausen waren.

»Du hast nichts versäumt, Mutti«, hatte Tinchen sie getröstet, »Gisela hatte eine Stinkwut im Bauch, weil Fabian gestern mit Florian so lange gepichelt hat, dass er vorhin noch eine gehörige Portion Restalkohol im Blut gehabt haben muss und sich nicht ans Steuer setzen wollte; sie wiederum fährt nur ungern Fabians Auto, was ich sogar verstehen kann, denn im Verhältnis zu diesem Schlachtschiff ist ihr kleiner Sportwagen nicht mehr als ein motorisiertes Nummernschild. Jedenfalls kam sie gar nicht mehr mit rein, sondern wartete mit zusammengekniffenen Lippen im Auto, bis Fabian sich von allen verabschiedet hatte. Was sie sagen wird, wenn sie merkt, dass sie im Hotel ihre Lesebrille liegen gelassen hat, kann ich nur vermuten. Der Portier hat vorhin angerufen.«

Frau Antonie hatte nur »tz tz tz« gemacht und vor sich hin gebrummelt, dass man die Frau Professor auch verstehen müsse. Es sei sicher nicht ganz einfach, sich mit einer künftigen Schwiegertochter abfinden zu müssen, die zwar sehr hübsch, liebenswürdig und offenbar auch gebildet, jedoch unübersehbar dunkelhäutig sei. »Oder wärst du einverstanden gewesen, wenn Tobias eine Farbige geheiratet hätte?«

Tinchen hatte zugeben müssen, dass sie damit gewisse Schwierigkeiten gehabt hätte. »Aber nicht wegen der Hautfarbe als solcher, sondern wegen späterer Kinder. Das werden zwangsläufig Mischlinge, die weder von der einen Seite noch von der anderen voll akzeptiert werden. Sie sind nicht schwarz, aber auch nicht weiß, gehören also nirgendwo richtig hin, und solange in Europa eine gewisse Fremdenfeindlichkeit fast an der Tagesordnung ist, werden Mischehen immer problematisch sein.«

»Dann ist es ja gut, dass der Rüdiger überwiegend in Amerika lebt«, hatte Frau Antonie gesagt und ihren Malventee geordert. »Nimm aber bitte zwei Beutel!« Darauf war sie ins Wohnzimmer marschiert, hatte missbilligend die Unordnung zur Kenntnis genommen, mit der Schuhspitze einen herumliegenden Kindersocken demonstrativ an den untersten Zweig des Weihnachtsbaumes befördert, die leeren Weingläser gezählt – es waren sieben – und war schließlich im Wintergarten aufgetaucht. »Ach, hier wird noch gefrühstückt?«

»Nein, wir sitzen schon beim Abendessen«, hatte Florian gegrunzt, aber Frau Antonie hatte ihn gar nicht zur Kenntnis genommen. Vielmehr hatte sie sich gewundert, dass Clemens und seine Frau im Garten standen und rauchten. »Wollten der Professor und seine Familie nicht heute nach Hause fahren?«

»Richtig«, hatte Tinchen gesagt, in einer Hand die Glaskanne mit dem aufgekochten Unkraut, wie Florian die Kräutertees seiner Schwiegermutter zu bezeichnen pflegte, in der anderen das Stövchen, denn »wenn ich etwas hasse, dann lauwarme Getränke« lautete die ewige Klage von ihr. Sie hatte es seinerzeit sogar fertiggekriegt, der vierten Canasta-Dame Reutter, die solch ein nützliches Gerät unbegreiflicherweise nicht besaß, und – was nun absolut unverständlich war – sich auch keins zulegen wollte, ihr altes und längst ausgedientes Stövchen anzudrehen. Sechseckig und aus Porzellan mit sich abwechselnden japanischen Teehäusern und Geishas bemalt, sah es eher aus wie eine Konfektschale, nur hatte es statt eines Deckels oben ein rundes Loch für das Teelicht. ›Edelkitsch in Reinkultur‹ hatte Tinchen dieses Teil immer genannt und ihrer Mutter schließlich etwas Moderneres aus Metall geschenkt. Von der porzellanenen Geschmacksverirrung hatte die sich jedoch nicht trennen können und sie in den besagten Schleiflackschrank versenkt, bis sie bei Frau Reutter landete. Die wiederum fand das Stövchen einfach nur grauenvoll, verbannte es in ihre Anrichte und holte es nur heraus, wenn Frau Antonie im Anmarsch war. Da sie niemals ohne vorherige telefonische Anmeldung kam, klappte die Sache einwandfrei. Toni hatte künftig ihren heißen Tee, Frau Reutter ihre Ruhe und das Stövchen wieder seine Daseinsberechtigung.

»Es gab keinen plausiblen Grund, weshalb die Tübinger schon heute fahren sollten. Die Kinder haben Ferien, Clemens hat kommende Woche noch Urlaub, und Katrin meint, dass Düsseldorf in modischer Hinsicht doch ein bisschen mehr zu bieten habe als Tübingen. – Hat der Tee die richtige Farbe, Mutti?«

Frau Antonie hatte das bejaht und war dann auf ihr momentanes Lieblingsthema zurückgekommen. »Was hat denn die Frau Professor nun gesagt, als sie mit ihrer zukünftigen Schwiegertochter konfrontiert worden ist? Gestern in Gegenwart von allen anderen hat sie sich natürlich zusammengenommen, aber ich habe ihr genau angesehen, wie entsetzt sie war.«

»So, findest du?«, hatte Florian mit einem sarkastischen Unterton eingeworfen. »Dann hättest du mal ihr entsetztes Gesicht sehen sollen, als sie unter vier Augen, aber in Hörweite von mindestens sechs Paar Ohren Rüdiger abgekanzelt hat, bis der ihr kurz und bündig mitteilte, dass Joyce schwanger sei und ihm gar nichts übrig bleibe, als sich um sie zu kümmern. Worauf Frau Professor die Contenance verlor und ausfallend wurde.«

Frau Antonie hatte verstehend genickt. »Das hätte ich nicht von ihr gedacht, aber man muss ihre begreifliche Enttäuschung ...«

»Unsinn!« Richtig ärgerlich war Tinchen geworden. »Sie ist ein borniertes, gefühlskaltes, egoistisches Weib, dem es im Grunde völlig egal ist, ob und wen Rüdiger heiratet, solange es ihr Renommee nicht beeinträchtigt. Als der dann endlich damit herausrückte, dass Joyce seit zwei Jahren mit einem farbigen Musiker verheiratet ist, hat sie sich zwar pro forma entschuldigt, nur geglaubt hat sie ihm nicht.«

»Nun ja«, hatte Frau Antonie beigepflichtet, »aber weshalb ist diese junge Frau dann nicht bei ihrem Mann gewesen?«

Worauf Florian endgültig der Kragen geplatzt war. »Du bist ja noch schlimmer als Gisela!«, hatte er gewütet. »Genau genommen geht dich das doch gar nichts an. Aber damit du heute Nacht ruhig schlafen kannst ... Joyce war bis jetzt bei Rüdiger engagiert, ihr Mann verdient aber seine Brötchen zurzeit in London, einen Direktflug Mailand-Heathrow gab's nicht oder war ausgebucht oder gestrichen, weiß ich nicht mehr, jedenfalls hat Rüdiger angeboten, sie im Wagen mitzunehmen und hier in den Flieger zu setzen, was er inzwischen auch getan haben dürfte. Er selber ist weitergefahren nach Hamburg, wo er sich mit einem Freund treffen will. Zufrieden?«

Nein, Frau Antonie war keineswegs zufrieden gewesen, doch das hatte sie natürlich nicht gesagt. Es ging sie ja auch wirklich nichts an, weshalb ein in derselben Branche tätiges Ehepaar nicht zusammen engagiert wird und warum es keine schnellere Möglichkeit geben sollte, von Mailand nach London zu kommen. Ein bisschen merkwürdig war die ganze Sache schon. »Was ich immer noch nicht verstehe«, hatte sie wieder begonnen, doch da hatte das Telefon geläutet, Florian war rangegangen, hatte aber den Hörer gleich wieder aufgelegt.

»Nanu, so schnell?«, hatte sie sich gewundert. »Wer war denn dran?«

»Das Krematorium! Fragt, wann du kommst!«

Natürlich hatte er sich gleich darauf entschuldigt, etwas von ›Freudschem Versprecher‹ gemurmelt in der berechtigten Annahme, dass seine Schwiegermutter damit nichts anfangen könnte, und war ganz schnell durch die Terrassentür ins Freie geschlüpft. Dort hatte er von Clemens eine Zigarette geschnorrt und von ihm wissen wollen, ob seine allzu spontane Bemerkung Konsequenzen haben würde. »Toni wollte mir nämlich zum Geburtstag ein Schachspiel für den Computer schenken. Dann wäre das Ding doch wenigstens zu etwas nützlich.«

Clemens hatte gemeint, diese Hoffnung solle er aufgeben, er könne vielmehr froh sein, wenn er bei seiner Schwiegermutter nicht lebenslänglich Hausverbot bekäme, aber was er denn davon hielte, ihr das Ergebnis der nächtlichen Beratung mit Fabian mitzuteilen. »Das entschuldigt sowohl dein etwas ramponiertes Aussehen als auch deinen verbalen Ausrutscher; nach drei Stunden Schlaf ist man eben noch nicht voll da!«

»Voll schon«, widersprach Florian, »ich weiß gar nicht mehr, wie ich ins Bett gekommen bin. Das Letzte, woran ich mich erinnere, ist der Taxifahrer. Er wollte von mir eine schriftliche Bestätigung, dass ich für die Reinigungskosten aufkomme, falls dein Vater den Wagen vollkotzt. Ich habe ihm eine Visitenkarte von Tinchen gegeben und JA draufgeschrieben.«

Gemeinsam waren sie an den Tisch zurückgekehrt, hatten Frau Antonies steinerne Miene ignoriert und den Duft von Rühreiern eingesogen, die Tinchen gerade vor Florians Platz gestellt hatte. »Vielleicht geht's dir besser, wenn du was im Magen hast!«

Dankbar hatte er zur Gabel gegriffen, und weil man mit vollem Mund nicht reden darf, hatte Clemens das übernommen. Er war gerade damit fertig geworden, und nun saßen sie zu fünft um den Tisch und sagten erst mal gar nichts.

»Finde ich toll, was ihr da vorhabt!«, brach Katrin endlich das Schweigen. »Ich weiß nicht, ob ich mir das aufhalsen würde. Noch dazu in dem Alter! Aus eigener Erfahrung kann ich natürlich noch nicht mitreden, aber man hört auch so genug!«

»Ich bin doch noch keine Greisin!«, empörte sich Tinchen.

»Dich meine ich ja gar nicht!«

Frau Antonie goss Tee in ihre Tasse und hörte erst auf, als er schon ein bisschen übergelaufen ist. Jetzt musste sie leise schlürfend abtrinken, was sich natürlich nicht gehörte. Sie tupfte den Mund mit einer Papierserviette ab und legte sie zur Seite. »Habt ihr euch das auch genau überlegt?«

»Fünf Stunden und dreieinhalb Flaschen Wein lang«, antwortete Florian, wobei er den Kognak vorsichtshalber unterschlug. »Dann haben wir nichts mehr gefunden, was dagegen spricht.«

»Auf den Gedanken, mich auch mal zu fragen, seid ihr wohl gar nicht gekommen?«, wollte Tinchen wissen.

»Das Ganze ist doch überhaupt erst deine Idee gewesen!« Florian schob seinen geleerten Teller zur Seite – »War prima,

Tine!« – und griff zur Zigarettenpackung. »Darf ich nicht ausnahmsweise mal hier … draußen haben wir nämlich sechs Grad unter null!«

»Bei mir waren's vorhin noch neun, und ich hab trotzdem vor der Tür …« Da fiel ihr ein, dass Weihnachten vorbei war und damit auch die Nikotinabstinenz innerhalb des Hauses. »Es darf wieder geraucht werden!«

Frau Antonie nahm es schweigend zur Kenntnis. Früher hatte sogar sie gelegentlich zu einer Zigarette gegriffen, weil das damals unter den jungen Mädchen als schick galt, denn letztendlich wollte man auch in Breslau mit der Zeit gehen, aber sie hatte nie verstanden, welchen Genuss man dabei empfinden sollte. Ganz abgesehen davon, dass sie sich ihr bestes Kleid ruiniert hatte. Seinerzeit rauchte man nämlich aus einer möglichst langen Spitze, und da passierte es schon mal, dass die Zigarette unbemerkt herausfiel. Tonis Mutter hatte zwar versucht, das Brandloch mit einem Schmetterling zu kaschieren, aber wer trägt schon in der Hüftgegend eine Brosche? Dann kam der Krieg und mit ihm das Dekret, dass eine deutsche Frau nicht raucht, was Toni Marlowitz nur zu gern befolgte, während sie die andere Auflage, eine deutsche Frau habe sich auch nicht zu schminken, genauso gern missachtete.

Ihr Ernst hatte natürlich auch geraucht, erst die amerikanischen Zigaretten vom Schwarzmarkt, dann billige Stumpen, die entsetzlich gestunken hatten, doch als sie nicht mehr jede Mark dreimal umdrehen mussten und er seinen Bedarf statt am Zeitungskiosk im Fachgeschäft decken konnte, hatte Toni den Duft einer guten Zigarre sogar zu schätzen gewusst. Das war doch kein Vergleich mit diesen heutigen Glimmstengeln! Kein Wunder, dass es jetzt modern war, *nicht* zu rauchen und die Unverbesserlichen samt Feuerzeug und Aschenbecher an die frische Luft zu setzen. Nicht mal Frau von Rothenburg hatte sich brüskiert gefühlt, als Toni sie zum ersten Mal gebeten hatte, auf der Terrasse zu rauchen; sie hatte im Gegenteil erzählt, dass sie das zu Hause auch täte. »Es reicht, wenn der Geruch in den Kleidern haftet«, hatte sie gesagt, »er muss nicht auch noch in die Gardinen ziehen.«

Jetzt allerdings fühlte sich Frau Antonie regelrecht eingenebelt. Sie würde auch gleich gehen, hätte es schon längst tun sollen, doch sie hatte gespürt, dass irgendetwas in der Luft lag. Und natürlich hatte sie mal wieder recht gehabt! Ob Ernestine bewusst war, welche Belastungen da auf sie zukamen? Musste sie sich die denn wirklich zumuten? Mit ihrer, also Antonies Hilfe sollte sie gar nicht erst rechnen, damit wäre auch Frau Klaasen-Knittelbeek bestimmt nicht einverstanden, und was sagten denn überhaupt die Eltern zu der ganzen Sache? »Habt ihr denn schon das Einverständnis aller Beteiligten?«

»Nein, ich hab nämlich nicht genau gewusst, wie spät es ist«, erklärte Florian. »Und auf nüchternen Magen wollte ich sie nicht gerade überfallen.«

Tinchen erläuterte: »Die hatten beide keine Ahnung, wie groß der Zeitunterschied ist.«

Frau Antonie verstand nichts, begriff jedoch, dass da noch einiges der Klärung bedurfte. »Also wissen seine Eltern noch gar nichts von euren Plänen?«

»Nein, aber so, wie ich sie einschätze, ist es ihnen wurscht, solange alles seine sogenannte Ordnung hat und Solveigs gesellschaftliche Reputation keinen Schaden nimmt. Stimmt's, Clemens?«

Der nickte bloß.

Frau Antonie war noch immer nicht zufrieden. »Na, und was sagt der Junge dazu?«

Florian grinste. »Der weiß es auch noch nicht!«

Beim Abendessen erfuhr er es. Unter Vorbehalt natürlich, denn der Anruf nach Brunei hatte noch immer nicht stattgefunden. Hauptsächlich deshalb, weil Florian nicht so recht wusste, wie er die Sache angehen sollte.

»Neuntausendundetwas Kilometer sind doch eine ganz beruhigende Entfernung«, sagte Tinchen, »da können schon mal atmosphärische Störungen auftreten. Wenn Solveig pampig wird, klopfst du ein bisschen auf dem Apparat herum und schreist irgendwas von schlechter Verbindung.«

»Ich will aber lieber mit Urban sprechen.«

»Der geht nie freiwillig an den Apparat«, behauptete Björn, »Vati telefoniert nur, wenn er muss. Sein Englisch hört sich einfach grauenvoll an!«

»Mit mir kann er ja deutsch reden!« Florian stand auf.

»Die schlafen jetzt aber«, bemerkte Björn.

»Schon wieder?«

»Der Zeitunterschied beträgt immerhin sechs Stunden – glaube ich wenigstens. Vielleicht sind's ja auch sieben.«

»Dann sitzen sie vermutlich beim Mittagessen, oder heißt das bei euch Lunch? Jedenfalls ist es unwahrscheinlich, dass sie um dreizehn Uhr noch im Bett liegen.«

»Nee, aber um ein Uhr nachts. Die sind sechs Stunden voraus.«

Daran hatte Florian nicht gedacht. Seine wenigen Urlaubsziele außerhalb Europas hatten immer in der entgegengesetzten Richtung gelegen, wo er jedes Mal die Uhr hatte zurückstellen müssen und auf diese Weise ein paar Stunden dazugewonnen hatte; dass es auch andersherum gehen konnte, war ihm gar nicht in den Sinn gekommen. Er setzte sich wieder. »Na schön, vertagen wir das *POG* bis morgen Vormittag, dann erwische ich sie vielleicht zur Teatime.«

»Was ist ein Pee-o-gee?«

»Ein Problem Orientiertes Gespräch«, erläuterte Florian, während er Björn zublinzelte. »Habe ich gestern gelernt. Wir zwei hatten nämlich schon eins, Schulnoten betreffend. Dein Neffe, Clemens, weist einen bedauerlichen Mangel an mathematischem Verständnis auf.«

»Na ja, ein Einstein bin ich nicht gerade.«

»Erstens wurde Einstein später Physiker und nicht Mathematiker«, dozierte sein Onkel, »und zweitens eignet er sich nicht unbedingt als Vorbild für einen Gymnasiasten. Soviel ich weiß, ist er zwei Mal sitzengeblieben.«

»Dann wird aus mir niemals ein Genie! Ich hab's ja noch nicht mal *ein Mal* geschafft.«

»Wenn ich mich nicht irre, dann bist du aber schon ganz dicht dran gewesen«, sagte Florian, drückte die Zigarette aus und schob seinen Stuhl zurück. »Im Gegensatz zu euch, die ihr schon wieder einem genussreichen Abend entgegenseht mit Wein, Weib und – na ja, den Gesang klammert wohl besser aus! – muss ich jetzt in die Redaktion und dafür sorgen, dass die gesammelten Katastrophenmeldungen pünktlich mit den Brötchen auf dem Frühstückstisch liegen. Man will doch wissen, wie viele Weihnachtsbäume gebrannt haben und wer im Suff seine Frau verprügelt hat.«

Sofort sprang Björn auf. »Nimmst du mich mit, Onkel Florian?«

Der musterte den Knaben vom verstrubbelten Haar bis zu den auch nicht gerade gepflegten Turnschuhen. »Hm, rein äußerlich fällst du in dem Verein nicht auf, und vielleicht kannst du dich sogar nützlich machen.« Dann fiel ihm etwas ein. »Kennst du dich ein bisschen mit Computern aus?«

»Na klar!«

»Dann *musst* du sogar mitkommen! Unser Redaktionsbote hat nämlich auch Urlaub, und ich soll noch den Kommentar zum Leitartikel schreiben …«

»So, nun ist Weihnachten aber endgültig vorbei!« Florian hängte die Autoschlüssel an den mit *Schuppen* bezeichneten Haken, weil unter dem richtigen Schild schon der Schlüssel vom Heizungskeller hing und unter diesem wiederum die neuen Schnürsenkel für Tims Winterstiefel, denn Tinchen hatte gemeint, dann würde sie wenigstens nicht vergessen, sie einzuziehen, und letztendlich sei es ja ganz egal, wo die Schlüssel hingen, Hauptsache, sie hingen überhaupt. Was ihre eigenen allerdings nicht taten.

»Tine, wo hast du ...? Hm, das riecht aber gut!« Er hatte die Küchentür geöffnet und schnupperte in Richtung Mikrowelle, aus der Tinchen gerade eine Schüssel holte. Interessiert kam er näher. »Was ist das?«

»Austernpilze. Kalorienarm.«

»Lecker.« So ganz überzeugt war er allerdings nicht von diesen braunen Dingern, die überhaupt nicht wie Pilze aussahen. »Und was hast du damit gemacht?«

»Im China-Restaurant bestellt und mitgenommen!«

Er legte zwei Sets auf den Tisch, dann das Besteck, suchte nach Servietten, fand keine, wollte schon nach der Küchenrolle greifen, zog jedoch unter Tinchens tadelndem Blick die Hand wieder zurück und holte welche aus dem Esszimmer, weiße mit Sternchen drauf. »Weihnachten ist zwar vorbei, aber ...«

»Das sagtest du schon.«

»Na, dann mach doch endlich ein annehmbares Gesicht!« Er setzte sich und begann Reis auf seinen Teller zu häufen, bis er genug hatte, um einen runden Wall zu formen. »Ich hab die Tübinger in den richtigen Zug gesetzt, sie mit Zeitschriften einschließlich *Mickymaus* und *Playboy* versorgt, Gummibärchen und After eight gekauft – ich glaube, um diese Zeit herum werden sie gerade zu Hause sein –, wurde beauftragt, nochmals Danksagungen für die schönen Tage an dich weiterzugeben und dir zu versichern, dass Björn sich Silvester ganz bestimmt nicht langweilen wird.«

Es war Katrins Idee gewesen, den Jungen mitzunehmen. »Hier kennt er doch noch niemanden. Bei uns zwar auch nicht, aber wir haben in unserem Freundeskreis mehrere Paare mit Teenagern, die werde ich mobilisieren. Irgendwo gibt's bestimmt 'ne Fete. Und wenn alle Stricke reißen, dann weihen wir unseren neuen Partykeller eben mit einer Teenie-Sause ein. Zwei Jahre lang habe ich mich gegen die Umstellung auf Erdgas gesträubt, dann habe ich nachgegeben, und als die Buddelei im Garten vorbei und der alte Öltank endlich demontiert war, hatten wir plötzlich einen zusätzlichen, herrlich großen Kellerraum. Und Clemens ein neues Hobby!« Sie hatte hellauf gelacht. »Ich brauchte ihn nie mehr zu suchen, ich musste nur den Dreckspuren meines Maulwurfs folgen. Vor zwei Wochen ist die Katakombe endlich fertig geworden, aber sie sieht noch viel zu unbenutzt aus. Die Bartheke hat kein einziges Brandloch, nirgends siehst du eine Schramme, und die Gläser sind auch noch alle heil. Es wird wirklich Zeit, dass sich da unten mal was tut!«

Lustlos kaute Tinchen auf den Pilzen. Eigentlich schmeckten die Dinger nach gar nichts, bloß wabbelig, weshalb um alles in der Welt hatte sie dann so einen Riesenberg davon geholt? Und die Fleischstückchen? Auch nicht genau zu definieren, sollten angeblich vom Schwein sein, aber das hatte sie ganz anders in Erinnerung. War nicht überhaupt kurz vor den Feiertagen der verfettete Pekinese von Frau Wolff verschwunden und nicht wieder aufgetaucht? Die Suchmeldungen hingen doch immer noch an den Bäumen. Tinchen legte die Gabel hin und schob den Teller zurück. Wahrscheinlich schmeckte chinesisches Essen bloß gut in einem chinesischen Restaurant, wo man das richtige Ambiente hatte, nämlich das unerlässliche Aquarium, die Papierrollen-Bilder an den Wänden, die roten Tischdecken und die Fransen an den Lampen. »Wenn's dir nicht schmeckt, lass es stehen, ich hab noch zwei Koteletts im Kühlschrank.«

»Wieso? Ich finde es prima«, behauptete Florian und nahm sich noch ein paar Pilze, was er allerdings gleich darauf bereute, denn eigentlich schmeckten sie ihm doch nicht. Nur war er nicht gewöhnt, dass Tinchen vor ihren eigenen Kochkünsten kapitulierte. Nun ja, genau genommen hatte sie gar nicht selber gekocht, aber servierfertig aufgewärmt, und das musste man auch können. Er konnte es nämlich nicht. Jedenfalls nicht in der Mikrowelle. Entweder war es noch gar nicht richtig warm, wenn es bimmelte, oder er ließ es zu lange drin, dann lief die Milch über und klebte überall, oder das Gemüse zerfiel zu Brei, sobald man es mit der Gabel berührte. »Was ist eigentlich los mit dir?« Er trug seinen geleerten Teller zum Spülbecken und schaltete die danebenstehende Espressomaschine an. »Trauerst du deinen abgereisten Gästen hinterher?«

»Am liebsten würde ich sie zurückholen!«

Er ließ die dunkle Flüssigkeit in die kleine Tasse laufen, legte zwei Stück Würfelzucker und ein Amaretto-Plätzchen daneben und stellte sie vor Tinchen hin. »Ich weiß ja, dass du nach neunundzwanzig Ehejahren sämtliche Witze von mir kennst und auch eingesehen hast, dass ich mir partout nicht die Namen von Liz Taylors acht Ehemännern merken kann – oder sind es inzwischen neun? –, über die man vermutlich einen ganzen Abend lang reden könnte, ich lese auch andere Bücher als du und vor allen Dingen viel weniger, aber bisher haben wir uns doch trotzdem noch nie zusammen gelangweilt. Weshalb denn jetzt plötzlich dein Drang nach Gesellschaft? Eine ganze Woche lang Weihnachten hat mir eigentlich gelangt!«

»Mir doch auch!« Schluchzend fiel ihm Tinchen um den Hals. »Ich hab mich so gefreut auf ein paar ganz ruhige Tage und Silvester ohne Gäste und ohne irgendwo hinzumüssen, und dann kam heute Morgen das hier!« Aus der Hosentasche zog sie einen schon reichlich zerknitterten Briefbogen, der gar keiner war, sondern die herausgerissene Seite aus einem Schreibheft, bedeckt mit gestochen scharfen Buchstaben in Sütterlinschrift. »Ich wollte ihn dir nicht vor dem Essen geben, sonst hätte er dir wohl auch noch den Appetit verdorben.«

Florian brauchte nur einen Blick auf das Papier zu werfen, dann wusste er Bescheid. »Tante Mine?«

Tinchen nickte bloß. »Sie ist schon in Köln.«

Hermine Henslow hatte quasi zu den Erblasten gehört, die Florian und seinem Bruder nach dem Tod des Vaters aufgehalst worden waren. Dazu hatten in erster Linie die zentnerschweren Möbel gehört, nicht alt genug, um einen Antiquar zu interessieren, und nicht ansehnlich genug, um wenigstens teilweise in das eigene Mobiliar integriert und erstaunten Besuchern als »Erbstück von den Eltern, nicht gerade antik, aber es hängen so viele Erinnerungen dran!«, erläutert zu werden. Schließlich hatte eine auf Haushaltsauflösungen spezialisierte Firma die Sachen abgeholt und auch alles das mitgenommen, was sich weder hatte verschenken noch sonst wie an den Mann bringen lassen. Nun war nur noch Hermine Henslow übrig geblieben, die man natürlich nicht auf eine ähnlich unproblematische Weise loswerden konnte. Dabei wussten weder Fabian noch Florian, in welchem Verwandtschaftsverhältnis sie eigentlich zu ihnen stand. Sie selbst bezeichnete sich als die Kusine »eures leider viel zu früh verstorbenen Vaters« (mit dreiundneunzig nach einem Schlaganfall!), aber das konnte nicht stimmen. Der hatte nämlich gar keine Geschwister gehabt. Trotzdem musste Hermine irgendwie dazugehört haben, denn bei größeren Familienfesten war sie immer da gewesen, zwar meistens im Hintergrund oder in der Küche mithelfend, jedoch darauf beharrend, von der jüngeren Generation mit ›Tante Mine‹ angeredet zu werden. Jahre später war in Florian der Verdacht aufgekeimt, Hermine sei keine Verwandte, sondern eine sehr gute Bekannte, und zwar speziell seines Vaters, was Fabian jedoch bestritten hatte. »Eine Amour traue ich ihm ohne weiteres zu, aber nicht die Geschmacklosigkeit, sie ins Haus zu bringen.« Das hatte Florian eingesehen, zumal seine Mutter offenbar nichts gegen die gelegentliche Anwesenheit von Tante Mine einzuwenden gehabt hatte. Gezielte Fragen hatte sie mit einem energischen »Zu *meiner* Familie gehört sie nicht!« beantwortet, was jeden Neugierigen von weiteren Nachforschungen abgehalten hatte. Man tippte auf eine entfernte Verwandte, die ein bisschen unterstützt und gelegentlich auch mal eingeladen wurde, und irgendwann hatte Florian es sogar geglaubt. Allerdings nur so lange, bis er zu seiner Hochzeit mit Tinchen den Scheck über eine vierstellige Summe bekommen hatte. Sie lebe in recht guten Verhältnissen, hatte sein Vater dieses unerwartete Geschenk kurz kommentiert, und später hatte Tante Mine diese Behauptung auf »ich habe mein Auskommen« reduziert. Immerhin ermöglichte ihr dieses ›Auskommen‹ eine komfortable Zweizimmerwohnung in einem Seniorenstift am Ammersee – »ab fünftausend Mark monatlich heißt das natürlich nicht mehr nur *Heim!*«, hatte Tinchen gesagt –, und da die Seniorin trotz ihrer mehr als achtzig Jahre (eine genaue Zahl ließ sie sich nie entlocken) noch erstaunlich rüstig war, verreiste sie recht gern. Bevorzugtes Ziel waren die Thermen von Abano und die gesunde Winterluft auf Norderney. Und eben die hatte sie wohl jetzt eine Zeitlang eingeatmet.

»Sie schreibt, dass sie auf dem Rückweg bei einer lieben alten Freundin in Köln … na, die wird wohl auch begeistert gewesen sein – also da hat sie Station gemacht, und nun will sie … ach, lies doch selber!« Tinchen schob den Brief über den Tisch. »Ich habe sowieso immer Schwierigkeiten mit dieser ulkigen Schrift.«

Florian las sich durch die Beschreibung der Sturmflut vor vierzehn Tagen nebst angeschwemmtem Robbenbaby und der wundersamen Heilung ihrer Pensionswirtin von einer hartnäckigen Schuppenflechte, nur durch Handauflegen, man stelle sich das einmal vor, dann endlich kam Hermine zur Sache. Sie würde ungern die Gastfreundschaft ihrer lieben alten Freundin in Köln noch länger in Anspruch nehmen, habe sie doch bereits den vierten Advent sowie das Weihnachtsfest bei ihr verlebt, nur sei es ihr, Hermine, leider noch nicht möglich, schon jetzt in ihre Wohnung zurückzukehren. »Sie wird renoviert und sollte längst fertig sein, doch scheint sich der Einzugstermin zu verzögern, so dass ich gezwungen bin, meine Rückkehr um eine Woche zu verschieben. Deshalb meine bescheidene Anfrage, ob ich nicht bei euch … und so weiter und so weiter.« Er faltete den Brief zusammen und warf ihn in den Mülleimer. »Den haben wir gar nicht bekommen, weil wir nämlich nicht da sind.«

Tinchen lebte sichtbar auf. »Natürlich haben wir ihn bekommen, nur viel zu spät. Wir sind eben schon weg gewesen.« Sie holte die jetzt leicht angefettete Heftseite wieder heraus. »Nächste Woche kannst du ihr ja einen Tut-mir-leid-aber-wir-waren-verreist-Brief schicken. Sie darf bloß nicht anrufen.«

»Wir gehen einfach nicht ans Telefon.«

»Vier Tage lang?«

Florian sah ein, dass seine Idee wieder mal in die Kategorie *Theoretisch hervorragend, praktisch jedoch undurchführbar* gehörte. Für die Redaktion musste er erreichbar sein, und wenn seine Schwiegermutter drei Mal vergeblich … Ach was, die würde schon nach dem zweiten erfolglosen Versuch auf der Matte stehen. Plötzlich schlug er sich mit der Hand an die Stirn. »Toni! Warum bin ich nicht gleich darauf gekommen? Was meinst du, können wir Tante Mine nicht deiner Mutter aufladen? Sie könnte endlich mal wieder ihre gesammelten Rezepte herunterkochen und Loblieder einheimsen, Frau Ka-Ka hätte jemanden, der ihre Memoiren ganz bestimmt noch nicht kennt, und zum Rommésspielen wäre dann auch einer mehr. Was hältst du davon?«

»Viel! Die Sache hat bloß einen Haken. Hast du denn vergessen, dass die beiden schon im Autobus Richtung Allgäu sitzen? *Jahreswechsel im Winterwald* oder so ähnlich. Vier-Sterne-Hotel, Silvestermenü mit sechs Gängen, nächtliche Schlittenfahrt, Glühwein am Kamin und Prosit Neujahr mit Feuerwerk und Champagner. Nicht schlecht, oder was meinst du?«

»Chacun à son goût. Ich feiere lieber mit dir allein.«

»Und mit Tante Mine!«

»Kommt nicht in Frage! Hast du noch das Kuvert von dem Brief? Da muss doch ein Absender draufstehen.«

Mit viel Geklapper räumte Tinchen das Geschirr in die Spülmaschine. »Kann sein, ich hab nicht drauf geachtet, jetzt sind jedenfalls Zwiebelschalen drin.«

»Pfui Deibel!« Trotzdem inspizierte Florian den Mülleimer und fischte nach längerem vorsichtigem Suchen den durchfeuchteten Umschlag heraus. »Der stinkt! Dabei benutzt Tante Mine normalerweise Chanel Nr. 5.« Mit dem Kuvert in der Hand schritt er zum Fenster und hielt ihn gegen das Licht. »Hermine Viktoria Henslow«, las er vor, »ich wusste gar nicht, dass sie auch noch Viktoria heißt, bei – wie heißt das? Mitterling? Komischer Name, habe ich noch nie gehört. Kannst du nicht mal herkommen, Tine? Vielleicht heißt es ja auch anders, du hast bessere Augen als ich!«

Die nützten jedoch auch nichts. Tinchen behauptete, der Name sei nicht Mitterling, sondern Mitcherlich, aber das sei egal, weil ja keine Straße angegeben wäre, und Köln habe bestimmt mehr als einen Mitcherlich. »Vorausgesetzt, wir haben den Namen überhaupt richtig entziffert.«

»Da Tante Mine etwas von einer guten alten Freundin, Betonung auf *alt*, und nichts von deren Ehemann geschrieben hat, setze ich mal voraus, dass es keinen gibt. Beziehungsweise nicht mehr. Also lebt Frau Mitcherlich vermutlich allein, was den Aktionsradius automatisch einschränkt. Jetzt brauche ich bloß noch ein Telefonbuch von Köln.«

Das hatte er natürlich nicht. Er glaubte jedoch zu wissen, dass es in der Redaktion eins gab. Es meldete sich Michelle, die eigentlich Michaela hieß, die französische Variante ihres Namens jedoch vorzog, weil sie nur zwei Silben hatte.

»Guten Morgen, Michi«, begann Florian, wurde aber sofort unterbrochen. »Ich heiße Michelle!«

Normalerweise hätte er jetzt mit einer dummen Bemerkung

geantwortet, aber die verkniff er sich lieber. Das Fräulein Klotz schien in etwas reizbarer Stimmung zu sein. »Entschuldige, Michelle, das ist mir so rausgerutscht. Eine alte Gewohnheit. Hier ist übrigens Florian ...«

»Wer sonst?«, kam es zurück. »Außer dir kommt doch niemand mehr auf die Idee, meinen Namen auf Kindergartenniveau zu schrumpfen.«

Nach Florians Ansicht bewegte sich das ganze Fräulein Klotz – natürlich nur rein intellektuell gesehen! – auf diesem Niveau, doch das behielt er für sich. Vielmehr äußerte er sehr höflich sein Anliegen und versäumte auch nicht den Hinweis auf eine kostenlose Kinokarte.

»Wenn ich dich richtig verstanden habe, dann kennst du weder den Vornamen noch die Anschrift dieser Dame Mitcherlich und weißt lediglich, dass sie ein Single ist und in Köln wohnt. Hat sie deine Brieftasche geklaut? Wenn ja, dann hoffe ich, dass du wenigstens vorher auf deine Kosten gekommen bist!«

Einen Augenblick lang stutzte er, dann lachte er laut los. »Ich muss dich enttäuschen, aber die Dame dürfte so um die achtzig herum sein.«

»Warum suchst du sie dann?«

»Das frage ich mich allmählich auch«, seufzte Florian, »aber könntest du trotzdem mal nachsehen?«

»In meinem Computer habe ich sie nicht drin, da muss ich in die Lokalredaktion rüber. Am besten rufe ich zurück.« Es klickte, und dann legte auch Florian den Hörer auf. Verwundert schüttelte er den Kopf. »Sie muss sie im Computer suchen, dann ruft sie zurück. Verstehst du das, Tine?«

»Ihr werdet in eurer Datenbank natürlich auch das nationale Adressenverzeichnis haben, was ist daran so erstaunlich?«

»Dass du so was weißt!«

Es dauerte keine fünf Minuten, dann klingelte das Telefon.

»Es gibt nur zwei weibliche Mitcherlichs im Telefonbuch, eine Wally und eine Carola«, teilte Michelle mit. »Letztere wohnt allerdings in einem absoluten Neubaugebiet, wo man fast nur junge Paare und wenig ältere Leute findet. Außerdem schreibt sie sich mit C, die früheren Carolas haben meistens mit einem K angefangen. An deiner Stelle würde ich es also mit der Wally versuchen. Soll ich dir die Adresse geben?«

»Mir genügt die Telefonnummer.« Einen Stift hatte er in der Tasche, demonstrierte jedoch mimisch den fehlenden Notizzettel. Tinchen schob ihm die bewährte Kaffeefiltertüte hin, und Florian notierte eine zwölfstellige Zahl. »Das kostet dich aber zwei Kinokarten«, sagte Michelle noch, bevor sie lachend den Hörer auflegte.

»Kann man jetzt noch anrufen, oder pflegen spätmittelalterliche Damen um diese Zeit bereits ihr Verdauungsnickerchen zu halten?«

Tinchen sah auf die Uhr. »Zehn vor eins. Soweit ich mich erinnere, steht in Tonis Benimmbuch, dass man offizielle Besuche und Telefonate zwischen elf und dreizehn Uhr absolviert. – Lach nicht, da steht wirklich ›absolviert‹.«

»Quatsch! Als der olle Knigge das geschrieben hat, gab's ja noch gar kein Telefon!«

»Dafür gibt's inzwischen Dutzende von Benimmbüchern. Tonis stammt von einer Baronin und ist noch ziemlich neu. Und wenn du dich nicht sofort an die Strippe hängst, ist es ein Uhr vorbei, und dann darfste sowieso nicht mehr!«

Florian griff zum Hörer, zupfte sein Halstuch zurecht, eine unfreiwillige Leihgabe von Tinchen, lehnte sich gegen den Kühlschrank und steckte die linke Hand in die Hosentasche. Diese Haltung verlieh ihm zwar ein lässiges Aussehen, nur stellte sich ihm gleich darauf die Frage, wie er denn jetzt wählen sollte. Möglichst unauffällig zog er die Hand wieder heraus.

»Soll ich dir die Nummer diktieren?«, fragte Tinchen. »Du kannst sie ja doch wieder nicht lesen.«

Erst nach dem fünften Läuten meldete sich eine leise Frauenstimme, die keinerlei Ähnlichkeit mit Hermines sonorem Organ hatte. »Ja, bitte?«

»Guten Tag, gnädige Frau, hier ist Florian Bender«, sagte Florian, »könnte ich wohl bitte Frau Henslow sprechen?«

»Einen Augenblick«, sagte die Stimme leise, und dann wesentlich lauter: »Her-miie-ne! Telefon!«

Florian hörte Holzdielen knarren, Schritte, die näher kamen, dann ein kurzes »Henslow?!«

»Ich bin's, Tante Mine, Florian ...« Danach kam er nicht mehr zu Wort. Hermine äußerte ihr Erstaunen über den Anruf, hatte sie doch beim Schreiben des Briefes ihr Notizbuch nicht zur Hand gehabt und deshalb auch Wallys Telefonnummer nicht mitteilen können, wie er denn das Weihnachtsfest verlebt habe – »die Familie ist wohlauf, hoffe ich?« –, dann leitete sie über zu der Bahnfahrt nach Köln – »eine Katastrophe, sage ich dir, eine glatte Katastrophe!« –, verweilte ein wenig bei dem nasskalten Wetter – »vergiss nicht, mein Junge, ich war wochenlang die klare Seeluft gewöhnt!« –, um dann endlich nach dem Grund dieses Telefonats zu fragen. »Es wäre natürlich schön, wenn du mich mit dem Auto bei Wally abholen könntest, doch wenn das Umstände macht, nehme ich den Zug.«

»Selbstverständlich würde es keine Mühe machen, Tante Mine, nur ...«

»Na, dann ist es ja gut, mein Junge. Am besten kommst du morgen gleich nach dem Frühstück, so gegen halb neun, ja?«

»Nein! Das geht doch nicht, Tante Mine, weil ...«

»Es geht nun doch nicht? Ich sagte dir ja schon, dass mir das nichts ausmacht. Vom Bahnhof nehme ich mir einfach ein Taxi zu euch.«

Florian hielt die Sprechmuschel zu. »Sie lässt mich einfach nicht ausreden!«

»*Mich* wird sie lassen, gib mal rüber!« Ungeachtet des Wortschwalls, der aus dem Hörer tönte, rief Tinchen dazwischen: »Hier ist Tina Bender, Florians Frau. Sie werden sich wohl kaum an mich erinnern, da wir uns nur einmal kurz gesehen haben, aber das wäre kein Grund gewesen, Sie nicht gern bei uns aufzunehmen. Nur kam Ihr Brief ein wenig zu spät. Wir sitzen nämlich quasi auf gepackten Koffern, weil wir zusammen mit Freunden zwei Wochen Skiurlaub im Schwarzwald machen werden. Die Zimmer sind seit Wochen gebucht, und Florian hat nach seiner schweren Grippe ein paar Tage Erholung dringend nötig.«

Der Rekonvaleszent nickte heftig und hustete demonstrativ. Gleichzeitig deutete er durch heftige Abwehrbewegungen an, dass er nicht mehr mit Tante Mine zu sprechen wünschte.

»Es tut uns wirklich leid, Ihnen diesmal absagen zu müssen, doch wir hoffen, dass Sie uns dafür im nächsten Jahr ganz bestimmt besuchen werden.«

Bevor Hermine zu einem weiteren Monolog ansetzen konnte, sagte Tinchen, hastig atmend: »Oh, eben fährt das Taxi vor, ich muss also Schluss machen. Ein frohes neues Jahr und, äh, ja, also dann auf Wiederhören.« Sie legte den Hörer auf und ließ sich auf den Stuhl fallen. »Habe ich überzeugend geschwindelt?«

»Nein, aber Hermine kennt dich ja kaum, also hat sie bestimmt nichts gemerkt, und die Ausrede mit dem Skiurlaub klang ziemlich echt. Hoffentlich weiß sie nicht, dass ich in meinem ganzen Leben noch keinen Ski unter den Füßen gehabt habe. Treibt Sport, oder ihr bleibt gesund.«

»Langlauf soll für ältere Menschen aber sehr empfehlenswert sein!«

»Na, dann fang mal langsam damit an!«, sagte Florian, bevor er schleunigst aus der Küche stürmte. Anspielungen auf ihr Alter hörte Tinchen nämlich gar nicht gern.

Sie hatten sich gerade mit einem Cappuccino und dem schon reichlich trockenen Rest von Tonis selbst gebackenem Christstollen vor den Kamin gesetzt, bevor Florian zum letzten Mal in diesem Jahr in die Redaktion fahren musste, als es an der Tür Sturm läutete.

»Nicht aufmachen!«, warnte Tinchen. »Wir sind verreist!«

»Und haben in der Küche das Licht brennen lassen«, knurrte Florian, »wir sind für solche Spielchen einfach noch zu untrainiert. Hast du wenigstens den Anrufbeantworter eingeschaltet?«

»Ja«, bestätigte Tinchen zum dritten Mal, »und jetzt geh endlich zur Tür, bevor die Klingel kaputt ist. Egal, wer draußen steht, ich will niemanden mehr sehen. Sag einfach, ich sei gerade gestorben, und dir ginge es auch nicht mehr gut.«

Florian trabte davon und kam gleich darauf zurück. Ihm folgte ein durchnässter Peter Gerlach, der mit einer Hand eine ebenfalls nasse Sporttasche hinter sich herzog und mit der anderen eine Magnum-Flasche Pommery an seine Brust drückte. »Er hat nicht geglaubt, dass du tot bist«, sagte Florian entschuldigend.

»Und wenn, dann hätte mich das auch nicht vom Hereinkommen abgehalten.« Gerlach stellte die Flasche auf den Tisch und pellte sich aus seinem tropfenden Parka.

»Bist du durch den Rhein geschwommen?«, wollte Florian wissen, bevor er aus der Küche ein Handtuch holte.

»Nicht direkt, aber das Wasser in der Regentonne war genauso nass!«

»Du Ärmster«, bedauerte ihn Tinchen, während sie einen großzügig bemessenen Whisky eingoss, »ist deine Dusche kaputt? Und weshalb ziehst du dich nicht aus, bevor du badest?«

Dankbar nahm er das Glas entgegen. »Ich bin durchs Fenster abgehauen und hab nicht mehr daran gedacht, dass die olle Meisenreiter das Wasser aus der Regenrinne neuerdings sammelt. Im Winter! Frag mich nicht, warum, ich weiß es nicht. Jedenfalls bin ich bei meiner überstürzten Flucht mit einem Bein dringehangen, und bei dem Befreiungsversuch ist das ganze Fass umgekippt. Das meiste vom Inhalt habe ich natürlich abgekriegt. Zum Umziehen war keine Zeit mehr, er stand ja schon vor der Tür. Ich hab's gerade noch bis ins Auto geschafft.« Entsetzt blickte er auf den immer größer werdenden See zu seinen Füßen. »Flori, hast du was Trockenes zum Anziehen?«

»Na klar, komm mit ins Bad, damit du erst mal 'ne heiße Dusche kriegst. Den Whisky darfst du mitnehmen!«

»Etwas will ich vorher aber noch wissen«, sagte Tinchen, die Champagnerflasche begutachtend. »Andere Leute greifen bei einer plötzlichen Flucht zum Familienschmuck oder wenigstens zur Police von der Lebensversicherung, du zum Schampus. Möchtest du, dass ich ihn ein bisschen warmstelle? Oder glaubst du, dass du heute noch mal auftaust?«

»Vor wem bist du eigentlich getürmt? Vor dem Gerichtsvollzieher oder vor einem deiner Mafiafreunde?«

»Schlimmer«, bekannte Gerlach grinsend, »vor meinem Onkel Albert. Der ist zwar senil, aber noch nicht so sehr, dass er sich nicht immer wieder mal an ›de läve Jong‹ erinnert und sich bei mir einquartiert. Das letzte Mal ist er meiner Putzfrau an die Wäsche gegangen, doch die hat sich mit dem Schrubber verteidigt und ihm zu einer geschwollenen Nase verholfen. Die ist ja inzwischen verheilt, aber Nofretetes Ableben habe ich bis heute nicht verwunden. Der Kaktus ersetzt sie eben nicht. – Ist das Bad immer noch an derselben Stelle?«

Er steuerte auf die Treppe zu, und bevor Florian ihm folgte, erklärte er dem verdutzten Tinchen noch schnell, dass Nofretete ein Goldfisch war, der Onkel Alberts letzten Besuch nicht überlebt hatte, worauf Gerlach ihn in der Toilette entsorgt und wenig später das verwaiste Aquarium mit einem Kaktus der Gattung Schwiegermutterstuhl bepflanzt hatte.

»Was hat der Onkel denn mit dem armen Fisch angestellt? Etwa gebraten?«

»Ganz im Gegenteil«, erklärte Florian lachend, »er hat ihn mit Brokkolisuppe gefüttert. Aus der Tüte.«

Eine halbe Stunde später hockte Gerlach, geduscht, geföhnt, mit Florians Jogginganzug bekleidet und mit hinreichend Whisky pur abgefüllt, auf dem Sofa und klapperte nur noch gelegentlich mit den Zähnen. »Ihr habt mir das Leben gerettet«, behauptete er immer wieder, »aber ihr wisst doch hoffentlich auch, dass der Lebensretter von da an für das Leben des Geretteten verantwortlich ist, nicht wahr? Jedenfalls ist das bei den Chinesen so, und von denen haben wir ja eine ganze Menge Kultur übernommen.«

»Wir leben aber in Europa, und soviel ich weiß, sind die Chinesen gerade dabei, eine Menge sogenannter Kultur von uns Europäern zu übernehmen. Ich denke dabei an Currywurst, Bikinis, Kuckucksuhren, Inspektor Derrick ...«

»Weiß ich alles, Tinchen«, gab Gerlach bereitwillig zu, »ich will mich euch ja auch nicht für den Rest meines Lebens aufdrängen, sondern nur für die nächsten drei Tage. Bis dahin haben die vom Altersheim Onkel Albert wieder eingesammelt, länger brauchen sie nie.«

8.

Tinchen packte Koffer, das heißt, sie packte um. Zum dritten Mal. Dabei hatte sie schon den ganz großen genommen, doch unbegreiflicherweise war er immer noch zu klein. Die Flossen nahmen einfach zu viel Platz weg, aber mit mussten sie! Man könne die Dinger an Ort und Stelle auch leihen, hatte Florian gesagt, doch erstens koste so was Geld, das man bestimmt viel besser anlegen könne, zum Beispiel für einen hübschen Sonnenhut, der alleine schon wegen dem Ozonloch ratsam sei, und zweitens wären fremde Flossen nie so gut wie die eigenen. Sie wären entweder zu eng oder – schlimmer noch! – rutschten vom Fuß, und dann könne man sehen, wie man mit nur einer oder ganz ohne Flossen wieder an Land käme. So ganz ungefährlich sei Schnorcheln eben auch nicht – es sei denn, man wäre Kanalschwimmerin.

Warum weigerte sich Florian eigentlich, einen eigenen Koffer mitzunehmen? Weil er zu faul war, ihn zu packen, ganz klar! Von wegen Übergepäck! Eine blöde Ausrede war das und nur dazu bestimmt, ihr die Schuld in die Schuhe zu schieben, wenn hinterher was fehlte. – Apropos Schuhe! Jetzt hätte sie doch beinahe die goldenen Sandalen vergessen! Florian hatte zwar empfohlen, überhaupt keine Schuhe mitzunehmen außer Badelatschen und denen, die man gezwungenermaßen während der Reise anziehen musste, doch das kam natürlich nicht in Frage. Im Prospekt war auch von gelegentlichen Abendveranstaltungen die Rede gewesen, und zu dem Cocktailkleid passten nun mal nur die Riemchensandaletten. Außer den weißen Pumps, aber die drückten und hätten außerdem viel mehr Platz gebraucht. Die Slipper mussten auch noch mit wegen der Ausflüge, man will ja nicht nur am Strand liegen, sondern was von Land und Leuten sehen, aber nicht mit hohen Absätzen ... Versuchsweise klappte Tinchen den Kofferdeckel herunter, musste jedoch einsehen, dass er sich nie schließen lassen würde. Und noch immer standen und lagen Sachen herum, die unbedingt mitmussten. – Mussten sie wirklich? Wozu brauchte Florian zwei lange Hosen? Eine genügt doch für abends, außerdem hat jedes anständige Hotel eine Wäscherei. Und dann zwei Sweatshirts? So ein Unsinn! Auf Jamaika ist es tropisch warm, auch nachts, außerdem hatte sie für ihn zwei Hemden mit langen Ärmeln eingepackt, die sollten reichen, er fror doch sowieso nie. Drei Badehosen? Na ja, genehmigt, schließlich nahm sie selbst drei Badeanzüge und zwei Bikinis mit. Natürlich keine mit diesem hohen Beinausschnitt, obwohl sie sich die ohne weiteres noch hätte leisten können, das hatte sogar Frau Ka-Ka festgestellt, als sie Tinchen im letzten Sommer beim Sonnenbad im Garten überrascht hatte, aber die hatte irgendwann mal beschlossen, in Würde zu altern, was immer man darunter zu verstehen hatte. Auf keinen Fall graue Haare, schon wegen der notleidenden Friseurinnung nicht, und zehn Kilo Übergewicht mussten auch nicht sein, aber Minikleider kamen natürlich genauso wenig in Frage wie diese schockfarbenen Kreationen, für die man eine Sonnenbrille brauchte. Tinchen bevorzugte das, was unter dem dehnbaren Begriff ›sportlich-elegant‹ angepriesen wurde, wobei die Eleganz häufig auf der Strecke blieb. Ein Seidentuch, lässig über einen Rollkragenpulli geschlungen, sah bei Ellen Hildebrandt todschick aus, bei ihr selber dagegen so, als hätte sie den Mantel ausgezogen und vergessen, den Schal abzunehmen. »Ich bin zehn Zentimeter zu klein«, hatte sie mal gejammert, »meine Größe ist völlig aus der Mode!«

Ein vierter vergeblicher Versuch, zweieinhalb Kubikmeter

Masse in einen halb so großen Koffer zu quetschen, wurde von Florian unterbrochen. Vorsichtshalber steckte er nur den Kopf durch die Tür. »Packst du immer noch?«

Als Antwort flog ihm ein Paar zusammengerollte Socken entgegen. »Wozu brauchst du die? Ich denke, in Jamaika ist es warm?«

»Die sind für den Rückflug vorgesehen!«

»Die bleiben hier! Im Laufe von drei Wochen kannst du die Socken vom Hinflug ja mal waschen«, entschied Tinchen. »Waschpulver habe ich dabei.«

»Warum lässt du das nicht da und packst stattdessen die Socken ein? Die wiegen weniger.«

Sie ließ den Stapel Badetücher auf den Boden fallen und riss die Tür ganz auf. »Ich habe einen viel besseren Vorschlag: Pack *du* doch den Koffer!«

»Aber gerne. Du musst mir nur sagen, was rein muss.«

»Na, alles, was du hier siehst.« Vage deutete sie auf das Durcheinander von Kleidungsstücken, Kosmetika, Fotozubehör und den anderen Dingen, ohne die ihr eine Urlaubsreise nicht denkbar schien. »Die Bücher fehlen aber noch, die Reiseapotheke, die Ersatzbrillen, Wecker, Maniküretui …«

»Tine, wir wandern nicht aus, wir verreisen bloß! Und da Jamaika circa zwei Millionen Einwohner hat, gibt es dort mit Sicherheit Geschäfte, in denen man eine Nagelfeile und notfalls auch Waschpulver kaufen kann.«

»Und von mir behauptest du immer, ich werfe das Geld zum Fenster raus!«, empörte sie sich. »Warum soll ich etwas kaufen, was ich schon habe? Ganz abgesehen davon, dass eine Nagelfeile nun wirklich nicht viel Platz braucht.«

Da gab er es auf. »Mit dir kann man einfach nicht diskutieren! Mach weiter, aber lass wenigstens die Möbel stehen!«

Während Tinchen den Stapel noch ungelesener Bücher in ihrem Zimmer nach geeigneter Urlaubslektüre durchsah – die einen Experten empfahlen sogenannte leichte Kost zur Entspannung, die anderen plädierten für Anspruchsvolles, weil man doch jetzt genügend Zeit dafür habe, Tinchen entschied sich für einige Krimis und zu guter Letzt auch noch für den *Medicus*, reduzierte Florian den Kleiderstapel heimlich auf etwas über die Hälfte und alles andere auf ein Drittel. »Wozu brauchst du elf T-Shirts, fünf Blusen, drei Spitzenhemdchen, sechs Paar Shorts und drei Kleider?«, empfing er Tinchen, als sie die Bücher vor ihm ablud. »Von dem ganzen Zubehör wie Gürtel, Tücher, Ketten und so weiter ganz zu schweigen. Und weshalb musst du den halben Wäscheschrank mitnehmen? Wir benötigen weder Luftmatratzen noch Handtücher, denn Betten und vollständig ausgestattete Bäder sind im Reisepreis enthalten. Außerdem haben wir Vollpension, so dass sich die Mitnahme von Vollkornbrot und Landleberwurst ebenfalls erübrigt.« Er deutete auf die in Folie eingeschweißte Brotpackung und die beiden Dosen. »Was hast du dir bloß dabei gedacht, Tine?«

Die runzelte nur die Stirn. »Welche Spitzenhemdchen?«

Jetzt war es Florian, der etwas verwundert dreinschaute. »Ich rede gerade von Brot und Leberwurst!«

»Du hast gesagt, ich hätte drei Spitzenhemden eingepackt, dabei besitze ich gar keine.«

»Na schön, dann war's eben was anderes mit Gehäkeltem obendran, ist ja auch egal, jedenfalls reicht doch wohl eins davon. Bei 27 Grad braucht man nichts zum Drunterziehen.« Gewohnt, den Dingen auf den Grund zu gehen, begann Tinchen den Koffer wieder auszupacken. Verblüfft sah Florian zu. »Was soll das denn?«

»Ich suche die Spitzenhemden.«

»Tine, jetzt brauchst du aber wirklich eine Brille! Hier liegen sie doch! Obendrauf!« Vom Wäschestapel nahm er etwas kurzes Weißes mit Spitzeneinsatz und Spaghettiträgern herunter. »Ist das etwa kein Hemd?«

»Nein, das ist ein Top!« Zum Beweis dafür hielt sie sich das fragliche Kleidungsstück vor die Brust.

»Jawohl, es ist ein Top«, stimmte er zu. »Und wenn du mir jetzt noch den Unterschied erklärst, erkenne ich ihn vielleicht auch.«

»Ein Unterhemd darf man nicht, ein Top dagegen soll man sehen. Alles klar?«

Florian nickte ergeben. »Auch eine Möglichkeit, die sündhaft teuren Dessous an den Mann oder in diesem Fall wohl eher an die Frau zu bringen. Man deklariert sie einfach als Oberbekleidung, und schon rennt ihr alle damit rum!«

Tinchen wollte protestieren, doch da hatte Florian schon das Thema gewechselt. »Hast du für diese Notverpflegung auch eine plausible Erklärung?« Kopfschüttelnd griff er nach einer der zwei Dosen und hielt sie ins Licht. »Pfälzer Landleberwurst, hausgemacht«, las er vor, »die isst du doch sonst nie!«

»Das ist gegen den Heißhunger, Flori, spätestens in der dritten Woche kommt der!« Sie nahm eine der geschmähten Wurstdosen in die Hand. Normalerweise würde sie so etwas wirklich nie kaufen, aber … »Weißt du nicht mehr, damals in Kenia, als uns das ewige Weißbrot und die immer gleichen, leicht gewellten Käsescheiben so zum Hals raushingen, dass du aus einer alten Illustrierten die Seite mit der Pumpernickel-Reklame rausgerissen, an den Spiegel gehängt und mit meinem Kajal *Noch fünf Tage bis zur Leberwurststulle* druntergeschrieben hast?«

Er lachte laut los. »Das ist acht Jahre her, Tine, inzwischen haben wir doch schon öfter ein paar schwarzbrotlose Wochen überlebt.«

»Stimmt«, bestätigte sie, »aber nur mit Abführpillen.« Dann entdeckte sie den von Florian zur Seite gelegten Kleiderstapel. »Fahren wir diesmal in ein Nudistencamp?«

»Nein, aber auch nicht ins Grandhotel. Es gibt weder Cocktailstunden noch Galadiners, und wie du mit acht Zentimeter hohen Absätzen durch den Sand staksen willst, würde ich zwar gern sehen, doch dazu werde ich leider keine Gelegenheit haben. Die Aschenputtelschuhe bleiben nämlich genauso hier wie zwei von den drei Kleidern, mindestens die Hälfte der T-Shirts – du kaufst dir doch sowieso wieder welche als Souvenirs –, und ein halbes Dutzend Shorts brauchst du auch nicht.«

»Also doch FKK!«

»Wieso? Die Badeanzüge kannst du selbstverständlich alle mitnehmen!« Damit verschwand er, um in der Redaktion seiner nominellen Urlaubsvertretung zum letzten Mal alles das vorzukauen, was er ihr schon ein Dutzend Mal erklärt hatte. Moritz Weingart war ein Protegé vom Doppeldoktor, nach allgemeiner Ansicht strohdumm, jedoch der Sohn seines Anlageberaters und seit neuestem unter der Bezeichnung ›Volontär‹ beim ZEITSPIEGEL geparkt. Weil sich inzwischen jeder Redakteur weigerte, diesen intellektuell nicht eben flexiblen Mittzwanziger unter seine Fittiche zu nehmen, hatte man ihm in einen zurzeit leerstehenden Büroraum einen PC gestellt, auf dem er abwechselnd an einem Drehbuch über die Invasion mutierender Regenwürmer schrieb und zwischendurch ein paar Sätze Tennis spielte, die er regelmäßig gegen den Computer verlor. Die Aussicht, drei Wochen lang Florians Stuhl besetzen zu dürfen, hatte Moritz jedoch so beflügelt, dass er ihm in den letzten Tagen kaum von der Seite gewichen war und sich laufend Notizen gemacht hatte. Der Doppeldoktor hatte das wohlwollend zur Kenntnis genommen. »Natürlich wird Herr Weingart keine selbständigen Entscheidungen treffen und erst recht keine eigenen Beiträge ins Blatt bringen können«, hatte er dem doch etwas beunruhigten Florian zugesichert. »Aber ich gehe davon aus, dass er an Ihrem Schreibtisch, also quasi am Schaltpult der Zeitung, allmählich ein Gefühl für den Journalismus bekommen wird.«

So hatte Florian seinen Arbeitsplatz noch nie gesehen, zumal sich das Schaltpult auf die wenig benutzte Tastatur seines Computers beschränkte, aber Dr. Dr. Vandevelde liebte nun mal eine blumenreiche Sprache. Im Übrigen würde sich Peter Gerlach um die täglich anfallenden Routinearbeiten kümmern, das hatte er Florian versprochen und ihm nur empfohlen, das unterste Schreibtischfach abzuschließen. »Von den Kreislauftropfen braucht dieser Grünspecht ja nichts zu wissen«, hatte er gesagt und gleich eine Dosis gefordert. »Wie schaffst du es eigentlich immer, den Whisky als Büromaterial zu deklarieren?«

Während Florian dem eifrig mitschreibenden Moritz die verschiedenen Tasten und Funktionen des Telefons erklärte, was er auch schon gestern und vorgestern getan hatte, war es Tinchen endlich gelungen, die Reiseutensilien auf die von ihrem Mann genehmigte Menge zu reduzieren und den Koffer zu schließen. Und als die Tagesschau im Fernsehen begann, hatte sie unter Zuhilfenahme eines zweiten, allerdings wesentlich kleineren Koffers ihre Garderobe auf das ihr als Minimum erscheinende Volumen wieder aufgestockt, und nun war sogar genug Platz übrig geblieben, dass nicht nur Florians Socken, sondern auch noch seine zweite Hose hineinpassten. Zufrieden klappte sie den Deckel vom kleinen Koffer zu und schob ihn hinter den Sessel. Wenn Florian aus der Redaktion nach Hause kam, würde er das Gepäckstück gar nicht bemerken, weil man ja meistens nur das sieht, was man zu sehen erwartet, na, und morgen blieb sowieso keine Zeit mehr für irgendwelche Änderungen.

Der Mann vor der Wetterkarte prophezeite für die nächsten Tage Bewölkungsrückgang und milde Temperaturen, eine Prognose, mit der Tinchen keineswegs zufrieden war. Bekanntlich erhöht es den Urlaubsgenuss um ein Vielfaches, wenn man unter Palmen in der Sonne liegt und sich dabei ausmalt, wie die weniger Glücklichen zu Hause das Eis von den Autoscheiben kratzen müssen.

Diese erfreulichen Vorstellungen wurden von einem energischen Klingeln unterbrochen. »Nein, nicht schon wieder

Frau Knopp«, stöhnte Tinchen, während sie mit dem Fuß nach dem verschwundenen zweiten Hausschuh tastete, »man sollte sie … Ja doch, ich komme schon!«, brüllte sie nach dem nochmaligen und wesentlich länger anhaltenden Läuten, gab die Suche nach dem Schuh auf und hüpfte auf einem Bein zur Tür. Immerhin war ihre Nachbarin im Laufe des Tages schon mehrmals aufgekreuzt, hatte Tinchen an den demnächst fälligen Besuch des Schornsteinfegers erinnert, den ja jemand ins Haus lassen müsse, hatte wissen wollen, wer sich um die Post kümmern würde, es sei doch bekannt, dass überquellende Briefkästen gleichbedeutend seien mit einer Einladung an Einbrecher, und wie das denn mit den Rollläden sei? Sie wäre selbstverständlich gern bereit, die Jalousien abends herabzulassen und morgens wieder hochzuziehen. »Schon allein wegen der Kälte!«, hatte sie noch hinzugefügt und gar nicht verstehen können, dass Tinchen dieses Angebot rundheraus abgelehnt hatte. Was um alles in der Welt war dieser Nervensäge denn jetzt noch eingefallen? Mit einem Ruck riss Tinchen die Haustür auf. »Liebe Frau Knopp, ich weiß ja nicht … ach, du bist es bloß«, entfuhr es ihr, als sie ihre Mutter vor sich stehen sah, »so spät noch? Ist was passiert?«

»Natürlich ist nichts passiert, sonst hätte ich zum Telefon gegriffen«, meinte Toni etwas pikiert. »Willst du uns nicht hereinbitten?«

»Draußen ist es nämlich unangenehm kalt«, bestätigte Frau Klaasen-Knittelbeek, nun ebenfalls in den Lichtschein der Flurbeleuchtung tretend. »Aber die liebe Antonie hat sich nicht davon abhalten lassen, Ihnen noch persönlich eine gute Reise zu wünschen.«

Das hatte die liebe Antonie zwar schon drei Mal telefonisch getan, und außerdem wäre Tinchen morgen früh sowieso noch vorbeigefahren, aber Toni war nun mal nicht davon abzubringen, dass Flugreisen ein größeres Risiko bedeuteten als jedes andere Verkehrsmittel. »Bei einem Absturz gibt es keine Überlebenschancen«, pflegte sie zu sagen, »deshalb sollte man immer vorher seine persönlichen Angelegenheiten noch in Ordnung bringen.« Aus diesem Grund wurde Tinchen auch jedes Mal, wenn sich Frau Antonie länger als drei Tage von Oberkassel entfernte, daran erinnert, wo sie ihr Testament aufbewahrte und die Liste mit Daueraufträgen, die im Falle ihres Ablebens bei der Bank sofort storniert werden müssten.

Nachdem die späten Besucher entgegen Tinchens Hoffnung, sie würden gleich wieder verschwinden, die Mäntel ausgezogen und vor dem Kamin Platz genommen hatten, erkundigte sie sich höflich, ob denn etwas zu trinken genehm sei.

»Ein Glühwein wäre jetzt das Passende, nicht wahr, liebe Antonie?«, sagte Frau Klaasen-Knittelbeek. »Bei dieser Kälte wirkt so etwas schon beinahe wie Medizin.«

»Oder ein Grog«, ergänzte Frau Antonie, »aber Tee mit Rum würde auch genügen.«

»Malventee?«, fragte Tinchen mit zusammengebissenen Zähnen.

»Aber nein, Kind, der verträgt sich nicht mit Alkohol.«

»Seit wann trinkt sie denn schwarzen?«, murmelte Tinchen auf dem Weg zur Küche, wo sie lauter als nötig herumhantierte. Sie hatte gerade den Wasserkocher eingeschaltet, als ihr einfiel, dass der Rum alle und auch kein Rotwein mehr da war. Gleich nach Neujahr hatte Florian den Keller inspiziert und festgestellt, dass es gar nichts mehr zu inspizieren gab, jedenfalls nicht in der Ecke, wo normalerweise ein gut gefülltes Weinregal stand. »Dann muss eben der Kochwein ran!«, entschied Tinchen, kippte den noch vorhandenen Rest aus der Flasche in einen Topf, warf zwei Zimtstangen, eine halbe Zitrone sowie ein paar Gewürznelken hinterher und ließ alles kurz aufkochen, obwohl man das eigentlich nicht durfte, aber vielleicht kriegte die Brühe dann ein bisschen mehr Geschmack, hoffte sie, der Wein hatte nämlich keinen. Sie häufte Kandiszucker in zwei Teegläser und goss die kochend heiße

Flüssigkeit darüber. Dann steckte sie je eine Zitronenscheibe an den Rand, stellte die Gläser auf das kleine Kupfertablett (ein Glück, dass Frau Klötzer erst kürzlich das ganze Metallzeug wieder mal geputzt hatte), den Teller mit den schon etwas weich gewordenen Spekulatius daneben und trug alles zusammen ins Zimmer. »Schneller ging's leider nicht, hoffentlich seid ihr nicht inzwischen eingeschlafen.«

Davon konnte gar keine Rede sein. Die beiden Köpfe, der eine weiß, der andere aschblond, wie Frau Klaasen-Knittelbeek ihre an ausgebleichten Hanf erinnernde neue Haarfarbe bezeichnete, beugten sich gemeinsam über den Urlaubskatalog, in dem Tinchen vorhin noch geblättert hatte. »Ganz entzückend, diese Bungalows«, lobte Frau Antonie, »sogar mit Terrasse. Man muss sich also gar nicht immer an den Strand bemühen.«

»Und dann diese Flora, liebe Antonie, sehen Sie doch nur die Blütenkaskaden an der Hauswand. So etwas wächst dort wie Unkraut.«

»Das hier nicht, das kommt nämlich aus'm Blumentopf,« sagte Tinchen lakonisch und deutete auf die untere Ecke des Bildes, »Sie müssen bloß mal genauer hingucken! Außerdem ist das gar nicht unser Hotel, wir wohnen im Palmbeach Club.«

»Das wissen wir ja, nicht wahr, Antoinette?« Frau Klaasen-Knittelbeek stupste die so Angeredete in die Seite und kicherte albern.

»Wie? Äh – ja, natürlich wissen wir das, ich habe doch die Adresse«, bestätigte Frau Antonie glucksend, was in Tinchen den Verdacht erhärtete, dass ihre beiden Besucherinnen schon mehr als nur ein halbes Glas Glühwein gekippt haben mussten. Fragte sich nur, wo. Toni ging im Winter bei Dunkelheit selten aus dem Haus, und wenn, dann höchstens von der Tür bis zum Auto und umgekehrt, was also mochte sie bewogen haben, ausgerechnet heute Abend herzukommen? Und das auch noch zu Fuß!?

»Du kannst den Katalog gern mitnehmen«, drängte Tinchen, nachdem sie mit ergebener Miene zugesehen hatte, wie ihre Mutter zum zweiten Mal die ganzen 280 Seiten durchzublättern begann, »vielleicht findest du ja auch mal ein Ziel außerhalb von Europa. Oder habt ihr schon irgendwelche Urlaubspläne für den Sommer?«

»Haben wir welche, Antoinette? Für den Sommer?«

»Nicht dass ich wüsste«, kam es kichernd zurück, und nun bestand für Tinchen gar kein Zweifel mehr: Die beiden waren betrunken. Oder zumindest reichlich angeschickert. Antoinette – was sollte dieser Unsinn? Zwar hatte Frau Klaasen-Knittelbeek ein Faible für Romane, die im 19. Jahrhundert spielten, als man noch Louise oder Amélie hieß und in Gegenwart des Personals französisch sprach, doch als sie diesen Brauch im Zweipersonenhaushalt Pabst wieder aufleben lassen wollte, hatte Frau Antonie nur gelacht. »Erstens ist mein Französisch viel zu eingerostet und mein Vokabular auf den Gegebenheiten von 1938 stehen geblieben, zweitens haben wir kein Personal und drittens keine Familieninterna, die wir vor ›Zweitens‹ verheimlichen müssen.«

»Aber Pavla ...«

»... darf ruhig hören, wenn ich Frau Helmers neues Kostüm kritisiere; wie kann sie denn auch bei ihrem blassen Teint Hellgrün tragen?«

Frau Klaasen-Knittelbeek hatte sich also damit abfinden müssen, dass Frau Antonie für die gute alte Zeit offenbar nichts übrig hatte und auch nicht Antoinette genannt werden wollte, obwohl das doch viel eleganter klang. Na ja, sie las ja auch lieber die dicken Wälzer von Rosamunde Pilcher, in denen die Frauen in rustikaler Kleidung am Meer spazieren gehen und dem Tosen der Brandung lauschen.

»... und vergiss auch nicht, gleich Bescheid zu geben, ob ihr auch gut angekommen seid«, forderte Frau Antonie, nachdem sie sich vergewissert hatte, dass Tinchen auch wirklich Frau von Rothenburgs Telefonnummer notiert hatte, weil doch diesmal der Canasta-Abend bei ihr stattfand.

»Wenn wir nicht angekommen sind, erfährst du's schon früh genug aus'm Fernsehen!« Nach einem verstohlenen Blick auf die Uhr stand Tinchen auf und öffnete das Fenster. Manchmal half das ja. Diesmal nicht. »Du hast recht, Kind, es ist wirklich sehr warm hier drin«, sagte Frau Antonie und vergaß völlig, dass sie die kühle Luft im Rücken sonst gar nicht vertrug.

»Frau Tina stimmt sich schon auf die tropischen Temperaturen ein«, vermutete Frau Klaasen-Knittelbeek und zog die Wolldecke ein bisschen näher zu sich heran. »Wohl dem, der dieser unfreundlichen Witterung entfliehen kann.«

»Warum tun Sie's denn nicht?«, entfuhr es Tinchen.

»Ach, in unserem Alter entschließt man sich nicht mehr so leicht zu derartigen Exkursionen, nicht wahr, liebe Antonie?«

Die nickte nur mehrmals mit dem Kopf, konnte jedoch ein verstohlenes Lächeln nicht unterdrücken, und prompt kicherte auch Frau Klaasen-Knittelbeek wieder los. Sie vertragen eben keinen richtigen Alkohol mehr, entschied Tinchen, im Haus ihrer Mutter standen nur Liköre im Büfett und zwei Sorten Magenbitter. Karsten hatte mal eine Flasche Remy mitgebracht, doch die hatte seine Mutter sofort aus dem Verkehr gezogen. »Danke, mein Junge«, hatte sie gesagt, »bei einem Schwächeanfall kann ein Schluck Weinbrand ein wahres Lebenselixier sein«, und dieses Elixier im Abstellraum neben das kleine Schränkchen gestellt, in dem all die Sachen deponiert waren, die wegen ihrer Größe nicht in die reguläre Hausapotheke im Bad passten, Franzbranntwein zum Beispiel oder der kleine Kanister mit dem Desinfektionsmittel.

»Hoffen wir bloß, dass der Notfall nie eintritt«, hatte Karsten gemurrt, »wer sucht denn schon den Kognak in der Besenkammer?«

Als Florian kurz vor Mitternacht nach Hause kam, fand er

sein Tinchen am Küchentisch über einem Kreuzworträtsel grübelnd, neben sich eine Tasse mit abgestandenem Kaffee. »Weißt du, was ein Kasuar ist?«

»Ich glaube, ein Vogel, aber sag mir lieber, warum du ...«

»Das habe ich auch gedacht, bloß kenne ich keinen Vogel mit drei Buchstaben. Der kürzeste, der mir einfiel, war Eule, und die hat vier.«

»Wie wär's stattdessen mit Uhu?« Er nahm ihr die Zeitschrift aus der Hand und klappte sie zu. »Was soll denn der Quatsch? Weshalb schläfst du nicht längst?«

»Weil wir noch Besuch haben und weil es unhöflich ist, vor seinem Besuch ins Bett zu gehen.« Sie gähnte ausgiebig. »Wie spät ist es eigentlich?«

Doch das hatte Florian schon nicht mehr gehört. Er hatte auf dem Absatz kehrtgemacht, war den Flur entlang zum Wohnzimmer gestürmt, hatte die Tür aufgerissen, und dann war er hilflos stehen geblieben. »Leben sie noch?«

»Das will ich doch stark hoffen«, sagte Tinchen, ihn zur Seite schiebend, »obwohl ich die Möglichkeit einer Alkoholvergiftung nicht ganz ausschließen kann. Mutti hat immerhin einen Glühwein, drei Gläser Sherry und einen Esslöffel von Klostergeists Melissenfrau intus, während sich Frau Ka-Ka mehr an den Campari gehalten hat. Erst wollten sie nicht nach Hause, und als sie endlich doch wollten, konnten sie nicht mehr. Allein hätte ich sie aber nie ins Auto gekriegt. Die sind hinüber! Alle beide!«

»Das würde ich allerdings auch so sehen!« Amüsiert betrachtete Florian das ungewohnte Stillleben. In der Sofaecke schnarchte Frau Klaasen-Knittelbeek, die Wolldecke bis zum Kinn hochgezogen, in F-Dur vor sich hin, während Frau Antonie im Sessel hing, in Ermangelung einer zweiten Decke Tinchens Wolljacke über ihre Beine gebreitet und sich obenherum mit ein paar Seiten vom ZEITSPIEGEL zugedeckt hatte. Sie schnarchte in Moll.

»Was machen wir denn jetzt mit ihnen? Wir können sie doch hier nicht so sitzen lassen.« Vorsichtig tippte Tinchen ihre Mutter an, doch die schnaufte nur unwillig, drehte den Kopf auf die andere Seite und schlief weiter.

»So geht das nicht«, entschied Florian. »Toni würde sich nie verzeihen, wenn wir sie in diesem wenig präsentablen Zustand gesehen hätten, also ersparen wir ihr die vermeintliche Blamage.« Er schloss leise die Tür zum Flur und öffnete stattdessen die Schiebetür zum Esszimmer. Dann holte er Tinchens Küchenradio, stellte den Apparat neben den Ficus, da gab es die einzige noch freie Steckdose, suchte nach einem Sender mit klassischer Musik und schob den Lautstärkeregler langsam hoch. Als die Fensterscheiben zu klirren begannen, verließ er das Zimmer und zog Tinchen mit sich in die Küche. »So, jetzt hoffe ich bloß, sie finden den Knopf zum Ausschalten selber!«

Anscheinend hatten sie ihn gefunden! Es dauerte zwar geraume Zeit, doch dann polterte ein Stuhl, ein unterdrückter Schmerzensschrei war zu hören und schließlich Frau Antonies empörte Stimme: »Woher kommt denn plötzlich dieser infernalische Lärm?« Frau Klaasen-Knittelbeek äußerte in schrillem Diskant die Vermutung, er müsse von draußen kommen, möglicherweise sei ein Fenster offen geblieben, doch Frau Antonie schnitt ihr kurzerhand das Wort ab. »Seien Sie nicht albern, Dorothee, hier hat sich irgendwo ein Radio eingeschaltet, vermutlich mit einer Zeitschaltuhr, nur muss das jemand programmiert haben, der hochgradig schwerhörig ist. Ich habe Ernestine schon vor Monaten gesagt, sie soll ihre Putzfrau mal zum Ohrenarzt schicken.« Den letzten Satz hörte Tinchen mehr als deutlich, denn Frau Antonie hatte das Radio gefunden und kurzerhand den Stecker herausgezogen.

»Können wir jetzt …?«, fragte Tinchen mit einem Blick zur Küchentür, doch Florian schüttelte den Kopf. »Noch nicht. Lass sie erst zur Toilette und vor einen Spiegel.«

Wenige Minuten später klopfte es, und als Tinchen die Tür öffnete, traf sie ein vorwurfsvoller Blick. »Seid ihr eigentlich schwerhörig? Ich bin ja einiges von euch gewöhnt, aber findet ihr es nicht doch etwas unhöflich, uns einfach im Wohnzimmer sitzen zu lassen, während ihr hier …«

»Natürlich, Toni, du hast ja recht«, fiel ihr Florian ins Wort, »aber ich bin eben erst gekommen und habe einen Bärenhunger. Tinchen wollte mir gerade etwas zu essen machen.«

»Um diese Zeit solltest du deinen Magen möglichst nicht mehr belasten.«

»Du hast ja keine Ahnung, was der für Belastungen verträgt!«

Während Tinchen planlos im Kühlschrank herumfuhrwerkte, schien Florian ein naheliegender Gedanke zu kommen: »Zehn Minuten dauert es doch bestimmt, bis das Essen fertig ist, dann kann ich ja vorher noch schnell unsere Besucher nach Hause fahren.« Was von den trotz oberflächlicher Korrekturen immer noch ziemlich derangiert aussehenden zwei Damen dankbar angenommen wurde.

Als er zurückkam, stand Tinchen schon im Bad und putzte sich die Zähne. »Ha schie hoch hasch geschacht?«

»Sprich deutsch, chinesisch kann ich nicht!«

Sie spülte den Mund aus. »Ich wollte wissen, ob sie noch was gesagt haben.«

»Außer ›gute Nacht‹ eigentlich nichts.« Er holte seinen Schlafanzug und begann sich auszuziehen. »Was haben die beiden überhaupt gewollt?«

»Keine Ahnung«, sagte Tinchen nach kurzem Überlegen, »das haben sie glatt verschwiegen.«

Als sie aufwachte, war es draußen stockdunkel, aber das wollte ja nichts heißen. Im Januar wird es erstens überhaupt nicht hell, und zweitens frühestens um acht – vorausgesetzt, die Wolkenuntergrenze endet nicht wieder knapp über dem

Dachfirst, so dass man den ganzen Tag über das Licht brennen lassen muss. Tinchen hasste diese langen, grauen Winterwochen, die nur selten mal durch ein paar Sonnenstrahlen aufgehellt wurden.

Aber heute war ihr das Wetter völlig egal. Bereits am Abend würde sie am Strand sitzen und zusehen, wie die Sonne im Meer versinkt. Dann war hier bereits Mitternacht oder sogar noch später. Diese Zeitverschiebung war schon eine merkwürdige Sache.

Tinchen blinzelte zur Uhr hinüber. Kurz nach fünf. Hm, einerseits ein bisschen zu früh zum Aufstehen, andererseits zu spät zum Wiedereinschlafen, und überhaupt war sie viel zu aufgeregt. So langsam fingen die Schmetterlinge im Bauch ja doch an zu kribbeln. Komisch, bei Florian kribbelten sie nie vor einer Reise, der schlief auch jetzt noch friedlich wie ein Säugling.

Sie drehte sich auf den Rücken und starrte an die Decke. Da gab es zwar absolut nichts zu sehen außer vielleicht ein paar Spinnweben an der Lampe – Frau Klötzer guckte leider nie nach oben! –, aber Tinchen hatte die Erfahrung gemacht, dass sie so am besten nachdenken konnte. Noch besser würde das allerdings gehen, wenn sie zwischendurch mal auf ihre Liste gucken könnte, doch die lag irgendwo unten. Aber was soll's? Statt hier herumzuhängen und darauf zu warten, dass sich um sechs der Radiowecker einschaltete, konnte sie auch aufstehen und wenigstens Kaffee kochen, wenn schon das Frühstück ausfallen sollte. Um halb neun mussten sie zum Einchecken am Flughafen sein, obwohl die Maschine erst zwei Stunden später starten würde, und weil sie sich ja irgendwie die Zeit bis zum Abflug vertreiben mussten, hatte Florian vorgeschlagen, in einem der Restaurants ausgiebig zu frühstücken. »Das ist genau der richtige Einstieg in den Urlaub!«, hatte er behauptet und wieder mal nicht daran gedacht, dass es auch eine preiswertere Möglichkeit geben könnte: Eine Flasche Sekt aus dem Duty-free-Shop zum Beispiel statt diesem von Ausländern zu Recht so gefürchteten Continental breakfast, das doppelt so teuer sein würde, obwohl es nicht mal ein Ei dazu gab, der Kaffee meistens wie Tee aussah und im Geschmack irgendwo dazwischenlag … Außerdem wäre ein Sektfrühstück zum Urlaubsbeginn viel stilvoller, stimmungsfördernder sowieso, und wenn man das Frühstück ganz wegließe, auch billiger, fand Tinchen.

Leise krabbelte sie aus dem Bett, griff nach dem Bademantel und schlich erst aus dem Zimmer und dann die Treppe hinunter in die Küche. Als Erstes schaltete sie das Radio an. Eine betont fröhliche Stimme verlas gerade die aktuellen Wetterdaten. »…lorca leicht bewölkt, 16 bis 20 Grad, Kanarische Inseln bewölkt, 18 bis 22 Grad, Florida sonnig, 22 bis 25 Grad und auf den Malediven blauer Himmel und satte 30 Grad. Na, liebe Frühaufsteher, klingt das nicht geradezu verlockend?«

»Sehr komisch«, knurrte Tinchen vor sich hin, »ich möchte nicht wissen, wie viele Hörer dem Kerl jetzt am liebsten den Hals umdrehen würden. Würde ich normalerweise ja auch wollen!« Während sie Wasser und Kaffee in die Maschine füllte, überlegte sie angestrengt, wann und wo sie gestern zuletzt ihre Brille benutzt hatte, denn ohne Brille keine Liste. Und wo, zum Henker, hatte sie *die* liegen lassen?

Die Brille fand sich relativ schnell auf dem Küchentisch neben der Illustrierten mit dem Kreuzworträtsel. Was hatte Florian gesagt? Uhu? Blödsinn, ein Uhu gehört zu den Eulen und nicht zum Kasuar, was auch immer das für ein Vieh sein mochte. Und überhaupt war das jetzt völlig unwichtig. Sie packte die Zeitschrift zu den anderen Zeitungen in den Karton gleich neben der Kellertreppe. Der quoll auch schon über. Seit Tagen hatte Florian versprochen, endlich mal wieder zum Papiercontainer … aber wenn man nicht wirklich alles selber … Plötzlich hob Tinchen den Kopf. Was war das für ein Geräusch in der Küche? Als ob etwas plätscherte. Hatte sie wieder mal den Wasserhahn nicht richtig zugedreht? Sie spurtete zurück. Der Wasserhahn war's nicht, der tröpfelte bloß, doch was da in einem schönen braunen Rinnsal von der Arbeitsplatte auf den Fußboden platschte, hätte eigentlich in die Kaffeekanne laufen sollen. »Verdammte Schei…« Das hatte sie nun von ihrer Sparsamkeit! Es kann ja mal vorkommen, dass man die falschen Filtertüten erwischt, die hier waren eine Nummer zu groß gewesen, doch statt sie umzutauschen oder schlimmstenfalls wegzuschmeißen, hatte Tinchen die oberen drei Zentimeter einfach abgeschnitten. Doch nun war die Tüte an einer Seite nach innen umgeknickt, und die ganze Brühe lief oben rüber. Sie tastete nach der Küchenrolle, zog daran und hatte die letzten beiden Blätter in der Hand. Richtig, da hatte sie gestern noch eine neue hinhängen wollen. Man soll doch immer alles gleich erledigen … Anständig saugen tat das Papier auch nicht. »Ich möchte wissen, mit welch extra präparierten Bogen Uschi Glas im Fernsehen immer den umgekippten Rotwein aufwischt, die schafft das mit maximal zwanzig Quadratzentimetern, aber bestimmt nicht von *dieser* Marke, da ist ja Klopapier saugfähiger«, murmelte Tinchen entnervt. Normalerweise hätte sie natürlich einen Scheuerlappen benutzt, der wäre wesentlich effektiver gewesen, doch das widerstrebte ihr. Den alten hatte sie gestern nämlich ausrangiert und in die Mülltonne geworfen, einen neuen wollte sie nicht nehmen, den hätte sie je erst nass machen und hinterher wieder ausspülen müssen. Hatte sie dazu etwa die Nirostaspüle extra auf Hochglanz gewienert? Das kam nicht in Frage, es ging ja auch anders! Sie warf die durchweichten Fetzen vom Küchenkrepp in den Abfalleimer, öffnete die Tür zum Vorratsschrank und holte eine Rolle Toilettenpapier heraus. Nach circa zwanzig Metern Doppellagig hatte sie es geschafft, der Fußboden war wieder trocken, der Tisch auch, und zur Belohnung gab es eine Tasse Nescafé.

Viertel vor sechs. Vielleicht sollte sie duschen und sich anziehen? Nein, lieber erst kurz vor dem Aufbruch, sonst würde ja doch wieder irgendwas passieren, Büchsenmilch auf der frisch gewaschenen Bluse oder – wie neulich – Rasierschaum im Haar statt Föhnfestiger. So was geschieht doch immer bloß dann, wenn man's eilig hat ... Sie hätte besser noch ein bisschen im Bett bleiben sollen, weshalb war sie überhaupt schon so früh ... – richtig, die Liste! Sie fand sich neben dem Telefon, weil Tinchen noch dem Bezirksschornsteinfegermeister Bescheid sagen wollte, bei wem sein Unterschornsteinfeger wegen des Schlüssels klingeln sollte.

Die meisten Punkte auf der Liste waren bereits abgehakt, der Rest hatte mit der bevorstehenden Reise nichts mehr zu tun. Fabian hatte gestern Nachmittag noch angerufen und Tinchen erzählt, jetzt sei ihm endlich eingefallen, an wen ihn Frau Ka-Ka erinnert habe: an die Direktoratssekretärin von seinem Gymnasium, die habe auch so ein Pferdegesicht gehabt, allerdings keine blauen, sondern graue Haare. Florian würde schon wissen, wen er meinte. Tinchen wusste es nicht und hatte vergessen, diese Botschaft weiterzugeben. Ach ja, und dann wollte Fabian noch das Foto mit den Mistelzweigen haben, unter denen Gisela Karsten geohrfeigt hatte, weil sie sich partout nicht von ihm hatte küssen lassen. Keinen Funken Humor hatte diese Frau. Auf den ›antiken‹ Toaster war sie auch nicht reingefallen. Der stand jetzt in der Küche ständig im Weg und wartete auf den nächsten Flohmarkt beziehungsweise auf Ellen Hildebrandt. Die hatte nämlich eine – Tinchen völlig unverständliche – Vorliebe für Flohmärkte, und das nicht etwa, weil sie auf der Jagd nach möglichen Schnäppchen war, nein, sie baute selber einen Tapeziertisch auf und stellte alles zur Schau, was sich bei ihr im Laufe von Monaten an Artikeln der Kategorien *Finde ich grauenvoll* oder *Brauche ich nicht mehr, ist aber zum Wegwerfen zu schade* angesammelt hatte. Tinchen hatte diese umweltfreundliche Methode der Kitsch-, Kram- und Krempel-Entsorgung schätzen gelernt, und sogar

Frau Antonie war unlängst mit zwei Sofakissen angekommen, dunkelbrauner Samt mit Rüschen am Rand und vorne drauf Knötchenstickerei. »Ob die wohl noch einen Liebhaber finden würden? Ich habe sie beim Aufräumen im Keller ausgegraben. Sie sind reine Handarbeit, doch ich kann sie wirklich nicht mehr gebrauchen.« Bevor sie Ellen zur Begutachtung bekam, hatte Tinchen der reinen Handarbeit eine Woche Frischluft auf dem Balkon verordnet, danach hatte sie nicht mehr ganz so muffig gerochen und auf dem vorweihnachtlichen Flohmarkt tatsächlich einen Abnehmer gefunden.

Von oben ertönte Blasmusik. Florian war aufgewacht und hatte sofort den Sender gewechselt. Nicht weil ihm diese Art Musik gefiel, sondern weil er sie im Gegenteil nicht ausstehen konnte. Angeblich trieb sie ihn schneller aus dem Bett als Bach oder Beat. Tinchen hörte auch schon das Wasser rauschen. Sie hatte sich gerade entschlossen, den Kampf mit der Kaffeemaschine noch einmal aufzunehmen, diesmal allerdings daneben stehen zu bleiben, bis das Wasser durchgelaufen war, als es klingelte. »Zehn nach sechs?«, murmelte sie nach einem Blick auf die Uhr. »Früher wäre das der Milchmann gewesen oder der Brötchenjunge, jetzt kann's eigentlich nur die Polizei sein. Aber warum denn? Florian war doch heute Nacht zu Hause?!«

Es waren auch nicht die Grünuniformierten, die vor der Tür standen, sondern eine perfekt gestylte Ellen Hildebrandt. »'tschuldigung, Tina, ich weiß, es ist viel zu früh, aber ich habe Licht gesehen, und da dachte ich mir, ich gucke mir Ihre Paula Sowieso schnell noch an, bevor ich die Verantwortung für sie übernehme. Orchideen kenne ich eigentlich nur zellophanumhüllt als Einzelexemplare, für die man nie eine passende Vase hat. Das letzte Mal musste das Röhrchen von Hartmuts Zigarre herhalten. Leider ging zu wenig Wasser rein … Na ja, orangefarbene Blumen habe ich noch nie leiden können.«

Einladend öffnete Tinchen die Tür. »Kommen Sie doch erst mal rein! Wieso sind Sie denn um diese Uhrzeit schon ausgehfertig?« Ein bewundernder Blick streifte Ellens elegante Erscheinung. »Normale Arbeitnehmer stehen doch jetzt erst auf.«

»Aber nicht, wenn sie um halb zehn in Frankfurt sein müssen. – Mhmm, das riecht so verlockend nach Kaffee, haben Sie eine Tasse übrig?«

»Noch nicht, aber gleich!« Während Tinchen in Windeseile die Maschine munitionierte und ein Stoßgebet an den unbekannten Erfinder der Filtertüten schickte, er möge doch diesmal ein Einsehen haben, erzählte Ellen, weshalb sie zu einer so unchristlich frühen Zeit aus den Federn musste. »Heute ist doch der große Tag! Präsentation der Entwürfe für den Freizeitpark. Unsere gesamte Elite ist gestern schon runtergefahren, bepackt mit einem halben Zentner Bauplänen, Kostenvoranschlägen und was man noch so alles braucht, um die Auftraggeber von der Einmaligkeit des von uns konzipierten Projekts zu überzeugen. Nur ist den Herren heute Nacht um halb eins eingefallen, dass der Kunde bestimmt auch ganz gern das Modell sehen würde, und das steht immer noch in der Firma. Muss ich noch mehr sagen?«

Tinchen schüttelte den Kopf. »Und deshalb müssen Sie in aller Herrgottsfrühe …? Ist ja barbarisch! Hätte man diesen ganzen Auftrieb denn nicht um zwei Stunden verschieben können?«

»Hat man aber nicht, der Kunde ist eben König.«

»Na schön«, sagte Tinchen trocken und schob Ellen einen Becher Kaffee über den Tisch, »aber wer ist denn heute noch für die Monarchie?«

»Die Engländer!«, klang es von der Tür her, wo ein gut gelaunter, nach Rasierwasser und Tinchens Duschgel duftender Florian schnuppernd die Nase hob. »Die schaffen doch eher den Linksverkehr ab als die Windsors. Kriege ich auch eine Tasse?«

Er bekam sie, doch bevor er die unerlässliche Frage nach dem frühen Besuch seiner Nachbarin stellen konnte, wurde er aufgeklärt. »... und nun will sie noch wissen, wie sie meine Phalaenopsis behandeln soll. Dabei gibt's die doch gar nicht mehr.«

»Ist das dieses sensible Gewächs, das, wenn es überlebt hätte, Jahr für Jahr neu erblühen sollte? Diese Phala... wie war das noch?«

»Phalaenopsis-Hybride.«

»Genau! Was so heißt, *kann* in unseren Breitengraden ja gar nicht gedeihen!« Misstrauisch beäugte er die schwarze Brühe in seinem Becher, probierte einen Schluck und kippte den Inhalt ins Spülbecken. »Nimm's mir nicht übel, Tine, aber ich möchte meinen Kaffee nicht kauen, sondern einfach nur trinken.«

»Was ist denn jetzt schon wieder ...?« Ärgerlich stand sie auf und inspizierte die Kaffeemaschine. Diesmal war die Filtertüte nicht umgeknickt, sie war lediglich unten am Boden aufgerissen. »Heute ist einfach nicht mein Tag!«

»Macht doch nichts«, sagte Ellen, »bei den steigenden Kaffeepreisen sollten wir uns sowieso mal wieder daran erinnern, wie ungesund das Zeug eigentlich ist!« Sie schob ihren Stuhl zurück und reichte Tinchen die Hand. »Ich muss los! Ihnen beiden wünsche ich einen wunderschönen Urlaub, erholen Sie sich gut, und wenn Sie abends bei ihrem Sundowner an der Strandbar sitzen, dann denken Sie mal an mich.« An der Haustür drehte sie sich noch einmal um. »Wie kommen Sie denn zum Flugplatz?«

»Mit dem Taxi natürlich«, antwortete Florian.

»Das kostet doch ein Vermögen. Hartmut ist heute zu Hause, der fährt Sie bestimmt gerne. Soll ich ihm schnell Bescheid sagen?«

»Kommt nicht in Frage«, winkte Tinchen ab. »Wenn er schon mal frei hat, dann soll er wenigstens ausschlafen dürfen.«

»Von wegen! Er hat Hausarbeitstag!«

»*Was* hat er?«

»Großputz!«, erläuterte Ellen. »Gleiches Recht für alle. Solange ich die Hälfte zum Lebensunterhalt beisteuere, übernimmt Hartmut die Hälfte aller Hausarbeiten. Wir haben das allerdings ein bisschen aufgeschlüsselt. Wäschebügeln ist nicht unbedingt sein Fall, Kochen auch nicht, aber dafür kann er prima Fenster putzen, Teppiche schamponieren und Autos waschen. Das Zauberwort heißt Arbeitsteilung!« Sie lächelte ironisch. »Er schrubbt die Felgen vom Kadett und ich die Brille vom Klosett.« Dann stieg sie in ihren blankpolierten Wagen, winkte noch einmal zurück und fuhr ab.

Nachdenklich schloss Tinchen die Haustür. »Flori, mir kommt da gerade eine Idee ...«

»Kann ich mir denken«, sagte der nur, »aber besser ist, *du* denkst erst gar nicht daran! Und außerdem hast du ja Frau Klötzer.«

Zwei Stunden später saß Tinchen am Küchentisch, um sich herum die Koffer und das Handgepäck, und wartete auf das Taxi. Schon drei Minuten über der Zeit, anscheinend war heutzutage kein Mensch mehr pünktlich. »Floooriii! Solltest du nicht vorsichtshalber noch mal bei der Taxizentrale ...?«

Flori konnte nicht, er hing am Telefon, und das keineswegs freiwillig. Nachdem er Frau Antonie endlich abgewimmelt und behauptet hatte, Tinchen säße schon seit längerer Zeit auf der Toilette, zu wenig Schlaf und dazu noch das Reisefieber ... nein, es sei bestimmt nichts Ernstes, ja, natürlich werde er sicherheitshalber noch die Kohle-Compretten einpacken, und anrufen würden sie aus Jamaika auch so bald wie möglich ..., hatte er aufatmend den Hörer aufgelegt, nur um ihn sofort wieder abnehmen zu müssen. Diesmal war es sein Bruder gewesen, der ihm noch schnell mitteilen wollte, dass es mit Björns bevorstehendem Schulwechsel keine Probleme mehr gäbe. Urbans Einverständnis sei per Einschreiben unterwegs, die Internatsleitung sei unterrichtet und werde alle Unterlagen einschließlich des demnächst fälligen Halbjahreszeugnisses an Björns künftiges Gymnasium schicken. »Solveig hat getobt«, frohlockte Fabian, »doch diesmal scheint sich Urban wirklich mal durchgesetzt zu haben. Er lässt euch grüßen und wünscht eine gute Reise. Sobald ihr zurück seid, will er für ein paar Tage rüberfliegen und das Finanzielle regeln.«

»Wenn er nur deshalb kommen will, kann er bleiben, wo der Pfeffer wächst, sofern er das in Brunei überhaupt tut. Ich hätte eigentlich erwartet, dass Urban seinen Sohn sehen will und nicht seine Bank.«

Der nächste Anrufer war Peter Gerlach gewesen, extra zu dieser ungewohnt frühen Stunde aus dem Bett gekrochen und ans Telefon geschlappt, um Florian an sein Versprechen zu erinnern, den Hausschlüssel wieder unter dem zerbrochenen Blumentopf gleich neben der Kellertreppe zu deponieren. »Keine Angst, ich will mich weder bei euch einnisten noch euer trautes Heim vorübergehend zu einem Edelpuff degradieren, obwohl das bestimmt recht lukrativ sein könnte, aber es ist so ein beruhigendes Gefühl, eventuell mal ein Ausweichquartier zu haben. Ich nehme zwar nicht an, dass mir Onkel Albert so schnell wieder auf die Pelle rückt, die vom Heim müssen inzwischen meine Adresse im Computer haben, sonst hätten sie Albert nicht schon am selben Abend wieder zurückgeholt, aber er hat ja noch eine Schwester, Anneliese heißt sie, und die steht *nicht* unter Kuratel, obwohl es eigentlich nötig wäre. Sie wohnt irgendwo am Teutoburger Wald und droht mir schon seit Jahren ihren Besuch an.«

Die Wahrscheinlichkeit, dass Tante Anneliese ausgerechnet in den kommenden drei Wochen ihren Neffen besuchen würde, erschien Florian zwar äußerst gering, doch er wiederholte sein Versprechen, den Schlüssel an der vereinbarten Stelle zu hinterlegen. Was im Übrigen gar nicht nötig war, denn da lag er immer. Nur für alle Fälle natürlich, aber außer ihm und Tinchen wusste das niemand.

Auf der Straße erklang eine Autohupe, und gleich darauf ertönte die Haustürklingel. Parallel dazu die vom Telefon. »Nein, jetzt ist endgültig Schluss!«, entschied Florian und schaltete den Anrufbeantworter ein, doch bevor er dem Taxifahrer beim Einladen des Gepäcks half, hörte er noch die Stimme seines Enkels: »Hallo, hier ist Tim, seid ihr noch da? Ich will die Oma nämlich eine Frage fragen …«

Die Oma hörte nicht mehr. Sie war noch mal schnell in ihr Zimmer gelaufen und hatte den Schuhkartondeckel geholt, den sie vorhin mit einem dicken schwarzen Filzstift beschriftet hatte. Und als Florian endlich die Haustür hinter sich zugeschlagen und zwei Mal abgeschlossen hatte, löste Tinchen die Schutzfolie von dem doppelseitigen Klebeband und presste das Pappschild mitten auf die Tür. Darauf war zu lesen:

Hotel Mama
Vorübergehend geschlossen

9.

Guck mal, Flori, da unten ist schon das Meer!« Aufgeregt presste Tinchen ihre Stirn an die Fensterscheibe. »Kannst du es sehen?«

»Mhmh«, grunzte es neben ihr, wo Florian vor sich hin döste und nur gelegentlich einen Blick auf die nylonbestrumpften Beine der vorbeieilenden Stewardessen warf.

»Du siehst ja gar nicht hin«, bemerkte Tinchen ganz richtig, »nun guck doch endlich mal!«

»Warum denn? Das Meer sieht noch genauso aus wie vor einer Stunde, so lange fliegen wir nämlich schon drüber.«

»Kann gar nicht stimmen, das hätte ich doch gemerkt!«

»Möglich, aber dazu hättest du erst mal aufwachen müssen«, knurrte er ärgerlich, denn im Gegensatz zu Tinchen, die auf ihrem Fensterplatz wenigstens den Kopf an die Scheibe legen und sich sogar ein bisschen auf die Seite drehen konnte, hatte Florian nicht mal gewusst, wo er seine langen Beine hintun sollte. Nachdem er zwei Mal den Servicewagen ans Schienbein gekriegt hatte und dann auch noch ein Passagier über seine Füße gestolpert war, hatte er nicht mehr gewagt, die Beine auch nur andeutungsweise in den Gang ragen zu lassen. Vielmehr war er ab und zu aufgestanden, hatte ein paar Schritte gemacht und jedes Mal sein Tinchen beneidet, das seelenruhig schlief.

»Ich habe nicht geschlafen«, behauptete es denn auch sofort, »höchstens mal ein bisschen gedöst.« Plötzlich wurde es ganz aufgeregt. »Guck mal ganz schnell raus, da unten ist Land. Ob das schon Jamaika ist?«

Es war nicht Jamaika, wie der ohnehin sehr auskunftsfreudige Flugkapitän via Lautsprecher verkündete, sondern die Dominikanische Republik, an die sich Haiti anschloss.

»Ach, das ist also Haiti«, sagte die hinter Florian sitzende Dame, die die bei Flugreisen zu tropischen Ferienzielen übliche Metamorphose schon hinter sich und Cordhosen nebst Pullover gegen eidottergelbe Shorts sowie ein gleichfarbiges Oberteil eingetauscht hatte. »Jetzt wissen wir doch wenigstens, wo die Kinder ihre Flitterwochen verbracht haben, nicht wahr, Herbert?«

»Das ist auf Hawaii gewesen, Gundula, nicht auf Haiti«, berichtigte Herbert. »Haiti ist ein Entwicklungsland.«

»Ach ja?«, wunderte sich seine Gattin. »Warum denn? Es könnte doch auch den Fremdenverkehr entwickeln, genau wie seine Nachbarn, denn da geht ja inzwischen der Bär ab! Oder weißt du nicht mehr, was Mühlmanns Michael erzählt hat? Der hat doch mit einem Freund zusammen gleich drei Mädchen auf einmal …«

Zu seinem Bedauern erfuhr Florian nicht mehr, was Mühlmanns Michael getan hatte, denn Herbert hatte seiner Frau kurzerhand die rote Baseballkappe mit der Mickymaus vorne drauf übers Gesicht gezogen. Gleich darauf wurden die Passagiere auch schon gebeten, ihre Plätze einzunehmen und sich anzuschnallen, da man nunmehr mit dem Landeanflug beginnen würde.

»Ich hab gar keine Zeit mehr zum Umziehen gehabt«, moserte Tinchen, während sie nach der anderen Hälfte des Gurtes tastete, »warum hast du mich nicht rechtzeitig geweckt? – Steh mal auf, du sitzt drauf!«

»Ich? Wo?«

»Na, auf dem Ding da!«

»Auf welchem Ding?«

Ungeduldig zerrte sie an dem Gurt. »Auf der Schnalle, ich meine, auf dem Blechding zum Zumachen … Himmel, du weißt doch, was ich meine!«

Jetzt wusste Florian in der Tat, was sie meinte. Tinchen hatte so heftig an dem Gurt gezogen, dass dieses ›Blechding‹ in höchst nachhaltiger Weise mit seinem empfindlichsten Körperteil in Berührung gekommen war. »Aua«, jaulte er los, »bist du verrückt geworden, Tine?«

Nur mit den Augen inspizierte sie den fraglichen Bereich. »Hab dich nicht so, es ist ja noch alles dran!« Dann wandte sie sich wieder dem Fenster zu. »Sieh mal, da unten schwimmt ein großes weißes Schiff, das ist bestimmt einer von diesen Kreuzfahrtdampfern. Wollten wir nicht auch mal …«

»Schiffe schwimmen nicht, sie fahren«, fiel ihr Florian ins Wort, bevor sie ihre Überlegungen weiter ausführen konnte, denn natürlich hatte sie recht. Tatsächlich hatte er ihr irgendwann einmal solch eine Kreuzfahrt versprochen, allerdings ohne sich auf einen Termin festzulegen. Inzwischen war er zu dem Entschluss gekommen, ein derartiges Unternehmen noch eine Weile aufzuschieben. In sechs bis sieben Jahren würde auch sein Tinchen das Alter erreicht haben, in dem sie sich mehr dafür interessierte, wie ihre Schuhe passen als ihre Pullover, sie würde hoffentlich nicht mehr darauf bestehen, jeden nur möglichen Landausflug mitzumachen, ein manchmal recht anstrengendes Vergnügen, das mit zunehmendem Alter immer beschwerlicher wird, sie würde einen gemächlichen Mondscheinspaziergang auf dem Oberdeck dem Trubel in den Gesellschaftsräumen vorziehen, also nicht mindestens ein halbes Dutzend Cocktailkleider brauchen, und sie würde bis dahin ein gepflegtes Dinner an Bord des Schiffes zu genießen wissen und nicht mehr in obskure Lokale einkehren wollen, um dort merkwürdige Speisen mit unaussprechlichen Namen zu probieren – kurz gesagt, im Gegensatz zu heute würde eine Kreuzfahrt so um das Jahr 2005 herum nicht nur weniger anstrengend werden, sondern auch wesentlich billiger!

»Wieso soll ein Schiff nicht schwimmen können, sondern

fahren müssen?«, hakte Tinchen nach, denn erstens ging sie solchen Ungereimtheiten gerne auf den Grund, und zweitens muss man sich ja über irgendwas unterhalten; immer bloß aufs Wasser starren wird auf die Dauer langweilig. Ihren Krimi hatte sie schon über Neufundland ausgelesen gehabt. »Das ist unlogisch! Ein Schiff hat keine Räder! Was sagt man denn, wenn das Schiff mal nicht fährt? *Steht* es dann?«

Auf diese Frage war Florian nicht vorbereitet, und entsprechend lange zögerte er die Antwort hinaus: »Es ankert im Hafen oder liegt auf Reede.«

Pause. Und dann, vor unterdrücktem Lachen glucksend: »Es *liegt?* Gibt es denn überhaupt mal eine Situation, in der es *schwimmt?*«

Da gab er es auf. »Tine, mach mich nicht wahnsinnig! *Ich* habe die Terminologie der christlichen Seefahrt doch nicht erfunden!«

Wieder kam eine Insel in Tinchens Blickfeld, kleiner als die vorherige, lang gestreckt, beinahe oval und vor allem viel deutlicher zu erkennen, weil die Maschine jetzt schon ziemlich tief flog. »Flori, da unten, guck mal schnell! Das muss es sein, das Island in the sun! Sieh doch bloß diese vielen verschiedenen Grüntöne und die irre hellen Strände ...«

Florian konnte nichts sehen, er kämpfte mit Gundulas Wollmantel, der sich gleichmäßig über Kopf und Schultern ausgebreitet hatte. Die Klappe des gegenüberliegenden Handgepäckfachs war aufgesprungen, doch bevor noch andere Gepäckstücke herausfallen konnten einschließlich zweier sich verdächtig bauschender Duty-free-Tüten, hatte ein beherzter Passagier zugegriffen und Florians vorzeitiges Ableben oder doch zumindest ein paar gehörige Blessuren verhindert. »Ich habe diesen Dingern nie so richtig getraut!«, sagte er, Tinchens Dankesbezeugungen abwehrend und die Klappe wieder schließend, »aber wenn der metallene Kamerakoffer runtergekommen wäre, dann hätten Sie unter Umständen als reiche

Witwe zurückfliegen können. Soviel ich weiß, sind Fluggesellschaften recht gut versichert.«

Nachdenklich sah Tinchen ihren Florian an. Er hatte sich inzwischen von dem Mantel befreit und fühlte sich nun bemüßigt, die aufgeregte Gundula zu beruhigen und sie davon zu überzeugen, dass ihm ja nichts passiert sei. Noch fünf Minuten länger, dann entschuldigt er sich bei *ihr,* ging es Tinchen durch den Kopf, da soll doch ... Mit einem freundlichen Lächeln wandte sie sich an den Herrn, der immer noch an dem Verschluss der Klappe herumfummelte. »Könnten Sie den Deckel nicht noch eine Weile offen lassen?«

Im selben Moment setzte der Flieger auf, Florians Retter landete auf Gundulas Schoß, und eine Lautsprecherstimme forderte die Passagiere auf, so lange sitzen zu bleiben, bis die Maschine endgültig zum Stehen gekommen sei.

Es erschien Tinchen endlos lange, bis sie schließlich das Flugzeug verlassen, alle Kontrollen passiert, die nötigen Stempel im Pass und sogar ihr komplettes Gepäck nacheinander vom Band gezogen hatten. »Diesmal fehlt wirklich nichts?«, vergewisserte sich Florian noch einmal, während er den großen Koffer auf den Gepäckwagen hievte, dann den kleinen Koffer, die Kosmetikbox, die Strandtasche, die leer nicht mehr in den großen Koffer hineingepasst hatte und nun unbegreiflicherweise prall gefüllt neben der Sporttasche stand, die Tüte mit den zollfreien Einkäufen und zu guter Letzt noch das von Tinchen als Suitcase bezeichnete Gepäckstück, aus dem sie jetzt sandfarbene Bermudashorts zog, ein blaues T-Shirt und ein Paar helle Mokassins. »Dort drüben ist eine Toilette, Flori, da ziehe ich mich schnell um, ja? Du wartest doch hier so lange? Ich beeile mich auch.« Sie lief los, kehrte jedoch nach einigen Schritten wieder um. »Was meinst du, ob man da Trinkgeld braucht?«

Florian glaubte das nicht, es war ihm auch völlig egal, er schwitzte in seinen Jeans, hatte Durst und wollte möglichst schnell an die frische Luft. Zigaretten hatte er auch nicht mehr. Die letzte hatte er beim Warten auf die Passkontrolle geraucht. Und davor neun Stunden lang gar keine! Alle Raucherplätze waren ausgebucht gewesen. Verdammtes Laster! Man sollte die blöde Qualmerei endlich aufgeben, sie kostete bloß einen Haufen Geld, ruinierte die Gesundheit und kam immer mehr aus der Mode! Nachdem er zum dritten Mal vergeblich seine Hosen- und danach die Jackentaschen abgeklopft hatte in der Hoffnung, doch noch eine übersehene, seinethalben auch zerdrückte Zigarette zu finden, durchsuchte er die Dutyfree-Tüte. Da müsste doch eigentlich ... Er zog eine Flasche Duschöl heraus, einen kleinen Flakon mit Tinchens zweitliebstem Parfüm, etwas dünnes Goldenes, etwas dünnes Rotes (er tippte auf Kugelschreiber in vornehmer Verpackung, absolut sinnlos, Tinchen ließ sie ja doch überall liegen), dann angelte er etwas schmales Schwarzes aus der Tüte, auch auf den zweiten Blick nicht zu identifizieren, danach einen hellroten Lippenstift, vermutlich den achtzehnten oder neunzehnten in Tinchens Sammlung, eine Blechdose mit Zitronenbonbons und ganz unten eine Packung Marzipantäfelchen. Keine Zigaretten! Ärgerlich riss Florian das Zellophanpapier herunter, öffnete den Deckel und stopfte sich ein Stück Marzipan nach dem anderen in den Mund. Als Tinchen zurückkam, hatte er die Packung fast leergefuttert, und nun hatte er nicht nur doppelt so viel Durst wie vorher, sondern ihm war auch noch schlecht.

»Ich hätte zu Hause *doch* diese Selbstbräunungscreme ausprobieren sollen, Flori, dann käme ich mir jetzt nicht vor wie nach drei Monaten Dunkelhaft, was ja auch stimmt, jedenfalls für die Beine, sieh dir die bloß mal an! Zu dünn sind sie ja immer schon gewesen, aber jetzt sehen sie aus wie Schwetzinger Spargel ... hörst du mir überhaupt zu?« Erst jetzt bemerkte sie die Schachtel in Florians Hand. »Hast du etwa das ganze Marzipan gegessen?«

»Vier Stück sind noch übrig.« Er verschloss die Packung

wieder und steckte sie zurück in die Tüte. »Das nennt man Suchtverlagerung! Warum hast du im Duty-free-Laden keine Zigaretten gekauft?«

»Weil sie hier auf Jamaika viel billiger sein sollen, weil wir uns das Rauchen sowieso abgewöhnen wollen, jetzt im Urlaub haben wir ja Zeit dazu, weil ich nicht mehr genug Geld dabeihatte ...«

»... und weil du deine ganze gebunkerte Reserve wieder für Sachen ausgegeben hast, die du normalerweise niemals kaufen würdest. Trägt man jetzt schon schwarzen Lippenstift? Also wenn du mit so was ankommst, Tine ...«

»Rede nicht von Dingen, die du nicht verstehst, Florian!« Sie nahm ihm die Tüte aus der Hand und stopfte sie zwischen das andere Gepäck. »Ich bin sechsundfünfzig, da genügen bloß Wasser und Seife eben nicht mehr!«

»Ich bin ja schon ruhig.« Mit ergebener Miene setzte er den Kofferkuli in Bewegung und steuerte den Ausgang an. Tinchen trabte nebenher, bemüht, die hin- und herrutschenden Taschen fest zu halten. »Weißt du überhaupt, wo wir hinmüssen?«

»Ja, durch die Tür da drüben!«

»Witzbold!«

Wie ein Schock traf sie die warme weiche Luft, als sie den klimatisierten Terminal hinter sich gelassen hatten. Vor ihnen befand sich ein mit Palmen und Blumenrabatten gesprenkelter großer Parkplatz, auf dem unzählige Busse warteten, dazwischen Privatwagen von neuwertig bis zu Hauptsache-der-Motor-läuft-noch, hupende Taxis und Menschen jeglicher Hautfarbe, angefangen von tiefschwarz über alle denkbaren Braunschattierungen bis zu dunkelpinkfarben und immer noch fast weiß. Die rote Tönung gehörte zu jenen Touristen, die sich vor der Rückreise noch mal von morgens bis abends an den Strand gelegt hatten in der irrigen Meinung, sie bekämen keinen Sonnenbrand mehr. Jetzt sahen sie aus wie gekochte Hummer und fühlten sich vermutlich auch so.

Eine schon etwas gestresst wirkende junge Frau in einem Hemdblusenkleid mit gestreiftem Dreieckstuch über der Schulter und einer Liste in der Hand steuerte auf sie zu. »Sind Sie Herr und Frau Brahms?«

»Wieso?«, fragte Florian zurück. »Sehen wir wirklich schon so alt aus?«

»Also nicht!«, seufzte sie und eilte weiter.

Tinchen sah ihr hinterher. »Glaubst du, das hat sie verstanden? Vielleicht kennt sie ihn ja gar nicht.«

»Sollte mich auch wundern, Brahms ist seit hundert Jahren tot.« Suchend sah er sich um. »Sag mal, Tine, siehst du hier jemanden, der rot-weiß-grün-kariert angezogen ist?«

»Bestimmt nicht. Freiwillig trägt so was kein Mensch.«

»*Ich* habe ja auch die Kofferanhänger nicht entworfen! Nur scheinen die Abgesandten der diversen Touristikunternehmen ihre Garderobe auf die Muster der Gepäckaufkleber abgestimmt zu haben.«

Das traf jedoch nicht in allen Fällen zu. Der junge Mann trug jedenfalls kein kariertes Hemd, sondern eins mit Punkten, und die Krawatte war schlicht dunkelblau. Nach einem kurzen Blick auf die Kofferschilder stellte er fest, dass es sich bei diesen Gästen entweder um Familie Bender oder um das Ehepaar Rassenkoetter handeln müsse. »Sie sind nämlich die Letzten!«

»Die Vorletzten!«, sagte Florian, nannte seinen Namen und wurde angewiesen, den grünen Bus drüben in der dritten Reihe anzusteuern.

»Sie haben nicht vielleicht Herrn oder Frau Rassenkoetter gesehen? Dann könnten wir nämlich abfahren.«

Florian bedauerte. Da er nicht wisse, wie die Herrschaften aussähen, wolle er sich nicht festlegen. »Aber es waren viele einzelne Paare im Flugzeug«, versicherte er treuherzig.

Der junge Mann musterte ihn misstrauisch, bevor er sich abwandte und wieder neben der Ausgangstür Stellung bezog.

»Musst du eigentlich jeden hier auf den Arm nehmen?«, schimpfte Tinchen, klemmte sich hinter den Kofferkuli und rollte ihn Richtung Parkplatz. »Die tun doch auch bloß ihren Job, und der ist bestimmt nicht leicht.«

»Dafür haben sie es immer warm, meistens blauen Himmel und selten Regen. Und wenn ... Du, ich glaube, da drüben gibt es was zu trinken.« Er deutete zu einem etwa fünfzehnjährigen Jungen, der unter einer Palme hockte, neben sich eine Eisbox und davor ein Sortiment leerer Getränkedosen. »Traust du dir zu, dieses Gefährt unfallfrei zu dem grünen Bus zu karren?«

Sie nickte bloß und schob los. Als Florian mit seinem Einkauf zurückkam, hatte der einheimische Fahrer das Gepäck bereits verladen und Tinchen in ein Gespräch verwickelt, von dem sie so gut wie gar nichts verstand. »Ich denke, die sprechen hier englisch?«

»Na ja, es ist eine sehr gewöhnungsbedürftige Abart davon«, erklärte Florian, der mit dem Getränkeverkäufer auch nicht so richtig klargekommen war, »aber ich habe schon gelernt, wo die Jungs hier ihre Prioritäten setzen.« Er öffnete eine Dose Eistee und reichte sie Tinchen hinüber, bevor er seine eigene an den Mund setzte und in einem Zug leerte. »Bier, Cola, Fanta und so weiter kosten jeweils zwei Dollar, ein Joint bloß einen!«

Beinahe hätte sich Tinchen verschluckt. »Die verkaufen hier Marihuana offen auf der Straße?«

»Offen nicht«, sagte Florian grinsend, »er hat das Zeug in einer Plastiktüte.«

Da das Ehepaar Rassenkoetter noch immer nicht aufgetaucht und der gepunktete Jüngling ebenfalls verschwunden war, beschloss Florian einen erneuten Versuch zur Befriedigung seiner dringendsten Bedürfnisse. »Irgendwo in oder an diesem Terminal wird es doch wohl einen Laden geben, der Zigaretten verkauft. Willst du auch was haben?«

»Ja, erst eine schöne kalte Dusche und danach eine Portion Bratkartoffeln mit Schweinskopfsülze!«

Entgeistert sah er sie an. »Ausgerechnet hier? Die isst du doch sonst nie!«

»Sonst dusche ich ja auch nie kalt!«

Florian trabte ab, Tinchen setzte sich auf den Bordstein, stand wieder auf, umrundete ein Blumenbeet, bestaunte die ihr größtenteils unbekannten Gewächse, beguckte sich ein zweites, auf dem überwiegend Stacheliges mit großen roten Blüten wuchs, und dann hielt sie es in der Sonne nicht mehr aus. Schatten gab es so gut wie keinen, also hinein in den Bus, dessen Tür trotz laufender Klimaanlage weit offen stand. »Guten Tag«, sagte sie, denn sie war ein höflicher Mensch, bekam jedoch keine Antwort, suchte sich einen Platz und starrte aus dem Fenster. Die meisten Busse waren schon abgefahren, junge Männer, durch Plastikkärtchen als Angestellte ausgewiesen, sammelten die herumstehenden Kofferkarren ein, andere hantierten mit langstieligen Besen und ebensolchen Schaufeln. Man schien hier sehr auf Ordnung und Sauberkeit zu achten. Verständlich, der erste Eindruck ist immer wichtig. Diese Ansicht vertrat jedenfalls Frau Antonie, die ihre vier verschiedenen Türkränze mit Beginn der jeweiligen Jahreszeit auswechselte. »Es sieht etwas albern aus, wenn man zu Weihnachten noch mit Astern, Dahlien und Herbstlaub konfrontiert wird.«

»Glaubst du wirklich, darauf achtet jemand?«, hatte Tinchen gefragt, nachdem sie ihrer Mutter beim Entstauben und Restaurieren des ›Winter‹-Kranzes geholfen hatte. Der bestand neben künstlicher Tanne überwiegend aus den Blüten roter Weihnachtssterne, kleinen rotbackigen Äpfelchen und vielen goldenen Kugeln; die waren allerdings nach zwei Mal je einem Vierteljahr Dienst außen an der Haustür schon etwas matt geworden, und Frau Antonie hatte beschlossen, im nächsten Winter einen neuen Kranz anfertigen zu lassen. »Solch ein Türschmuck ist doch das Erste, was ein Besucher sieht, nachdem er geklingelt hat und auf Einlass wartet«, hatte sie Tinchens Frage beantwortet, und die hatte dann auch nichts mehr gesagt. Toni hatte nun mal ein Faible für Plastikobst und künstliche Blumen, Tinchen wollte echte haben oder gar keine.

»Na endlich!«, seufzte sie leise, als sie erst das gepünktelte Hemd und dann den dazugehörigen Kopf erkannte. Der Herr Reiseleiter schien tatsächlich die noch fehlenden Gäste gefunden zu haben. Im Übrigen kamen sie Tinchen bekannt vor. Diese Glatze, jetzt nur unzulänglich von einer Art Baskenmütze bedeckt, hatte sie doch schon im Urzustand leuchten sehen, na, und erst die gelbe Strandkombination ... Und wer lief eifrig schwafelnd nebenher und trug sogar noch das Kosmetikköfferchen dieser Dame, das auf dem überbordenden Gepäckwagen offenbar keinen Platz mehr gefunden hatte? Richtig, Florian! Ihr angetrauter Ehemann, der ihr früher sogar den Mond vom Himmel pflücken wollte und es jetzt nicht mal schaffte, Zigaretten zu holen! Spielt hier den Kavalier, und daheim hält er mir nicht mal die Tür auf, wenn ich die Einkaufstüten ins Haus trage! Es brodelte in ihr, doch sie ließ sich nichts anmerken, als er sich neben sie setzte und ihr die Stange Marlboro in den Schoß warf. »Hast du den Tabak erst selber ernten müssen?«

Er überhörte die Spitze. »Weißt du, was die Zigaretten gekostet haben? Zehn Dollar! Bei diesen Preisen wäre es ja eine Sünde, ausgerechnet jetzt das Rauchen aufzugeben! Tine, das müssen wir verschieben, bis wir wieder zu Hause sind!«

Der vor ihm sitzende Mann drehte sich um. »Wie könn' Se denn Zijaretten am Flughafen koofen? Da is doch überall allet viel teurer wie woanders! Bei Ocho Rios zahl'n Se acht Dollar; wenn Se Jlück ha'm oder jleich zwee Stangen uff eenmal neh'm, kriejen Se se ooch für sieben.«

Florian bedankte sich, wollte aber nicht fragen, wer oder

was Ocho Rios war, denn das hatte man offenbar zu kennen. Wahrscheinlich ein Laden oder eine bestimmte Kneipe, dessen Besitzer Ocho Rios hieß und nebenbei einen Schwarzhandel mit Zigaretten betrieb.

Der Reiseleiter enterte den Bus, entschuldigte sich für die Verspätung, es habe ein paar Schwierigkeiten beim Zoll gegeben, ein Missverständnis, doch nun sei alles in Ordnung, es gehe ja auch gleich los, aber zur Sicherheit wolle er noch mal kontrollieren, ob auch wirklich alle Gäste anwesend seien und nicht wieder welche im falschen Bus säßen. Er heiße übrigens Steven, was Tinchen sofort als anglisierten Stefan identifizierte, denn der Jüngling stammte mit Sicherheit aus dem sächsischen Raum, und nun werde er die einzelnen Namen aufrufen. Mitten in das Frage-und-Antwort-Spiel hinein kletterte der Fahrer auf seinen Sitz, ließ erst den Motor und danach eine dreistimmige Hupe aufheulen, legte den Gang ein und – nahm ihn wieder heraus. Stattdessen zog er die Handbremse an. Dann verließ er den Bus. Nicht etwa wegen eines stehen gebliebenen Koffers oder eines herbeispurtenden Passagiers, sondern wegen eines Einheimischen, der lachend herangeschlendert kam. Es folgten das merkwürdige Ritual einer jamaikanischen Begrüßung, bei dem die Hände in einer bestimmten Reihenfolge zigmal aneinandergeschlagen werden, sodann ein unverständlicher Dialog von etwa fünf Minuten Dauer, der Abschied, ähnlich kompliziert wie die Begrüßung, dann endlich kehrte der Fahrer in den Bus zurück. Ein gemurmeltes »it's my brother«, schien ihm als Entschuldigung zu genügen. Später lernte Tinchen jedoch, dass jamaikanische Bus- und Taxifahrer ausnahmslos einem großen, weitverstreuten Familienclan angehörten, denn egal, in welche Richtung sie fahren mussten, sie trafen immer jemanden, der zur Sippe gehörte. Angeblich!

Den übrigen Fahrgästen schien die Verzögerung nichts auszumachen. Die meisten schliefen ohnehin schon, und die anderen waren kurz davor. Sogar Florian, die Beine weit in den Gang gestreckt, hatte die Augen geschlossen. Ihn interessierten weder die Zuckerrohrfelder rechts und links der Straße noch die etwas unterernährten Kühe, er hatte auch keine Lust, fröhlich lachenden Kindern zurückzuwinken, das Einzige, was ihn hätte reizen können, waren die gelegentlich auftauchenden Bretterbuden, durch ein paar davorstehende Stühle und ein kunstvoll bemaltes Schild als BAR erkennbar. Vermutlich hätte er dort einen Whisky, mit Sicherheit jedoch ein Glas Rum bekommen, aber natürlich hätte er nie gewagt, um einen kurzen Stopp zu bitten, wie hätte das denn ausgesehen? *No alcohol before sunset* lautete doch die Faustregel erfahrener Tropenbesucher, und daran hatte er sich immer – na ja, fast immer! – gehalten, damals in Kenia und sogar auf den Kanaren, obwohl die ja noch zu Europa gehören und eigentlich gar nicht gelten. Warum hatte er vorhin bloß das ganze Marzipan verschlingen müssen? Und danach den Eistee … Gott, war ihm schlecht! Hoffentlich musste er nicht auch noch … Das war ihm zwar lange nicht mehr passiert, nicht mal Weihnachten nach dem gnadenlosen Besäufnis mit Fabian, aber wenn der Kerl da vorne nicht endlich seinen Fahrstil änderte, garantierte er für nichts, der bretterte wie ein Henker um die Kurven, und immer auf der falschen Seite …

Der Henker musste Florians stumme Bitte gehört haben, denn er nahm die Geschwindigkeit zurück, bog in eine kleine Parkbucht ein und hielt an; nur war nicht ersichtlich, weshalb er das tat. Auf der einen Straßenseite war ein großes, schmiedeeisernes Portal zu sehen und dahinter eine leicht abfallende Allee, die vermutlich irgendwohin führte, auch wenn man ihr Ende nicht sah, und gegenüber gab es nur einen Zaun, der eine herrlich grüne Wiese zur Straße hin abgrenzte. Keine Kühe.

»Half Moon Hotel, very expensive«, erläuterte der Fahrer, machte jedoch keine Anstalten, dieses Hotel anzufahren, und zerschlug damit Florians Hoffnung auf einen Schluck Hochprozentiges.

Jetzt erinnerte sich auch Steven seiner Pflichten und griff zum Mikrofon. »Hier drüben sehen Sie einen kleinen Teil des wunderschönen Golfplatzes, der zum Hotel gehört. Das Half Moon gilt als das teuerste auf ganz Jamaika und als Treffpunkt der Prominenz. Mick Jagger verbringt hier häufig seinen Urlaub, Charles Bronson, Sharon Stone, auch Caroline von Monaco soll schon da gewesen sein …«

»Kann man da auch als ganz gewöhnlicher Mensch rein?«, fragte Gundula sofort.

»Selbstverständlich. Sie brauchen nur die entsprechende Kreditkarte.«

»Die hast du doch hoffentlich mit, Herbert?« Und als der nickte: »Dann fahren wir mal zum Dinner hin oder wenigstens zum Cocktail, vielleicht ist ja gerade jemand da, den wir kennen.«

Während Tinchen noch überlegte, bei welcher Gelegenheit Gundula mit den Hollywood-Größen zusammengetroffen sein könnte, wahrscheinlich als Zuschauer bei ›Wetten, dass …‹ oder einem ähnlichen Spektakel, reihte sich der Fahrer wieder in den immer chaotischer werdenden Verkehr ein. Rush hour auch auf Jamaika. Tinchen sah auf die Uhr: halb fünf, also in Deutschland halb elf Uhr abends, kein Wunder, dass sie Hunger hatte. »Wie lange fahren wir denn noch?«, rief sie quer durch den Bus.

»Ungefähr fünfzig Minuten«, schrie Steven zurück und bekam als Antwort ein vielstimmiges Stöhnen. »Wir machen aber unterwegs eine Viertelstunde Pause, damit Sie etwas trinken können.«

»Das Gegenteil wäre mir lieber«, kam es von ganz hinten.

Steven lachte. »Natürlich gibt es da auch Toiletten.«

Und wieder Zuckerrohrfelder, Wiesen mit und ohne Kühe, kleine Ortschaften, hübsche weiße Häuser mit Terrasse und säulengestütztem Balkon, dann wieder armselige Hütten mit Wellblechdach, im kleinen Gärtchen eine angepflockte Ziege und davor ein schrottreifes Auto mit gültigem Nummernschild. Alle paar Kilometer führte die Straße über einen kleinen Fluss oder auch nur einen Bach, Wasser im Überfluss, das von den Blue Mountains kam und der Insel diese ungeheuer vielfältige Vegetation bescherte.

»Wo ist eigentlich das Meer?«, wunderte sich Tinchen. »Rechts oder links?«

»Mir egal, ich will jetzt nicht baden.« Nur mühsam unterdrückte Florian ein Stöhnen. Nicht nur, dass es ihm dank seiner Frustfresserei jetzt hundsmiserabel ging, dabei hatte er sich noch nie viel aus Marzipan gemacht, er wollte nicht auch noch zusätzlich Tinchens sarkastische Kommentare herausfordern. Und die kämen bestimmt, wenn sie wüsste, was mit ihm los war. So schloss er nur wieder die Augen in der Hoffnung, sie würde ihn in Ruhe lassen. Weit gefehlt!

»Sieh mal, Flori, da drüben! Ein richtiges kleines Bambuswäldchen.«

»Hm, sehr schön.«

Zwei Kilometer weiter: »Lauter Bananenstauden! Da hängen ganz viele dran.«

Keine Antwort.

»Jetzt musst du aber wirklich mal gucken, Flori! Da unten am Bach laufen lauter kleine Ferkel herum. Wieso rennen die nicht weg? Was meinst du, ob die wie Hühner abends von allein in ihren Stall zurückfinden?«

»Weiß nicht, bin kein Huhn.«

Ärgerlich rüttelte sie ihn am Arm. »Sei nicht so ein Langweiler! Im Flugzeug, wo es nichts zu sehen gibt, machst du kein Auge zu, und hier kriegst du keins auf! Wir sind auf Jamaika, Florian!«

»Hm, sehr schön.«

Während sie noch überlegte, auf welche Weise sie ihr Dornröschen endlich aufwecken könnte – die im Märchen gängige Methode erschien ihr im Hinblick auf die gegenwärtige Situation nicht so ganz passend –, bog der Fahrer von der Straße ab und hielt vor einem etwas zurückliegenden Haus. »Zwanzig Minuten Pause!«, verkündete Steven, und sofort stürzte der weibliche Teil der Busbesatzung aus der einen Tür heraus und in die nächste hinein. Ohne Hemmungen requirierten die Damen auch jenen Raum, der eindeutig als Herrentoilette ausgewiesen war. »Da hinten stehen genügend Büsche, Jens, zu Hause pinkelst du ja auch immer an die Friedhofsmauer«, sagte ein junges Mädchen, bevor es die Tür mit der Aufschrift *Gentlemen* hinter sich zuzog.

»Ick wer' varrückt, die ha'm da hinten dran 'n richt'jen Bierjarten!«, frohlockte einer, der von den Büschen schon wieder zurückkam. »Da stehn zwar keene Kastanjen, wie sich det normalerweise jehört, aber Palmen tun's ja ooch. Jetzt fehlt bloß noch 'n anständijet kühlet Bier!«

Das gab es zwar, aber nur aus der Dose, und Zeit für den Biergarten hatten sie sowieso nicht. Überhaupt hielt sich der allgemeine Durst in Grenzen. Florian hatte auch keinen, jedenfalls so lange nicht, bis Tinchen hinter *Ladys* verschwunden war. »Can I have rum, please?«, fragte er leise, denn obwohl die Sonne schon ziemlich tief stand, war sie noch längst nicht untergegangen.

»Coke with rum?«, forschte der Mann hinter der Theke. Er kannte seine Pappenheimer, besonders die neu angekommenen, die wollten immer bloß kalte Getränke und nur ganz selten mal mit einem Schuss des jamaikanischen Nationalgetränks verfeinert.

»No, only rum«, bekräftigte Florian noch einmal, während er angestrengt überlegte, was ›pur‹ auf Englisch heißen könnte, »I mean pure, äh – without anything.« Englisch war nun mal nicht seine Stärke, dafür war Tinchen zuständig, die hatte nämlich keinen Wissenschaftler zum Vater gehabt, für den nur ein humanistisches Gymnasium mit Latein und Griechisch diskutabel gewesen war. Dabei hatte Florian weder Theologie studieren noch sein ferneres Leben in Griechenland verbringen wollen, weshalb er den ihm oktroyierten Sprachen herzlich wenig Interesse entgegengebracht hatte und beim ersten Mal auch prompt durchs Abitur gefallen war.

Der Barmensch hatte noch immer nicht verstanden. »You want a bottle with rum?«

»No«, protestierte Florian, verzweifelte Blicke auf die Toilettentür werfend, jeden Moment konnte Tinchen wieder rauskommen, »only a glass with rum! A little glass!« Vorsichtshalber deutete er die gewünschte Größe an. Es hätte ihn nicht gewundert, wenn man den Rum hierzulande in Wassergläsern servierte.

Endlich bekam er das Gewünschte, eine ausgesprochen mickrige Portion, wie er fand, kippte sie auf einen Zug hinunter, orderte eine zweite, und dann fiel ihm ein, dass Tinchen misstrauisch werden könnte. »And a Coke, please!«

Na also, jetzt war die Welt des Barkeepers wieder in Ordnung. Die meisten Gäste schütteten zwar den Rum in die Cola und tranken sie dann, aber wenn jemand die andere Variante bevorzugte, dann sollte es ihm auch recht sein. Als Tinchen frisch gekämmt und auch sonst ein bisschen restauriert von der Toilette zurückkam, trommelte Steven gerade seine Leute zusammen. »Los, Herrschaften, wir müssen weiter.«

»Trink wenigstens noch die Cola, ich habe sie extra für dich bestellt«, forderte Florian, dem schon beim Anblick dieser dunkelbraunen Flüssigkeit wieder schlecht wurde. Anscheinend hatte die magenberuhigende Wirkung des Alkohols noch nicht eingesetzt. Mit Kognak ging das schneller, stellte er fest, denn speziell auf diesem Gebiet war ihm nach über dreißig Jahren Zeitungsredaktion eine gewisse Erfahrung nicht abzusprechen.

»Hab keinen Durst!« Das stimmte zwar nicht, aber Tinchen

hatte erst unlängst gelesen, dass Cola äußerst kalorienreich sei, und deshalb hatte sie es von der Liste der erlaubten Genüsse gestrichen. »Trink doch selber!«

»Mach ich auch. Steig schon mal ein, ich muss noch zahlen.« Als sie ging, sah ihr Florian erleichtert hinterher. Bestimmt wäre ihr aufgefallen, wenn er für eine kleine Flasche Coca-Cola vier Dollar hinblättern musste.

Auf der Weiterfahrt änderte sich allmählich die Landschaft. Es gab kaum noch bebaute Felder, denn was sich jetzt immer mal wieder rechts der Asphaltstraße entlangzog, waren große eingezäunte, mit vereinzelten Büschen durchsetzte Rasenflächen, auf denen Touristen spazieren liefen. Erst beim genaueren Hingucken sah Tinchen, dass es sich um Golfspieler handelte, die ungeachtet der noch immer glühenden Sonne ihre Bahn zogen. »Guck mal da rüber, Flori, wäre das nicht was für dich? Allmählich kommst du doch in die Jahre, wo du den Tennisschläger besser deinem Sohn vererben und dir eine Sportart suchen solltest, bei der du nicht *jedes Mal* verlierst.«

»Ach?«, sagte er nur, rappelte sich aber doch aus seiner halbliegenden Stellung auf und setzte sich kerzengerade hin; ihm ging es ja auch wieder besser, der Rum hatte seine Schuldigkeit getan. »Wer hat denn bei unserem letzten Badminton-Duell den Schläger zuerst hingeschmissen und nach Luft gejapst?«, trumpfte er auf. »Nicht mal zehn Minuten …«

»Das war bloß, weil ich keine Schuhe anhatte und dauernd auf was draufgetreten bin. Außerdem ist Federball ein Spiel für Kinder.«

»Golf auch! Ich bin wirklich aus dem Alter heraus, in dem man mit einer Eisenkeule kleine Bälle durch kurzgemähten Rasen drischt.«

Zu Tinchens Erleichterung, denn ihr wollte einfach keine bissige Antwort einfallen, verließ der Bus die asphaltierte Straße und schwenkte auf einen besseren Feldweg ein. Obwohl sich der Fahrer redliche Mühe gab, die großen Schlaglöcher zu umrunden und nur die kleineren mitzunehmen, sah sich Florian gezwungen, seine Frau spontan zu umarmen und auf diese Weise festzuhalten, sonst wäre sie vom Sitz gerutscht. »Vier-Sterne-Hotel!«, schimpfte sie denn auch. »Fragt sich bloß, welche gemeint sind! Die auf der Kognakflasche?«

»Ich hab dir ja gleich gesagt, dass du mindestens einen abziehen musst«, erinnerte sie Florian.

Eine Zeitlang schaukelte der Bus noch im Schneckentempo von einem Schlagloch in das nächste, dann endlich erreichte er einen geteerten Parkplatz und kam zum Stehen.

»Bist du sicher, dass wir hier richtig sind? Auf dem Prospekt hat das alles aber ganz anders ausgesehen.« Tinchen kletterte als Letzte aus dem Bus, weil sie vorhin ihre Schuhe ausgezogen hatte und der zweite erst wieder auftauchte, nachdem Florian halb unter den Sitz gekrochen war.

Jetzt sah sie sich zweifelnd um. Rechts neben der sogenannten Straße standen zwei Häuser von äußerster Schlichtheit, auf der anderen Seite dösten einige Taxis vor sich hin, und direkt vor ihnen versperrte eine Hecke den Blick auf das, was eventuell dahinterlag.

»Das Gepäck lassen Sie bitte im Bus, es wird gleich abgeholt und später auf Ihre Zimmer gebracht«, erläuterte Steven, bevor er sich an die Spitze der kleinen Karawane setzte.

»Flori, die Sporttasche, die Strandtasche und die Kosmetikbox brauche ich aber *sofort*«, protestierte Tinchen, ihr Suitcase umklammernd. »Sieh mal zu, ob du unseren Chauffeur zu einem außerplanmäßigen Arbeitseinsatz überreden kannst.« Ihr war inzwischen klar geworden, dass auch in Jamaika, wie in den meisten tropischen Ländern, die Uhren anders gingen und Zeit ein sehr dehnbarer Begriff war. ›Gleich‹ konnte zehn Minuten bedeuten, eine Stunde oder auch zwei, doch bestimmt nicht das, was man gemeinhin darunter verstand. Der Fahrer Jimmy machte jedenfalls nicht die geringsten Anstalten, die Klappe vom Gepäckfach zu öffnen und mit dem Ausladen anzufangen. »Du könntest seinen Arbeitseifer mit einem Dollarschein unterstützen«, empfahl sie, bevor sie den anderen folgte, die hinter der Hecke verschwunden waren.

Dort sah es schon erheblich besser aus! Zwischen Palmen und riesengroßen dekorativen Gewächsen, die Tinchen bislang nur in Miniaturgröße im Blumentopf gesehen hatte, standen weiß getünchte, jeweils an zwei Seiten offene Gebäude, in denen Rezeption, Speisesaal und die für Touristen unerlässlichen Shops untergebracht waren. Ein Stück weiter hinten gab es einen Swimmingpool, umgeben von Tischen und Stühlen, und dahinter, beinahe in den Strand übergehend, eine große, rundherum offene Bar, in der schon lebhafter Betrieb herrschte. Happy hour! Vier einheimische Boys traten sich beinahe gegenseitig auf die Füße, um all die Wünsche nach Lemonjuice, Fruitcocktail, Bananashake oder diesen bunten exotischen Drinks zu erfüllen.

Das alles interessierte Tinchen erst in zweiter Linie. Endlich sah sie das Meer! Nicht nur von oben oder nur mal so zwischen den Bäumen hindurch, sondern in seiner ganzen endlosen Weite, die bis zum Horizont durch nichts begrenzt wurde. »Flori, guck doch bloß mal, sieht das nicht aus wie ein riesiger Spiegel? Überhaupt keine Wellen ...«

Florian konnte nicht gucken, denn er war noch gar nicht da. Gerade hatte er sich die Kosmetikbox um den Hals gehängt, mit der rechten Hand zur Sporttasche gegriffen und mit der linken zur Strandtasche, als ihm Jimmy auch noch die Duty-free Tüte unter den Arm schob. Fluchend trottete er los und hoffte, dass ihn hinter der Hecke nicht noch ein längerer Fußmarsch erwartete. Zuerst fiel die Tüte herunter, und nachdem er den Inhalt aufgesammelt und auf das übrige Gepäck verteilt hatte, riss der Griff von der Strandtasche ab. »Verdammte Schei...!« Mit einem nicht gerade sanften Tritt beförderte er den blau-weiß gestreiften Baumwollsack hinter eine etwas bizarr geformte Pflanze, wo er nicht gleich ins

Auge fiel, stopfte das, was herausgefallen war, in seine Hosentaschen und nahm das übrige Gepäck wieder auf. Jetzt hatte er das Ziel wenigstens schon vor sich, keuchte jedoch erst in dem Moment heran, als Tinchen zusammen mit dem Schlüssel zwei Clips ausgehändigt bekam, an denen je ein grünes Plastikschild mit Namen und Zimmernummer hing. »Die Anhänger sollten Sie nach Möglichkeit immer sichtbar tragen oder zumindest bei sich haben«, erläuterte Steven. »Dies hier ist ein Alles-inklusive-Hotel, allerdings mit zweihundert Gästen, und bisher haben wir noch keine andere Möglichkeit der Kontrolle gefunden, es sei denn, wir würden Ihnen einen festsitzenden Armreif verpassen. Nur erinnert das ein bisschen an Sklaverei, und die wurde bekanntlich abgeschafft.«

»Da bin ich mir nicht so sicher!« Florian ließ das Gepäck genau vor Tinchens Füße fallen, zog ein zartblaues Tuch aus der Hosentasche und wischte sich die Schweißtropfen von der Stirn. Sofort riss es ihm Tinchen aus der Hand. »Bist du verrückt? Das ist reine Seide! Wo hast du das überhaupt her?«

»Unterwegs rausgefallen! Hier ist noch was!« Zum Beweis holte er eine Hand voll Zusammengeknülltes heraus und schüttelte es auseinander. »Ich glaube, das gehört auch dir.«

Mit hochrotem Kopf nahm ihm Tinchen den Spitzen-BH aus der Hand. »Schuft!«, zischte sie leise, doch dann wieder in normaler Lautstärke: »Da fehlt aber noch was. Wo ist ...«

»... das Höschen dazu? Keine Ahnung, wahrscheinlich noch in der Tasche.«

Für den bewährten Tritt ans Schienbein stand Florian zu weit weg, und so blieb Tinchen nichts anderes übrig, als das Grinsen der Umstehenden zu ignorieren und noch einmal nachzuhaken. »Ich meine doch die Tasche! Hast du die etwa auch verloren?«

»Irgendwo da hinten unter 'nem Kaktus«, nuschelte er, bevor er sich in einen Sessel plumpsen ließ, »selbst Sklaven haben nur zwei Hände.«

Während Steven dem amüsierten Auditorium und insbesondere Florian nochmals erklärte, dass sich niemand um seine Koffer zu kümmern brauche, sondern sie sofort – offenbar eine Steigerung von ›gleich‹ – zu den Bungalows gebracht würden, war Tinchen schon losgelaufen. Da ihre Kenntnisse tropischer Vegetation ähnlich unzulänglich waren wie die von Florian und sie außerdem auf der falschen Seite suchte, dauerte es eine ganze Weile, bis sie den vermeintlichen Kaktus gefunden hatte. »Das war eine Agave«, sagte sie vorwurfsvoll, nachdem sie wieder unter dem schattigen Dach stand, die Tasche vor den Bauch gepresst, »und dass der Griff abreißen würde, habe ich ja vorher nicht ahnen können.«

»Nein«, gab er zu, sich langsam aufrappelnd, »aber was du da in der Hand hast, ist eine ganz normale Tasche, Tine, konzipiert für Handtuch, Buch und Sonnenöl, und kein Seesack, in dem man Schwermetall transportiert. Oder was hat vorhin so gescheppert?«

So auf Anhieb wusste Tinchen das nicht, es war ihr auch egal, sie wollte endlich in ihr Zimmer, und überhaupt waren sie schon wieder die Letzten. »In welcher Richtung liegt denn unser Bungalow?«, fragte Florian, nachdem sie die Rezeption verlassen hatten und dem Weg bis zur ersten Gabelung gefolgt waren. »Rechts oder links?«

»Woher soll ich das wissen?«

»Weil *du* den Schlüssel bekommen hast!«

»Aber keinen Lageplan dazu«, sagte sie schnippisch. »Frag doch einfach mal!«

»Wen denn? Ich sehe niemanden.« Wer sich nicht schon zwecks vorabendlicher Schönheitspflege in seine vier Wände zurückgezogen hatte und mithalf, den Wasserdruck in den Duschen zu senken, hockte hinten an der Bar. Meistens waren es Männer, offenbar jene, die immer noch in dem Irrtum lebten, Frauen brauchten doppelt so lange zum Waschen wie sie selber. »Am besten zieht man seine Erkundigungen direkt an der

Quelle ein, und hier geht das sogar im wahrsten Sinne des Wortes. Gib mir mal meinen Personalausweis!«

Als Tinchen ihn verständnislos ansah, nahm er ihr eins der beiden Plastikkärtchen aus der Hand, befestigte den Clip an seiner Hemdentasche und marschierte schnurstracks zur Bar. »Can I have a beer, please?«

»Yes, madam«, sagte der Barkeeper grinsend, denn Florian hatte die falsche Karte erwischt, und auf der stand deutlich lesbar: Mrs. Bender.

Tinchen hatte nur einen Fruitcocktail getrunken und danach noch einen Milkshake, doch Florian hatte ja unbedingt nach seinem Bier noch den Rumpunsch kosten und auf gute Nachbarschaft anstoßen müssen, weil Herr Maier mit a-i in Nr. 21 wohnte und sich erboten hatte, das Ehepaar Bender zu Bungalow 22 zu begleiten. Nur war das nicht sofort gegangen, weil Frau Maier dazugekommen war. Sie hatte an dem Reggae-Tanzkurs teilgenommen und nun ebenfalls Durst. Ob denn Frau Bender schon mal die Piñacolada probiert hätte? Nein? Na, das müsse sie aber sofort nachholen, George mixe eine ganz hervorragende, die beste mache allerdings Beverly, nur habe die heute leider frei.

Erst als es schon stockdunkel war und die Kellner begonnen hatten, die Tische einzudecken, hatte Tinchen auf die Uhr gesehen. »Meine Güte, schon sieben? In einer halben Stunde gibt es Abendessen, und ich muss noch Koffer auspacken, aufräumen, duschen ...«

»Essen können Sie bis halb zehn, nur nicht mehr alles, weil das Beste dann weg ist einschließlich des Kochs, der steht nämlich nur bis neun am Grill«, hatte Frau Maier erläutert. Zwar hatte Tinchen die Sache mit dem Koch nicht so ganz verstanden, was wohl nicht zuletzt auf die wirklich hervorragende Piñacolada zurückzuführen war, und dass man nicht Punkt halb acht an seinem Tisch sitzen musste, hatte auch einiges für sich, aber trotzdem wollte sie jetzt endlich hier weg.

Herr Maier bewaffnete sich mit der Tasche ohne Henkel und schritt voran, warnte vor der fehlenden Gehwegplatte, da seien schon einige Leute gestolpert, was Tinchen ungeheuer lustig fand, denn wie kann man über etwas stolpern, was gar nicht da ist?, und als sie beinahe gegen die übermannshohe Mauer gerannt wäre, die das Hotelareal gegen das Nachbargrundstück abgrenzte, schwenkte Herr Maier nach rechts und dann gleich wieder nach rechts. »Hier wären wir also!«

Sie standen vor dem letzten Bungalow in der Reihe, allerdings auch vor dem ersten an der Mauer. Sofort erinnerte sich Tinchen an Frau Antonies Entzücken über die hübschen Terrassen mit Blick aufs Meer. Die Terrasse gab es – aber mit Blick auf die Mauer! »Ich komme mir vor wie beim Hofgang im Knast!«

»Warten Sie mal ab, dieser Bungalow hat auch seine Vorteile«, sagte Frau Maier und zählte sie auf: »Kein Durchgangsverkehr, weil hier niemand vorbei muss, kein Krach, weil man den Radau von da vorne« – sie deutete dorthin, wo sie gerade hergekommen waren – »hier hinten nicht mehr hört, die nächste Reihe Bungalows fängt erst da drüben hinter den Büschen an, also ein ganzes Stück weit weg, und außerdem haben wir hier unseren kleinen Privatstrand. Oder sollte Ihnen etwa entgangen sein, dass diese Häuschen direkt am Wasser stehen?«

Das war Tinchen in der Tat entgangen. Sie hatte nur die Mauer gesehen und die trübe Funzel, die einen Teil davon beleuchtete, dazu den Bungalow, auch nicht gerade ein Meisterstück karibischer Architektur, und daneben den großen Blumentopf, letzte Ruhestätte einer Familie verkümmerter Pelargonien.

»Wenn du weit genug springst, kannst du direkt aus dem Fenster ins Wasser hopsen, Tine«, kam es von irgendwoher aus der Dunkelheit. »Du kannst es aber auch bleiben lassen und den bequemeren Weg nehmen.« Tinchen hatte ihn nicht gesehen, bis Florian plötzlich neben ihr stand, die Hosenbeine bis zum Knie hochgerollt, mit nassen Füßen und glänzenden Augen.

»Komm mal mit!« Er zog sie hinter sich her, um den Bungalow herum, und dann hatte sie auch schon Sand unter den Schuhen und direkt vor sich das Meer. Es war nur ein kleines Stück Strand, etwa fünf Meter breit und drei Mal so lang, dann ging die Mauer in einen Wellenbrecher aus aufgetürmten, schweren Steinen über, der ein ganzes Stück weit ins Meer reichte. Auf der anderen Seite, also dort, wo sich die Bungalows fortsetzten, verhinderten Klippen den direkten Zugang zum Wasser.

»Das ist ja eine richtige kleine Bucht«, staunte Tinchen, »und hier kommt wirklich keiner her?«

»Nein, die gehen alle entweder an den Pool oder jenseits davon an den großen Strand. An manchen Tagen geht's da zu wie in Rimini zur Ferienzeit. Hier ist es zwar himmlisch ruhig, doch dafür müssen wir auf Sonnenschirme verzichten, und die Strandbars sind auch ziemlich weit weg!«

»Und nie kriegt man hier hinten mit, wann vorne der Eiswagen kommt!«, sagte Herr Maier lachend. »Zu Hause esse ich ganz selten mal eins, aber hier bin ich verrückt nach dem Zeug.« Er stapfte durch den Sand zurück auf den Weg. »Komm, Fiffi, lassen wir endlich Beckers in Ruhe!«

»Bender!«, korrigierte Florian, während er sich suchend umsah. »Florian Bender. Und wer, bitte, ist Fiffi? Haben Sie Ihren Hund mitgebracht?«

»Er braucht keinen«, sagte Frau Maier trocken, »die Zeitung und die Pantoffeln bringe ich ihm, und spazieren geht er sowieso nicht.« Doch dann fügte sie erklärend hinzu: »Eigentlich heiße ich Elfriede, aber als mein Neffe noch klein war, *konnte* er den Namen nicht aussprechen, und als er größer wurde, wollte er nicht mehr, weil er bei ›Fiffi‹ so schön durch seine Zahnlücken spucken konnte. – Jetzt hat er keine mehr und schon seine dritten Zähne, aber der Name ist mir bis heute geblieben.« Sie folgte ihrem Mann, drehte sich jedoch noch einmal um. »Vielleicht sehen wir uns ja noch beim Essen, ansonsten wünsche ich Ihnen eine gute Nacht.«

»Danke«, antwortete Tinchen, »ich werde sicher prima schlafen bei dem Nachholbedarf.«

»Tiiine! Von mir aus kannst du ja ruhig am Strand schlafen, aber bring vorher noch den Schlüssel her, ja?«

»Komme schon!« Sie rannte los, hielt jedoch gleich wieder an, weil sie den Sand aus den Schuhen kippen musste, klemmte sie unter den Arm und tastete sich vorsichtig bis zum Weg vor. »Kannst du nicht mal Licht machen? Vor den anderen Bungalows sind doch auch die Lampen an.«

»Der Schalter ist anscheinend im Haus«, erklärte er geduldig, »und da die Tür ziemlich stabil aussieht und ich ungern ein Fenster einschlagen …«

»Hab schon kapiert!« Dann erst bemerkte sie die abgestellten Koffer. »Die sind ja tatsächlich da?!«

»Und sogar schon länger als wir. – Hast du den Schlüssel?«

»Moment, ich hab ihn in der Hosentasche.« Sie fasste hinein – und zog die Hand leer wieder heraus. »Verstehe ich nicht! Vorhin war er doch noch da, der kann doch nicht einfach weg …« Sie stülpte die Taschen ihrer Shorts nach außen, zog sie schließlich ganz aus, danach den Slip, vielleicht hatte sich der Schlüssel irgendwie verhakt, klein genug war er ja – doch dann musste sie zugeben, dass er verschwunden war. »Ich kann ihn höchstens am Strand verloren haben, eben, als ich die Schuhe ausgezogen habe. Die Stelle weiß ich noch genau, weil ich beinahe auf eine Muschel getreten wäre … Flori, hilfst du suchen?«

Flori sagte gar nichts, er setzte sich auf den großen Kof

fer und starrte sein Tinchen sekundenlang an. Dann brach er in schallendes Gelächter aus. »Weißt du, woran du mich erinnerst? An das kleine Mädchen aus dem Märchen, bei dem plötzlich lauter Münzen vom Himmel fallen.«

»Meinst du ›Sterntaler‹?«, fragte sie zaghaft.

»Genau! Ich hoffe nur, das Kind hatte ein etwas längeres Hemdchen an, denn mit dem da« – er zeigte auf Tinchens T-Shirt – »hätte es nicht einen einzigen Taler auffangen können.«

»Huch!«, schrie Sterntaler und schaute entsetzt an sich herunter, wo es ganz nackend war. Dann schlüpfte es schnell in seine Shorts, und als es auch noch die Schuhe anziehen wollte, kam es in den linken nicht mehr hinein. Und was steckte vorne in der Spitze? Richtig!

An diesem Abend blieb der für Bungalow 22 vorgesehene Tisch im Speisesaal leer. Nachdem Tinchen das riesengroße Doppelbett gesehen hatte, fiel ihr ein, dass ihre innere Uhr bereits zwei Stunden nach Mitternacht signalisierte, ein Zeitpunkt also, zu dem ihr Magen keineswegs mehr auf Abendessen und ihr restlicher Körper auf Du-gehörst-schon-seit-Stunden-in-die-Buntkarierten programmiert war. Eine Nacht würde es auch mal ohne Schlafanzug gehen, Duschgel und Zahnbürste befanden sich griffbereit in der Kosmetikbox – warum also die Koffer jetzt noch auspacken? »Flori, hast du eigentlich Hunger?«

»Und wie!«, tönte es aus dem Bad, wo er gerade die Dusche überprüfte. »Es kommt genügend Wasser raus!«

»Dann musst du alleine essen gehen. Ich mache heute Diät.«

»Im Urlaub?« Mit entsetzter Miene und nur sehr unzulänglich mit einem Handtuch bekleidet stand er tropfnass in der Tür. »Willst du mir das wirklich antun?«

»Nur heute! Weil ich nämlich hundemüde bin und keine Lust habe, den Koffer nach was zum Anziehen durchzuwühlen, weil ich nicht mehr weiß, in welchem dein Rasierapparat liegt, weil so spät essen ungesund ist und ich jetzt überhaupt duschen gehe!«

Als sie fünf Minuten später mit nassen Haaren und intensiv nach Zitronen duftend wieder ins Zimmer kam, lag Florian bereits im Bett. »Du hast recht, Tine, spätabends essen macht dick!« Plötzlich hob er schnuppernd die Nase. »Wenn ich dich allerdings so rieche, kriege ich glatt wieder Hunger! Ist das ein neues Parfüm?«

»Duschgel aus dem Duty free. Auf dem Etikett steht was von ätherischen Ölen und zartem Limettenduft. Ist aber ein bisschen sehr heftig, nicht wahr?« Zweifelnd sah sie ihn an.

»Überhaupt nicht!«, behauptete er und lüpfte einladend die Decke. »Komm schnell ins Bett, ich wollte schon immer mal unter einem Zitronenbaum schlafen.«

»Unter?«

Er grinste. »Du wirst frivol, Ernestine!«

»Ist das was Unanständiges?«

»Noch nicht«, sagte er lachend und zog sein Tinchen an sich, »es kommt ganz darauf an, wie man es hinterher betrachtet.«

»Dann haben wir ja noch Zeit.« Sie kuschelte sich in seinen Arm. »Frühstück gibt es sowieso erst ab acht Uhr.«

10.

Das stimmte nicht ganz, denn offizieller Frühstücksbeginn war um 7.30 Uhr, doch schon fünf Minuten vorher stand ein ausgehungertes Tinchen an der Saftbar, probierte sämtliche Geschmacksrichtungen durch und entschied sich schließlich für einen Mix aus Ananas und Grapefruit. »Willst du auch einen Saft, Flori?«

Flori hörte nicht, er war bereits in Verhandlungen mit dem einheimischen Koch getreten, der gerade vor seinen zwei Elektroplatten Posten bezogen und den Vorrat an Eiern, Schinken, klein gehackten Zwiebeln und diversem Gemüse überprüft hatte. »Good morning, Sir.«

»Good morning«, grüßte Florian zurück und verwünschte wieder einmal den praxisfernen Sprachunterricht einstiger Pennälerzeiten. Natürlich konnte er sich auf Englisch verständigen, fragen, wo es zum Bahnhof geht oder wie viel die Socken da hinten kosten, doch für einen Smalltalk fehlten ihm die Wörter, von der Grammatik ganz zu schweigen. Tinchen hatte zwar seine schlimmsten Fehler ausgebügelt, das s bei den Verben in der dritten Person Einzahl vergaß er nur noch ganz selten, aber um freiwillig Vokabeln zu lernen, war er einfach zu faul gewesen. Jetzt fehlten ihm wieder mal ein paar. Also schenkte er dem erwartungsvoll grienenden Koch nur ein strahlendes Lächeln. »Fried egg, please.«

Der Koch schlug zwei Eier in einen Suppenteller und ließ sie dann vorsichtig in das heiße Fett gleiten. »Sunny side up?«

Das hatte Florian schon mal gehört, jedoch vergessen, was es bedeutete. Vorsichtshalber nickte er.

»You want some ham or bacon, onions, pepper, vegetable ...?«

»No, thank you«, winkte er ab, bevor seine schönen Spiegeleier durch irgendwelches Grünzeug verschandelt würden, »only clear.«

Der Koch hatte verstanden. Auch dieser Tourist gehörte zu jenen Gästen, bei denen sich der Versuch einer Konversation erübrigte. Also widmete er sich ausschließlich seiner Bratpfanne, und was Florian wenig später auf einem Teller zugereicht bekam, waren zwei vorbildlich gebratene Spiegeleier mit knusprigem Rand. »Thank you very much«, sagte er, »they are lovely.« Ein freundliches Grinsen erschien auf dem schwarzen Gesicht, und in dem Bewusstsein, seine Dankbarkeit in die richtigen Worte gefasst zu haben, zog Florian von dannen.

»Ab morgen solltest *du* lieber die Eier bestellen«, schlug er jedoch vor, nachdem er seinen Platz am Tisch eingenommen hatte. »Ich hätte nämlich ganz gern ein bisschen Speck dazu gehabt, wusste aber nicht, was das heißt.«

»Bacon«, sagte Tinchen, Müsli kauend, »und außerdem ist die Zeichensprache international. Warum hast du nicht draufgezeigt?«

»Nicht dran gedacht.« Er schob sich eine Gabel voll Ei in den Mund. »Was heißt eigentlich sunny side up genau?«

»Sonnenseite nach oben.« Sie stellte die Schüssel zur Seite und stand auf. »Ich hole mir jetzt noch ein bisschen Obstsalat. Soll ich dir was mitbringen?«

»Ja, zwei Brötchen, Butter, vier Scheiben Käse und ...«

»Ich habe *etwas* gesagt!«

»Also gut, dann halt nur ein Brötchen und zwei Scheiben Käse.«

Als sie zurückkam, begann sich der Speisesaal langsam zu

füllen. »Jetzt wird's endlich interessant«, sagte sie und wechselte den Platz, so dass sie wenigstens einen Teil des Raumes überblicken konnte. »Guck mal, Flori, da drüben! Heute trägt sie Meergrün! Steht ihr genauso wenig wie Gelb. Damit sollte sie lieber warten, bis sie ein bisschen brauner geworden ist.«

»Wer soll warten?« Er hatte nur halb zugehört, denn das Brötchen erwies sich als ebenso zäh wie das Messer stumpf, und bisher war es ihm noch nicht gelungen, mit dem einen das andere auseinanderzuschneiden.

»Na, wer wohl? Gundula, deine potenzielle Mörderin!«

»Worauf soll sie warten?« Endlich hatte er das Brötchen in zwei Hälften zerlegt und bemühte sich, die Butter gleichmäßig darauf zu verstreichen. Da sie mitten auf dem Frühstücksbüfett sehr dekorativ in Röllchenform auf einem Eisberg angeordnet und folglich beinahe tiefgefroren war, klappte das nicht. Bei dem Versuch, das Röllchen zu zerkleinern, flutschte es vom Teller und landete auf dem Boden. »Na schön, dann eben nicht!« Während er das trockene Brötchen mit dem ebenfalls trockenen Käse belegte, schob er die Butter mit der Fußspitze etwas weiter unter den Tisch.

»Florian!«, kam es drohend von gegenüber.

»Nix Florian! Glaubst du wirklich, ich krieche jetzt da unten rum und sammle sie ein? Die schmilzt doch gleich, und übrig bleibt schlimmstenfalls ein Fettfleck auf den Fliesen. Und da Wasser auf dieser Insel nicht gerade Mangelware …«

»Guten Morgen! So früh schon auf?«, staunte Frau Maier mit a-i. »Ich habe geglaubt, Sie schwänzen das Frühstück und kommen erst zum Mittagessen aus der Koje. Keine Probleme mit dem Jetlag?«

»Nicht direkt«, sagte Tinchen lachend, »ich habe zwar seit halb fünf Inspektor Brunetti in Venedig bei der Suche nach dem Opernmörder geholfen und dabei tierischen Hunger gekriegt, aber dann hat mich der Sonnenaufgang für das Nichtmehr-schlafen-können hinreichend entschädigt.«

»Da kann ich nicht mitreden, weil ich hier noch nie so früh aufgestanden beziehungsweise so spät schlafen gegangen bin«, sagte Frau Maier und setzte sich, »aber der Sonnenuntergang ist auch ganz beeindruckend.«

Erst jetzt bemerkte Tinchen Frau Maiers Outfit, das sich von der hier üblichen Frühstücksgarderobe, nämlich Shorts von Mini bis Größe 52 mit auch nicht immer vorteilhaftem Oberteil, wohltuend abhob. »Sie sehen so ausgehfertig aus, haben Sie etwas Größeres vor?«

»Ja. Wir haben ein Taxi gechartert und lassen uns zu den Dunn's River Falls bringen, angeblich ein touristisches Muss! Letzteres wäre eher ein Hinderungsgrund gewesen, aber diese Wasserfälle sollen wirklich wunderschön sein. Auf dem Rückweg wollen wir noch ein bisschen durch Ocho Rios bummeln.«

Jetzt wurde Florian aufmerksam. »Den Namen kenne ich schon, aber was ist das? Ein Restaurant?«

»Lassen Sie das lieber keinen Einheimischen hören! Ocho Rios ist so eine Art Provinzhauptstadt, nicht groß und in erster Linie auf Tourismus abgestimmt, aber es macht trotzdem Spaß, mal über den Markt zu schlendern oder einfach auf einem Mäuerchen zu sitzen und das ganze Treiben zu beobachten.«

»Hört sich gut an!«, sagte Tinchen sofort. »Wir wollen uns ja auch ein bisschen die Gegend ansehen, nur nicht gleich am ersten Tag.« Sie schüttelte dankend den Kopf, als der farbige Kellner zum dritten Mal Kaffee nachschenken wollte, und wandte sich wieder an Frau Maier. »Wie lange sind Sie schon hier?«

»Zwei Wochen und zwei Tage«, kam es wie aus der Pistole geschossen, »fünf haben wir noch. Viel zu wenig für das, was wir noch machen wollten. Blue Mountains, Botanischer Garten, die Grünen Grotten – diese Insel ist eigentlich ein Kontinent für sich, den man regelrecht entdecken muss.« Sie geriet ins

Schwärmen, während Florian mit immer länger werdendem Gesicht zuhörte. Er hatte ja nichts gegen einen gelegentlichen Ausflug, schon wegen der Kollegen in der Redaktion, denen man ja Fotos von ein paar exotischen und natürlich auch geschichtsträchtigen Zielen vorweisen musste, um nicht als Kulturbanause dazustehen, aber derartige Unternehmungen durften doch nicht in Anstrengung ausarten! Schließlich hatte er Urlaub, und den gedachte er weitgehend im Liegestuhl zu verbringen mit einem Buch in der einen Hand und einem Glas von diesem verteufelt guten Rumpunsch in der anderen. Ein Glück, dass diese unternehmungslustige Frau Maier in Kürze abreiste; nicht auszudenken, wenn sie sein Tinchen zu solch tagesfüllenden Exkursionen überreden und die wiederum darauf bestehen würde, dass er mitkäme.

»Fiffi, das Taxi ist da!«, schrie Herr Maier quer durch den Speisesaal, denn der Eingang befand sich auf der gegenüberliegenden Seite. »Hast du Badesachen dabei?«

Frau Maier hatte. Auch zwei Literflaschen Mineralwasser, ein großes Lunchpaket (»Ich wollte gar keins, aber der Kellner hat nicht lockergelassen, das stände uns zu, hat er gesagt. Es lebe die Bürokratie!«) sowie einen Reserveakku für die Videokamera. »Tschüss bis heute Abend, und lassen Sie sich nicht von diesen unverschämt braun gebrannten Figuren frustrieren! In ein paar Tagen haben Sie sich auch so weit eingefärbt, dass Sie nicht mehr auffallen!« Sie eilte davon, nahm sich im Vorbeigehen vom Büfett eine Scheibe Käse, die sie sofort in den Mund steckte, winkte noch einmal und verschwand um die Ecke.

»Na Gott sei Dank«, sagte Florian aufatmend, »ich dachte schon, sie wollte uns zum Mitkommen auffordern.« Er schüttelte eine Zigarette aus der Packung und betrachtete sie von allen Seiten, bevor er sie anzündete. »Bei dem Gedanken, dass die noch nicht mal zehn Pfennig kostet, würde ich mir glatt das Rauchen angewöhnen, wenn ich es nicht schon hätte!«

»Das ist vielleicht eine Logik!« Tinchen legte die Serviette auf den Tisch und stand auf. »Komm, lass uns mal einen Orientierungsrundgang machen! Ich will wissen, wo ich notfalls Aspirin herkriege, ich habe nämlich die leere Packung mitgenommen, dann brauche ich Ansichtskarten, Briefmarken, eine neue Kugelschreibermine und vor allen Dingen eine Toilette.«

»Muss ich da wirklich mit?« Er erhob sich zögernd.

»Nein, auf die Toilette nicht!«

Hatte Tinchen angenommen, dass das Hotelareal bei den Restaurationsgebäuden endete, so wurde sie jetzt eines Besseren belehrt. Dahinter ging es nämlich weiter. Der breite Strand, mit Liegestühlen und Sonnenschirmen gesprenkelt, ging seitwärts in einen tropischen Garten über, in dem verstreut die Bungalows standen. Mit Meerblick! Allerdings nur die in der ersten Reihe. Die Bewohner der anderen Häuschen guckten ins Grüne, was mindestens genauso schön war, denn die überall üppig blühenden Gewächse waren über das Blumentopfstadium, in dem Tinchen sie kannte, weit hinaus. »Sieh mal, Florian, diesen riesigen Begonienbusch! Oder da drüben den Weihnachtsstern! Das ist ja fast schon ein Baum!«

»Weihnachten ist vorbei!«, knurrte er und stapfte weiter. Natürlich hatte er nichts gegen Blumen, fand sie sogar schön, jedenfalls manche, aber musste er sie deshalb alle mit Namen kennen? Tinchen dagegen schien mit der halben Botanik auf dem Duzfuß zu stehen. Gerade beugte sie sich über ein Gewächs mit gestreiften Blättern und vielen gelben Blüten. »Kommt dir das bekannt vor.«

»Nein!«, sagte er kurz. »Ich war noch nie hier!«

»Aber Flori! Das ist ein Glanzkölbchen und steht zu Hause bei dir auf'm Fensterbrett! Nur sehr viel kleiner!«

»Ist auch besser. Wenn es so groß wäre wie das hier, säße ich im Dunkeln.« Doch als er ihre enttäuschte Miene sah, versuchte er einzulenken. »Wie heißen eigentlich diese rosalila Rankenblumen? Die finde nun ich wiederum ganz toll! Wollen wir nicht ein paar Ableger mitnehmen und bei uns in den Garten setzen? Stell dir mal vor, wenn wir die gleich neben die Terrasse pflanzen, könnten sie in zwei bis drei Jahren …«

»… auf dem Komposthaufen gelandet sein! Das sind Bougainvilleen, die brauchen Wärme und nicht unseren norddeutschen Winter.«

»Schade, *die* hätten mir nämlich wirklich gefallen!« Trotzdem hatte er langsam genug von dem üppig wuchernden Grünzeug. »Lass uns wieder zum Strand runtergehen, ja? Hier komme ich mir vor, als ob ich die Privatsphäre anderer Leute verletzen würde, weil ich verbotenerweise durch fremde Gärten spaziere.«

»Der Vergleich ist gar nicht mal schlecht«, gab sie zu, »außerdem scheint das Hotelgelände hier sowieso zu enden. Ich möchte mir bloß noch dieses merkwürdige Bauwerk da drüben angucken.«

Es sah in der Tat etwas eigenartig aus. Eingebettet zwischen halbhohen Fächerpalmen stand eine von Blüten umrankte, rundherum offene Rotunde. Säulen stützten das geschwungene Dach, dessen Dachstuhl innen mit weißen, gebauschten Tüllbahnen verkleidet war. Bis auf ein Dutzend weißer Stühle und einer Art Podium, auf dem ein mit weißen Kamelien in Kübeln umgebenes Notenpult stand, war das Gebäude leer.

»So was Ähnliches habe ich schon mal in einem Prospekt von der AOK gesehen«, sagte Tinchen, den Tüllhimmel bestaunend, »allerdings ohne diesen Staubfänger da oben. Dafür gab es in der Mitte einen Brunnen mit Heilwasser, aus dem man sein tägliches Quantum zapfen konnte.«

»Mich erinnert das mehr an diesen Regenschutz, unter dem nachmittags meist schon recht betagte Herren ebensolche Musik machen«, stellte Florian nach gründlicher Betrachtung fest, »aber für eine Kurkapelle ist das Ding einfach zu klein. Von der Form her würde ich eher auf ein Pissoir tippen, nur ziehen selbst Männer bei einer derartigen Tätigkeit eine solide

Wand irgendwelchen Säulen vor.« Er schüttelte den Kopf. »Ich habe wirklich keine Ahnung, Tine, was das sein soll. Können wir jetzt wieder gehen?«

»Vielleicht ist das Ding noch gar nicht richtig fertig?« So schnell gab Tinchen nicht auf.

»Das ist seit mindestens zwei Jahren fertig, weil ich es schon ein paar Mal im Katalog gesehen habe. Im Übrigen bin ich davon überzeugt, dass du spätestens heute Abend weißt, wozu es da ist.«

»Worauf du dich verlassen kannst!« Sie nickte bekräftigend und schlug plötzlich mit beiden Händen auf ihre Beine ein. »Komm schnell weg, hier gibt's Ameisen!«

Kaum hatten sie wieder den Strand betreten, wo schon die ersten Sonnenanbeter auf ihren Liegen grillten, als Tinchen ganz große Augen bekam. Sofort zupfte sie Florian am Arm. »Guck mal halb rechts aufs Wasser, da versucht wieder jemand, das Meer auszutrinken.«

Er wollte aber gar nichts aufs Meer sehen, denn erstens hatte er Wasserski selber mal ausprobiert und dabei mindestens zwei Liter Indischen Ozean geschluckt, wusste also, wie man sich als lebender Treibanker fühlt, und zweitens war der Anblick auf der linken Seite viel interessanter. »Hast du das gesehen, Tine?«

Natürlich hatte sie! Sogar ein bisschen neidisch, denn dazu würde sie nicht mehr den Mut haben, genau genommen hatte sie ihn noch nie gehabt, höchstens mal zu Hause auf dem Balkon, der nun wirklich sicher war vor Feindeinsicht, aber hier, wo das doch bestimmt nicht üblich ist? »Sieh gefälligst woanders hin, Florian Bender!«

»Warum denn?«, fragte er harmlos. »Die sehen doch alle ganz schnuckelig aus!«

»Eben drum!« Wütend blitzte sie ihn an. »Hast du gewusst, dass das hier erlaubt ist?«

Nein, das hatte er nicht gewusst, und wenn, dann hätte es

ihn nicht gestört. Es störte ihn auch jetzt nicht, zumal er schon vorhin das dezent angebrachte Schild mit dem Hinweis entdeckt hatte, dass die letzten fünfzig Meter den Anhängern der Freikörperkultur zugestanden waren.

»Ich hatte wirklich keine Ahnung, Tine, und überhaupt finde ich eine Frau im Bikini viel aufreizender als ganz ohne. Die Verpackung ist doch erst mal das Wichtigste! So ein Bikini ist wie ... äh – na ja, etwa wie eine ... wie ein ...«, endlich hatte er einen passenden Vergleich gefunden, »also wie das Seidenpapier, in das ein Sahnetrüffel gehüllt wird.«

Nur mühsam verkniff sie sich das Lachen. »Tut mir leid, aber du wirst dich nachher mit in Wellpappe gewickelter Borkenschokolade begnügen müssen«, sagte sie trocken, »ich habe nämlich nur einteilige Badeanzüge mit!«

Erst wieherte er laut los, dann nahm er sein geknicktes Tinchen in den Arm. »Weißt du denn nicht, dass ich Trüffel gar nicht mag?«, flüsterte er in ihr Ohr.

Sie schüttelte ihn ab. »Doch, aber nicht, weil sie dir nicht schmecken, sondern weil sie dick machen.«

Den gefahrenträchtigen Strandabschnitt hatten sie inzwischen verlassen, und allmählich beruhigte sie sich wieder. »Mich stören diese Oben-und-unten-ohne ja gar nicht, ich wundere mich nur, dass man sie nicht optisch ein bisschen abschottet.«

»Du hast recht«, stimmte Florian bereitwillig zu. »Nicht jeder Ehemann ist so standhaft wie ich.«

»Wieso bloß Ehe*männer?*« Möglichst unauffällig drehte sie sich noch einmal um. »Hast du nicht die beiden nackten Adonisse gesehen? Einer sah sogar ein bisschen aus wie Robert Redford.«

Sofort versperrte ihr Florian die Sicht nach hinten. »Wehe, Tine!«

Sie zuckte nur mit den Schultern. »Vielleicht ist er's ja wirklich und macht mir auch ein unmoralisches Angebot.«

»Glaube ich nicht! Du hast nun wirklich keine Ähnlichkeit mit Demi Moore!«

Später, als sie zufrieden auf ihren Liegen dösten, dankbar für die schattenspendende Mauer, denn direkt am Wasser gab es keinen, hatte Tinchen das Rätsel der Rotunde gelöst. »Das ist der Umkleideraum für die FKKler, die brauchen doch sowieso keine Wände!«

Bis zum Abendessen hatte Tinchen nicht nur die notwendigen Einkäufe getätigt – ganz abgesehen von den weniger notwendigen, aber dem T-Shirt mit der kleinen goldenen Palme vorne drauf hatte sie genauso wenig widerstehen können wie der gestreiften Badehose für Florian; die dunkelblaue war ja doch schon reichlich mürbe, und die grüne sah so altmodisch aus – nein, Tinchen hatte darüber hinaus vier Ansichtskarten geschrieben, unter die Florian bloß noch seinen Namen setzen musste, was bestimmt wieder Tage dauern würde, sie hatte den tropischen Garten auf der hiesigen Seite durchwandert und zweiundvierzig darin versteckte Bungalows gezählt, und zu guter Letzt war sie sogar noch Steven über den Weg gelaufen und hatte ihn sofort aufgehalten. »Was hat es mit diesem runden Bauwerk am Ende vom Hotelgelände auf sich? Sieht ein bisschen wie die Miniaturausgabe des Monopteros im Englischen Garten von München aus, bloß das Denkmal in der Mitte fehlt.«

»Sie meinen sicherlich den Tülltempel«, hatte Steven sofort gesagt, »da werden die Hochzeitspaare getraut. Heute gab's keins, aber ich glaube, morgen heiraten wieder welche, Amerikaner oder Engländer, weiß ich nicht genau, jedenfalls keine von meiner Gruppe. Im letzten Monat habe ich schon drei Mal den Trauzeugen machen müssen, weil das Brautpaar keinen eigenen mitgebracht hatte.«

»Müssen das nicht immer zwei sein?« Nur zu gut erinnerte sich Tinchen an die eigene Hochzeit und das verzweifelte Warten auf ihre Kollegin Sabine, die sich vor dem falschen Standesamt die Füße plattgetreten hatte, bis sie endlich auf den Gedanken gekommen war, telefonische Nachforschungen anzustellen.

Steven hatte bloß gegrinst. »Och, da findet sich immer jemand. Ein Tischnachbar, der Barmixer, der Kellner ... Warum fragen Sie? Wollen Sie etwa auch heiraten?«

»Sehe ich so aus?«

»Eigentlich nicht«, hatte er treuherzig gemeint, »aber wir hatten schon viel ältere Paare.« Noch bevor Tinchen richtig empört sein konnte, hatte er sich entschuldigt und war hinter einer Bananenstaude abgetaucht. Tinchen hatte schon die Richtung zu ihrem eigenen Bungalow eingeschlagen, als ihr siedend heiß eingefallen war, dass sie ja noch immer nicht ihre Mutter angerufen hatte, obwohl sie das doch bereits gestern hätte tun sollen. Aber die Nachwirkung der verflixten Piñacolada, dann die Suche nach dem Schlüssel – und überhaupt waren sie ja sehr früh schlafen gegangen! Zumindest hatten sie das vorgehabt! Von dem spätabendlichen Bad im Meer würde sie Toni besser nichts erzählen, und erst recht nicht, dass sie – shocking! – gar nichts angehabt hatten!

An der Rezeption schwitzten zwei korrekt mit langärmeligem Hemd und Krawatte bekleidete Angestellte vor sich hin und debattierten die Erfolgsaussichten der örtlichen Cricketmannschaft. »Can I have a phone call to Germany, please?«

»Yes, madam«, kam es zweistimmig zurück, und zwei Augenpaare sahen sie erwartungsvoll an. Offenbar langweilten sich die beiden Herren ganz erbärmlich. Während der eine Block und Bleistift hervorholte und Tinchen bat, die gewünschte Nummer aufzuschreiben, kämpfte der andere mit dem Telefon, das offensichtlich nicht ganz in Ordnung war. Mehrmals hämmerte er auf die Gabel, was normalerweise wenig Sinn macht, hier jedoch die Vorstufe zu einem Telefonat zu sein schien. Jedenfalls zog ein befriedigtes Lächeln über das schwarze Gesicht, der junge Mann fing an zu wählen, und als er endlich aufgehört hatte, nickte er und reichte Tinchen den Hörer.

Erst nach dem sechsten Läuten meldete sich eine verschlafene Stimme: »Hallo?«

Im selben Moment fiel Tinchen ein, dass sie nicht an die Zeitverschiebung gedacht und ihre Mutter vier Minuten nach Mitternacht aus dem Bett geklingelt hatte. Ihr erster Impuls war, einfach aufzulegen, doch dann schalt sie sich einen Feigling, holte tief Luft und –

»Hallo? Nun melden Sie sich wenigstens, wenn Sie schon die Unverschämtheit besitzen, um diese Uhrzeit anzurufen!«

»Wieso Unverschämtheit?«, fragte sie scheinbar erstaunt zurück, »achtzehn Uhr ist doch völlig normal! Guten Tag, Mutsch! Ich wollte mich natürlich schon gestern melden, aber …«

»Nun hättest du ruhig auch noch bis morgen warten können, Ernestine«, klang es reichlich verschnupft durch den Hörer, »wer weiß, wann ich jetzt wieder einschlafen kann!«

»Seit wann gehst du mit den Hühnern ins Bett?«

»Ich habe keine Ahnung, wovon du redest, Kind, jedenfalls finde ich es ziemlich rücksichtslos, nachts um zwölf … nein, Dorothee, es ist nichts passiert, gehen Sie ruhig wieder schlafen, es ist nur Ernestine – siehst du, jetzt hast du Frau Klaasen-Knittelbeek ebenfalls aufgeweckt! Ich wäre dir dankbar, wenn du morgen zu einer gemäßigteren Zeit noch einmal anrufen würdest. Gute Nacht.« Es klickte, und dann legte auch das etwas verstörte Tinchen den Hörer auf.

Nachdem der Rezeptionsmensch die Nummer ihres Bungalows notiert hatte, nur wegen der Rechnung natürlich, informierte er Tinchen, dass sie auch von dort aus telefonieren könne, denn zu diesem Zweck stünde ja in jedem Zimmer ein Apparat.

»Jetzt kann sie lange warten, bevor ich noch mal anrufe!«,

wütete sie, nachdem sie Florian Tonis Monolog beinahe wortgetreu wiedergegeben hatte. »Ich habe nicht an den Zeitunterschied gedacht, kann ja vorkommen, mea culpa, aber muss ich mich deshalb wie eine dumme Göre abkanzeln lassen? Was versäumt sie denn schon, wenn sie nachts mal aufgeweckt wird?«

»Ihren Schönheitsschlaf«, sagte Florian sofort, »den erwähnt sie doch immer. Außerdem besteht kein Grund mehr für einen Anruf, denn sie weiß jetzt, dass wir heil angekommen sind und die Formalitäten zur Rückführung unserer sterblichen Überreste noch nicht eingeleitet werden müssen. – Kann ich das hier anziehen?« Er hatte bereits geduscht, trug seine Leinenhosen mit – noch! – messerscharfer Bügelfalte und präsentierte Tinchen ein Hemd, das ihm seine Schwiegermutter mal aus Kärnten mitgebracht hatte. Es war hellblau und zeigte auf dem Kragen sowie auf der Knopfleiste gestickte Edelweißblüten. »Wunderschön, vielen Dank!«, hatte er seinerzeit gestammelt und das Hemd an warmen Sommertagen sogar getragen, allerdings nur, wenn er bei Frau Antonie offiziell eingeladen war. Unterwegs hatte er natürlich immer ein Jackett drübergezogen und zugeknöpft. Nicht auszudenken, wenn ihn ein Bekannter in diesem Aufzug gesehen hätte!

»Wie kommt das Hemd hierher?«, fragte Tinchen denn auch entsetzt. »*Ich* habe diesen Alptraum jedenfalls nicht eingepackt!«

»Aber ich! Es ist herrlich bequem, und außerdem dachte ich, man sollte hier, wo es doch international zugeht, ruhig zeigen, aus welchem Land man kommt. Du weißt doch, dass ich mich auf Englisch nicht unterhalten kann.« Er schlüpfte hinein und betrachtete sich im Spiegel. »Ich finde sogar, das Hemd steht mir!«

Nachdenklich sah sie ihn an. »Flori, morgen bleibst du den ganzen Tag im Schatten, und bevor du schwimmen gehst, musst du dir auch so eine Baseballkappe kaufen, damit rennt hier jeder rum, es fällt also gar nicht auf, wenn du sie auch mal im Wasser trägst, und falls du nicht sofort dieses Hemd ausziehst, kannst du alleine gehen, und ich lasse mir das Abendessen aufs Zimmer bringen! Das kann man nämlich, es kostet dich nur ein paar Dollar extra.«

Er drehte sich zu ihr um, sah ihr ernstes Gesicht und warf sich laut lachend aufs Bett. »Tine, ich finde es herrlich, dass du nach fast dreißig Ehejahren immer noch auf jeden Blödsinn hereinfällst! Hast du ernsthaft geglaubt, ich würde mich so im Speisesaal blicken lassen?« Er sah an sich herunter und fing wieder an zu lachen. »Das Hemd habe ich mitgenommen, weil ich es dem Roomboy, einem von den Gärtnern oder sonst einem armen Schwein schenken will. Die Qualität ist wirklich erstklassig, getragen habe ich es so gut wie nie, und da in diesen Breitengraden mit Sicherheit keine Edelweiß wachsen, wird der künftige Besitzer sie hoffentlich als europäisches Gartengewächs ansehen und nicht als folkloristische Geschmacksverirrung.«

Doch das hatte Tinchen schon nicht mehr gehört. Sie war ins Bad gelaufen, hatte den Zahnputzbecher randvoll mit Wasser gefüllt und kippte ihn nun schweigend über Florians Kopf aus.

»Ihhhhh! Was soll denn das?« Jaulend sprang er hoch. »Bist du verrückt geworden?«

»Ich habe gelesen, dass man einen Sonnenstich am effektivsten behandelt, indem man dem Patienten Kühlung verschafft«, versicherte sie mit ernster Miene, »besser wäre natürlich ein Eisbeutel, doch da ich keinen …«

»Sagtest du Kühlung?« Er riss die Tür auf, nahm sein verdutztes Tinchen auf beide Arme und schleppte es trotz schreiendem Protest und heftig strampelnder Gegenwehr zum Strand, watete einige Schritte ins Wasser und ließ es fallen. »Ich habe leider auch keinen Eisbeutel zur Hand!«

Noch am selben Abend musste der Hotelarzt dem Patienten Florian Bender eine Spritze gegen Hexenschuss verabreichen!

11.

Der Omnibus verschwand um die Ecke, und während Tinchen noch pflichtbewusst hinterherwinkte, obwohl von Maiers mit a-i nichts mehr zu sehen war, hatte sich Florian bereits abgewandt. »Eigentlich schade, dass sie weg sind, es war doch wirklich nett mit ihnen.«

Florian fand das auch, nur konnte er es nicht zugeben, weil er sich anfangs heftig gegen eine nähere Bekanntschaft mit Fiffi und Alfred gesträubt hatte. »Er ist ja ein ganz annehmbarer Typ, aber sie quasselt einem die Ohren ab!« Allerdings hatte ihn Fiffis Redseligkeit nur so lange gestört, bis er in Alfred eine gleichgesinnte Seele entdeckt hatte, die sich fürs Segeln interessierte, es im Gegensatz zu ihm, Florian, auch konnte, und außerdem im selben Metier tätig war. Jedenfalls im weitesten Sinne. Alfred war nämlich Verleger. Nur ein ganz kleiner offenbar, denn Florian hatte vom ALMA-Verlag noch nie etwas gehört, und er war unbedeutend genug, um den Großen in dieser Haifischbranche nicht gefährlich zu werden. Alfred verlegte naturwissenschaftliche Fachbücher, und weil speziell auf diesen Gebieten sehr intensiv geforscht und ständig neue Erkenntnisse gewonnen wurden, mussten Standardwerke immer wieder überarbeitet, ergänzt oder sogar komplett ersetzt werden.

»Millionär werde ich nie«, hatte Alfred gesagt, »aber wir können trotzdem ganz gut leben und meine Mitarbeiter ebenfalls. Ich habe noch keinen entlassen müssen, und meine Lehrlinge haben nach ihrer Prüfung immer gleich einen Job gefunden.«

»Die heißen Azubis, Alfi, wann merkst du dir das endlich?«

»Muss ich das? Als sie noch Lehrlinge hießen, waren sie viel besser drauf!«

Während Alfred und Florian die globalen Probleme erörterten, wobei ihnen die nicht mehr ganz aktuelle Tagespresse half (die Bildzeitung war meistens schon drei Tage alt, der einheimische ›Daily Gleaner‹ nicht allzu informativ und außerdem für Florian unverständlich, da in Englisch geschrieben), beschäftigten sich Tinchen und Fiffi mit weniger bedeutenden Themen wie der neuen Brigitte-Diät und den Folgen antiautoritärer Erziehung. Fiffi hatte zwar nur eine Tochter, jedoch drei Enkelkinder, und ein viertes war unterwegs. »Dabei haben wir ihnen voriges Jahr zu Weihnachten nicht nur einen neuen Fernseher geschenkt, sondern auch noch eine Satellitenschüssel.«

Für das Hobby ihres Mannes hatte Fiffi herzlich wenig übrig, weil sie auch nach vierundzwanzig Jahren Segeljolle immer noch seekrank wurde – »verheiratet sind wir seit einunddreißig Jahren, aber anfangs hat's bloß zu einem Paddelboot gereicht« –, und so war sie mehr als einverstanden, dass Florian für sie einsprang und Hilfsmatrose auf dem Katamaran wurde, den Alfred für die Dauer seines Aufenthalts gemietet hatte. Schon nach dem ersten Tag konnte er Backbord von Steuerbord unterscheiden, lernte dank schmerzlicher Erfahrung sehr schnell, dass er bei einer Halse tunlichst den Kopf einzuziehen hatte und dass für Notfälle immer ein Sixpack an Bord sein musste. »Für welche Notfälle?«

»Eine Flaute ohne Bier kann ziemlich langweilig werden«, hatte Alfred gesagt und seinen Vorrat um weitere sechs Flaschen ergänzt, »manchmal dauert sie stundenlang.«

Während die beiden Männer gleich nach dem Frühstück ihr Boot bestiegen, um dann meist in Sichtweite des Ufers zu segeln und sich per Fernglas die jeweiligen Landmarken einzuprägen – »vor dem grünen Tanga liegt in acht Uhr eine Sandbank«, oder »halb zwei vom lila Strohhut scheint es eine Strandbar zu geben, gehen wir da mal vor Anker?« –, zogen sich die zwei Strohwitwen erst einmal an ihren Privatstrand zurück. »Jetzt ist vorne noch nichts los«, hatte Fiffi erläutert. »Die interessanten Typen lassen sich frühestens ab elf Uhr blicken, und bei den anderen lohnt sich das Hingucken gar nicht.«

»Wen meinen Sie mit interessant?«, hatte Tinchen wissen wollen. »Die vom FKK-Strand?«

»Du liebe Zeit, nein! Das sind doch bloß so ein paar Spätpubertierende, die hier das nachholen, was sie sich daheim in Passau oder Wipperfürth nie getraut haben; es hätte sie ja jemand sehen können!« Sie lachte verhalten. »Die meisten sind bestimmt ganz brave Bürger, die sich zu Hause im Bad einschließen, damit die Kinder nicht hereinplatzen, und bevor sie zwecks Freizeitgestaltung ins Doppelbett steigen, wird die Nachttischlampe ausgeknipst.«

Ein bisschen wehmütig schaute Frau Maier an sich herunter. »Vor dreißig Jahren bin ich ja auch zum Entsetzen meiner Eltern so manches Mal als nacktes Elflein durch die Dünen von Kampen gehüpft, ich glaube, Sylt war damals die einzige Insel, auf der man das durfte, aber seit Konfektionsgröße 44 habe ich mir derartige Ambitionen abgeschminkt.« Und als Tinchen protestieren wollte, winkte Frau Maier ab. »Ich weiß, dass ich noch als eine gut gepolsterte Zweiundvierzigerin durchgehen könnte, weil sich meine überflüssigen Kilos so schön gleichmäßig verteilt haben, aber trotzdem möchte ich ihren unverhüllten Anblick niemandem mehr zumuten. Außer Alfi natürlich, aber der hat sich daran gewöhnt, und außerdem habe ich sie letztendlich ihm zu verdanken!« Mit einem verhaltenen Lächeln blickte sie aufs Meer, als könne sie von dort eine längst vergangene Zeit zurückholen. »Am Anfang unserer Ehe, als es jahrelang bloß zum Campingurlaub im Bayrischen Wald oder auch mal am Bodensee gereicht hat, wusste ich noch gar nicht, was Übergewicht eigentlich ist. Bei uns im Zelt gab's nur einmal täglich was Warmes, und das möglichst billig, also abwechselnd Knorr und Maggi aus der Pappschachtel. In Tüten gab es die Fertigsuppen damals noch gar nicht. Jeden dritten Tag kam ein Paar kleingeschnittene Würstchen hinein, und nur sonntags wurde regelrecht geschwelgt, und zwar in Frikadellen mit Kartoffeln und Salat. Nachmittags fuhren wir mit den Rädern irgendwohin zum Kaffeetrinken, und dazu spendierte mir Alfi immer ein Stück Torte mit Schlagsahne.« Sie seufzte leise. »Und heute? Zwei Mal in der Woche haben wir Gäste, drei Mal sind wir selber eingeladen, und am Wochenende gehen wir essen, weil das so schön bequem ist. Tortellini in Sahnesoße beim Italiener, Peking-Ente mit Drumherum beim Chinesen, zwischendurch mal etwas ganz Einfaches wie Schweinshaxe mit Knödel und Kraut oder ein Rahmgulasch mit Spätzle ... Wenn die Anzeige auf der Waage wieder die Horrorgrenze erreicht hat, fährt Alfi zu seinem Geheimtipp ins Allgäu und ernährt sich für teures Geld vier Wochen lang von trocknen Brötchen und saurem Wein. Ist das nicht komplett hirnrissig?« Fragend sah sie Tinchen an.

Die nickte bloß und dachte an Frau Antonie, die im Laufe von mindestens fünfzig Jahren sämtliche gängigen Diäten erfolglos ausprobiert und noch immer nicht die Hoffnung aufgegeben hatte, doch noch einmal auszusehen wie weiland Frau von der Marwitz aus der »Lindenstraße«. »Dabei hat sie doch oft schon morgens Champagner getrunken und abends mit diesem von Prießnitz in Pavarottis teurem Restaurant gegessen.«

»Wissen Sie, wann ich mich endgültig zu einer dauerhaften Diät entschlossen habe?«, unterbrach Frau Maier Tinchens Überlegungen. »Das war in dem Augenblick, als ich meinen siebenjährigen Enkel dem Nachbarsjungen drohen hörte: ›Meine Oma ist viel stärker als deine!‹ Seitdem halte ich mein Gewicht.«

Während Tinchen pflichtschuldigst lachte, betrachtete sie unauffällig die neben ihr im flachen Wasser dümpelnde Fiffi. Fünfundfünfzig war sie, ein bisschen größer als Tinchen, ein kleines bisschen zu blond, was aber andererseits wieder genau zu dem runden Gesicht mit den lustigen blauen Augen und dem Grübchen neben dem rechten Mundwinkel passte. Der raffiniert geschnittene dunkelgrüne Badeanzug kaschierte das leichte Übergewicht und unterstrich außerdem die gleichmäßig gebräunte Haut seiner Trägerin. »Sie dürfen überhaupt nicht abnehmen!«, platzte Tinchen heraus. »Sonst gibt's statt Fett bloß Falten!«

»Genau das hat meine Kosmetikerin auch gesagt!« Fiffi ließ sich mit der nächsten Welle ans Ufer spülen und robbte an Land. »Entweder Bluse *übern* Rock statt drin und babyface, oder achtundsechzig Taillenweite und ein Gesicht wie die Landkarte von Tibet.«

Sie trocknete sich ab und schlüpfte in ein grünes Longshirt. »Kommen Sie raus, Tina, wir gehen jetzt nach vorne und trinken irgendwas Buntes an der Strandbar.«

Auf dem Weg dorthin erläuterte sie, welche Gäste für sie unter die Rubrik ›interessante Typen‹ fielen. »Da gibt's erst mal den gestressten alleinreisenden Ehemann auf der Suche nach ein bisschen Zweisamkeit, so einer Art karibischer Kurschatten. Die Gattin hütet derweil Eigenheim, Hund und Kleinkind, darf jedoch nach Rückkehr des Ernährers ebenfalls zwei Wochen Urlaub machen, am besten irgendwo im Mittelgebirge, da ist es für das Kind am gesündesten, und vielleicht fährt ja Oma mit, dann hat die Mutti auch mal stundenweise Ruhe. Natürlich wäre der Ehemann lieber mit der ganzen Familie verreist, nur hat ihm der Arzt Reizklima verordnet, und das gibt es in erster Linie am Meer. Zum Glück hat er nicht gesagt, an welchem.« Sie hatten die noch schwach umlagerte Bar erreicht und hievten sich auf zwei Hocker mit Blickrichtung Swimmingpool. Fiffi orderte zwei Fruitcocktails. »Die sind garantiert alkoholfrei und kalorienarm«, versicherte sie, während sie einem distinguiert aussehenden Herrn am anderen Ende des Tresens zunickte. »Das ist Waldemar, genannt Waldi, Versicherungsvertreter aus Peine. Spätestens nach dem vierten Rumpunsch zeigt er weinend Fotos von seiner zweijährigen Tochter herum, aber den Trauring hat er im Bad neben der Zahnpastatube liegen.«

»Hat er das auch erzählt?«

»Nee«, sagte Fiffi lachend, »aber wir haben denselben Roomboy.« Eine auffallend hübsche, sehr blonde Blondine näherte sich und wurde von Waldi mit Küsschen rechts und Küsschen links begrüßt. »Verena, du siehst wieder bezaubernd aus.«

»Wie meint er das wohl?«, flüsterte Tinchen leise kichernd.

»Bestimmt nicht auf ihre Garderobe bezogen«, gab Fiffi ebenfalls flüsternd zurück, denn ihre beneidenswert wohlgeformte Figur verhüllte Verena lediglich mit einem String-Tanga und einem ebenso knappen Oberteil, während ihre makellosen Beine in klobigen schwarzen Tretern mit Plateausohlen steckten. »Sie ist die Zierde jedes Mannes, solange sie den Mund hält! Wenn sie ihn aufmacht, fühlt man sich nach Berlin-Wedding versetzt. Sie war schon hier und genauso braun wie jetzt, als wir angekommen sind, und allmählich habe ich den Verdacht, sie gehört zum Inventar, Kategorie VIP-Betreuung. Waldi zum Beispiel ist Stammgast, der braucht schon keine Plastikkarte mehr.«

Im Laufe der nächsten Stunde lernte Tinchen auch noch Huppi kennen, der eigentlich Hubert Pichelsrieder hieß und ganz offensichtlich den Pausenclown mimte, denn er übte mit ein paar Gleichgesinnten ein Ständchen ein, das abends aus einem nicht näher bezeichneten Anlass gesungen werden sollte. Dann gab es Mimmi und Mammi, zwei schon vormittags recht angeheiterte Damen mittleren Alters, von denen die eine noch ledig, die andere geschieden und Mutter von halbwüchsigen Zwillingen war. Herr Dattel, bekleidet mit Safarianzug, Hemd und Krawatte, lupfte artig seine Schirmmütze, als er auf den Hocker neben Tinchen krabbelte, wobei ihm sein Spazierstock aus Bambusrohr etwas hinderlich war. »Wohl neu hier, was? Gesicht noch nie gesehen, vergesse normalerweise keins. Reines Training. Kann sogar die schwarzen Visagen der Inselaffen hier auseinanderhalten. Vierzig Jahre am Kap, Gnädigste, das prägt. Schon mal in Afrika gewesen?«

»Ja, in Kenia, aber das zählt für Sie wohl nicht.« Dieser Mensch war Tinchen ausgesprochen unsympathisch.

»Verweichlicht und korrupt«, sagte Herr Dattel abschätzig, »taugt heute nur noch für Touristen. Hab damals mit gegen die Mau-Mau gekämpft und eigenhändig Dutzende von diesem schwarzen Gesindel zur Hölle geschickt. Das waren doch noch ehrliche Kämpfe, so richtig Mann gegen Mann.«

»Sie meinen wohl Machete gegen Maschinenpistole?«, fauchte Tinchen. »Das nenne ich wirklich fair. Und darauf scheinen Sie auch noch stolz zu sein!« Sie rutschte von ihrem Hocker. »Wenn ich nicht gleich hier verschwinde, könnte es sein, dass ich meine Erziehung vergesse. Kommen Sie mit, Frau Maier?« Das alberne Fiffi erschien ihr in dieser Situation unpassend.

»Wer hat Sie eigentlich aus dem Urwald wieder rausgelassen?« Frau Maier funkelte ihn an, leerte ihr Glas und stand auf.

»Die Affen!«, sagte Tinchen trocken. »Sie hatten Angst, er entwickelt sich wieder zu ihnen zurück.«

Die Nachmittage sollten der Kultur gehören, hatte Tinchen beschlossen, sofern sie in der Nähe lag und ohne größere Anstrengungen zu erreichen war. Dazu boten sich die alten, meist auf Hügeln im Hinterland gelegenen Plantagenhäuser an, in denen früher die weißen Zuckerbarone residierten. Manche von ihnen waren in feudale Ferienvillen umgewandelt worden, die man für teures Geld mieten konnte – einschließlich antikem Mobiliar, Butler und Blick aufs einige Kilometer entfernte Meer. Nach Besichtigung des dritten ›Great House‹ meinte Tinchen, nun reiche es (Florian hatte schon nach der zweiten Villa genug gehabt), die anderen beiden könne man sich sparen, und morgen Nachmittag werde man sich mal sportlich betätigen. »Da wird eine Radtour angeboten, nur bergab, und enden tut sie in einem Botanischen Garten.«

»Wer irgendwo runterfahren will, muss ja erst mal raufgekommen sein«, war Florians logische Überlegung, »wir befinden uns jedoch auf Höhe des Meeresspiegels, also auf null Meter, und ich gedenke nicht, einen Berg zu besteigen, nur, um ihn hinterher auf einem vermutlich schrottreifen Rad wieder zu verlassen. Wer die jamaikanischen Autos kennt, kann sich ungefähr vorstellen, wie die Fahrräder aussehen …«

»Das sind nagelneue Mountainbikes, hat Steven gesagt, und auf den Berg werden wir mit dem Bus gefahren. Oben ist eine Service-Station, da werden die Räder auf unsere Körpergrößen eingestellt, ein Führer fährt mit und ein Begleitfahrzeug, falls jemand unterwegs schlappmacht.«

Das hörte sich eigentlich ganz verlockend an, fand Florian, doch das konnte er natürlich nicht zugeben. »Weißt du, wann ich zum letzten Mal Rad gefahren bin?«

»Ich nehme an mit siebzehn«, vermutete Tinchen, »mit achtzehn hast du ja den Führerschein gekriegt. Aber keine Sorge, Radfahren verlernt man genauso wenig wie Schwimmen.« Herausfordernd sah sie ihn an. »Trimm dich, spring mal über deinen Schatten!« Doch dazu war er erst bereit, nachdem auch Maiers ihr Mitkommen zugesichert hatten.

Der Bus war klein und leer, als er ankam, und dreiviertel voll, nachdem er vor dem fünften Hotel die letzten Radfahrer eingesammelt hatte. Dann bog er von der Küstenstraße ab auf eine gut ausgebaute Straße ins Hinterland, und von nun an ging es immer bergauf. Vierzig Minuten sollte die Fahrt maximal dauern, doch schon nach der halben Zeit war Schluss. Erst hatte das Handy des Fahrers gepiept – zu Tinchens Verwunderung schienen diese mobilen Telefone zur Grundausstattung eines jeden Mannes über sechzehn zu gehören und wichtiger zu sein als ein Paar vernünftige Schuhe oder ein T-Shirt, bei dem nicht der halbe Ärmel abgerissen war –, dann hatte er im nächsten Dorf neben einer Telefonzelle angehalten, ein kurzes und absolut unverständliches Gespräch geführt und danach seine Fahrgäste informiert, dass sie jetzt aussteigen und auf einen anderen Bus warten müssten, der jedoch schon unterwegs sei. Den Grund für dieses absonderliche Tun verschwieg er, vielmehr bestieg er wieder sein Gefährt und brauste unter Hinterlassung einer gewaltigen Staubwolke davon, genau in die Richtung, aus der sie eben gekommen waren.

Die Vermutungen über die Gründe dieses unerwarteten Aufenthalts variierten von »Wahrscheinlich wird die Straße noch steiler, und das schafft die alte Karre nicht mehr« bis zu »Wetten, dass man uns gehörig übers Ohr gehauen hat und wir heute Abend noch hier stehen? Hat sich jemand zufällig die Autonummer gemerkt?«.

Natürlich hatte das niemand, und die Prophezeiung, man werde sich wohl selbst um ein Transportmittel für den Rückweg kümmern müssen, schien sich gleichfalls zu erfüllen, denn von dem angekündigten Bus war auch nach anderthalb Stunden noch nichts zu sehen. Kommunikationsversuche mit den zahlreich herumstehenden Dorfbewohnern scheiterten an der Sprachbarriere, denn sie beherrschten offenbar nur das einheimische Patois, eine nahezu unverständliche Mischung aus Englisch und Afrikanisch, durchsetzt mit irischen und walisischen Elementen und hervorgesprudelt in einer Grammatik, die selbst sprachbegabte Europäer verzweifeln lässt. Als sich die gestrandete Truppe gerade entschlossen hatte, auf gut Glück loszumarschieren, und zwar bergab, denn bis hierher war es ja ständig aufwärts gegangen, hupte es vernehmlich, und dann bog auch schon ein riesengroßer blau-silbern glänzender Bus um die Ecke. Die Türen öffneten sich, angenehme Kühle strömte heraus, und dankbar nahmen die vorhin so unverhofft Ausgesetzten wieder Besitz von den Errungenschaften der Zivilisation: Klimaanlage und Eisbox mit kalten Getränken.

Es wurde übrigens nie genau geklärt, weshalb dieser Fahrzeugwechsel erforderlich gewesen war. Erst wurde gesagt, dass man jenen Bus woanders gebraucht hätte, weil er so schön klein wäre, dann wieder hieß es, der Fahrer sei im Begriff gewesen, Vater zu werden, und sei deshalb einfach umgekehrt, wofür sogar alle Verständnis gehabt hätten, doch vermutlich lag die Wahrheit dort, wo sie in solchen Fällen meistens liegt, und das nicht nur auf Jamaika: Irgendwer hatte Mist gebaut, denn wo ein Kopf ist, da ist häufig auch ein Brett.

Mit entsprechender Verspätung erreichte der Bus doch noch sein Ziel, eine Art Lagerhalle, vor der die benötigten Fahrräder aufgereiht standen. Auf einem Tisch lag ein Sortiment der zwar empfohlenen, nichtsdestotrotz äußerst unkleidsamen Helme, und etwas abseits stand ein großer Spiegel, dem es vermutlich zu verdanken war, dass fast die Hälfte der Teilnehmer doch lieber auf den Helm verzichtete. Tinchen hatte vorsichtshalber erst gar nicht reingeguckt, nachdem sie sich eins dieser sperrigen Dinger aufgesetzt und unterm Kinn festgeschnallt hatte, Florians Grinsen hatte ihr genügt. »Lieber eine Stunde lang hässlich als ein Leben lang tot!«, fauchte sie ihn an. »Und glaub bloß nicht, dass du mit diesem halben Ei auf'm Kopf besser aussiehst als ich!«

Alfred kämpfte mit dem ihm zugewiesenen Fahrrad. Es war ein sehr rustikales und offensichtlich auch stabiles Modell, trotzdem schien es ihm nicht zu behagen. »Als ich ihn geheiratet habe, hatte er eine Figur wie ein griechischer Gott«, kommentierte Fiffi halblaut die Versuche ihres Mannes, auf dem extra breiten Sattel Halt zu finden, »jetzt ähnelt sie mehr einem griechischen Wirt!« Und dann lauter: »Nimm lieber ein Damenfahrrad, Alfi, da kann dir wenigstens die Stange in der Mitte nicht gefährlich werden!«

Eine Viertelstunde lang schraubten zwei Mechaniker an den Rädern herum – Sattel höher, Sattel tiefer, Lenker niedriger, Klingel mehr nach vorne … dann endlich formierte sich die Kavalkade. Vorneweg ein junger Einheimischer als Führer, dann dreiundzwanzig mehr oder weniger fahrradtrainierte Touristen zwischen achtzehn und achtundsechzig, und hintendran ein zweiter Jamaikaner, der den ganzen Pulk zu überwachen hatte. Das Schlusslicht bildete ein Jeep, dessen Fahrer angeblich in erster Hilfe ausgebildet war. Auf dem leeren Sitz neben ihm stand ein Aluminiumkoffer mit einem aufgeklebten roten Kreuz auf dem Deckel.

»Wo ist denn der Wagen mit den Ersatzteilen?«, wollte jemand wissen. »Bei der Tour de France ist immer einer dabei!«

Ein anderer vermisste Presse und Fernsehen und gab damit das Stichwort für die Videofilmer, die schon während der ganzen Vorbereitungen als einäugige Hindernisse herumgestanden waren und nun auch noch den geordneten Aufmarsch ablichten wollten. »Stellt euch mal ein bisschen enger zusammen!«

Endlich gab der Leithammel das Startzeichen, und dann begann eine Fahrt, deren Nachwirkungen die Teilnehmer noch tagelang spüren sollten! Es ging tatsächlich immer bergab, zum Teil sogar mit erheblichem Gefälle, nur hatte ihnen niemand vorher gesagt, dass die Route nicht über normale Straßen führte, sondern über von Schlaglöchern durchsetzte Nebenwege. Gelegentlich waren sogar noch Reste einer früheren Asphaltschicht zu sehen, meistens in Form von hinderlichen Buckeln, die man tunlichst zu umfahren hatte. Als Tinchen solch ein Hindernis zu spät bemerkte und seitlich wegrutschte, kam der Koffer zum Einsatz, und sie stieg mit einem Pflaster am Ellenbogen und stark verminderter Begeisterung wieder aufs Rad. »Das ist keine Straße, das ist ein Parcours für Stuntmanlehrlinge«, keuchte sie, ein großes Schlagloch vorsichtig umrundend, »aber die werden dafür wenigstens bezahlt! Und wir? Sechzig Dollar habe ich für uns beide hingeblättert, und was habe ich jetzt davon? Einen aufgeschürften Arm, Schwielen am Hintern und herumhüpfende Bandscheiben! Wer weiß, ob die nachher wieder in ihre ursprüngliche Lage zurückrutschen!«

Wohlweislich verkniff sich Florian den Hinweis, dass sie ja diejenige gewesen war, welche ... Vielmehr zeigte er nach vorne, wo sich die Spitzenreiter auf einer kleinen Wiese sammelten. »Anscheinend haben wir so eine Art Kontrollpunkt erreicht, die steigen alle ab.«

»Ich nicht, sonst komme ich nachher nicht wieder auf den Sattel«, stöhnte Tinchen, war dann aber doch dankbar, als ihr Herbert beim Absteigen behilflich war. Sie hatte ihn bis dahin gar nicht bemerkt, doch ohne Gundulas farbenfrohe Seitendeckung fiel er auch nicht weiter auf. »Wo haben Sie denn Ihre Frau gelassen?«, fragte sie neugierig.

»Die kann nicht Rad fahren«, sagte Herbert, »hat's nie gelernt. Schwimmen kann sie ja auch nicht.« Er schüttelte den Kopf. »Ich weiß gar nicht, was sie hier eigentlich will. Im nächsten Urlaub fahren wir wohl besser in die Berge!«

Auf einem solchen standen sie gerade. Natürlich war es nicht die Zugspitze, genau genommen war es auch gar kein richtiger Berg, sondern ein sich zum Tal hin öffnender Ausläufer der berühmten Blue Mountains, der einen phantastischen Blick über die Insel bis zu dem weit unten schimmernden Meer bot. »This is a view point!«, bestätigte denn auch der Jeepfahrer, gekühlte Mineralwasserflaschen verteilend. »You have a beautiful look to the sea.«

Nachdem jeder einmal vor dem beeindruckenden Hintergrund, malerisch an die einzige Palme gelehnt, fotografiert oder videogefilmt worden war – auch Tinchen hatte diesen Wunsch geäußert und gerade noch rechtzeitig den Helm abgenommen –, mahnte der Kolonnenführer zum Aufbruch. Sie seien schon spät dran, bis zum Ziel seien es noch ungefähr sechs Kilometer, und den Botanischen Garten wolle man doch sicher noch vor dem Dunkelwerden besichtigen?!

Das zu Beginn der Tour noch muntere Gelächter war verstummt, die Zurufe von vorn nach hinten und umgekehrt hatten aufgehört, niemand hob mehr den Kopf, vielmehr hockte jeder mit zusammengebissenen Zähnen auf seinem Rad und starrte vor sich auf den Weg, um bloß nicht wieder ein Schlagloch zu übersehen oder seitwärts in eine ausgetrocknete Fahrspur zu rutschen. Doc Henry, wie der Jeepfahrer inzwischen genannt wurde, hatte nach dem dritten unfreiwilligen Abstieg eines Radlers seinen Koffer schon gar nicht mehr abgeschlossen und die Befürchtung geäußert, dass sein Vorrat an Hansaplast nicht reichen würde; allerdings habe er noch ausreichend Mullbinden dabei. Und seit der Rast am View point hatte er sogar eine Beifahrerin bekommen. Hasilein, dreiundzwanzig Jahre alt, hatte den Schmollmund verzogen und ihrem zwanzig Jahre älteren Begleiter erklärt, sie könne mit ihren schwachen Händen den Lenker gar nicht mehr richtig festhalten, worauf Burschi mit den grauen Schläfen einen Geldschein unbekannter Größe aus der Tasche gezogen und Doc Henry in die Hand gedrückt hatte. Das Rad war in eine dafür vorgesehene Halterung gekommen, Hasilein auf den Rücksitz und der Jeep beinahe vom rechten Wege ab, weil Doc Henry sich immer wieder vergewissern musste, ob es seinem Fahrgast da hinten auch gut gehe. »Einmal tief einatmen, und sie könnte mit Knöpfen schießen!«, hatte Fiffi beim Anblick von Hasileins nicht unbeträchtlicher Oberweite gemurmelt.

Endlich wurde der Weg weniger steil, und nach einer sanft abfallenden Kurve rollten die erschöpften Radler in einem kleinen Wäldchen aus. Der Abschied vom Begleitpersonal war kurz und schmerzlos, weil schon ein grünuniformierter Jamaikaner auftauchte, der ein verständliches Englisch sprach und die Ankömmlinge im Namen einer nicht genau definierten Institution begrüßte. Er werde sie jetzt zum Eingang des Botanischen Gartens begleiten, wo sie etwas zu trinken bekämen und auch die Gelegenheit hätten, kleine Souvenirs zu erwerben. Anschließend werde Jane sie durch den Garten führen.

Den Weg zum Eingang hätten sie auch allein gefunden, denn er war kaum zweihundert Meter lang. Die auf einem Holztisch aufgereihten Gläser enthielten ein zwar lauwarm gewordenes, aber trotzdem erfrischendes Getränk, nur die zwei aus unbehauenen Stämmen zusammengefügten Holzhäuschen waren nicht gleich als Andenkenbuden erkennbar. Nachdem Tinchen einen vorsichtigen Blick ins Innere geworfen hatte, winkte sie ab. »Da muss ich nicht rein! Eine Mischung aus Devotionalienhandlung und Flohmarkt. Ich warte lieber hier draußen.«

Zum Glück für die Händler gab es genug Leute, die einem aus Bambus geschnitzten Delphin oder diesen gehäkelten Baumwollmützen in den jamaikanischen Landesfarben nicht widerstehen konnten und sogar zu den großen polierten Muscheln griffen, deren Ausfuhr nur halbherzig verboten, ihre Einfuhr in Europa jedoch unter ziemlich strenge Strafen gestellt worden war. Es dauerte auch eine Weile, bis die Souvenirjäger ihre Wahl getroffen, bezahlt und verstaut hatten. Die Nichtinteressierten hatten sich ein schattiges Plätzchen zum Ausruhen gesucht, lehnten an irgendwelchen Bäumen, die sie nicht kannten, oder beguckten sich Blumen, die sie noch nie gesehen hatten. Tinchen stand mit in den Nacken gelegtem Kopf neben einer hohen Kokospalme. »Pass auf, dass du nicht eine auf den Kopf kriegst«, witzelte Florian, »aus dieser Höhe ist das bestimmt ungesund.«

»Die Nüsse sind noch gar nicht reif, und wenn, fallen sie bestimmt nicht schräg herunter. Aber guck dir mal die Schmarotzerpflanze an, die da am Stamm hochrankt; die obersten

Blätter hängen bestimmt schon sechs, sieben Meter über dem Erdboden.«

Florian guckte. »Ja, und?«

»Das ist ein Philodendron, siehst du das nicht? Und so was wächst hier wie Unkraut.«

»Natürlich sehe ich es, aber was ist denn so Besonderes daran? Hier wickelt sich doch um jeden dritten Baum irgendein Grünzeug.«

Über so viel Ignoranz konnte sie nur den Kopf schütteln. »Flori, dieses Gewächs ist ein Phi-lo-den-dron!«

»Richtig!« Bereitwillig sah er nochmals nach oben. »Es ist wirklich ein Philo... wie heißt das?«

»Philodendron! Er stand bei uns im Wintergarten, war zweiundneunzig Zentimeter groß und ein Geschenk von dir zum Nikolaus.«

»Tatsächlich?«, staunte er. »Vielleicht hätte ich doch lieber eine andere Pflanze nehmen sollen. Wenn sie so in die Höhe schießt, ist sie zu Ostern schon an der Decke.«

Das war zu viel für Tinchen. Erbost schluchzte sie: »Es g-gibt sie a-aber gar ni-nicht mehr, du ha-hast sie d-doch erf-frieren la-lassen!«

Das allerdings stimmte. Er hatte auf dem heißen Herd einen Topflappen liegen lassen, der prompt angekokelt war und fürchterlich gestunken hatte. Also hatte Florian Durchzug gemacht, auch die Terrassentür geöffnet und die vom Wintergarten, und damit sie nicht zufliegen konnte, hatte er einen Blumentopf dazwischengestellt. Nur für ein paar Minuten, die hätten bestimmt nichts geschadet, doch als er die Türen wieder schließen wollte, hatte er ganz in Gedanken den Blumenkübel mit dem Fuß nach draußen geschoben. Ende der Geschichte. Und des Philodendron. Vier Grad minus in der Nacht hatte er übel genommen.

Zum Glück für Florian, der seinem untröstlichen Tinchen soeben als Wiedergutmachung für den gemeuchelten Philo freie Auswahl in der größten Gärtnerei Düsseldorfs zugesichert hatte, tauchte von irgendwoher eine ältere Dame auf, die sich als Jane vorstellte und zu Florians Enttäuschung wieder nur englisch sprach.

»Wenn's wenigstens französisch wäre!«, murmelte er vor sich hin, doch Frau Maier hatte ihn trotzdem verstanden. »Donnerwetter, sprechen Sie wirklich Französisch?«

»Nein«, erwiderte er, »aber es hört sich besser an!«

Eine Stunde dauerte der Rundgang durch den Garten, und wenn er auch kaum etwas von Janes Erläuterungen verstand, so konnte er zumindest die vor vielen Pflanzen angebrachten lateinischen Schilder lesen. *Gutacum officinale* kam ihm genauso mühelos über die Lippen wie *Spathiphyllum* und *Peperomia obtusifolia,* und weil Jane jedes Mal beifällig nickte, galt er binnen kurzem als Fachmann und wurde nach Beendigung des Rundgangs von allen Seiten um Ratschläge gebeten, wie man die mit stillschweigender Genehmigung ausgebuddelten Ableger (und sie hatten alle einen in der Hand!) am besten transportieren und zu Hause behandeln sollte. Nachdem Tinchen seine hilfesuchenden Blicke nur mit einem ironischen Kopfschütteln erwidert hatte, er andererseits aber nicht gewillt war, seinen Nimbus als vermeintlicher Botaniker gleich wieder aufs Spiel zu setzen, erklärte er rundheraus, seine schon vor Jahren selbst angestellten Versuche, tropische Gewächse im eigenen Wohnzimmer heimisch zu machen, seien sämtlich fehlgeschlagen. Vermutlich habe es daran gelegen, dass er die Pflanzen zwar benennen könne, jedoch kein gelernter Gärtner sei und ihm deshalb die notwendigen Kenntnisse zu ihrer Aufzucht fehlten. Das war nachvollziehbar, doch nur widerstrebend ließ man Florian endlich in Ruhe. Allerdings nur so lange, bis Jane die Gruppe zu dem am Eingang stehenden Holztisch zurückführte. Statt der Saftgläser war jetzt Obst und Gemüse aufgebaut, angefangen von Green bananas, die zum Kochen verwendet wurden, über Yamswurzeln, Brotfrüchte, Mangos – Namen, die die meisten zumindest schon mal gehört hatten – bis zu Callaloo oder Cho-cho, von denen Jane nicht einmal die englische Bezeichnung kannte, geschweige denn die deutsche, sofern es überhaupt eine gab. Dies alles seien essbare Früchte der auf Jamaika wachsenden Pflanzen, erklärte sie stolz, in dieser Vielfalt angeblich auch in keinem anderen Land der Erde zu finden.

Als Florian der Zusammenhang zwischen den eben besichtigten, in Latein beschilderten Gewächsen und ihren genießbaren Produkten klar wurde, dachte er nur noch an Flucht, erinnerte sich an das Schild mit dem schwarzen Männchen und dem Pfeil darunter und verschwand. Er wurde nicht mehr gesehen, bis der Bus vorfuhr (es war wieder ein anderer, was nun auch die in Ökonomie weniger Bewanderten an der Effektivität des jamaikanischen Wirtschaftssystems zweifeln ließ) und der Fahrer (auch er war neu) seine avisierten dreiundzwanzig Fahrgäste zusammensuchte. Nicht mal Tinchen hatte ihren Mann vermisst – sie hatte dort gesessen, wo der Pfeil mit der kleinen schwarzen *Frau* hingezeigt hatte.

Zum Abendessen hatte Florian ein zusammengefaltetes Badelaken und Tinchen ihr aufblasbares Nackenpolster mitgebracht. Die Stühle im Speisesaal hatten nämlich aus Sisal geflochtene Sitze, hübsch anzusehen, darüber hinaus Arbeitsplätze sichernd, weil ein heimisches Erzeugnis, aber sie waren nicht nur hart, sie kratzten auch ganz erbärmlich, wenn man sich mit kurzen Hosen draufsetzte. Zwar trug Tinchen einen Rock und Florian die vorgeschriebenen langen Hosen, doch weicher wurden die Stühle dadurch auch nicht.

»Mir tut der ganze Hintern weh«, jammerte sie, sich vorsichtig auf das Kissen setzend, »ich glaube, heute Nacht muss ich auf dem Bauch schlafen.«

»Erst mal solltest du ein bisschen Luft rauslassen«, empfahl Florian grinsend, »du schaukelst auf dem Ding herum, als ob du schon einen sitzen hättest!«

»Du weißt genau, dass das nicht stimmt.« Trotzdem lockerte sie den Stöpsel, worauf ein lautes, sehr markantes Geräusch ertönte, das dann auch alle Anwesenden aufblicken ließ. Tinchen lief dunkelrot an, zog betont langsam und für alle sichtbar das Nackenpolster hervor und legte es auf den Boden.

Obwohl es an diesem Abend zum Dessert drei Sorten Eiscreme gab, verzichtete Tinchen auf den Nachtisch. Sie konnte einfach nicht mehr sitzen. Zusammen mit Fiffi Maier, die aus demselben Grund erst gar nicht zum Abendessen erschienen war, kühlte sie den lädierten Körperteil im Meer. Es war Fiffis Idee gewesen, die Stühle so weit ins Wasser zu schieben, dass nur Beine und Po von den Wellen umspült wurden, der Rest jedoch trocken blieb, denn über den Badeanzügen trugen sie Wolljacken. An manchen Abenden war es doch ziemlich kühl im tropischen Jamaika …

Und nun waren sie auf dem Weg zum Flugplatz, die Maiers mit a-i aus Neustadt an der Weinstraße. Natürlich hatte man die Adressen ausgetauscht und würde trotzdem nie wieder voneinander hören. Urlaubsbekanntschaften waren selten von Dauer. Deshalb würde Florian genauso wenig einen Segelkurs machen wie Tinchen ihr Tennistraining wieder aufnehmen würde, obwohl es ihr hier richtig Spaß gemacht hatte. Eine überragende Spielerin war sie nie gewesen, hatte auch lange ausgesetzt, aber Fiffi Maier war ebenfalls aus der Übung gewesen, und so hatten sie an den letzten beiden Vormittagen mit mehr Enthusiasmus als Können ihre Bälle übers und noch mehr ins Netz gedroschen und sich halb totgelacht.

»Man sollte sich wirklich mehr bewegen«, hatte Tinchen hinterher gesagt, »nicht bloß im Urlaub, erst recht zu Hause, schon um mal aus dem Alltagstrott herauszukommen.«

»Früher waren wir fast jedes Wochenende auf dem Tennisplatz«, hatte Fiffi erzählt, »aber wenn Alfi jetzt damit anfängt, höre ich in mir immer zwei Stimmen. Die eine fragt: ›Weshalb nicht?‹, die andere sagt: ›Lass mich in Ruhe!‹ Raten Sie mal, Tina, welche lauter ist!«

Florian war schon richtig eifersüchtig geworden, weil Tinchen die meiste Zeit mit Fiffi Maier zusammengesteckt hatte. Sogar eine Hochzeit hatten sie miterlebt, sich einfach an den Brautzug drangehängt und die Zeremonie im Tülltempel verfolgt. Der Hinweg hatte oben durch die Gartenanlage geführt, der Rückweg jedoch über den Strand, weil der hoteleigene Fotograf jedes Mal darauf bestand, das frischgetraute Ehepaar nicht nur am, sondern auch ein paar Mal im Meer abzulichten. Beide hatten Schuhe und, soweit vorhanden, auch Strümpfe auszuziehen und so weit ins Wasser zu waten, dass die Kleider noch trocken blieben. Das klappte nie, spätestens die dritte Welle war immer etwas heftiger als die zwei vorangegangenen, und so musste mit schöner Regelmäßigkeit die Braut eine Zeitlang mit nassem Saum und der Bräutigam mit nassen Hosenbeinen herumlaufen.

Da es heutzutage üblich ist, eine Trauung nicht nur in Form von Fotos, sondern auch auf mindestens zwanzig Meter Videofilm zu dokumentieren, wird ein vermeintlich künstlerisch veranlagtes, meist männliches Mitglied der Hochzeitsgesellschaft dazu verdonnert, den ganzen Tag mit der Kamera herumzurennen und jede Kleinigkeit aufzunehmen. Besonders aktiv wurden die hiesigen Amateurfilmer jedes Mal, wenn sie jenen Strandabschnitt betraten, an dem sich die FKKler aufhielten. Natürlich hätte man auch auf demselben Weg zurückgehen können, den man vorher benutzt hatte, doch das kam schon wegen der Profi-Fotos mit dem wellenumspülten Brautpaar nicht in Betracht.

Deshalb würde sich auch niemals ermitteln lassen, auf wie vielen Hochzeitsvideos unverhofft ein paar Nackedeis zu sehen waren, denn kaum ein Kameramann konnte widerstehen und auf einen Schwenk – oder auch mehrere – über die so gleichmütig in der Sonne brutzelnden Nackten verzichten. Meist waren es die älteren Herren, die sich speziell an diesem Strandabschnitt für die Natur interessierten, bei den Wolkenformationen anfingen, dann die Kamera senkten, ein bisschen Grün erfassten und schließlich ganz langsam den Strand absuchten, bis sie schließlich aufs Meer schwenkten, auch wenn es da rein gar nichts zu sehen gab. Und dann noch mal dasselbe umgekehrt, man wusste ja nicht, ob man auch alles drauf hatte.

»Jetzt möchte ich Gedanken lesen können«, hatte Tinchen beim Anblick des unermüdlich filmenden Mannes gesagt, und Fiffi hatte gegrinst. »Warum soll sich Daddy hier nicht ein bisschen Appetit holen? Essen darf er ja doch bloß zu Hause!«

Doch, Tinchen würde Fiffi Maier vermissen, ihre burschikose Art, ihr manchmal ein bisschen zu lockeres Mundwerk, aber auch ihr Talent, mit Menschen umzugehen. Tinchen hatte sich ja auch schon bei einem Taxifahrer nach dem Preis für eine Fahrt nach Ocho Rios – und natürlich zurück – erkundigt und dann empört abgewinkt: »Ich will Ihr Auto mieten, nicht kaufen!« Wenig später hatte Fiffi einen Vorstoß bei demselben Fahrer unternommen und ihn auf genau die Hälfte heruntergehandelt. »Wie haben Sie das geschafft?«

»Erst habe ich seinen Wagen bestaunt, weil er weit und breit der gepflegteste ist, was ja auch stimmt, denn nirgends ragt eine Sprungfeder aus dem Sitz. Dann habe ich seinen Sohn bewundert, er hat nämlich ein Foto von einem Baby an der Sonnenblende kleben, und zum Schluss habe ich ihm gesagt, dass wir übermorgen nach Hause fahren müssen, nur noch ganz wenig Geld haben, ich aber unbedingt ein Geschenk für meine kranke Enkelin besorgen muss. Da ist er weich geworden.«

»Also gut, Punkt eins war Schmeichelei, Punkt drei Tränendrüse, aber Punkt zwei war Vabanque. Das Baby hätte ja auch eine Tochter sein können.«

Richtig vorwurfsvoll hatte Fiffi Tinchen angesehen. »Es hatte doch ein blaues Jäckchen an, von Mama oder Oma selbst gehäkelt.«

Als Alfi seiner Frau in Ocho Rios ein Paar goldene Ohrringe mit je einem kleinen Brilli gekauft hatte (»Zu Hause wären die fast doppelt so teuer!«), wollte sich Florian natürlich nicht lumpen lassen. Tinchen hatte sich ein Armband aussuchen dürfen, zwar ohne Brillanten, aber so etwas Protziges hätte sie sowieso nicht gewollt. Später waren sie in die Carinosa Gardens gegangen und hatten Coconut Shrimps gegessen.

Solche Unternehmungen würde es jetzt wohl nicht mehr geben, musste sich Tinchen mit leisem Bedauern eingestehen, Florian war da etwas schwerfälliger, nicht so spontan, aber vielleicht war es auch besser so, auf die Dauer wären diese Extratouren zu teuer geworden. Schade, dass sie nicht auch unter *Alles inklusive* fielen. »Und überhaupt wollen wir uns ja erholen!«, sagte sie zu dem Riesenkaktus, an dessen Stacheln sie schon einmal mit dem Rock hängen geblieben war. »Am besten fange ich sofort damit an! Was meinst du, ob die Strandbar schon offen ist?«

12.

Mit allen Anzeichen des Entsetzens stürzte Florian in den Bungalow, wo Tinchen gerade ›kleine Wäsche‹ hatte; drei Badeanzüge und das Hemd mit der Palme drauf, über das sie sich gestern ein halbes Glas Eistee gekippt hatte. Ausgerechnet ihr Lieblings-T-Shirt, und wo doch Teeflecke so schwer rausgingen! Wütend bearbeitete sie sie mit der Nagelbürste. »Tina, glaubst du an Geister?«

»Nein.« Prüfend hielt sie das T-Shirt ans Licht. Es war noch immer nicht sauber, also zurück ins Wasser.

»Ich habe aber einen gesehen!«, behauptete Florian nachdrücklich. »Er hatte was Blaugoldenes an und sah aus wie Frau Klaasen-Knittelbeek.«

»Dann war es ein Gespenst und kein Geist. Geister sind herumspukende Tote, und Frau Ka-Ka lebt ja noch.« Sie hielt ihm das tropfende Wäschestück vor das Gesicht. »Kannst du noch was erkennen?«

»Ja, wenn du den Lappen wieder wegnimmst.« Ungeduldig schob er ihren Arm zur Seite. »Im Ernst, Tinchen, ich hab die Klaasen-Knittelbeek wirklich gesehen!«

»Allenfalls ihre Doppelgängerin, Frau Ka-Ka würde nie etwas Rotgoldenes anziehen.« Tinchen zog das klatschnasse T-Shirt über einen Bügel und hängte es auf die Terrasse.

»Blaugold«, berichtigte Florian, »sie hatte eine blaugoldene Kittelschürze an.«

»Quatsch! Dorothee und Kittelschürze! Eher würde sie nackt herumlaufen«, sagte Tinchen, ihre Hände abtrocknend. »Hast du die Karten mitgebracht?«

Er reichte ihr eine kleine Tüte. »Tine, glaub mir doch!«, beteuerte er nochmals. »Sie ist hier!«

»Warum hast du denn sechs Mal das gleiche Motiv genommen?« Tinchen hatte die Tüte ausgekippt und betrachtete ärgerlich die Ansichtskarten mit dem immer wiederkehrenden Meer-Strand-Palmen-Foto.

»Weil du sie ja doch an sechs verschiedene Leute schickst. Ich irre mich ...«

»Und wo sind die Briefmarken?«

Langsam platzte ihm der Kragen. »Herrgott noch mal, Tine, ich hab sie vergessen.« Er nahm ihr die Karten aus der Hand und legte sie auf den Schreibtisch. »Hast du mir überhaupt zugehört?«

»Aua, lass mich los!« Sie lächelte süffisant. »Natürlich. Du hast die Briefmarken vergessen, weil du ein Gespenst in einer blaugoldenen Kittelschürze gesehen hast. Wenn's am Strand gewesen ist, dann war es eine Fata Morgana, du weißt doch, die es in der Wüste mit dem vielen Sand auch immer gibt, bloß sieht man da Dinge, die man sich wünscht ...«

»Es war nicht am Strand, sondern an der Rezeption.«

»Also keine Fata Morgana«, gestand sie ihm zu, »dann waren es bestimmt die Nachwirkungen von deinem Gesöff mit dem unanständigen Namen.« Als Florian gestern Abend an der Bar lässig ›Sex an the beach‹ geordert hatte, waren Tinchen beinahe die Ohren abgefallen (und das halbvolle Glas Eistee aus der Hand). Sicher, Beverly war eine ausgesprochen sexy Barkeeperin mit langen schwarzen Haaren, schwarzen Augen und einer Figur wie Naomi Campbell, doch sie sah nicht so aus, als könne man bei ihr außer Drinks auch noch ein Schäferstündchen bestellen. Außerdem sollte sie ja schon lange was mit dem Divemaster von der Tauchbasis haben. Was sie wenig später über den Tresen gereicht hatte, war auch nur ein Cocktailglas mit sandfarbenem Inhalt gewesen, der verteufelt gut geschmeckt hatte – eine Mischung aus kakaohaltigem Likör, Kondensmilch und natürlich jeder Menge Rum, ohne den auf dieser Insel anscheinend kein Getränk serviert wurde – Bier und Kaffee ausgenommen.

Florian setzte sich auf den Schreibtischstuhl und zog Tinchen auf seinen Schoß. »Jetzt hör mir mal zu, Ernestine Bender! Ich bin weder verkatert noch besoffen, es ist ja auch erst halb fünf, und meine Augen sind immer noch besser als deine. *Ich habe Frau Klaasen-Knittelbeek an der Rezeption stehen sehen!*«

»In einer blaugoldenen Kittelschürze?«, hakte sie nach.

»Vielleicht war es ja auch was anderes«, räumte er ein, »ein Strandkleid oder eins von diesen riesigen Tüchern, mit dem hier die etwas fülligeren Damen herumlaufen, jedenfalls ...«

»Frau Ka-Ka ist ausgesprochen schlank!«

»Na gut, dann war es eben ein Bademantel – sag mal, musst du immer alles an irgendwelchen Nebensächlichkeiten aufhängen?«

»Es handelt sich nicht um eine Nebensächlichkeit, sondern um logische Kombination, Flori.« Sie stand auf und marschierte dozierend zwischen Fenster und Tür hin und her. »Immerhin habe ich mindestens zwanzig Folgen ›Derrick‹ gesehen, vom früheren Kommissar Erik Ode, der sowieso viel besser ermitteln konnte, gar nicht zu reden. Und wenn du behauptest, Frau Ka-Ka in einem blaugoldenen Kaftan gesehen zu haben, dann bestreite ich das entschieden. Ich kenne sie besser als du, so was zieht sie nicht an. Ergo. Du hast eine *Frau* in solch einer Aufmachung gesehen, aber nicht die, die du zu sehen *glaubtest*.«

Jetzt hatte Florian endgültig genug. Ohne das mit überlegener Miene dastehende Tinchen noch eines Blickes zu würdigen, stürzte er zur Tür hinaus. »Wo willst du denn hin?«, rief sie hinterher.

»Rauskriegen, ob ich jetzt wirklich reif bin für die Psychiatrie!«

Zuerst versuchte er es an der Rezeption. Die war zurzeit nicht besetzt. Danach im Touristikbüro. Das war abgeschlossen. Und dann im Office. Da war keiner drin. Worauf er beschloss, seinen Frust in der Strandbar herunterzuspülen. Und hier war er genau richtig. Reiseleiter Steven, nach erfolgreich bewältigtem Austausch von ab- beziehungsweise anreisenden Gästen bereits wieder in Freizeitkleidung, saß vor einem Bier und erzählte Geschichten aus dem Nähkästchen. »Da hat sich doch im Seaclub tatsächlich ein älteres Ehepaar bei mir darüber beschwert, dass alle Angestellten schwarz seien und keiner von ihnen deutsch spräche; auf Mallorca sei ihnen das noch nie passiert. Salzkartoffeln gäbe es auch keine, dabei hätten sie schon drei Mal welche bestellt, aber das läge nur daran, weil sie niemand verstände. Warum man ihnen denn das nicht vorher gesagt habe?«

»Und was haben Sie geantwortet?«, wollte jemand wissen.

»Na, was wohl? Dass das Ehepaar das nächste Mal besser wieder nach Mallorca fliegen sollte.«

Florian enterte den Hocker neben Steven, bestellte ebenfalls ein Bier und dann gleich noch eins, weil Steven seins schon ausgetrunken hatte, doch als die beiden Gläser vor ihm standen, kam er sich ausgesprochen dämlich vor. Wie kann man jemanden zu einem Bier einladen, das sowieso nichts kostet? Es wurde trotzdem dankend angenommen.

Eine Viertelstunde später wusste Florian alles, was er wissen wollte. Unter den achtzehn Neuankömmlingen seien tatsächlich drei offenbar alleinstehende Frauen gewesen, ja, etwas ältere, vermutlich verwitwet oder geschieden, aber so aus dem Bauch heraus könne er leider nicht … allein*reisend*? Gewiss, es gäbe immer ein paar Gäste, die bereit seien, den nicht ganz billigen Einzelzimmerzuschlag zu zahlen, doch diesmal seien es nur zwei Herren … Wieso Düsseldorf? Aber nein, die heutige Maschine sei aus Frankfurt gekommen, die aus Düsseldorf käme immer donnerstags. Eine Namensliste? Steven bedauerte, das gehe nun wirklich nicht, Diskretion, Datenschutz und so weiter, das müsse Florian verstehen, außerdem habe er die Unterlagen gar nicht dabei, sondern in seinem Büro. Immerhin erklärte er sich bereit, nachzusehen, ob unter den neuen Gästen eine Frau Klaasen-Knittelbeek eingetragen sei, was er allerdings bezweifle. »An diesen Namen würde ich mich bestimmt erinnern, aber ich sage Ihnen beim Abendessen Bescheid, okay?«

Florian bedankte sich, trank noch schnell einen Rumpunsch, obwohl er Champagner als passender empfunden hätte, nur hätte er den tatsächlich bezahlen müssen, und dann machte er sich fröhlich pfeifend auf den Heimweg. Tinchen hatte recht gehabt und er unrecht! Frau Klaasen-Knittelbeek schien tatsächlich eine Doppelgängerin zu haben, hatte ja angeblich jeder Mensch, und überhaupt hatte er die Frau nur im Halbprofil gesehen und auch ein ganzes Stück weit weg. Und weshalb hätte Frau Ka-Ka in Frankfurt ins Flugzeug steigen sollen, wenn Düsseldorf doch einen eigenen Flugplatz hat? Seit dem Brand etwas angeschlagen, aber der Betrieb lief wieder uneingeschränkt, und die Runways hatten sowieso nichts abgekriegt.

Florian machte sogar einen kleinen Umweg zum Fangipani-Baum, dessen Blüten Tinchen wegen ihres Duftes so liebte und immer eine auf ihr Kopfkissen legte, pflückte zwei ab und steckte sich eine davon ins Haar. Dann eilte er zum Bungalow, aus dessen Badezimmerfenster ein schwacher Lichtschein fiel. Aha, die abendliche Schönheitspflege war bereits in vollem Gange. Schwungvoll riss er die Tür auf. »Tine, der Kelch ist noch mal an uns vorübergegangen, ich habe mich tatsächlich geirrt! Das Gespenst war doch nicht die Klaasen-Knittel...«

»Guten Abend, Florian«, sagte Frau Antonie, »würdest du bitte die Tür hinter dir schließen?«

Erst später, als sie beide mutterseelenallein an ›ihrer‹ Bucht saßen und sowohl Füße als auch Seele baumeln ließen, konnten sie dieser unerwarteten und vor allem unerwünschten Familienzusammenführung auch ein paar heitere Seiten abgewinnen. Die ersten Minuten waren allerdings mehr als nur peinlich gewesen. Florians euphorischem Ausruf, er habe sich im Hinblick auf das Gespenst doch geirrt, war ein entsetztes Schweigen gefolgt, denn auch Frau Antonie hatte es regelrecht die Sprache verschlagen. Mit versteinertem Gesicht hatte sie auf dem Bett gesessen – auch noch auf seinem! –, während Tinchen in einer Art Taubstummensprache mit ihm zu kommunizieren versucht hatte, was natürlich total danebengegangen war. »Hampel nicht so herum, Ernestine!«, hatte ihre Mutter getadelt, und Florian hatte noch ein bisschen dümmer geguckt als vorher. Dann endlich hatte Tinchen das ungemütliche Schweigen gebrochen.

»Du musst doch verstehen, Mutsch, dass wir uns ein bisschen überfahren vorkommen! Warum habt ihr nicht vorher gesagt, dass ihr uns nachkommen wollt, oder weshalb habt ihr nicht einen späteren Zeitpunkt ausgesucht, wenn wir schon wieder zu Hause gewesen wären? Wir hätten euch Tipps geben können, hätten vielleicht ein noch schöneres Hotel gefunden, hätten euch Fotos zeigen und sagen können, welche Ausflüge sich lohnen und auf welche man besser verzichtet …« Sie setzte sich neben ihre Mutter aufs Bett und nahm sie in den Arm. »Weißt du, Mutti, Urlaub bedeutet nicht nur Tapetenwechsel, sondern auch mal raus aus dem ganzen Familienclan, keine Rücksicht auf wen auch immer nehmen müssen, allein sein dürfen – und dann stehst du plötzlich vor der Tür und erwartest, dass wir hellauf begeistert sind. Du hättest uns ja wenigstens vorwarnen können«, schloss sie mit einem müden Lächeln.

Lange sagte Frau Antonie gar nichts, dann gab sie zu, dass die Idee, Tinchen und Florian einfach hinterherzufliegen, wohl doch nicht so gut gewesen sei. »Wir haben keineswegs die Absicht, uns aufzudrängen, werden auch um einen separaten Tisch im Speisesaal bitten und bestimmt nicht eure Pläne beeinflussen wollen, wir hatten nur ... also, eigentlich bin ich es ja gewesen ...«, jetzt geriet sie doch tatsächlich ins Stottern, »ihr seid doch schon häufiger im Ausland gewesen, ich meine, in einem ganz anderen Erdteil, und damals in Kenia wäre ich ohne euch doch kaum aus dem Hotel herausgekommen ... und da habe ich gedacht, wenn ihr uns so ein bisschen helfen würdet ... Wir müssen ja nicht immer zusammenbleiben, aber natürlich wollen wir so viel wie möglich sehen ...« Sie brach ab und begann in ihrer schicken, offenbar nagelneuen Leinentasche zu kramen. »Hättest du wohl ein Taschentuch für mich, Ernestine?«

Während Tinchen das Gewünschte aus dem Bad holte, gab sich Florian, der bis jetzt eisern geschwiegen hatte, endlich einen Ruck. Er hatte vorgehabt, sich für seinen verbalen Ausrutscher zu entschuldigen, und in Gedanken schon die passenden Worte zusammengesucht, doch dann platzte er mit der Frage heraus, die ihm viel mehr am Herzen lag. »Sag mal, Toni, besitzt Frau Klaasen-Knittelbeek eine blaugoldene Kittelschürze?«

Erst traf ihn ein zweifelnder Blick, dann jedoch zog ein amüsiertes Lächeln über Frau Antonies Gesicht. »Das ist keine Kittelschürze, Florian, sondern ein Ensemble!« Das letzte Wort sprach sie übertrieben akzentuiert aus. »Dazu gehört nämlich noch der im Dessin identische Badeanzug.« Sie lächelte immer noch. »Und wenn ich euch jetzt verrate, dass sie die gleiche Kombination noch ein zweites Mal in anderen Farben gekauft hat, dann werdet ihr mir das nicht glauben. Ich hätte es ja auch nicht geglaubt, wenn ich es nicht mit eigenen Augen gesehen hätte. Apfelgrün und Orange, und das mit fünfundsiebzigdreiviertel!«

»Taillenweite?«, fragte Florian, der sich damit nicht so genau auskannte.

»Nein, Jahre!«

Froh über den Themawechsel, der Frau Antonies zu erwartenden Tränenstrom gerade noch verhindert hatte, wollte Tinchen Einzelheiten wissen. »Sie hat doch mal gesagt, ab einem gewissen Alter sollte man, falls überhaupt, nur noch schwarze oder Badeanzüge in gedeckten Farben tragen. Ab wann beginnt denn bei ihr das gewisse Alter?«

»Da hat sie sich nicht genau festgelegt«, kicherte Frau Antonie, »aber seitdem sie die kleine Boutique in der Altstadt entdeckt hat, zählt sie anscheinend rückwärts. Noch drei Besuche dort, und sie kommt mit einem Minirock nach Hause.«

»Bist du noch nie mitgegangen?«

»Wo denkst du hin, Kind? Erstens ist der Laden für mich viel zu teuer, zweitens entspricht das Angebot nicht meinen Vorstellungen, oder soll ich mir jetzt auch einen sogenannten Kaminrock zulegen, obwohl ich gar keinen Kamin habe, und drittens fürchte ich, den Überredungskünsten der Verkäuferin genauso wenig gewachsen zu sein wie Dorothee. Ich bitte euch, wer zieht denn freiwillig einen Badeanzug mit goldenen Applikationen an?«

»Vergiss nicht die Kittelschürze!«, erinnerte Florian.

»Ganz so abwegig ist der Vergleich nicht einmal, nur lass ihn nicht Dorothee hören. Sie hat für diesen albernen Fummel mehr bezahlt als ich für zwei Sommerkleider.« Frau Antonie stand auf und wandte sich zum Gehen. »Heute sehen wir uns bestimmt nicht mehr, Ernestine, denn ich werde früh zu Bett gehen. Dorothee hatte sich vorhin schon hingelegt, sonst wäre sie natürlich mitgekommen.«

»Das hätte noch gefehlt«, knurrte Florian sotto voce, öffnete seiner Schwiegermutter die Tür und begleitete sie bis zum Weg, um sie auf die fehlende Steinplatte aufmerksam zu machen. Nicht auszudenken, wenn sie hinfallen und sich womöglich ernsthaft verletzen würde. Arzt, Krankenhaus, Papierkrieg ohne Ende, vorgezogener Heimflug … Urlaub ade, und zwar für alle! Erst als sie hinter einer Fächerpalme verschwunden war, trottete er langsam zurück.

Tinchen saß noch immer auf dem Bett, in der Hand die Packung mit den Tempotüchern, und sah alles andere als glücklich aus. »Warum mussten wir denn bloß Urlaub auf Jamaika machen, Flori? Auf Teneriffa wäre uns das nicht passiert, da sind sie nämlich schon gewesen.«

Bereits während des Abendessens hatten sie überlegt, wie sie den Besichtigungsdrang der beiden Damen befriedigen könnten, ohne selbst dazu beitragen zu müssen. Tinchen wollte sich mit Steven beraten in der irrigen Annahme, er habe alle angebotenen Ausflüge schon mal selber mitgemacht, und Florian hatte vor, entsprechende Erkundigungen bei den zwei Ehepaaren einzuholen, die erstens zu den ältesten Senioren unter den Hotelgästen gehörten und zweitens nur sehr selten am Strand gesichtet wurden; offenbar waren sie viel unterwegs. Vielleicht konnte man ihnen sogar Toni und Frau Ka-Ka ans Herz legen, beide waren ja nicht dumm, konnten, wenn sie wollten, sogar amüsant sein, und möglicherweise wäre das Senioren-Kleeblatt nach anderthalb Wochen ›Viersamkeit‹ ganz dankbar für andere Gesichter und ein paar Neuigkeiten aus der Heimat. Urlauber versichern sich zwar ständig gegenseitig, dass sie weder Zeitung noch Radio vermissen, vom Fernsehen ganz zu schweigen, und doch stürzen sie sich bei der ersten Gelegenheit auf die Neuangekommenen und wollen wissen, wie 1860 München gespielt hat und ob Prinz Charles nun doch seine Camilla heiraten darf. Wichtig ist auch der aktuelle Wetterbericht. Nordostwind mit leichtem Schneetreiben bei drei Grad unter null lässt sie sogar den schmerzhaften Sonnenbrand vergessen.

Nach längerem Zögern hatte Florian zugestimmt, seiner Schwiegermutter und notgedrungen auch Frau Ka-Ka Plätze am eigenen Tisch einzuräumen. »An den meisten Tagen werden wir wohl nur am Abend zusammen essen«, hatte Tinchen gesagt, »die beiden sind Frühaufsteher und morgens bestimmt bei den ersten an der Futterkrippe, und wenn sie auf Tour sind, kommen sie am Spätnachmittag zurück, sind müde und wollen gleich nach dem Essen ins Bett.«

»Der liebe Gott erhalte dir deinen Kinderglauben«, hatte Florian gemurmelt, bevor er den beiden zuständigen Kellnern klarzumachen versuchte, dass die zwei Damen aus Bungalow 71 künftig am Tisch von Bungalow 22 sitzen würden. Darauf wurde das Schild mit der Nummer 22 gegen das mit der 71 ausgetauscht, nach Florians händewedelndem Protest wieder zurückgebracht, und dann endlich wurde der Oberkellner herbeizitiert. Da er ein verständliches Englisch sprach, übernahm Tinchen die weiteren Verhandlungen, so dass das Problem schließlich zur allgemeinen Zufriedenheit gelöst werden konnte.

Florian hatte übrigens laut losgelacht, als er die Zimmernummer seiner Schwiegermutter erfahren hatte. »71? Das ist doch drüben auf der anderen Seite? Deine Mutter soll bloß aufpassen, dass sich Frau Ka-Ka nicht auch noch diesen Nackedeis anschließt!« Und als er Tinchens ungläubiges Gesicht sah: »Ich meine ja nur … wenn sie doch schon beim Minirock angekommen ist …!«

Schon nach wenigen Tagen war Frau Antonie ein Jamaika-Fan. Frau Klaasen-Knittelbeek natürlich auch, nur etwas zurückhaltender. Sie hätte ganz gerne mal Blaugold am Strand ausgeführt oder nachmittags am Pool einen Tee zu sich genommen und das Treiben rundherum beobachtet, doch Antoinette hatte nur abgewinkt und gesagt, dazu brauche sie nicht nach Jamaika zu fliegen, das könne sie auch zu Hause auf der Kö haben. Dann hatte sie sich zusammen mit Frau van Dahlen über die Karte gebeugt und die Entfernung zum Cockpit Country abgeschätzt, das man am nächsten Tag zu besichtigen gedachte.

Richtig begeistert war das Ehepaar van Dahlen gewesen, als Florian mit dem Vorschlag herausgerückt war, seine Schwiegermutter und deren Gesellschafterin unter ihre Fittiche zu nehmen. (Das mit der Gesellschafterin hatte sich zwar angehört wie aus dem vorigen Jahrhundert, doch ihm war so schnell nicht eingefallen, wie er die Symbiose Pabst-Klaasen-Knittelbeek hätte erklären sollen.) Das Ehepaar Dirlebach, bisher treuer Begleiter der van Dahlens, würde nämlich übermorgen abreisen müssen, den letzten Tag werde man zwar noch gemeinsam im Hotel verbringen, doch schon für Mittwoch sei eine Sumpf-Safari geplant mit Besichtigung von Krokodilen in freier Wildbahn, und wenn die Damen daran teilnehmen wollten …

Das wollten die Damen eigentlich nicht. Frau Antonie hatte etwas gegen Krokodile und nahm auch nur noch ganz selten ihre Kroko-Tasche, Geschenk von Ernst zu ihrem fünfzigsten Geburtstag, aber andererseits konnte man nicht gleich beim ersten Mal einen Rückzieher machen, zumal es ja sicher noch anderes zu sehen geben würde als diese grässlichen Echsen.

Herr van Dahlen – er hörte auf den schönen Namen Bertram – war Oberstaatsanwalt, pensioniert natürlich, seine Frau Amelie – Betonung auf der ersten Silbe – töpferte ein bisschen und gehörte einem Literaturzirkel an, der alle vier Wochen zusammenkam und die Meinungen über die vorher zu lesenden Bücher austauschte. »Wir wollen uns keineswegs mit Herrn Reich-Ranicki und seinem Literarischen Quartett vergleichen«, hatte Frau van Dahlen milde lächelnd geäußert. »Doch wir haben immerhin schon einen gewissen Einfluss auf unsere Leihbücherei gewonnen.«

Frau Antonie hatte sich ihre Bettlektüre der letzten zwei Monate in Erinnerung gerufen, war jedoch zu der Ansicht gekommen, dass sie nicht literarisch genug gewesen war und mit einem leisen Bedauern in der Stimme erklärt, sie könne wegen ihrer angegriffenen Augen kaum noch ganze Bücher lesen. »Ich bin ja schon froh, wenn ich die Tageszeitung schaffe.«

»Deshalb brauchen Sie auf den Genuss eines guten Buches keineswegs zu verzichten«, hatte Frau van Dahlen erwidert. »Es gibt doch die Hörbücherei für Blinde.«

Tinchen hatte recht gehabt. Wenn sie und Florian morgens gegen neun Uhr in den Speisesaal kamen, hatten ihre Mutter und Frau Klaasen-Knittelbeek längst gefrühstückt und waren entweder schon weg oder warteten zusammen mit den van Dahlens auf den Bus beziehungsweise das Taxi, denn ihre manchmal sehr individuell zusammengestellten Touren lagen abseits der normalen Besichtigungsrouten. »Da wir uns den Fahrpreis teilen, ist das Taxi durchaus erschwinglich, und wir brauchen uns nicht an bestimmte Zeiten zu halten oder dorthin zu fahren, wohin wir gar nicht wollen«, hatte Frau Klaasen-Knittelbeek gesagt, »wer will denn schon das ehemalige Domizil von Errol Flynn sehen?«

Frau Antonie hätte es allerdings brennend interessiert, nur wagte sie nicht, diesen Wunsch laut zu äußern; angesichts des geballten Intellekts der van Dahlens wäre ihr diese Bitte zu banal erschienen. Ja, wenn Errol Flynn Bücher geschrieben hätte ... Doch er war ja nur ein Filmschauspieler gewesen, nicht mal ein besonders guter, aber als kurz nach dem Krieg amerikanische Filme in die deutschen Kinos gekommen waren, hatte er als ›Robin Hood‹ und ›Herr der sieben Meere‹ die Frauenherzen so zum Schmelzen gebracht, wie es heute Brad Pitt oder Leonardo DiCaprio taten. Auch Frau Antonie war dahingeschmolzen, allerdings nur so lange, bis Ernst gekommen war. Der hatte zwar nicht die geringste Ähnlichkeit mit ihrem Leinwandhelden gehabt, dafür war er realer gewesen.

Statt Errol Flynn also die Governor's Goach Tour, eine Eisenbahnfahrt im ehemaligen Salonwagen des Gouverneurs. Mit Calypso-Kapelle und gut bestückter Bar ging es ins Landesinnere, an besonders malerischen Plätzen wurden für Hobbyfotografen und -filmer Stopps eingelegt, doch Höhepunkt dieser Exkursion war die Besichtigung der Appleton-Rum-Distillery, aus der man, falls nicht schon vom Geruch betüdelt, spätestens nach den reichhaltigen Kostproben mittelschwer bis total hinüber wieder herauskam. An jenem Tag saßen Florian und Tinchen auch beim Abendessen allein am Tisch.

Die berühmte Floßfahrt auf dem Rio Grande wollten sie allerdings selber mitmachen. Fast alle Gäste, die sich zu einem Ausflug nach Port Antonio aufgerafft hatten – sehr lang, sehr kurvenreich und teilweise über als Highways bezeichnete Landstraßen dritter Ordnung –, waren begeistert gewesen, besonders Steven. »Das dürfen Sie sich auf keinen Fall entgehen lassen«, hatte er gesagt. »Sie würden es ewig bereuen.«

Nun kann man schlecht bereuen, dass man etwas nicht gesehen hat, wenn man gar nicht weiß, ob es einem überhaupt gefallen hätte, zumal Tinchen von gewissen Zweifeln geplagt wurde. Bekanntlich fließt der Rio Grande irgendwo an der Grenze zwischen den Vereinigten Staaten und Mexiko, ist ziemlich lang und wird in fast jedem Western mindestens einmal namentlich erwähnt. »Bist du sicher, dass sich Steven nicht geirrt hat?«

»Rio Grande heißt nichts anderes als Fluss, großer«, sagte Florian, »und da es auf dieser Insel viele Flüsse gibt und einer von ihnen zwangsläufig der größte sein muss, hat auch Jamaika seinen Rio Grande. Was ist daran so unverständlich?«

Herr van Dahlen hatte ein Großraum-Taxi geordert, in ein normales passten keine sechs Personen hinein. Fahrer Robert James Timothy, auf eigenen Wunsch kurz ›Bobby‹ genannt, erklärte auf Befragen, die Hinfahrt dauere etwa zwei Stunden, die Floßfahrt genauso lange oder länger, das käme auf den Wasserstand an, und die Rückfahrt noch länger, weil seine Fahrgäste immer irgendwo halten und Shopping machen wollten, doch zum Abendessen seien sie jedes Mal pünktlich wieder im Hotel gewesen. Frau Antonie hielt dagegen, wenn man auf mögliche Einkäufe verzichten und ohne Aufenthalt durchfahren würde, könne man doch sicher auch schon gegen sechzehn Uhr zurück sein. Für diesen Zeitpunkt sei nämlich an diesem Tag eine Trauung angesetzt, und die hätte sie doch sehr gern gesehen. »Ich stelle mir das richtig romantisch vor.«

»Dann solltest du auf die Realität verzichten«, sagte Tinchen, die schon drei Hochzeiten mitgekriegt und ab der vierten gar nicht mehr hingeguckt hatte. »Du würdest deine ganzen Illusionen verlieren.«

Frau Antonie glaubte das zwar nicht, gab sich jedoch mit der Versicherung zufrieden, dass ein derartiges Spektakel beinahe jeden Tag stattfinde und sie noch genügend Gelegenheit haben werde, bei einem zuzusehen.

Obwohl Bobby ein ebenso talentierter wie rasanter Fahrer war, der die Verkehrsregeln mit dem gleichen Fatalismus missachtete wie seine Kollegen und trotzdem überlebt hatte, dauerte schon die Hinfahrt eine Stunde länger als veranschlagt. Das läge nur an den vielen Umleitungen und Sperrungen wegen der Bauarbeiten, behauptete er, beim letzten Hurrikan habe es so viele Straßenschäden gegeben, dass man mit den Reparaturen nicht nachkäme.

»Der letzte Hurrikan war vor drei Jahren«, erinnerte sich Herr van Dahlen.

»Yes«, bestätigte Bobby, denn er verstand immer genau so viel Deutsch, wie er verstehen wollte, »but no dunny, no Geld da.«

Da es sich hierbei nicht um ein rein jamaikanisches, sondern um ein auch in Deutschland sattsam bekanntes Problem handelte, hatten seine Fahrgäste Verständnis. Zwar sind deutsche Autobahnen generell besser in Schuss, doch Baustellen mit Engpässen gibt es ebenfalls, und fertig werden sie auch nie. Dabei kann man die Verzögerungen nicht mal auf Hurrikans schieben, die kommen in Deutschland nämlich relativ selten vor!

Gerade als Frau Klaasen-Knittelbeek zu jammern anfing, nun könne sie aber wirklich nicht mehr sitzen und ob man denn nicht mal eine Pause machen könne, fuhr Bobby langsam durch ein extra großes Schlagloch und dann in eine Wiese, auf der schon andere Wagen standen. »First you must buy tickets in this house!« Er zeigte auf eine Art Schweizer Chalet mit Blumenkästen an der Seite und Toilettenhäuschen hinten dran, dann öffnete er die Türen, half den Damen beim Aussteigen und vergaß auch nicht den Regenschirm, auf den Frau Antonie nie verzichtete, ihn immer wieder mal stehen ließ und erst nach längerer Gedächtnisakrobatik wiederfand. Sie wollte einfach nicht glauben, dass die jeden Morgen über den Bergen aufziehenden dunklen Wolken offenbar zur Inseldekoration gehörten, denn sie sahen sehr bedrohlich aus, regneten jedoch im Hinterland ab, wo die Kaffee- und Bananenplantagen liegen sowie die Cannabis-Kulturen.

Herr van Dahlen begab sich weisungsgemäß zum Chalet zwecks Ankauf der Fahrkarten – oder heißt es *Boots*karten? –, denn als Beamter der dritthöchsten Besoldungsgruppe fühlte er sich am ehesten befähigt, mit der fremden Währung umzugehen; die genaue Abrechnung erfolgte später im Hotel. Florian debattierte mit Fahrer Bobby die nicht weniger wichtige Frage, wo er sie alle denn wieder einsammeln werde. Natürlich unten in St. Margaret's Bay, wo das Rafting ende, sagte Bobby, dort gebe es ein großes Restaurant und Imbissstände, aber er werde vor Maggie's Pub warten.

Florian hatte verstanden. Da winkte jemand nicht nur mit einem Zaunpfahl, sondern mit einem ausgewachsenen Telegraphenmast! Er drückte Bobby vier einzelne Dollarscheine in die Hand, worauf der fröhlich grinsend abtauchte. »Das war absolut überflüssig, Herr Bender«, bemerkte Frau van Dahlen vorwurfsvoll, denn ihr war die Transaktion nicht entgangen, »ein kleines Trinkgeld nach unserer Heimkehr kalkulieren wir immer ein, doch für die Beköstigung müssen wir nicht aufkommen. Mein Mann hat noch gestern Abend ausgerechnet, wie viel unser Chauffeur an dieser Fahrt verdient, wenn man die Kosten für Sprit und Abnutzung des Wagens abzieht. Glauben Sie mir, es ist wirklich mehr als genug, da wird er wohl seine Coca-Cola selber zahlen können.«

»Sicher könnte er das, aber er muss ja auch etwas essen. Ich rauche eben ein paar Zigaretten weniger und habe vielleicht dazu beigetragen, dass er nicht alle deutschen Touristen als Geizhälse in Erinnerung behält.«

»Leute wie Sie sind es, die die Preise kaputtmachen«, tadelte Frau van Dahlen und fühlte sich in vollem Umfang bestätigt, als sie von ihrem Mann erfuhr, dass er bei den Tickets nicht mal einen Mengenrabatt hatte heraushandeln können.

Den Rio Grande hatte sich Frau Antonie aber ganz anders vorgestellt, viel breiter natürlich, irgendwie mächtiger und auch tiefer, das hier war ja bloß ein besserer Bach mit Geröll auf dem Grund und dicken, rundgewaschenen Steinen, wie sollte da ein Floß …? Und dann kam eins, worauf sie doch mal die Contenance verlor und aufschrie. Nein, niemals würde sie sich auf so ein wackliges Ding begeben und erst recht nicht einen Fluss damit herunterfahren! Ein Floß sollte das sein? Diese zehn Meter langen Bambusstangen mit den zwei unbequemen Sitzen am hinteren Ende? Der Flößer da vorne war doch bestimmt schon im Rentenalter, wie sollte er dieses sperrige Ding beherrschen können, zumal es ja etliche Stromschnellen geben sollte? »Ich weigere mich, mein Leben diesen Hölzern da« – ein vernichtender Blick traf das Floß – »anzuvertrauen!«

Frau Klaasen-Knittelbeeks Protest kam zögernder. In der von ihr sehr geschätzten Fernsehsendung ›Heimatbräuche nah und fern‹ hatte man erst unlängst eine Floßfahrt auf der Isar gezeigt, mit mindestens zwanzig bis dreißig Leuten, die Blaskapelle und das große Bierfass gar nicht mitgezählt, aber das war ja auch ein richtiges Floß gewesen und nicht ein Dutzend zusammengebundene Stangen, zwischen denen schon jetzt das Wasser hochschwappte.

»Wer macht den Anfang?« Unternehmungslustig rieb sich Herr van Dahlen die Hände. Er hatte schon Schlimmeres erlebt, die Überfahrt von Dover nach Calais bei Windstärke 7 zum Beispiel, oder als damals auf der Kirmes das Riesenrad stehen geblieben war und sie beide fast zwei Stunden in der obersten Gondel festgesessen hatten. Nicht eine Minute lang hatte er um sein Leben gefürchtet! Deshalb war er auch sofort damit einverstanden, das erste Floß zu besteigen. Er half seiner Frau auf die leicht schwankenden Bambusstangen, Amelie breitete die mitgebrachten Handtücher über die Sitze, ein letztes Winken, dann glitt das Floß langsam flussabwärts.

»Die nächsten seid ihr, Mutsch!«, sagte Tinchen. »Es sei denn, du ziehst es vor, dich von Bobby nach unten bringen zu lassen und mindestens zwei Stunden auf uns zu warten.« Das wollte sie denn doch nicht. Erstens war Bobby womöglich schon losgefahren, zweitens hatte sie gar nichts zum Lesen mit und drittens schienen diese Flöße widerstandsfähiger zu sein, als sie aussahen, sonst hätte sich doch der Herr van Dahlen nicht auf dieses Wagnis eingelassen. Nachdem nun auch Frau Klaasen-Knittelbeek ihr Einverständnis erklärte, ließ sich Toni von dem erfreulich jungen Flößer beim Einstieg helfen, Frau Klaasen-Knittelbeek schaffte es allein, und kaum hatten sie sich auf den Bambussitzen niedergelassen, setzte sich das Floß auch schon in Bewegung. »Keine Angst, Toni«, rief Florian hinterher, »wir bleiben dicht hinter euch!«

Das nächste Floß war offenbar für Flitterwöchner oder Liebespaare präpariert, denn über den beiden Sitzen wölbte sich ein aus Palmblättern geflochtenes Dach, durch das die Sonnenstrahlen flimmerten. An den Seiten steckten Blüten, die wie Orchideen aussahen und wahrscheinlich auch welche waren. Zeitweise würde man durch einen Dschungel fahren, hatte Tinchen noch gestern im *Reiseführer für Jamaika* gelesen, da sollten sie ja wie Unkraut wachsen.

Obwohl sie weder wie Hochzeitsreisende aussahen noch

wie ein frisch verliebtes Paar, durften sie einsteigen. »Today no honeymooner«, bedauerte der Flößer, schob seine meterlange Bambusstange ins Wasser und stakte los, »too early.«

»Was erwartet der denn?«, raunte Florian. »Die stehen doch selten vor dem Mittagessen auf!«

Das Floß gewann Fahrt, ließ die Anlegestelle mit Sonnenschirmen, Hotdogs und gerade heranrollendem Reisebus hinter sich, und schon nach der ersten Flussbiegung wurde Tinchen von der ständig wechselnden Landschaft gefangen genommen. Mal war das Ufer flach und steinig, dann wieder stieg es steil an, bewachsen mit den verschiedensten Palmenarten und Baumfarnen, dazwischen unzählige üppig blühende Pflanzen. »Guck mal nach links, Tine, da wächst der Bambus wie bei uns der Fichtenwald, und kein Mensch kümmert sich darum. Dabei wären sogar schon die abgebrochenen Äste ein Vermögen wert, denk bloß mal an die drei Meter Bambus, die wir für den Ficus gebraucht haben. Weißt du noch, was die gekostet haben?«

Tinchen wusste das nicht mehr, auf jeden Fall über zehn Mark, und erst zu Hause hatte sie gesehen, dass die kaum fingerdicke Stange einen Riss gehabt hatte und schon eine Woche später beim Zusammenstoß mit Frau Klötzers Putzeimer gesplittert war. Trotzdem schüttelte sie den Kopf. »Hat keinen Zweck, Flori, wir kriegen sie nicht in den Koffer!«

Eine Kakophonie von Geräuschen erfüllte die Luft. Vögel kreischten, hauptsächlich wohl Papageien, vermutete Tinchen, gesehen hatte sie noch keinen, doch es hörte sich genauso an wie Frau Reutters schon reichlich asthmatischer *Kakatoe sulfurea,* ein grässliches Vieh, das ›Liebchen‹ hieß und Popcorn fraß. Kolibris flirrten um weit geöffnete Blüten, ein schwarzrosa geflecktes Hausschwein, mit dem Hinterlauf an einen Baum gebunden, suhlte sich zufrieden grunzend in einer Schlammpfütze. Am anderen Ufer erstreckte sich ein Sumpfgebiet, in dem sich Silberreiher tummelten. Plötzlich vereinzelte Hütten, winkende Kinder am Strand, kleine Jungs, kaum älter als Tim, die nach Muscheln und Krebsen tauchten, auf der zwischen Bäumen gespannten Leine Wäsche, nassforsch nach dem Wind schnappend. Weiter hinten ein Feld mit wie Taft raschelnden Maisstauden.

Ab und zu kam ihnen ein Flößer entgegen, der schwitzend eine Kette von vier oder fünf aneinandergebundenen Flößen flussaufwärts stakte. Das müssten immer die Lehrlinge tun, erläuterte ihr Fährmann, der Francisco hieß, weil er einen spanischen Großvater hatte, auf diese Weise lernten sie den Fluss am besten kennen. Florian sah sich den nächsten Lehrling genauer an und schätze ihn auf mindestens fünfundzwanzig Jahre. Das könne stimmen, sagte Francisco, seinem künftigen Konkurrenten zuwinkend, es dauere mehrere Jahre, bis ein Flößer den Fluss ganz genau kenne, jetzt sei der Wasserstand niedrig, bei ansteigendem verändere sich aber ständig die Strömung, und das sei manchmal nicht ungefährlich.

Florian konnte sich zwar nicht vorstellen, was an diesem kaum zwei Meter tiefen Wasser mit den vereinzelten, unermüdlich Steine polierenden kleinen Stromschnellen gefährlich werden könnte, doch das änderte sich, als sie in die Bucht mit dem unwahrscheinlich blauen Wasser kamen. Zwei ›fremde‹ Flöße lagen schon dort, dazu das der van Dahlens, und eben schoben sich die zehn Meter Bambus mit Toni und Dorothee dazwischen. Francisco hielt mehr aufs Ufer zu, obwohl es nur aus dichtem, undurchdringlichem Gebüsch bestand. Von den Ästen der Bäume, deren dunkelgrünes, feuchtschimmerndes Laub ein in sich verschlungenes Dach bildete, hingen Lianen bis zum Wasser herab.

»Ist das schön, Flori«, flüsterte Tinchen ehrfürchtig, »hättest du geglaubt, dass es so etwas Herrliches geben kann?« Sie konnte sich gar nicht sattsehen. »Diese irren Farben! Sieh mal, da drüben, wo die Sonne hinkommt, sieht das Wasser aus wie ein riesiger Smaragd, und hier vorne hat es ein Blau, wie ich es noch nie gesehen habe. Woher kommt das denn plötzlich? Bisher sah es doch aus, wie Wasser eben aussieht – ganz klar, aber farblos.«

Jetzt bloß nicht blamieren, sagte sich Florian und rekapitulierte im Stillen, was vom Physikunterricht noch hängen geblieben war. »Das ist von der Tiefe abhängig und natürlich auch vom Lichteinfall«, behauptete er kühn. »Bisher sind wir nur durch ganz flaches Wasser geschippert, aber hier scheint eine sehr tiefe Stelle zu sein, und weil da vorne die Sonne einstrahlt und hier nur Schatten ist, kommt es zu diesem Farbspiel.«

Ein Platschen war zu hören, dann ein zweites, und schon tauchten die Köpfe von Bertram und Amelie neben ihnen auf, Letztere mit schleifchenübersäter Bademütze. »Kommen Sie doch auch rein, das Wasser ist herrlich«, rief Amelie, und Tinchen ließ sich das nicht zwei Mal sagen. Shorts und T-Shirt hatte sie schon nach dem ersten Kilometer Fahrt ausgezogen, wozu sonst trug sie darunter einen Badeanzug? Jetzt hechtete sie mit einem Kopfsprung ins Wasser. Angenehm kühl war es, nicht so lauwarm wie manchmal das Meer, wenn es an Babybad-Temperaturen erinnerte. Lachend hängte sie sich an eine Liane und schaukelte. »Die Dinger halten ja wirklich! Und ich habe immer gedacht, Tarzan hat sich an eingefärbten Wäscheleinen durch den Wald gehangelt.« Sie ließ sich wieder fallen, schwamm mit ein paar Stößen zum nächsten Floß und hielt sich fest. »Na, Mutsch, bis hierher hast du die gefährliche Tour doch ganz gut überstanden, nicht wahr? Du bist nicht seekrank geworden, nicht gestrandet, und gekentert seid ihr auch noch nicht. Gefällt es dir denn wenigstens?«

Da bekam Frau Antonie ganz glänzende Augen. »Es ist wunderschön, und wir genießen diese Fahrt ja auch in vollen Zügen. Ich bedauere nur, keinen Badeanzug mitgenommen zu haben, denn diese Bucht fordert einen geradezu heraus.«

Das fand auch Frau Klaasen-Knittelbeek, deren Blaugoldener hier optimal zur Geltung gekommen wäre, doch sie hatte nicht mit einer Bademöglichkeit gerechnet. So hielt sie lediglich die Füße ins Wasser und fand auch das schon recht erfrischend.

»Wie tief mag es hier sein?« Prustend kam Florian neben ihr hoch.

»Keine Ahnung«, blubberte Tinchen, »ist doch auch wurscht. Wer nicht schwimmen kann, säuft in drei Meter tiefem Wasser genauso ab wie in dreihundert Meter tiefem.« Und dann mit einem warnenden Blick zu dem neben ihr herumdümpelnden Ehemann: »Ich hab's mit fünf gelernt und kann es heute noch, also gib dich keinen falschen Hoffnungen hin!«

Herr van Dahlen mahnte zum Aufbruch, man habe noch die halbe Fahrt vor sich. Gehorsam kraulte Tinchen zum Floß zurück und – kam nicht mehr rauf! Dabei hatte sie eben noch heimlich grinsend zugesehen, wie Amelie mit Bertrams und des Flößers Hilfe hochgehievt worden war. Vorne hatte der Fährmann gezogen, hinten hatte Bertram geschoben, und dann war die ächzende Amelie bäuchlings auf das Floß geklatscht. Sollte ihr jetzt etwa Ähnliches blühen? Nie! Lieber würde sie die restliche Strecke schwimmend zurücklegen. Mit beiden Händen klammerte sich Tinchen an den glatten Bambus, versuchte sich hochzuziehen, rutschte ab und fiel zurück ins Wasser. Nirgends gab es einen Halt. Oder doch? Hinten am Heck, da müsste sie sich doch am Sitz festhalten können? Sie paddelte bis zum Ende des Floßes und musste feststellen, dass die Sitze doch zu weit entfernt waren. Hilfe suchend sah sie sich um. Richtig, die Lianen! Leider ebenfalls zu weit weg! Aber hatte nicht Tarzan auch immer ... Sie schwamm zu der am nächsten baumelnden Ranke, klammerte sich fest, versetzte sie in Schwingungen und – plumpste samt Liane einen halben Meter vor dem Floß ins Wasser. »Also *doch* eingefärbte Strippen!«, schimpfte sie, nachdem sie wasserspuckend wieder aufgetaucht war. »Johnny Weismüller hat mindestens doppelt so viel gewogen wie ich!«

»Come to me!« Auffordernd streckte Francisco seine Hände aus, Tinchen griff zu, wurde in auch nicht gerade eleganter Haltung an Bord gezogen und musste grollend zusehen, wie Florian allein und scheinbar mühelos auf das Floß kletterte. Na ja, im vorigen Sommer hatte er immer noch einen tadellosen Felgaufschwung an der Wäschespinne hingekriegt. Seitdem war sie verbogen und ließ sich nicht mehr zusammenklappen.

Von den anderen Flößen war nichts mehr zu sehen, als ihr eigenes wieder Fahrt aufnahm. Bald ertönte in der Ferne ein Rauschen, das zunehmend lauter wurde. »Das werden die Stromschnellen sein«, vermutete Florian, vorsichtshalber sein Tinchen festhaltend, und dann sahen sie sie auch schon. Das Floß wurde schneller, das Wasser begann zu strudeln, dann gab es einen kleinen Ruck, es ging ein bisschen abwärts, doch nach der nächsten Biegung schwammen sie schon wieder gemächlich mitten auf dem kaum knietiefen Fluss. »Das war alles?«, fragte Tinchen enttäuscht. »Keine Wellen, keine Klippen, kein Nervenkitzel? Was zeigen die uns eigentlich immer in diesen dämlichen Hollywoodfilmen?« Und prompt fing sie an zu singen: »There was a river called the river of no return …«

Bevor die Vögel entsetzt verstummten, was nach Florians Ansicht nur noch Sekunden dauern konnte, beendete sie ihre Gesangseinlage von selbst. Sie hatte Konkurrenz gesichtet. Am Ufer standen zwei Einheimische, junge Burschen noch, neben sich zwei Gitarren, in der Hand Cola-Dosen. Beim Anblick des Floßes griffen sie sofort zu den Instrumenten, schlugen ein paar Akkorde an, und dann erklang doppelstimmig, zwar nicht ganz so rauchig wie von Bob Marley, doch unverwechselbar sein *Is this love?*

»Das gehört bestimmt zu ihrem Repertoire für Honeymooners«, vermutete Florian, auf ihren blumengeschmückten Palmenhimmel deutend, »bei den van Dahlens haben sie garantiert was anderes gesungen.«

»Ja, *I shot the Sheriff*«, sagte Tinchen sofort. »Jetzt schmeiß ihnen aber auch ein Trinkgeld rüber!«

Doch das war gar nicht nötig. Kaum hatten die Sänger gesehen, dass Florian einen Dollarschein zusammenrollte, da kam einer von ihnen schon durchs Wasser gewatet. Mit einem »Thank you, brother« nahm er das Geld entgegen, hob grüßend die Hand und ging zurück. Musik gab's allerdings keine mehr, was Florian vermuten ließ, dass er wohl zu wenig gezahlt hatte.

Solche mobilen Live-Bands warteten jetzt nach jeder zweiten Flussbiegung. Es waren sogar einzelne Solisten darunter, die statt eines Instrumentes einen Ghettoblaster geschultert hatten und ihren Gesang wie beim Karaoke von einem Tonband begleiten ließen. Überhaupt wurde das Leben am und vor allem auf dem Fluss zunehmend lebhafter. Der dichte dschungelartige Bewuchs wich immer weiter zurück, das Ufer wurde flacher, Häuser waren zu sehen mit richtigen Anlegestellen, kleine Dörfer und vor allem Boote. Immer wieder steuerte ein Kanu auf sie zu, beladen mit Eisboxen voller Getränkedosen, aufgeschnittenen Melonen, Ananas oder frischen Kokosnüssen, aus denen schon die Strohhalme ragten. Florian kaufte zwei Stück, dazu die unerlässliche Cola für Francisco nebst einer Packung Zigaretten, denn der hatte jedes Mal begehrlich (und erfolgreich!) rübergeschielt, sobald sie sich welche angezündet hatten.

Plötzlich war das Meer da und Menschengewimmel am Ufer, Autos hupten, Bremsen quietschten, fliegende Händler priesen schreiend ihre Ware an, wollten Eis am Stiel verkaufen, Hotdogs oder Baseballkappen mit der Aufschrift ›Cool runnings‹. Bambusflöße en miniature gab es natürlich auch, und Frau Antonie kaufte gleich drei Stück. »Für die Damen vom Canasta-Club«, erläuterte sie Tinchen, als die sie endlich gefunden hatte. »Dazu bekommen sie noch ein vergrößertes Foto als Hintergrund – Dorothee hat ja so viel geknipst –, dann können sie sich später ganz genau vorstellen, wie es auf dieser Flussfahrt ausgesehen hat.«

... und werden mit festgefrorenem Lächeln Toni und ihre geschmackvollen Mitbringsel zum Kuckuck wünschen!, ergänzte Tinchen im Stillen, bevor sie ihre Mutter und Frau Ka-Ka, die sich nicht entscheiden konnte zwischen einem bemalten Keramikdöschen und einem anderthalb Quadratmeter großen Tuch, dessen Zweck sie noch nicht ergründet hatte, zur Seite zog. »Die anderen warten da drüben.« Sie zeigte auf den Eingang zu einem Restaurant, vor dem nicht nur Florian und die van Dahlens standen, sondern noch mindestens zwanzig andere Leute. Es gab zwar keine freien Tische mehr, doch dafür drei Toiletten, und die waren im Moment viel wichtiger!

Bobby hatte sie ebenfalls entdeckt. Mit vergnügtem Lächeln kam er herangeschlendert, nahm Regenschirm sowie Taschen mit Badetüchern, Kameras und zuletzt noch Tonis Bambusflöße in Empfang, beschrieb genau, wo das Auto stand, und trabte wieder ab. Er würde noch eine Weile auf seine Fahrgäste warten müssen, von den Toiletten war mindestens eine immer ›out of order‹.

Es war halb drei, als sie endlich abfuhren, also viel zu spät für die Hochzeit. Nun hatte auch Frau Antonie nichts gegen einen Bummel durch Port Antonio einzuwenden, zumal dieser Ort noch viel von seiner Hafenatmosphäre haben sollte, unter Eingeweihten sogar als Geheimtipp galt für Urlaub abseits vom Massentourismus. Nein, sie habe keinen Hunger, sagte Frau Antonie, mittags äßen sie ohnehin nur Obst oder Salate, doch gegen einen schönen Eisbecher in einem Straßencafé, vielleicht sogar am Hafen, hätte sie nichts einzuwenden. Frau van Dahlen stimmte zu, glaubte jedoch, mit einem Eisbecher deutscher Qualität könne man hierzulande kaum rechnen, aber die Milkshakes seien recht ordentlich.

Während der Fahrt zum Hafen zog Frau Ka-Ka ihren Reiseführer zu Rate. Er war wesentlich teurer gewesen als der von

Tinchen und enthielt so wissenswerte Auskünfte wie die Tatsache, dass Port Antonio schon mehrmals als Kulisse für Hollywood-Produktionen gedient habe und Interessierte einen Drink an jener Strandbar nehmen könnten, hinter der Tom Cruise seinen ›Cocktail‹ gemixt habe. Auch gäbe es traumhafte Villen, die man für den angemessenen Preis von zehntausend Dollar pro Woche mieten könne, auf dass einem der Butler auf der mondscheinüberflutoten Terrasse direkt am Meer das von einem einheimischen Koch zubereitete Dinner serviere.

Frau Antonie schüttelte den Kopf. »Wo haben Sie denn dieses Buch gekauft, Dorothee? Bei Tiffany?«

Dorothee drohte schelmisch mit dem Finger. »Hahaha, oder glauben Sie, ich weiß nicht, dass Tiffany ein Juwelier ist und gar keine Bücher verkauft?« Worauf Frau Antonie sich mit nach oben verdrehten Augäpfeln zu dem neben ihr sitzenden Tinchen beugte und raunte: »Manchmal ist sie wirklich ein bisschen sehr unbedarft!«

Der Hafen war dann aber doch nicht so ganz das, was Toni erwartet hatte. Sicher, es lagen einige schöne Yachten vor Anker, Fischerboote natürlich und Frachter, aber keines der großen Kreuzfahrtschiffe, von denen sie so gern mal eins in natura gesehen hätte und nicht immer bloß im Fernsehen. Ärgerlich war auch, dass die kleinen Bambusflöße an der Anlegestelle vom Fluss zwei Dollar mehr gekostet hatten als hier auf dem Markt, wo man auf Wunsch sogar noch einen Karton dazubekam.

Die größte Enttäuschung erwartete sie allerdings erst im Hotel. Es war beim Abendessen, genauer gesagt in der Schlange vor dem Grill, als es hinter ihr raschelte. Frau Antonie drehte sich um und sah geradewegs in das Gesicht der gar nicht so glücklich dreinblickenden Braut. »Ich dachte tatsächlich, mich knutscht ein Elch!«, sagte sie später, eine Redewendung gebrauchend, die sie vor zwei Jahrzehnten von ihrem Enkel gehört, belächelt und dann als besonders originell in ihr Repertoire aufgenommen hatte, »diese junge Frau erlebt den wohl schönsten Tag ihres Lebens und muss sich ihr Essen selber vom Büfett holen! Bekommen das Brautpaar und die Hochzeitsgäste denn keinen Service, keine festlich gedeckte Tafel mit Blumen und was sonst noch dazugehört? Nur dieses profane Alle-Tage-Büfett?« Sie stellte ihren Teller ab und setzte sich. »Na, wenigstens trägt sie ein sehr schönes Kleid, dafür hat sie bestimmt einen extra Koffer gebraucht.«

»Die wenigsten bringen ihre Kleider mit, weil man hier welche leihen kann. Und das da« – nur flüchtig musterte Tinchen die einige Tische weiter an einem Hühnerbein nagende Braut – »scheint besonders beliebt zu sein. Ich erkenne es immer gleich an der Riesenschleife auf'm Hintern!«

13.

Bloß noch vier Tage«, sagte Tinchen. »Da ist es um jede Minute schade, die man im Bett verbringt!« Sie hatte geduscht und schlüpfte gerade in ihren Badeanzug. »Los, steh endlich auf, du Faulpelz!«

»Wir haben *noch* vier Tage, Tinchen«, gähnte er zurück, »das sind sechsundneunzig Stunden beziehungsweise – warte mal«, er runzelte angestrengt die Stirn, »so ungefähr fünftausendsiebenhundertundetwas Minuten, und wenn du es noch in Sekunden haben willst …«

»Bis du das ausgerechnet hast, sind schon wieder dreihundert vorbei, und so genau will ich es ja gar nicht wissen. Mach lieber, dass du aus den Federn kommst! Ich hab Hunger!«

»Ich nicht!« Im Urlaub vor acht Uhr aufstehen zu müssen erfüllte für Florian den Tatbestand der gefährlichen Körperverletzung. »Geh doch schon vor! Oder kannst du dir deinen Obstsalat nicht mal alleine holen?« Er blinzelte zur Uhr. »Erst fünfzig Minuten nach sieben! Ich glaube, Weib, du tickst nicht ganz richtig!«

»Dann eben nicht!« Sie zog ein Paar Shorts an, nahm das vorletzte saubere T-Shirt aus dem Schrank, entschied sich dann aber doch für ein schon getragenes, man wusste ja nie, bei welcher Gelegenheit man noch mal ein frisch gewaschenes brauchte, zerrte es über den Kopf und trabte ab. Mit lautem Knall flog die Tür ins Schloss. Zufrieden drehte sich Florian auf die andere Seite und schloss die Augen.

Im Speisesaal wurde Tinchen schon erwartet. Die van Dahlens waren vor drei Tagen abgereist, und nun hatten Toni und Frau Ka-Ka wieder ihre Plätze am gemeinsamen Tisch eingenommen. »Weißt du, Kind«, hatte Frau Antonie ihren vorübergehenden Umzug zu begründen versucht, »da wir unsere Ausflüge mit Herrn und Frau van Dahlen zusammen unternehmen und uns später über das Gesehene immer noch ausführlich unterhalten, ist es doch naheliegend, es während der Mahlzeiten zu tun. Oder würden euch die Mineralquellen von Bath und der äußerst sehenswerte Botanische Garten dort interessieren?«

»Danke, so was hatten wir schon«, hatte Tinchen gesagt und zugegeben, dass die Quellen sie genauso wenig interessierten wie der Columbus Park oder Spanish Town. Rose Hall wollte sie aber auch nicht besichtigen, denn das stand heute auf dem Programm. Zwar fühlen sich die beiden Damen nunmehr in der Lage, ihre Ausflüge auch ohne persönliche Betreuung zu unternehmen, zogen es jedoch vor, sich den vom Hotel angebotenen Touren anzuschließen. »Natürlich sieht man so nicht alles, was man gern sehen möchte«, hatte Frau Ka-Ka bedauert, »andererseits ist diese Insel überall sehenswert!«

Heute also Rose Hall, jenes einstige Herrenhaus, in dem seine ehemalige Besitzerin vor zwei Jahrhunderten drei Ehemänner unter die Erde gebracht haben sollte, bevor der vierte den Spieß umgedreht und sie eigenhändig gemeuchelt hatte. »Willst du wirklich nicht mitkommen, Kind?«, vergewisserte sich Frau Antonie, ihre Rühreier in sich hineinschaufelnd.

»Nein, Mutti, bestimmt nicht. Mir reicht's, wenn wir morgen noch mitfahren zu den Dunn's River Falls.« Diesen Ausflug hatten die van Dahlens leider schon vor ihrer Ankunft unternommen, jedoch so von ihm geschwärmt, dass er offenbar nur noch mit der Floßfahrt verglichen werden konnte. Und die hatte ja nun wirklich alle begeistert.

»Chacun à son goût«, kam es von Frau Ka-Ka, die nun auch mal etwas sagen wollte, »der eine liebt das Dolcefarniente, der andere die Kultur.« Es blieb Tinchen überlassen, herauszufinden, was eine männermordende Plantagenbesitzerin mit Kultur zu tun haben könnte.

Als die Damen Pabst und Klaasen-Knittelbeek gegen Abend erschöpft und reichlich derangiert zurückkamen, hatte Tinchen einen richtig faulen Tag hinter sich mit viel Sonne, dem schon halb ausgelesenen *Medicus* und zwei Mal Sex an the beach – natürlich nur den im Glas, für den anderen lag ihre kleine Bucht dann doch nicht abgeschottet genug!

Am nächsten Tag ging es also gemeinsam zu den Dunn's River Falls: Der Dunn River plätschert mit nur geringer Wassertiefe gemächlich vor sich hin, bis er an seinem unteren Ende an einen Berg kommt, plötzlich breiter wird und in Kaskaden abwärts stürzt. Bevor er ins Meer mündet, durchpflügt er noch ein paar Meter Strand, und genau dort beginnt der Anstieg. Man kann diese Fälle nämlich hinaufklettern. Zu diesem Zweck sind Stufen in das Gestein geschlagen, Geländer angebracht und einheimische Führer rekrutiert worden, die jedes Mal am Anfang einer sich an den Händen haltenden Menschenschlange von maximal einem Dutzend Personen aufwärts steigen. An den spektakulärsten Punkten, etwa bei dem größten, zwanzig Meter in die Tiefe rauschenden Wasserfall, stehen Fotografen und knipsen, was das Zeug hält. Sie bleiben natürlich im Trockenen, während sich die Touristen durch Ströme von eiskaltem Wasser nach oben kämpfen und dafür sogar noch bezahlen. Wenn sie endlich angekommen sind, sich trockengelegt und an den diversen Imbissbuden gestärkt haben, können sich die Abenteurer im Format von 18 x 24 cm an den Schautafeln erst suchen, dann bewundern und schließlich käuflich erwerben. Auf Wunsch wird auch videogefilmt, doch das muss vorher abgesprochen werden und kostet natürlich extra.

Auch diesmal war Bobby wieder ihr Chauffeur. Als Tinchen ihm endlich verklickert hatte, dass sie diesmal nur vier Personen seien und kein Großraum-Taxi benötigten, hatte er nur gemeint, das sei kein Problem, dann würde er den Wagen von seinem Brother nehmen, der sei kleiner. Und natürlich billiger. (An dieser Stelle sollte vielleicht erwähnt werden, dass sich ein jamaikanischer Bruder von einem deutschen nicht nur durch die Hautfarbe unterscheidet, sondern in erster Linie durch die nicht vorhandene Verwandtschaft; erst nach Tagen war Tinchen dahintergekommen, dass *Bruder* auf Jamaika einfach ›Freund‹ bedeutet, ›Kumpel‹ oder auch nur ›Mann‹. Vermutlich war Bobbys ›Brother‹ nichts anderes als der Schwager von dem Freund des Freundes seiner Schwester. Oder so ähnlich.)

Brothers Auto war auch längst nicht so gepflegt wie das von Bobby, außerdem hatte es diverse Dellen und eine verbeulte Stoßstange, aber es brachte sie ans Ziel, und das bedeutete, wie überall an touristischen Wallfahrtsorten, an einen riesigen Parkplatz.

»Wenn Sie sich an dieser Klettertour beteiligen wollen, dann nehmen Sie feste Schuhe mit«, hatte Frau van Dahlen empfohlen. »Turnschuhe, die Wasser vertragen können, oder am besten diese Füßlinge, wie man sie für Schwimmflossen benötigt.«

Tinchen war bisher immer barfuß in ihre Flossen geschlüpft, besaß also gar keine Füßlinge, aber Turnschuhe hatte sie, und die hatten tatsächlich schon diverse Schonwaschgänge in der Maschine überstanden. Einziger Nachteil: Sie standen zu Hause im Schrank.

»Es wird auch ohne gehen«, hatte sie Florian versichert, als der heute Morgen kritisch jene netzartigen Badeschuhe betrachtet hatte, die Tinchen ihm vor Beginn der Reise heimlich gekauft hatte. Allerdings völlig umsonst, er hatte sich beharrlich geweigert, sie auch nur anzuprobieren. »Bevor ich mich damit lächerlich mache, trete ich lieber auf 'ne Muschel!«

Frau Antonie hatte ihre Beteiligung am Aufstieg von vornherein abgelehnt, Frau Klaasen-Knittelbeek dagegen von einer vorherigen Besichtigung der Strecke abhängig gemacht und vorsichtshalber einen Badeanzug mitgenommen. Nein, nicht den blaugoldenen, die Applikationen könnten in Mitleidenschaft gezogen werden, der apfelgrüne würde es auch tun. Sie steuerte schon einen der als Umkleidekabinen bezeichneten Holzverschläge an, als Frau Antonie sie zurückhielt. »Wollen Sie sich unbedingt sämtliche Knochen brechen, Dorothee?«

Sie zeigte auf eine Gruppe Kletterer, die gerade mit dem Anstieg begonnen und schon hier, wo es noch relativ flach war, mit der Strömung zu kämpfen hatte. »Das ist nichts mehr für uns!«

Auch Dorothee sah das nun ein. Außerdem musste ja jemand fotografieren, und das konnte sie wesentlich besser als Antoinette, die den Leuten immer die Füße abschnitt.

Tinchen betrachtete ebenfalls misstrauisch die zum Teil recht glitschig aussehenden Stufen, die sich am Rand der herabstürzenden Wassermassen emporschlängelten. Manche schienen ziemlich weit auseinanderzuliegen. Sollte sie da wirklich rauf?

Florian hatte sich bereits ausgezogen, stopfte seine Sachen in die mitgebrachte Strandtasche und drückte sie seiner Schwiegermutter in die Hand. »Nicht verlieren, Toni, sonst muss ich nachher nackt herumlaufen!« Dann stürzte er sich mutig in die Fluten. Und sofort wieder hinaus. »Pfui Deibel, ist das kalt!«

»*Wie* kalt?«, wollte Tinchen wissen. Für sie war Badewasser erst ab fünfundzwanzig Grad aufwärts akzeptabel.

»Keine Ahnung, irgendwo zwischen Kältetod und Bevölkerungs-Nullwachstum.« Dann sah er sie lachend an. »Nun komm schon rein! Wenn man sich dran gewöhnt hat, ist es bestimmt sehr erfrischend.«

Frau Antonie musste die Tasche noch einmal herausrücken und bekam sie bis zum Rand vollgestopft mit Tinchens Kleidern wieder zurück. »Könnte Dorothee nicht wenigstens die Handtücher ...?«

Dorothee konnte nicht, die knipste. Erst das zitternde Tinchen, wie es vorsichtig den rechten Fuß ins Wasser streckte, dann Florian, der wasserspritzend Wohlbefinden demonstrierte, danach wieder das flüchtende Tinchen und schließlich den hinterhersprintenden Faun, wie er seine schreiende Elfe einfing und zur Erheiterung aller Umstehenden ins Wasser zu zerren versuchte. Den spektakulärsten Moment, als das Zugband von Florians Badehose aufging, hatte Frau Klaasen-Knittelbeek leider nicht festhalten können, weil der Film zu Ende gewesen war. Dabei hatte sie noch beim Frühstück erwähnt, dass sie einen neuen einlegen müsse, nur hatte sie das später glatt vergessen.

Hinterher, als sie oben angekommen waren und sich auf dem mit einer erklärenden Inschrift versehenen Stein zum Schlussfoto postierten, behauptete Tinchen, die ganze Sache habe einen Heidenspaß gemacht, die aufgeschrammten Beine sähen viel schlimmer aus, als es sei, das Wasser sei ihr gar nicht mehr kalt vorgekommen, weil man beim Klettern ohnehin ins Schwitzen geriet, sie würde diese Tour sofort noch einmal machen, und wo es denn jetzt bitte sehr etwas Warmes zu trinken gäbe?

Diesen Wunsch hatte vor ihr offenbar noch niemand geäußert. Man konnte wählen zwischen gekühlten Erfrischungsgetränken, Eis am Stiel und sogar jener schaumlosen Plörre, die die Insulaner für Bier hielten. Kaffee und Tee gäbe es auch, allerdings nur unten, also dort, wo sie gerade hergekommen waren. Tinchen verzichtete dankend auf alles und fror weiter.

Frau Antonie dürfte die Einzige gewesen sein, die einen Blick für die Schönheit dieser Wasserfälle gehabt hatte. Mal schlängelt sich der Dunn River eng zwischen den Bäumen hindurch, gesäumt von der in unzähligen Grüntönen schillernden üppigen Vegetation, mal fällt er in Wasserkaskaden auf rundgeschliffene Felssteine und verwandelt sich in ein großes Schaumbad. Ab und zu gibt es dort, wo die Sonne durch das dichte Laubdach fällt, einen kleinen Regenbogen, dann wieder diffuses Dämmerlicht mit plötzlichen Sprühnebeln. Natur pur. Würde man nicht ständig das Rufen und Lachen der Kletterer hören, auch wenn man sie wegen des undurchdringlichen Gebüsches manchmal gar nicht sehen kann, könnte man glauben, irgendwo mitten im Dschungel zu sein. Doch, dieses gleichmäßige Aufwärtssteigen auf dem gut gesicherten Weg parallel zum Fluss hatte Frau Antonie so gut gefallen, dass sie ihre Begleiterin gar nicht vermisst hatte und später auch nicht wusste, wo sie ihr eigentlich abhandengekommen war. »Auf diesem Weg kann sich doch niemand verlaufen!«

Hatte sie auch nicht. Ihr Fotoapparat hatte Ladehemmung gehabt, ein liebenswürdiger älterer Herr Voss, Tourist aus Jena, war ihr behilflich gewesen und hatte darauf bestanden, sie bis zum Wiederauffinden ihrer Verwandten zu begleiten. Zu Frau Klaasen-Knittelbeeks heimlichem Bedauern war das viel zu früh geschehen, sie hatte gerade noch Zeit gehabt, jenem Herrn scheinbar beiläufig ihren derzeitigen Aufenthaltsort mitzuteilen sowie das Abreisedatum, zum Glück noch neun Tage weit entfernt. Herr Voss war erst seit Mittwoch auf Jamaika und fühlte sich noch etwas fremd, was Dorothee verstehen konnte. Man wusste ja, dass in der ehemaligen DDR die englische Sprache vernachlässigt worden war, und mit Russisch würde Herr Voss hier nicht viel anfangen können. Wenn sie vielleicht behilflich sein könnte … Das Ocean View Hotel, in dem er wohnte, lag nicht einmal fünf Taximinuten entfernt vom Palmbeach Club, sie waren schon häufig daran vorbeigefahren.

Im Gegensatz zu Tinchen und Florian, die Herrn Voss freundlich zunickten und sich dann nicht weiter um ihn kümmerten, wurde Frau Antonie sofort hellhörig. Sie musterte ihn von oben bis unten, bevor sie sich ein Lächeln abringen konnte. »Vielen Dank, das war sehr aufmerksam von Ihnen. Guten Tag.«

Herr Voss verabschiedete sich mit einer angedeuteten Verbeugung, und als er außer Hörweite war, zog Frau Antonie die leicht errötende Frau Klaasen-Knittelbeek zur Seite. »Es gibt Frauen, Dorothee, die werden deshalb nie achtzig, weil sie viel zu lange versuchen, vierzig zu bleiben! Sie benehmen sich heute wie fünfundzwanzig!«

Anderthalb Stunden später saßen sie wieder im Auto. Zehn Minuten hatten sie für den Rückweg zum Parkplatz gebraucht, fünfzig Minuten für die Suche nach dem Wagen, und die restliche Zeit, um den Fahrer aufzustöbern. Der hatte nämlich zusammen mit anderen Brothers eine kleine Siesta gehalten, ein bisschen was getrunken, ein bisschen Gras geraucht, und nun hatte er eigentlich noch ein bisschen schlafen wollen, doch daraus schien diesmal nichts zu werden. Mühsam rappelte er sich auf, zog einen Kaugummi aus der Tasche, wickelte ihn aus und schob ihn in den Mund. Vielleicht nützte er was. Die Touristen reagierten immer so merkwürdig, wenn sie mitbekamen, dass er nach Rum roch. Na und? Wer tat das denn nicht auf dieser Insel?

Diesmal hatten seine Gäste nichts bemerkt. Bis auf Florian, doch der sagte nichts, sondern blinzelte Bobby nur verständnisvoll zu. Was blieb den Jungs denn sonst? Die Armut war unübersehbar, und wenn auf dieser Insel dank ihrer Fruchtbarkeit auch niemand direkt hungern musste, so hatten die meisten ihrer Bewohner kaum Zukunftsperspektiven. Natürlich lebten viele vom Tourismus, waren dankbar für den Job in einem der zahlreichen Hotels, doch der Verdienst reichte gerade zum Überleben, und die Kriminalität, früher so gut wie unbekannt, nahm zu. Und trotzdem begegnete man auf dieser Insel immer wieder einer unbändigen Lebensfreude, wie sie nur in einem Sonnenland denkbar ist, das keine nebelverhangenen November kennt, keine grauen Wintermonate und keine verregneten Sommer mit Kühlschranktemperaturen.

Selbstverständlich hatte Florian gewusst, dass Jamaika außer Kaffee, Bananen und Rum auch Marihuana exportiert, heimlich natürlich. *Ganja* oder *Herbs,* wie es auf der Insel genannt wird, ist offiziell streng verboten und trotzdem auf jedem Markt erhältlich – inoffiziell! Keine Feier ohne Ganja, denn als neulich auf dem freien Strandabschnitt hinter der Nackedei-Zone eine einheimische Beachparty stattgefunden hatte, waren die halbe Nacht lang nicht nur die Reggae-Rhythmen, sondern auch die süßlichen Rauchschwaden über das Hotelgelände gezogen und hatten viele der jüngeren Gäste angelockt. Angeblich waren sie sehr freundlich aufgenommen und hinreichend versorgt worden, sowohl mit Rumpunsch als auch mit Herbs. Tinchen wäre auch ganz gern mitgegangen, nur für ein paar Minuten zum Gucken, aber Fiffi hatte sie zurückgehalten. »Lieber nicht! Wenn Sie drüben sind, müssen Sie mitmachen, sonst könnte es Ärger geben. Es gibt Situationen, da verstehen die Jungs keinen Spaß!« Und dann hatte sie von ihrem Ausflug zu den Blue Mountains erzählt, als sie das Taxi in einem Waldabschnitt anhalten ließ, weil sie »mal seitwärts in die Büsche« verschwinden musste.

»Als ich mich durch das Gestrüpp wieder auf die Straße zurückgekämpft hatte, steht doch neben Alfred und dem Fahrer ein uraltes, klapperdürres Männchen und wedelt dauernd mit den Händen. An diese Rastafari mit ihren verfilzten Zöpfchen habe ich mich ja inzwischen gewöhnt, sie gehören einfach hierher, aber der hier hatte außerdem noch eine solide Dreckschicht aufzuweisen, kaum noch einen Zahn im Mund und sah überhaupt nicht freundlich aus. Irgendwas kauderwelschte er zusammen, nur konnten wir kein Wort verstehen. Sogar unser Fahrer hatte Schwierigkeiten, aber dann fing er plötzlich an zu lachen und fragte, ob wir Zigaretten hätten. Hatten wir natürlich nicht, warum auch, wir rauchen ja nicht, aber der Fahrer hatte welche, gab dem Männchen ein halbes Päckchen und bekam im Tausch dafür irgendwas in Zeitungspapier Gewickeltes. Alfred wollte wissen, ob das Ganja sei, aber da wurde der Alte richtig wütend, drohte uns mit dem Knüppel, den er in der Hand hatte, und scheuchte uns in den Wagen. Wir fuhren auch gleich weg, und erst nach mindestens zwei Kilometern stoppte der Fahrer und verstaute das Päckchen irgendwo im Kofferraum. Wir haben natürlich gefragt, warum dieser Hutzelmann plötzlich so unfreundlich geworden ist – bloß, weil wir keine Zigaretten hatten? Nein, sagte der Fahrer, der hatte Angst. Er ist angeblich als Wächter für eine Bananenpflanzung angestellt, und irgendwo mittendrin hat er wahrscheinlich sein privates Ganjafeld. Aus der Luft ist das nicht zu erkennen, deshalb sind diese Kontrollflüge auch ziemlich sinnlos, aber normalerweise hält hier oben kein Auto, und wenn nun zufällig ein Hubschrauber die Straße überflogen und uns gesehen hätte, wäre sofort über Funk ein Polizeiwagen heraufgeschickt worden. Die hätten dann garantiert ein bisschen die Gegend durchgekämmt.«

»War denn in der Zeitung wirklich Ganja?«, hatte Tinchen wissen wollen.

»Na klar«, hatte Fiffi gesagt, »sogar lamb's bread. Unser Fahrer war ganz begeistert. Haben Sie gewusst, dass es von dem Zeug verschiedene Sorten gibt?«

Nein, das hatte sie nicht gewusst, genau genommen wusste sie nicht mal, wie so eine Ganja-Pflanze überhaupt aussah, geschweige denn, wie man daraus einen Joint drehte. Das hatte ihr später Florian demonstriert, der aus seinen Sturm-und-Drang-Jahren noch über einschlägige Erfahrungen verfügte. Allerdings lagen sie schon so lange zurück, dass er keine anständige ›Tüte‹ mehr hinkriegte, zumal er anstelle von Ganja richtiges Gras von den paar Büscheln neben der Mauer genommen hatte. »Da muss jetzt noch ein bisschen normaler

Tabak zwischengerollt werden, und dann …« Dann war gar nichts mehr gewesen, weil das ganze Gewurstel auseinandergefallen und der Rest als Anschauungsobjekt nicht mehr zu gebrauchen gewesen war.

Florian übersah also großmütig, dass Bobby ein bisschen gekifft hatte, Tinchen schnüffelte zwar, sagte jedoch nichts, und die anderen zwei Damen hatten ohnehin nichts bemerkt. Sie debattierten lang und breit die Möglichkeiten, essen zu gehen, ohne ein ›richtiges‹ Restaurant aufsuchen zu müssen, die bis zur Rückkehr ins Hotel verbleibenden Stunden ›bildend‹ zu nutzen, möglichst ohne eine weitere Autofahrt, und – wenn es denn ginge – noch einiges besorgen zu können, ohne viel laufen zu müssen. Frau Antonies Zahncreme würde nicht bis zum Ende des Urlaubs reichen, Nähnadeln hätte sie gerne, weil die aus dem Reisenecessaire unbegreiflicherweise angerostet waren, und dann musste sie noch ein Mitbringsel für Pavla haben, während Frau Klaasen-Knittelbeek dringend eines darmregulierenden Mittels bedurfte, am besten auf homöopathischer Basis.

»Für oder gegen?«, wollte Tinchen wissen.

»Wie bitte?«

»Können Sie auf die Toilette, oder können Sie nicht?«

»Eher das Gegenteil«, flüsterte Frau Ka-Ka verschämt.

»Also *nicht!*«, vergewisserte sich Tinchen noch einmal. »Dann habe ich was für Sie! Hilft garantiert! Ich bringe es zum Abendessen mit.«

Bobby schlug einen Abstecher nach Ocho Rios vor, dort hätte er ohnehin vorbeigemusst wegen eines Brothers, für den er etwas mitgenommen hatte. Da Frau Antonie über die jamaikanische Bedeutung dieses Wortes noch nicht aufgeklärt worden war, erging sie sich in düsteren Prognosen über die im kommenden Jahrtausend zu erwartende Bevölkerungsexplosion auf dieser Insel, da ihre Bewohner von Geburtenkontrolle offenbar nichts hielten. »Der junge Mann muss ja mindestens fünf Brüder haben und sicher auch noch etliche Schwestern, auch wenn er sie nie erwähnt.«

Ocho Rios heißt übersetzt ›acht Flüsse‹, aber sechs von ihnen müssen schon versickert sein, denn man überquert nur zwei, wobei nicht mal sicher ist, ob es sich nicht nur um *einen* handelt, der sich kurz vor der Mündung teilt. Hat man die Brücke hinter sich, befindet man sich praktisch schon im Stadtzentrum, auch wenn es nicht danach aussieht. Ocho Rios ist nämlich ein wirklich nur ganz kleines Hafenstädtchen, denn was sich danach kilometerweit nach Osten erstreckt, nennt sich zwar auch so, ist aber reines Urlaubsgebiet mit Hotels, Apartmenthäusern, Ladenzeilen, Fastfood-Restaurants, mindestens vier Juwelier- und ebenso vielen Fachgeschäften für *Underwater-Sports,* obwohl die meisten Taucher ihre eigene Ausrüstung mitbringen. Und dann gibt es natürlich noch den Markt, auf dem allerdings kaum etwas von dem verkauft wird, was man normalerweise auf solch einem Areal erwartet. Man bekommt weder Küchenmesser noch Hosenträger, sucht vergebens nach einem Kochtopf oder nach Sicherheitsnadeln, aber dafür findet man über fünfzig Stände mit T-Shirts und Hemden. Die Preise, dank großer Pappschilder schon von weitem erkennbar, sind offiziell einheitlich, bei Kaufinteresse jedoch sehr individuell und vom jeweiligen Verhandlungsgeschick abhängig. Oft gibt es Mengenrabatt, was trainierte Touristen vorübergehend zu scheinbar familiären Gruppen zusammenschließen und Großeinkäufe tätigen lässt.

Mehr als alles andere sieht man jedoch Urlauber in Ocho Rios, die Einheimischen sind absolut in der Minderzahl und fallen auch gar nicht weiter auf. »Man muss sie ja förmlich mit der Lupe suchen«, hatte Frau Antonie festgestellt, nachdem sie sogar in der Apotheke, wo sie ihre Zahnpasta gekauft hatte, nur Touristen begegnet war.

»Dafür fallen sie auch aus dem Rahmen«, hatte Tinchen geantwortet, »es sind die Angezogenen!« Sie hatte auf eine mit

Minishorts und trägerlosem BH doch etwas unzulänglich bekleidete Rothaarige gedeutet. »In diesem Aufzug würde keine Jamaikanerin durch die Stadt laufen. Ich übrigens auch nicht!«

Sie befanden sich auf der Suche nach einem jener Etablissements, in dem man nicht auf das Essen zu warten braucht, weil es bereits auf den Kunden wartet. Zum Erstaunen aller hatte Frau Antonie diesen Wunsch geäußert, ausgerechnet sie, die sich seit wenigstens zwanzig Jahren weigerte, eines dieser Restaurants auch nur zu betreten. Selbst Tim hatte das nicht geschafft. Seine Uromi hatte ihm einfach Geld in die Hand gedrückt und vor der Tür gewartet, bis er mit seiner Pommes-Tüte wieder herausgekommen war.

»Welchem Laden gibst du denn den Vorzug, Toni?«, erkundigte sich Florian. »Willst du zu McDonald's oder lieber zu Burger King, vielleicht finden wir ja auch einen Pizza-Hut oder diesen Kentucky Dingsda. Ich weiß ja nicht mal, welchem Umstand dein Sinneswandel zu verdanken ist, also habe ich auch keine Ahnung, in welche Richtung er zielt – Nudel, Ochse oder Flattermann?«

Frau Antonie blieb mitten auf der Straße stehen und sah ihren Schwiegersohn verschwörerisch an. »Ich möchte einen Doppel-Whopper!«

»Du willst – waaas?«

»Einen Doppel-Whopper!«, wiederholte sie. »Ich wollte schon immer wissen, was das ist!«

Es dauerte lange, bis sie sich beruhigt und die von Lachtränen durchfeuchteten Taschentücher wieder eingesteckt hatten, dann erst konnte Tinchen, immer noch von Kichern unterbrochen, ihre Mutter dahingehend aufklären, dass deren zweifellos aus der Fernsehwerbung stammenden Informationen inzwischen überholt und besagte Doppel-Whopper bestimmt durch ähnlich klingende und vermutlich auch ähnlich schmeckende Kreationen ersetzt worden waren. »Ein Klops ist aber immer in der Mitte drin.«

»Und was noch?«

»Das kommt darauf an, was du dir aussuchst.«

»Tatsächlich? Gibt es denn da eine richtige Speisekarte?«

»Natürlich, Mutti, sie ist nur etwas größer als üblich, hat bunte Bildchen und hängt hinter der Theke an der Wand.«

Es war Florian zu verdanken, dass Frau Antonie doch noch zu ihrem Doppel-Whopper kam. Ihm war nämlich eingefallen, dass McDonald's seine Brötchen zwar wenig kreativ, doch dafür einprägsam entweder vorne mit ›Mäc‹ oder hinten mit ›Burger‹ kennzeichnet, während die Konkurrenz mehr auf Phantasienamen setzt, selbst wenn man sich darunter wenig vorstellen konnte. Jedenfalls hatte Frau Antonie den Namen behalten und wollte der Sache nun endlich auf den Grund gehen! »Dann müssen wir zu Burger King!«, bestimmte Florian.

So kam es, dass Frau Antonie Pabst mit größtem Appetit nicht nur ihren Whopper verspeiste, sondern dazu noch eine Portion Pommes frites sowie einen Salat und das Ganze mit einem Becher Orangensaft krönte.

Sogar Frau Klaasen-Knittelbeek musste zugeben, dass gegen den gelegentlichen Besuch eines solchen Schnellimbisses nichts einzuwenden sei, obwohl man ihn natürlich nicht vergleichen könne mit einem gedeckten Tisch, an dem man von Porzellan und Silber isst statt von Papier und Plastik.

»Stimmt!«, bestätigte Florian, der während seiner Junggesellenzeit abwechselnd von Fastfood und von Fertigsuppen gelebt hatte, wobei Letztere über den rein nahrhaften Zweck hinaus noch einen dekorativen Beitrag geleistet hatten, weil er mit den leeren Tüten die tristen Kacheln seiner Küchenzeile bekleben konnte. »Wenn ich in eins von diesen Brötchen beiße, weiß ich nie, wo der Pappteller anfängt.« Tat es und biss auf Styropor. Offenbar waren die Auflagen zum Schutze der Umwelt noch nicht bis nach Jamaika gedrungen.

Gesättigt und auch sonst gut gelaunt wurde Frau Antonie tatendurstig. Sie wollte auf den Markt, dessen Besuch sie vorhin noch abgelehnt hatte, und T-Shirts kaufen. Für die Canasta-Damen und für sich. »Sie müssen aber das gleiche Motiv haben!«

Ob ihr etwas Bestimmtes vorschwebe, wollte Florian wissen, er könne sich nicht erinnern, Hemden mit Spielkarten gesehen zu haben, und wie es denn zum Beispiel mit einem Haifisch wäre, den gäbe es in verschiedenen Varianten, und sie habe doch selber mal geäußert, eine ihrer Freundinnen benötige dringend eine Zahnkorrektur.

Frau Antonie wollte keine Fische, nein, auch nicht den mit den roten Stacheln, obwohl der farblich sehr nett wäre, sie wollte Blumen. Am liebsten Orchideen und am allerliebsten violette. Offenbar gehörte dieses Motiv zu den häufig verlangten, denn es gab sie in allen Größen, sogar in XXL für Frau Reutter, die immer als Erstes das Etikett heraustrennte. Und weil Toni für sechs T-Shirts natürlich Mengenrabatt erhandelte, kaufte sie doch noch das mit dem Fisch. »Für Karsten.«

»Meinst du nicht, dass ihm eine Flasche echter Jamaika-Rum lieber wäre?«, warnte Florian, der seinen Schwager und vor allem dessen Horror vor mütterlichen Reisemitbringseln kannte.

»Den kriegt er auch in Düsseldorf, aber bestimmt kein Hemd mit einer Languste als Dekor«, entschied Frau Antonie.

Den Hinweis, dass die vermeintliche Languste ein Rotfeuerfisch war, verkniff sich Florian. Karsten würde das T-Shirt sowieso nie anziehen, sondern an seinen Azubi weiterreichen. Der war erst siebzehn, chronisch pleite und für textile Zuwendungen dankbar. So trug er neben den in seinem Alter üblichen Designerklamotten auch mal das Kamelhemd aus Tunesien und das zumindest qualitativ hochwertige T-Shirt mit dem Kolosseum auf dem Rücken. »Ich weiß gar nicht, weshalb sie mir immer noch zusätzlich eine Ansichtskarte schickt«, hatte Karsten mal gelästert und die nach Frau Antonies Ansicht für warme Sommerabende auf seiner Dachterrasse geeigneten

Shorts mit jeweils einem Eiffelturm auf den Beinen zur sofortigen Weitergabe auf die Seite gelegt.

Widerwillig bewaffnete sich Florian mit den beiden Einkaufstüten und folgte seinem Tinchen, das auf der anderen Straßenseite in einem Musikgeschäft verschwunden war, CDs für Ulla und Tobias aussuchen. »Irgendwas müssen wir ihnen doch mitbringen«, hatte sie gesagt, »und was bietet sich da an?«

»Bob Marley!«, war ihm sofort eingefallen, denn an dem jamaikanischen Nationalhelden kam man hier einfach nicht vorbei, es gab sogar ein Denkmal von ihm.

»Ich hatte eigentlich mehr an Reggae ohne Gesang gedacht. Vierzehn Mal hintereinander ist selbst für eingefleischte Bob-Marley-Fans zu viel, und ich weiß nicht mal, ob Tobias überhaupt einer ist.« Unschlüssig sah sie die einzelnen Titel durch, konnte sich aber nicht entscheiden.

»Dieses Ölfassgetrommel hört sich doch immer gleich an, da ist es egal, was du nimmst.« Er zog eine CD heraus, auf deren Cover ein kitschiger Sonnenuntergang zu sehen war. »Das hier scheint eine von den aktuelleren zu sein, da ist noch kaum Staub drauf.«

»Banause!«, fertigte sie ihn kurz ab. »Was hat denn eine Steelband mit Musik zu tun? Außerdem kannst du doch bis heute Reggae nicht von Rock 'n' Roll unterscheiden!«

»Doch«, behauptete er grinsend, »Rock 'n' Roll ist lauter!« Dann sah er ihr Gesicht und zog den Kopf ein. »Ist ja gut, ich bin schon ruhig. Am besten warte ich draußen!« Sprach's und konnte gerade noch seine Schwiegermutter und Frau Ka-Ka am Betreten des Ladens hindern, bevor Tinchen endgültig ausrasten würde. Frau Klaasen-Knittelbeek hegte doch tatsächlich die Hoffnung, ausgerechnet hier in Ocho Rios eine Original-Aufnahme der von ihr so geschätzten Operette *Maske in Blau* kaufen zu können, da ja bekanntlich ein Teil der Handlung in Südamerika spiele, und das sei doch gar nicht weit weg.

Pünktlich um halb fünf stand Bobby am vereinbarten Treffpunkt vor dem großen Supermarkt, aus dem Frau Antonie noch schnell zwei Pfund Blue-Mountain-Kaffee geholt hatte, ziemlich teuer, aber bekanntlich der beste der Welt (was von dem kenianischen und dem aus Costa Rica allerdings auch behauptet wird), ein Pfund für sich und eins für Pavla, die dazu noch ein Glas Limetten-Konfitüre bekommen sollte, weil sie die bestimmt noch nie gegessen hatte. »Hast *du* sie denn schon mal probiert?« Florian reichte die Tüten an Bobby weiter, der sie im Kofferraum zwischen einem Fernseher ohne Bildschirm und diversem anderem, offenbar ebenfalls defektem Kleineisen verstaute.

»Nein, aber ich weiß, dass Pavla immer eine Tüte Zitronenbonbons in ihrer Schürzentasche hat.«

Den größten Teil der Rückfahrt hatten sie schon hinter sich, als Tinchen plötzlich aufschrie: »Bobby, stop the car! Just a minute!«

Erschrocken trat er auf die Bremse und bugsierte den Wagen an den Straßenrand. »Wir sind doch gleich im Hotel, Ernestine«, rügte ihre Mutter. »Kannst du nicht so lange warten?«

»Nein! Flori, gib mir mal den Fotoapparat rüber!« Sie öffnete die Tür und sprang aus dem Auto. »Ist das nicht einzigartig?«

Und dann sahen es alle: Wenige Meter neben der Straße gab es einen Tümpel, nicht größer als ein Ententeich, der von einem Bach gespeist wurde. Mittendrin ein bis zu den Radnaben in der schon dreckigen Brühe stehender Lieferwagen, an dem zwei Jungen herumschrubbten. Ein handgemaltes Schild aus Wellpappe war neben dem Gewässer in den Boden gerammt. *Car-Wash = 4 $* stand drauf. Zwei andere Autos warteten schon.

»Die hiesige Form von ABM«, sagte Florian lachend, »und ganz ohne Betriebskosten! Man muss bloß erst drauf kommen!«

Nachdem Tinchen ein paar Fotos geschossen hatte, immer darauf bedacht, auch das Schild im Sucher zu haben, kramte sie in der Hosentasche nach Kleingeld, fand auch welches und drückte den beiden Jungs je einen halben Dollar in die Hand. Das Angebot, schnell das Taxi zu waschen – »We finish up in seven minutes!« – musste Tinchen mit einem bedauernden Schulterzucken ablehnen. Bobby hatte beim Anblick dieser Waschanlage nur angewidert das Gesicht verzogen.

Im Hotel wurde Florian zusammen mit seinem Schlüssel ein Brief ausgehändigt, der sofort Frau Antonies Neugier weckte. »Wer schreibt euch denn *hierher?*«

»Weiß ich nicht, frag Tinchen!«, brummte er mürrisch. »Ist ja an sie adressiert!«

Tinchen war jedoch schon vorausgegangen, so dass sich Frau Klaasen-Knittelbeek genötigt sah, Florian an die versprochenen Tabletten zu erinnern. »Welche Tabletten?« Doch dann lächelte er scheinheilig und erkundigte sich mit deutlich erhöhter Lautstärke: »Meinen Sie die Abführpillen?«

Warum, hätte er nicht einmal sagen können, doch es erfüllte ihn mit außerordentlichem Vergnügen, Frau Klaasen-Knittelbeek nur stumm nicken und hochroten Kopfes davoneilen zu sehen.

»Dein Lover hat geschrieben!« Mit dem Brief wedelnd betrat er den Bungalow, in dem Tinchen mit einer braunen Paste im Gesicht auf dem Bett lag und Entspannung übte.

»Welcher denn?«, flüsterte sie, bemüht, die langsam erhärtende Masse nicht zu sprengen, »Alfred oder Bertram?«

»Vernaschst du die Herren neuerdings nach dem Alphabet?«

»Reiner Zufall!« Vergeblich versuchte sie, das Kichern zu unterdrücken, die ersten Risse bildeten sich schon. »Wer hat mir denn nun geschrieben? Alfred Maier mit a-i oder der Herr Oberstaatsanwalt im Ruhestand? Die anderen Romeos sind ja noch nicht abgereist, die legen mir ihre Liebesbriefe immer morgens unter den Frühstücksteller.«

Unschlüssig drehte Florian den Umschlag in seinen Händen. »Das hier ist jedenfalls ein ganz Diskreter, er hat keinen Absender draufgeschrieben. Soll ich den Brief mal aufmachen?«

»Untersteh dich!« Sie rollte sich auf den Bauch und tastete auf dem Nachttisch nach ihrer Brille. »Das Briefgeheimnis gilt auch für Eheleute! Nun gib ihn schon her!«

Florian händigte ihr den Umschlag aus, blieb jedoch neben dem Bett stehen. Natürlich würde er seinem Tinchen nicht eine Minute lang misstrauen, dazu kannte er es zu gut, aber seltsam war dieser Brief ja doch. Außer Hildebrandts kannten nur Ulla und Tobias ihre Urlaubsadresse, mussten sie ja, letztendlich kann immer mal etwas passieren, doch in solchen Fällen würden sie nicht schreiben, sondern anrufen.

Inzwischen hatte Tinchen die Brille nicht nur gefunden, sondern sogar aufgesetzt, was gar nicht so einfach gewesen war; die regenerierende, mit E+F-Biotin und Pantothenat angereicherte Beautymaske hatte sich als zäher Kleister entpuppt, auf dem die Brillenbügel immer kleben geblieben waren. »Gib mir mal die Nagelfeile rüber, Flori, das Kuvert ist so fest zugepappt.«

Endlich hatte sie es aufgeschlitzt und zwei eng beschriftete Briefbogen herausgezogen. »Scheint harmlos zu sein«, konstatierte Florian zufrieden. »Liebesbriefe schreibt man nicht auf'm Computer.«

Sie entfaltete die Seiten und suchte nach der Unterschrift. »Eine fürchterliche Klaue, aber wenn ich mich nicht irre, dann heißt das Björn.«

Sie irrte sich nicht, das ging schon aus den ersten Zeilen hervor. *Liebe Tante Tina, lieber Onkel Florian,* stand da, aber weiter kam sie nicht, denn Florian wollte wissen, wie der Knabe denn an die Urlaubsadresse gekommen sei.

Wahrscheinlich durch die Ansichtskarte, sie habe ihm gleich am zweiten Tag eine geschickt, vermutete Tinchen, ihr Gesicht befühlend, denn unter der Maske fing die Haut scheußlich an zu jucken. »Ich glaube, die zwanzig Minuten sind rum.«

»Au ja, kriecht jetzt der Schmetterling aus dem Kokon?«

»Da käme allenfalls ein Maikäfer raus«, giftete sie, »Schmetterlinge verpuppen sich!« Mit lautem Krach flog die Badezimmertür zu. Florian zuckte mit den Schultern und wollte nach dem Brief greifen, doch der war nicht mehr da.

Es dauerte nicht mal fünf Minuten, dann kam sie wieder heraus, fettglänzend und intensiv nach Kamille duftend. »Keine Angst, das muss jetzt nur noch ein bisschen einwirken, dann kann ich den Rest entfernen.« Sie streckte sich wieder auf dem Bett aus, beträufelte zwei Wattebäusche mit einer farblosen Flüssigkeit und legte sie auf die geschlossenen Augen. »So, nun kannst du den Brief vorlesen.«

»Gerne, wenn du mir verrätst, wo du ihn versteckt hast. Wenn man den Büchern der Courths-Mahler glauben kann, dann stopften sich die Damen verräterische Zettel immer in den Ausschnitt, aber bei dir …« Nachdenklich sah er sie an.

Hastig zog sie das Laken über sich. »Der Brief liegt auf'm Spülkasten vom Klo.«

»Dann hast du ihn doch schon gelesen?«

»Eben nicht! Ich hatte ja die Brille nicht mitgenommen.«

Er holte den Brief, der inzwischen schon mehrere fettcremehaltige Fingerabdrücke aufwies, setzte sich auf den Schreibtischstuhl und suchte den Anfang. »Ach ja, hier geht's los. Also: *Liebe Tante Tina, lieber Onkel Florian.* Du, das müssen wir ihm aber noch abgewöhnen, meinst du nicht? Onkel und Tante klingt so entsetzlich altmodisch. *Ihr werdet euch sicher über den Poststempel aus Düsseldorf gewundert haben, aber hier ist einiges passiert.*« Ist dir der Stempel aufgefallen, Tine?«

Sie schüttelte den Kopf. »Wer achtet denn schon auf so was? Lies lieber weiter!«

»Unser Internat ist nämlich abgebrannt. Genau genommen nur die Hälfte, die andere Hälfte hat die freiwillige Feuerwehr unbewohnbar gemacht, die Männer haben nämlich erst mal die falsche Seite bewässert, weil sie angeblich vor lauter Qualm nichts sehen konnten. Die erste Nacht haben wir in der dörflichen Mehrzweckhalle verbracht zwischen Buchsbaum und Bierfässern – leider leere, da hatte vorher ein Faschingsball stattgefunden –, aber dann mussten wir natürlich möglichst schnell nach Hause. War ja bei den anderen kein Problem, bloß bei mir! Ich wusste doch, dass ihr nicht da seid, also blieben nur die Großeltern, von denen ich nicht mal weiß, wo sie eigentlich wohnen. In irgendeinem Kaff bei Heidelberg, hat mich aber nie interessiert, deshalb habe ich auch den Namen vergessen.

Bevor ich eine Suchaktion anleiern wollte, fiel mir deine Mutter ein, Tante Tina, und ihr komischer Satellit, diese Frau Knottelberg. Sie sind ja beide so ein bisschen aus dem 19. Jahrhundert, aber trotzdem sehr nett, vielleicht würden sie mir weiterhelfen, hatte ich gedacht, eure Adresse rausrücken, damit ich euch anrufen könnte oder so, obwohl ich insgeheim gehofft hatte, sie würden mir vorübergehend Asyl anbieten. Erst habe ich es telefonisch versucht, dann bin ich auf gut Glück hingefahren, und da hat mir dann eine Nachbarin erzählt, dass die beiden auch verreist sind, und zwar nach Jamaika. Stimmt das wirklich? Davon habt ihr nie etwas erwähnt! Egal, Familienurlaub ist doch eigentlich was Schönes.«

Florian hob den Kopf. »Tine, der Junge muss gestört sein! Ich kann mich erinnern, dass Tobias schon mit zwölf Jahren lieber ins Feriencamp an diesen mückenverseuchten See gefahren ist als mit uns nach Spanien.« Kopfschüttelnd las er weiter.

»Jedenfalls stand ich jetzt vor verschlossener Tür und hatte keine Ahnung, was ich machen sollte. Ins Internat zurück

konnte ich nicht, obwohl natürlich ein paar Pauker und auch welche vom Personal dageblieben waren wegen Aufräumungsarbeiten und wegen der Polizei (angeblich ist in der Küche ein Boiler explodiert), aber ich hatte angegeben, dass ich zu euch fahren würde, was ja auch logisch war, sonst hätten die mich doch überhaupt nicht weggelassen. Ich wollte gerade zur Polizei und über deren Computer die Adresse von den Großeltern rauskriegen, als mir das ganz geheime Schlüsselversteck einfiel. Kannst du dich noch erinnern, Onkel Florian, wann du es mir gezeigt hast – unfreiwillig natürlich?«

»Er kennt den Blumentopf?«, fragte Tinchen ahnungsvoll.

»Er hatte ihn sozusagen selber enttarnt«, bestätigte Florian, »du weißt ja, dass er sich unbedingt ein bisschen nützlich machen wollte, und weil ihm nichts Besseres eingefallen war, hatte er an dem Vormittag, als du in der Stadt warst, den Vorgarten aufgeräumt. Bei der Gelegenheit wollte er natürlich auch den kaputten Blumentopf an der Treppe wegschmeißen …«

»Danke, das genügt!« Mit einem Ruck hatte sich Tinchen aufgerichtet. Dabei waren ihre durchfeuchteten Augenklappen heruntergefallen, das Laken war verrutscht, und wenn er nun noch ihre funkelnden Augen sah, dann erschien sie Florian wie eine Rachegöttin, deren Opfer momentan nicht greifbar ist. »Ich glaube, den Rest des Briefes können wir uns sparen! Falls ich seine Einleitung richtig interpretiere, sitzt *dein* Großneffe jetzt mutterseelenallein in unserem Haus und stellt vermutlich sonst was an! Du hast doch gelesen, was in dem Internat passiert ist!«

»Wir haben keinen Boiler, den er in die Luft jagen könnte, falls du das meinst«, erinnerte Florian.

»Aber eine Heizung, die wie alles Alte ihre Mucken hat, und wenn er an der herum…«

»Die läuft zurzeit auf Sparflamme, und das vollautomatisch.«

Sofort wurde sie von Mitleid überwältigt. »Mein Gott, der

arme Junge! Dann sitzt er ja jetzt beinahe im Kalten.« Aus lauter Mitgefühl wickelte sie sich wieder in ihr Laken. »Da müssen wir doch was tun! Wer weiß, wie viel Grad unter null jetzt zu Hause sind, mit der Heizung kann er sich doch gar nicht auskennen … Hast du die Telefonnummer von Hildebrandts dabei?«

Florian hörte schon gar nicht mehr hin. »Nun warte doch erst mal ab, der Brief ist ja noch nicht zu Ende. Wo war ich denn stehen geblieben? Ach ja, hier. *…willig natürlich. Ich bin also hin, habe den Schlüssel auch sofort gefunden und als Erstes die Heizung hochgedreht, es war nämlich lausig kalt bei euch. Übrigens: Sehr lange reicht das Öl nicht mehr!*«

»Ich dachte, Tine, dieser Nowotny hat Heiligabend den Tank aufgefüllt?« Klang das nicht ziemlich vorwurfsvoll?

»Naujoks heißt der, und bestellt habe ich bloß fünfhundert Liter wegen der armen verwitweten Rentnerin, das musst du doch noch wissen!«, verteidigte sich Tinchen. »Hast du denn später nicht noch mal nachbestellt?«

»Nein, wann denn? *Du* wolltest doch …«

»Wieso ich? Bisher hast immer *du* …«

Sie beruhigten sich damit, dass Björn lediglich festgestellt hatte, das Öl würde ›nicht mehr lange‹ reichen, was doch wohl die nächsten sechs bis acht Tage noch einschloss. Und bis dahin waren sie ja längst wieder zu Hause. »Willst du nun den restlichen Brief noch hören oder nicht?«

»Doch, natürlich«, beteuerte sie sofort, »vielleicht steht ja drin, wovon er sich ernährt. Viel Geld hat er doch bestimmt nicht, und die Kühltruhe habe ich noch ziemlich leer gemacht. Ich muss ihn anrufen und ihm sagen, dass ich im Knopfkästchen zweihundert Mark versteckt habe, die kann er sich ja erst mal nehmen.«

Er zuckte schmerzlich zusammen. »Andere Hausfrauen bunkern ihre stillen Reserven immer im Küchenschrank in einer alten Zuckerdose, wieso nicht auch du?«

»Ganz einfach, weil ich keine habe. Außerdem suchen Einbrecher da immer zuerst, das weiß doch jeder! Nun lies weiter!«

»*Aufregend war der erste Abend!*

Ich saß gerade mit einem Teller voller Cornflakes vor dem TV (Wusstest du, Tante Tina, dass das Haltbarkeitsdatum auf der Packung seit August vorigen Jahres abgelaufen war?), als die Tür aufging und plötzlich so ein Hüne von Mann mit 'ner Knarre vor mir stand. So was passiert ja in jedem dritten Fernsehkrimi, und ich hatte mir schon öfter ausgemalt, was ich in solch einer Situation tun würde, Teller ins Gesicht schmeißen, Tisch umkippen oder etwas in der Art, aber dann geschieht das wirklich, und was habe ich gemacht? Beide Arme hochgerissen, einen noch mit dem Löffel in der Hand. – Muss ein umwerfendes Bild gewesen sein! –

Der Einbrecher oder was auch immer er hätte sein können war wohl doch etwas erstaunt, als er mich nicht beim Durchstöbern der Schubkästen, sondern beim Futtern sah, jedenfalls steckte er den Revolver weg (es war übrigens so einer für Tränengas, also relativ ungefährlich) und wollte wissen, wer ich sei und was ich hier wolle.

Ich konnte ihn schnell von meiner Harmlosigkeit überzeugen – er mich aber auch –, wir haben dann sogar noch einen Whisky auf den gemeinsamen Schreck getrunken (Onkel Florian, du musst dir mal irischen zulegen, der schmeckt viel besser!), und als er gerade gehen wollte, kam schon der nächste Nachbar, der von der anderen Seite, und neben ihm diese alte Wachtel, die Weihnachten ihre sehr al dente gebratenen Putenkeulen angeschleppt hatte. Ich glaube, die haben sich mehr über Herrn Hildebrandt gewundert als über mich. Wir haben sie ganz schnell wieder nach Hause geschickt – ohne Whisky!

Einquartiert habe ich mich in dem Zimmer, das ihr offenbar für mich vorgesehen hattet, in den anderen habe ich Staub ge-

wischt. So allein ist es nämlich ziemlich langweilig, zumal der Inhalt eurer Bücherschränke entschieden überaltert ist. Wer liest denn heute noch Böll und Lenz? Keine einzige Science-fiction-Story, kein Steven King, kein Robert Ludlum oder Clive Cussler – was lest ihr eigentlich außer der Tageszeitung und den Werbeblättchen im Briefkasten?

Ich würde euch ja gerne vom Flieger abholen, aber Herr Hildebrandt wusste zwar, dass ihr am 3. Februar kommt, nur nicht, um welche Zeit. Jedenfalls werde ich euch eine Kanne Kaffee warmhalten und dunkles Brot kaufen. Ich freue mich auf euch. – Euer Björn.

PS. Keine Angst, euer Silber habe ich noch nicht ins Pfandhaus getragen, Geld ist so ungefähr das Einzige, was ich von meinen Eltern in ausreichender Menge bekomme.

PPS. Hoffentlich nimmst du es mir nicht übel, Onkel Florian, dass ich deinen PC benutzt habe. Du tust es anscheinend nicht, denn ich habe den Kasten erst mal auf Vordermann gebracht. Ist übrigens ein tolles Gerät, du solltest dir nur noch einen Farbdrucker zulegen!

PPPS. Danke übrigens für die Karte. Was meint ihr, soll ich mir die Haare auch mal zu Dreadlocks drehen lassen, oder sieht das nicht cool aus, wenn man blond ist?«

Nachdenklich faltete Florian den Brief zusammen. »Toni erzählen wir aber nichts davon, oder?«

»Natürlich nicht«, sagte Tinchen sofort, »sie würde entweder erwarten, dass Björn sich jeden Abend eine neue Freundin ins Bett holt oder, noch schlimmer, aus unserem Haus eine Disko macht. So ganz wohl ist mir ja auch nicht bei dem Gedanken, den Bengel so lange allein herumwurschteln zu lassen, andererseits ist er alt genug, um zu wissen, was er sich erlauben kann und was nicht. Schließlich will er noch länger bei uns bleiben.«

Florian nickte. »Ich halte ihn sowieso für ein äußerst cleveres Bürschchen.«

»Eben«, bestätigte Tinchen und begann sich die Creme mit Toilettenpapier aus dem Gesicht zu wischen.

»Ist das nicht reichlich unhygienisch?« Zweifelnd betrachtete er die drei Meter lange Papierschlange auf dem Toilettentisch.

»Meine Güte, ich hab's ja vorher nicht benutzt gehabt!« Sie knüllte ein paar Blätter zusammen und schleuderte sie in seine Richtung. Dann musterte sie sich im Spiegel. »Sei ehrlich, Flori, findest du, dass die Beautylotion was genützt hat?«

Er trat hinter sie und schob sein Gesicht neben ihres. »Also – wenn ich ehrlich sein soll ...«

»Natürlich sollst du ehrlich sein! Sofern du etwas Positives sagst!«, kam es sofort zurück, wobei ihn ihre Augen im Spiegel drohend anblitzten.

»Na ja, dann sage ich eben ganz ehrlich, dass du dir diese ganze Prozedur hättest sparen können!«

»Schuft, elender!« Ehe er sich's versah, hatte sie die Blumen aus der kleinen Vase gezogen, die der Roomboy jeden Tag frisch bestückte, und ihren Inhalt kurzerhand vorne in Florians Hemd gekippt. »Und glaub nicht, dass du dir jetzt das Duschen sparen kannst!«

»Du hast mich überhaupt nicht ausreden lassen, ekelhaftes Weib!«, schimpfte er, mühsam das durchnässte Hemd aufknöpfend. »Ich wollte doch sagen, dass du diese ganzen Cremes und Lotions gar nicht brauchst, weil du mir auch ohne noch gut gefällst, aber das nehme ich jetzt zurück!« Er warf das zusammengeknüllte Hemd auf den Boden und verschwand im Bad.

Bevor er die Dusche aufdrehte, brüllte er noch durch den Türspalt: »Genützt hat diese Pampe in deinem Gesicht überhaupt nichts, jetzt kannst du nur noch hoffen, dass sie wenigstens nichts schadet!«

Als er eine Viertelstunde später ins Zimmer zurückkam, hatte er nicht nur ausgiebig geduscht und die Haare geföhnt, sondern auch noch aus dem restlichen Klopapier eine Rose zusammengedreht und die Ränder mit Lippenstift verziert. »Ich hab den genommen, den du sowieso nur ganz selten benutzt«, verteidigte er sich sofort, »aber weiße Rosen sind hässlich und gehören allenfalls auf den Friedhof. – Noch böse?«

»Und wie!« Sie nahm die ziemlich missglückte Nachbildung einer Blume gnädig entgegen und steckte sie in die Vase. »Das kostet dich mindestens ... warte mal, das war Beleidigung, seelische Grausamkeit, Diskriminierung, Beeinträchtigung meines Selbstwertgefühls, Missachtung des weiblichen Geschlechts ganz allgemein ... Ich würde sagen, die lachsfarbene Bluse im Schaufenster von der Boutique und die dazu passenden Ohrclips, ja?«

»Der Angeklagte bittet um einige Minuten Bedenkzeit, Euer Ehren.« Florian tippte die Codenummer ein, öffnete den im Schrank eingebauten kleinen Tresor und holte seine Brieftasche heraus. »Hm«, meinte er nach einer kurzen Überprüfung, »für die Bluse würde es ja eventuell reichen, aber ...«

»In Ordnung«, unterbrach sie ihn sofort, »dann kaufe ich mir die Clips eben selber. Björn braucht ja meine Knopfkiste nicht!« Schmeichelnd sah sie ihn an. »Streckst du mir die paar Mark vor? Du kriegst sie zu Hause auch gleich zurück.«

Florian steckte ein paar Scheine in seine Hosentasche und legte den Rest zurück in den Tresor. »Was hier drin ist, reicht gerade noch für die Trinkgelder! Du wirst wohl deine Mutter anpumpen müssen.« Er drückte die Tür zu, wartete auf das leise Klacken, mit dem das Schloss einrastete, und wandte sich mit einem bedauernden Lächeln an Tinchen. »Es wird allerhöchste Zeit, dass wir nach Hause fahren! Natürlich kann man sich einen schönen Urlaub gönnen und trotzdem mit seinem Geld zurechtkommen – aber nicht in ein und demselben Monat!«

Sie hatte gar nicht mehr hingehört, sondern ihre hellblaue Hose von der Stuhllehne genommen und angezogen. Jetzt stand sie fassungslos vor dem Spiegel. »Flori, können wir nicht morgen schon zurückfliegen?«

»Nun fang nicht an, hysterisch zu werden! Wenn was passiert wäre, hätten uns Hildebrandts längst angerufen.«

»Es ist ja nicht wegen Björn«, schluchzte Tinchen los, »es ist wegen dem da!« Sie deutete auf den Hosenbund. »Ich kriege den Knopf nicht mehr zu. Scheiß ›Alles inklusive‹!«

14.

Nächste Straße links, und dann die zweite rechts!«, kommandierte Florian, denn nur seine Zusage, neben ihm Platz zu nehmen und detaillierte Anweisungen zu geben, hatte den Fahrer auf ein vorheriges Studium des Stadtplans verzichten lassen. Er war nicht nur slawischer Herkunft, sondern erst kurze Zeit als Taxifahrer tätig und sowieso nur für einen erkrankten Kollegen eingesprungen. Normalerweise fuhr er nämlich in und um Wuppertal, da kannte er sich inzwischen aus.

»Jetzt freue ich mich doch wieder auf zu Hause«, behauptete Tinchen, die am letzten Abend noch bis weit nach Mitternacht am Strand gesessen, in den sternenübersäten Himmel geguckt und richtig dicke Tränen vergossen hatte, weil sie das alles vielleicht nie wieder, ganz bestimmt aber nicht mehr in diesem Jahr sehen würde. Dann hatte sie eine Plastiktüte mit dem fast weißen, in seiner Konsistenz an Puderzucker erinnernden Sand gefüllt und Florian erklärt, den würde sie in die flache blaue Schale gießen und mit den Muscheln dekorieren, die sie im Sommer gesammelt hatte. »Dann habe ich Jamaika immer vor mir.«

»Wenn man davon absieht, dass dein Meer aus Keramik bestehen wird und die Muscheln von der Nordsee stammen, hast du zweifellos recht«, hatte Florian erwidert, seinem Tinchen die letzte Träne weggeküsst und versprochen, im nächsten Jahr wieder mit ihr dorthin zu fahren, wo es Meer, Strand und Palmen gibt. »Vor dem Kurhaus in Swinemünde haben sie jetzt auch welche angepflanzt. In Kübeln.«

Der Wagen fuhr langsamer und hielt schließlich an. »Na

siehste, Tine, das Haus steht noch, und Heizöl scheint auch noch da zu sein, aus dem Schornstein kommt nämlich Rauch.« Florian stieg als Erster aus, und während er noch zusammen mit dem Taxifahrer das Gepäck auslud, lief Tinchen durch den Vorgarten und dann die drei Stufen hinauf, bevor sie wie angewurzelt stehen blieb. Da hing doch tatsächlich immer noch der Schuhkartondeckel an der Haustür, nur war das ursprüngliche *Vorübergehend geschlossen!* mit einem breiten Streifen weißen Papiers überklebt worden, und darauf stand: *Neueröffnung!* Umrahmt war die ganze Tür von einer weitgehend entnadelten Girlande, die größtenteils aus den zusammengebundenen Zweigen des ehemaligen Weihnachtsbaumes bestand. »Zumindest nicht unoriginell!«, murmelte sie und wollte schon auf den Klingelknopf drücken, als Florian mit den beiden Koffern herankeuchte. »Nimm lieber den Schlüssel, sonst fallen durch die Vibration noch die letzten paar Nadeln runter!«

Sie schloss die Tür auf, knipste das Licht im dunklen Flur an – anscheinend hatte der Himmel seit ihrem Abreisetag sein Aussehen nicht verändert, er sah noch genauso grau aus –, als vom Treppenabsatz ein entsetzter Schrei ertönte: »Um Himmels willen Tür zu! Omelette hat Flugstunde und ist abgehauen!«

Mit dem Fuß drückte Florian die Tür ins Schloss, dann sah er Tinchen fragend an. Die signalisierte mit hochgezogenen Schultern ›keine Ahnung‹, bevor sie sich bis zur untersten Treppenstufe vorwagte. »Bist du das, Björn?«

»Na klar, wer sonst?«, kam es zurück. »Bleibt bitte einen Augenblick stehen, ich komme gleich.« Eine Tür wurde geöffnet, eine andere geschlossen, dann Björns schmeichelnde Stimme: »Nun komm schon, du blödes Vieh. Du verhedderst dich bloß wieder, raus kannste sowieso nicht, also hör mit dem Versteckspielen auf! Ich gebe dir fünf Minuten Zeit, oder heute Abend gibt es Chicken McNuggets!«

Endlich polterten Schritte die Treppe herab, und dann

stand ein verstrubbelter, noch mit Schlafanzug und ziemlich räudigem Bademantel bekleideter Björn vor ihnen, der sie abwechselnd betrachtete. »Mööönsch, seid ihr braun! Direkt unanständig! Erstaunlich, dass sie euch da unten wieder rausgelassen haben! Ihr könntet doch glatt als Eingeborene durchgehen!« Schließlich fiel er nach kurzem Zögern Tinchen um den Hals. »Ich bin so froh, dass ihr wieder da seid.«

Sie hatte gar keine Zeit, ihm wenigstens einmal zärtlich durch die Haare zu fahren, da hatte er sich schon umgedreht und Florian umarmt. »Von wegen Ungebundensein, sturmfreie Bude und der ganze andere Quatsch, ist doch alles Blödsinn! Ich hab mich noch nie so gelangweilt wie in den letzten anderthalb Wochen! Warum habt ihr nicht angerufen, dass ihr schon auf dem Weg seid? So früh habe ich doch gar nicht mit euch gerechnet, ich wollte Kaffee kochen, den Tisch decken, mein ganz spezielles American breakfast machen ...«

»Das kannst du jetzt auch noch«, beruhigte ihn Tinchen, »auf eine Tasse anständigen Kaffee freue ich mich schon seit Stunden. Man sollte wirklich mal analysieren lassen, woraus das Gebräu im Flieger besteht, das sie einem unter der Bezeichnung ›Kaffee‹ servieren.«

Er nickte bejahend. »Ich hab mir auch schon manchmal gedacht, dass die Flugzeugabstürze gar nicht auf technische Defekte zurückzuführen sind, sondern auf Gift. Oder kriegen die Piloten bloß Tee?«

Florian hatte inzwischen das restliche Gepäck hereingeholt und wollte einen Teil davon nach oben bringen. »Lass das stehen, Onkel Florian, ich trag's gleich rauf.« Er zögerte. »Du musst doch nicht zuerst in dein Arbeitszimmer, oder?«

Der erwiderte, dass er eigentlich einen Abstecher ins Bad vorgehabt hätte, Zähne putzen, duschen – nach einem Nachtflug käme man sich immer etwas zerknautscht vor. In der Zwischenzeit hätte Björn Zeit genug, seinen Besuch diskret loszuwerden.

Der staunte nur. »Welchen Besuch?«

»Keine Ahnung, die große Liebe kann's jedenfalls nicht sein, die tituliert man im Allgemeinen nicht mit ›du blödes Vieh!‹«

Erst ging ein verstehendes Grinsen über Björns Gesicht, dann lachte er lauthals los. »Du meinst Omelette?! Den liebe ich zwar, aber nur sporadisch, und im Augenblick würde ich ihm mit Sicherheit den Hals umdrehen – wenn ich ihn denn zu fassen bekäme!«

Tinchen war beruhigt. Es schien sich bei diesem Wesen mit dem merkwürdigen Namen um ein handliches Tier zu handeln, denn ein größeres würde sich kaum vor Björn verstecken können. »Eine Katze?«, forschte sie, denn mit denen hatte sie noch nie viel am Hut gehabt, besonders seit sie gelegentlich bei Scotch und Bourbon babysitten musste; Katzen waren ihr einfach zu snobistisch.

»Nein, ein Papagei«, sagte Björn, immer noch lachend, »ein Ara macao, zumindest hat ihn unser Bio-Pauker als solchen klassifiziert. Ein wunderschönes Tier, nur leider noch etwas unzivilisiert.«

»Und warum heißt er Eierkuchen? Legt er welche?«, wollte Florian wissen.

»Er heißt nicht Eierkuchen, sondern Omelette, und zwar deshalb, weil er beinahe eins geworden wäre!« Eigentlich wollte Björn ja in sein Zimmer, sich schnell anziehen und dann Brötchen holen, aber nun ließ er sich doch zu einer Erklärung herab. »Der Vogel ist uns im Internat zugeflogen, schon im letzten Herbst, als überall noch die Fenster offen standen. Ob's Instinkt gewesen ist oder bloßer Zufall, kann ich nicht sagen, jedenfalls ist er geradewegs in die Küche gesegelt und dort in der Schüssel mit dem Eierkuchenteig gelandet. Die Köchin hat schreiend die Flucht ergriffen und etwas vom Heiligen Geist gefaselt – vielleicht war's ja auch der böse Geist, weiß ich nicht mehr, aber sie ist katholisch, da erscheint die andere Variante glaubhafter –, jedenfalls wäre das arme Vieh in diesem klebrigen Zeug ersoffen, wenn ich es nicht im letzten Moment rausgezogen hätte. Zum Dank hat es mir ja auch ganz gewaltig in den Finger gehackt!« Als Beweis zeigte er die kleine halbmondförmige Narbe am rechten Daumen. »Erst hat unser Hausmeister in einer Ecke vom Hühnerstall einen provisorischen Käfig gebaut, aber da hat der Vogel so einen Heidenkrach gemacht, dass nicht nur die Hühner verrückt geworden sind, sondern auch draußen die Schafe, und als sich nach einer Woche noch immer kein Mensch auf die überall ausgehängten Suchanzeigen und die Zeitungsinserate gemeldet hatte, sollte der Papagei bei nächster Gelegenheit in irgendeinem Zoo abgeliefert werden. Nur hatte der mich inzwischen zu seinem Lebensretter und folglich auch zu so einer Art Ziehvater ernannt, jedenfalls wich er nicht mehr von meiner Seite, oder – genauer gesagt – von meiner Schulter. Ich bin mir schon vorgekommen wie Konrad Lorenz mit seinen Graugänsen, die sind ja auch immer hinter ihm hergewackelt. Na ja, und als es dann so weit war und Omelette in den Zoo gebracht werden sollte, habe ich protestiert und durfte ihn behalten, vorausgesetzt, ich würde einen ›artgerechten‹ Käfig für ihn beschaffen und mich auch sonst um ihn kümmern, einschließlich Futterkauf auf eigene Rechnung. – Logische Folge«, schloss er seinen Bericht, »ich musste das Tier natürlich mit hierherbringen, aber es hat sich noch nicht so richtig an die neue Umgebung gewöhnt. Vor allen Dingen kommt es mit den Gardinen nicht klar, da bleibt es immer mit den Krallen hängen, aber das treibe ich ihm schon noch aus.«

Noch reichlich verdattert fragte Tinchen: »Hast du dem kleinen Piepmatz etwa Gardinen in den Käfig gehängt?«

»Natürlich nicht, Tante Tina, doch einmal am Tag darf Omelette eine Stunde lang herumfliegen, das ist er gewöhnt, und aus verständlichen Gründen inspiziert er immer erst die Fenster. Vorhin habe ich vergessen, die Tür zuzumachen, und nun sitzt er in Onkel Florians Zimmer oben hinten auf'm Bücherschrank, bloß ohne Leiter komme ich da nicht ran.«

Bis jetzt hatte Florian nur zugehört, jetzt fing er an zu lachen. »Ich glaube, Tine, du brauchst dein künstliches Jamaika gar nicht aufzubauen, denn wenn Omelette künftig durch den Wintergarten flattert, wirst du immer an die Floßfahrt auf dem Rio Grande erinnert.«

»Ach«, staunte Björn, »hat's da auch einen Papagei gegeben?«

»Einen? Hunderte!« Wohlweislich verschwieg er, dass sie zwar das Kreischen der Tiere gehört, jedoch nicht einen einzigen Papagei gesehen hatten.

»Is ja hip! Jedenfalls finde ich es echt geil, dass ihr gegen Omelettes Zuzug nichts einzuwenden habt. Und wenn wir meine restlichen Sachen aus dem Internat holen, kann ich endlich auch Wanda mitbringen, die ist wesentlich pflegeleichter.« Björn verschwand nach oben und ließ ein reichlich verstörtes Großonkel-Tante-Paar zurück.

Als ob er geahnt hätte, was ihm noch bevorstand, hatte Florian seinerzeit vier Urlaubswochen angemeldet, von denen die letzte Woche als sanfte Überleitung zum normalen Leben gedacht war. Darunter hatte er in erster Linie langes Schlafen verstanden, um die Zeitverschiebung aufzufangen, behutsamen Übergang von erntefrischer beziehungsweise gegrillter Nahrung zu klimatisch bedingter kalorienreicher Vollkost, langsames Einstimmen auf den Berufsalltag durch ausgiebiges Studium nicht nur des ZEITSPIEGEL, sondern auch diverser anderer, überwiegend durch bunte Bilder aufgelockerter Zeitungen. Doch in erster Linie hatte er sich an den abrupten Temperaturwechsel gewöhnen wollen, indem er regelmäßig den Mülleimer hinausbrachte und bei Bedarf Zigaretten aus dem nahe gelegenen Automaten zog. Letztgenannte Tätigkeit war erst später in den Tagesablauf eingeplant worden, denn eigentlich hatte er geglaubt, für die nächsten Wochen mit Nikotin versorgt zu sein!

Natürlich hatten sie außer den offiziell erlaubten zwei Stangen Zigaretten noch drei nicht erlaubte mitgebracht, in den Koffern vergraben zwischen getragenen Slips und verschwitzten Hemden, und statt zwei genehmigten Flaschen Rum waren es vier gewesen, die Hälfte davon als Mitbringsel für Karsten und Hildebrandts gedacht. So ein ganz kleines bisschen Schmuggeln versuchte doch jeder, und bisher war das auch immer gut gegangen. Noch nie hatten sie die Koffer öffnen müssen, doch diesmal war alles anders gewesen! Schon bevor sie überhaupt die Halle zur Gepäckausgabe betreten hatten, war ihr Handgepäck Stück für Stück kontrolliert worden, und prompt hatte Tinchen für die dritte Rumflasche Zoll bezahlen müssen.

»Dumm gelaufen!«, hatte Florian noch gesagt. »Du hättest sie besser auch in einen der Koffer legen sollen!« Er hatte vermutet, dass man bei Jamaika-Heimkehrern in erster Linie nach Marihuana suchen würde, was zwar naheliegend war, aber leider falsch. Es musste sich nämlich auch beim einheimischen Zoll herumgesprochen haben, dass auf der Insel Zigaretten billig und die Erzeugnisse der Firma Appleton nicht nur wesentlich besser, sondern auch wesentlich preiswerter waren als die ihrer deutschen Konkurrenten. Auf jeden Fall hatten die sonst nur durch gelangweiltes Herumstehen auffallenden Zollbeamten nicht nur eine ungewohnte Aktivität entwickelt, sie waren darüber hinaus auch noch durch acht nicht minder tatendurstige Kollegen verstärkt worden. Unter ihren wachsamen Augen musste jedes einzelne Gepäckstück auf die bereitgestellten Tische gehievt und jeder Koffer geöffnet werden, auf dass er mit der bekannten und gelegentlich auch gefürchteten deutschen Gründlichkeit durchsucht werde. Und fast jedes Mal waren die Uniformierten fündig geworden. Man hatte sogar eine Registrierkasse installiert, vor der ein in Ehren ergrauter und vermutlich als absolut integer eingestufter Beamter nicht nur den Zoll, sondern prozentual zur hinterzogenen Einfuhrsteuer auch noch eine angemessene Strafe kassierte.

Als Florian erfuhr, wie viel er für seine doch so preiswert eingekaufte Ware nachzahlen sollte, hatte er die noch nicht verzollte Flasche Rum zur Seite geschoben und den Beamten empfohlen, sie auf sein Wohl zu leeren. Bei den drei Stangen Marlboro hatte er doch erst gezögert, aber dann hatte er jedes einzelne Päckchen aufgerissen, die Zigaretten in der Mitte abgeknickt und in den herbeigeholten Papierkorb geworfen. Es hatte ihm ja in der Seele wehgetan und seinen Vorsatz, endlich das Rauchen aufzugeben, wieder mal aktiviert, nur war er nicht bereit gewesen, letztendlich mehr für die Zigaretten zu bezahlen, als sie ihn beim Kauf in einem deutschen Supermarkt gekostet hätten.

Anfangs hatte Tinchen protestieren wollen, dann aber befürchtet, Florians schweigender Zorn könnte möglicherweise in eine verbale Auseinandersetzung mit den grinsenden Zöllnern ausufern, und dabei hätte er bestimmt den Kürzeren gezogen; Beamte in Uniform sind allein schon deshalb im Vorteil – meistens jedenfalls! So hatte er das letzte Zigarettenpäckchen auch nur oberflächlich zerdrückt und mit einem Lächeln, das überheblich wirken sollte, weggeworfen. »Es ist sowieso nicht meine Marke gewesen!« Draußen hatte er allerdings in allen Tonarten geflucht und Tinchens auch nicht gerade bescheidenes Repertoire an Kraftausdrücken um einige Glanzlichter bereichert.

Dabei erhöhte sich gerade jetzt sein Nikotinkonsum um täglich mindestens ein Drittel, und das, obwohl er eigentlich das Gegenteil angepeilt und schon ausgerechnet hatte, dass er spätestens Ostern zu den Nichtrauchern gehören würde. Nur hatte er sich vorher nie überlegt, dass Björns neuer Status als Pflegekind eine größere Umstellung bedeuten würde als ein freies Zimmer weniger im Haus und ein Schnitzel mehr in der Pfanne. Sogar gefreut hatte er sich, diesen aufgeweckten Burschen um sich zu haben, mit ihm auch mal über typisch männliche Themen reden zu können, sofern es nicht gerade Fußball wäre, verborgene Interessen oder sogar Talente aufzuspüren … im Klartext ausgedrückt: ein bisschen von dem nachzuholen, wozu er bei seinem eigenen Sohn wenig Zeit und noch weniger Lust gehabt hatte. Damals hatte der Beruf im Vordergrund gestanden, die sogenannte Karriere, obwohl die sooo doll ja auch wieder nicht gewesen war, frühere Kollegen hatten es viel weiter gebracht, dabei waren sie nicht besser als er – doch was er jetzt an gutem Willen und sogar Geduld aufbrachte, fehlte ihm andererseits an einem überdurchschnittlich stabilen Nervenkostüm. Das noch vorhandene hatte schon am Tag nach ihrer Heimkehr die erste Bewährungsprobe bestehen müssen.

»Würde es dir viel ausmachen, Onkel Florian, wenn wir heute meine restlichen Klamotten holen? Ich habe doch bloß die beiden Sporttaschen mitnehmen können, weil ich immer eine Hand für den Vogelkäfig gebraucht habe. Allmählich geht meine saubere Wäsche zur Neige, auch wenn ich sie bloß alle drei Tage wechsle, aber ich möchte sie Tante Tina nicht gerade jetzt aufhalsen, wo sie doch genug mit euren eigenen Sachen zu tun hat.«

Richtig gerührt war Florian gewesen, denn so viel Rücksichtnahme fände man bestimmt nicht häufig bei einem Fünfzehnjährigen, hatte er Tinchen gegenüber geäußert, worauf die nur erwidert hatte: »Noch rücksichtsvoller wäre es gewesen, wenn er selber mal die Waschmaschine angestellt hätte! Zeit genug hat er ja gehabt.«

Also hatte Florian den Kofferraum seines Wagens bis auf den Reservereifen leer gemacht, die hinteren Sitze nach vorne geklappt und dadurch zusätzlichen Stauraum geschaffen. »Glaubst du, der Platz wird reichen?«, frotzelte er in der

Annahme, Björn würde ihn für verrückt erklären, denn was sollte ein Fünfzehnjähriger schon mitzubringen haben außer der restlichen Garderobe, den Schulbüchern und ein paar privaten Dingen wie Radiowecker, CD-Player und dem üblichen Wandschmuck in Form von Postern? Richtig neugierig war er auf das, was bei den jungen Leuten zurzeit ›in‹ war. Er selber hatte seinerzeit für Nadja Tiller geschwärmt und sogar mal ein Kinoplakat geklaut, auf dem sie fast in Lebensgröße zu sehen gewesen war. Das hatte er innen an seine Tür geklebt und sich wochenlang die abfälligen Kommentare seines Bruders Fabian anhören müssen, der sein Zimmer mit Abbildungen von Tut-ench-Amuns Totenmaske geschmückt hatte und Plakaten von den Pyramiden. Natürlich nicht geklaut, sondern erbettelt. In einem Reisebüro!

Björn hatte ihn nicht für verrückt erklärt, sondern bedenklich seinen Kopf geschüttelt und Berechnungen angestellt. »Wenn wir die vier Boxen hinlegen und den Turm auseinandernehmen – hast du mal zwei oder drei Decken für den Transport? –, könnte es gehen. Die Lexikothek stecken wir überall da hin, wo Platz bleibt, ich weiß nicht mal genau, wie viele Bände es inzwischen sind, irgendwas zwischen fünfunddreißig und vierzig, dann der ganze Schulkram, die Gitarre, das Fahrrad, Wanda ...«

»Richtig!«, unterbrach ihn Florian. »Wer oder was ist Wanda?«

»Ich dachte, da wärste inzwischen selbst draufgekommen. Natürlich ein Goldfisch.« Erstaunt sah er seinen Onkel an. »Sag bloß, du hast den Film nicht gesehen?«

Florian konnte sich nicht erinnern, einen Film mit einem Goldfisch als Hauptdarsteller gesehen zu haben, hielt das auch nicht unbedingt für eine Bildungslücke, war jedoch beruhigt, dass sich Wandas Wirkungsbereich auf einen überschaubaren Lebensraum beschränkte und sie ihn nicht, wie dieser nervige Papagei, auf das ganze Haus ausdehnte. Tinchen hatte sich einfach noch nicht daran gewöhnt, ständig die Türen hinter sich zu schließen, damit der Vogel nicht raus- beziehungsweise – noch schlimmer! – nicht reinkonnte! Zum Beispiel ins Bad, wo er die halbe Badematte auseinandergenommen hatte.

Das Internat war bereits wieder zu neuem Leben erwacht. Florian hatte eine Art schwelender Ruine erwartet und nicht ein verhältnismäßig intaktes Gebäude, bei dem lediglich einige verrußte Fenster ohne Scheiben an den Brand erinnerten sowie ein Berg verkohlter Bretter, die in einer Ecke vor sich hin gammelten.

Während Björn seine Habseligkeiten zusammensuchte und vor dem Wagen stapelte, wurde Florian zum Herrn Direktor gebeten, wo er außer Kaffee – entgegen seiner Befürchtung nicht Zichorien, sondern Bohnenkaffee – auch noch eine detaillierte Schilderung von Björns Charakter bekam. Demnach war der Junge ebenso intelligent wie faul, es mangele ihm an Disziplin, an Respekt nicht nur dem Lehrkörper gegenüber, sondern generell vor allen Vorgesetzten, was Florian zu der Bemerkung veranlasste, dass Björn dann wohl eine Beamtenlaufbahn ausschließen müsse. Überhaupt sei der Knabe zwar bei seinen Mitschülern außerordentlich beliebt, jedoch nicht beim Kollegium, woraus dann auch die manchmal nicht ganz den Leistungen entsprechenden Zensuren resultierten. Man merke eben, dass Björn die väterliche Hand fehle, und deshalb sei es zu begrüßen, wenn er jetzt in einen intakten Familienverband käme. Ja, und dann sei da noch eine Rechnung von der Tierhandlung offen über 438,45 Mark, die man inzwischen beglichen habe, und ob der Herr Bender so freundlich wäre …

Der Herr Bender war so freundlich, schrieb einen Scheck aus und dankte im Stillen seinem Bruder Fabian, der sich um die finanzielle Seite der – wie er es nannte – ›Familienzusammenführung‹ gekümmert und für Björns Unterhalt ein Konto eingerichtet hatte. Das von Florian stand aus gegebenem Anlass ziemlich im Minus.

»Na, hat dich der Alte vollgesülzt von wegen Disziplinmangel und Respektlosigkeit?« Björn hatte den größten Teil seiner Sachen bereits verstaut und war dabei, jede Lücke mit großen dunkelroten Büchern vollzustopfen. »Vatis Weihnachtsgeschenk vom vorigen Jahr, dessen Ende ich dank einer Art Polyembryonie noch gar nicht absehen kann. Hier«, er drückte Florian die letzten sechs Bücher in die Hand, »kannst du die mal unter die Vordersitze legen? Hinten kriege ich sie einfach nicht mehr rein!«

Unter dem Gewicht wäre Florian beinahe in die Knie gegangen. »Was sind denn das für Wälzer? – *Lexikothek*«, buchstabierte er den in Goldbuchstaben eingeprägten Titel, »*Völker der Kontinente Teil 1*. Toll, musst du mir mal ausleihen!« Sorgfältig schob er die Bücher unter die Sitze. »Und jetzt erklärst du mir mal bitte, was dieses Poly...dingsda bedeutet. Ist das auch so was, was es zu meiner Schulzeit noch nicht gegeben hat? So was wie Spaceshuttle, Teflonbeschichtung, Software, Pizza Primavera ...?«

Björn sah seinen Onkel staunend an. »Ist das wahr? Das hast du alles nicht gekannt?« Er schüttelte den Kopf. »Dann frage ich mich beinahe, wie du bis zur Neuzeit überlebt hast!«

»Vermutlich zufriedener als ihr heute.« Er schloss den Kofferraumdeckel. »Du hast mir aber noch immer nicht meine Frage beantwortet!«

»Polyembryonie? Der Begriff stammt aus der Biologie, bedeutet gleichgeschlechtliche Vermehrung, und wenn sich Bücher ohne eigenes Zutun jedes Jahr vermehren, liegt doch der Verdacht einer Polyembryonie nahe, oder etwa nicht?« Dann ließ er sich aber doch zu einer näheren Erläuterung herab. »Vati gehört auch zu denen, die immer so entsetzlich praktisch und vorausschauend denken. Ich hatte mir Inliner nebst passendem Outfit gewünscht, und gekriegt habe ich drei Kisten Lexika mit Aussicht auf deren Vermehrung, weil mir jeder neue Band automatisch zugeschickt wird. Toll, was?«

Florian fand das in der Tat toll, doch ihm fiel noch rechtzeitig genug ein, wie er wohl mit fünfzehn Jahren auf ein solches Geschenk reagiert hätte. Er hatte sich ja auch mal diese ganz modernen Schlittschuhe gewünscht und stattdessen den gesamten Schiller, Friedrich von, bekommen.

Björn hatte gerade ›ready for take-off‹ gemeldet, was in Anbetracht des überladenen Wagens der reinste Hohn war, als er plötzlich losschrie. »Kommando zurück! Jetzt hätte ich beinahe Wanda vergessen!« Er stürzte aus dem Auto und verschwand hinter dem Gebäude. Wenig später war er wieder zurück, in der Hand ein kugelförmiges, halb mit Wasser gefülltes Glas balancierend. Und dann passierte es! Er stolperte, das Glas segelte in hohem Bogen durch die Luft, zerschellte am Boden, und übrig blieb ein zwischen den Scherben herumzappelndes rotes Etwas. »Meine Güte, Wanda, entschuldige bitte, ich wollte dich doch nicht umbringen!« Behutsam nahm er den Fisch in die Hand und zischte los.

»Das kann dauern!«, murmelte Florian und suchte nach Zigaretten. Von Goldfischen hatte er nun wirklich keine Ahnung, wusste lediglich, dass sie Wasser brauchten, nur nicht, was für welches, und dann sollten sie tunlichst nicht mit Tütensuppen ernährt werden.

Schneller als befürchtet war Björn wieder zurück. Nunmehr schwamm Wanda in einer Plastikschüssel mit angewärmtem Wasser, von dem Björn hoffte, es habe die richtige Temperatur. Das Thermometer hatte nämlich auch nicht überlebt, und die Köchin hatte gemeint, etwas kälter als Babybad müsste eigentlich hinkommen. Wanda schien zufrieden zu sein, schwamm eine Runde nach der anderen und wunderte sich wahrscheinlich, dass sich die Ausmaße ihrer Behausung verändert hatten, oval statt rund. »Bloß sehen kann sie jetzt nichts mehr«, monierte Björn, »wenn wir in Düsseldorf sind, müssen wir gleich in eine Tierhandlung!«

»Nicht wir, allenfalls du!« Allmählich wurde Florian ärgerlich. »Davon abgesehen, dass ich eben deinen Papageienkäfig bezahlt habe, sehe ich nicht ein, mir mit diesem überladenen Auto noch zusätzlich einen Strafzettel einzuhandeln. Wenn du schon eine halbe Menagerie mitbringst, dann kümmere dich gefälligst auch allein um deren Wohlergehen.«

»Will ich ja! Aber wenn Wanda einen psychischen Knacks kriegt, ist das deine Schuld! Goldfische hassen Plastik!«

»Ich auch!«, sagte Florian und war zu einem Kompromiss bereit. Er würde Björn später an der passenden Haltestelle raussetzen, dann könne er mit der Straßenbahn in die Stadt fahren und ein Wanda genehmes Heim kaufen. »Nimm aber ein eckiges Aquarium, da hat sie mehr Platz.«

Allerdings hatte er nicht damit gerechnet, dass Björn mit einem Glasbehälter von halber Schreibtischgröße zurückkommen würde sowie einem Karton voll Zubehör, das von Steinen und Pflanzen bis zu einem im Wasser zu versenkenden Schild mit der Aufschrift *Angeln verboten!*, reichte. Zuletzt zog er noch vorsichtig eine wassergefüllte Plastik(!)-Tüte hervor, in der ein zweiter Goldfisch zappelte. »Das ist Wendelin«, erklärte Björn und kippte ihn erst mal in die Schüssel. »Jetzt kann ich nur hoffen, dass Wanda nicht lesbisch ist!«

Nachdem Florian das Taxi bezahlt hatte, weil Björn nicht mehr genug Geld gehabt hatte, war der für den Rest des Tages beschäftigt. Und trotzdem mussten Wanda und Wendelin auf den Bezug ihres neuen Eigenheimes noch warten. Björn hatte nämlich erst seinen HIFI-Turm aufbauen, die Boxen installieren und vor allen Dingen ausprobieren müssen, *wo* sie stehen sollten, um den richtigen Klang zu gewährleisten. Und da es sich um vier Boxen handelte, hatte sich das ganze Unternehmen in die Länge gezogen und war nicht eben leise vor sich gegangen. Björn hatte dankbar die Pizza entgegengenommen, die Tinchen dem eifrigen Techniker auf dem Zimmer serviert hatte, weil er gerade jetzt nicht weggekonnt hatte wegen der ganzen Kabel und überhaupt und so. Eine Stunde später hatte er den leeren Teller runtergebracht und gefragt, ob er sich noch eine Scheibe Brot nehmen dürfe. Mit drei gut belegten sowie einem Glas Milch und zwei Äpfeln war er wieder nach oben gezogen, und dann hatte Florian den Fernseher ausgeschaltet, weil ständig Streifen durchs Bild gelaufen waren. Das läge an der Feinabstimmung, hatte Björn gesagt, er habe wohl bei der Demontage ein bestimmtes Zusatzteil vergessen mitzunehmen, morgen werde er das sofort in Ordnung bringen, und überhaupt sollten Tante Tina und Onkel Florian jetzt besser schlafen gehen, die Zeitverschiebung hätten sie doch noch immer nicht richtig drin.

So kam es, dass Tinchen die letzten 63 Seiten vom *Medicus* in einem Zug auslesen konnte, obwohl ihre Konzentrationsfähigkeit auf die mittelalterliche Story durch die Geräusche aus Björns Zimmer erheblich beeinträchtigt wurde. Und das lag weder an der Musik noch an den dazugehörigen Texten, obwohl sie nun wirklich nicht ins zwölfte Jahrhundert passten, sondern in erster Linie an der Lautstärke. Doch die würde sich sofort auf ein Minimum reduzieren, hatte Björn versprochen, sobald er den endgültigen Standort der Boxen ermittelt und die Bässe aufeinander abgestimmt hätte. Um 23.17 Uhr schien er es geschafft zu haben, denn zu diesem Zeitpunkt verstummten Guildo Horn und seine Orthopädischen Strümpfe, und es kehrte endlich Ruhe ein.

»Vielleicht ist auch bloß eine Sicherung kaputt«, befürchtete Florian, von der plötzlichen Stille aufgeschreckt, »aber wehe, du sagst ihm, wo welche liegen!«

Drei Tage dauerte es, dann endlich normalisierte sich der Alltag im Hause Bender, denn Björn hatte sich fertig ›eingerichtet‹. Das etwas zu groß geratene Aquarium hatte eine Um-Möblierung nötig gemacht, weil angeblich auch Fische am Leben außerhalb der eigenen vier Wände teilnehmen wollten. Deshalb wurden sie samt ihrer zentnerschweren Behausung neben das zweite Fenster gestellt – Westseite, wegen der zurzeit ohnehin nur minutenlang scheinenden Sonne, denn Fische brauchen gemäßigtes Licht! –, obwohl Florian berechtigte Zweifel geäußert hatte, ob ein Blick in die Baumkronen der natürlichen Umwelt von Wanda und Wendelin entsprechen würde; einen generellen Umzug in den Wintergarten hatte er jedoch abgelehnt.

Bedingt durch die als Fundament für das Aquarium benötigte Kommode und die dadurch fällige Umgruppierung von Schreibtisch und Sitzecke musste der Kleiderschrank aus dem Zimmer entfernt und auf dem recht geräumigen Flur aufgestellt werden, was von Björn begrüßt wurde, denn »Ich hasse diese unförmigen Kästen, die jede Entfaltungsmöglichkeit in einem Raum einschränken!« Dann entfaltete beziehungsweise entrollte er mehrere Poster, auf denen weder Rock- noch Pop-, noch Filmstars zu sehen waren, sondern die deutsche Fußball-Nationalmannschaft.

Florian war enttäuscht. »Von dir hätte ich eigentlich etwas anderes erwartet als eine Vorliebe für diese Balltreter. Es gibt doch attraktivere Sportarten!«

»Klar, Karate zum Beispiel. Da konnte ich schon nach der zweiten Trainingsstunde dicke Bretter durchhauen. Mit'm Gipsarm!« Björn rollte die Poster wieder zusammen. »Ich muss mir erst andere besorgen. Die hier hat mir unser Hausmeister aus seinen eigenen Beständen gegeben, bei dem hatte ich nämlich 'n Stein im Brett, und irgendwas musste ich haben, um die durchgeweichte Tapete zu verdecken.«

»Aha«, sagte Florian, verständnisvoll nickend, »mit dem Stein im Brett hast du die Tapete abgedeckt? Das mache ich auch immer so.« Jetzt war es Björn, der etwas unintelligent guckte. »Herr, dunkel war der Rede Sinn!«

»Deiner auch, also lass Schiller in Ruhe und erkläre mir lieber, wieso in eurem Internat die Tapeten durchgeweicht sind, *bevor* die Feuerwehr da gewesen ist.«

Björn setzte sich auf einen Stapel Lexikothek, *Naturenzyklopädie Europas Band 5-11,* für die er bisher noch keinen Platz gefunden hatte. Zumindest keinen, der ihm den dauernden Anblick dieses ungeliebten Weihnachtsgeschenks ersparte. »Wir haben den Geburtstag von Martin gefeiert, meinem Freund – das ist der mit dem doppelten Beinbruch –, erst offiziell im sogenannten Gesellschaftszimmer mit alkoholfreier Bowle und Käsegebäck, später bei uns im Zimmer mit Sangria und 'n bisschen Speed. Ich weiß ja auch nicht, wer's gewesen ist, aber plötzlich war die halbe Wand mit der roten Brühe bekleckert, und da hat einer gesagt, wir müssten die Farbe mit viel Wasser abwaschen. Haben wir ja auch gemacht, nur war am nächsten Tag nicht nur die Farbe fast weg, sondern auch die Tapete, und was nicht schon runterhing, hatte Wellen geschlagen. Na ja,«, schloss er seinen Bericht, »und seitdem haben mich jeden Morgen als Erstes diese Jungmillionäre angeglotzt und mir klargemacht, dass Schulbildung überflüssig ist und stramme Waden eine viel bessere Voraussetzung für den finanziellen Erfolg sind. Willst du sie haben?« Auffordernd hielt er Florian die zusammengerollten Poster entgegen.

Der schüttelte nur den Kopf, verließ das Zimmer und äußerte Tinchen gegenüber Bodauern wegen der doch so materialistisch eingestellten heutigen Jugend.

Kurz darauf wunderte sich Tinchen auch, nur weniger aus ideellen als vielmehr sehr realen Gründen. Mit einem Korb voll gebügelter Wäsche betrat sie Björns noch immer unaufgeräumtes Zimmer. Der Herr des Chaos thronte auf einem neuen Bücherstapel und las *Asterix bei den Ägyptern.* Zur Begrüßung wedelte er mit dem Heft durch die Luft. »Kennst du das, Tante Tina?«

»Natürlich! Das habe ich schon vor zwanzig Jahren gelesen.« Suchend sah sie sich um. »Wo soll ich das hinlegen?«

Nur flüchtig blickte er auf und deutete mit dem Kinn zur Ecke, in der sich Jeans, T-Shirts, Pullover, Strümpfe, Unterwäsche und Schlafanzüge in textiler Gleichberechtigung stapelten.

Mit lautem Krach ließ sie den Korb auf den Boden fallen und sah Björn erwartungsvoll an. Der hob nicht mal den Kopf. »Lass liegen, Tante Tina, ich heb's gleich auf. Den Korb bringe ich dir nachher runter.«

Mit zwei Schritten war sie bei ihm, entriss ihm das Heft und wollte es in der Mitte durchreißen. Nur war es zu dick, sie schaffte es nicht auf Anhieb, worauf Björn ihr das Heft wieder aus der Hand nahm, in der Mitte aufschlug und langsam Seite für Seite entfernte. »Hast du das gemeint?«

Sie ging gar nicht darauf ein. »Beabsichtigst du, deine Garderobe auch weiterhin auf diese Weise aufzubewahren?« – ein Blick streifte den Kleiderstapel in der Ecke –, »oder solltest du tatsächlich noch nichts von einem Kleiderschrank gehört haben? So was hatte man früher, und ältere Leute wie wir haben es auch heute noch. Im Prinzip ist es so was Ähnliches wie dein Haufen da drüben, nur waren früher noch Bretter dazwischen.« Sprach's, schritt hocherhobenen Hauptes durch die Tür und knallte sie hinter sich zu.

Es war ein beschämter und wesentlich stillerer Björn, der sich später zum Abendessen einfand. »Es tut mir leid, Tante Tina, ich habe mich wirklich großkotzig aufgeführt. Du hattest natürlich völlig recht, und wenn du nachher zur Stubenabnahme kommen willst, wirst du nichts mehr zu beanstanden haben.« Dann beäugte er misstrauisch seinen Teller. »Hatten wir das nicht schon zu Mittag?«

»Ja, aber Wiedersehen macht doch Freude.«

»Hm«, sagte er kauend. »Bloß schmeckt's jetzt ganz anders als vorhin.«

Tinchen lag schon im Bett, als Florian noch die Zahnpastatube zuschraubte und sich dabei im Spiegel betrachtete. »Kein

Mensch würde mir glauben, dass ich gerade aus dem Urlaub gekommen bin. Jeder würde im Gegenteil vermuten, dass ich dringend einen nötig hätte. Was meinst du, Tine, ob die kommende Fünftagewoche wohl ausreichen wird, mich von den vergangenen vier Tagen zu erholen?«

Das bezweifelte sie. Es war ja nicht nur Björn gewesen, der ihren normalerweise gut eingefahrenen Haushalt durcheinandergebracht hatte, es hatten sich natürlich auch Besucher eingefunden, um die Heimkehrer zu begrüßen. Ellen Hildebrandt zum Beispiel, die allerdings gleich eine Einladung zum Essen ausgesprochen und gemeint hatte, die Ferien-Berichterstattung habe bis dahin Zeit, zumal Tina jetzt bestimmt Wichtigeres zu tun habe.

Karsten war ebenfalls aufgetaucht, diesmal in rothaariger Begleitung, die nicht Mini trug, sondern Maxi und sich auch sonst in erfreulicher Weise von ihrer Vorgängerin unterschied. Sie hatte sogar studiert, wie Karsten scheinbar beiläufig erwähnte, Philosophie und Psychologie, beides fängt mit P an, doch weitere Zusammenhänge zwischen den zwei Geisteswissenschaften vermochte Tinchen auf Anhieb nicht zu erkennen, und vor allen Dingen war ihr nicht klar, auf welche Weise Verena ihr erworbenes Wissen in bare Münze für weitere Gucci-Stiefeletten und Jackenkleider von Versace umwandeln könnte. Psychologen sollten eine eigene Praxis mit einer bequemen Couch und Kassenzulassung haben, während Philosophen zur Bestreitung ihres Lebensunterhalts wahrscheinlich eine früh verstorbene Erbtante brauchen oder notfalls einen gut verdienenden Ehepartner. Wie dem Gespräch zu entnehmen war, hatte Verena weder das eine noch das andere, einen festen Job aber auch nicht, so dass sie momentan ausländischen Reisegruppen die Sehenswürdigkeiten von Düsseldorf zeigen musste. Meistens drei Busse pro Tag und häufig mit Besuchern, die nicht mal Englisch konnten, Deutsch schon überhaupt nicht.

Gleich am ersten Vormittag, als Tinchen im Keller die Wäsche in 60 Grad, Bunt und Weiß-ich-noch-nicht-erst-mal-sehen-was-noch-zusammenkommt sortierte, war ihre Schwiegertochter nebst Tim und Tanja eingefallen. »Seit sieben Uhr löchern sie mich, am liebsten wären sie schon zum Frühstück anmarschiert! – Mach du ruhig weiter, ich koche uns erst mal einen Kaffee, und dann erzählst du, ja?« Dann war Ulla die Treppe hinaufgelaufen und hatte Tinchen mit den Kindern allein gelassen. Dabei wollte die gar keinen Kaffee, hatte bereits zwei Tassen getrunken, hatte auch keine Lust zum Erzählen gehabt, war froh gewesen, die beiden Mannsbilder ein paar Stunden lang losgeworden zu sein und Zeit zum Auspacken, Aufräumen und vor allem zum Einkaufen zu haben.

»Du kommst doch zu unserem Kindergartenfest, nicht wahr, Oma?«, vergewisserte sich Tim, der seit Weihnachten kaum noch ein anderes Gesprächsthema gekannt hatte. »Ich bin nämlich ein König!«

»Iss bin ein Hässen!«, echote Tanja. »Pommt Opa auch?«

»Natürlich kommt der Opa mit«, versprach Tinchen, gleichzeitig überlegend, wie sie Florian dazu überreden könnte. »Aber ich habe gedacht, Tanja, du wirst eine Maus.«

»Das ist nicht gegangen mit den Kostümen«, erläuterte Tim, wobei er Florians zusammengerollte Socken mit einem Fußtritt in den Waschpulverkarton beförderte, »Häschen kann man leichter machen, hat Alexanders Mutter gesagt, die erkennt man gleich an den Ohren. – Ist das echtes Gold?«

»Nein, Tim, das sieht nur so aus«, hatte Tinchen gesagt und ihm das T-Shirt mit der gestickten Palme entrissen, bevor er an dem lockeren Faden weiterziehen konnte. »Erzähl mir lieber, was du als König alles machen musst.«

Dazu war er jedoch nicht mehr gekommen, weil es geklingelt und Ulla im selben Moment gerufen hatte, dass jemand da sei.

»Dumme Nuss!«, hatte Tinchen gemurmelt. »Wenn's klingelt, ist meistens jemand da«, doch Tim hatte es trotzdem gehört und war die Treppe hinaufgestürmt, lauthals verkündend: »Mami, die Oma hat dumme Nuss zu dir gesagt!«

»Damit habe ich *mich* gemeint, weil ich beinahe Florians dunkelblaue Shorts in die Maschine mit der Kochwäsche geschmissen hätte«, hatte Tinchen halbherzig protestiert, überzeugt, dass Ulla ihr doch nicht glauben würde, und dann war sie sogar über Frau Knopps Besuch dankbar gewesen, die nur schnell hatte guten Tag sagen wollen und fragen, ob denn auch wirklich alles in Ordnung sei. »Ich bin mir nämlich nicht sicher, ob der junge Mann tatsächlich Ihr Neffe ist und Wohnrecht hat. Er hat gesagt, ich hätte ihn an Weihnachten schon gesehen, aber da war ja so viel Besuch bei Ihnen, und ich war doch nicht einmal fünf Minuten im Zimmer, wie ich die Putenkeulen gebracht habe.« Der vorwurfsvolle Unterton war nicht zu überhören. Obwohl Tinchen ihrer Nachbarin keinen Platz angeboten und versprochen hatte, ihr das kleine Mitbringsel noch am selben Tag rüberzubringen, war Frau Knopp so lange stehen geblieben, bis sie die beiden Kaffeebecher mit den Rastafaris auf der einen und der jamaikanischen Flagge auf der anderen Seite entgegennehmen konnte. »Vielen Dank, das wäre aber nicht nötig gewesen«, hatte sie gesagt und sich nur ungern aus der Tür schieben lassen.

»Wehe, wenn ich *nichts* gehabt hätte!« Aufatmend war Tinchen in die Küche zurückgekommen, hatte sich hingesetzt und dann doch gleich wieder aufstehen müssen, weil Tim wissen wollte, was die Oma denn ihm mitgebracht habe. T-Shirts für beide Kinder natürlich, auf denen Fische zu sehen waren und darunter ganz groß JAMAICA, und für Ulla einen kleinen goldenen Delphin für ihr Bettelarmband, das bei jeder Armbewegung wie ein Schlüsselbund klirrte, so überladen war es schon.

Dann war es zwölf Uhr geworden, Tim hatte Hunger gekriegt, Spaghetti mit Tomatensoße geordert und Tinchens Entschuldigung, sie sei noch nicht zum Einkaufen gekommen, mit dem Hinweis abgeblockt, im Vorratsschrank lägen zwei Packungen Miracoli, das wisse er genau. Also hatte Tinchen für alle Nudeln gekocht, und als die gegessen waren, war es ein Uhr geworden, und nicht mal *eine* Maschine voll Wäsche war durchgelaufen, weil Tinchen sie zwar gefüttert, jedoch vergessen hatte, sie auch einzuschalten.

»Damit endet der definitiv letzte Urlaubstag«, sagte Florian, noch einen Blick aus dem Fenster werfend, bevor er in sein Bett kroch. »Für morgen hat der Wetterbericht nämlich Sonne und ansteigende Temperaturen versprochen.«

»Trotzdem bleibt es noch ein paar Wochen lang dunkel, wenn Björn aus dem Haus muss.« Tinchen legte ihr Buch weg und knipste die Nachttischlampe aus. »Bringst du ihn morgen zur Schule?«

»Jein! Das heißt, ich werde ihn hinfahren, doch er hat sich strikt verbeten, dass ich ihn persönlich abliefere. Und wehe dir, wenn du jeden Morgen aufstehst und ihm seine Stullen schmierst! Mit fünfzehn ist er alt genug, es selber zu tun.«

Sofort saß sie wieder senkrecht im Bett. »Dann nimmt er erst gar keine mit! Das kenne ich, war doch seinerzeit bei Tobias nicht anders. Und frühstücken würde er auch nicht, und jeden dritten Tag den Bus verpassen, weil er zu spät aus dem Haus geht ... Nee, kommt nicht in Frage! Ich stehe morgens wieder mit auf.«

»Selber schuld!«, knurrte Florian, gab Tinchen einen Gutenachtkuss und drehte sich auf die andere Seite. »Hoffentlich hast du den heutigen Tag noch genossen, es dürfte auch *dein* letzter Urlaubstag gewesen sein!«

»Nicht nur wegen des Längerschlafenkönnens! Oder solltest du tatsächlich vergessen haben, dass sich deine Schwiegermutter und Frau Ka-Ka zur Stunde auf dem Weg nach Montego Bay befinden? Um 23.30 Uhr mitteleuropäischer Zeit geht nämlich ihr Flieger! Und wer, glaubst du, steht morgen Abend bei uns auf der Matte?«

»O Gott!«, sagte Florian nur, doch dann fiel ihm ein, dass ja auch für ihn der Alltag wieder beginnen würde. »Tut mir wirklich leid, Tine, aber von nun an bin ich abends wieder in der Redaktion!«

15.

Und sie kamen! Zwar erst am übernächsten Tag, weil sich Frau Antonie nach den Strapazen des Rückflugs doch zu erschöpft fühlte und lediglich telefonisch ihre glückliche Heimkehr meldete – »Weißt du, Kind, die Bahnfahrt von Frankfurt nach Düsseldorf hat mir die Müdigkeit erst richtig zum Bewusstsein kommen lassen!« –, doch dann erschienen sie im Dreierpack: Dabei hatte Frau Antonie auf die Begleitung von Frau Klaasen-Knittelbeek verzichtet und stattdessen Frau von Rothenburg und Frau Helmers mitgebracht. Zur moralischen Unterstützung, wie sie Tinchen erläuterte, denn das Verhalten ihrer Mitbewohnerin habe sie doch sehr enttäuscht. »Ich habe schon ernsthaft überlegt, ob ich ihr nahelegen soll, wieder auszuziehen.« Da es sich offenbar um eine langwierige Beratung handeln würde, komplimentierte Tinchen ihren Besuch in den Wintergarten, und während sie Kaffee kochte und den Inhalt der einzigen noch unangebrochenen Kekspackung sternförmig auf einem Teller verteilte, sagte sie telefonisch ihren Friseurtermin ab und beauftragte Björn, sie in spätestens anderthalb Stunden loszueisen. »Lass dir was einfallen, aber es muss absolut glaubhaft klingen!«

»Was ist denn nun eigentlich passiert?«, wollte sie wissen, nachdem die Damen mit Kaffee, Sahne, Zucker (Frau von Rothenburg bat um Süßstoff, Frau Helmers um heißes Wasser zum Verdünnen, weil sie normalerweise ein koffeinfreies Produkt verwende) und als Äquivalent für die trockenen Kekse auch noch mit einem Gläschen Cointreau versorgt waren. »Ich kann mir einfach nicht vorstellen, dass Frau Klaasen-Knittelbeek in irgendeiner Form negativ aufgefallen sein sollte. Und wenn du ihre Vorliebe für schillernde Badeanzüge meinst, Mutti, dann wäre das bestimmt kein Grund ...«

»Wer redet denn von Äußerlichkeiten«, unterbrach Frau Antonie das Plädoyer ihrer Tochter, »obwohl ihr Geschmack doch manchmal sehr zu wünschen übrig lässt. Denk nur an die T-Shirts mit den violetten Blumen, zu denen sie mich überredet hat. Ich hätte für die Damen« – ein entschuldigender Blick traf ihre beiden Begleiterinnen – »lieber ein weniger auffallendes Dessin gewählt, doch Dorothee hat auf diesen Hemden bestanden.«

Tinchen japste nach Luft. Das durfte einfach nicht wahr sein! Ganz deutlich erinnerte sie sich noch an ihren gemeinsamen Bummel über den Markt von Ocho Rios und an Frau Antonies Suche nach lila Orchideen. Und es war *ihre* Idee gewesen und nicht die von Frau Ka-Ka, die im Gegenteil davon abgeraten und gemeint hatte, angezogen sähe die Vorderseite bei Größe XXL bestimmt wie ein ganzes Treibhaus aus.

Ein drohender Blick traf Tinchen, die prompt das herunterschluckte, was ihr auf der Zunge lag. Frau Antonie wechselte denn auch sofort das Thema. »Du glaubst nicht, Ernestine, was passiert ist, nachdem ihr abgereist seid! Gleich am nächsten Tag stand dieser Herr Voss an der Rezeption und fragte nach Dorothee. Das hätte ich ja auch akzeptiert, immerhin hatte er sich um sie gekümmert, als sie bei diesen Wasserfällen hilflos herumgeirrt war, nur hatte Dorothee diese reine Höflichkeitsgeste wohl anders gesehen. Jedenfalls hat sie sich zum Essen einladen lassen und ist erst gegen elf Uhr abends zurückgekommen. Und am darauf folgenden Tag ist sie mit ihm nach Kingston gefahren, ein Ausflug, den wir schon lange geplant hatten und natürlich gemeinsam unternehmen wollten. Ich bin nicht einmal zum Mitkommen aufgefordert worden!« Frau Antonie fächelte sich mit der Papierserviette Luft zu, so empört war sie. »Natürlich hätte ich einer solchen Aufforderung niemals Folge geleistet, aber ich hatte sie zumindest erwartet!« Zustimmung heischend sah sie sich um. »Oder was meinen Sie, meine Damen?«

Die Damen meinten gar nichts. Frau von Rothenburg nippte an ihrer Kaffeetasse, obwohl die bereits leer war, Frau Helmers suchte dezent hüstelnd nach einem Taschentuch. Und Tinchen meinte ganz harmlos: »Ich weiß wirklich nicht, was daran schlimm sein soll? Eigentlich müsstest du doch froh gewesen sein, mal einen Tag für dich allein zu haben.«

»Darum geht es ja gar nicht, Kind, selbstverständlich bin ich durchaus in der Lage, mich allein zu beschäftigen; ich hatte ja auch einen recht anregenden Nachmittag mit einer Dame aus Würzburg, Bibliothekarin, sehr gebildet natürlich – nein, was ich zu bemängeln habe, ist Dorothees Benehmen. Man wirft sich doch nicht dem erstbesten Mann an den Hals, schon gar nicht in ihrem Alter!«

Darauf hätte Tinchen eine ganze Menge antworten können, doch sie überließ Frau Helmers das Wort, die gleich ein Beispiel aus ihrer weitläufigen Verwandtschaft zur Hand hatte. Danach sollte ein Großonkel mit zweiundachtzig Jahren zum dritten Mal geheiratet haben, was man ihm sogar nachgesehen hätte, wäre nicht dieser beträchtliche Altersunterschied gewesen. Die jugendliche Braut hatte gerade mal achtundsechzig Lenze gezählt. »Wie alt ist denn dieser Herr Voss?«

Das wusste Frau Antonie nicht, auf jeden Fall sei er jünger als Dorothee, und über deren Benehmen hätte sie vielleicht sogar noch schweigend hinweggesehen, wenn nicht heute früh das Telefon geläutet hätte und dieser Mann dran gewesen wäre. »Aus Jamaika, das muss man sich mal vorstellen! Ruft an und will wissen, ob die liebe verehrte Frau Dorothee gut nach Hause gekommen sei!« Sie schnaufte vor Empörung. »Aber das war noch nicht alles! Aufs Wiedersehen freue er sich schon, hat er gesagt, am liebsten würde er mit dem nächsten Flugzeug zurückkommen, nur sei das bei Pauschalreisen leider nicht möglich, doch sobald er wieder in Deutschland sei, werde er ein Zusammentreffen arrangieren, und ob die verehrte Frau Dorothee den Thüringer Wald schon kenne?« Frau Antonie tupfte sich kleine Schweißtropfen von der Stirn. »Wie finde ich denn das?«

»Sag mal, Mutti«, begann Tinchen vorsichtig, »woher weißt du das alles?«

»Was alles?«

»Den Inhalt des Telefonats. Oder hat dir Frau Klaasen-Knittelbeek den genauen Wortlaut erzählt?«

»Nun, äh, das gerade nicht«, musste Frau Antonie zugeben, was ihr sichtlich schwerfiel, »ich habe den Anruf natürlich sofort nach oben durchgestellt, nur habe ich wohl den Hörer nicht richtig aufgelegt, so dass ich zwangsläufig einiges mitbekommen habe. Andererseits wollte ich nicht mitten im Gespräch den Hörer auf die Gabel legen, denn das verursacht ein deutliches Knacken, und dann hätte man ja denken müssen, ich hätte *gelauscht*.«

Nur mühsam konnte sich Tinchen einen Kommentar verbeißen, und den anderen Damen schien es genauso zu gehen, denn es herrschte ein ungemütliches Schweigen, bevor alle drei auf einmal zu reden begannen. Nur sagten sie nicht das, was Frau Antonie gern gehört hätte, vielmehr freuten sie sich für die liebe Dorothee, die schon so lange verwitwet sei, das Alter spiele doch nur eine untergeordnete Rolle, und bekanntlich sei Charlie Chaplin sogar mit siebzig noch Vater geworden.

»Ich bezweifle nur, dass Dorothee noch Mutter werden kann«, sagte Frau Antonie bissig.

»Und ich bezweifle, dass sie es noch werden möchte!«, konterte Frau Helmers sofort. »Lassen Sie ihr doch den kleinen Flirt, Toni, selbst wenn mehr daraus werden sollte. Viele Frauen sind auf ihren guten Ruf bedacht. Die anderen werden glücklich!«

Frau Antonie schluckte auch noch diese Kröte, aber dann bemühte sich Tinchen, das Gespräch in weniger gefährliche Bahnen zu lenken. »Hat Ihnen meine Mutter eigentlich schon von den Hochzeitspaaren erzählt, die von unserem Hotel aus immer erst über den FKK-Strand laufen müssen, bevor sie zu dem Tülltempel kommen?«

Als Björn nach akkurat anderthalb Stunden an die Tür klopfte, sich für die Störung entschuldigte, höflich den Besuch begrüßte und dann Tinchen an den bald beginnenden Elternabend erinnerte, an dem sie ja unbedingt teilnehmen wolle, hatte Frau Helmers bereits zwei Tassen Kaffee getrunken (die letzte ohne Verwässerung) und drei Gläser Cointreau, während Toni und Frau von Rothenburg die umgekehrte Reihenfolge vorgezogen hatten und nun dringend auf die Toilette mussten. Damit wurde der allgemeine Aufbruch eingeläutet.

»Auf Jamaika würde ich jetzt meinen Lunch nehmen«, sagte Frau Antonie und ließ sich von Björn in den Mantel helfen, »unter einer schattenspendenden Palme sitzen und auf das sonnenglitzernde Meer schauen.« Ein tiefer Seufzer folgte. »Weshalb bin ich eigentlich zurückgekommen?«

»Weil du es ohne deine Familie gar nicht aushalten würdest, Mutsch!« Tinchen drückte ihrer Mutter einen Kuss auf die Wange, dabei überlegend, wo um alles in der Welt Toni im Speisesaal unter der schattenspendenden Palme gesessen haben wollte. »Über wen würdest du dich denn sonst ärgern können?«

Die Tür war hinter den dreien noch kaum ins Schloss gefallen, als sie sich zu Björn umdrehte: »Elternabend! Was Besseres ist dir wohl nicht eingefallen? Hoffentlich haben sie das geglaubt.«

Er lächelte spöttisch. »Warum sollten sie denn nicht? Es stimmt doch!«

So kam es, dass sich Tinchen in ihr dunkelblaues Jackenkleid warf, denn Elternabende hatte sie noch als kleine private Modenschauen in Erinnerung, auf Make-up verzichtete in der Hoffnung, bei ihrem noch immer dunkel gebräunten Gesicht würde das nicht auffallen, und dann mit nur fünf Minuten Verspätung in das Klassenzimmer der 9 b platzte, wo sie teils missbilligend, teils überrascht, in jedem Fall aber mit neugierigen Blicken empfangen wurde. Der Herr vorne am Lehrerpult schien etwas irritiert, stellte sich dann jedoch als Dr. Hembach vor, seines Zeichens Klassenlehrer, und wenn er sich nicht irre, dann habe er es wohl mit der Großmutter des neuen Schülers Björn Bender zu tun?

»Da muss ich Sie leider enttäuschen, Herr Doktor, aber Kinderehen sind in Deutschland auch in früheren Jahren nicht gestattet gewesen. Ich bin Björns *Tante!*«

Der Herr Doktor stotterte eine Entschuldigung, und als Tinchen unter vereinzeltem Gelächter einen freien Platz suchte, wurde sie gleich von mehreren Personen herangewinkt. Sie setzte sich neben einen Herrn, der ihr gleich beim Hereinkommen durch seine dichte weiße Haarpracht aufgefallen war. »Gut gekontert, gnädige Frau!«, sagte er leise. »Aber wenn Sie schon die Großmutter eines dieser Schüler sein sollen, was um alles in der Welt bin dann ich? Der Urahne?«

»Pssst!«, klang es hinter ihnen, wofür Tinchen äußerst dankbar war, denn ihr war so schnell keine halbwegs originelle Antwort eingefallen. So hörte sie mit scheinbarem Interesse zu, was Herr Dr. Hembach, zuständig für Mathematik und Physik, über das Pensum des zweiten Schulhalbjahres zu erzählen hatte, verstand nichts, was man ihr hoffentlich nicht ansah, und überließ gelegentliche Zwischenfragen denjenigen, die offenbar begriffen, worüber da vorne doziert wurde. Plötzlich beugte sich ihr Nachbar zu ihr herüber. »Machen Sie sich nichts draus, gnädige Frau, ich komme da auch nicht mehr mit. Manchmal sehne ich mich zwar, wie wohl jeder gelegentlich, nach der Jugend zurück, aber dann sehe ich morgens meinen Jüngsten mit dem Mathebuch unterm Arm …«

Endlich Stühlerücken, Gelächter, Gesprächsfetzen – der offizielle Teil des Elternabends war zu Ende, der gesellige sollte ›am üblichen Platz‹ fortgesetzt werden. Ein Teil der Anwesenden umringte Dr. Hembach, ein anderer driftete auf der Suche nach Fachlehrern in verschiedene Richtungen, und wer kein bestimmtes Ziel hatte, scharte sich um den weißhaarigen Herrn. Er war es auch, der Tinchen festhielt, als sie aus der Tür schlüpfen wollte. »Der harte Kern trifft sich immer noch auf einen kleinen Plausch in der Weinstube gleich um die Ecke. Hätten Sie nicht Lust, mitzukommen? Wir sind nämlich alle ein bisschen neugierig auf Ihren Neffen, über den bereits die wildesten Gerüchte herumgehen. Sie reichen vom illegitimen Spross eines orientalischen Potentaten bis zum millionenschweren Waisenkind, das von einem Internat in das nächste geschoben wurde. Dem widerspricht allerdings die Aussage meines Sohnes, der Björn für einen gar nicht eingebildeten, leider äußerst mittelmäßigen Schüler hält. Ich weiß das deshalb, weil Thorsten heute früh von ihm die lateinischen Hausaufgaben abgeschrieben und sich eine Vier minus eingehandelt hat.«

»Er hätte es besser bei den englischen machen sollen«, sagte Tinchen sofort, »das spricht Björn nämlich fließend. Ich fürchte nur, es ist das einzige Fach, in dem er nicht zur unteren Hälfte des letzten Drittels gehört.«

»Na, prächtig! So besteht ja berechtigte Aussicht, dass sie ab nächstem Schuljahr die neunte Klasse gemeinsam wiederholen dürfen!« Dann stellte er sich vor. Er heiße Werner Evert, sei Rechtsanwalt und nebenberuflich Elternvertreter, »allerdings nur einmal und nie wieder! Bei der letzten Vollversammlung wurde unter anderem zwei Stunden lang debattiert, wie viel es kosten würde, die Wände vom Aufenthaltsraum mit schallschluckenden Platten zu belegen und auf diese Weise den Lärm zu dämpfen!« Plötzlich lachte er. »Die Zeiten haben sich wirklich mächtig geändert! Als ich noch ein Junge war, da haben sie den Lärm bei *mir* gedämpft!«

Erst hatte Tinchen gezögert, sich dann aber doch zum Mitgehen entschlossen. Bestimmt war es besser, die haarsträubenden Gerüchte über Björns Herkunft auszuräumen und ganz nebenbei ein paar Kontakte zu knüpfen, denn er brauchte nicht nur eine Familie, sondern auch Freunde. Und wenn dieser Thorsten ein bisschen was vom Humor seines Vaters geerbt hatte, müsste er doch eigentlich ein ganz patenter Bursche sein. Ganz abgesehen davon wäre es auch ganz vorteilhaft, im Bekanntenkreis einen Anwalt zu haben, man weiß ja nie, wann man mal einen braucht. Noch besser wäre natürlich ein Arzt gewesen, schon wegen Toni, die das seit jeher bedauert hat. Nach ihrer Ansicht gehört zu einer Großfamilie immer jemand, der Medizin studiert hat, notfalls ein Eingeheirateter. Man will ja nicht wegen jedem kleinen Wehwehchen zum Arzt laufen, aber wenn es einen irgendwo zwickt, möchte man doch ganz gern wissen, ob's was Ernstes ist, und ein Familienmitglied kann man ruhig danach fragen. Sogar telefonisch. Außerdem kriegen Ärzte immer gratis Medikamente, die sie natürlich bei Bedarf weitergeben müssen, sonst wissen sie ja nicht, ob das Zeug auch hilft. Und wo könnten sie das besser ausprobieren als innerhalb der Familie? Sicher, im Bender-Clan gab es einen Mediziner, aber der zählte ja nicht. Erstens lebte er viel zu weit weg in Süddeutschland, und zweitens war er Neurologe. Frau Antonie kannte niemanden, der jemals einen Neurologen hatte in Anspruch nehmen müssen (Psychiater ja), da hätte sie genug aufzählen können, die einen brauchen würden, doch das war ja wieder was anderes), also nützte der Professor Clemens in Tübingen überhaupt nichts!

Als Tinchen an jenem Abend gegen halb zwölf nach Hause kam, war Florian noch nicht da und Björn schon im Bett. Jetzt konnte sie ihn nicht mal fragen, ob es richtig gewesen war, dass sie den Thorsten Evert für Freitag zum Essen eingeladen hatte. Natürlich hatte sie im Laufe des Abends seinem Vater gegenüber erwähnt, auf welche Weise Florian seine Brötchen verdiente, und war auf lebhaftes Interesse gestoßen. Thorsten wollte nämlich Journalist werden, ein Wunsch, der angeblich schon seit einem halben Jahr anhielt, was seinen Vater allmählich von der Ernsthaftigkeit überzeugte. »Astronaut und Aquanaut hatte er schon mit elf Jahren wieder abgehakt, Computer-Erfinder wie Bill Gates hat auch nicht lange gehalten, weil er mitgekriegt hatte, dass man dazu Mathe braucht, und die kann er nicht. Danach kam die Zeit der Profi-Sportler, er war sich nur nicht darüber im Klaren, was mehr Geld bringt, Fußball oder Tennis, deshalb hat er es mit keinem von beiden auch nur mal versucht, und dann hat er beschlossen, gleich auf einen Schlag Millionär zu werden, und sein gesamtes Taschengeld beim Zahlenlotto verbraten. Ob sein Interesse für den Journalismus nicht auch wieder ein Strohfeuer ist, kann ich natürlich nicht sagen, doch ich könnte mir denken, dass er brennend gern einmal einen Blick hinter die Kulissen werfen würde. Meinen Sie, Ihr Mann könnte ihm das gelegentlich ermöglichen?«

Selbstverständlich könne er das, hatte sie gesagt, und Thorsten spontan eingeladen. Nach einer Portion Krabbensalat als Grundlage, zwei Gläsern Weißherbst und zum Teil recht amüsanter Unterhaltung mit den übrigen Elternteilen – merkwürdigerweise war nur ein einziges komplettes Paar erschienen – war ihr diese Einladung ganz natürlich erschienen, doch jetzt zu Hause war sie sich nicht mehr sicher. Was ist, wenn Björn und Thorsten sich nicht ausstehen können oder zumindest Letzterer eine Mordswut hat wegen der vergeigten Hausaufgaben? Und was, wenn Florian gerade am Freitag einen Auswärtstermin hat? Eine Pressekonferenz von Herrn Clement im Düsseldorfer Landtag zum Beispiel würde wohl kaum einen Fünfzehnjährigen vom Hocker reißen. Andererseits pflegen auch Ministerpräsidenten so manches Wochenende schon am Freitagmittag zu beginnen, also würde Florian wohl doch in der Redaktion sein und hoffentlich auch Zeit haben, einen künftigen Kollegen ein bisschen herumzuführen.

»Jetzt kann ich's sowieso nicht mehr ändern!«, teilte Tinchen ihrem Spiegelbild mit, als sie zur Zahnbürste griff. »Warum studiert er nicht einfach Jura wie sein Vater?«

Der Kakao stand schon dampfend vor seinem Platz, daneben lagen das Schulbrot nebst Apfel und Banane, als Björn mit erheblicher Verspätung in die Küche schlurfte. »Morj'n!«

»Guten Morgen, Björn.« Tinchen gab sich betont munter, obwohl sie viel lieber im Bett geblieben wäre. »Gut geschlafen?«

»Gut ja, bloß zu wenig.« Mit einem Fuß zog er den Stuhl heran und ließ sich darauf fallen. »Der Wecker hat mich zwar daran erinnert, dass ich aufstehen muss, er hat nur nicht gesagt, warum!« Missmutig starrte er in seinen Kakaobecher. »Da is ja lauter Pelle drauf!«

»Als ich ihn eingegossen habe, war noch keine da.« Sie reichte ihm einen Löffel, bevor sie sich ebenfalls setzte. »Willst du gar nicht wissen, wie es auf dem Elternabend gewesen ist?«

»Nö. Ich habe mir sagen lassen, dass die Diskussion, in welcher Kneipe man hinterher einen picheln geht, immer mit erheblich mehr Engagement geführt wird als eine mögliche Debatte über schulische Themen. – Hast du zufällig meine bequeme weiße Jogginghose gesehen?«

Tinchen verneinte. »Vielleicht kannst du sie nicht finden, weil sie inzwischen eine bequeme *graue* Jogginghose ist?«

Als Antwort kam ein gereiztes Knurren zurück. Trotzdem wagte sie einen Vorstoß. »Kennst du einen Thorsten Evert?«

»Wieso? Hat der etwa meine Hose?« Dann schüttelte er den Kopf. »Wer soll das sein?«

»Das müsstest du besser wissen als ich, immerhin hast du ihm zu einer Vier minus in Latein verholfen.«

»Ach, *den* meinst du?« Björn fing an zu lachen. »Wenn er nicht selber noch drei Fehler reingehauen hätte, dann wär's 'ne glatte Vier geworden. Warum fragst du?«

»Nur so. Ich habe gestern Abend seinen Vater kennengelernt und mir gedacht, wenn sein Sohn nur halb so sympathisch ist, solltest du ihn mal einladen.«

Björn sah auf die Uhr, sprang auf, stopfte Brot und Obst in seine Mappe und rannte durch die Tür zur Garderobe. Während er am Reißverschluss von seiner Chevignon-Jacke herumfummelte, kam er ein paar Schritte zurück. »Du warst schon weg, da hat die Ulla angerufen. Ob sie nachher den Tim vorbeibringen kann, der ist heute zum Geburtstag bei einem Manfred oder Markus oder so ähnlich eingeladen, aber sie hat keine Zeit, weil sie zu Herrn Reiki muss.« Dann knallte er die Haustür hinter sich zu und überließ es Tinchen, sich aus diesen vagen Informationen das zusammenzureimen, was über kurz oder lang auf sie zukommen würde.

Es kam zwei Stunden später, als Ulla, ein plärrendes Kind vor sich herschiebend, Einlass begehrte. »Der Kerl ist unausstehlich«, behauptete sie, »und das nur, weil er heute nicht in den Kindergarten durfte.«

»Und warum durfte er nicht?« Tinchen drückte ihren Enkel an sich. »Bist du etwa krank, Timmy?«

»Nei-kein«, schluchzte der, »aber i-hich …«

»Er ist bei Marvin zur Geburtstagsfeier eingeladen«, fuhr Ulla dazwischen, »da kann ich ihn doch nicht im Räuberzivil hinschicken!« Sie zog ihm den Parka aus. »Aber so wollte er nicht in den Kindergarten! Los, Tim, zeig dich mal der Omi!«

Der rannte jedoch los und verbarrikadierte sich in der Gästetoilette. »Hier komme ich überhaupt ni-hie mehr raus!«, brüllte er. »Erst dann, wenn ich die ollen Sachen im Klo runtergespült habe. Jawohl!«

»Untersteh dich! Dann kriegst du einen Monat lang Fernsehverbot!«, drohte seine Mutter, an der Klinke rüttelnd.

»Is mir egal!«, kam es zusammen mit dem Gurgeln der Toilettenspülung zurück.

Jetzt hatte Tinchen genug. Sie schob ihre Schwiegertochter zur Seite. »Nun hör mir mal zu, Timmy. Es hat gar keinen Zweck, wenn du die Sachen im Klo runterspülst. Dazu sind sie viel zu groß, sie verstopfen bloß den Abfluss, kommen gleich wieder hoch, und dann hast du sie ja doch wieder zurück.«

Das schien ihm einzuleuchten. »Wie kriege ich sie denn anders weg?«

»Überhaupt nicht! Dazu waren sie viel zu teuer!«, wütete Ulla. »Und jetzt kommst du *sofort* da raus!«

»Nein!« Und wieder das Geräusch der Spülung.

Tinchen wurde energisch. »Ich halte es für das Beste, Ulla, wenn du jetzt gehst. Du hast doch bestimmt einiges vor, sonst wärst du nicht so früh gekommen. Wo ist denn Tanja?«

»Bei meiner Mutter«, sagte Ulla, dabei ein in Mickymauspapier gewickeltes Paket von Schuhkartongröße auf den Tisch legend. »Das Geschenk für Marvin.«

Tinchen hob es an. »Meine Güte, ist das schwer! Was hast du denn da drin? Duell-Pistolen?«, fragte sie eingedenk der sich in letzter Zeit häufenden Meldungen über schießwütige amerikanische Kinder, doch Ulla schüttelte nur den Kopf. »Wo denkst du hin? Ich habe alles das gekauft, was die in dem Alter gerne essen, also Gummibärchen, Kaugummi, Müsli-Riegel, Kokosflocken, Kinderschokolade … na ja, eben einmal quer durch die Süßigkeitenregale an der Supermarktkasse.«

»Und obendrauf hast du hoffentlich einen Gutschein für Karies-Prophylaxe gelegt!«, giftete Tinchen. »Dir ist wirklich nicht zu helfen!« Sie öffnete die Haustür. »Wenn du noch langer bleibst, könnte es sein, dass ich meinen vor sechs Jahren geleisteten Eid heute breche, und darauf solltest du es lieber nicht ankommen lassen!«

Ulla sah das ein, obwohl sie den tieferen Sinn dieser Drohung nicht verstanden hatte, aber die Augen ihrer Schwiegermutter waren ganz dunkel geworden und hatten so eigenartig gefunkelt, und das bedeutete in der Regel Vorsicht! Im Hinausgehen informierte sie Tinchen noch, dass der Geburtstag um fünfzehn Uhr beginne und Tobias seinen Sohn gegen neunzehn Uhr wieder hier abholen werde. »Wenn es länger dauern sollte, ruf ihn bitte vorher an!« Dann eilte sie schlüsselklappernd durch den Vorgarten zu ihrem am Straßenrand geparkten Wagen.

Vor sich hin lächelnd schloss Tinchen die Tür. Vier Stunden Geburtstag mit einem halben Dutzend noch nicht schulpflichtiger Kinder war nun wirklich das Äußerste, was man als nur unzulänglich trainierte Mutter durchstehen konnte; jede Minute mehr konnte unkontrollierbare Reaktionen auslösen! Nicht umsonst hatte sich Tinchen immer schon Tage vorher gegrault, wenn eins ihrer eigenen Kinder Geburtstag hatte.

Vorsichtig öffnete Tim die Toilettentür. »Is Mami weg?«

»Ja, du kannst jetzt rauskommen.«

»Aber nur, wenn du nicht guckst!«

Gehorsam drehte sich sie um und beobachtete im Spiegel, wie sich Tim langsam durch die Tür schob, bevor er in Windeseile die Treppe hinaufstürmte. Nun konnte sie ihn verstehen! Zu einer grauen Flanellhose mit Bügelfalte trug er ein hellblaues Oberhemd und darüber eine offene, dunkelblaue Weste mit kleinen Teddybären. Eine ebenfalls dunkelblaue Fliege vervollständigte diesen albernen Aufzug.

Während sie noch überlegte, ob sie Tim erst einmal in Ruhe lassen oder ihm doch lieber hinterherlaufen sollte, hörte sie oben eine lachende Stimme: »Donnerwetter, Tim, gehst du diesmal als der kleine Lord zum Kinderkarneval?«

»Ach wo«, sagte Tinchen, ihren Enkel schnell wieder aus Florians Arbeitszimmer schiebend, »er geht lieber noch mal als Cowboy wie im letzten Jahr, stimmt's? Und jetzt läufst du nach oben ins Spielzimmer und ziehst dich um!«

Tim trabte ab, und endlich konnte Tinchen ihrem Herzen

Luft machen. »Ulla wird jeden Tag dämlicher! Heute ist sie schon bei morgen!« Dann sprudelte sie alles heraus, worüber sie sich geärgert hatte und worüber sie sich garantiert noch weiter ärgern würde, und sie wusste auch schon, was das war. »Nun habe ich doch glatt vergessen zu fragen, wer eigentlich Herr Reiki ist.«

Als sie ihren Enkel pünktlich um fünfzehn Uhr vor der mit bunten Luftballons dekorierten Gartentür absetzte, trug Tim frischgewaschene Jeans, das blaue Oberhemd und statt der Fliege ein passendes Nickituch, doch es hatte Tinchen eine Menge Überredungskunst gekostet.

»Da muss ich mich immer bloß vorsehen, dass nichts schmutzig wird, und dann kann ich gar nicht richtig spielen«, hatte er sich beschwert. »Warum kann ich nicht den gelben Pullover anziehen? Der ist bloß am Ärmel ein ganz kleines bisschen kaputt.«

»Der ist nicht nur kaputt, der ist total ausgefranst, damit kannst du höchstens noch dem Opa beim Autowaschen helfen.« Endlich hatte sie Tim vor den Spiegel geschoben. »Na, junger Mann, bist du jetzt einverstanden?«

Nein, natürlich nicht, doch was sollte er machen? Immerhin hatte ihn die Omi von den doofen Hosen befreit und von dieser Bärenweste. Die hatte er überhaupt nicht gewollt, er war doch kein Baby mehr, aber die Verkäuferin in dieser Kinderbu… Butike … also in dem Laden hatte gleich losgekreischt, wie entzückend er darin aussähe, und prompt hatte Mami das blöde Ding gekauft. »Warum muss man sich denn immer so komisch anziehen, wenn man wo eingeladen ist?«

»Das tut man, weil man dem Gastgeber, also dem Geburtstagskind, damit zeigen will, dass man das Fest als etwas Besonderes ansieht, und an besonderen Tagen wie zum Beispiel Ostern oder Weihnachten läufst du ja auch nicht im Jogginganzug oder in alten Hosen herum.«

»Wenn ich dürfte, würde ich aber, und dem Marvin ist das

auch ganz egal«, hatte Tim rundheraus erklärt und dann auf Tinchens Ermahnung, sich vor dem Nachhausegehen bei Marvins Mutter für die Einladung zu bedanken, grinsend erwidert: »Das mache ich lieber gleich. Wie wir das letzte Mal abgeholt wurden, da hatte sie sich schon im Schlafzimmer eingeschlossen und bloß noch Marvins Papa war da, weil der noch ganz frisch war und nicht so viel mit uns spielen musste.«

Das allerdings konnte nur eine Mutter nachempfinden, die im Laufe der Zeit selber ungefähr zwei Dutzend Kindergeburtstage und -partys durchgezogen hatte, die sich nur in der Verpflegung (und vor allen Dingen in deren Menge!) unterschieden. Teenager können sich nicht mehr für dreifarbige Götterspeise begeistern oder für Mohrenköpfe mit Gesichtern drauf, die stehen mehr auf Pizza und Pommes frites, nur der Geräuschpegel bleibt gleich hoch; Topfschlagen wird von genauso lautem Gebrüll begleitet wie ein Pfänderspiel der Größeren.

Diesmal schien sich Marvins Mutter Verstärkung geholt zu haben. Eine ältere Dame, in der Tinchen die Großmutter vermutete, öffnete, begrüßte Tim und informierte sie, dass man das Ende der Feier für halb sieben angesetzt habe.

»Dann kann ich Ihnen für die nächsten Stunden nur viel Geduld und gute Nerven wünschen«, sagte Tinchen lächelnd, stieg ins Auto und gleich wieder aus, weil das Geburtstagsgeschenk noch auf dem Beifahrersitz lag. Natürlich nicht die süße Kalorienbombe von Ulla, sondern dicke Holzbuntstifte und ein Block mit fünfzig weißen Blättern, denn Tim hatte mal erzählt, dass »dem Marvin sein Vater schon zwei gemalte Bilder mit Rahmen in sein Büro gehängt hat, trotzdem dass da immer fremde Leute reinkommen«.

Bevor sie läuten konnte, kam Tim schon aus der Tür geschossen. »Mein Geschenk! Du hast das Geschenk vergessen! Mami hat gestern auch gesagt, dass du alt wirst, weil du so viel vergisst.« Er riss ihr das Päckchen aus der Hand, meinte aber tröstend: »Ist ja nicht so schlimm, Omi, ich erinnere dich immer, wenn du wieder was vergessen hast.« Weg war er, und nun hatte Tinchen etwas, woran sie noch eine ganze Weile kauen sollte.

Wieder zu Hause, lief ihr als Erstes Florian über den Weg. Sein Gesicht sprach Bände. »Dass ASU überfällig ist, habe ich ja gewusst, dass die hinteren Stoßdämpfer nicht mehr ganz in Ordnung sind, habe ich geahnt, aber jetzt behauptet dieser Werkstattheini auch noch, der Wagen bräuchte neue Bremsbeläge, mit den alten käme ich nie und nimmer durch den TÜV. Weißt du, was das kostet?«

»Wahrscheinlich Geld!«, sagte Tinehen pampig und lief schnurstracks in die Küche, weil sie jetzt einen Kaffee brauchte und dazu einen Kognak, auch wenn's nur der zum Kochen war. Florian trabte hinterher. »Was hast du denn?«

»Nichts, bloß eine Wut im Bauch.« Sie fütterte die Maschine, und während sie nach der Weinbrandflasche suchte, räsonierte sie weiter. »Meine Schwiegertochter hat offenbar eine Vorstufe von Alzheimer bei mir festgestellt, denn ich würde neuerdings alles vergessen, behauptet sie, und dabei habe ich schon mehr vergessen, als sie jemals gewusst hat, und überhaupt ... Flori, hast du die dunkle Flasche mit dem überklebten Etikett gesehen, auf dem *Rattengift* steht?«

»Meinst du die grüne? Die habe ich neulich Gerlach mitgegeben, weil der angeblich eine im Keller hat.«

»Was ›eine‹?«

»Eine Ratte natürlich!«

»Na, wenn's gewirkt hat, dürfte das Vieh wenigstens einen schönen Tod gehabt haben. Dann ist es nämlich an Alkoholvergiftung gestorben!« Wütend knallte sie die Schranktür zu. »Das ist mein Küchenkognak gewesen!«

»Glaubst du, das haben wir nicht gemerkt?« Florian schaltete die Maschine aus und goss den Kaffee in zwei Becher. »Fabian hatte die Flasche zufällig entdeckt und sich daran erinnert, als wir an unserem Saufabend plötzlich auf dem Trocknen saßen.«

»Aber das ist doch schon zwei Monate her?«

»Eben! Da kannst du mal sehen, wie lange du dich nicht mehr in der edlen Kunst der feinen Küche versucht hast. Es lebe die Mikrowelle!«

»Im Hauptwaschgang bei 90 Grad, da schmeckt der Braten delikat!«, tönte es von der Tür. »Gibt's noch was zu essen?«

»Um halb vier nachmittags? Ist das hier 'ne Bahnhofskneipe?«

»Natürlich nicht, Tante Tina, entschuldige bitte, aber ich hatte keine Ahnung, dass wir mittwochs am Nachmittag zwei Stunden Sport haben. Kein Mensch hatte mir was gesagt, und den Stundenplan hat mir der Hembach erst vorhin in die Hand gedrückt. Und weil ich nicht mal Turnschuhe dabeihatte, durfte ich den Geräteraum aufräumen.« Björn ließ seine Mappe fallen und sah Florian herausfordernd an. »Frage an die Wissenschaft: Gibt es intelligentes Leben im Lehrerzimmer?«

Da sich Tinchen an diesem Vormittag mehr um das psychische Wohlergehen ihres Enkels als um das physische ihrer beiden Männer gekümmert hatte und ihr eigener Magen noch immer zwischen jamaikanischer und europäischer Zeit schwankte (erst heute Nacht hatte sie um drei Uhr wieder tierischen Hunger auf gegrillten Fisch bekommen), hatte sie gar nicht ans Essen gedacht. Als nämlich Julia und Tobias endgültig ausgezogen waren, also vor ungefähr acht Jahren, hatte Tinchen beschlossen, das bis dahin gültige Ritual Wenn-die-Kinder-aus-der-Schule-kommen-wird-gegessen abzuschaffen und sich nicht mehr zum Sklaven von Küchenuhr und Kochherd zu machen. Wenn sie Lust hatte, was gar nicht mal so selten vorkam, kochte und brutzelte sie stundenlang, servierte ihrem Florian dienstags ein Drei-Gänge-Menü und dafür sonntags gar nichts, weil sie an diesem Tag sowieso spät frühstückten. Sie fror alles, was übrig blieb, portionsweise ein, taute es bei Bedarf wieder auf, und falls gar nichts mehr da war, gab's immer noch die Kühltheke im Supermarkt oder das China-Restaurant drei Straßen weiter. Noch nie hatte sich Florian über die etwas unorthodoxe Haushaltsführung seiner Frau beschwert, und das würde er auch weiterhin nicht tun, solange Eier im Haus waren. Während seiner Junggesellenzeit waren sie neben Tütensuppen der Hauptbestandteil seiner Ernährung gewesen, hatten ihn fit und schlank gehalten, und noch heute kriegte er Spiegeleier besser hin als Tinchen. Und für akute Notfälle war da noch die Verlagskantine, in der es bis dreiundzwanzig Uhr Snacks, Pizza und Frau Webers unvergleichliche Erbsensuppe gab.

Auch so etwas, woran ich vorher nicht gedacht habe, fiel Tinchen ein, jetzt muss ich ja wieder jeden Tag richtig kochen! Teenagermägen wollen bekanntlich nicht nur zu den normalen Essenszeiten gefüttert werden, sondern häufiger noch zwischendurch, wobei es weniger auf das Was ankommt als auf das *Wieviel.* Sie öffnete den Tiefkühlschrank und begann, die einzelnen Schubfächer herauszuziehen. Im ersten lagen zwei Tüten Mais (Wer hatte die denn gekauft?) und eine Packung Blätterteig, haltbar bis Juli 97. Das zweite Schubfach war ganz leer, im dritten kullerten Laugenbrötchen herum und zwei übrig gebliebene Grillsteaks vom letzten Sommer. Erst im untersten Fach wurde sie fündig. »Was willst du haben, Björn, Schlemmerfilet à la Bordelaise oder Chinapfanne mit Scampi?«

»Am liebsten Kartoffelpuffer!«, sagte der. »Aber so was isst man ja heute nicht mehr, oder?«

»Ob ›man‹ sie noch isst, weiß ich nicht, bei uns hat es sie seit Jahren nicht mehr gegeben!«, kam es wehmütig aus der Fensterecke, wo Florian auf der dreistufigen Leiter thronte, wichtigstes Küchenmöbel überhaupt, ohne das Tinchen nie an die oberen Schränke herankommen würde.

»Ihr könnt ja mal nachsehen, ob im Vorratsschrank noch eine Packung steht«, gestattete sie gnädig. »Aber Apfelmus ist bestimmt nicht mehr da!«

Florian protestierte sofort. Puffer würden nur aus selbst gemachtem Teig richtig schmecken, er würde ja auch die Kartoffeln reiben, Apfelmus müsse nicht sein, bei drei Kellerregalen voll Eingemachtem von Toni würde sich bestimmt etwas Passendes finden, und wenn alle mithelfen würden, wäre man im Handumdrehen fertig.

»Ich habe doch bloß Spaß gemacht!« Björn sah aus wie das personifizierte schlechte Gewissen. »Mir genügt ja Spiegelei auf Toast.«

»Kommt nicht in Frage, langsam kann ich keine Eier mehr sehen!« Florian rutschte von seinem Notsitz. »Kannst du Kartoffeln schälen?«

Die Arbeitsteilung klappte aber doch nicht so ganz. Nachdem Björn zwei faustgroße Kartoffeln auf Taubeneigröße geschrumpft hatte, nahm ihm Tinchen das Messer aus der Hand. »Das üben wir noch! Sieh lieber im Keller nach, ob du ein Kompott findest, das erst *nach* der Wende eingekocht worden ist!«

Er hatte gerade mit der Suche angefangen, als er seinen Onkel aufjaulen hörte. Sofort schoss er die Treppe wieder hoch. »Is was?«

»Ja, Selbstverstümmelung!«, sagte Tinchen kurz. »Hol mal 'n Pflaster und dann ruf den Notarzt an! Sag ihm, er soll Blutkonserven mitbringen. – Lieber Himmel, Florian, du tropfst ja alles in den Kartoffelteig! Halt doch endlich mal den Finger unter die Wasserleitung!«

Wenig später stieg Florian mit verpflastertem und anklagend erhobenem Zeigefinger in den Keller, während Björn zur Reibe griff. »Wie hat er das bloß geschafft?« Nach der dritten Kartoffel wollte er wissen, ob es für solche Zwecke nicht ein arbeitserleichterndes Elektrogerät gäbe, und nach der sechsten kam er zu dem Schluss, dass Reibekuchen aus der Packung eigentlich auch ganz gut schmeckten.

Das nächste Problem ergab sich, als die drei Köche vor der schon etwas unansehnlichen Pampe standen und nicht weiterwussten. »Einfach so kann man das nicht in die Pfanne tun, es sei denn, man stellt sich in einem Asbestanzug vor den Herd.« Ratlos rührte Björn in der Schüssel herum. »Das Zeug ist viel zu nass, es würde in alle Richtungen spritzen.«

»Vielleicht muss man es durch ein Tuch drücken, so wie bei Quark?«, schlug Florian vor. »Tine, sag doch auch mal was!«

Früher wäre sie ans Telefon gegangen und hätte ihre Mutter angerufen, doch diese Blöße wollte sie sich nicht mehr geben. Andererseits hatte sie selber für Kartoffelpuffer immer die Fertigmischung genommen, die man nur in Wasser einzurühren braucht. Toni hatte so etwas natürlich nie benutzt, nur hatte Tinchen vor ihrer Heirat einen Riesenbogen um jede Küche gemacht, was sie später allerdings oft genug bereut hatte. Egal, es wäre ja gelacht, wenn sie diesen verflixten Teig nicht hinbekäme! »Da müssen noch Zwiebeln rein!«, erinnerte sie sich plötzlich. »Mindestens drei Stück. Die kannst du mal schälen, Björn, und gleich reinreiben.«

»Dann wird die Plempe ja noch flüssiger!«

Damit hatte er zweifellos recht, aber »Kartoffeln sind bekanntlich stärkehaltig, da dickt der Teig von allein nach. Lass ihn ruhig ein bisschen stehen, ich muss nur mal schnell für kleine Mädchen!«

Das musste sie zwar nicht, aber sie öffnete und schloss sehr geräuschvoll die Toilettentür, bevor sie leise nach oben schlich. Ganz hinten in dem Regal mit Fotoalben, Reiseprospekten und dem anderen bebilderten Kram, den sie schon seit Jahren durchsortieren und ausmisten wollte, musste noch das alte Kochbuch stecken, das sie seinerzeit von Oma Marlowitz zur Hochzeit bekommen hatte. Weil es nur noch aus losen Blättern bestand und so gar nicht mehr zu den vielen neuen Kochbüchern im Küchenregal passte, in denen von Wachtelbrüstchen bis zu Französischer Käsetarte lauter Gerichte behandelt wurden, wovon sie noch nicht ein einziges gekocht hatte (und mit Sicherheit auch nie kochen würde!), hatte Florian jenes Schulkochbuch zum Altpapier gepackt, wo Tinchen es heimlich wieder herausgezogen und versteckt hatte. Wer weiß, ob sie es nicht noch mal brauchen würde. Autoren, die zwei Seiten lang Minz-Gelee mit Melonenbällchen abhandeln, geben sich nicht mehr mit simpler Hausmacherkost ab!

Und richtig, im Inhaltsverzeichnis fand sie, was sie suchte: Kartoffelpuffer Seite 201. Hoffentlich war die noch da, es fehlten nämlich schon welche. Vorsichtig, damit nicht alles auseinanderfiel, blätterte sie die Seiten durch. Glück gehabt, das Rezept war noch vorhanden. Na also, so schief hatte sie gar nicht gelegen, die Zwiebeln waren richtig, aber wahrscheinlich waren drei ein bisschen zu viel gewesen. Pech gehabt, ließ sich jetzt nicht mehr ändern. Also weiter im Text. Na klar, Mehl gehörte dazu, dann würde der Teig gleich viel sämiger werden. Eier auch? Hoffentlich hatte sie noch genug. Salz ebenfalls? Hm, eigentlich naheliegend, Kartoffeln ohne Salz schmecken nach überhaupt nichts. Schmalz? Wieso Schmalz? Ach so, zum Braten. Na gut, da würde es Öl tun müssen, Schmalz hatte es im Hause Bender zum letzten Mal gegeben, als Frau Antonie ihrem siebzehnjährigen Enkel Tobias beigebracht hatte, wie man Griebenschmalz selber herstellt. Der Topf mit der heißen Flüssigkeit war umgekippt und hatte seinen Inhalt gleichmäßig über Herd, Geschirrspüler, Küchenboden und Tobias' nagelneue Timberland-Schuhe verteilt.

Auf Zehenspitzen schlich Tinchen wieder die Treppe hinunter, öffnete die Toilettentür und betätigte die Spülung. Dann drückte sie die Tür ins Schloss und ging zurück in die Küche. »Die besten Einfälle kriege ich entweder auf'm Klo oder unter der Dusche, bloß hätte duschen jetzt zu lange gedauert.« Auffordernd sah sie ihre zwei Mannen an, die auf dem Küchentisch saßen und Zwieback kauten. »Nun mal ein bisschen avanti, meine Herren, ich brauche Mehl, Eier, Salz, Öl und zwei Bratpfannen.«

Björn schaffte neun Kartoffelpuffer, aber Florian streikte schon nach dem sechsten, und deshalb blieben sogar für Tinchen noch zwei Stück übrig, von denen der letzte eigentlich nur noch ein halber war. Dazu gab es wahlweise Birnen- oder Stachelbeerkompott, beides erst drei Jahre alt und nach Björns Ansicht ganz große Klasse. »Tante Tina, das war besser als jedes Galadiner! Kannst du das eventuell übermorgen wiederholen?«

»Solche kostspieligen Mahlzeiten können wir uns höchstens einmal im Monat leisten«, ulkte Florian, Teller und Besteck in den Geschirrspüler räumend, »in den nächsten Tagen gibt es bestimmt bloß wieder Gulasch und Schnitzel. Und freitags natürlich Fisch!«

»Hör auf mit dem Blödsinn! Am Ende glaubt er's noch!« Dann wandte sich Tinchen an Björn. »Wenn du so gern Mehlspeisen isst, könnte ich statt Puffer ja auch mal Eierkuchen machen, nur nicht gleich übermorgen.«

»Gebongt! Im Übrigen hast du recht, Kartoffelpuffer ist wohl doch nicht das passende Essen für einen Gast. Soll ich ihn mal fragen, was er gerne hätte? Die Queen lässt sich vor Staatsbesuchen auch immer die Menüvorschläge kommen und wählt dann aus ...«

Tinchen zog den Kopf ein. Ihre spontane Einladung war wohl doch keine so gute Idee gewesen, denn Björn sah alles andere als begeistert aus, und nun wollte auch noch Florian wissen, worüber eigentlich geredet wurde und wer zum Henker der offenbar prominente Tischgast sein würde. »Der Bundespräsident?«

»Allenfalls sein künftiger Pressesprecher.« Und dann erzählte sie vom Elternabend, von Herrn Evert, seinem Sohn Thorsten und dessen Zukunftsplänen. »Da habe ich mir eben gedacht, ich lade den Jungen einfach mal ein, und du nimmst ihn und Björn später mit in den Verlag.«

»Na klar, ich habe ja auch sonst nichts zu tun.« Und dann zu Björn gewandt: »Was ist das denn für ein Knabe?«

»Och, eigentlich gar nicht so übel«, antwortete der mit breitem Grinsen, »jedenfalls hat er den Lateinpauker heute regelrecht mattgesetzt. Als der wieder rumgelabert hat von wegen mangelndem Interesse und so, da hat Thorsten gesagt, er sähe nicht ein, weshalb wir immer noch für die Taten unserer Altvorderen büßen müssten, denn Latein sei doch nichts anderes als die späte Rache der Römer an den Germanen!«

Als Thorsten in Björns Kielwasser durch die Tür trat, musste Tinchen regelrecht zu ihm aufschauen. »Du lieber Himmel, wie groß bist du denn?«

»Meinen Sie mit oder ohne?« Er deutete auf die etwa fünf Zentimeter hohen Sohlen seiner Turnschuhe. »Barfuß ergab die letzte Messung hundertneunundachtzig Zentimeter. Seitdem kann ich zum Ärger meiner Mutter mühelos feststellen, ob sie auch obenherum Staub gewischt hat.«

»Wie wär's, wenn du ihr diese Arbeit abnehmen würdest?«, schlug Tinchen vor, doch Thorsten konterte sofort. »Arbeit adelt. Ich bleibe bürgerlich!« Dann allerdings fing er an zu lachen. »Mein Vater hat mich trotzdem in sein privates Arbeitsbeschaffungs-Programm integriert, nur ist das mehr saisonbedingt. Ich bin nämlich für die Außenanlage zuständig. Im Winter Schneeschippen, eine dank der zunehmenden Erderwärmung immer seltener anfallende Tätigkeit, und im Sommer Rasenmähen. Natürlich nur, sofern er wächst, deshalb habe ich mich auch noch nie beschwert, wenn wochenlang kein Regen fällt. Jetzt muss ich ihn nur noch davon überzeugen, dass es rein ökologisch gesehen unverantwortlich ist, kostbares Trinkwasser zur Pflege seines Golfrasens zu verschwenden, aber so weit kriege ich ihn wahrscheinlich nie! – Kann ich mich irgendwie nützlich machen?«

Tinchen schüttelte den Kopf. »Lass dir von Björn zeigen, wo du dir die Hände waschen kannst, und danach könnt ihr antraben.«

Während die Jungs die Treppe hinaufpolterten, angelte sie eine Nudel aus dem Topf und probierte. Höchstens noch drei Minuten, gerade Zeit genug, mit der Bürste durch die Haare zu fahren und ein bisschen Lippenstift aufzulegen. Mit Thorstens Mutter würde sie natürlich nicht mehr konkurrieren können, die musste mindestens ein Dutzend Jahre jünger sein, aber deshalb brauchte sie, Tinchen, ihr Licht nicht unter den Scheffel zu stellen. Genau darum hatte sie auch die maisgelbe Bluse angezogen, die so gut zu ihrer Urlaubsbräune passte. Und zu den Spritzern der Tomatensoße! Spaghetti à la Bolognaise haben den Vorteil, dass sie von kaum einem Jugendlichen abgelehnt werden, andererseits aber den Nachteil, dass sie auf T-Shirts, Hemden und Gesichtern unübersehbare Spuren hinterlassen.

Björn steckte den Kopf durch die Tür. »Soll ich was reinbringen?«

»Ja, den Salat.« Sie drückte ihm die Schüssel in die Hand und folgte mit den Nudeln. »Hoffentlich mag Thorsten Spaghetti.«

»Der isst alles, sogar Erdnussbutter und Schweinskopfsülze.«

»Etwa zusammen?«

»Weiß ich nicht, aber ich trau's ihm zu.«

Und wenn schon, Tinchen gefiel dieser Junge. Mit seinem runden Gesicht und den wachen Augen hinter der runden Nickelbrille sah er zwar aus wie ein erstaunter Säugling, doch er schien es faustdick hinter den Ohren zu haben. Genüsslich streute er Parmesan über seine Nudeln. »Ich finde es einfach toll, Frau Bender, dass Sie Björn nicht nur aus dieser sauerländischen Ökoanstalt befreit, sondern auch noch in Ihr Haus aufgenommen haben. Sogar freiwillig, das muss man sich mal vorstellen! Ich glaube, *meine* Eltern zählen schon die Tage, bis sie mich endlich los sind! – Darf ich noch etwas Salat nehmen? Der schmeckt nämlich großartig. Danke. – Dabei kann ich sie ja verstehen, und manchmal mache ich mir echt Sorgen ihretwegen.«

»Kapiere ich nicht«, sagte Björn und löffelte zum dritten Mal Soße über seine Spaghetti. »Sind sie krank oder so was?«

»Nicht, dass ich wüsste. Mein Vater schuftet wie ein Besessener, kommt keinen Abend vor acht aus seiner Kanzlei raus, weil ja auch sein Letztgeborener mal auf die Uni soll, Oxford oder Harvard natürlich, wo's richtig Kohle kostet, na, und meine Mutter kümmert sich um mein sogenanntes leibliches Wohl, kocht stundenlang, wäscht und bügelt meine Klamotten, schiebt mir einen Schein in die Tasche, wenn ich mal wieder pleite bin …«

»Und deshalb machst du dir Sorgen?«, fragte Tinchen erstaunt.

»Genau! Ich fürchte nämlich, eines Tages reicht's ihnen und sie hauen einfach ab!«

Als Florian gegen achtzehn Uhr seine zwei Hilfsredakteure abholen wollte – er hatte wieder einmal den abwesenden Doppeldoktor vertreten und ganz freiwillig fünf Stunden früher in der Redaktion sein müssen –, musste er sie erst suchen. Er fand sie im Keller, wo sie vor der alten Tiefkühltruhe saßen und nach Tims Anweisung Eis am Stiel fabrizierten. »Is egal, was man nimmt, irgendwas zum Trinken, bloß kein Bier«, hatte er gesagt. »Dann braucht man noch so bunte kleine Cocktailspieße, zwanzig Stück oder vielleicht nicht so viele und das Silberding aus dem Kühlschrank, das die Eiswürfel macht. Mehr nicht.«

Nachdem Tim sich für Cola entschieden hatte, goss Thorsten die Flüssigkeit in den Behälter, während Björn mit den gezückten Cocktailspießen danebenstand. »Die Pikser musst du mit den Griffen nach oben reinstecken, sonst gehen die Eiswürfel vielleicht nie wieder raus«, kommandierte Tim und sah nicht ein, warum die Stäbchen nicht stehen blieben. »Bei Marvin seine Mama ist das aber gegangen.«

»Wahrscheinlich hat sie die Cola erst ein bisschen anfrieren lassen«, überlegte Björn.

»Die hat ja gar keine gehabt, das Eis war nämlich grün.«

»Ist es denn schlimm, wenn die Stiele nicht genau in der Mitte stecken, sondern an der Seite rausgucken?«

Tim überlegte kurz, entschied jedoch, dass das wohl nicht so wichtig sei. »Jetzt muss das gut frieren, sonst nimmst du es raus, Mann, und dann spritzt es überallhin, und der ganze Fußboden klebt.«

»Alles klar!« Thorsten stellte die künftigen Eiswürfel vorsichtig in die Truhe und schloss wieder den Deckel. »Wie lange dauert es denn, bis sie fertig sind?«

»Meistens bis Mittag«, sagte Tim, »aber nicht immer.«

»Und woher hast du dieses tolle Rezept?« Hinter der Tür hatte Florian abgewartet, bis der Eisbehälter sicher in der Truhe untergebracht war, obwohl er kaum das Lachen unterdrücken konnte. Am meisten hatte er sich über die beiden Burschen amüsiert, die mit todernster Miene die Anweisungen ihres kleinen Konditors befolgt hatten.

»Tag, Opi, du musst noch warten, bis das Eis richtig gefriert ist.«

»Gefroren, meinst du?«

»Ja, das auch. Kann ich nachher mitkommen?«

»Nein, Tim, kannst du nicht, weil nämlich dein Papa auf dich wartet.« Er gab seinem Enkel einen Klaps auf den Po und schob ihn zur Tür. »Ab nach oben, aber dalli!« Dann begrüßte er Thorsten und schlug vor, statt Journalist doch lieber Kindergärtner zu werden. »Abgesehen von deinem unbestreitbaren Talent fürs Flöhehüten hättest du immer schon dann Feierabend, wenn ich gerade erst anfange!«

»Das würde mich nicht stören, ich bin von Natur aus ein Nachtmensch, aber wenn ich ehrlich bin, dann gefällt mir überhaupt kein Beruf so richtig. Außerdem heißt es doch immer, die Jugend sei die schönste Zeit im Leben. Weshalb werden wir dann dauernd ermahnt, an unsere Zukunft zu denken?«

»Gute Frage«, musste Florian zugeben, »können wir gleich zur nächsten übergehen?«

»Sicher. Da aufgrund permanenter Arbeitszeitverkürzung wohl demnächst die Viertagewoche eingeführt wird, frage ich mich manchmal, ob die wohl reichen wird, sich von dem dreitägigen Wochenende zu erholen?«

»Junge«, meinte Florian laut loslachend, »warum willst du später nicht in die Politik gehen? Deine Argumente sind so schwer zu widerlegen.«

»Das ist doch überhaupt *die* Idee!«, stimmte Björn zu. »Politiker ist gar kein so schlechter Beruf. Wer Erfolg hat, wird prominent und kriegt 'ne anständige Altersversorgung, und wer scheitert, kann immer noch ein Buch schreiben.«

Thorsten winkte ab. »Nein, danke! Man braucht sich doch bloß mal im Fernsehen so eine Bundestagsdebatte anzusehen: Da steht einer vorne, redet und sagt gar nichts. Keiner hört zu, und zum Schluss sind alle dagegen!« Er schüttelte den Kopf. »Dann versuche ich es doch lieber bei der Presse, da landet das, was ich zu sagen habe, erst am *nächsten* Tag beim Altpapier.«

»Der liebe Gott erhalte dir deinen Kinderglauben«, sagte Florian, schon halb auf der Treppe nach oben, »in den Staaten werden die meisten Zeitungen bloß noch gekauft, um die Schnapsflaschen darin einzuwickeln!«

Neben der Tür zum Keller stand Tinchen, in einer Hand den Kaffeebecher, in der anderen eine gerade angezündete Zigarette. »Ihr seid ja immer noch da!«

»Natürlich«, sagte Florian, »wo sollten wir denn sonst sein?«

»Mir egal, bloß irgendwo anders, für heute langt's mal wieder! – Nein, Thorsten, damit meine ich nicht dich«, verbesserte sie sich erschrocken, als sie seinen Kopf auftauchen sah, »sondern ausschließlich meine Nachkommen, die dann folgende Generation inbegriffen! Das Einzige, was Kinder noch schneller kaputtmachen als Schuhe, sind die Eltern beziehungsweise – auf den Singular bezogen – mich!« Sie öffnete die Tür und warf die Zigarettenkippe in die Toilettenschüssel. »Ich weiß ja, dass Kinder einem selten etwas in den Mund legen, was man nicht gesagt hat, nur geben sie leider allzu wortgetreu das wieder, was man nicht hätte sagen sollen.« Dann fing sie an zu kichern. »Was würdest du sagen, Flori, wenn man von dir behauptet: *Du hast einen IQ von 4, aber Knäckebrot hat 5?*«

»Ich wäre sauer!«

»Siehste, das ist Frau Knopp auch! Sie hat sich deshalb bei Tobias beschwert, und der will jetzt wissen, wo Tim das aufgeschnappt hat.«

Sofort meldete sich Björn. »Bei mir. Stimmt's vielleicht nicht?«

»Natürlich stimmt es, nur solltest du derartige Erkenntnisse nicht in Gegenwart von Kindern äußern. Es gibt Leute, die können einfach die Wahrheit nicht vertragen!«

Florian drängte zum Aufbruch. Er müsste eigentlich schon längst in der Redaktion sein, gerade freitags sei immer der Bär los wegen der Sonderseiten für die Wochenendbeilage, und wenn die nicht spätestens bis …

Das Telefon klingelte. ›Bin schon weg!‹, signalisierte Florian, zerrte seine Jacke vom Haken und stürzte aus der Tür. Die Jungs hinterher. Die Haustür blieb offen, dafür flog das Küchenfenster zu und der davorstehende Schnittlauchtopf runter. »Gleich werde ich hysterisch!«, stieß Tinchen zwischen den zusammengebissenen Zähnen hervor, ehe sie den Hörer abnahm. »Ach, du bist es bloß«, sagte sie erleichtert, als sie die Stimme ihrer Schwiegertochter vernahm, »was gibt's denn schon wieder? Wenn du wissen willst, ob deine Sippe schon ... Wie bitte? Ja, vor zehn Minuten, aber bei dem Verkehr ... Was hat Tanja geschluckt? Aspirintabletten? Zwei Stück? Nein, ich glaube wirklich nicht, dass sie einen Arzt braucht. Was du machen sollst? Gar nichts. Oder doch: Sieh zu, dass sie Kopfschmerzen kriegt!« Damit knallte sie den Hörer auf die Gabel und murmelte: »Wie hoch war doch gleich der IQ von Knäckebrot?«

16.

Das Telefon läutete. Tinchen stellte die Schüssel mit dem Kartoffelsalat auf der obersten Treppenstufe ab und lief zurück ins Haus. »Bin gleich wieder da!«, rief sie Tanja zu, bevor sie den Hörer abnahm. Ulla war dran. »Hast du Kaffee im Haus?«

»Selbstverständlich habe ich Kaffee im Haus, oder glaubst du, wir trinken jetzt auch Zichorie und Kirschblütentee?« Nachdem sich herausgestellt hatte, dass der ›Herr‹ Reiki kein Hausfreund und erst recht kein Herr war, sondern ein neu angebotener Kurs an der Volkshochschule, anscheinend irgendwas auf der esoterischen Schiene, hatte sich Tinchen über Sinn und Zweck erst einmal aufklären lassen. Richtig dahintergestiegen war sie zwar nicht, doch die Auswirkungen bekam sie ziemlich schnell zu spüren. Ulla hatte nämlich nicht nur ihren Tagesablauf umgestellt, sondern auch die Ernährung und fütterte ihre Lieben nun vorzugsweise mit Grünzeug. Seitdem sah Tinchen ihre Enkelkinder wesentlich öfter als früher, gar nicht zu reden von Tobias, der immer häufiger einen Grund fand, am Spätnachmittag ›mal schnell‹ vorbeizukommen und das mit seinen zwei Ablegern im Gefolge. Doch da Tinchen sowieso wieder regelmäßig kochen musste, plante sie mögliche Gäste gleich mit ein. »Bei Reis und Nudeln ist das ja nicht so schlimm«, hatte sie erst vorgestern zu Florian gesagt, »aber schäl mal drei Kilo Karotten!«

»Nimm Bohnen!«, hatte er vorgeschlagen, ohne daran zu denken, dass man sie um diese Jahreszeit allenfalls im Delikatessengeschäft bekam, vermutlich einzeln zum Stückpreis.

»Seit wann trinkt ihr denn wieder richtigen Kaffee?« In einer Hand hielt Tinchen den Hörer, mit der anderen tastete sie ihre Manteltaschen nach den Autoschlüsseln ab. Verflixt, wo waren die denn schon wieder?

Zur eigenen Verwendung wolle sie den Kaffee natürlich nicht, sagte Ulla, sondern für das Fest. Außer mit Nudelsalat habe sie sich auch noch mit einem Pfund Kaffee in die Spendenliste eingetragen, nur leider vergessen, welchen zu besorgen, aber nun seien die Geschäfte zu, und es wäre doch blamabel, wenn sie jetzt ohne käme. Tinchen sah das ein und versprach, welchen mitzubringen. Sie hatte gerade eine noch verschlossene Packung gefunden, als es vor der Haustür klirrte und ein ohrenbetäubendes Geschrei einsetzte.

»Hoffentlich hat sie sie nicht auf den Kopf gekriegt!«, fiel ihr als Erstes ein, während sie nach draußen stürzte. Die Lampe über der Haustür wackelte schon seit Wochen, nach jedem Sturm ein bisschen mehr, Florian hatte sie längst durch eine neue ersetzen wollen, war bloß noch nicht dazu gekommen, nun würde ihm wohl nichts anderes übrig bleiben ... Ist ja auch wurscht, Hauptsache, Tanja war nichts passiert!

Allem Anschein nach war sie noch intakt, verletzte Kinder stehen selten lauthals brüllend in einem Berg von Kartoffelsalat und sammeln Gurkenstückchen von ihrem Anorak.

Es gibt Momente im Leben, da erwachen auch in einem friedliebenden, toleranten und innerlich gefestigten Menschen Mordgelüste! Und dies war so ein Moment! »Mach, dass du um die Ecke verschwindest!«, schrie Tinchen los. »Ganz schnell, sonst passiert was!« Mindestens drei Stunden Arbeit lagen da auf der Erde, eine davon allein wegen der Dekoration! Wer außer ihr stellte sich denn schon hin und verzierte jede Scheibe Ei mit einem Gesicht?

»Is doch schon p-p-passiert!«, schluchzte Tanja, und jetzt hätte Tinchen sie am liebsten schon wieder in den Arm genommen, nur verbot sich das momentan von selbst.

Frau Knopp war auch schon da. Neugierig lugte sie über den Zaun, konnte aber nicht genug sehen, weil die Ligusterhecke zu hoch war. »Was ist denn los? Warum schreit die Kleine so?«

»Sie spielt heute bei der Aufführung im Kindergarten einen Löwen und hat ein bisschen geübt.« Damit schob Tinchen das Kind vor sich her ins Haus und schloss die Tür.

»Du hast gelügt, Omi!«, protestierte der vermeintliche Löwe sofort. »Iss bin doch ein Hässen!«

»Stimmt, Tanja, das habe ich verwechselt. Tim ist der Löwe, nicht wahr?«

»Gar niss, es dibt keinen Löwen, nur einen Hund, und der iss Benni. Tim iss doch der König!«

Während der Säuberung, die in der Küche ihren Anfang nahm und im Bad endete, gestand Tanja, wie es zu diesem Malheur gekommen war. Sie hatte die Schüssel auf der Treppe vor dem Haus stehen sehen, genau auf der mittleren Stufe, und sie schon mal zum Auto bringen wollen, während Tinchen noch ›teleniert‹ hatte. Erst war sie ja nur ein bisschen umgekippt – »da war danz wenig rausdefallt, das habe iss dleich wieder reindetut« –, doch als sie die Schüssel hochheben wollte, ist sie runtergefallen, »einfach so«.

Später, als Tanja mit frisch gewaschenen Haaren und statt in ihrem hübschen Jeanskleidchen in einem Jogginganzug (etwas anderes war nicht da gewesen) zusah, wie Tinchen den Kartoffelsalat von den Stufen fegte, wurde ihr klar, weshalb Tanja von oben bis unten bekleckert gewesen war. Sie hatte nicht auf, sondern neben der Treppe gestanden und die Schüssel vermutlich in Augenhöhe vor sich gehabt.

Zum gründlichen Saubermachen war keine Zeit mehr, deshalb bedeckte Tinchen die unappetitlichen Überreste mit Björns immer noch herumliegenden Begrüßungsgirlande. Sie hatte gerade den Besen zur Seite gestellt, als Frau Knopp durch die Gartentür trat. In der Hand trug sie eine dunkelbraune Plastikschüssel. »Ich hab mir gedacht, wo doch nun die ganze Arbeit mit dem Kartoffelsalat umsonst war – machen Sie da immer Tomaten mit rein? – und weil ich doch gerade erst vorhin für dem Alois sein Stammtisch Jubiläum Wurstsalat machen musste, habe ich gedacht, ich gebe Ihnen was ab für den Kindergarten. Sie haben doch sicher gesagt, dass Sie was bringen, nicht wahr?«

Einerseits war Tinchen gerührt, andererseits empört, denn wenn Frau Knopp die Zutaten für ihren ganz speziellen Kartoffelsalat kannte, gab es dafür nur *eine* Erklärung: Ihre Nachbarin musste erst einmal in den Garten geschlichen sein und nachgesehen haben, was überhaupt geschehen war, und hatte dann daraus ihre Schlüsse gezogen. Als eifrige Leserin des Lokalteils der Zeitung war ihr bestimmt nicht die Notiz über das Kindergartenfest entgangen, und dass die ›lieben Eltern‹ lange vorher aufgefordert wurden, durch entsprechende Spenden zum Gelingen der Veranstaltung beizutragen, war seit Jahrzehnten Tradition. Frau Knopp hatte also durchaus richtig kombiniert. Tinchen war ihr auch wirklich dankbar. Sie selbst konnte Wurstsalat zwar nicht ausstehen, doch im Rheinland erfreut er sich großer Beliebtheit. Im Übrigen sah das, was Frau Knopp zusammengerührt hatte, ausgesprochen appetitlich aus – vorausgesetzt, es würde in ein etwas dekorativeres Gefäß umgefüllt. So bedankte sie sich überschwänglich, was ihr diesmal nicht schwerfiel, und schaffte es gerade noch, Tanja unauffällig den Mund zuzuhalten. Die hatte nämlich nach einem kurzen Blick in die Plastikschüssel angewidert das Gesicht verzogen, und zum Glück hatte nur Tinchen die entsetzte Frage verstanden: »Musst du die Würmer essen?«

Aus gegebenem Anlass fand das Fest im Gemeindesaal statt; nicht nur wegen der dort vorhandenen Bühne, sondern auch wegen der Größe des Raumes. Das vollzählige Erscheinen der Mütter wurde natürlich vorausgesetzt, die genaue Zahl war also bekannt. Nicht umsonst hatten sie sich auch immer an den Bastelabenden einzufinden und später stundenweise Dienst zu schieben, wenn die gebastelten Werke auf dem alljährlichen Weihnachtsbasar an den Mann beziehungsweise an die Oma gebracht werden mussten. Aber zum Kinderfest hatten gefälligst auch mal die Väter zu kommen! Schließlich waren sie ebenfalls um Sachspenden gebeten worden und hatten sie auch bereitwillig geliefert, überwiegend alkoholische, die sie dann im Laufe des Nachmittags gläserweise zurückkaufen durften. Natürlich wurden auch Großeltern erwartet, Onkel, Tanten, babysittende Nachbarn und ein paar von jenen schon sehr älteren Damen, von denen niemand wusste, zu wem sie eigentlich gehörten, die aber immer den teuersten Kuchen kauften und sich nur selten das Wechselgeld herausgeben ließen. Geschwister waren übrigens nicht so gern gesehen. Sie waren selten schon alt genug, um gelegentliche Pannen großmütig zu übersehen, statt sie kichernd zu kommentieren.

Als Tinchen endlich einen Parkplatz gefunden hatte und – Tanja hinter sich herzerrend und gleichzeitig den durch die Kristallschale aufgewerteten Wurstsalat jonglierend – den Weg zum Gemeindesaal entlangstürmte, wurde sie schon an der Tür von ihrer wütenden Schwiegertochter empfangen. »Wo bleibst du denn nur? Alle warten bloß noch auf dich!«

»Auf mich?«

»Nein, auf Tanja natürlich, sie muss doch noch umgezogen werden!« Dann erst sah sie ihre Tochter genauer an. »Wie siehst du denn aus? Was soll dieser scheußliche Anzug? Warum hast du nicht mehr das neue Kleid an?«

»Weil der Kartoffelsalat auf dem Kragen farblich nicht so gut gepasst hat!«, antwortete Tinchen. »Frag lieber nicht weiter, ich erklär's dir später!« Sie deutete auf die Schüssel. »Wo werde ich die los?«

»Irgendwo da drüben!« Damit packte Ulla die völlig verschüchterte Tanja am Arm und verschwand mit ihr hinter einer Tür mit dem handgemalten Schild *Künstler-Garderobe*.

›Da drüben‹ war der durch eine verschiebbare Wand abgeteilte kleinere Raum, in dem die schon gedeckten Tische auf die später hoffentlich ausgehungerten Besucher warteten. Zwei seitwärts aufgestellte Büfetts waren schon schwer beladen, eins mit Kuchen und Torten, das andere mit Schüsseln voller Salate, rote, grüne, gelbe, bunte – Letztere waren die aus den drei Sorten Paprika –, Platten mit belegten Broten, Käsewürfeln, Schinkenröllchen mit Spargel drin, Fliegenpilz-Tomaten und welche in der moderneren Variante, nämlich mit Mozzarella und dem Basilikum-Blättchen obendrauf. Dazwischen standen riesige Körbe mit Backwaren, in denen französisches Baguette, schwäbische Laugenbrötchen und türkisches Fladenbrot direkt neben Milchbrötchen und schwarzem Pumpernickel lagen. »Multikulturell«, sagte Tinchen, auf den vor ihr stehenden Korb zeigend, »wenigstens hier klappt es problemlos.« Dann übergab sie ihre Schüssel einer herbeieilenden Frau, durch die brettsteif gestärkte, weiße Schürze als dazugehörig erkennbar, und erfuhr, dass es bereits fünf Mal Wurstsalat gebe und nur einmal Kartoffel, anscheinend käme dieser Salat völlig aus der Mode, was wiederum verständlich sei wegen der Mayonnaise und der Kalorien ... Dann endlich konnte Tinchen in den Saal zurückgehen und sich einen Platz suchen. Sie hatte gehofft, Ulla würde ihr einen freigehalten haben, doch die war gar nicht zu sehen. Dafür winkte in der dritten Reihe von vorne jemand, was Tinchen aber nicht auf sich bezog und erst aufmerksam wurde, als ihr Name fiel. »Hey, Tante Tina, hierher!«

Es war Björn, der jetzt aufstand, um sie durchzulassen. Neben ihm saß Thorsten, eine Videokamera vor den Augen. »Wenn die nachher nicht genügend Licht auf der Bühne haben, gibt das eine einzige graue Soße.« Dann erhob auch er sich. »Guten Tag, Frau Bender. Jetzt wird es aber wirklich Zeit, dass Sie kommen, seit zwanzig Minuten verteidigen wir Ihre Plätze mit Klauen und Zähnen. Ihr Mann ist nämlich auch noch nicht da!« Er zeigte auf den ebenfalls noch freien Stuhl neben sich.

»Seid ihr sicher, dass er überhaupt kommt? Zu so was geht er doch nie!«

»Geht er doch«, japste Florian, »und er wäre schon viel früher da gewesen, wenn er nicht einen halben Kilometer Friedhofswanderung hinter sich hätte! Erst habe ich das verdammte Gemeindehaus nicht gefunden, dann keinen Parkplatz, und als ich nach zehn Minuten endlich einen hatte, kommt doch so ein Halbuniformierter und sagt mir, dass da nur Friedhofsbesucher parken dürfen. Er hat auch genau aufgepasst, ob ich reingehe. Zum Glück gab's auf der anderen Seite noch einen Ausgang.« Erleichtert ließ er sich auf den Stuhl fallen. »Ich glaube, seit meiner Lokalreporterzeit bin ich nicht mehr in dieser Gegend gewesen, und damals hat das hier noch ganz anders ausgesehen.«

»Ich finde es jedenfalls bemerkenswert, dass du dich tatsächlich in der Redaktion losgeeist hast.«

»Na, ich werde doch den ersten öffentlichen Auftritt meiner Enkel nicht versäumen!«, meinte er vorwurfsvoll.

»Den von deiner Tochter hast du damals aber!«, erinnerte Tinchen

»Stimmt, nur hatte ich mir das Blockflötengepiepse doch schon wochenlang zu Hause anhören müssen.«

»Unsinn! Da hatte sie das Flötenspielen längst wieder aufgegeben und mit Tanzen angefangen.«

Das Licht ging aus, und damit verstummte auch das Stimmengemurmel. Aus einem Radiorecorder hinter der Bühne ertönte Marschmusik, der Vorhang öffnete sich, und dann hörte man eine aufgeregte Frauenstimme: »Nicht doch! Erst der Tusch!« Die Musik brach ab, der Vorhang fiel.

Zweiter Versuch! Ein Fanfarenstoß, der Vorhang ging wieder auf, und von der Seite her stakste Tim auf die Bühne. Er hatte eine Goldpapierkrone auf dem Kopf und trug einen weinroten Umhang, in dem Tinchen unschwer Frau Antonies alte, jetzt zusammengenähte Übergardinen aus dem Mansardenzimmer erkannte. Sie schleiften mindestens fünf Meter hinter dem König her und wirbelten kleine Staubwölkchen hoch. Mit majestätischer Miene ließ sich Tim auf einem thronartigen Sessel nieder, in dem er fast versank, und wollte nunmehr königlich unterhalten werden.

Die Musik wechselte. Es war unverkennbar der *Elephant's Walk,* doch auf die Bühne trippelten acht kleine Mädchen, an den langen Ohren und den aus alten Säcken hergestellten Kostümen sofort als Häschen zu identifizieren. Jeder Hase fasste das vordere Häschen um die Taille, und dann marschierten sie so lange um den Thron, bis die Musik abbrach und Trommelwirbel einsetzten. Ein Zotteltier sprang auf die Bühne, und hätte es nicht lauthals gebellt, dann hätte Tinchen eine Bergziege in ihm vermutet, denn sein Fell bestand aus einem alten Bettvorleger. Allerdings fusselte der Flokati so fürchterlich, dass der arme Hund zum Schluss nur noch gelegentlich bellen konnte, weil er dauernd niesen musste. Als er plötzlich mitten unter die Hasen sprang und sie zu jagen begann, fing ein Häschen lauthals an zu schreien und flüchtete in des Königs Arme. Der benahm sich überhaupt nicht königlich; vielmehr schubste er das Häschen so heftig zurück, dass es stolperte und auf seinem Hosenboden landete. »Du sollst doch Angst haben und dann da hinten rauslaufen!«, zischte er und wies mit königlicher Gebärde nach rechts, wo die Mütter standen, um ihre Hasen in Empfang zu nehmen. Häschen Tanja dachte jedoch nicht an die befohlene Flucht, sondern kroch schluchzend unter des Königs Thron. »Iss hab ja auch Angst! Der Benni hat sonß immer danz anders ausdeseht!«

Hund Benni hatte inzwischen alle anderen Hasen verjagt, wusste nicht weiter, blieb an der Rampe stehen und blickte völlig verdattert ins Publikum. Der Vorhang fiel, und die Zuschauer klatschten stürmisch Beifall.

Florian wischte sich die Lachtränen aus den Augen, während Thorsten den Videorecorder auf Stand-by-Betrieb schaltete und zufrieden absetzte. »Wenn das so weitergeht, kann ich für ›Pleiten, Pech und Pannen‹ eine ganze Sendung allein bestücken!«

Als sich der Vorhang wieder öffnete, lagen Matten auf der Bühne. Aus dem Recorder tönte eine flotte Melodie, zu der sich zwei gleich gekleidete Mädchen im Synchronturnen versuchten. Sie machten Handstand und Überschlag zur Brücke und Spagat, doch als sie ihre Darbietung mit Radschlagen beenden wollten, hatte eine von ihnen wohl die Richtung verwechselt, jedenfalls stießen sie zusammen und sanken weniger graziös als bisher auf den Boden, wo sie gleich sitzen blieben und mit gravitätisch nach oben gestreckten Armen den Applaus entgegennahmen. Er kam reichlich, und Florian, der eigentlich nur Tinchen zuliebe gekommen war, konnte nun die nächste Darbietung kaum erwarten. Es war ein Bauerntanz, der ohne nennenswerte Zwischenfälle verlief, wenn man davon absieht, dass eine Bäuerin ihren weiten Rock verlor und die letzten Takte im rosa Blümchenslip absolvierte. Gelächter, Applaus, Vorhang.

Diesmal dauerte es etwas länger, bevor er sich wieder öffnete, doch dann bot sich den Zuschauern ein unerwartetes Bild: König Tim kniete gelangweilt auf seinem Thron und streckte den Zuschauern sein Hinterteil entgegen, nahm aber sofort wieder majestätische Haltung an, als er das Gelächter hörte. Neben ihm stand eine halbleere Flasche Sprudel, die vorher noch nicht dort gestanden hatte, doch ehe sie jemand wegräumen konnte, hüpften schon die Zirkuspferde in ihren bunten Krepp-Papier-Röckchen auf die Bühne. Sie trugen einen prächtigen silbernen Federbusch auf dem Kopf, der ihnen allerdings ständig ins Gesicht rutschte und die Sicht nahm. Zwischen zwei Pferdchen war der Abstand viel zu gering, denn bei jeder Verbeugung streifte das eine Pferd mit seinem Schwanz und den Rockfransen dem dahinter tänzelnden Pferdchen übers Gesicht. Dem wurde das schließlich zu dumm, erbost schnappte es sich den Schwanz des Störenfrieds, riss ihn ab und schleuderte ihn zur Seite. Darauf drehte sich das erste Pferd um, riss nun seinerseits dem anderen den Schwanz aus, drosch damit auf seinen Federbusch und warf ihn beiseite. Das Publikum brüllte vor Lachen und konnte sich auch dann nicht beruhigen, als schon längst der Vorhang gefallen war.

Wieder Musik, ganz andere diesmal, schneller und lauter, Trompeten und Trommeln signalisierten das große Finale. Der Vorhang gab den Blick frei auf herumhüpfende Häschen und den Flokati-Hund, auf Bauern, Turnerinnen und die wieder halbwegs restaurierten Zirkuspferde. Jetzt erhob sich auch König Tim von seinem Thron und gesellte sich zu seinen tanzenden Untertanen; weitausholende Gebärden sollten majestätisches Wohlwollen ausdrücken, doch das hielt nicht lange an. Bald tanzten nämlich zwei Häschen und ein Bauer auf der königlichen Schleppe herum, während Tim vergebens versuchte, zur Mitte der Bühne vorzudringen. Tapfer kämpfte er sich nach vorn, wurde jedoch vom Halsverschluss seines Umhangs so fest gehalten, dass sein Gesicht schon rot anlief. Ein Pferd kam ihm zu Hilfe, fasste die Schleppe mit beiden Händen und zog mit einem so kräftigen Ruck daran, dass die Häschen durch die Gegend purzelten. Endlich frei, schritt der König zur Rampe vor und lächelte huldvoll ins Publikum; mit einem Arm hielt er die Schleppe, mit dem anderen verwies er auf seine Mitspieler.

Die Zuschauer klatschten wie verrückt, pfiffen, sprangen von den Sitzen, es gab Standing Ovations und ein halbes Dutzend Vorhänge, bis König Tim von seiner Rolle als stumme Majestät abwich. »Nu' reicht's, jetzt könnt ihr nach Hause gehn!« Erneutes Gelächter, dann fiel der Vorhang zum letzten Mal.

In dem dann ausbrechenden Gewimmel verlor Tinchen die anderen, fand sie jedoch bald, jeder etwas anderes kauend, im ›Speisesaal‹ stehend wieder. Björn schaufelte Nudelsalat – pro Portion zwei Mark, Brötchen inklusive –, Florian den aus Wurst, aber nicht den Knoppschen, denn der hatte fast nur aus Bierschinken bestanden, und Thorsten spuckte Kerne, die er auf dem Tellerrand dekorierte. »Wenn meine Mutter Kirschkuchen bäckt, sind nie welche drin!«

»Den zahlste ja nicht!«, sagte Björn. »Der hier kostet ungefähr zehn Pfennig pro Kirsche, also kannste auch unversehrte Früchte erwarten!«

»Meckert nicht, von dem Erlös werden wieder Dinge angeschafft, für die normalerweise kein Geld da ist«, erinnerte Tinchen, die Pelle vom Rand der zwei Wurstscheiben ziehend, mit denen ihre Brotscheibe belegt war, »die hätten sie aber wirklich vorher abmachen können.«

Ein Elternpaar nebst Zirkuspferd räumte seine Plätze, und sofort stürzte Florian darauf zu. »Ich will doch noch eine Tasse von der Zigeunersuppe essen, aber nicht im Stehen! Zu gefährlich! Mir hat auch schon mal jemand heiße Brühe über den Anzug gekippt!«

Das war Tinchens Stichwort! »Kalter Kartoffelsalat in den Haaren ist mindestens genauso unangenehm!« Nachdem sie ihre detaillierte Schilderung mit »Ob wir jetzt wohl sämtliche Hunde der Nachbarschaft im Vorgarten haben?« beendet hatte, schlug Thorsten vor, diese Story als Einleitung zu nehmen. »Wie lang darf die Besprechung denn werden, Herr Bender?«

»Maximal zwei Spalten, mehr ist auf der Lokalseite nicht drin, und ins Feuilleton kommt sie bestimmt nicht. Unser Kulturapostel hatte sogar den *Rolling Stones* jeden künstlerischen Anspruch verweigert und die Rezension ihres Open-Air-Konzerts neben die Anzeige eines Beerdigungsinstituts plaziert. Ganz zufällig natürlich. Später hat er das widerrufen und behauptet, da gehörten diese Berufsjugendlichen doch hin.«

Nun wurde Tinchen auch klar, weshalb Thorsten überhaupt hier war, in der Regel findet man fünfzehnjährige Jungs nicht gerade auf einem Kindergartenfest. Während Florians Schilderung jenes Abends in der Redaktion hatte sie nur halb hingehört und nicht mitgekriegt, wie begeistert der Junge gewesen war, was er alles hatte wissen wollen und wie sehr er jeden, den er zu fassen bekam, mit Fragen gelöchert hatte. Er blieb sogar bis zum Andruck, stand mit großen Augen neben der riesigen Rotationsmaschine und wartete, bis die ersten Exemplare durchgelaufen waren. Dann nahm er eins in die Hand und sah sich ganz genau die beiden Seiten an, bei deren Gestaltung er zugeguckt hatte. »Ich glaube, mit so einem Job könnte ich mich anfreunden«, hatte er gesagt und wissen wollen, was man denn studieren müsse. Das sei egal, hatte Florian geantwortet, in der Sportredaktion gebe es sogar einen ehemaligen Studienrat für Französisch und Biologie, mit am wichtigsten sei die Fähigkeit, sich ausdrücken zu können, und welche Zensur Thorsten denn in Deutsch habe.

»Meistens eine Zwei, aber die ist noch ausbaufähig.« Florian hatte genickt, dabei an seine eigenen Noten gedacht und sich an den Rat seines damaligen Klassenlehrers erinnert, Glasbläser zu werden oder Krabbenfischer, auf jeden Fall aber einen Beruf zu vermeiden, bei dem er mehr zu Papier bringen müsse als seine Unterschrift.

»Hättest du Lust, mal einen kleinen Bericht über eine x-beliebige Veranstaltung zu schreiben?« Thorsten war sofort einverstanden gewesen, und Florian hatte versprochen, sich zu gegebener Zeit zu melden. Er konnte den Jungen ja nicht als offiziellen Vertreter des ZEITSPIEGEL einsetzen, musste also etwas Unwichtiges finden, das trotzdem interessant genug war, im Lokalteil veröffentlicht zu werden, denn diese Genugtuung sollte Thorsten haben. Vorausgesetzt natürlich, er würde etwas halbwegs Druckreifes verzapfen. Peter Gerlach würde sich zwar mit Händen und Füßen wehren, etwas von Vetternwirtschaft faseln und von »Das kostet dich aber mindestens ... und selbst *das* ist noch zu wenig!«, und zuletzt würde er sich ja doch breitschlagen lassen.

Im Übrigen war Florians Entgegenkommen nicht etwa von altruistischen, sondern im Gegenteil von ausgesprochen eigennützigen Motiven geprägt gewesen, denn Björn hatte sich unmerklich an den etwas älteren Thorsten angeschlossen – eine beginnende Freundschaft, die offenbar beiden gut bekam. Auch Tinchen hatte diesen bebrillten Struwwelkopf sofort in ihr Herz geschlossen, und diese Sympathie beruhte auf Gegenseitigkeit. Selten kam Thorsten ins Haus ohne eine kleine Aufmerksamkeit für sie; das konnte eine gerade erblühte Tulpe sein, deren Herkunft Tinchen lieber nicht erfragen wollte, ein Silberputztuch, weil sie das immer zu kaufen vergaß, oder auch nur eine Hand voll weißer Kieselsteine als Dekoration für einen Blumentopf – vermutlich im väterlichen Vorgarten aufgesammelt.

Andererseits war Björn ein gern gesehener Besucher im Hause Evert, obwohl ein persönliches Kennenlernen der ›Erziehungsberechtigten‹ immer noch ausstand. Natürlich hatte man schon mehrmals miteinander telefoniert und sich jedes Mal gegenseitig versichert, dass man demnächst aber ganz bestimmt ... und dann war doch wieder etwas dazwischengekommen.

»Wie sieht denn Thorstens Mutter aus?« Ein paar Tage hatte Tinchen ihre Neugier unterdrücken können, länger nicht! Sie musste doch wissen, was sie beim ersten Zusammentreffen anziehen sollte – leger oder elegant, großes Make-up mit vorher Friseur oder doch nur das übliche Haarewaschen und danach eine halbe Stunde föhnen, damit es hinterher so aussieht, als sei man nur mal schnell mit den Händen durchgefahren. »Seinen Vater kenne ich ja, aber von seiner Mutter habe ich gar keine Vorstellung.«

»Sie ist das genaue Gegenteil von dir, also ein richtig mütterlicher Typ, so ähnlich wie Tante Tonis Pavla, bloß älter, die vier M eben.«

»Aha«, hatte Tinchen gesagt und staunend zugesehen, wie Björn einen Cracker nach dem anderen erst in der Becher mit dem Käseaufstrich tauchte und dann in den Mund steckte, »und was sind die vier M?«

»Manche Männer mögen's mollig.« Sorgfältig hatte er den letzten Rest Käse aus dem Plastikbecher gekratzt, bevor er ihn fragend hochhielt. »Hebst du so was auf?«

»Nein, du kannst ihn ruhig mitessen«, hatte sie geseufzt und wäre nicht einmal verwundert gewesen, wenn er es getan hätte. Sie konnte sich zwar noch recht gut an die unbegrenzte Aufnahmefähigkeit von Teenagermägen erinnern und auch an die seltsamen Kombinationen wie Kartoffelchips mit Joghurt oder Schweinebraten mit Senf, doch was Björn manchmal zusammenrührte, hätte Tinchen nicht einmal ihren Augen zugemutet, geschweige denn ihrem Magen: Marinierten Hering auf einer Scheibe Hefezopf, gekrönt mit Fertigsahne aus der Sprühflasche. Da eine Schwangerschaft aus rein biologischen Gründen auszuschließen war, mussten diese eigenartigen Gelüste an der fremdartigen Ernährung während Björns erster Lebensjahre liegen, hatte sich Tinchen eingeredet, ein europäischer Magen hätte doch längst gestreikt. In Brunei gibt es wahrscheinlich nur Fische vom Barrakuda an aufwärts, kleinere werden allenfalls als Köder benutzt, die einheimische Köchin hatte bestimmt noch nie etwas von Hefezopf gehört, in Asien isst man bekanntlich Reis, Schlagsahne kennt man zwar, auf Jamaika hatten sie ja auch welche bekommen, leider!, doch mit Sicherheit keine gebrauchsfertige aus der Dose. Es war ja verständlich, dass Björn sich auf diese ihm weitgehend unbekannten Nahrungsmittel stürzte, aber doch nicht in der Reihenfolge des Alphabets! Hefezopf, Hering …

Außer einem gequetschten Finger, Ergebnis eines Kampfes mit der klemmenden Kellertür, hatte es für ihn noch keinen

Grund für einen Arztbesuch gegeben, und selbst da war er lieber zu Pavla gegangen, die mit solch kleineren Blessuren genauso gut fertig wurde – ohne stundenlange Wartezeit. Trotzdem sollte man den Jungen zwecks gründlicher Untersuchung mal zu Dr. Pönsgen schicken, hatte Tinchen überlegt, vielleicht fehlten ihm ein paar Vitamine, Hefezopf und Sahne haben bestimmt keine, oder Björn hatte einen Bandwurm, die sollen ja ziemlich gefräßig sein. Sie selbst könnte auch einen gebrauchen, nicht lange, nur für zwei Wochen oder so, die hellblaue Hose ging immer noch nur dann zu, wenn sie die Luft anhielt, bis der Reißverschluss oben war.

Thorstens Freundschaft mit Björn – sein Vater bevorzugte die andere Variante, er fand nämlich, *Björns* Freundschaft mit *Thorsten* wirke sich auf seinen Sohn äußerst vorteilhaft aus – hatte zur Folge, dass er ab sofort an den Nachhilfestunden teilnehmen durfte, zu denen Herr Evert seinen Jüngsten seit den »völlig indiskutablen Zeugnisnoten« vergattert hatte. »Zu zweit macht der Unterricht auch nicht mehr Spaß, aber vielleicht spornen sich die Jungs gegenseitig ein bisschen an«, hatte er gehofft und eine Beteiligung an den Kosten abgelehnt. Sein Kanzleischild wies übrigens die zwei hierzulande unerlässlichen Buchstaben Dr vor seinem Namen auf, aber die würden sich lediglich in den Rechnungen für seine Klienten niederschlagen, hatte er Björn bei der ersten Begegnung erklärt und sich ›diese alberne Titelei‹ verbeten.

»Sage mir, was für Noten du hast, und ich sage dir, wer neben dir sitzt!«, hatte Björn den jungen Referendar begrüßt, einen ebenso langen wie dünnen Mann mit Stirnglatze und Karl-Lagerfeld-Zöpfchen. »Leider war der Platz neben dem Klassenprimus schon besetzt.«

Sein künftiger Mentor hatte nur schweigend das mitgebrachte Heft durchgeblättert, wieder zugeklappt und zurückgegeben. »Lieber ’ne Fünf in Mathe als gar keine persönliche Note, nicht wahr?«

Sekundenlang hatte Björn dumm geguckt, dann jedoch anerkennend genickt. »Danke, das hatte ich verdient!«

Damit waren die Fronten abgesteckt, und Björn fand sich ohne Protest dienstags und freitags im Hause Evert ein, um sowohl in den bellum gallicum als auch in jene Lehrsätze eingeführt zu werden, die über den des Herrn Pythagoras hinausgingen. In der nächsten Mathearbeit gab es dann tatsächlich schon eine Vier plus, womit er eine Viertelnote besser war als Thorsten.

Darüber hinaus zeitigten die Nachhilfestunden einen Erfolg, mit dem Tinchen schon gar nicht mehr gerechnet hatte: Björns unstillbarer Appetit reduzierte sich plötzlich auf ein normales Maß, ja, zeitweilig lehnte er sogar die Teilnahme am gemeinsamen Abendessen ab. Jetzt schlug ihre Besorgnis um. Der Junge würde doch wohl kein kräftezehrendes Leiden haben? Man sollte ihn schleunigst zum Arzt schicken!

Die Wahrheit kam erst heraus, als sich das Ehepaar Evert und das Ehepaar Bender an einem neutralen Ort trafen, um nun endlich das persönliche Kennenlernen nachzuholen. Herr Evert hatte zum Abendessen geladen und ausgerechnet jenes Restaurant in Kaiserswerth vorgeschlagen, in das Tinchen schon immer mal gewollt und sich nicht getraut hatte, weil es verflixt teuer war. Ob denn der Sonnabend recht sei, hatte Herr Evert gesagt, nach seiner Information sei das doch der ›Journalisten-Sonntag‹, also ein freier Abend für den Gatten.

»Am besten sagen Sie ihm das selbst!«, hatte Tinchen empfohlen und den Hörer weitergereicht. Dann hatte sie sämtliche Türen ihres Kleiderschranks geöffnet, die Bügel von links nach rechts geschoben, was gar nicht so einfach war, weil sie viel zu wenig Spielraum hatten, und dabei festgestellt, dass sie nichts, aber auch rein gar nichts anzuziehen hatte – eine Behauptung, die Florian rundweg abstritt. »Der ganze Schrank hängt doch voll!«

»Ja, mit Plunder!«

»Warum hast du ihn dann gekauft?«

»Da ist es ja noch keiner gewesen.« Sie zog ein schulterfreies Cocktailkleid mit passendem Jäckchen heraus. »Sich dir das an! So was trägt heute kein Mensch mehr.«

»Dann lass es hängen. In zwanzig Jahren wird dir Tanja dankbar sein.«

»Davon habe ich doch jetzt nichts!« Kurzerhand warf sie Florian aus dem Zimmer und rief ihre Mutter an. »Was trägt eine stellvertretende Chefredakteursgattin zum Abendessen mit Akademikers, wenn der ganze Auftrieb in einem Nobelschuppen stattfindet?«

Frau Antonie antwortete mit einer Gegenfrage. »Wirst du endlich den Herrn Anwalt persönlich kennenlernen? Er genießt übrigens in den einschlägigen Kreisen einen ausgezeichneten Ruf.« Nachdem sie bei einem ihrer Ich-wollte-nur-mal-nach-dir-sehen-Besuche Thorsten begegnet war, hatte sie natürlich Näheres wissen wollen und war mit dieser neuen Bekanntschaft sehr einverstanden gewesen. Einen Anwalt gab es nämlich noch nicht im Bekanntenkreis, wenn man mal von Herrn Reutter absah, dem Ehemann einer der Canasta-Damen. Nur war der seit neun Jahren tot und im Bedarfsfall wenig nützlich.

»Mit dem Herrn Anwalt hatte ich bereits das Vergnügen, Mutti, und sein ausgezeichneter Ruf ist mir momentan ziemlich egal, aber seine Frau kenne ich noch nicht, und falls die so ist, wie ich befürchte, dann sitzt sie spätestens am Freitag bei *La Beauté* und lässt sich runderneuern, während in einem Laden auf der Kö die letzten Änderungen an dem Modellkleid vorgenommen werden. Wenn man Björn glauben kann, gehört Frau Evert nicht zu den ganz Schlanken.«

»Dann wird sie vermutlich Schwarz tragen«, sagte Frau Antonie sofort eingedenk eigener Erfahrung, dass diese Farbe auch bei Größe 46 noch elegant aussehen kann. »Also solltest du auf jeden Fall etwas anderes wählen.« Sie überlegte kurz.

»Warum nimmst du nicht deinen seidenen Hosenanzug? Der steht dir doch ausnehmend gut.«

Stimmt, an den hatte sie gar nicht gedacht. Wieder schob sie die Bügel vor und zurück und dann ein drittes Mal. Der Anzug war nicht da. »Ich rufe nachher noch mal an, Mutti, tschüss!« Sie legte den Hörer auf und kontrollierte noch einmal Stück für Stück den Inhalt des Schranks. Umsonst. Doch wo, zum Kuckuck, konnte der Anzug denn sein? Oder besser, wann hatte sie ihn zuletzt getragen? In diesem Jahr bestimmt noch nicht, schließlich handelte es sich um Sommer-, allenfalls Frühjahrsgarderobe, und soweit sie sich erinnerte, hatte sie ihn an dem Abend angehabt, als der Rhein mal wieder in Flammen gestanden hatte – jenem Spektakel, bei dem die Pyrotechniker ihre Fähigkeiten unter Beweis stellen müssen. Richtig, sie hatten mit Hildebrandts auf den Rheinterrassen gesessen, und dann hatte dieser schusselige Kellner beim Eingießen das Glas umgestoßen, und der ganze Wein war über den Anzug geflossen … »Heiliger Himmel, hoffentlich haben sie den nicht inzwischen versteigert!« Sie rannte die Treppe hinunter, holte vom Garderobenschrank das Telefonbuch und begann zu blättern. »Wie heißen die denn bloß? Es war irgendso ein Dutzendname, aber ich kann doch jetzt nicht alle Meiers, Müllers und Schulzes durchgehen?« Sie sah auf die Uhr. »Kurz vor sechs, das schaffe ich nicht mehr.« Halt, das Branchenbuch! Die berühmten Gelben Seiten. Sie hatten ihr schon einmal das Leben gerettet, sie am Heiligen Morgen vor dem Kältetod bewahrt, jetzt mussten sie noch einmal ran! Hastig blätterte sie die Seiten durch. Die Branche schien zu boomen, fast zwei Spalten *Chem. Reinigungen.* Und dann fand sie sie endlich, die Gebrüder Schmitz auf der Allee. Während sie die Nummer wählte, flüsterte sie immer wieder: »Bitte, bitte, seid ein kulanter Laden, der auf vertrottelte Kundinnen Rücksicht nimmt und die Sachen mindestens ein Jahr lang aufhebt.«

Sie hatte Glück. Nein, den Kontrollzettel habe sie nicht mehr, oder falls doch, dann wisse sie nicht, wo sie ihn suchen solle, aber sie habe den Anzug schon im vergangenen Sommer hingebracht und könne ihn auch ganz genau beschreiben, sandfarbene Rohseide Größe vierz… wie bitte? Nein, kein Herrenanzug. Ja, sie werde warten.

Sie wartete genau sieben Minuten lang, dann hatte man ihn gefunden, ganz hinten bei den nicht abgeholten Sachen. Verstaubt? Aber nein, natürlich nicht, man verwende ja Hüllen, diese hier sei allerdings nicht mehr sauber, doch man werde eine neue nehmen. Aber bitte sehr, das sei selbstverständlich. Ja, morgen früh von halb neun bis ein Uhr und dann wieder von halb drei bis halb sieben. Gern geschehen, auf Wiedersehen.

Als Tinchen sich am Sonnabend zur Endabnahme präsentierte, war sogar Frau Antonie erschienen. »Meinst du nicht, Ernestine, dass dieses … dieses … nun ja, diese Bluse ein wenig zu offenherzig ist?«

»Diese Bluse ist ein Top, Mutti, und absolut ›in‹. Im Übrigen könnte mir schlimmstenfalls der Kellner in den Ausschnitt gucken, aber von einer gewissen Preisklasse an tut er das nicht mehr. Damit meine ich nicht die Preisklasse des Gastes, sondern die des Restaurants!«

Björn pfiff anerkennend durch die Zähne. »Total hip, Tante Tina, ist 'ne echt heiße Tapete!«

»Wie meinen?«

»Na ja, was du da anhast, sieht wirklich toll aus«, übersetzte er in die Tinchen geläufige Sprache, denn mit dem Halbstarkenslang kam sie noch immer nicht klar, obwohl Björn ihn nicht nur perfekt beherrschte, sondern auch häufig anwandte.

Florian, in dunkelgrauen Zwirn gewandet mit unauffälligem Hemd und ebensolcher Krawatte, fühlte sich irgendwie unbehaglich. Sein »Ich glaube, den Anzug habe ich zum letzten Mal bei Tobias' Hochzeit angehabt«, wurde von Tinchen energisch bestritten. »Das kann gar nicht sein, dann würde dir die Hose heute nicht mehr passen.«

»Tut sie auch nicht – jedenfalls nicht richtig.« Mit dem Zeigefinger demonstrierte er die Enge des Hosenbundes, bevor er seufzend das Jackett zuknöpfte. »Der Ruhestand muss was Herrliches sein«, schwärmte er, »man kann ja nicht ewig den Bauch einziehen.«

Der Abend wurde ein voller Erfolg. Die beiden Männer verstanden sich auf Anhieb, und Tinchen war angenehm überrascht, dass Frau Evert statt des erwarteten Modellkleides von der Kö eine sportliche Kombination aus dem Versandhauskatalog trug, was sie unumwunden zugab. »Da kann ich mir die Sachen schicken lassen und in Ruhe anprobieren, ohne dass mir eine Verkäuferin dauernd erzählt, wie gut mir dieses gerade erst um den halben Preis herabgesetzte Vorführmodell steht. Dabei weiß ich genau, dass sie nur Standardspruch Nummer 2 ablässt.« Und als sie Tinchens höfliches Nicken bemerkte, fing sie an zu lachen. »Entschuldigung, das können Sie natürlich nicht wissen. Eine Nichte von mir, Studentin, jobbt gelegentlich in der Kleiderabteilung eines Kaufhauses, und als Erstes hat man ihr die Verkaufsstrategie eingetrichtert, die ungefähr so lautet: Wenn die Kundin unter 20 ist, behaupte man, das Kleid mache sie älter, ist sie über 20, heißt es, es mache sie jünger, und wenn sie über 50 ist, sage man einfach, es sei sehr preisgünstig.«

»So eins habe ich im Schrank hängen«, sagte Tinchen sofort, »und dazu noch zwei Pullover der Kategorie ›für jede Größe passend‹. Bei dem einen habe ich das erst gar nicht ausprobieren können, weil ich den Kopf nicht durchgekriegt habe, und der andere ist nach zweimaligem Tragen so breit wie lang gewesen, so dass er nun wirklich jedem passt.«

Das Eis war gebrochen, und wenig später hätte jeder Unbeteiligte vermutet, dass dort hinten an dem Ecktisch langjährige Freunde saßen, die sich lange nicht gesehen und deshalb viel zu erzählen hatten. Vor allem über die Kinder. Die Everts wussten kaum etwas über Björns familiären Hintergrund, er hatte nicht mehr herausgelassen, als unbedingt erforderlich gewesen war, um seine Anwesenheit bei seinem Großonkel zu erklären. Tinchen wiederum hatte keine Ahnung gehabt, dass Thorsten noch zwei ältere Brüder hatte, sie wusste nur von einem.

»Frank ist vor zwei Jahren nach Australien ausgewandert«, erzählte Herr Evert, »nur hat er sich bisher noch nicht entscheiden können, ob er Schafe züchten oder Brücken bauen soll.«

»Ich würde ihm zu Ersterem raten«, meinte Florian nach längerem Überlegen, »da gewesen bin ich zwar noch nie, doch soviel ich weiß, gibt es in Australien kaum Flüsse, die man überbrücken könnte.«

Herr Evert nickte. »Man erkennt doch gleich den Praktiker! Auf *diesen* Gedanken bin ich überhaupt noch nicht gekommen!« Er schenkte nach und orderte eine zweite Flasche Chablis. »Wir Anwälte wägen bei der kleinsten Frage immer gleich das Für und Wider ab, ohne vorher zu überlegen, ob das überhaupt nötig ist. Sie haben natürlich recht! Aber wie viele Flüsse gibt es denn nun wirklich in Australien? Ich kenne bloß einen, habe aber den Namen vergessen. Weiß den jemand?«

Allgemeines Kopfschütteln. »Dabei haben wir ihn doch alle mal gelernt, nicht wahr?« Betretenes Nicken. »Also hat Thorsten *doch* recht! Er findet nämlich, den Blick auf die Welt versperre das Geographiebuch!«

Es dauerte nicht mehr lange und Tinchen kam sich vor wie in der legendären *Feuerzangenbowle*, wo gestandene Männer alkoholselig ihre Schülerstreiche erzählen. Sie fand es nur eigenartig, dass Männer auf diesem Gebiet ganz eindeutig ein besseres Gedächtnis hatten als Frauen. Weder Frau Evert noch sie selbst konnten mit einem ähnlich umfangreichen Repertoire aufwarten. Was war schon eine mit Seife eingeschmierte Tafel gegen ein zugemauertes Lehrer-Klo?

Von der Schule ging es beinahe nahtlos zur Universität über, doch bei der Schilderung studentischen Lebens musste Florian bald passen, er hatte es ja nur zwei Semester lang mitgemacht. Dafür konnte er bei den kleinen Anekdoten aus dem Berufsleben wieder Boden gewinnen, denn in einer Zeitungsredaktion geht es erheblich lebhafter, um nicht zu sagen turbulenter zu als in einer Anwaltskanzlei.

Es war schon halb zwölf und zweieinhalb Weinflaschen später, als der Gastgeber die Rechnung verlangte. Während der Kellner mit Silberteller und der unter einer Serviette verborgenen Kreditkarte in den hinteren Räumen verschwand, beendete Herr Evert die Schilderung seines beruflichen Werdegangs. »Sehen Sie, Herr Bender, *deshalb* bin ich damals nicht in den Staatsdienst gegangen, um Richter zu werden, sondern Anwalt geblieben. Lieber rede ich ein paar Stunden täglich selber Unsinn, als mir so etwas den ganzen Tag lang anhören zu müssen.«

Schon vor zwei Stunden, also etwa zwischen dem dritten und vierten Semester, als Herr Evert beim Juristenball und der heimlich mit Wodka verfeinerten ›Damenbowle‹ angekommen war, hatte seine Frau mit Florian den Platz getauscht, so dass sie nun neben Tinchen saß. »Jetzt kann es eigentlich nicht mehr lange dauern, bis sie bei der Politik landen und verbal die Regierungsgeschäfte dieses unseres Landes übernehmen. Dabei kann es doch unmöglich allzu schlimm um die Wirtschaft eines Volkes bestellt sein, dessen quälendste Probleme sind, wie man schlanker wird und wo man parken kann.« Dann musterte sie Tinchen ganz ungeniert. »Wie machen Sie es, dass Sie Ihre beneidenswerte Figur behalten? Sport oder Diät?«

Tinchen lachte laut los. »Nahrungsmangel! Seitdem Björn im Haus ist, bleibt bei keiner Mahlzeit mehr genug für mich übrig. Erst in letzter Zeit werde ich hin und wieder satt. Offenbar hat sich die Aufnahmekapazität seines Magens auf einen normalen Teenager-Level eingependelt.«

Jetzt war es Frau Evert, die zu lachen begann. »Seit wann?«

»Ungefähr seit drei oder vier Wochen.« Tinchen stutzte. »Fragen Sie aus einem besonderen Grund?«

»Ich glaube, wir teilen uns in die Ernährung Ihres Neffen!« Und als sie Tinchens entsetztes Gesicht sah: »Jetzt sagen Sie bitte nicht, das sei Ihnen peinlich! Seitdem Björn häufiger bei uns isst, ernährt sich Thorsten auch nicht mehr nur von Pizza und Hotdogs. Er hatte nämlich eine Zeitlang das spießige Zeremoniell mit Serviette und Besteck satt.«

»Trotzdem geht es nicht, dass Björn …«

»Im Gegenteil! Mein Mann und ich sind froh über diese Freundschaft, denn Thorsten fing an, aus dem Ruder zu laufen. Er ist nun mal der Benjamin, der Nachkömmling, acht Jahre jünger als sein Bruder, wurde wohl ein bisschen zu sehr verzogen, und das rächt sich jetzt. Es ist noch gar nicht so lange her, da hat er uns erklärt, unter den gegebenen Verhältnissen wolle er später überhaupt nicht arbeiten, nur haben wir aus ihm nicht herauskriegen können, ob er gegen die Verhältnisse ist oder gegen die Arbeit. Seit seinem Besuch in der Redaktion schließt er einen Broterwerb wenigstens nicht mehr generell aus. Glauben Sie mir, Frau Bender, wenn unser Sohn diesen Sinneswandel weiter konkretisiert, dann füttere ich Ihren Björn liebend gerne bis zum Abitur durch!«

Während sich die Erwachsenen an Entenbrustfilets in Preiselbeersahne und Dattel-Weincreme auf Florentinern gütlich taten, saßen ihre Nachkommen im Hause Bender am Küchentisch und kauten Frikadellen aus dem Gefrierschrank. Als Dessert war ›Käsekuchen für Diabetiker‹ vorgesehen. Niemand in der Familie war zuckerkrank, doch Tinchen hatte auf der Packung gelesen, dass dieses Gebäck auch für ›kalorienbewusste Leckermäuler‹ geeignet sei, und sie mitgenommen. Nachdem sie probeweise zwei Stück Torte aufgetaut hatte, war Leckermaul Florian noch in der Nacht darüber hergefallen, hatte jedoch schon nach dem zweiten Bissen plötzliches Unwohlsein vorgetäuscht und den Rest stehen lassen. Er war in der Restmüll-Tonne gelandet, denn Tinchen hatte nach einer Kostprobe ebenfalls auf kalorienbewusstes Naschen verzichtet. Erst am nächsten Tag, als sie den vermeintlich verdorbenen Magen mit Kamillentee und Haferschleim wieder ankurbeln wollte, war Florian mit der Wahrheit herausgerückt. »Ich weiß ja, dass Backen nicht gerade deine Stärke ist, aber so scheußlich wie der hat noch kein Kuchen von dir geschmeckt.«

Über seinen Irrtum aufgeklärt, hatte er sich innerhalb von fünf Minuten völlig regeneriert und zwei Spiegeleier mit Speck verlangt. Von Tinchen befragt, was zum Kuckuck sie denn jetzt mit den übrigen 14 Stück Torte machen solle, sie weigere sich nun mal, Lebensmittel wegzuwerfen, hatte Florian nur kurz überlegt. »Hast du noch die Verpackung?«

»Ich glaube, ja.«

»Schieb den Kuchen einfach wieder rein, solange er gefroren ist, geht das bestimmt, und dann gibst du diese Delikatesse deiner Mutter mit. Sie isst doch nun wirklich alles, solange eins ihrer drei Lieblingswörter *Diät, kalorienarm* oder *aus biologischem Anbau* draufsteht.« Doch nachdem Tinchen die Torte verpackt und zurück in den Gefrierschrank gestellt hatte, war sie prompt in Vergessenheit geraten und erst durch Björn aus ihrem Kälteschlaf geholt worden. Praktischerweise war das zwei Monate zurückliegende Verfallsdatum unter einer soliden Eisschicht verborgen gewesen, sonst hätten die Jungs den Kuchen bestimmt nicht erst in der Mikrowelle aufgetaut.

»Bis der nicht mehr mit Hammer und Meißel bearbeitet werden muss, vergehen mindestens acht Stunden, aber um vier Uhr morgens bin ich meistens noch satt«, hatte Thorsten gesagt, den Kuchen auf den Drehteller gestellt und die Uhr auf 25 Minuten programmiert. »Was meinst du, ob das reicht?«

So lange brauchten sie gar nicht zu warten. Schon viel früher lief eine milchigweiße Soße unten heraus, irgendetwas klebte an der Scheibe, und als Björn die Tür einen Spaltbreit öffnete, quoll ihm eine dicke, unappetitliche Pampe entgegen. »Verdammte Schei…! Hol mal schnell was zum Reintun!«

»Mülleimer?«

»Is egal!« Er zerrte ein Handtuch vom Haken und versuchte, die sich langsam vorwärtsschiebende Masse zurückzuhalten. »Jetzt beeil dich doch! Das Zeug ist wie Lava. Wenn es erst überall runterläuft und auf den Fußboden klatscht, gibt das eine Riesenschweinerei.«

Thorsten kam mit einem Kochtopf gerannt. »Eimer wäre bestimmt besser, ich weiß bloß nicht, wo einer steht.«

Gemeinsam kanalisierten sie den gelblich weißen Strom Richtung Topf, konnten aber nicht verhindern, dass ein Teil vorbeilief und sich auf den hellen Fliesen verteilte. »Genau so habe ich mir einen gemütlichen Abend vorgestellt!« Mit einem Esslöffel schaufelte Björn die wabbelige Masse in den Topf, während Thorsten ohne Ende Küchenkrepp abrollte und damit den Fußboden bedeckte. »Angeblich soll der doch jetzt noch mehr Saugkraft haben, als er sowieso noch nie gehabt hat!«

Endlich hatten sie das Gröbste geschafft. Die Mikrowelle war wieder sauber oder sah zumindest so aus, und auch sonst hätte niemand auf Anhieb vermuten können, hier sei erst vor kurzem das bekannte Märchen vom süßen Brei realisiert worden. Björn wollte gerade den Inhalt des Kochtopfes in der Toilette entsorgen, als Thorsten ihn aufhielt. »Wenn diese Plempe da tatsächlich mal Käsekuchen gewesen sein soll, dann weiß ich nicht, woraus meine Mutter ihren macht. Ich hätte größte Lust, das Zeug mal analysieren zu lassen. Ha'm wir nicht am Montag Chemie?«

»Und du glaubst, Knolle macht das?«

Torsten lachte bloß. »Na klar! Ich erzähle ihm, das sei ein Schneckenvertilgungsmittel oder irgendwas zum Raupenkillen, ganz neu auf dem Markt, und er soll doch mal feststellen, ob die Viecher dann wenigstens einen humanen Tod sterben. Ich wette mein nächstes Taschengeld, dass dieser Ökofreak darauf einsteigt.« Suchend sah er sich um. »Gibt's hier was, wo man eine Probe reintun kann? Möglichst mit Deckel.«

Es fand sich ein fast leeres Senfglas, das Torsten sorgfältig ausspülte und dann mit einer Probe Käsekuchen füllte. Er schraubte den Deckel zu und stellte es in den Kühlschrank. »Sag aber deiner Tante Bescheid, was drin ist, sonst habt ihr's morgen als Frischkäse auf dem Frühstückstisch. Und notier den Senf auf der Gedächtnisprothese für den Supermarkt!«

»Was soll ich?«

»Aufschreiben, dass der Senf alle ist. Wenn die Würstchen im Topf schwimmen, ist es nämlich zu spät! In solchen Fällen rastet meine Mutter regelrecht aus.« Dann besah er misstrauisch seine Schuhsohlen. »Ich fürchte, die Fliesen sind bloß sauber, solange man nicht drüberläuft. Sobald du eine Weile drauf stehen bleibst, klebste fest.«

Es half nichts, sie mussten doch noch den Boden aufwischen, was ihre Laune nicht gerade hob, und als dann im Fernsehen auch noch der Spätabendkrimi zugunsten der Berichterstattung vom Katholischen Kirchentag um eine halbe Stunde nach hinten verschoben wurde, war Thorsten endgültig sauer. »Ich denke, wir haben Religionsfreiheit? Ich bin evangelisch, warum muss ich mir das jetzt angucken?« Dann tat er es aber doch. »Nun sieh dir bloß mal das Gewimmel an! Wenn nur die Hälfte davon sonntags in die Kirchen ginge, wären sie garantiert wieder voll.«

»Da sind aber die Chancen geringer, ins Fernsehen zu kommen. Du brauchst doch nur mal zu beobachten, wie mediengeil die in die Kamera winken! Wenn der da hinten mit dem

Schild nicht aufpasst, haut er das Ding vor lauter Begeisterung noch seinem Vordermann auf die Omme. Kannst du erkennen, was draufsteht?«

Thorsten kniff die Augen zusammen. »Jesus lebt!« Und dann, ganz entgeistert: »Heißt das, wir kriegen keine Osterferien mehr?«

Der Krimi muss wohl doch nicht das gehalten haben, was sein Titel versprochen hatte, denn als Tinchen und Florian gegen halb eins zurückkamen, war das Haus hell erleuchtet, der Fernseher lief, konnte den voll aufgedrehten CD-Player an Lautstärke jedoch nicht überbieten, auf der Toilette gurgelte die Klospülung, weil sich der Schwimmer wieder mal verhakt hatte, und inmitten dieses Höllenlärms zwei schlafende Jünglinge, einer auf dem Sofa, der andere im Sessel, Beine auf dem Tisch. Zwei leere Flaschen Cola, eine halbvolle Flasche Navy-Rum und zwei benutzte Rotweingläser, eins davon auf dem Fußboden, vervollständigten das Stillleben. Oben drüber, auf der Messingstange der Lampe sitzend, hockte Omelette und plierte die Störenfriede an, um dann laut kreischend mit Zielrichtung Wintergarten zu entflattern.

Nachdem er die Geräuschquellen mit Ausnahme des Papageis ausgeschaltet hatte, wandte sich Florian um. »Ich habe den Eindruck, Tine, dass sich nicht nur Björn bei uns wie zu Hause fühlt.« Dann ging er zum Telefon, um Herrn Evert mitzuteilen, dass sein Sohn aus gegebenem Anlass diese Nacht nicht mehr heimkommen werde.

17.

Als die Kletterrosen Knospen ansetzten und Frau Antonie mit Björns Hilfe die im Keller überwinterten Geranien ans Tageslicht geholt hatte (sie wartete damit immer etwas länger als üblich, die Eisheiligen hatten sich schon so manches Mal erheblich verspätet), hatte Tinchen ihren Haushalt endlich wieder fest im Griff. Ostern war noch etwas hektisch verlaufen, weil die im Garten versteckten Eier kurz vor Beginn der Suchaktion ganz schnell wieder eingesammelt werden mussten, denn der sonnige Frühlingsmorgen hatte sich innerhalb von Minuten in einen dunkelgrauen Nachwintertag verwandelt. Dann hatte sich herausgestellt, dass nicht mal mehr Eier zum Frühstück da gewesen waren, die waren alle hart gekocht, gefärbt und anschließend in einer Gemeinschaftsaktion bemalt, aber nicht durch frische ersetzt worden, weshalb Florian am Ostermorgen den Restbestand von Frau Antonie holen musste und trotzdem keins abbekam. Der selbst gebackene Napfkuchen war innen ein bisschen klitschig gewesen, und beim verspäteten Eiersuchen innerhalb des Hauses war auch noch die Bodenvase zu Bruch gegangen. Den Verlust hätte Tinchen ja verschmerzt, so richtig hatte ihr dieser graublaue Kübel nie gefallen (er war ein Geschenk von ihrer Mutter gewesen und hätte zu deren Möbeln viel besser gepasst!), aber als die zehn Liter Wasser in ebenso vielen Quadratmetern Velour-Teppichboden versickert waren, hatte sie bis zur endgültigen Trockenlegung das Wohnzimmer zum Sperrbezirk erklären müssen.

Auch Tims sechster Geburtstag hatte noch etwas Unruhe ins Haus gebracht, hauptsächlich deshalb, weil Tanja am Tag davor Mumps bekommen hatte. Also wurden am nächsten Morgen Luftballons, Mohrenköpfe, Papierhütchen, halb aufgetaute panierte Hühnerbeine, Seifenblasendosen, fünf Sorten Eis und zwei Kartons ›Sonstiges‹ zu Tinchen gekarrt, nachmittags die sechs aufgeregten und nicht gerade schüchternen kleinen Gäste angeliefert, und dann konnte sie sehen, wie sie mit diesem Kindergarten fertig wurde. Dank Björn und des zu Hilfe gerufenen Thorsten, die bereitwillig die Aufsicht übernahmen und vom Topfschlagen bis zum Eierlauf alles selber mitmachten, gab es diesmal weder Streit noch Heulerei und erst recht nicht den schon manchmal geäußerten Wunsch eines kleinen Gastes, er habe jetzt die Nase voll und wolle zu seiner Mama. Eher war das Gegenteil der Fall. Denn als die beiden Jungs als Höhepunkt des Tages das Kasperltheater aufstellten und vor den jubelnden Kindern eine Vorstellung improvisierten, baute sich hinterher so ein kleiner Dreikäsehoch vor Tinchen auf und meinte treuherzig: »Kann ich morgen wiederkommen?«

Doch, Tinchen war rundherum zufrieden. Die hellblaue Hose passte wieder, die unterschwellige Spannung zwischen Frau Antonie und ihrer Untermieterin schien beigelegt, seitdem Frau Klaasen-Knittelbeek mit Herrn Voss zwar einen lebhaften Briefwechsel pflegte, doch offenbar keinen Wert auf ein erneutes Wiedersehen legte, und von Julia kamen regelmäßig begeisterte Schilderungen von ihrem Leben in Kanada. Nach ihrer glänzenden Abschlussprüfung in Internationalem Handelsrecht (oder so ähnlich, genau war Tinchen bis heute nicht dahintergekommen, was ihre Tochter eigentlich studiert hatte) hatte Julia zwischen drei Angeboten wählen können und sich für eine deutsch-kanadische Import-Export-Firma mit Sitz in Toronto entschieden.

Erfreulich war auch die Tatsache, dass die zwei Aspiranten für eine Ehrenrunde in Klasse 9 nicht mehr versetzungsgefährdet waren, sondern sich nach Aussage von Herrn Dr. Hembach »zunehmend dem Wissensstand des Klassendurchschnitts nähern«.

»Bloß zwei Vierer und nur eine Vier minus?«, hatte sich Florian gewundert, nachdem ihm Björn die Hefte mit den letzten Klausuren gezeigt hatte.

»Prima, nicht wahr? Ich erreiche allmählich das Niveau der Lehrer!«

Jedenfalls schmiedete Tinchen insgeheim schon Reisepläne für die Sommerferien. Everts besaßen ein kleines Ferienhaus in der Toskana, das sie der Familie Bender gerne zur Verfügung stellen würden, selbstverständlich kostenlos, schließlich wohne Thorsten inzwischen schon mehr in Oberkassel als zu Hause, und überhaupt täten sie ihnen sogar einen Gefallen, denn ab und zu sollte sich mal jemand in dem Häuschen sehen lassen. Sie selbst kämen in diesem Sommer nicht dazu, die Reise nach Australien und so weiter, und mehr als vier Wochen Urlaub wären zeitlich einfach nicht drin.

»Toskana?«, sagte Björn nicht gerade begeistert. »Ist das nicht diese Dürrezone in Italien?«

»Von wegen Dürre!«, protestierte Tinchen, die selber auch nur mal durchgefahren war. »Da wachsen Oliven und Tabakstauden und Weintrauben …«

»Ich bin Nichtraucher, Oliven schmecken mir nicht und Wein in Form von Pillen? Nee, danke. Also, was soll ich in der Toskana?«

»Du musst ja nicht!«, erwiderte sie pikiert. »Flieg doch nach Brunei. Deine Eltern freuen sich bestimmt, wenn sie dich mal wiedersehen!«

»Bloß nicht!« Hastig umarmte Björn seine Tante, denn verärgern wollte er sie auf keinen Fall. Gerade jetzt nicht. Sein Plan für die Ferien stand nämlich längst fest, er wusste nur noch nicht, wie er ihn Tinchen und vor allen Dingen seinem Onkel schmackhaft machen sollte. Eine Radtour wollte er unternehmen, gemeinsam mit Thorsten natürlich, erst mit dem Zug bis Flensburg und dann rauf nach Dänemark. Die Frage war nur, ob man ihnen das gestatten würde. Die zu erwartenden Gegenargumente hatten Thorsten und er schon aufgelistet und die passenden Antworten auswendig gelernt, ihre Wirksamkeit allerdings noch nicht erprobt.

»Langsam müssen wir sie anbohren«, hatte Thorsten erst vorgestern gesagt, »sonst verplanen die uns wirklich und können nicht mehr zurück, weil sie das zweite Zimmer gebucht oder sogar schon was angezahlt haben.«

»Eigentlich verstehe ich dich nicht«, hatte Björn geantwortet. »Warum fliegst du nicht mit nach Australien? Da möchte doch jeder mal hin, der sonst am entgegengesetzten Ende der Welt lebt.«

Doch Thorsten hatte nur abgewinkt. »Frank ist elf Jahre älter als ich, den habe ich immer mehr als Onkel angesehen und weniger als Bruder, außerdem gilt er innerhalb der Sippe ein bisschen als schwarzes Schaf, weil er nicht Jura studiert hat, wie das alle erwartet hatten, sondern *bloß* Ingenieur geworden ist. Ich gehe jede Wette ein, dass meine Eltern nur deshalb rüberfliegen, um den verlorenen Sohn in den Schoß der Familie zurückzuholen, und bei diesem aussichtslosen Unternehmen muss ich nun wirklich nicht mitmachen.« Er schüttelte sich. »Warum können sie den armen Kerl nicht in Ruhe lassen? Statt seiner erfüllt doch Mustersöhnchen Alex alle in ihn gesetzten Erwartungen, studiert brav seine Semester runter, verbringt seine Ferien mit der Besichtigung geschichtsträchtiger Gemäuer, vorzugsweise altehrwürdiger Universitäten, macht seinen Abschluss bestimmt mal mit magna cum laude und sitzt nach angemessener Zeit in Karlsruhe beim Bundesverfassungsgericht.«

»Na gut«, gab Björn zu, »unter diesen Umständen würde ich auch lieber durch Dänemark radeln. Was meinst du, wann fangen wir an, und vor allem, bei wem?«

»Bei meinem Vater natürlich, er ist der Pragmatiker. Bei dem geht's um ›Welche Route habt ihr euch ausgesucht? Wo wollt ihr übernachten? Wie stellt ihr euch die finanzielle Seite dieses Unternehmens vor? Wie kann man gegebenenfalls mit euch in Verbindung treten?‹ und so weiter. Dein Onkel ist ein anderes Kaliber, der fängt an bei ›Ihr seid noch viel zu jung dafür‹ und hört mit ›Habt ihr euch mal überlegt, was da alles passieren kann?‹ noch lange nicht auf.«

»Stimmt! Aber danach setzen sich die beiden zusammen, und was glaubst du, wie viel ihnen dann noch gemeinsam einfällt, um uns diese Radtour erst madig zu machen und schließlich ganz zu verbieten.«

»Kann sein«, sagte Thorsten abschließend, »aber versuchen müssen wir's. Ein Schwein, das Angst vor'm Metzger hat, wird nie ein Schnitzel!«

Und dann kam alles doch ganz anders!

Es fing damit an, dass sich Björn im Freibad den Knöchel verstauchte, nach Hause hinkte, von Tinchen Eispackungen aufs Bein bekam und von Pavla telefonische Ratschläge, die von Leinsamen-Umschlägen bis zu »Wenn du kannst laufen, Jungchen, ist nicht so schlimm wie aussieht!« reichten. Als der Fuß am nächsten Tag trotzdem auf anderthalbfache Größe angeschwollen war, lud Florian seinen Neffen ins Auto und brachte ihn ins Krankenhaus, während Tinchen im Gymnasium anrief und ihn wegen Krankheit entschuldigte. Für wie lange? Keine Ahnung, bis auf weiteres. Das gebe es nicht, wurde ihr mitgeteilt, nach spätestens drei Tagen sei eine ärztliche Krankmeldung erforderlich.

»Mein Neffe gehört nicht zum Lehrerkollegium, er ist Schüler!«

Eben drum, hieß es, im anderen Fall handhabe man die Vorschriften etwas großzügiger.

Erst mittags war Florian zurück – ohne Björn. Dafür stand Thorsten vor der Tür. Was denn los sei, die Physikarbeit sei wirklich ganz leicht gewesen, und wenn der blöde Hund von der Vier runter wolle, werde er die Klausur wohl nachschreiben müssen.

»Als ich ihn zuletzt gesehen habe, schlief er noch«, sagte Florian, »im Aufwachraum!«

Die Verstauchung sei ein doppelter Bänderriss gewesen, man habe ihn gleich nach dem Röntgen in den OP gefahren, eigentlich hätte er schon gestern unters Messer gemusst, nun dauere es mit dem Heilungsprozess eventuell ein bisschen länger, aber er werde es überleben. In ein paar Tagen könne er nach Hause.

»Und ab wann kann er wieder Rad fahren?«, war Thorstens erste Frage.

»Das weiß ich wirklich nicht, aber er ist doch noch nie zur Schule *geradelt.*«

»Wie haste das bloß fertiggekriegt?«, schimpfte der Freund, als er mit Käsecrackern, Kartoffelchips und Gummibärchen am Krankenbett auftauchte. »Die Radtour können wir uns wohl abschminken!«

Björn nickte bloß. »Vielleicht ist die Toskana ja doch nicht so übel«, meinte er bedrückt, »hast du nicht mal gesagt, da ist ein See in der Nähe?«

»Ist er auch, keine fünf Minuten weg. Da liegt sogar ein kleines Boot von uns. Ein Tennisplatz ist auch da. Spielst du Tennis?«

»Anfängergelöffel! Richtig gezeigt hat's mir niemand, ich hab also keine Trainerstunden gehabt oder so.«

»Ich kann's recht ordentlich. Wenn du willst und dein Fuß mitmacht, könnte ich dir eine ganze Menge beibringen.«

Mühsam richtete sich Björn in den Kissen auf. »Heißt das, du würdest mitkommen, wenn meine Regierung tatsächlich gen Süden zieht.«

»Natürlich. Vorausgesetzt, sie hat nichts dagegen!«

Björn strahlte. »Quatsch keinen Müll! Warum hast du das

nicht gleich gesagt? Ich habe doch gedacht, du willst nicht mehr dahin, weil dir Italien zum Hals raushängt.«

»Ja, wenn man allein rumsitzt. Zu zweit sieht die Sache schon anders aus, da können wir abends auch mal in die Disco. Die meisten Italienerinnen sind nämlich ausgesprochen hübsch.«

»Tatsächlich? Und was haben wir davon? Sprichst du etwa italienisch?«

»Tu non e del tutto sano di mente!«

»Hört sich gut an. Was heißt das?«

Thorsten grinste. »Frei übersetzt: Du hast ja 'n Rad ab!«

Die Reise in die Toskana war also abgemacht. Nur zu gern ließen Everts ihren Sohn mitfahren, hatten sie doch schon die ganze Zeit überlegt, wem sie ihn während ihrer Abwesenheit aufs Auge drücken könnten. Dass ihn Australien nicht reizte, hatte er oft genug gesagt, ihn seinem Bruder Alexander aufzuhalsen, der diesmal eine Reise durch die Normandie plante, wäre für beide eine Strafe gewesen, und so war als letzter Ausweg nur noch die Wahl geblieben zwischen Onkel Georg, Tierarzt im Schwarzwald, oder einem Intensiv-Sprachkurs in England, zu absolvieren in der Gegend von Falmouth, wo immer das auch liegen mochte.

Kaum wieder vom Krankenhaus zu Hause, bekam Björn die Windpocken, von denen er während seiner ganzen Kindheit verschont geblieben war; in Brunei erkrankte man eher an Malaria als an so etwas. Mitgebracht hatte sie Tim, der von seinem Gastgeschenk gar nichts geahnt hatte und sich erst zwei Tage später zu kratzen anfing. Auf Anraten des Arztes wurde Tanja gleich mit ins Krankenzimmer gesteckt, weil sie den Ausschlag ohnehin bekäme, und als die Seuchenstation wieder aufgelöst wurde, war die arme Ulla so erschöpft, dass sie die Kinder zu Tinchen brachte, um »endlich mal schlafen« zu können. Offenbar schlief sie drei Tage und drei Nächte, dann fand Tinchen, jetzt müsse sie wirklich ausgeschlafen sein, denn nun hatte sie selber ein sich von Stunde zu Stunde verstärkendes Ruhebedürfnis. Also lud sie Tim und Tanja ins Auto und fuhr sie nach Hause. Als sich nach mehrmaligem Läuten nichts tat und auch die Kinder trotz doppelstimmigen Gebrülls das offenbar immer noch schlummernde Dornröschen nicht zu wecken vermochten, wurde Tinchen unruhig. Sie überlegte noch, ob sie die Polizei, den Schlüsseldienst oder doch erst Tobias anrufen sollte, als sich im Nebenhaus ein Fenster öffnete. »Wenn Sie die Frau Bender suchen, die is zur Gymnastik wie jeden Dienstag«, teilte ihr eine Frau mit, »da kommt sie nich vor abends zurück.«

Jetzt war bereits abends, oder als was sollte man zwölf Minuten vor neunzehn Uhr bezeichnen? »Wisst ihr, wo die Mami immer turnt?«

Tim wusste es nicht, aber Tanja. »In der Frissnissstube«, piepste sie, was Tinchen völlig korrekt mit ›Fitnessstudio‹ übersetzte. Jetzt blieb nur noch die Frage, welches, und da es in Düsseldorf mehr als genug gab, erübrigte sich eine Suche von selbst.

Auch an diesem Abend wurden die Kinder von Tinchen ins Bett gebracht, während Florian mit Zeitungmachen beschäftigt war und Björn mit der Interpretation einer entsetzlich langweiligen Erzählung. Noch immer brauchte er eine Krücke zum Laufen, was ihn mächtig wurmte, sonst hätte er seiner Tante Tina helfen können, statt immer noch ihre Hilfe in Anspruch nehmen zu müssen. Sie erlaubte einfach nicht, dass er sein Geschirr wegräumte oder sein Bett machte. »Bei mir geht's schneller«, sagte sie immer, »du hilfst mir schon mehr als genug, wenn du dich ein bisschen um die Kleinen kümmerst.«

Das tat er sogar gerne. Es machte ja auch mehr Spaß, *Peterchens Mondfahrt* vorzulesen, als sich mit Jeremias Gotthelfs Novelle *Die schwarze Spinne* herumzuschlagen. Der gute Mann war schließlich seit 150 Jahren tot, und seine Werke waren noch älter. Warum weigerten sich die Kultusminister eigentlich, moderne Literatur in den Deutschunterricht aufzunehmen? Stephen King zum Beispiel, der stand immer auf der Bestsellerliste. Da hätte er, Björn, auch bestimmt keine Schwierigkeiten mehr mit der Interpretation. Dieses verrückte Auto, *Christine* hatte es geheißen, wäre doch eine echt geile Sache gewesen!

Es war ein wunderschöner Morgen mit Sonnenschein, Vogelgezwitscher und frischen Brötchen, die Florian auf dem Rückweg mitgebracht hatte. Natürlich konnte Björn längst wieder mit dem Bus fahren und tat es auch, doch wenn er, was immer mal passierte, zu spät dran war, brachte ihn Florian schnell mit dem Wagen zur Schule; kleiner Zwischenspurt zur Haltestelle, wie sonst üblich, war nun wirklich noch nicht drin.

Sie hatten es sich gerade auf der Terrasse bequem gemacht mit Kaffee, Zeitung und Zigaretten, als es klingelte. »Du weißt Bescheid, ja? Ich schlafe noch!«, rief Tinchen dem erbost zur Tür eilenden Florian hinterher. Reichlich unsanft riss er sie auf und wollte den Störenfried gerade auf die unchristlich frühe Zeit hinweisen, als ihn schon Tanja umarmte. »Wir bleiben detzt danz lange hier, weil die Mami einen blinden Darm hat und niss mehr sehen kann.«

»Was ist los? Ja, ist schon gut, mein Kleines, lauf durch auf die Terrasse, du auch, Tim, da sitzt die Omi.« Dann zog er seinen kreidebleichen, übernächtigt aussehenden Sohn ins Haus. »Was ist denn nun schon wieder passiert?«

»Ulla ist vorhin mit dem Notarztwagen ins Krankenhaus gebracht worden mit Verdacht auf Blinddarmdurchbruch.«

»Hat sie denn vorher nichts gemerkt?«

»Doch, aber sie hat geglaubt, das sei Muskelkater, weil sie jetzt auch noch mit Spin... Spinne ...«

»Natürlich spinnt sie, das weiß ich schon lange, aber davon kriegt man keine Blinddarmentzündung«, fertigte Florian ihn ab, »das ist eher ein Fall für den Psychiater.«

»Spin-Racing heißt das, jetzt weiß ich's wieder.« Tobias ging gar nicht erst auf die wenig schmeichelhafte Bemerkung seines Vaters ein. »Das ist so eine Art Turbo-Radfahren.«

»Wieso Rad fahren?«, mischte sich Tinchen ein, in einer Hand ein halbes Honigbrötchen, an der anderen Tanja. »Die Lütte hier hat etwas von Nichtmehrsehenkönnen gesabbelt. Wer ist denn plötzlich blind geworden?«

Während Tobias noch erzählte und der Honig auf den Boden tropfte, dachte Tinchen schon an das Nächstliegende. »Du fährst jetzt nach Hause, packst Sachen für Ulla zusammen, also Nachthemden, Handtücher, Slips, Waschzeug, Kosmetika, was zum Lesen – na ja, du weißt schon, und bringst sie ins Krankenhaus.«

Tobias wusste es nicht. »Kannst du das nicht heraussuchen, ich kenne mich doch nicht so aus.«

Ihr Blick sprach Bände. »Wie lange bist du eigentlich verheiratet? – Na, egal, ich kümmere mich darum. Du sagst jetzt erst mal Karsten Bescheid, erzählst ihm, was los ist, und sag gleich, dass du heute nicht kommst! Danach ruf im Krankenhaus an und sieh zu, ob du Näheres erfahren kannst. Haben die Kinder schon gefrühstückt? Nein? Das dachte ich mir, aber darum müsst ihr euch jetzt selber kümmern, ich hole inzwischen die Sachen für Ulla.« Sie ließ sich von Tobias den Hausschlüssel geben und fuhr los.

Erst unterwegs ging ihr richtig auf, was jetzt wieder auf sie zukam. Dabei war sie so froh gewesen, dass endlich ein bisschen Ruhe eingekehrt war. Björn hatte sich ja wirklich bemüht, so wenig Arbeit wie möglich zu machen, aber trotzdem hatte sie erheblich mehr laufen müssen als normal. Sie konnte doch von dem Jungen nicht verlangen, jedes Mal erst nach den Krücken zu angeln und sich dann hochzurappeln, wenn er etwas trinken wollte, oder – noch schlimmer – mühsam die Treppe zu erklimmen, um ein Schulbuch zu holen. Diese Zeit war nun glücklich vorbei. Er hatte immer noch leichte Schwierigkeiten beim Gehen, doch die Krankengymnastin hatte versprochen, das werde von Tag zu Tag besser werden.

Die Dauergäste Tim und Tanja war sie ebenfalls losgeworden, und sogar Tobias stellte sich nicht mehr zum Essen ein, nachdem Tinchen nicht nur ihm, sondern endlich auch mal ihrer Schwiegertochter die Leviten gelesen und ihr klargemacht hatte, dass sie, Tina Bender, weder eine Kindertagesstätte habe noch einen kostenlosen Mittagstisch führe und es deshalb außerordentlich begrüße, wenn Ulla sich endlich wieder selber um ihre Familie kümmern und sie darüber hinaus auch vernünftig ernähren würde.

Die war natürlich eingeschnappt gewesen, und deshalb hatte Tinchen ein paar Augenblicke lang sogar vermutet, diese Blinddarmgeschichte sei nichts anderes als Ullas heimliche Rache, doch dann verwarf sie den Gedanken ganz schnell wieder. So was kriegt man nicht auf Bestellung! Leider! Ein paar Tage Krankenhaus mit vorne und hinten bedient zu werden würden ihr auch ganz guttun, es musste ja nicht gleich was Ernstes sein, nur so ein bisschen Verdacht auf Gelbsucht zum Beispiel, dabei tat einem nichts weh, und man war bald wieder draußen. Oder vielleicht Krampfadern veröden wie bei Frau Hellmers, das dauerte auch nicht lange. Aber sie, Tinchen, hatte keine, glücklicherweise, und überhaupt schien sie die Gesundheit ihrer Mutter geerbt zu haben, die war achtundsiebzig und hatte immer noch ihre eigenen Zähne im Mund, wenn auch nicht mehr alle.

Eine knappe Viertelstunde benötigte Tinchen, dann hatte sie alles zusammengesucht, was Ulla brauchte, und auch das, was sie nicht unbedingt brauchte. Das Foto mit Tobias und den Kindern, das sie in der Küche auf dem Gewürzregal gefunden hatte, den Reisewecker und das Mini-Radio, ebenfalls ein Küchenutensil. Bücher? Auf Ullas Nachttisch lag keins, also würde sie eins von sich heraussuchen, irgendetwas Leichtes, Heiteres. Oder lieber doch nicht, nach einer Bauchoperation kann Lachen hundsgemein wehtun, hatte ihr Katrin erzählt, deren Jüngster per Kaiserschnitt zur Welt gekommen war.

Tinchen packte die Sachen in Ullas große Sporttasche und stellte sie zur Seite. Dann holte sie aus den Kinderzimmern Wäsche und ein paar Kleidungsstücke, vor allen Dingen Schuhe, stopfte in Ermangelung geeigneter Behältnisse alles in drei große Plastiktüten und verließ, bepackt und mühsam schlurfend wie eine jener Nichtsesshaften aus der Bahnhofsgegend, das Haus.

Während der Rückfahrt überlegte sie die nächsten Schritte. Da waren zunächst mal die Kinder. Normalerweise gingen sie ja morgens und meistens auch nachmittags in den Kindergarten, allerdings hier oben in Grafenberg, eine halbe Weltreise von Oberkassel entfernt und folglich indiskutabel. Vielleicht war es möglich, die beiden als Gäste in jenem ›Kindi‹ unterzubringen, den schon Tobias und Julia besucht hatten und in dem immer noch Fräulein Hildegard, inzwischen längst ›Frau‹ genannt und trotzdem nicht verheiratet, die Leitung hatte. Tinchen begegnete ihr hin und wieder, meistens im Supermarkt, aber wenn sie sie einfach mal aufsuchen und fragen würde? Schließlich war das ein echter Notfall und auch nur für ein paar Tage, oder wie lange dauerte die Genesung nach einer Blinddarmoperation?

Zu Hause fand Tinchen bereits ein kleines Chaos vor. Florian bemühte sich mit wenig Erfolg, den übergekochten Kakao vom Herd zu schrubben, während Tanja auf dem Küchentisch saß, ein Glas auf den Knien, aus dem sie mit drei Fingern gleichzeitig Nutella in ihren Mund schaufelte und ihn manchmal sogar traf. Sie sah aus wie ein Indianer auf dem Kriegspfad. Von oben brüllte Tim nach seinen kurzen Hosen, und unten im Flur saß Tobias neben dem Telefon und legte gerade den Hörer auf. »Sie ist immer noch im OP.«

»Das ist sie schon vor fünfzehneinhalb Minuten gewesen und vor sieben, und wenn du die Stationsschwester weiterhin nervst, geht sie gar nicht mehr ran«, schimpfte Florian. »Nimm deiner Tochter lieber mal diese Schokoladenpampe weg, sonst kotzt sie uns noch die Küche voll!« Und dann, zwanzig Phon stärker: »Ruhe da oben! Ich weiß nicht, wo deine Hosen sind, du musst warten, bis die Omi zurück ist.«

»Mir is aber so heiß!«

»Dann nimm 'ne kalte Dusche!« Resigniert warf Florian den Schwamm hin. »Ich weiß nicht, wie Tine das macht, ich kriege dieses eingebrannte Zeug einfach nicht runter!«

»Du musst Wasser auf den Herd gießen, ein paar Tropfen von dem Spülzeug dazu und alles erst mal weichen lassen«, empfahl Tobias, »so macht das Oma immer.«

Sekunden später schwamm die Küche. Frau Antonies Herd hatte nämlich noch vier normale Kochplatten und kein ebenes Ceranfeld ohne Rand. Zu allem Überfluss rutschte Tanja das Glas aus den klebrigen Händen, ging zu Bruch, und sein Inhalt mischte sich mit der braunen Brühe, die noch immer vom Herd tropfte.

»Aufwischen allein genügt nicht, Flori, du musst auch mal das Wasser wechseln!« war alles, was Tinchen herausbrachte, als sie ihre Küche sah. Vor anderthalb Stunden war sie noch sauber gewesen. Blitzsauber sogar, denn gestern hatte sich Frau Klötzer endlich mal wieder die Schränke vorgenommen.

»Oma, weißt du, wo meine Fußballhosen sind?«

»In der Wäsche!«, sagte Tinchen, ihre Tüten abstellend.

»Nich vielleicht schon trocken?«

»Nein, noch nicht mal in der Maschine!«

Das hätte sie lieber nicht sagen sollen. Es dauerte nicht lange, dann tauchte Tim auf, hatte statt seiner Jeans eine vor Schmutz starrende kurze Hose an und dazu lehmverkrustete Gummistiefel. Strahlend marschierte er in die Küche und quer durch die Wasserpfützen, die Florian noch immer nicht trockengelegt hatte. »Mach, dass du rauskommst!«

Gehorsam drehte Tim ab. Hatte sich der angetrocknete

Lehm von den Schuhen bisher nur in Form kleiner Sandhäufchen verteilt, so zog sich nun eine breite Spur von klebrigem Matsch durch den Flur.

»Ich geh spielen!«, verkündete der Knabe, öffnete die Haustür und lief genau Tinchen in die Arme, die die Tasche mit Ullas Sachen aus dem Auto geholt und Tobias damit losgeschickt hatte. »Ruf sofort an, wenn du was weißt!« Ihren Enkel sah sie nur schweigend an und deutete mit dem Finger zur Treppe. »Stiefel aus, und dann Marsch nach oben, umziehen!«

»Warum denn?«, plärrte der. »Wenn ich draußen spiele, werde ich ja doch wieder schmutzig.«

»Hast recht«, meinte sie nach kurzem Überlegen, »wenn das hier so weitergeht, brauchen wir sowieso bald den Kammerjäger.«

Als kurz vor zwei Uhr Björn aus der Schule kam, stand Tinchen in der wieder trockenen Küche am wieder sauberen Herd und kochte Grießbrei. »Solltest du auf ein Mittagessen spekulieren, dann hast du schlechte Karten. Ich kann dir höchstens eine akademische Lasagne anbieten, das Zeug hier ist für heute Abend.«

»Was ist denn eine akademische Lasagne?«

»Von Doktor Oetker tiefgefroren!« Und dann sprudelte es aus ihr heraus, angefangen bei dem gestörten Frühstück und endend mit dem unfreiwilligen Großputz. »Eine geschlagene Stunde habe ich gebraucht, bis es hier nicht mehr ausgesehen hat wie auf'm Bahnhofsklo. Zum Kochen bin ich natürlich nicht mehr gekommen.«

»Das dürfte momentan das geringste Problem sein«, sagte Björn, holte einen Teelöffel und fuhr damit in den blubbernden Grießbrei, »die Hälfte aller Amerikaner ernährt sich überwiegend von Fastfood und hat trotzdem bis heute überlebt, also werden wir das wohl auch ein paar Tage durchziehen können. Oder wie lange dauert so ein Blinddarm?« Er steckte den Löffel in den Mund. »Hm, schmeckt oberprima!«

»Meinst du das im Ernst? Willst du was haben?«

Und ob er wollte! Danach schaltete er die Espressomaschine ein, holte alles zusammen, was er brauchte, und setzte Tinchen einen Cappuccino vor, bei dem bis zum Amaretto-Keks auf dem Tellerrand alles stimmte. Für sich selber braute er eine alkoholfreie Mischung aus vier verschiedenen Getränken zusammen, bei deren Anblick Tinchen schon wieder Magenschmerzen bekam. »So, jetzt werden wir mal gemeinsam überlegen, wie wir den Stress hier gleichmäßig verteilen.« Er nahm sein Glas und schwang sich auf den Rand vom Spülbecken. »Die Kiddies werden dich zwar vormittags nerven, aber da ist ja Onkel Florian zu Hause, also hast du Hilfe. Die Nachmittagsschicht übernehme ich. Inzwischen traue ich mir sogar zu, die beiden ins Bett zu bringen. Und was das Einkaufen betrifft, so …«

»Kleine Zwischenfrage, Björn: Hast du die Schule vergessen? Wann willst du Hausaufgaben machen? Nachts?«

Er lächelte nur. »Gar nicht!« Und als er ihren fragenden Blick sah: »In zwei Wochen gibt's Ferien, die Zeugniskonferenzen sind vorbei, die Noten stehen fest, weshalb jetzt noch unnötig anstrengen? Die Pauker haben doch selber keine Lust mehr. Meinst du wirklich, da kontrolliert noch einer Hausaufgaben? Übermorgen ist Wandertag, davor kann ich mich drücken, hab sowieso keinen Bock auf diese blöde Burgruine, eine sieht doch aus wie die andere … nee, Tante Tina, die Schule ist für dieses Jahr gelaufen!«

Sie zog seinen Kopf zu sich herüber und drückte ihm einen Kuss auf die Wange. »Du bist ein netter Kerl, Björn, und ich werde bestimmt auf deine Hilfe zurückgreifen, aber so schlimm, wie du es offenbar befürchtest, wird es schon nicht werden. Ich habe die beiden Krabben ja nicht zum ersten Mal in Kost und Logis.« Dann fiel ihr aber doch etwas ein: »Wenn du unbedingt was tun willst, dann könntest du mir ein paar Sachen aus dem Supermarkt holen, Himbeersaft, Nutella, Cornflakes …«

In diesem Augenblick bolzte es an der Haustür, und als Björn öffnete, stand ein heulender Dreckspatz vor ihm. »Was ist denn los?«

»Gaaar nix«, schniefte Tim, »ich hab bloß keine Lust mehr.«

»Das glaube ich dir nicht«, widersprach Björn, denn auf dem seit einigen Wochen als ›Spielstraße‹ ausgewiesenen Fahrdamm tobten eine Menge Kinder herum, von denen Tim die meisten kannte. »Gab's Zoff?«

Ein Weilchen druckste er noch herum, bevor er mit der Sprache herausrückte. »Würdest du mit wem Fußball spielen, der dich immer mit den Händen wegschubst?«

»Nein«, sagte Björn sofort.

»Siehste, Marvin auch nicht.« Hoffnungsvoll sah er sein Gegenüber an. »Spielst *du* mit mir?«

»Was denn?« Und prompt kam das, womit er schon gerechnet hatte: »Mario«.

»Da müssen wir aber erst die Omi fragen.«

»Wieso? Ich denke, das gehört dir?«

»Das Spiel ja, aber nicht der Fernseher«, sagte Björn, »und ich glaube nicht, dass sie es gut findet, wenn du bei diesem schönen Wetter drinsitzt.«

Tim sah das ein. Seine Omi hatte sowieso was gegen das Fernsehen, die erlaubte es nur ganz, ganz selten. Mami immer. Nur wenn er ungezogen gewesen war, bekam er Fernsehverbot, manchmal sogar einen ganzen Nachmittag lang.

»Als ich so groß war wie du, da gab es nur Radio«, hatte die Omi mal erzählt, »das Fernsehen war nämlich noch gar nicht erfunden.«

Das hatte er sich überhaupt nicht vorstellen können und erstaunt gefragt: »Was hat dir denn deine Mami zur Strafe verboten, wenn du nicht artig gewesen bist?«

Als Björn vorschlug, mit ihm einkaufen zu gehen, weil er nicht alles allein tragen könne und deshalb Hilfe brauche, war Tim sofort einverstanden. »Kriege ich auch ein Eis?«

Kaum waren die beiden weg, klingelte das Telefon. Peter Gerlach wollte Florian sprechen. Dringend. Der war aber nicht da. Wo er denn sei? Keine Ahnung. Wann er wieder käme? Keine Ahnung. Ob er überhaupt noch mal käme, bevor er in die Redaktion …? Keine Ahnung. »Was ist denn los mit dir, Tina?«

»Keine Ahn… ach so, entschuldige, aber ich stehe heute ein bisschen sehr neben der Kappe! Ich glaube, Florian ist ins Krankenhaus gefahren, weil es Tobias doch ziemlich mitgenommen hat. Wie? Nein, dem fehlt nichts, aber Ullas Blinddarm hat plötzlich rebelliert, und bis sie mitbekommen haben, dass es der ist und nicht bloß Muskelkater, wär's beinahe zu spät gewesen. Hm, ich versteh's ja auch nicht, aber sie hat überlebt. Nein! Das war kein Freudscher Versprecher, du altes Ekel, ich wollte sagen, dass ich nicht verstehen kann, wie man Muskelkater mit Bauchschmerzen verwechseln kann. Natürlich bin ich froh, dass es ihr schon wieder gut geht. Sie will den Fernseher … jetzt weiß ich, wo Florian ist: Er hat den kleinen Portable ins Krankenhaus gebracht und wollte von dort aus gleich in den Verlag … Ist gerade gekommen? Dann kannst du ihm bestellen, ich hätte neuen Kakao gekauft und Milch sei auch wieder da!« Sie knallte den Hörer auf und goss sich aus der Thermoskanne den letzten Rest Kaffee ein. Der war nicht mal mehr lauwarm. Egal, wenigstens eine Zigarettenlänge Pause. Wer weiß, wie lange sie die Ruhe genießen konnte. Ruhe? Wieso überhaupt Ruhe? Wo war Tanja? Tinchen drückte die gerade angezündete Zigarette aus und rannte die Treppe hinauf. »Tanja!?«

Keine Antwort. Vielleicht im Bad? Wenn sie da drin war, stellte sie meistens etwas an, und wenn sie etwas anstellte, geschah das selten laut. Tinchen riss die Tür auf. »Tanja?«

Nichts, nicht mal ein tropfender Wasserhahn. Aber dann endlich eine piepsende Stimme aus dem Schlafzimmer. »Du hast diesmal aber lange debraucht! Iss hab miss prima versteckt, niss wahr?«

Unterm Bett zog Tinchen ihre Enkelin hervor, etwas verstaubt – Frau Klötzer saugte nie bis ganz in die Mitte, weil sie da angeblich nicht hinkam! – und mit knallroten Schlafbäckchen. Erleichtert nahm sie die Kleine auf den Arm. »Ein Glück, dass du gerufen hast, von allein hätte ich dich bestimmt nicht gefunden.«

Das erste Mal rastete Tinchen aus, als das Telefon wieder läutete und eine weibliche Stimme mitteilte, sie habe ein Telegramm für Herrn Florian Bender und ob sie das durchsprechen solle. »Wer schickt denn im Zeitalter von Fax und Handy noch Telegramme?«, wunderte sich Tinchen insgeheim, während sie nach Block und Bleistift suchte, sogar auf Anhieb fand und sich aufnahmebereit meldete.

»Eintreffe Freitag 10.35 Uhr Düsseldorf Hauptbahnhof stop bitte um Abholung stop freue mich auf Wiedersehen stop Gruß Hermine Henslow«, leierte die Stimme herunter. »Wünschen Sie eine Wiederholung?«

Tinchen wünschte keine Wiederholung, sie wollte vielmehr wissen, wo das Telegramm aufgegeben worden sei. Um 13.19 in Papenhusen, kam es zurück, doch bevor sie fragen konnte, wo denn das überhaupt sei, war die Verbindung schon unterbrochen. Wenn ein Telegramm von da nach hier über fünf Stunden braucht, überlegte Tinchen, dann kann es sich doch nur um ein ganz kleines Nest handeln, wo der Tante-Emma-Laden gleichzeitig die Poststelle ist. Da bleibt so ein Formular schon mal eine Zeitlang unerledigt zwischen Backpulver und Emmentaler liegen. Papenhusen! Nie gehört! Sie las noch einmal den Text, und dann erst ging ihr auf, was er eigentlich bedeutete. Logierbesuch? Jetzt, wo sie doch sowieso schon das Haus voll hatte? Kommt ja überhaupt nicht in Frage! Absagen, sofort absagen! Bloß bei wem? Sie hatte keine Adresse, wusste nicht, wie groß dieses Papenhusen war, vielleicht gab's ja noch mehr davon, manche Ortsnamen waren im Postleitzahlenbuch ein halbes Dutzend Mal vertreten oder sogar noch öfter, wie also sollte sie jemanden finden, der gar nicht dort wohnte? Hatte Florian nicht gesagt, diese Hermine lebe irgendwo in Bayern? Was ging sie diese Tante überhaupt an? Die kannte sie ja nicht mal. Sollte sich doch Florian darum kümmern, schließlich hatte er sie schon mal erfolgreich abgewimmelt, und seitdem hatten sie ja auch nichts mehr von ihr gehört. Hätte das nicht so bleiben können?

Tinchen griff wieder zum Telefonhörer, tippte auf die Taste mit den eingespeicherten Nummern. Und wartete. Umsonst, Florian war nicht in seinem Zimmer. Sie versuchte es bei Gerlach. Der war auch nicht da, also Anruf in der Zentrale. Vermutlich sei der Herr Bender in der Druckerei, ob man es mal dort probieren solle? Nein, danke, sagte Tinchen und legte auf. Da unten gab es unzählige Telefone, und bis man den richtigen Apparat gefunden hätte, wäre Florian sowieso schon wieder verschwunden gewesen, das kannte sie schon.

Was nun? Ob Björn eine Idee hatte? Der hatte vorhin mit den beiden Kleinen Memory gespielt, aber jetzt herrschte schon wieder eine ganze Weile Ruhe, und das war meistens verdächtig. Tinchen eilte die Treppe hinauf. Aha, sie waren im Bad. Auch gut, waschreif waren sie beide gewesen, und Björn hatte ja gesagt, er käme damit klar. Sie öffnete leise die Tür und – »Das darf doch nicht wahr sein!«, brachte sie mühsam über die Lippen, doch keiner hörte sie.

Mitten im Raum stand Björn, nur mit einer Badehose bekleidet, und schrubbte den sich heftig wehrenden Tim mit einer Wurzelbürste ab; die geöffnete Flasche mit Scheuermilch stand auf dem Waschbecken. »Wenn du einen einzigen Pieps sagst, erzähle ich der Omi doch noch, was du vorhin im Supermarkt gemacht hast, kapiert?«

Tim nickte. »B-bist du b-bald f-fertig?«, schluchzte er leise.

»Gleich! Und das nächste Mal machst du um die Teermaschine einen Riesenbogen, klar?« Er warf die Bürste ins Waschbecken und gab Tim einen Klaps auf den Po. »So, und jetzt spül dir das Zeug unter der Dusche runter!« Dann ging er zur Badewanne, in der Tanja unter einem Berg von Spielzeug kaum zu sehen war, und drehte den Hahn auf. »Heul nicht, ein bisschen Wasser muss auch mit rein!« Als Björn jedoch Anstalten machte, mit Hilfe des Duschkopfes den Badezimmerboden abzuspritzen, obwohl es gar keinen Abfluss gab, klinkte bei Tinchen etwas aus.

»Seid ihr jetzt alle verrückt geworden? Allmählich komme ich mir vor wie im Irrenhaus! Wahrscheinlich ist es schon lange eins, ich hab's bloß noch nicht gemerkt!« Sie knallte die Tür wieder zu und verbarrikadierte sich in Florians Arbeitszimmer; der war ja nicht da, und für andere galt dieser Raum als Tabuzone. Hatte er hier nicht irgendwo eine Flasche Whisky stehen? Doch bevor sie danach suchen konnte, klingelte schon wieder das Telefon. Diesmal war ihre Mutter dran. »Du glaubst nicht, Ernestine, was sich in der letzten Stunde bei uns abgespielt hat! Mir fehlen noch immer die Worte!«

Sie fehlten ihr dann aber doch nicht, denn sie legte sofort wieder los: »Dorothee will ausziehen! Und weißt du, warum? Weil sie diesen Herrn Voss heiratet! Hinter meinem Rücken haben sie sich getroffen, und das nicht nur einmal! Ich hatte mich ja schon gewundert, dass sie neuerdings so lufthungrig geworden und stundenlang spazieren gegangen ist, aber erst heute ist sie damit herausgekommen, dass dieser sogenannte Herr seit einer Woche im Hilton wohnt. Sie heiratet ihn doch sowieso nur wegen des Geldes, oder was meinst du?«

Tinchen meinte gar nichts, es war ihr im Moment auch völlig egal, ob Frau Ka-Ka Herrn Voss heiratete oder den Fürst von Monaco, der hatte ja auch genug Geld, sie wollte nichts hören oder sehen, sondern bloß ihre Ruhe haben. »Mutti, können wir nicht morgen darüber reden? Ich bin jetzt wirklich nicht in der Stimmung dazu.«

»So?«, kam es reichlich pikiert zurück. »Da hat man nun wirklich mal ein Problem, und dann ist nicht einmal die eigene Tochter bereit, es sich anzuhören.«

»Doch, Mutti, gleich morgen, einverstanden?« Die Antwort wartete sie gar nicht erst ab, sondern legte den Hörer auf. Sie hatte gerade den Whisky gefunden, nur noch kein Glas, als es an der Haustür läutete. Einen Augenblick wartete sie, ob nicht vielleicht Björn öffnen würde, aber der war wohl noch im Bad beschäftigt. Also ging sie selber zur Tür. Davor stand eine heftig schwankende Gestalt, die ihr sofort in die Arme fiel und sie an die Wand drückte. »Hi, Mutti«, lallte sie, »ich ha-habe ein g-g-ganz kleines büss-biss –, also ein b-bisschen was ge-getrunken, w-weil mei-meine F-Fr-Frau n-noch lebt und es ihr g-gut geht.« Er rülpste laut. »G-geht es d-dir auch g-gut?«

Tinchen zog Tobias ins Haus, doch bevor sie die Tür schloss, warf sie einen Blick auf die Straße. Sein Auto war nirgends zu sehen. Gott sei Dank hatte er sich in seinem Zustand nicht mehr ans Steuer gesetzt, aber vermutlich hätte er erst gar nicht das Schlüsselloch gefunden!

»Björn! Kannst du mal kommen?« Allein würde sie Tobias nie nach oben kriegen.

Der Junge kam heruntergepoltert und sah sofort, was los war. »Heiliger Bacchus, der ist voll wie eine Strandhaubitze! Na ja, kann man ja irgendwie verstehen. Wo sollen wir ihn denn entsorgen, Tante Tina?«

»Am besten im Arbeitszimmer, da fällt er nicht weiter auf.«

»Was denn, in Onkel Florians heiliger Halle?«

»Ja«, sagte Tinchen, obwohl sie damit ihre letzte Rückzugsmöglichkeit loswurde, »schaffst du das alleine?«

Er schaffte es, lud Tobias auf dem Sofa ab, zog ihm die Schuhe aus und die Hose und dachte sogar an einen Plastikeimer und eine Flasche Mineralwasser, beides griffbereit geparkt. Als Tinchen mit einer Decke kam, schlief Tobias bereits den Schlaf des restlos Abgefüllten. »Wer schläft, sündigt bekanntlich nicht«, sagte Björn und schloss die Tür.

»Stimmt! Das hat er gerade hinter sich.«

Es dauerte keine fünf Minuten, Tinchen hatte sich gerade einen starken Kaffee gekocht und mit einem Schuss Remy Martin veredelt, als es schon wieder läutete. »Soll *ich*, Tante Tina?«

»Nein, du sollst nicht! Füttere lieber Tim und Tanja ab, es wird Zeit, dass sie ins Bett kommen.«

»Na klar, mach ich. Was kriegen sie denn?«

»Grießbrei mit Himbeersaft. Aber lass ihnen noch was übrig!« Dann ging sie öffnen.

Es war Frau Klaasen-Knittelbeek, die Einlass begehrte und dringend mit der lieben Tina reden wollte, weil ihre Mutter doch wohl einiges völlig falsch verstanden hatte. »Es ist ja nicht so, dass ich Antonie hintergehen wollte, nur hatte sie vom ersten Tag an eine mir unbegreifliche Aversion gegen Herrn Voss, so dass ich es für besser hielt, sie über unsere gegenseitige Zuneigung zunächst im Unklaren zu lassen. Das zarte Pflänzchen der keimenden Liebe hätte doch immer noch verdorren können.«

Nichts interessierte Tinchen weniger als Frau Klaasen-Knittelbeeks blumenreiche Schilderung der heimlichen Rendezvous und der daraus resultierende Entschluss, ein zweites Mal den heiligen Bund der Ehe schließen zu wollen, doch nach zehn Minuten Stehkonvent zwischen Flur und Küchentür sah sie sich doch gezwungen, ihre Besucherin ins Wohnzimmer zu bitten und ihr pro forma einen Sherry anzubieten, den sie dankend akzeptierte. Sie war gerade beim Pfingstspaziergang durch den Hofgarten angekommen, nach dessen Ende Herr Voss seinen Antrag gemacht hatte, als es erneut klingelte. Diesmal war Björn schneller, sonst hätte Tinchen das Schlimmste noch verhindern können, denn wer nur Sekunden später ins Zimmer stürmte, war Frau Antonie. »Dachte ich's mir doch! Obwohl es nun wirklich keinen plausiblen Grund gibt, weshalb Sie Ihre alberne Liebesgeschichte ausgerechnet vor meiner Tochter ausbreiten! Glauben Sie wirklich, Dorothee, bei ihr mehr Verständnis zu finden als …«

Mehr bekam Tinchen nicht mit. Sie hatte sich unbemerkt aus dem Zimmer geschlichen, leise den Telefonhörer abgehoben, sechs Zahlen getippt, zwei Sätze gesprochen und wieder aufgelegt. Dann war sie genauso leise ins Bad gegangen und hatte ein paar Gegenstände in eine kleine Tasche gepackt. Niemand sah sie, als sie aus dem Haus schlich, die Gartentür hinter sich schloss und die Straße hinunterlief. Nicht weit, nur hundert Meter, aber dort wurde sie an der geöffneten Haustür schon erwartet. Schluchzend fiel sie Ellen Hildebrandt um den Hals.

»In ein paar Wochen werde ich siebenundfünfzig, da haben die meisten Frauen sie schon hinter sich, aber wann habe ich denn endlich mal Zeit für *meine* Midlife-Crisis?«